父亲的战斗

李洪松著

新华出版社

图书在版编目（CIP）数据

父亲的战斗 / 李洪松著. -- 北京 : 新华出版社, 2021.5
ISBN 978-7-5166-5845-1

Ⅰ. ①父… Ⅱ. ①李… Ⅲ. ①纪实文学－中国－当代 Ⅳ. ①I25

中国版本图书馆CIP数据核字（2021）第086717号

父亲的战斗

作　　者：李洪松

责任编辑：齐泓鑫　　**封面设计：**高　伟　刘洪波

出版发行：新华出版社
地　　址：北京石景山区京原路8号　　**邮　　编：**100040
网　　址：http://www.xinhuapub.com
经　　销：新华书店、新华出版社天猫旗舰店、京东旗舰店及各大网店
购书热线：010－63077122　　**中国新闻书店购书热线：**010－63072012

照　　排：六合方圆
印　　刷：三河市君旺印务有限公司

成品尺寸：148mm×210mm　1/32
印　　张：15.75　　**字　　数：**370千字
版　　次：2021年6月第一版　　**印　　次：**2021年6月第一次印刷

书　　号：ISBN　978-7-5166-5845-1
定　　价：53.00元

版权专有，侵权必究。如有质量问题，请与出版社联系调换：010-63077124

“历史是人民书写的，一切成就归功于人民”

2011年之前，我去过山东的青岛、烟台等地，但是每次或开会或考察，都是匆匆而过，对于历史和文化都有着雄厚积淀的齐鲁大地并没有过多的了解。

我的祖籍在河北昌黎，与山东人算是半个老乡吧。在我很小的时候，便随父母来到了沈阳生活。

辽沈战役前夕，解放军包围长春半年多，不少人挨饿。我的父亲担心沈阳也会如此，加之听说昌黎已是解放区了，便决定让母亲带着我们兄弟三人，从沈阳回昌黎。

我们刚到锦州，解放军就把锦州包围了。交通完全中断，我们只好挤进了城边的一个大平房子里。那时，屋里已经住了五、六家十几口人，有卖香烟的、有卖糖果的、有卖花生瓜子的，看得出来，他们都是做小买卖来维持生活的。

不久，解放军开始攻城，打了两天两夜。战斗最激烈的时候，屋子里的人都躲到不远处的防空洞里去了。战斗停止后，我们回到房里，看到凳子上、炕边上有这么多水印。显然，是解放军进屋里来了。因为锦州城边有一条比较宽的河，进城，必须趟这条河，身上就一定会沾着许多水。

屋里的香烟、糖果、瓜子都没有少，地上也没有吸过的烟头、吃过的花生瓜子皮等杂物，这说明了解放军没有拿老百姓一点香烟、糖果、花生瓜子，可能只是进屋休息了一会就走了。

战斗结束了，市面上还比较乱，母亲决定我们继续徒步回老家。一天晚上，我们一家四人在一间民房的炕上睡觉，半夜里突然闯进几个国民党兵，他们端着枪，枪口指向我们。看着他们凶神恶煞的样子，我们都吓坏了。

其中一个军官模样的大声吼叫着，把我们从炕上赶了下来，他们几个睡在了炕上。我们一家四口只好席地相拥而坐，一夜惊魂。

前面解放军纪律严明，不拿群众一针一线；而后面的国民党兵则横行霸道，欺凌百姓。这两件事形成了鲜明的对照，在我幼小的心灵里打下了深深的印迹，深远地影响了我的人生走向。从那个时候起，我就下定了决心，长大后一定要向解放军一样为老百姓做事，当好人！

1956年，我加入了中国共产党，那个时候我18岁。

1958年，我被北京大学法律系录取，我和徐海东大将的儿子徐文柏是一个宿舍上下铺的同学。

当时，毛主席的女儿李讷就读北大历史系，但是学校里没有几个人知道她的真实身份。后来一次偶然的机会，我和徐文柏散步时，在学校的一个小广场上看到三个女生正在聊天，徐文柏同学便指着其中一位跟我说，那就是李讷。李讷个子比较高，人长得清秀，她给我的第一印象是朴素大方。

北大文科学生在一个食堂就餐，李讷和大家一起排队打饭，从来不耍特权。当时食堂工作人员人手不够，就常常找学生帮助打饭，李讷参与的次数很多，她的举止言行里也没有任何架子。

老一辈革命家们要求严格、朴素无华的家风，我在李讷和徐文柏身上感受到了，同时我也感受到了那种浓厚的红色传承。

2011 年 7 月份，在我 74 岁的时候，我和老伴应邀来到了山东临沂，在“温泉圣地”的汤头住了半个月，因为那里是我疼爱的外孙的祖籍。

半个月的生活，感受很多。

以前，对于临沂的印象，就是沂蒙山区、革命老区，其实背后隐含着的就是“穷”和“落后”。半个月的亲身体会，我觉得老区不老，临沂以其经济总量和发展水平已经位居山东省各地市的前列，沂蒙山区的人民也正以蓬勃的力量奔向安定富裕的生活。

半个月里，我与当地人士进行过多次深入地沟通交流，我深深地感受到了这里朴实的民风、忠厚的家国情怀，特别是谈到战争年代时，他们对于八路军、共产党的那种血浓于水的深厚感情总是溢于言表。在这个地方，有很多像作者书中所描写的“父亲和他的战友”一样的老革命，他们都是“战时扛起枪来卫国，战后重拾农具护家”，他们保家卫国不求功名，他们流血牺牲不惧生死。

“历史是人民书写的，一切成就归功于人民”，正是有了千千万万个“父亲和他的战友”，才有了新中国的建立，对于他们，我们不应该忘记。

在《父亲的战斗》一书中，作者用生动的故事传达出了“父亲和他的战友们”机智勇敢、舍生忘死、无私无畏的革命气概，对人物的描绘栩栩如生，全书内容丰满，故事跌宕起伏、扣人心弦。

《父亲的战斗》一书既是对老一代革命人的纪念，也是对朴素红色家风和忠厚家国情怀的传承。在读史铭志的今天，意义非凡，值得大家细读。

張文清

中国刑事警察学院教授、原党委书兼院长

享受国务院特殊津贴专家

目 录

CONTENTS

“历史是人民书写的，一切成就归功于人民” …………………………… 1

第一章　画地为牢………………………………………………………… 1

第二章　南下……………………………………………………………… 3

第三章　有仇必报………………………………………………………… 7

第四章　孤身涉险………………………………………………………… 15

第五章　审判地主………………………………………………………… 22

第六章　磨炼本领………………………………………………………… 30

第七章　战云密布………………………………………………………… 37

第八章　地雷初响………………………………………………………… 45

第九章　兼顾土改………………………………………………………… 53

第十章　车轮滚滚………………………………………………………… 64

第十一章　路遇悍匪…………………………………………………… 72
第十二章　二下苍山…………………………………………………… 81
第十三章　战场救护（上）………………………………………… 89
第十四章　战场救护（下）………………………………………… 98
第十五章　支前模范…………………………………………………… 107
第十六章　风云骤变…………………………………………………… 118
第十七章　鲁南空城计……………………………………………… 128
第十八章　旁敲侧击…………………………………………………… 137
第十九章　敌情侦察…………………………………………………… 145
第二十章　将计就计…………………………………………………… 156
第二十一章　精打细算……………………………………………… 167
第二十二章　悬赏通告……………………………………………… 181
第二十三章　各怀鬼胎……………………………………………… 190
第二十四章　故布疑云……………………………………………… 201
第二十五章　残暴还乡团（根据相关史料整理）…………… 211
第二十六章　声东击西……………………………………………… 214
第二十七章　被动局面……………………………………………… 225
第二十八章　河堤较量……………………………………………… 238
第二十九章　大战前夕……………………………………………… 250

第三十章　突破封锁…………………………………… 260
第三十一章　夜袭据点………………………………… 271
第三十二章　支援孟良崮……………………………… 282
第三十三章　青驼阻击战……………………………… 294
第三十四章　激战正酣………………………………… 306
第三十五章　战地重逢………………………………… 321
第三十六章　策应转移………………………………… 333
第三十七章　方蒙之死………………………………… 345
第三十八章　黑虎掏心………………………………… 356
第三十九章　智取据点………………………………… 366
第四十章　攻克汤头…………………………………… 378
第四十一章　解放洪瑞………………………………… 400
第四十二章　被困小石湖……………………………… 410
第四十三章　浴血白塔街……………………………… 426
第四十四章　兄弟别离………………………………… 441
第四十五章　艰难选择………………………………… 454
第四十六章　新的战场………………………………… 464
后　记………………………………………………… 469
钢铁战士 人民功臣——不可忘却的记忆 ……………… 476

父亲是我们心中永远的丰碑…………………………………………………… 479

牺牲的父亲有灵魂……………………………………………………………… 482

传承，也是为了纪念…………………………………………………………… 486

红色气质 血脉相传 ……………………………………………………… 489

作者的话…………………………………………………………………………… 491

第一章

画地为牢

今天是清明，早上的天是阴沉着的，雨丝还在轻舞。

雨下了一整夜，草叶上滑落的水珠成了断续的线，打在地上，无声。推开窗，面向家乡的方向，在心中遥祭我的父亲。

父亲的档案里记录着，他于1949年底返回了家乡，受命筹办乡镇供销合作组织、开办砖窑厂、带领父老乡亲发展农副产业。

家乡的老人们都说，我的父亲在那个年代里威信极高，因为他打过鬼子汉奸，打过国民党反动派，当过游击队长、武工大队长，打仗勇敢精明，广交朋友又侠肝义胆，率直公正又敢为敢当。

父亲回乡，一是因为长年战斗所带来的伤病，调养身体是上级下达的命令；二是因为家族的重担全部压在了他一个人的肩膀上，照顾族中老幼是他必须要面对、要解决的头等大事。

父亲回乡时，随身还戴着一长一短两支枪，匣子枪是组织配发的，长枪是他的战利品。枪不离身，是他长年战斗养成的习惯。

据说，当时砖窑厂开办初期，不管是原料还是成品，都会隔三岔五地离奇消失，虽然丢失的量不大，影响却是非常不好。于是组织上派父亲前往调查，争取抓到破坏分子。

砖窑厂所在的村子，离父亲的家有十几里地。父亲来之前，村子里的老老少少大都认识或者知道父亲，大张旗鼓地调查似乎是不可能的了。

打过仗的人，用的方法总会出人意料。

那个时候正赶上三伏天。白天，父亲在砖窑厂里喝茶聊天，在别人眼里简直就是闲人一个。天还没擦黑，父亲便骑上他的脚踏车（父亲一直把自行车叫作脚踏车）往家里赶，他自己说是为了赶回去吃饭，要不家里人多，回去晚了便没有饭了。

几天下来，厂里、村里的人也就没有人在意他了。

几天后的一个凌晨，当村里的一个壮汉正在悄悄地从砖窑厂成摞地往外偷运已经烧制好了的红砖，砖窑厂外面不远处的高粱地里，已经堆了一小堆了。这时，父亲出现在他的面前，枪也抵在了他的额头上。

原来，父亲在白天里的聊天，就是在了解情况。傍晚说是回家，其实那段时间他一次家也没有回过，他总是在夜幕降临时再次回到砖窑厂或者村子里潜伏，对重点嫌疑人员贴近观察。饿了啃口干粮，渴了有随身的军用水壶。后来，父亲曾跟他的同事说，那个时候蚊虫叮咬、瞌睡打盹，确实很难熬，但比起打仗要轻松多了，因为你不必考虑是否身陷敌人的包围之中、攻击之下，所以能够专心致志。

天大亮了，厂里开工了。

壮汉耷拉着头站在一个石灰粉画成的小圆圈里，一动也不敢动。

父亲在离他几米的地方，摆了一个小桌，桌上是刚沏好的茶水和匣子枪，父亲眯着眼半躺在竹椅上，轻轻地摇动着手中的蒲扇。

毕竟是三伏天，太热了。近中午时分，壮汉晃荡了起来，不一会便瘫倒在地，父亲这才安排人把他送回了家。

这种小偷小摸，虽罪不至判刑，但不施以教训又不足以让他改正。所以父亲派人向上报告后，施以体罚，也算是一种惩戒，对其他有非分之想的人也是一种震慑。这在当年，算是各方认可又是行之有效的一种处理方式。

此事之后，砖窑厂的生产经营逐渐红火了起来，村子里的人对父亲也格外敬重了。

十多年后的1966年年底，父亲被打倒，罪状之一便是这段往事，“革命闯将们”将这件事命名为“画地为牢”。

……

十点钟，防空警报声响起，一家人在窗边肃立、默哀，为了心中的英雄们，包括我的父亲。

第二章

南下

1948 年秋的一天，秋高气爽，风轻云淡。

位于莒临边区腹地的原中共山东省政府大院周围锣鼓震天、旗帜招展，黝黑的脸庞、长满老茧的双手、满是补丁的衣裳都挡不住那发自内心的笑容，山东全境解放了。

一个多月前，父亲的武工大队已经接受了正式的改编，合并进入了某野战部队。穿上崭新的军装，父亲和大家一样，心里都乐开了花。

“打仗不怕死、战场上不吃亏”，这是当时部队首长在武工大队改编大会上对父亲的评价，当时部队首长还说，你们从此再也不是土八路了，而是能征善战的野战部队的正式一员了。

父亲曾经回忆说，当时并没有把首长的表扬放在心上，因为他知道自己和自己的队伍几斤几两，和人家正规部队比，自己这两下子还差得远着呢。所以，他全当客套话听的。

自从参加革命以来，尽管大小的仗打过很多，可一直被老百姓们称为“土八路”。对这个称谓，父亲的心中多有不快，但是又无法辩驳。首长说自己终于不再是土八路了，一下子戳中了父亲的软肋，于是乎带头拼命鼓起掌来。

接下来是整训，队伍的热情很高涨，训练也很快走上了正轨。慢慢地，父亲带着队伍与其他的连队搞起了军事对抗训练。不到一个月的时间，就从初期的下风到打成了平手，可见他们训练的刻苦。

一个月的整训很快结束了，部队召开专门会议，传达了部队集结、即将南下作战的军令。因为大军要南下，部队首长特意允许原武工大队人员可以短期回家省亲，并要求大家尽量做通家属工作，凡是有特殊困难的要及时向组织报告，由部队协调地方政府解决。

从欢舞的人群中挤过，父亲急匆匆地向家乡赶去。

几十华里的土路，父亲赶回家时已经过了晌午了。奶奶带着大姑正在院子里在纺着线。

看着父亲回来，大姑高兴地迎了上去："二哥，你可回来了。我和咱娘俺几个逃难回来的这几天，人家政府的人过来看了好几回了，还送来了煎饼、小米、咸菜什么的，你看看，好多呢！对了，二哥，你还没吃饭吧？我去给你卷个煎饼吧！"

奶奶一直没有出声。

父亲回应了一下二姑，在奶奶身边蹲下身来，"娘，我回来待几天。"

"噢，几天？"好像奶奶知道了什么，话里有话。

"两三天吧。"

"过了两三天呢？"奶奶追问着。

"要回部队。"

"再后呢？"

"回部队，就听部队命令呗。"

"噢。"奶奶再也没有说什么。

大姑从屋里拿着卷好了的煎饼走了出来，刚要递给父亲。

奶奶开口了："你这个丫头，恁哥走的浑身都是汗，得等他汗下去了再吃。去屋里倒上碗热水，让恁哥上屋里先歇歇。"

大姑回到屋里，忙活着。

父亲随身也带回了一点东西，部队发了两双鞋，带回了一双，自己以前在武工队时穿的衣裳也带了回来。看着奶奶不言语了，父亲低头走进了矮小的老房子里。

在屋里，大姑示意父亲奶奶可能会发火，让父亲言语里要小心点。还没等父亲问清缘由，大姑便被奶奶叫了出去，说是纺车轴子掉了，要让大姑出来弄好。

大姑一出门，奶奶便踮着她的那双小脚，快步走到堂屋门前，快速地拉上了房门，快速地上了锁，然后把长长的钥匙揣在自己的大襟里，又搬了个小板凳坐在了门前。然后点上了一支烟袋，抽了两口，开口说话了。

“说吧，你到底要去哪里呀？”

“娘，你把我锁在屋里干什么？快打开，过两天我还有事呢。”父亲在屋里着了急。

“你那个事，就不能说给我听听？”

“娘，部队上有纪律，不能随便说。”

“噢，那我问你答，行了吧？听说部队要往南边去打仗，你去不去？”

“娘，你听谁说的？”

“听谁说，人家政府的人这几天给咱家送东西的时候，早就说了。你还不给我说实话，那你就别想离开这个屋！”奶奶的口气非常坚定。

“娘，你听我说，这部队就有部队的纪律。再说咱到了正规部队了，就不能像以前打游击的时候，想到哪里就去哪里，基本都是咱自己说了算。”

“那也得有个头啊，你自己说说你打了几年的仗了？现在都解放了，还去打仗？”

“娘，咱这里解放了，但是中国还没有解放的地方多着呢，上部队就是为了解放全中国嘛！”

“什么全中国不全中国的，全中国也不是只有你一个人能打仗，全中国也不是你一个人能打得过来的。再说了，你当八路这些年，我带着他们三个（指大姑二姑和三叔）像要饭的、逃难的一样东躲西藏、担惊受怕，没过过一天安生的日子。就是这样，你打游击，日子久了还能见个面，娘也放心。现在解放了，你还想走，这么大家子人你就不管了？你看咱家，都是你大妹妹帮着我，纺线、做饭。你再看恁几个叔家里，哪一家不指望着你能帮一把？再说，这几年打仗，你落下了一身的伤病，你要是跟部队走了，这么个大家子，我看也没什么指望了。”

奶奶说着说着，老泪纵横，大姑也在一旁抹着抹眼泪。

奶奶就这样一直坐在房门前，晚上坚持不回屋里睡觉，而是靠着房门睡。

父亲被奶奶关在屋里，讲又讲不通，出又出不来，他心里这个着急啊。

第二天一早，趁着大姑送早饭的当空，父亲悄悄地让大姑去通知他的战友，然后让战友赶紧向上级报告，看看能不能找出个对策出来。

第二天下午，部队政委在地方政府人员的陪同下，来到了家里。父亲曾说，政委是个好人。新中国成立后，政委在青岛转行当了海军，还曾专门派人接父亲到青岛疗养过一段时间。

政委和奶奶的谈话，父亲在屋里听得清清楚楚。

奶奶寸步不让，政委也没有办法。

最终的结果是政委当场拍板，将父亲的组织关系转至地方政府，并要求地方政府一定要安排好父亲的工作、照顾好父亲的身体。

第三天的中午，奶奶才放出父亲。

父亲一路狂奔，跑到部队驻地时，当地的老乡告诉父亲，部队已奉命开拔。父亲的南下，没了。

第三章

有仇必报

距父亲家西面五里地，是宽阔的沂河。住在河边的老人们说，雨水稍大的时节，河水便会泛滥，便会看到两眼如铜铃、体形大如牛的水怪出现在水面上。那个年代河上无桥，渡河只能靠两岸简陋的小渔船。在平静的日子里，满是细沙的河滩会引来无数孩童追逐嬉闹，可如今兵荒马乱的，河滩上连只鸟儿都不敢逗留。

1947 年的年景不好，地里的高粱秸长得挺高，穗大多却并不饱满，长的结实也快被鸟儿啄没了，收成还不到往年的一半。“屋漏偏逢连阴雨”，零星几个在地里劳作的乡亲，一边收割，一边还要警惕着四周，因为还乡团来了。

还乡团这些人都不是本乡本土的，说话的口音也不是本地口音。他们打人狠着呢，在路上看谁不顺眼，轻则大嘴巴子，重的时候那就没有底线了，前些日子，村里的一位老汉正在田里收高粱，没招谁惹谁的，就被还乡团几枪打死了，一会儿说是八路家属，一会儿说是有给八路送粮的嫌疑。随后，还乡团贴出告示，明令要求地里所有的高粱都要交给他们，否则就是串通八路，抓到要枪毙。

大姑那年才 16 岁，和父亲一样的火暴脾气，属于天不怕地不怕的。这两年父亲的武工队偶尔路过家门口，大姑便会央求着父亲要跟着队伍走，去扛枪打坏蛋。每次，父亲拗不过大姑时，便会搬出奶奶，只要奶奶一出面，大姑便不再说话了，眼睛里却充满着委屈和倔强。

那个时候，父亲和他的武工队神出鬼没的，整日里不见个踪影，虽然会经常托人给家里带点吃的，可终究是杯水车薪，解决不了实际问题。

即便是饥荒年，一大家子人也总得有口吃的才能熬过去。

眼看家里两亩薄田里的高粱快被鸟儿啄光了，于是大姑每天晚上都会带上镰刀，悄悄地溜到自家的地里抢收高粱。高粱收了，必须得晒，可是绝对不能正大光明、大张旗鼓地晒，必须偷偷摸摸地进行。

几天下来，两袋子高粱快晒好了，还乡团也终于知道父亲的家在哪儿了，准备在第二天早上动手。

毕竟是老根据地，奶奶当天晚上就得知了消息，于是连夜背着小姑、领着三叔，大姑则背着半袋高粱，趁着夜色急匆匆地出门了。

半袋高粱是大姑一定要带上的，为此奶奶还骂了她几句。其余的高粱，都被大姑放在了院子的柴禾垛里，又遮了片破蓑衣，防止下雨的时候淋湿了。

西边是大河，只能向东，一家人向东乡逃难去了。

大姑回忆说，那次真的是逃难，晚上黑灯瞎火的，野地里还净是鬼火，累了不敢停，也不敢出声，只是一个牵着一个，磕磕绊绊地一直走，因为害怕被还乡团抓住。大姑说，那会儿要是被还乡团抓住了，那肯定就没命了。

走了一晚上，第二天娘几个每人吃了几口带来的煎饼，继续向东走去。

大姑说，她们第二天晚上到了一个叫卧石山的小山包，山下住着几户人家，其中一户还给她们几碗热水喝。

在那里的一个小破山神庙里眯瞪了一晚上，天亮后又继续向东走。大姑说，忘了走了多少天了，反正后来到了一个小村，那个地方旁边有座相子山，在那个小村开始住下了，住的是一座无人的房子，锅碗瓢盆都还在，只是没有主人。

说来也巧，父亲这段时间也在这一带打游击。

还乡团武器精良、火力配备凶猛，父亲和他的武工队无法正面接敌，只好采取袭扰战术，蚕食敌人。好在这一带的群众基础好，部队的作战、休整、给养、隐蔽等都能把握十足，父亲的警惕性却没有因此而放松。

一天，有情报指，集结在石臼所的一队还乡团约100多人要前出到岚山头，父亲即刻召集大家研究相关态势，决定在敌人的必经之路上埋设地雷，打他一个措手不及。

那个时候，父亲他们手中的地雷威力其实并不大，数量也不多，只有那么二、三十颗，还是父亲从人家野战部队首长那么里磨来了，这可都是武工队的宝贝。

讨论作战行动时，武工队里有人提议，埋两三颗地雷吓唬吓唬还乡团就行了，舍不得将全部的家底都拿出来。可是父亲不同意，他固执武断地决定要埋设所有的地雷。

父亲曾说过，埋地雷可不是个简单的活，要让敌人发现不了，必须要根据现场的实际情况，必须要动脑子。

雷场设在了相子山山脚下的一条路上，父亲他们认定这是还乡团的必经之路。于是天还没亮，便集合出发了。

地雷埋好了，还要派人在路的两头远远地、隐蔽地盯着，一来是为了掌握敌人的动向，二来是怕误伤了老百姓。

都过了晌午了，路上始终没有发现敌人。

“那个时候的第一判断就是还乡团没有走这条路，而是走了另外一条我们认为很难走的路。”父亲曾经和他的老战友们聊起过此事。

于是，赶紧把所有埋设的地雷全部挖出来，然后急行军，拼命跑到推算中的还乡团前面的路上，重新布设地雷。

折腾了一天，还乡团愣是没有出现。

又等了一晚上，还是没有。只好把所有的地雷挖出来，部队有些垂头丧气。

回到驻地，父亲的脸色也不好看，但他还是压住了自己的脾气。

话分两头，各表一方。

大姑她们在那个小村里住了几天，消息被父亲得知了。

父亲得知消息的当晚，便趁着月黑风高潜进了小院，轻声拍打着窗户。确认是父亲后，奶奶打开了门，一家人在这个地方团聚是谁也没有想到的。

还没等说上几句话，村口传来了急促的狗叫。

父亲走到门口，下意识地竖起耳朵听了一下，急忙对奶奶、大姑她们说了声：

“有敌人，我先躲起来，过两天我来接你们。”

随后走了出去。

说话功夫，门口便传来了脚步声，紧接着是踹门声。十几个人拿着长枪短炮的、气势汹汹地闯进了院子，踹开了房门，手电筒的光柱明晃晃地往屋里照着，他们身后长枪上的刺刀也泛着吓人的幽亮。

“就是这个老娘们，据说她儿子就是土八路！”

说话的是当地地保，他的家在离这个小村五里外的大村里，小村里的两三户人家都是他家的佃户。他儿子是国民党军官，平时对武工队也还算客客气气的。

“说，你儿子是不是土八路！”

“说，你儿子在哪里？”

还乡团的痞子兵个个都是凶神恶煞的样子，二姑吓得想哭又不敢出声。

“俺们是从西乡逃难来的。”

奶奶平静地回答着，紧紧地抱住瑟瑟发抖的二姑。

“搜,好好搜一下！要是抓到你那个土八路儿子,我剥了你的皮！”

屋里被翻了个底朝天。

“我当时是曲着身子，几乎是半躺在秫秸垛最里边的，他们的刺刀离我就差两指。那会儿我的枪都顶上火了，真想跟他们拼了。”

父亲回忆这段往事时，总有些内疚。

十几个还乡团痞子屋里屋外翻了一圈，并没有找到父亲。那个地保心有不甘，拎起了屋角里的半袋高粱，这时大姑扑了过来，死死地抱着半袋高粱。

“老总啊，俺全家就这一点吃的了，给俺们留下吧。”

“留下，给你们留下，好送给土八路，想得美。”

地保说着抬起了脚，踩住了大姑的手，使劲碾了碾，大姑疼的松开了手。地保出门时，还故意将奶奶推倒在地，又踢了一脚。

十几个人大摇大摆地走了。

过了一个多时辰，奶奶才走出屋子，又走出院子，走到外面的街上看了一会，静静地听了一会。

当她确认还乡团们确实走了，已经没影了，她才走回院子，轻轻地咳嗽着。

父亲这时扒开了秫秸垛，爬了出来。

看到了父亲，奶奶低声说：“赶紧走！”

“不行，这里不安全了，我带你们走。”

父亲说着，进屋叫着弟弟妹妹们，连夜回到了武工队的驻地。

第二天晚上，父亲一行四人潜进了地保所在的大村。

快三更天了，村里没有任何动静，地保的那条大狗这会早被武工队员们给牵走了。

四个人手搭手，飞身便上了地保家的院墙。

地保已熄灯睡觉了。

用刺刀一点点别开房门的门闩，四人悄声闪进了地保的房间。

父亲摸到了桌子上的油灯，点着，拍了拍正打着呼噜的地保。

“哎，醒醒！”

“谁…啊…你们是…是…谁？”

地保从睁开眼到目瞪口呆，用了还不到两秒钟。

地保的媳妇也吓得大叫起来。

“塞起来！捆起来！”

父亲朝队友使了个眼色，队友们上前用破布塞到了地保夫妇的嘴里，又把两人反手捆了起来。

“让地保老婆蹲在旁边，把这个老东西吊起来！”

地保家的房梁还挺粗，队友扔了两次，才将绳子套过房梁，又将绳头系在地保两手上。队友双手一较力，地保瞬间被吊离了地面。

汗珠一下子从地保的额头上滚了下来，疼的啊啊直叫。

父亲上前拿开塞在地保嘴里的破布，蹲下身，盯着地保。

“好汉饶命，不知道什么地方得罪了好汉，请明言。”

地保喘着粗气，急切地说。

“噢，得罪没得罪，你自己心里清楚。我想知道你是昨天晚上干什么去了？”

父亲拿了把刺刀在地保的脸上来回摩擦着。

“好汉饶命，昨天晚上真不知道那家人和你有关系。只是前两天他们告诉我说，小村来了一家人，听口音不是本地人，也不跟村里人来往，来路不清。再说县里治安队长是我堂侄，这两天也捎信给我，让我注意可能会有八路家属假扮成逃难的人，说是抓到八路家属有奖。这不，昨晚才……”

“明人不做暗事，我就是莒临边区武工队的队长，昨晚那是俺娘和俺弟弟、妹妹。我还告诉你，昨晚上我就在那里。差点第一个就先打死你！”

“好汉爷饶命，好汉爷饶命，我要是知道那是你的家人，借我十个头也不敢哪！好汉爷饶命啊！”

地保痛哭流涕起来。

“听说恁儿在国民党那，官不小？”

“是个团长。”

地保的声音很小。

“什么？”

“是个团长。”地保战战兢兢地说。

“你侄经常回来不？”

“他不常回来，他爹走的早，所以他小时候是我拉扯大的。逢年过节会回来上坟，平时不怎么来。”

地保有些惶恐地回答着。

“说吧，今后想怎么样？”

刺刀还在地保的脸上游来游去的。

“全听好汉的！不，不是！全听你们武工队的，你让我干啥我就干啥？”

“真的？你就不会转身就去告诉你侄、告诉还乡团？”

“不敢，我要那么做，让我天打五雷轰，让我绝户！请八路同志给我一次将功赎罪的机会，我保证立功！”

地保仿佛看到了救命的稻草，极力地示好。

“把他先放下来吧。”

地保瘫地床前，蜷缩着，低着头，鼻涕流得好长。

“抬起头来！”

父亲拿二十响的匣子枪挑着地保的下巴。

地保犹豫地抬着头，目光不敢与父亲的眼神相对。

“行,那我就给你一次机会。不过,我告诉你,再让我知道你干坏事，你知道后果！”

地保拼命点着头。

父亲示意队友给地保和地保老婆松了绑。这时，地保老婆的裤子已经尿湿了，浑身还像筛糠一样。

父亲站起身，伸了伸腰，用脚碰了碰地保。

“刚才是大义，现在是私仇。昨晚你踢俺娘、打俺妹了吧，昨晚你还抢了半袋米？”

父亲的话音还未落，地保便拉扯着他老婆扑通一下跪在了父亲的脚下，使劲地磕起头来。

“八路爷饶命啊，我瞎了眼了，我给老人家磕头了。俺家有白面，把俺家的白面都孝敬给老人家行不？”

“人可是你打的，还乡团也是你带来的吧？”

父亲知道，地保是不榨不出油的。

“八路爷，除了白面，俺家还有几十块银元，一块孝敬老人家，就当我给老人家赔罪，行不行？以后，我保证每年都会按时孝敬老人家。求你大人大量，饶我一次吧。”

……

后来，父亲曾经跟他的战友谈过此事：

“就这样，那天晚上，俺几个人从地保家背回了四袋白面，带回了100多块大洋。那年过年的时候，地保特意杀了一头猪，托人捎给了武工队。再后来，听说这个地保跟着他儿子去了台湾。”

第四章
孤身涉险

鬼子投降以来，不管是县城还是村庄，那种扬眉吐气的感觉还长久地挂在每个人的脸上。以前当过汉奸的人也没有了往日的嚣张，见人也会点头致意了，可是他们依旧是黑布短衫小礼帽、腰里别着盒子炮，他们的头子王洪久也摇身一变，成了临沂行政督察专员兼保安司令。

“鬼子投降后，我们和国民党的势力其实是犬牙交错的。那个时候，我们也有一些人按照组织的要求担任政府部分公开职务，国民党政府也默认了我们的势力可以延伸到一些乡镇，同时也默认了我们在一些乡镇集市收取税费补充经费的做法。初期，双方基本上是井水不犯河水。可是慢慢地，他们的挑衅多了起来，双方的摩擦也就越来越多，我们在政府工作的一些人员被迫转入地下，对一些集市收取税费也由公开转为半公开或者是隐蔽进行，而且一般会选择距离县城较远的乡镇。”

父亲的老家距离县城近60里路，属于这个县的边缘地带，但是这里既是三县交界的地方，又是两条省道的交汇点，历来都是兵家必争之地，所以双方对这个乡镇的争夺一直充满着刀光剑影。

镇上有个两个大地主，一个叫王荣，一个叫王奇，都是靠在鬼子时期当汉奸发迹的。他们平日里欺压百姓，无恶不作。本来鬼子投降后，国民政府信誓旦旦地贴出安民告示，说是要严惩这两个汉奸，后来竟不了了之了。当地的老百姓们由此无奈地感叹：“有钱真的能使鬼推磨”！

王荣、王奇和王洪久私交不错，一来双方在鬼子占领时期有过交集，二来双方都互相承认祖上是一家。鬼子投降后，有段时间王荣和王奇是大门不出、二门不迈，不是出来没有事情做，而是真的不敢出来。

不久，王洪久回来了，还当上了司令，据说一下子送给这哥俩二十条枪，这下子王荣、王奇像换了个人一样，不但敢出门了，还整天带着十几个背枪的家丁在大街上吆五喝六的，恶霸作风较之从前有过之而无不及。

莒临边县区委派出的税收专员多次被这些家丁撵跑，个别人还挨过打，被打得还不轻。也就是从这个时候开始，王荣、王奇他们认为已经试探出了共产党、武工队的实力了，开始与共产党针锋相对地干了起来，开始不把武工队放在眼里了。

边区区委在这里的税收越来越困难了。那时，父亲刚被任命为区小队队长，这是包（包培智，时任莒临边区区委书记，解放后首任临沂县长）书记特意在区委会上特意提出的建议，就是为了培养他、锻炼他。

从1943年秋天参加革命扛起枪，父亲就在包书记的身边，当警卫员、区委通讯员，勤快肯干、身手矫健，能吃苦、脑瓜子又灵活，深受区委一众人的信任和喜爱。就父亲对于共产党的忠诚度问题，包书记曾多次在不同的场合讲过，“他是他们镇里两户半好人中的一户！是绝对忠于共产党、八路军的好人！”

当时的区小队，十七八个人，五六条枪，最好的枪就是一支三八大盖，那是父亲的枪，剩下的是两支土牙五、两三支鸟铳。子弹制式都不一样，还少得可怜，父亲回忆说，那时他只有五发子弹，天天当宝贝一样贴身藏着。全队还有五六颗手榴弹，五六个土地雷。

那个时候，区小队的任务不多，大多是警戒性质的，比如站岗放哨、送信通知什么的，队员们参加过战斗的屈指可数，好多人还都是第一次见到真枪。

新官上任三把火，父亲当上了小队长，便开始有模有样地训练起队伍来了，白天练瞄准、晚上练胆量，想着法子让驻地不远的一支八路军部队派人来指导。

这支八路军部队也是刚驻扎不久，因为要与区委互通机要，所以父亲便与他们的连长熟络了起来，也是两个年轻人惺惺相惜吧，投缘之后便成了朋友，他们的友谊一直延续到了新中国成立后。连长后来去了朝鲜抗美援朝，回国后在青岛海军基地担任首长。

“出了腊月门，转眼就是年”，处在风雨飘摇的时代，日子虽然过的艰苦，可人们对于过年的热情丝毫未减。

眼看 1946 的春节就快到了，可区委干部连同区武工队、区小队几十号人的口粮早就见底了，就连每人每天一碗稀粥也马上要断顿了。

没钱没粮。“趁着王洪久他们还没有明令禁止我们收税，我们必须尽快派人到集市上去征收税款，以解目前的燃眉之急！”

包书记在区委大会上如是说，集市指的就是父亲老家的集市。

明面上，王洪久控制下的县政府并没有颁布禁止边区政收税的告示。暗地里，县保安大队往各个乡镇派驻了人数不等的一队人马，这些人与当地的地主恶霸武装结合在一起，通过控制物资流动、资金流动和人员活动，监控边区政府、武工队，不断蚕食边区政府和武工队的地盘，挤压边区政府和武工队的生存空间，以达到让边区政府和武工队自生自灭的目的。

这是明招，也是阴谋。

之前派去征税的同志都打了退堂鼓，有几个主动请缨的因为并不了解这个集市情况而被否决了。

父亲请战了，可包书记并没有点头。

“你们区小队最近训练搞得不错，要一鼓作气，加紧试练。再说了，这不是你们区小队的活，这是区委的任务。”

“包书记，这里没有比我再合适的了，你去派我去吧！”

架不住父亲的软磨硬泡，包书记同意了父亲的请求，同时还下达了一个附带的命令：

“不得与保安大队或者地主武装发生冲突，如果发生冲突，也是全身而退！”

这哪是命令，这是爱才！

第二天就是年关大集，父亲整装待发。

第二天一大早，镇上的年关大集上已经开始有人摆摊了。

王荣、王奇哥俩为了方便对集市的管理，前两天强硬将集市搬到了他们指定的十字街。外乡里来的一些人还是习惯性地把地摊摆在了山脚下，可能是他们不知道王荣哥俩的决定，但是山脚下的摊位比十字街的摊位明显少多了。

父亲用毡帽遮住了半张脸，紧了紧肩上的挎包，在两边的集市上转悠着、观察着。

两个地方的距离有一里地，王荣家离十字街很近，方便他的家丁们出入。山脚处虽然摊位少，可是位置于我方便，便于隐蔽，便于撤退。

考虑再三，父亲做出了大胆的决定：临时挪集！

王荣、王奇他们强制将集市转移个地方，费了那么大的劲，到头来还有人在原地出摊。自己一个人要挪这么大一个集市，而且人家陆陆续续都出摊了，谈何容易？

父亲后来也说："那个时候不知道是从哪来的胆量，只是一门心思地想完成任务！"

挨个劝说，既做不到，时间上也不允许。

文的不行，那就武办！

"乓、乓、乓！"

三声枪响过后，站在十字街中央的父亲扯下毡帽，对着那些摆好摊的人们大喊着：

"快回到原来的山脚那里，这里有队伍要过！"

摆摊的人们都是四乡八邻的，好多认识父亲的，再加上看到了父亲手里扬起的盒子枪，几乎所有的人一同收摊、转移，然后回到山脚下重新摆摊、叫卖。前后不到一个小时，集市就顺利地挪回了山脚下。

王荣、王奇很快自然收到了风声，出门察看时，集市已经转移了，再挪回来是不可能了。问所有摆摊的缘由，所有人都摇头，搞得王荣、王奇他们一头雾水，不明就里，只好吩咐几个家丁到集市上多看一看、盯着点。

父亲猜到王荣、王奇他们不会善罢甘休，挪好集市后，他跑到山头上去布置他的机关去了。

上午十点，基本上是集市的最高峰，父亲若无其事地从山上走了下来，一低头便混迹在了人群之中。

一个摊位一个摊位地走，认识父亲的，全爽快地往父亲的挎包里扔点钱，不认识的，便挨个摊位比划着“八”。

父亲后来回忆说：“哪里是收税啊，比要饭的强点，但是凡是知道八路军武工队的，出手都挺大方的。”

不多一会的工夫，挎包便沉甸甸的了，父亲估算着大概的数目，知道这次肯定已经完成任务了，所以脚步变得轻松起来。

好像有人在喊父亲！父亲心里一惊，戴好毡帽，悄悄地站在一个草垛的后边，站在一个石辘辘上，探出头来四下打量着。

保安大队的！

保安大队的、地主武装的，十几个人拎着长枪短炮的，正在集市上大喊着父亲的名字。看来他们已经知道了父亲的行踪，他们想抓活的！

父亲转身一猫腰，混在集市的人群里，悄悄地上了山。

“啪！”

一声清清脆的枪声从山头传来，集市上的人们有些惊慌，但还都停留在原地，四下张望着。

“啪！”又是一声枪响，这次打在了集市中间的一棵大树上，一根树枝应声折断掉落。

人们不再驻足张望了，开始四下奔跑起来，集市一下子乱成了一锅粥。

两次枪声都从山头传来，父亲的位置好像暴露了。

十几个保安大队的便衣开始向山头射击，枪声很密，山头处也没有了动静。

这些便衣到了山头了，突然连续两枪从山另一侧的另一座小岭传来，子弹是飞向他们的，便衣们吓得赶紧卧倒。

又是一阵寂静，便衣们对着小岭开了几枪，便冲了下去。

山本来就不高，只有 50 多米，和小岭的距离也就 200 多米，高度差只有 20 多米。父亲说，那时候开枪其实是没有准头的，不过是想吓唬一下对方而已。

可是便衣们下的却是死手，他们循着父亲可能行走的路线一路追去！

又跨过了一道岭，父亲沉下心来，找好位置，卧倒，开始精确瞄准射击，“啪、啪！”

打伤了一个，其他的便衣居然两面包抄而来！

“嗖，轰！”

父亲扔出了一只手榴弹，趁手榴弹爆炸的当空，父亲又飞快地跑过一道岭。

便衣们还咬在身后！

“嗖，嗖。轰，轰！”

父亲又接连扔出了两颗手榴弹，然后靠在一个大树根后端枪瞄着前方。

便衣们又抬头了，又往前冲了。

这时，父亲的身后响起了冲锋号的声音，十几个八路军战士快速冲到了父亲的身边，问清父亲的姓名、隶属后，便一齐举枪向便衣们迎头打去。

便衣们哪里是八路军的对手，刚一交手，便极速溃逃而去。

父亲抹了抹脸上混着泥土的汗水，开心地向八路军战士们敬着礼。

超额完成了征税任务，又全身而退，这让区委、武工队的好多人都大吃一惊，唯独包书记是发自内心的高兴。

可是大家的疑问终究是存在的。

“他不是只有五发子弹吗？”

“他哪来了盒子枪？”

“咱八路军怎么知道去迎接他？”

“为什么他和八路军接头的时间那么准？”

原来，父亲被批准执行任务的当天，他就跑到了八路军的驻地上找那个连长去了，跟连长介绍了情况。

这个时候，才能看出来什么是生死之交。

连长对父亲这次的孤身冒险很是担心，所以不但送给父十几发子弹、三颗手榴弹，还约定了接头的时间、地点以及紧急情况下的处置措施。如果遇到危险，连长和父亲约定，什么情况扔一颗手榴弹，什么情况扔两颗，扔三颗当属十万火急了。

连长还是不放心。第二天一大早，便派出了一个排的战士在约定的地点隐蔽着。也就是说，在没有发生危险的情况下，父亲赶回第三道小岭时，也会有一个排的战士前来迎接他。而他和父亲原先的约定是，只动用一个班的兵力。

挪集成功后，父亲回到山上，就是检查枪支弹药的情况，以备急用，以防万一。

还有，盒子枪是包书记的，毡帽也是他借父亲戴的。

第五章

审判地主

父亲孤身涉险，圆满地完成了任务，受到了区委领导们的一致肯定，包书记也多次在区委大会上点名表扬。

这算是父亲上任后踢的第一脚，简单利索。

接下来区委布置的任务，让父亲感觉到了压力。

“按照上级和滨海军分区的要求，要在你们区小队挑选精兵强将，负责调查王荣、王奇两个恶霸地主的罪行，要找到他们残害老百姓的真凭实据。最好能找到被他们迫害过的人，给他们撑腰壮胆，让他们敢于在今后开展的批斗大会上站出来控诉王荣、王奇的罪行。”

王荣、王奇在鬼子占领初期，就当了汉奸，成了日本鬼子手下的镇长和汉奸维持会长。

前文提到过父亲的家乡是兵家必争之地，这一点从日本鬼子在这里的屯兵数量、带兵的官阶上就可以看得出来。当年，鬼子在此地的屯兵数量几乎与临沂城差不了多少，一般驻守此处的鬼子头目都是佐级军官，一度还曾驻扎过大佐级的鬼子军官。

抗日战争中，围绕此地的战斗不少，国民党的庞炳勋部曾在此地与日本鬼子激战多日，这也更加说明了此地在军事战略上的重要意义。

王荣、王奇盘踞此处多年，势力是根深蒂固，各方关系也是盘根错节。鬼子投降后，国民政府都没有收拾的了他们，更何况现在他们又和王洪久扯上了关系，现在要动他们俩，怕是没那么容易！

父亲和区小队的战友们好像是认真地在听着区委领导们下达任务，可是每个人心里都在打着鼓，一丝丝疑虑的神情自然地透了出来。

“你们对这个事情怎么看？都说说自己的看法嘛。”

包书记用鼓励的眼神看着大家，最后定格在了父亲身上。

“你带头说说吧。”

父亲随即站起身来，打量了一下大家，朗声说道：

“这两个人罪大恶极，老百姓们早就对他们恨得牙根痒了。现在他们势力还是很大，这个时候可能没人敢正面和他们对着干，老百姓们都怕他们报复。但是，区委领导信得过我们区小队，我们区小队就会想办法找到被他们欺负、迫害过的人，拿到他们的罪证。请区委领导放心！”

包书记满意地点了点头，示意父亲坐下，微笑着说：

“说实话，我也有疑虑，就是我们拿到了他们的罪证，能不能批斗、怎么批斗、什么时候批斗、批斗到什么程度，我也不清楚，更何况在这件事情上咱们区委说了也不算。但是，这是上级交代下来的任务，既然是任务，就必须完成。”

包书记的一番言语，让大家产生了同感，屋里瞬时七嘴八舌起来。

“我看啊，咱们搬不倒他们。”

“就是啊，这两个人太有势力了。”

“但是应该收拾一下他们，他们作恶太多了。”

“他们真的是欺负人啊，听说在鬼子时期就逼死过人。”

“他们的坏事太多了，鬼子来之前他们就逼死过好几家人呢。”

说着说着，大家都义愤填膺起来。

包书记站起身来，清了清嗓子，大声说：

“大家先听我说。大家静一静，先听我说……”

屋子逐渐安静了下来。

“你看，咱们现在就是个神仙会，这情况一碰啊，它就全面了。我看啊，你们几个分个工，不要所有人都窝在一个地方，谁熟悉哪方面的情况就由谁来牵头，最后汇总到你这里，你带人再负责全面核实一下。”

其实，包书记是在对父亲面授机宜。

“另外，这个事啊，要有时限，你看你们多长时间能弄好？”

包书记看着父亲，有点让父亲立军令状的意思。

“包书记，这马上就过年了。你看，我们正月里干活，二月底完成任务，行不行？”

那个时候，大家还是习惯用农历来说日子。

父亲也没有十足的把握，所有故意把时间说成了两个月。

包书记沉思了一下，点了点头，说：

“行吧。工作一定要细，找到人证时，一定要核实清楚。”

包书记环视了区委的其他几个领导，接着说：

“对了，我们区委也研究过，今年过年大家都回家过，区委这里留几个人警戒值守。大家回家过年，一定要注意安全，原则上不能引起别人特别是保安队、国民党的注意，不得与人发生纠纷，不得暴露驻地的情况，不得出卖同志，遇到特殊情况大家要赶紧回到驻地报告。”

“还有啊，你们区小队过年的时候也要抓紧对王荣、王奇的调查。过年的时候村里人齐，有些情况平时拉呱就能掌握，所以你们要多注意这方面的群众反映。”

1946年的年三十静悄悄地来了，父亲回了家，这还是他参加队伍的两年多以来第一次回家过年。

房子还是那座房子。积雪压在房子的草顶上，在阳光下冒着水汽，冰溜子挂在屋檐下，尖处的水滴慢慢地向下拉扯着，不愿离开冰的怀抱，院门开裂了，院墙比自己离家时破旧了许多。

伸头从院墙望去，奶奶和大姑还在院子里纺着线。这么冷的天在外面干活，那是因为要活下去。

父亲的出现，让奶奶高兴极了。前些日子传言说在年关大集上打死了一个土八路，之后奶奶便经常做噩梦，醒来也是心跳得厉害。

姑姑和叔叔们围着父亲，问东问西的，亲不够的亲。

隔壁四奶奶家传来了阵阵酒香。不一会儿，四奶奶便拿着一小壶酒推门进到院里。

“嗯，我听着是’二份的’（指父亲）回来了，还真是。”

平日里，四奶奶靠在集市上或者大路边卖酒换几个钱，酒是自酿，所以量也不多。其实，在四奶奶那里几个买酒的老主顾都是八路军的交通员，四奶奶卖酒就是为了掩护这个交通站。

四奶奶早就知道父亲当了八路，所以听到父亲回家时也是由衷的高兴，那时她能拿得出手的，也只有这一壶酒了。

“那个时候除了几个地主家，谁家都穷，过年吃肉是不可能的、也没想过，能一人吃上几个黑面的饺子就不错了，白菜豆腐的馅，弄得齁咸。因为咸了就得喝水，水喝多了，也就饱了。”

“那年年三十不敢串门，那个时候镇上干过伪事的人多，分不清楚谁对你是真心，谁想对付你，所以真不敢让人知道咱回来了。那年的年三十在家吃完饺子，趁着天黑，外面有炮仗声了，俺就赶紧赶往驻地赶了。因为要是不走，年三十晚上有过来拜年的，初一过来磕头的，人多嘴杂，肯定会出事。还有，家里本来就没什么吃的，如果我在家，那就更不够了，所以必须得早走。”

就这样，父亲在年三十赶回了驻地，踏实地睡了一觉。

年初一，父亲醒来时，包书记正在炉子里生着柴火，准备烤火，也是准备做饭。

“包书记没回家过年？”

“我回不去哟！”

区委里好多事必须包书记亲自处理，而且他在国民政府里是挂了号的人了，自然回不去的。再说，这些日子以来，王洪久对于他的“关照”是非常到位的，当然这些关照是指在暗地里对他家人的跟踪监视，意图就是在他出现时伺机抓捕，因为他算是一条大鱼，足以邀功请赏了。

看着父亲穿戴利索了，包书记笑着示意父亲坐到火炉旁。

“我估算着你不会在家里时间长了，但也没想到你三十晚上就回来。”

“俺家是个大家族，到时候拜年的人多，人多嘴杂的，俺怕出事。”

“好啊，这说明你警惕性很高，这也是对敌斗争的经验。你回来的正好，上级命令我们要在上半年建立一支爆破队，要求各区委挑选骨干参加滨海军分区的轮训。考虑到你年轻、脑袋又灵光，我想派你去参加轮训。当然这事我还没有和区委的其他同志商量，不过我想他们会同意的。所以你也要做好准备，平日里先思谋思谋这个事。”

伙夫也回去过年了，所以这会儿区委驻地也没啥可吃的，父亲和包书记还有几个值守的同志烤了几个地瓜，大家有滋有味地吃着，说说笑笑地度过了大年初一。

初二，人员回来了一半。

初三，区小队全部人员归队，没人发生意外。

父亲分派人手，以过年串亲戚的名义潜到各处村子里，开始摸查王荣、王奇二人的罪证。

在广大农村地区，十里八乡的人们之间有着各种各样的亲戚关系，区小队人员都是本乡本土的人，以串亲戚的名义去往其他村子是再合适不过的了。特别年关时节里，自古就讲究“没出十五都是年”，人们去各处拜年，不但不用带礼物，可信度也高。这样即便是不认识的人，也不会把区小队的人员往八路军方面去想。

这就是父亲胆大而且精明之处。

人们一开始是抵触的，没有人愿讲，都怕惹祸上身。

连续几日，几路人马都一无所获。

正月初六，镇上的店铺都要在这天开门，这天也是春节后的大集。

父亲和一名队员潜回镇里，混在赶集的人群之中。忽然，王荣带着几个家丁出现在十字街口，耀武扬威地走着。据说，他是从临沂城里过年刚回来。

一个破衣烂衫的小孩手里拿着一块大石头，挡在了路中央，看样子是想冲到王荣跟前，可一下子便被家丁踹翻在路边。

“你个小王八羔子，作死啊！”

王荣一边骂着，一边举起手中的文明杖朝着这个孩子搂头便打了下去。

孩子的头上冒出了鲜血，孩子用手捂着头，没有吭声，还用愤怒的眼神盯着王荣。

父亲全都看在了眼里，一看再这么下去这孩子肯定会吃亏，便故意把自己的棉帽子拉低了一些，从人群中挤到孩子的身边，一把就把孩子拽到了人群的后面，捏着喉咙高声训斥着：

“你这个熊孩子，又在外面惹事！”

赶集的人不是太多，但这事一发生，一下子聚拢起一大群看热闹的人。

不能当街行凶，王荣也得有个台阶下。

“哪家的小王八羔子！管好点，下次再让我看到，非打断他的腿不可！”

王荣朝向父亲的方向谩骂着，然后在家丁的簇拥下，走了。

“我要杀了你，你这个大坏蛋！”

孩子还是怒目圆睁，嘴里还在轻声重复着。

知道父亲是八路后，孩子顺从地拉着父亲的衣襟，跟着父亲，顺应着人群，走出了镇子，一直跟着回到了区委驻地。

“这个小孩可能跟王荣有仇，一路上不说话，也赶不走，还是包书记你来管管吧。”

回到驻地，父亲便找到了包书记，向包书记详细汇报了当时的情况。

孩子被包书记领到其他屋里去了。

年初七一大早，包书记叫住了正要出操的父亲。

“你带上人，再去白塔街去了解一下情况。那个孩子就是被王荣、王奇两个地主杀害的人的小孩，这个孩子才 8 岁，可是记性很好。他说他爷爷、大伯、二伯、三伯都是被王荣、王奇害死的，他爹还被拴在白塔街一个姓邵的地主家里拉磨，眼都被扎瞎了。你们几个赶紧去一趟，一定想办法把这个情况核实清楚喽。”

“如果姓邵的地主要横，怎么办？”

父亲问到。

“跟咱们要横？你们手里的枪是吃素的？要敢于斗争，同时还要讲究斗争的方法。这次给你的任务是把这个小孩的爹给解救出来，安全地带到区委驻地来。”

“是，保证完成任务！”

50多里路，父亲他们用的是急行军速度。

直到白塔街，姓邵的地主不在家，家丁们看着几个背枪的人，也没敢阻拦。

进了院，找到磨坊，确实有个人站在大碾台边，披头散发、骨瘦如柴、衣不遮体，光着脚紧紧抱着碾杆，脖子上套着一条长长的铁锁链，他的双眼已经瞎了。

问清了他就是那个小孩的亲爹后，父亲他们要把此人带回区委驻地，邵姓地主的家丁们嘴里嚷嚷着，可没有一个人敢上前阻拦。

这正是“无心插柳柳成荫，得来全不费功夫。”

有了王荣、王奇两个地主的罪证，同时还挖出了白塔街邵姓地主的罪状，这让区委上下感到振奋，区小队所有人员也觉得脸上有光，上级组织专门派人充分肯定了对这方面工作的成绩。

二月中旬开始，八路军滨海军分区作战部队围剿王洪久的战斗打响。二月底，王洪久率部逃至枣庄，临沂成了八路军的天下。

审判地主恶霸王荣、王奇时机已到，区委按照临沂地委、滨海军分区的命令，及时抓捕了王荣、王奇，同时还缴获了他们私藏的三十多条枪，对两大地主在三月初的万人审判大会也紧锣密鼓地筹备着。

这时，滨海军分区的轮训命令下达到了区委。

没能亲身参与对两大地主恶霸的审判，父亲稍稍感到了一些遗憾。可军令如山，父亲没有犹豫，健步走在了去莒南八路军驻地轮训的路。

父亲回忆说，也就是从这个时候开始，他算是正式告别了区小队，开始了他爆破队长的生涯。

第六章

磨炼本领

位于沭河、浔河冲积平原上的莒南县大店镇，在地理特征上属于低山丘岭地带，当地老百姓们戏称“大土堆子”不少。在八路军的行政区划中，这里属于滨海军分区的辖区。从抗日战争开始后不久，这里便成了八路军的根据地。

从 1945 年 8 月份开始，大店镇以中国共产党领导的第一个省级政权机构——山东省政府的所在地走入了全国人民的视野之中。

1945 年 11 月份，罗荣桓领导山东野战兵团取得了临沂战役的胜利。临沂城解放不久，山东分局、山东省政府和山东军区即移驻此城，后来华中局和新四军也移驻。大店镇仍然还有部分机关和部队驻扎，它作为根据地和大后方的角色没有改变。

刚到大店，父亲便被这里的一切吸引了。他到处看着，感觉到这里的一切都是新鲜的，特别是路上走着的八路军战士，个个都是精气神十足，每个人脸上的笑容都是那么的自然。

轮训人员来自滨海军分区所辖的各个武工队、区小队，父亲他们这一期共 10 个人。轮训队设在了离大店镇 5、6 里地的一个小村子里，那里有八路军的一个营部驻扎，听说村子附近还有一个专门造地雷的兵工厂，但具体在哪里，父亲也不知道，毕竟是初来乍到嘛。

训练正式开始了，父亲的挑战也来了。

20 名轮训人员中，父亲年龄最小，只有 20 岁；放过枪，但还没有正式打过仗，没有上过战场。父亲的区小队没有执行过一次战斗任务，甚至连配合正规部队作战的机会都没有过。

其他的人呢？虽然大家都是从打鬼子开始参加革命的，但人家大多数都跟鬼子在战场上真刀真枪地干过。不用说协助八路军作战，有的区小队、武工队自己都打过多次埋伏，有的还缴获过三八大盖、日本的橹子手枪、日本军官的大洋刀呢。

父亲回忆说，因为前期区委的多次表扬，自己有点骄傲自满，也有点得意扬扬，觉得自己的本事大了去了。可就是那个时候，听完别人的自我介绍，才知道“人外有人、天外有天”的道理，一下子觉得自己其实是很渺小、很微不足道的，知道了自己与别人的差距原来那么大。也就是从那一刻开始，自己暗自下定了“一定要立更大战功、一定要争取超过他们”的决心。

说一开始训练就能全身心地投入，那绝对不是实话。

学爆破是从炸药的构造学起的，可是这一帮子大老粗，拣一箩筐的大字，他们也认不了几个，对他们来说有点等同于听天书。

还好，父亲上过两年私塾。父亲家族中规定，每家的长子必须要开蒙读书，而私塾是那个年代唯一的教育机构。那个时候爷爷还健在，而爷爷恰好又是族中指定的私塾先生，所以父亲虽是在家中排行第二，“近水楼台先得月”，所以他也有机会入读私塾，也能跟兄长、叔伯弟弟们一起上学。

“三字经、千字文、四书五经，那个时候俺们学的都是这些。你爷爷要求每人每天都要会背多少篇文章，背不下来，就拿板子打手啊。那个时候，俺几个都没少挨打。你父亲聪明，他挨打的少，但他淘啊，俺几个背文章的时候他要么拿只青蛙蛤蟆偷偷地扔到俺几个的脚下，要么就在俺几个背的时候做个鬼脸，你一害怕、一笑，就背不下去了，挨打就免不了了，可他呢一本正经的、跟个没事儿人一样。”

多年以后，伯父回忆起他们的童年时，还是充满着对那时手足情深的怀念。

有点扯远了，还是回归正题。

炸药知识、引爆结构虽然晦涩难懂，但毕竟学的不是这个嘛，难学也得学。大家不懂就问，教员们也把那些繁杂的知识用简单易懂的方式反复讲解着，直至个个都基本上能懂。

当然，训练班除了讲解爆破专业知识，还要学习毛主席的文章，不时还有领导来做时政分析。

父亲曾经和他的战友们谈起这次培训，他很有感触：

“在大店的时候，人家过来讲毛主席的文章，听完咱才开窍，毛主席就是料事如神啊。他的《论持久战》，抗日战争的最终结果就是这样的。以前说毛主席好、共产党好，到底好在哪里，好像是看不见、摸不着的，听完人家讲的，那些好就都变成了看得见、摸得着的实实在在的了。这也是人家大店那边那些人的水平高。

“还有那些领导做的时政分析，他们说国民党当局就是要撕破脸皮跟共产党干，让我们回各自的地盘后都要做好反摩擦的战斗准备。这些都让我们在1946年下半年国民党反攻山东根据地时，我们的武装力量能够得以保全并跟他们开展针锋相对地斗争奠定了基础。

“在大店训练的半个月，也是我思想觉悟提高最快的时候。从大店回来后，我向县委重新提出了我的入党申请，党组织也很快批准了我的申请，我成了一名真正的共产党员。”

到大店驻地已经3、4天了，基本上天天都是理论讲解，还要每天出操，帮老乡们挑水、打扫卫生、到田里干活，有些枯燥，大家也渐渐有了牢骚。

大家住在一个大房间里，晚上没啥事干。

“哎，这会儿咱武工队应该招收新队员了。”

“我们那儿该换枪了，驻在我们村的一个独立团的徐连长早就答应给我们中队换几支好枪，我这一走，也不知道他们换了没有？”

“各位大哥，你们打的仗多，给俺讲讲你们打仗的经验呗。”

父亲的虚心请教，让大家不好意思再发牢骚了，于是都瞅着父亲。

“我是真心请各位大哥教我啊，可不是闹着玩的。”

父亲一本正经地说。

“哎，老邢，你说说你们当年在伏击日本坂垣师团的事呗？”

葛沟区武工队的邢队长参加过庞炳勋部阻击鬼子坂垣师团的战斗，当时他们主要是在边缘地带的袭扰鬼子。

“那应该算是庞炳勋的功劳，咱们那个时候还真不行，人不多火力也不行，只能算是给庞炳勋打个短工吧。老李，你们李官小队不是参加了临沂战役吗，那才过瘾，怎么样，给大家伙说说？”

李官小队的李队长有二十五、六岁的年纪，大个，人长得白净，是个回民，非常老成持重，他参加过 1945 年 8 月罗荣桓亲自指挥的临沂战役。当时，他们中队还有其他地方武装与山东野战兵团第十一团一起，主要是在临沂城北的白沙埠一带负责阻击敌人，属于打援性质。经过激战，他们取得了白沙埠战斗的胜利，李队长为此还立了功荣获了滨海军分区的嘉奖。

“临沂战役是围点打援，那时候咱们的主要任务就是打援。这个打援啊，讲究火力和兵力的梯次配置，在这方面，人家正规军就是正规军，十一团的全部重火力都部署在前沿阵地上，十几挺机枪一起开火，那些狗伪军们马上吓得屁滚尿流了。咱们地方武装，也就是打个下手。我们和其他几个区小队都在阵地的侧翼，压力不大。说实话，白沙埠胜利应该是人家十一团打下来的。”

大家你一言我一语地回忆着各自的战斗经历，父亲像个小学生一样，认真地听着，不想漏过任何一个战斗故事。

“在大店的时候，他们几个讲的战斗经历，对我启发很大，我也学到了真东西。你比方说，围点打援、重点突击，再比方说打伏击前如何选择有利地形等等。这些东西，在后来与国民党、还乡团的斗争中都用上了。”

也就是在那个时候，父亲和李官区小队的李队长结下了深厚的友谊。

学爆破，离不开地雷，地雷就需要埋设。

学习埋雷的时候，要学会各种伪装，拉弦怎么隐蔽，怎样布置才能与正常路面无异，是挂发、还是触发，是独个的、还是子母雷，部队教官教得仔细认真，又十分严肃。

这种训练学习，不仅仅是在实际操作上对父亲他们的严格训练，还是野战部队教官们经验的一种传承。“从战争学习战争”，很多经验都是从实战中得来的，这些对于父亲这个还没真正上过战场的“新兵”而言，确实是非常珍贵的。

父亲说过，那个年代，他们学的都是“边区造”，雷体笨重、杀伤力不大，而且还容易被敌人的工兵探测。

但当时就是这种条件，况且根据地兵工厂的地雷产量本身就很小，再加上各种不断地消耗，别说父亲他们这种地方武装了，就算是一个正规连队能有这么十多颗地雷，也肯定要算是大家大户了。

都知道地雷是宝贝，都知道可能领到地雷的机会不多，然而父亲他们学得很起劲。

虽然根据地内一片祥和，可根据地周边却已阴云密布。抗战末期的伪军残余多数被国民党收编，在国民党的指使下向根据地围拢挤压过来，他们由此故意制造的摩擦事件逐渐增多。在一些根据地的边缘地带，还发生了地方武装被袭击事件，不断有我方人员的伤亡报告传来。

“人不犯我，我不犯人。人若犯我，我必犯人！”

实战练兵，对于参训人员来说那可是求之不得的。

几番主动请战，部队首长终于同意了父亲他们参战的请求，命令他们混编在某部一营之中，临时参加对敌人的伏击行动。

伏击地点设在莒南与日照的相邻的一条大路，因为在这里的地方武装受损最为严重。

情报指这里活动着原伪军一部约二百多人，本来是以石臼所为据点并在石臼所周边活动，日本鬼子投降后，他们这伙人便被国民党收编，更名曰日照保安大队。近期好像是吃错了药一样，肆无忌惮地向我根据地袭扰，抢粮抓人，袭击我地方武装，气焰嚣张的很。

那条大路是这个保安大队经常走的一条路，路两侧是宽阔的平原，三月份里地里还都是光秃秃的，在射界上没有任何影响，在这里打伏击似乎是兵家大忌。

情报提供的只有这么一个地方。

“要坚决打掉这伙残伪军的嚣张气焰，要打疼它！”

这是部队首长提出的要求，也是战斗任务。过了晌午，父亲他们随着部队出发了。路途远，肯定要急行军。

父亲他们几个每人背着一个褡裢，褡裢前后各装着一枚地雷，一路上小心翼翼地护着地雷。

晚上十点，部队到达指定位置，各个连队分散在路两边一里多远的地方隐蔽下来。

察看地形，研究战斗方案，营连指挥员们表情都非常严肃。

父亲他们当然参加不上这种战斗研究，只好和各自所在班的战士们闲聊着。

“原地休息，检查弹药，加强警戒！”

各班排长在短促地传达着命令。

天快亮了，连长吩咐战士们取过地雷，迅速地在大路和大路的两边布置着，其他人只是给那些战士们打下手，可是父亲却主动请缨，他布设了几颗聪明雷，也是子母雷、连环雷。

天亮了，受命埋伏远处山坡上的父亲几人向大路两边望去，一个人影都没有。

那多大一支队伍，一下子隐蔽得无影无踪，父亲从心底里佩服。

十点半，残伪军进入伏击圈。

“轰、轰、轰！”

几十颗地雷相继响起，震得大地在瞬间剧烈地抖动着。父亲布置的几颗地雷效果非常好，他的聪明才智终于派上了用场。

“冲啊！”

激昂的冲锋号声随后响起，八路军的战士们个个像在地里钻出来一样，跃出地面，向大路上的残伪军扑去。

掐头去尾，再打七寸。

战斗没有超过二十分钟，除了逃走的几十号残伪军，其余的或被毙伤、或被俘虏。

其他几个人的位置远了一些，部队首长在战斗前就严令他们不能擅自行动，要服从指挥、听从命令。机会难得啊，晚上，父亲偷偷地爬到了连长身边，要求亲自拉响自己布置的地雷。连长竟然同意了他的请求，但是严令他不得跟部队一起冲锋。

打扫战场了，那个连长想起了远处受训的队员们，于是对着他们挥着手，示意他们几个赶紧过来。

“那个时候觉得挺窝囊的，本来就是想来打仗的，可到头来还被当成了重点照顾的对象。不过，也还真开了眼，咱亲眼看到了八路军的威猛！”

从战场上回来的第三天，父亲他们受训结束。

因为父亲的良好表现，负责训练的八路军部队首长正式致函临沂县委，推荐父亲出任刚成立的县爆破大队队长。

从此，等待着他的将是血与火的考验。

第七章

战云密布

年代背景：日本鬼子投降后，在美国人马歇尔的调停下，蒋介石不得不同意中国共产党提出的建议，签订停战协定，召开政治协商会议。

重庆谈判期间，国民党通过战争来削弱和消灭人民革命力量的企图就已经暴露出来。国民党重新秘密印发反共的《剿匪手本》，阎锡山出兵山西上党地区的中共军队。《双十协定》刚签订，蒋介石便调集110万军队，分三路向华北解放区进攻，图谋打开进入东北的通道，进而占领整个东北。

1946年1月10日，中共代表同国民党政府代表正式签订停止国内冲突的协定。同日，国共双方下达停战令命令。但以蒋介石为首的国民党统治集团，却在虚假地与中国共产党进行和平谈判的同时，积极进行内战的准备。

1946年6月，新四军部陈毅、粟裕、张云逸等将指挥所从临沂城移至城东的九曲镇前河湾村。1946年6月底，在美帝国主义的支持下，国民党反动派公然撕毁停战协定和政协决议，悍然对解放区发动全面进攻。

在大店的训练结束了，父亲没有耽搁，一大早便马不停蹄地往区委驻地赶去。

走了大半天，回到驻地，恰好开饭。

父亲拿了块高粱饼子，在中间掏了个洞，往里夹了几个咸菜条，背着背包回到了区小队的屋里。

看到父亲出现，大家伙全都围了过来，拍拍后背、捏捏肩膀的，都是关心的不同方式罢了。

“哎，对了，县委决定成立爆破队，你被选中了！”

代理区小队长的那个同志急不可耐地将这个消息告诉了父亲。

“俺咋没听说呢？”

“人家刚回来，你就要撵他啊！我看你这是官当上瘾了，不想还了吧？你咋这样呢！”

队员们开始争论起来。

父亲也听到这个消息，吃了一惊，即刻扔下背包，转身跑了出去。

“包书记呢？”

包书记没在他的房间里，于是父亲问新来的通讯员。

“包书记到下面村里工作去了，说是要到晚上才能回来，他特意让我给他打晚上的饭呢。”

等吧。

那天下午，父亲给区小队的队友们讲述着他的受训内容。

晚饭后不到半个小时，通信员过来告诉父亲说包书记回来了。

包书记的吃法也和父亲一样，高粱饼子中间掏个洞，里面再放上几根咸菜，桌上还放着一碗热水。

“包书记，怎么要把我调走？”

“听谁说的？先给我说说你在大店的情况吧。”

包书记嚼着饼子，端起碗来，吸溜了一口热水，示意父亲坐在旁边。

父亲开始讲述在大店受训的经历，特别是参加的那场战斗，父亲是发自内心的激动，他还特意凑到包书记的身边，用手势吸引住包书记的眼神，自豪地说：

“包书记你知道不，我不光参加了埋雷，他们还让我拉响了地雷！”

包书记可能也是被父亲说得激动了，竟鼓起掌来，通讯员跟着也使劲地鼓着掌。

“好！好！”

包书记连声称赞着。“那包书记你怎么还舍得我走啊？”

“你小子，在这里等着我呢。”

包书记吃完了手里的高粱饼子，慢慢把两个手掌里的饼渣都聚拢到左手心里，然后一扬手，准确在把那些饼渣都送到了嘴里，之后端起碗喝了一大口水，仰脖咕噜了几下，才把水咽了下去。

“县委是要调你走，这是县委点名要的，先说好了啊，可不是我们撵你走啊！不过呢……”

难道事情还有转机？

“是不是咱也可以不去，是吧，包书记？”

“那可不行，不去是不行的。我意思是说，县里也没有说什么时候报到，所以是不是可以晚点去，当然这还要听听你的意见呢。”

“俺没意见，听你的！”

父亲以为包书记让他晚点去，就是拖一拖、等一等的意思，看来事情还真有转机。

“你看啊，你在大店学了这么多，怎么也得先把你们区小队给教会了啊，技多不压身，到时候区小队也准能露上一手。”

“嗯，那好办，我已经给他们讲了一下午了。”

“哎，一下午可不行，你要手把手地教他们具体操作才行，你看你都上过战场了，你要把你那两下子都教给他们。还有啊，你得想办法，去大店那里支援咱们一些地雷，要不然，急用的时候也找不到啊。”

“咱区小队不是有地雷吗？”

“你自己去看看，那就是咱过年用的大花雷，倒是能吓人一跳，炸不死人的。”

“我哪有那本事啊，去大店这段时间，咱谁也不认识啊，这事还得你们区委领导去办吧。”

“我还以为，你去趟大店，能认识几个连长啊、营长啊什么的呢。也是，这事你确实没法办，你还是安心地把你们区小队都教会吧。”

“说者无心，听者有意”。

包书记的话让父亲觉得舒服，同时也感觉到了包书记对他的期望。

接下来的日子里，父亲就用区小队的那几颗土地雷，给队友们讲解着布设要领，而且经常找些山坡或者是撂了荒的田地，实地埋设，反复演练。

“那段时间里，经常要到一些荒地里地演练埋地雷，所以我就想，能不能把区委辖区内的大小道路都试一遍，也同时把适合埋设地雷的区域、土质情况、周边环境、布设的方式都记下来，做到心中有数。也是幸亏这个时候打下了基础，才能在1947年对付还乡团扫荡的初期，我们占到了便宜。”

就这样一来二去的，到了该收麦的时节了。附近驻扎的那支八路军连队不知什么时候走了，听说大店的部队也都在调动。

区委上下也接到了命令，要求所有的中队、区小队都要做好战斗准备，要抢收军粮，准备支援前线。

看来是真的要打仗了，父亲和区小队的战友们只要谈起这个话题，就有聊不完的急切，他们真的盼望着一场真正的战斗，没有过多的想法。

此时，县委的命令也真的来了，要求父亲即刻前往临沂城东的九曲镇新四军某连报到，命令县爆破队立即开始集结，由该连派出战斗骨干担任指导，予以集中训练。

前面还是八路军，现在怎么又成了新四军了？

这是因为陈毅、粟裕带领的部队确实是新四军部队，而驻扎在莒临边区的一些部队也确实是山东军区所属的八路军部队，后来中共中央华东局成立，新四军与山东军区所属各部合并。

但是从抗日战争开始，这里的老百姓们习惯地把共产党的军队称八路军，之后也一直这么叫着。反正不管是八路军，还是新四军，在他们心底里都一样，都是人民的军队。

这次命令的口气非常严厉，容不得半点商量，父亲自然不敢违抗。

路远怕误了时辰，父亲打好背包连夜出发了。

一路上查了好多次路条，到达九曲镇时，刚好那个连队准备出早操。

连长听说父亲来了，走出连部迎接。

听完父亲的自我介绍，连长微笑着说：

“欢迎你！你已被任命为爆破队的代理队长，你们爆破队今天开始和我们一起训练，咱们一起研究、一起提高。”

听连长说自己是代理队长，父亲一下子有点懵：“我只是我们区小队的队长，我可不是爆破队的队长。连长，你弄错了吧？”

“没错，你看，这是你们爆破队的名单，你的名字下还专门注明是代理队长。”

父亲拿过名单看了看，自己的名下还真的注明是代理队长，可名单里的其他人基本上都不认识。

“今天上午，你就和我们连队的文书一起负责迎接报到的同志们吧。”连长说完，快跑了几步，跟上队伍出操去了。

快到中午了，爆破队的人都到齐了。

头上缠条毛巾的、戴着八路军军帽的，穿布鞋的、草鞋的，啥穿着都有，唯一相同的地方是每个人的腰里都扎了一条皮带，总共 40 个人。

“同志们，今天是你们爆破队成立的日子。上级安排你们到我们的连队来，今后这段时间咱们大家一起研究，一起训练。希望同志们能够认真地参加训练，也希望同志们能够加强团结，咱们共同提高。只有这样，咱们才能在以后的战斗中多打胜仗。”

连长的话很简捷，但是很有鼓动力。

日常训练开始了。

很快，父亲发现这个连队的火力配置可以比大店那边的部队强多了，也比区委驻地附近的连队强。单是歪把子机枪，这个连就有四挺，还有掷弹筒、炸药包，可是地雷倒是没有发现。

连长向父亲解释说：

“我们是先锋部队，打的硬仗多，所以缴获的也多。至于地雷嘛，我们主力连队还真的没有配备过。不过，我听说，到时候会给你们配备的。”

“不是你给我们配备吗？”

父亲有点半信半疑。

“我哪有那个权力哟。你放心吧，你们队伍都成立了，还能不给你们家伙啊。而且我告诉你，可能要打大仗了，你要的地雷肯定会有的。”

“真的？”

“这能假了吗？还会不少呢！”

连长的年龄也不大，也就和父亲差不多，人挺爽快，说起话来也挺幽默的。

队员们掌握得都很快，训练进行的也不错。

几天后的一个晚上，父亲应邀参加了连队的战斗讨论会议。

会议气氛很活跃，大家的发言也都很踊跃。

连长邀请父亲也讲几句，父亲没法推辞。

“这几天，我在想一个问题，你们主力是哪时有任务就赶到哪里。我们爆破队是地方武装，不可能像你们一样到处去执行战斗任务，我们的任务离不开我们的辖区。所以能不能帮我们参谋一下，下步我们接到战斗任务时，该注意哪些事？”

“你这个问题太大了，不是一下子就能说清楚的。”

“你们和我们的任务不一样，比方我们主力部队突围时，就是集中所有重火力，揍他一个点，那肯定很快就能撕个口子出来。如果是打阻击，我们的火力就要梯次配置，千万不能把兵力集中在一个点上，否则就会带来更大的伤亡。”

“你们可以申请多点地雷，如果是打伏击，就埋在敌人前进的必经之路上，但是要防止敌人用工兵扫雷。”

“咱们的地雷比较笨重，不过你们可以想办法自己去改进一下，比如在地雷里多加一些碗碴、碎石子，这样在爆炸时可以更有效地击伤敌人。”

父亲认真地听着每一位的发言，他也举手说道：

“俺在区小队时，就把我们辖区的山地、道路等基本上都摸了一遍，也都挑选合适的地点试着操练过埋设地雷。我想爆破队也用下这个办法，不知道行不行？”

“哎哟，你这个点子太好了。值得我们连队好好学，这就是打仗前的看地形嘛！”

“不过，我觉得你这个点子在你们区小队能行，在县爆破大队不一定能行，你想啊，你们区小队才负责多大点的地方，而爆破大队呢？那面就大了！估计现在你们也没有时间去把所有的要道都摸一遍的。”

“不过我觉得也可行，你们爆破大队要有重点地去摸底就行。但是这个重点怎么定，不是咱们大家的事，那是首长们考虑的。”

“连长，照目前这个形势发展，咱们下步是往南啊，还是往北啊？”

“往北？不可能！往北都是山东的，根据地都快连成片了。我觉得有可能是往南，蒋介石就在南边嘛。”

连长爽朗地笑着，接着面向父亲说：

“我看，你的想法非常可行。你们队上几十号人，每人都有熟悉的地方，只要接到战斗任务，你就把熟悉当地情况的同志为主负责埋雷，这样一准没问题的，还能让你们占得先机。”

连长的话，给了父亲启发。

随后的日子里，爆破队召开了多次“诸葛亮会”，每个队员都必须要讲讲自己原来辖区里的道路状况、土质情况，大家认真地讨论着最适合埋雷的地点和隐蔽的方式。前几次开会，连长都是逢会必到，而且每次都会作一下点评。后来几次，连长因为军务繁忙，没有参加。

二十天后，连长他们奉命出发了。

告别时，连长郑重地对父亲说：“你放宽心吧，你们爆破队的战术是没问题的，只要你们到时候别慌乱，沉着应对，就不会出岔子的。我再告诉你一个最关键的事，到时要临机应变，特殊情况下，即便地雷不炸，也不能为了地雷而产生队伍的伤亡，该舍的就必须要舍。”

父亲说他后来打过了好几仗之后，才知道连长真的有先见之明，是真的关心自己的。

一个月后，上级一下子拨来了三十枚地雷，同时还给爆破队配备了三十支清一色的汉阳造，每人五发子弹。因为领到了新枪，父亲的三八大盖不得不上交，他说，为此他还心疼了好一阵子。

父亲知道，这以后真的要把脑袋别在裤腰上干活了。

第八章

地雷初响

大战将至，老百姓都知道了。

一时间，笼罩在天地间的那种紧张害怕的情绪，有点让人窒息。有的人家已经外出避难去了，有的人家开始收拾东西准备随时外出避难。可是对于大多数普通的人家而言，就是外出避难，又能避到哪里去呢？只不过是跟随着逃难的人群走到哪里算哪里了，所以只能眼巴巴地等着，无计可施。

“敌人未到，后方先乱，这可不行！各级地方组织及武装队伍必须深入到老百姓中去，一定要做好老百姓的安抚工作。要在解放区的边缘地带布置更多的武装人员，加强警戒，防止敌人的偷袭。同时，还要根据上级指示配合好各级地方组织做好土改工作。”

驻扎在临沂城里的中共各级组织均下达了此项命令，位于九曲镇的新四军军部也对外称为“前指”（前线指挥部），各种作战命令如雪片一样飞向各支作战部队。

临沂县委的一份命令中，要求县爆破队即刻向北出发，奔赴临（临沂）莒（莒南县、莒县）连接地带，与当地的区小队一起担任解放区的外围警戒，伺机前出到莒（莒南县）石（石臼所，指日照县）交叉地带消灭当地的一些流匪盗寇，同时要适时做好当地群众的转移工作。

命令中的临莒连接地带，就是自己的老家嘛，而且还要和自己原来的区小队并肩作战，父亲接到命令的时候高兴极了。而前出到莒石交叉地带，对自己也不是难事，因为在大店的时候跟着部队去打过一仗了。“一回生，两回熟”，也算得是自己熟悉的地方了。

因为地理因素，整个沂蒙山解放区都在国民党重镇徐州的兵锋范围之内。石臼所、岚山头是鲁南海边重镇，沿海边向南便是江苏省连云港的辖区，其周边的山里有很多土匪，一直没有剿灭干净。临沂城解放时，一部分残伪军也流窜到了这里与当地的残伪军、土匪合并成了国民党保安团，在人数和火力上都给沿线的党组织带来极大的压力。而且，当时“前指”估计部分国民党军队可能会借助这里的国民党保安团，借道海上或者江苏沿海推进到解放区来。其实，这种安排也是对解放区侧翼实施保护的一部分。

这么看来，父亲他们接到的任务应该还是属于卫戍性质，而且协助地方政府做好老百姓们的安抚工作也是任务的一部分，所以任务肯定不是他们想象中的那样刺激。

还是住在区小队的院里，区小队的队员还是那些旧面孔，父亲的回来和爆破大队的加入，让大家觉得有了底气。

回到原区小队驻地的头几里，县里区里也没有新的命令下达，每天除了出操、训练就是出操、训练，队员们之间好像也没有啥新鲜事可以聊的了，生活有些枯燥乏味，大家也开始闹起情绪来了。

“说是要出来打仗的，这可倒好，天天养膘了。”

“就是嘛，你这个代理队长也不去争取争取，咱们就是去给人家部队运送弹药也好啊。”“就是嘛，代理队长应该去找领导反映一下。”

大家意见的矛头有点要向父亲集中的意思，父亲也听出了其中的味道。

他知道自己不弄出点动静，还真有可能保不住这个代理队长的名头了。其实回来的这几天，父亲也没闲着。

这可是自己的大本营，只要想全面了解，那这里的什么大事小情的都会很快了解到。

功夫不负有心人。

日照保安大队这几天正四处下乡抢粮呢，有几次还深入到了我解放区腹地，在一个小村子里抢了几袋麦子就跑了，当地的地方武装根本来不及反应。

得到了这个情报，父亲随即召开了队里的“诸葛亮会”。

会上，有的队员对这个情报表示了怀疑：

“明明这伙人知道那是解放区，他们怎么敢明目张胆地去抢呢，不怕被咱们的人给干掉啊？”

当然也有比较到位的分析：

“这正是说明他们缺粮。你想想，他们为什么抢粮，是因为没有粮食嘛！为啥没有粮食，是因为种麦的农村都是解放区了。他们在哪？他们在小县城里，可是小县城不产麦子啊！他们那么多张嘴，这肯定要到处去抢啊。所以他们才不管是不是解放区呢，反正能抢到、能跑出来，就行了呗。”

“那他们就不能让地主送粮？”

“地主？你忘了上级给咱传达的指示了？马上要土改了，地主恐怕自身都难保了，还敢给他们送粮？那不是找死嘛！”

你一言我一语的，原因分析的已接近了事实的真相。

“队长，是不是干他一家伙？”“是啊，队长，干他一次呗，你看咱们多闷啊！”

父亲非常坚定地挥了下手，

“干！不过你们要全听我的，别揣个人的小算盘。”

大家其实都在等父亲点头，这个时候估计他说啥条件大家都会同意的。

爆破队的第一次行动就这么定了下来。

为了隐蔽行军方向，也为了保密，父亲挑选了十多个人连夜出发了。

半夜，在半路上找了个树林子，露营。

天一亮，他们便到达了被抢粮的村子，找到了村里的干部，了解了保安大队逃走的方向，他们也顺着那条路走了。

“那伙人里也有聪明人，不可能连续在一条道上来回，我看咱们还是到交界的地方找他们的必经之路才行。”

对于这个行军方向，有人提出了反对意见。

可是父亲坚持着，事后他说当时头脑中有一种强烈的预感在指使着他。

出村走了 5 里多地，小道终于变成了大路。

又继续向东走了 10 里多地，大路在那里变成了连着东南北三个方向的三岔路。

根据路程和方位估算，这里应该是保安大队进出解放区的必经路口。路口周边零零散散的麦田，只剩下麦茬了，顺路往南也都是开阔地，不好隐蔽。向北不远处的路西边有一片杨树林，在树林的后面不远处还有一个小土包，应该可以隐蔽。

猫身，急跑，快速通过，到达小树林。

父亲和两名身强力壮的队友背着 6 颗地雷，一路疾跑下来，浑身都快湿透了。

布好警戒哨，开始布设地雷。“怎么都是碎石头啊，早知道带个洋镐过来了。”

这里的路面，上面是一层薄土，下面全是碎石子，用铁锹挖坑，显得费力。

“要不，咱们把地雷埋在路边得了，挖不下去啊！”

父亲不服气，拿起铁锹试了试，真的挖不下去。

“对了，咱们把地雷埋在旁边的地里，他们那帮人过来时，咱们一齐对着路面放枪，把他们逼到地里去，逼到咱的雷区里去。”

“可是，咱们怎么知道他是往哪边跑啊，往南还是往北啊，是走路东啊还是走路西啊？”

好像抬杠一样的问题，仔细想想也真的有道理。

“怎么办？”

大家都看着父亲。

父亲往南瞅了瞅，又向北看了看。

“依我看，咱就向北埋，就埋在路东。”

“为什么？”

“别问为什么了，死马当活马医呗。”

父亲后来和战友们也谈到过此事，他说过：

“其实那回啊，我心里还是有一个大体上的判断的，因为往南都是田，没遮没拦的。往北有山包，我们方便隐蔽，敌人也要隐蔽啊。放在路东，是因为路西再过去一些距离，就是根据地了，这些种地界的划分，保安大队的那些人精明着呢，他们肯定清清楚楚的。况且，我们又是在西边向东放枪，他们肯定要向东路的。不过，也有碰运气的成分。”

埋好地雷，十几个人趴在了小山包后面。七月天，太阳很大，好在地里的草多，手巧的队员随手拨了些长得高高的草，给每人编了一顶草帽，又在草帽上插了些草，远看还真像一蓬蓬草呢。

“那回打伏击，真不知道敌人会来。过了晌午吧，有那么一小队敌人真的来了，还都骑着脚踏车。”

保安大队的一小队十多个人出现了，都骑着自行车，从北向南。

近了，快到雷区了。

过了雷区了。

过了雷区一百多米了。

“打！”

爆破队的十多条枪对着路上骑车的保安大队的人就打了起来。

“噗噗”，子弹打在路面上，溅起一撮撮白烟。

父亲他们的准头有点差，一个也没打着。

有枪声就是有八路啊，十几个保安大队的人闻声，掉过车头就往回骑。

“快，打他们回头的方向。”第一次作战，部署上总会有疏漏。所以父亲一看这伙敌人要往回骑，马上命令旁边的队友们。

“噗噗噗！”

子弹终究是快！

两头夹击！

有 7、8 个人骑得飞快，冲出了伏击圈，也不管还有同伙落下，拼命地往北骑去。剩下了 5 个人纷纷下了车，推车下到了田里，再往前就是雷区了。

“拉弦啊，拉弦啊！”负责拉弦的队友正在打着枪，地雷的弦早飘到一边去了。

父亲拉着一名队员，快速跑过去，使劲拉到了弦。

地雷响了，只有三声。

而且，地雷响早了，那几个保安大队的人还没挨着雷区的边呢。

再拉，轻飘飘的，没了。

保安大队的几个人也是经历过战斗场面的，三声地雷响过之后，他们扔下自行车，拼命向北跑去，还不时向父亲他们隐蔽的方向开着枪。

安稳了一会，跑上大路，父亲向北眺望着，啥也看不到了。

“跑了，全逃跑了！”

父亲招呼着队友们上前。

“为啥只响了三颗？”

队友们有些急不可耐了。

顺着弦绳缕过去，原来都被石头缠住，从中间断了，看来这种细麻绳的弦也要改进。

把没爆的三颗地雷重新起出来，像宝贝一样擦去雷体上的土，重新装进大口袋里。

还好，还有 3 辆完整的自行车，这可是战利品！可是没人会骑啊，那就推回去。其他两辆中有一辆车把掉了，另一辆轮子瓢了，大家觉得也不能剩下喽，于是就全都背了回去。

他们带回来的自行车真是派上了大用场，一直被区委的同志们以各种名义反复借着。

这次实战，是他们第一次真刀真枪的行动。几天后，父亲想到了应该进行一次彻底的战斗总结，让大家都坦诚地指出战斗中存在的问题。因为是关门开会，也是第一次打仗带来的激动情绪，大家都把心窝子的话讲了出来，比如有的队员提道：应该事先上级报告，先请示再行动，就有可能全歼那些敌人，而且战后应当马上总结战斗的经验和教训。再比如战斗打响之前，战斗人员没有明确的分工，致使大家没有目标的乱打。还有对战场观察不够细致，战斗准备不充分，特别是没带洋镐，没有带干粮和水，大家饿了一整天。因为大家都想爆破队多打一些像样的仗，大家也都想着能够在打仗中立下战功，反正大家的出发点都是为了爆破队好，所以这次的总结开得非常好。

“大家的讨论，让我的头脑更冷静了，我更清楚地知道了战斗员和指挥员的区别。当一名指挥员，除了要勇敢、带头冲锋，还要有全局观念，要通盘考虑，不能只注重别人对自己的评价，不能从狭隘的个人英雄主义出发。”

父亲他们的第一次战斗就是这样悄悄地来、匆匆地去了，没有任何官方的记载，只有他们几个当事者的心里是最清楚的了。

附：1946 年山东省历史大事件（节选）

2 月 11 日，中共华东中央局、山东军区在临沂召开会议。陈毅传达中共中央《关于目前形势与任务的指示》，指出练兵、减租、生产是当前解放区三大中心工作。

4 月 1 日，国民党山东绥靖统一指挥部成立，以王耀武为主任。

6 月 1 日，陈毅指出自停战令下达后，国民党军队向华中、山东解放区进攻达千余次，侵占城镇 300 多处。

6 月 7 日，山东军区部队对进犯山东解放区的国民党军队进行反击，发起讨逆战役。

6 月中下旬，蒋介石悍然撕毁停战协定和政协决议，在调集 30 万军队企图围歼中原野战军的同时，又调集约 46 万兵力于华东战场，以徐州、蚌埠、济南为中心，采取“由南向北，由西向东，逐步压缩”的方针，企图占领华东解放区。中共中央和中央军委于 22 日发出指示：

以“着重向南”对付蒋之“着重向北”。

山东军区以徐州地区为主要作战方向，以胶东部队对付青岛、潍县之敌，以渤海部队对付济南之敌，鲁中、鲁南、滨海及新四军主力部队全部南下。

7 月 1 日，华东局颁发动员令，山东野战军部队被迫迎击，全面内战爆发。

7月中旬 –8 月，华中、山东野战部队在当地群众及民兵支援配合下，在苏中、淮南、淮北、鲁南等各个战场迎歼敌军，取得苏中“七战七捷”、朝阳集战役、泗水战斗等一系列胜利。

10 月 27–30 日，鲁南军区部队在峄县伏山口地区阻击由峄县、枣庄、台儿庄向临沂进犯的国民党军队 3 个师，歼敌 2500 余人，敌第七十七师被击溃，再次收复兰陵。

第九章

兼顾土改

本章开篇之前，先请看《1946年山东省历史大事记》中关于土改工作的记录：

1月10日，华东中央局《关于放手发动新解放区群众的工作指示》要求发动群众开展反奸、诉苦、复仇清算运动。

5月2日，华东中央局发《关于全力开展减租减息、反奸诉苦运动的指示》。

5月4日，中共中央发《关于清算减租及土地问题的指示》(即“五四”指示)，决定将抗日战争时期实行削弱封建制度的减租减息政策，改为消灭封建制度、实行“耕者有其田”的政策。各区党委于7、8两月召开干部会议传达中央指示和华东局会议精神，培训干部，搞土改试点。至8月底，各区的土改试点大部完成，为全面展开土改取得了经验。

9月1日，中共华东中央局发出《关于彻底实行土地改革的指示》(即“九一”指示)，要求各地在年底以前全部或大部完成土地改革。山东省政府于10月10日颁布关于进行土改的布告，并制定了土改暂行条例。21日，华东局召开会议，对土改中有的地方出现的固守据点、细打慢敲的倾向提出批评。强调中心区、边沿区都要迅速进行土改，把土地迅速分给群众。29日，省政府又发出《关于实行土地改革的指示》，强调各地必须努力争取年底以前全部或大部完成土改。

10月25日，山东省政府发布命令，公布《山东省土地改革暂行条例》。29日，省政府作出《关于实行土地改革的指示》，进一步强调正确贯彻土改政策，在全区广泛开展土地改革。

父亲和爆破队的战友们在随后的训练中，把第一次战斗中的教训反复地琢磨着，他们复盘了很多次，每次都极为认真，所以每次都有不同的收获。

他们改进了弦绳，在原来的细麻绳里加入稍粗的生麻匹子，使得弦绳的强度得以加强。

他们把长长的镐把和锹把锯短，这样便既可以背也可以插在腰带上，方便实用。

他们还做了专门装地雷的布袋，系在腰间，也可以斜系在肩上，这样在急行军时，就不用再担心地雷的晃荡振动了。

他们还不断地摸索地雷触发装置的改进，把老鼠夹子和野兔夹子等捕捉工具都灵活的用到了地雷的布设之中。

看着他们刻苦训练的样子，区委和区小队的同志们经常拿他们玩笑，说他们是想打仗想疯了。

父亲他们忙着备战，区委的同志们可是越来越忙。

土改工作开始了。

上级对于土改工作的要求非常明确，要求解放区全面推行模范村的试点经验，统一开展土改工作。可是，随着土改工作的不断深入，随之而出现的问题也越来越多。在这种情况下，就需要更多的同志必须去实地调查，必须及时地予以解决。否则，问题叠加，农民和地主的情绪都有可能爆发，这样不但会将会影响土改工作的进度，严重的还可能会发生人命或者聚变的大事。

再加上征粮、支前等战备事务和日常的一些工作，各级政府的人手越来越紧张了。

父亲原来的区小队很快就停止了日常训练，人员全部被抽去参加土改工作了。

爆破队里也逐渐弥漫着一种无法用言语描述的矛盾情绪，每个人都以不同的方式关心着土改工作的进度，却又畏于纪律要求不敢过多地打听。

这些心情，父亲是理解的，因为此刻他的心里也和大家一样充满着矛盾。

大家都是扔下锄头扛起的枪，亲戚朋友都生活在农村里，土地就是大家的命脉和根。土改是他们认为的能关系到自己、家族命脉和根的最大改变了，所以自己的村里如何土改、自己的家里能分到多少田地、还能分到什么样的生产工具，是每个人都躲不开、逃不掉、避不了的问题。

大部分的同志扛枪参加革命，最开始就为了一个非常朴素也非常单纯的目的，那就是为了自己和自己的家能过上好点的日子，能够保护自己的家人不受欺负。至于日子能好到什么程度，其实大家心里是没有概念的，或者说目标是模糊的、不明确的。

如今，政府下令土改了，对于所有的贫雇农来说都是一件天大的好事，都是一个天大的机会，大家当初扛枪干革命的目标也好像一下子明确了起来。

情绪归情绪，都是可以理解的。

可是如果有趁机大捞一把的想法，那就危险了。但是，个别队友还真有这样的想法。

他们认为自己扛枪干革命，就是政府的人，就是在保护老百姓，是作出了贡献的。政府是由自己人组成的政府，所以政府在考虑土改政策时就应该向干革命的人也就是自己人有所倾斜，不能等同于一般的老百姓，否则扛枪干革命就白扛了。

父亲知道这种想法是极其危险的，可是一方面自己的认识也有狭隘性、片面性，另一方面自己的水平也不足以辩驳他们。最近一段时间，区委里几个熟悉的领导好久没有出现在区委驻地了，包书记更是如此。没有了后援，父亲有点无计可施，心里不禁着急起来。

正当父亲一筹莫展之际，县委专门派人到爆破队驻地，口头传达了县委的最新决定，要求爆破队分成五个小组暂时支援五个区委的土改工作，以解决各地工作人员不足的问题。

县委的决定里并没有说人员怎么分配的问题，只是让作为代理队长的父亲自行决定。

人员怎么分组，马上便成了大家最关心的问题，每个人都吵吵着要自己的家乡去参加土改工作。

“大家好好想想，你们回自己的区里参加土改，好处多还是坏处多？”

父亲没有直接否定大家，而是给大家抛出了这么一个问题。

看似简单的，却经不起细琢磨。

“谁都想回自己的区委工作，谁都想让自己的家里在土改时能够多分一点，我也这么想过。可是，如果大家回到各自家乡的区委工作，即便你没有多分到田地，村里的其他人也可能会提意见，说共产党员不带头，指责区委不公平，这个时候大家怎么办？还有，你村里人、家族里的人因为一张犁、一把铁锨的闹意见、闹别扭了，就算这些跟你没有关系，可是他们让你去调解，让你发表看法，你怎么办？大家别忘了，咱们只是暂时回去帮区委干活的，咱们大家还有一个身份就是县爆破队的，咱们可是代表着县委哩。”

大家认真想了想，父亲的话确实有道理，于是场面慢慢地安静了下来。

“老话说，自己的刀削不了自己的把，咱谁也不要回自己的村子，而是全部到其他的区委帮忙。大家不在自己的村子出现，一来呢我想咱们各个区委的人是绝对不会亏待大家的，二来呢大家也不至于被七大姑八大姨的缠住，能专心工作。不知道大家同意不？如果大家都想通了，那我就分组了。”

大家你看看我，我看看你，都觉得父亲说的在理，于是分组也就很快完成了。

分完组，指定了各个小组的临时负责人，父亲又把大家聚拢在一起。

“大家回去后，千万要配合当地区委的工作，对村里的老百姓不能横啊，可千万别惹出事来。大家的枪一定要随身带好，别丢了，也别到处显摆，如果因为枪出了事，那可是谁也帮不了的。”

父亲的话有些啰嗦，可大家还是理解他的心情。

就这样，五个小组分别进驻到了五个区委。

父亲带着一组人去了莒临边区最东面的一个大村，那里有“三多一少”，就是：户数多、人口多、坡地多、好地少，好地的总数绝对要少于解放区内同等规模的村子。另外村子处在解放区的边缘地带，各种情况相对复杂一些。

8 月份的天气热的要命，大中午的时候，父亲他们到了村口，当地区委一名自称姓崔的同志早就站在那儿等候他们了。简单寒暄过后，崔同志便要父亲他们跟他一起赶紧先到村中央的戏台子那儿，说是有急事要处理。

戏台子位于村子的中心位置，有几个人站在戏台子上争吵着，个个脸红脖子粗的，已经吵得不可开交了，就差动手了。戏台前面是一块大空场，空场上站了有百十口子人，没人上前拉架，反而七嘴八舌地议论着。

父亲他们跟着崔同志挤到戏台前，崔同志一下跳上了戏台，在一个正在吵架的矮个子中年人的耳边说了句什么，忽然矮个子中年人指了指父亲他们，把声音抬高了八度，尖声说：

“让你们都不信！让你们都不信！你看他们不是背着枪来了，他们就是县委派来镇压你们这些捣乱分子的！”

一下子，几乎在场所有人的眼神都集中在了父亲他们身上，现场突然寂静下来，甚至有人连咳嗽都要故意压低着嗓子。

父亲有点懵了，怎么莫名其妙地成了这场争吵的中心？这不是把自己和队友们往火上烤嘛？

看到父亲的浓眉立了起来，旁边的队友扯了扯父亲的衣袖，示意他压住火气。

还没等父亲开口，戏台上的另外几个人已经把矮个子中年人给围住了，个个凶神恶煞地指指点点着。

“今天你把话说明白了，谁是地主？谁是捣乱分子？”

“老子告诉你，俺大儿子就在咱独立营里当兵，你说我是地主，我是地主怎么会有当八路的儿？”

“你这是仗势欺人、乱扣帽子，凭什么一定要把你大姑家分的地跟别人家的换，凭什么？你大姑分的那块也是好地，就因为你大姑不喜欢就要跟别人家的换？分地的时候大家可都是按了手印了的！”

“你还好意思说是共产党的干部，我看你还不如俺这些老百姓！”

矮个子中年人一时词穷，站在几个人的中间，不自觉地用手捂住了头，像投降一样。

父亲最讨厌的就是投降了，见状，知道自己再不出手，可能真要出事了，于是“噌”地一下子跳上了戏台。

他左拥右推地扒拉开人群，拉出了那个矮个子中年人。

“大家都别激动，都先静一静。”

父亲当时的意思很明白，就是要先了解清楚了现场的状况，再决定采取什么样的法子。

那一群人还是有点有依不饶，向前挤压着。

父亲的队友们也都跳上了戏台，齐身挡在了那一群人与父亲的中间。

“我们是县爆破队的，这是我们队长。怎么，还想来硬的？”

不知是队友的话起了作用，还是父亲他们背后的枪起了作用，反正再没人敢向前迈步了。

父亲拉着矮个子中年人跳下了戏台，俩人走到旁边没人的地方。

空场上的人们还是紧紧地盯着他们两个人，生怕他们跑了一样。

“我是爆破队的队长，我们八个是按照县委的要求来帮忙的，你是？”

父亲率先伸出了手。

“噢，噢，我知道你。有一次在县里开会的时候，你们包书记一个劲地夸你啊，说你能独当一面，说只要你在他身边，他就不用担心安全问题，就能够专心地工作。噢，对了，我是东沭河区委的崔书记，刚才接你的也姓崔，他是我们区委的通讯员。”

崔书记一双胖乎乎的手紧紧抓住了父亲的手，满脸堆笑。

“崔书记，能给咱说说是怎么回事不？”

“哎，这个村里的人太难缠了！这些日子，我一直在这个村负责土改，统计各家现有的田地，拿尺子到处量地，然后和贫雇农代表商量决定分配办法。今天上午在田里分地，还没开始多大一会，这些人就不干了。”

“崔书记，这村里人原先的田亩数全都量清楚了？”

父亲知道，只有明确每家的田亩数，才能分清村里人的成分，而确定了村里人的成分，才能实行土改，这些都是传达上级文件时讲到的。

“这个村人多、田地也分散，所以这次咱只是先分好地，那些差点的地等下次再分。”

父亲刚才听到老百姓们讲的，可不是这样。

其中有鬼！这是父亲的第一反应。

估计再问也问不出什么了。

“崔书记，你看俺几个人刚到，这大热天的，能不能先给俺几个安排个住的地方，再说一路上也渴了，得赶紧喝点水。”

毕竟只是个配角，父亲不想陷入他们的纠纷之中，所以找了个非常合适的借口。

碰巧的是，父亲他们的住处就是刚才在戏台上吵嚷着自己儿子在独立营的那个人家里。

那人姓许，在独立营的是大儿子，家里还有两儿子。

小崔送父亲他们几个到达后，转身便走了。看着父亲他们到来，老许脸上明显非常尴尬。

父亲主动敬了个礼。

老许抬起叉着五指的巴掌想还礼，可能是觉得自己的敬礼不标准，又不自然地放下，两只手紧张地在胸前搓着。

父亲笑着说了句：“打扰了。”

没想到，老许一下子拉住了父亲的手，用两只长满老茧的手使劲地握着，眼眶竟然有些湿润，好像是受了委屈一样。

客套了几句，老许带着父亲他们走进了紧挨着自家院落的一个小院。房子是新盖的，两间堂屋，屋里啥摆设都没有，西边小锅屋里堆着一些麦秸。

“这是给俺大儿盖的，准备他当兵回来就给他娶媳妇。你们几个就住在这屋里吧，席子什么的我都准备好了。”

老许一提起儿子，眼睛里满是自豪。

“那麻烦你了。”

“哎，你们几个可不能跟我客套，我看到你们也高兴。”

说着，老许转身回到自己的院子，然后带着两儿子抱着几张凉席子、拎着一个水盆又走了回来。

“这是席子，我都刷了。这是凉开水。你们先睡个晌午觉吧，有啥事叫这两个小东西跑去办就行！”

父亲他们走了一上午，又在太阳下晒着，是有些犯困。

可是饿啊！

每个人都带着煎饼呢，想问老许要点咸菜，可谁也没张开口。

这个老许还真是个细心人，看着几个人拿出了煎饼，赶紧吩咐自己儿子回屋去端来了一碗切好的咸菜，还有一大把洗好了的大葱。

都是二十郎当岁的年轻人，吃煎饼也是三下五除二，大口大口地吃着。

老许就蹲在门口，瞅着他们吃，脸上的神情变得柔了、暖了。

“哎，老许，叫你许叔吧！”

父亲率先吃完煎饼，抹了抹嘴，凑过去坐到了老许身边的地上。

“那可使不得了。”

老许有些诚惶诚恐。

“咋就使不得了，你的年纪、辈分都摆在这儿呢，再说你大儿子不是和我们一样嘛，是吧？”

“你只要是不烦恶咱，俺倒是情愿。”

老许嘿嘿一乐。

“哎，许叔啊，怎么今天晌午发那么大的火呢？”

父亲关心地问着。

“你不是跟那个姓崔的一伙的吗？”

老许警惕起来。

“俺是咱县爆破队的，是县委派过来帮忙的，这也是咱第一次跟崔书记见面，以前不认识。”

父亲的三言两语打消了老许的疑虑。

“哎，这个姓崔的啊，就是私心太重了，一碗水端不平。”

“能不能具体给咱讲一讲。”

“俺早就想找你们组织上的人反映情况了。姓崔的说俺是地主，那是胡说八道。再早，俺爹还在的时候，俺家里是有几亩好地，以前家里也雇着两个长工，可后来俺爹认了那两个人当了干儿，还把家里的地分给了他们俩。这次量地，俺弟兄几个的地都差不了多少，都不够地主的标准，怎么能说俺是地主呢？

“你们村时的地主是怎么划分的？”

“听俺那两个干兄弟说，姓崔的找了几个家里穷的揭不开锅的，他们几个凑在一块投票说谁是地主，谁就是地主。”

“那到底有几户地主呢？”

“村里能划上地主的也就两户吧，他们都有佃户，多的有十多家佃户，这可是全村公认的。分这两家的地，老百姓们没有意见。可是这两家人势力大啊，有的佃户就是分到了地，也不一定敢真要。”

“崔书记的大姑是咋回事？”

“以前他大姑家在村里也有好地，但是他大姑父好吃懒做又好赌，一来二去的，就把自己家的地都输给俺村的大地主了。他大姑是村子骂人最厉害的了，五个闺女一个儿，出嫁了三个闺女了。前两年大家都去外山去开山，开出来不少地，他大姑带着闺女女婿的好几口人，开出了五六亩地，那里种高粱玉米的也不少收啊。你说这他大姑家哪有资格分地？”

老许说得很激动，嘴角都有白沫了，他用手抹了一下，继续说：

“好，就算他大姑那五六亩是荒地，这次他大姑抓阄分到的虽说是边角地，可那也是好地啊，你不能说不算数就不算数哪。可是姓崔的偏说那次抓阄不算，必须要重新分。你说他这不是偏向嘛，你说谁能服气？”

父亲一直听着，没有表态。

下午，通讯员小崔来叫父亲他们几个，说是崔书记让他们过去商量事情，是在崔书记的大姑家。

院子里有一棵大槐树，有槐树的树荫下支着一张小桌，桌子上摆了几个已经洗好了的甜瓜，崔书记坐在桌边，正在扇着蒲扇。

“你们来了，这天太热了，中午眯了一会？”

崔书记的笑，总是让父亲觉得这个人跟自己很远。

“啊，眯了一小会。”

“这个村土改的事，你们怎么看？”

崔书记还是满脸堆笑地问着。

“我们刚来,不了解情况。再说,县委明确指示,我们是过来帮忙的,这些事还得你来定。”

父亲知道，按照县委的要求，自己只能这样回答。

“好，我等的就是你这句话！”

崔书记从桌子上拿起一个瓜递给父亲，接着说：

“下午呢，还要继续分地，你们就负责现场的秩序，你们要保证俺两个的安全，其他的事你们就不用操心了。”

不知道崔书记下午要唱什么戏，父亲也就没有说什么。

下午，全村相关的人重新又回到了田了，崔书记非常强硬。

父亲感觉到好多人的目光都投向了自己，特别是老许，紧盯着自己，欲言又止的。

父亲也没有办法。

一番重新抓阄之后，重新丈量，重新开始分配田地。

这次，崔书记的大姑又分到了那块边角地，现场所有的人都离她远远地站着，没有一个人敢靠近。

崔书记的大姑站在地头，破口大骂着，谁也不知道她在骂什么……

第十章

车轮滚滚

1946年内战爆发前后双方态势简介：1945年9月日本鬼子投降后，国民党军队在美国人的支持下，采取军舰、飞机等方式登陆青岛、空降济南，之后便开始在山东大肆抢占地盘，抢夺胜利果实。

而此时共产党虽然控制了山东、苏北的广大农村地区，但这些根据地并没有完全连成片，因而经常会受到国民党军队的滋扰，特别是边缘地区受损情况更为严重。

由于山东境内的大城市主要掌控在国民党手中，国民党军队的抢夺作战都是以打通交通线为主要目的，进攻也是沿着交通线特别是胶济线、津浦路北段展开。共产党领导的八路军、山东野战部队为了保卫根据地，对国民党军队采取了针锋相对的斗争。碍于国际、国内舆论的压力，双方投入的兵力以及这时期的战斗规模都不大，这些战斗虽然不足以左右全局的形势变化，却在默默地积累着各种力量的变化，酝酿着惊天巨变。

1946年6月，全面内战爆发，国民党开始集结重兵进攻华东解放区，妄图把陈毅粟裕部逼进山东境内，再以重兵一击而灭。

于是，苏北、山东境内到处都弥漫着战火的硝烟，各地的保卫战、收复战相继展开。年底，影响整个中国战局的宿北战役、鲁南战役也接连拉开了帷幕。

老电影《车轮滚滚》描述的是解放战争时期山东人民支前的故事，曾经在社会上产生过广泛的影响。关于支前的问题，陈毅元帅也曾经说过："沂蒙山人民用小米供养了革命，用小车把革命推过了长江。"

支前在沂蒙山区的老百姓心目中，是件非常正常的事情。可是，支前并不是件简单的事，更不是件容易的事。

在土改问题上，上级文件规定了“实现耕者有其田”的土改基本原则，但是各个村的实际情况不尽相同，不同的区委工作人员对于上级精神的理解也不同，所以在实际执行过程之中，肯定会出现这样或者那样的偏差。虽是如此，但土改工作是大势所趋，谁也不敢明目张胆地违抗，就算那些曾经叱咤一时、势力庞大的地主豪绅们表面上也都是唯唯诺诺、点头称是的。

土地是农民的命根子，涉及的土地问题便是老百姓心中天大的问题了。在土地分配时，只要是涉及地块的位置、土壤的优劣、灌溉的方便，乃至于田垄的宽窄、水流的大水等等，都会成为问题，也都会成为老百姓们争吵的由头，而这种争吵如果不及时制止，便有可能会演变成斗殴甚至械斗，更甚者还可能会演变成两个族姓、不同村庄之间的大型械斗。

一段时间以来，父亲他们一直在帮助各个区委进行土改工作，他们也发现了许多问题，看到了许多不公平的事，可他们也是无可奈何，因为县委的通知里明确规定了他们只是“协助、帮忙”。主角当然是各个区委的工作人员了，他们只是配角。是配角就应该做好配角的工作，所以劝架、解决纠纷也就成了父亲他们帮忙进行土改工作的最重要内容了。

中间，区委崔书记还代为传达了县委的指示，要求爆破队在土改工作中，要加强保卫工作，加强对地主恶霸的监视，防止他们作乱生事，严防国民党反动派势力的渗透。

父亲他们背后的钢枪所起到的震慑作用还是很大的，在他们帮忙的区委辖区，并没有发现地主恶霸与解放区外的国民党反动派的勾连事件，不过父亲他们还是加强了警戒工作，着重加强了对一些地主恶霸的监视。

换了几个村，情况都是大同小异，监视地主、协助解决老百姓们的纠纷，拉架劝架。

队员们开始有了牢骚。

“这个崔书记水平真的太一般了，天天想着给自己的亲戚多分田，怪不得那么多老百姓骂他！”

“就是，有好几户刚一分到好田，就请他喝酒，他还真敢去喝呢，你说他这算什么？”

“他这个人胆子也太大了吧？”

“也不知道其他弟兄们现在什么样子了？”

“肯定都差不了多少，也都是受气的主。哎，还真不如咱们自己训练埋地雷的时候好。”

“对啊，队长，咱们什么时候归队训练呢，这帮忙到底要帮到什么时候啊？”

那么多不公正的事，可是又没有地方提意见，他感到了窝心、不舒服。

“我也想知道什么时候能回去，你问我我问谁去？”

他也不知道这种工作要持续到什么时候，回答起来便没有什么好气了。

就这样熬了快两个月的时间，爆破队的任务出现了转机。

10月中旬的一天，县委急令爆破队所有队员回原驻地集结，并要求父亲立即前往滨海军分区支前指挥部开会，说是有重要任务。

爆破队驻地又是一片欢声笑语，像是老朋友久违后的重逢，大家兴奋地谈论着两个月里的见闻，最感兴趣的还是关于父亲要领回什么性质的任务了，大家都在东一榔头西一棒槌地猜测着。

当然具体是什么任务，肯定猜不出来。但是下达命令的这种紧急口气，给所有人的感觉：就是这次肯定与打仗有关系。都是二十多岁的大小伙子，个个血气方刚的，又憋了两个多月，所以只要是和打仗有关系，就能挑动起大家共同的兴奋点。

下午开饭时，父亲回来了。

“队长，你开的啥会啊，赶紧给大家伙说说呗！”

“是不是给咱打仗任务了，要到哪儿去打？”

“队长，快说吧！”

没等父亲进屋坐稳，队员们便围了上来，你一言我一嘴地问着，着急啊！

父亲坐在一圈一圈地那松着绑腿，不紧不慢，也不抬头。

“哎呀，你快急死我们了，你倒是快说啊！”

父亲板着脸，抬起头，环视了大家一圈，又慢条斯理地解着他的绑腿。

“来来，我们大家伙一起帮你解，一副绑腿要折腾这么长时间！”

几个队友不约而同地围拢过来，蹲在父亲的跟前，从父亲的手里抢过绑腿带，三下五除二地解下了绑腿，同时也把父亲压在在身下。

“快说，到底啥任务，不说就给你挠痒痒了！”

父亲被压在底下，一听到要挠他的痒痒，“扑哧”一下，自己先笑了。

“好了，好了，我说，我说，快把我扶起来。”

几个人又把父亲扶起来，父亲拍打着身上的土。

“上级命令咱们爆破队保卫护送运输支前队，咱们的保卫护送路线有三条，一条是从咱们县往北山里去，之后由他们的县大队护送。一条是从咱们县到岚山头，也就是在上次咱们埋地雷的地方再过去一点距离，到赣榆县交界，交给带赣榆大队护送。还有一条是从咱们这里向西南，过苍山，到枣庄交界处，交给枣庄地区的武工队负责。”

“哎，还以为是让咱们去哪打仗呢，原来只是护送运输队啊？”

“就是，这活没多大意思！”

“大家先不要发牢骚，听我把话说。在军分局支前指挥部，领导专门给我们讲了护送支前运输队的作用，这认真一听啊，才感觉到支前的事可不是简单的事！”

父亲顿了顿，召集大家集拢在一起。

他拿了块石头，在地上画了一个草图，又让一个队友出门捡了几块小石子，把小石子当成不同的县城，又在小石子之间划着线。

画完，他指着这些小石子画成的地图，给大家介绍着护送支前运输队的要求。

“第一条路线，从临沂向北，也就是向山里走，到费县、蒙阴、沂水等地。这条线问题不大，因为都是在解放区里面。但到费县地界时一定要小心，费县附近驻扎一伙子国民党，都是原来的汉奸，这段时间他们到处抢粮的次数增多了。如果大家在路上碰到他们了，对方人少就狠狠地揍他，如果对方人多，就一定要想办法先和他们周旋，等费县大队的同志们到了，再一起想办法。”

“那意思就是咱们要护送到费县的县城附近，再交给费县大队护送？”

“大概就是这样，不过每一次护送都会有具体的任务，到时候还要以具体的任务要求为准。”

父亲回答完队友的问题，继续指着地图讲解着：

“第二条路线，到赣榆。这条线，我不讲大家也会清楚，咱们和日照保安大队就在那附近交过手，这次再加上赣榆方向的国民党势力，估计在交界的地方可能会遇到的困难会很多。”

看着大家都没出声，父亲知道队友们这是听进去了，而且听得都特别认真。

“第三条是从咱们这儿至苍山、枣庄。这条路咱没走过，但是上级领导说这条路上的危险最大，因为自古苍山一带的土匪流寇就多，苍山又被国民党占领，所以特别配备了苍山县周边的几个区中队都来参加护送。”

父亲讲完，看了看大家，示意大家赶紧提问。

大家都盯着地上画的地图，沉默了好一会，终于有队友发问了：

“意思是咱们要分成三个队，每个队护送一条线，是不是这样？”

父亲嗯了一声。

“这个问题我当时也问过，领导给我说的是让咱们做好分成三个队的准备，但是并不一定要三个队同时出发，而是要根据每次任务的要求再定。回来的路上，我也在想这个问题来着。我想，咱们还是分成四队比较好，如果有三个护送任务，那咱们就派三个小队出发，咱家里还留守一个小队，这样还可以处理一些临时的情况。如果只有一个护送任务，那咱们就一个小队一个小队这么轮着去。”

“那要是轮不到咋办？这可就亏大了！”

不知谁喊出了这么一嗓子，大家都附和着。

“怎么会轮不到呢，你们不想一想，咱们到各区委去帮忙土改这两个月，各村参军的人数比年初的时候多了不少吧？各个部队都在扩充，这说明真的要打大仗了。既然是打大仗，大家还愁没有任务？我估计，照这个速度发展下去，咱们的任务就不光是护送支前运输队这么简单了，到时候大家肯定会真刀真枪地上战场的！”

“哎，早就盼着上战场了！”

“对，要是能真刀真枪地干，那多过瘾！”

“护送任务也很重要，咱们也要注意，再说这也是上战场。”

看着大家摩拳擦掌的样子，父亲把说话的音量提高了一下：

“大家静一静，先听我说。这个护送任务不知道哪天就会下来，所以咱们必须先分好组，再把武器弹药都检查好，该擦枪的擦枪，该带的洋镐、铁锨都要准备好。”

分组是经过大家讨论后，按照队员们对三条线路的熟悉程度决定的，熟悉哪条线路就参加哪条线路的护送。

“那个时候，好像没有人说这条道危险，我不参加这条路线的护送任务了，大家反而都是争着抢着要去最危险的线路去执行任务，所以分组时主动参加枣庄那条线路护送的人员相对多了点，费县这段路几乎没人报名，最后好说歹说的才凑了5个人。”

过了几天，10月的22、23号，第一次的支前运粮护送任务便下达了，苍山！

要求第二天早上6点，必须全副武装到许口粮库门口集合，护送支前运输队开赴苍山。

任务下达了，大家也急了！

“队长，你看俺家有个亲戚就是苍山人，俺小时候还经常去苍山走亲戚，让俺去吧！”

“队长，俺爹带着俺去过苍山县城，所以这次得让俺去！”

父亲一直笑着，没说答应也没说不答应。

“之前也没听你们说过在苍山有亲戚的、去过啊，怎么现在着急了？我觉得咱们事先定好的规矩，还是不能变的。这次呢，我带着苍山组先上，你们在家好好训练。”

“不对啊，队长，你不在这组里啊。”

“对啊，队长，要去也不应该你去啊。”

“哎哎，我才发现，咱们队长哪个组也没他的名，他这是想哪个组都参加啊，原来如此！”

“队长，你这是以权谋私！”

“对，以权谋私！”

父亲笑了笑，有些得意地冲着队友们：

“谁让我是队长呢，对吧？”

“代理的！”

不知谁喊了一句。

“代理的也是带个长的。”

大家哄笑着。

“这是咱们的第一次任务，根据上级的分析，这条路线应该多加小心。那既然你们两个人争着去，就算上你们两人的份，咱们一共十四个人。执行任务时，大家不能掉以轻心，毕竟是多数的同志还是不熟悉的沿途的环境，咱们好好跟别的护送队伍学习，也算是取经吧。”

“怎么还有其他的护送队伍呢？”

对于父亲的话，队员们有些不解。

“咱们是护送咱们这个区委的支前运输队，其他区的武工队也要护送各自区的支前运输队，支前指挥部要求队伍统一到临沂城南付庄的指定位置集合，然后再组成支前运输大队开赴前线。”

“那其他区武工队派出的人数也和咱们一样多？”

“反正军分区支前指挥部要求各地的地方武装要派出一定数量的武装护送队伍，并没有要求具体人数。不过，各地区委肯定会有要求的，谁也不想自己区里的支前运输队出问题啊。而且，支前指挥部还说，每次支前，各个区派出的支前运输队的任务也是不同的，比如这次咱们护送的就是运粮队，其他区听说有派出担架队的。”

“队长，咱们的地雷还带不带？”

“对了，咱们在执行护送任务时，还是不要带地雷了，那玩意儿又重，还要背在身上走那么远的路，还是别带了。但是执行任务的组，每个人都要有枪，要配上五发子弹，每人必须带上三颗手榴弹。”

“不是说这次护送还有其他区武工队吗，还带这么多干吗？”

父亲回头瞅了一眼，皱了皱眉头。

“支前指挥部要求的，咱就得执行。行了，大家赶紧检查一下枪支弹药，晚上好好睡上一觉，咱们凌晨 3 点出发。”

那一夜，在队员们的鼾声中，天上的月牙时隐时现。

第十一章

路遇悍匪

“兵马未动，粮草先行”，打仗拼的是战斗力，拼的也是民心和粮草。

所谓“得道多助，失道寡助”，这句话在山东解放区特别是在沂蒙山根据地体现得最为明显了。

国民党把战火烧到了解放区家门口，等于要把老百姓们又要扔回苦难挣扎的生活之中，老百姓自然是群情激愤的，于是报名参军、筹军粮、纳布鞋，担架队、小车队，各个村、各个镇都在积极行动着。

早在抗日战争中期，中共山东局就在沂蒙山各根据地筹划建设了规模大小不等的数个粮库，在八路军与日本鬼子的数次大型战斗中，这些粮库中的储备粮食都发挥了巨大的作用，

日本鬼子投降后，中共山东局因势利导，从日伪手中缴获了数座较为大型的粮库，又积极扩大了各地原有的粮库规模，最关键的征粮工作也得到了根据地老百姓的积极响应。到1946年秋天，各地粮库均超额完成了上级下发的征粮任务，父亲他们驻地区委所辖的许口粮库便是沂蒙山根据地的众多粮库之一。

早上六点，运粮队、武装护送队准时出发。

每辆独轮车装着两麻袋粮食，五十多辆车子，每辆车顶上都插着小红旗，整整齐齐地行进在河边的一条小道上，挺壮观的。

选择小道是因为这条路平时走的人少，不会像大路上那样招摇过市，再说，毕竟是战乱时期，通风报信的事时有发生，不能不小心应对。而且支前的目的地属于军事机密，一旦被敌人获知，其后果可想而知。

父亲和队友们走在队伍的前方，可能是因为第一次执行任务，有个队员掩饰不住自己激动的心情，用清亮的嗓子唱了几句柳琴戏的《铡

美案》，虽是清唱，却也赢得了大家的一致叫好。

一路上人歇车不歇，转河堤，过沂河，到达临沂城南付庄的集合点。

小车的队伍越来越庞大，担架队也出现了。护送的队伍也越来越多，父亲他们几个人被安排在了队伍的最后，作为整个支前运输队伍的殿后武装。队仇在付庄集结后，一路向西北行进。

队伍很静，就连咳嗽声，在大老远都能听得到。

到了苍山地界了，先头人员示意整支队伍停了下来，说是原地休息一个小时。

一个小时后，父亲被通知跑步到队伍前方，说是开紧急会议。

从付庄走出来两三个小时，队伍突然变得鸦雀无声时，父亲就已经预感到可能会有事发生了。听到通知，便立即吩咐着队友们做好警戒，自己顺着队伍向前跑去。

在队伍的最前方，几名同志正在一起小声讨论着什么，站在中间的是县委负责这次行动的王同志，戴着眼镜，一副文质彬彬的模样，腰里挎着盒子枪，其他的几位都是各区武工队的负责人，在付庄集合的时候大家都相互认识了。看到父亲跑过来，王同志把大家召集在了一起，走到路旁的田里。

“同志们，咱们现在是在苍山的交界处。按照原定的计划，苍山的同志们应该在这个时间在这里接应我们，可现在还没有见到他们。我们派出到前方侦察的同志也回来了，说前方 5 里没有发现任何接应队伍。”

“是不是时间有误？”

“是不是接应地点有误？”

现场有人提出了问题。

“时间和地点都没有问题，而且我们已经在这里等了快一个小时了，咱们是继续前进，还是在这里继续等，想听听大家的意见。”

王同志往上推了推他的眼镜，有点不知所措地看着大家。

“错过接应时间这么长，这说明苍山方面接应我们的队伍可能遇到了麻烦。”

付庄武工队的老付分析着，有几个同志也点头称是，他继续说：

“我觉得咱们不应该在原地等，应该继续向前走，咱们边走边等他们。”“我觉得咱们应该在原地等，一则咱们不熟悉到达指定位置的路，二则就算我们摸索着往前走，这沿途的敌情咱们也不掌握，万一与敌人遭遇了怎么办？所以我觉得在原地等会更好一些。”

两家观点完全相左，但是都有支持的，有点僵持不下。

县委的王同志也无所适从。

还是付庄的老付主动退了一步：

“要不这样，反正要到前线的指定位置去，咱们眼前的这段只有往西这一条路，再往前走 20 多里，会有岔路口，大队到达岔路口时再边休息边等他们。到时候呢，咱再派出一两队人往前先探路，看情况再做决定。”

这是个折中的办法，县委的王同志在马上表示了同意。

20 多里路很快就到了，那里有一个十字路口，队伍在十字路口停了下来。

几支护送队伍的负责人又集中到了一起，老付率先发言，他指着大家眼前的十字路口说：

“这条路往北是到费县的，往南不远就是苍山县城，顺着路继续向西走，就是枣庄，咱们的目的地也就在这个方向上。”

看着大家不出声，老付继续说：

“我带着一队人向西侦察行进，如果路上没有问题，我会派人来告诉大家，到时候你们大队人马赶快跟上。”

这是当时大家能采用的最好的办法了。

老付带着一队人西去了，父亲他们和其他的武装工作队在支前运输队周边安置了数个警戒哨，大家的紧张情绪都提到嗓子眼了。

又过了一个多小时，老付派人回来了，说前方没有发现异常，通知大队伍继续前行。

大队人马总是比小队人马行进的速度慢一些。

队伍过了苍山县城，向西过西架河，队伍停了下来，大家得喘口气、歇息一下。

县委的王同志从前面跑来，催促着大家赶紧出发。

几乎是奔跑了一个下午了，的确有些累了，队伍行进的速度快慢不一，队伍渐渐地拉长了。

父亲他们还在殿后。

队伍正在走着，和父亲他们一起来的一辆运粮车这时不小心翻倒在路沟里，父亲招呼着五六个队友和几个推车的老乡赶紧跑上前去营救，其他人照常行进着。

麻袋摔裂了，高粱米洒了一地。

推车子的人摔在路沟下，车绊还挂在脖子上，车子整个地压在了他的左小腿上。他已经无法自行把腿收回来了，痛苦地呻吟着。看样子肯定是砸到腿了，应该是小腿骨折了。

简单包扎好受伤的老乡，拿绳子重新捆好摔裂的麻袋，前面的大队伍已经走远了。

老乡没法再推车了，走路也一瘸一拐的，还疼得直咬牙。

"得把粮食往其他车子上匀一下，让老乡坐在车上推着走，要不然会影响大家的行进速度。"

在场的所有人都表示同意，大家一齐动手，很快就按父亲说的方法，匀好了车子，受伤的老乡坐在手推车上，开始的时候特别不好意思，连声向大家赔着不是。

大家朝着大队的方向追去。

突然，队友小五跑到父亲身边，对着父亲耳语了几句，父亲听后，不自觉地取下了身后背着的枪拿在了手里，还拉上了枪栓，把子弹推上了膛。

父亲的脚步慢了下来，队友们都看到了父亲手持枪的举动，个个马上心领神会，每个人都取下了枪，都把子弹推上了膛。

几个人好像是无意的与父亲并排走着。

“大家注意，咱们后面有尾巴。小五，你腿快，赶紧向前跑，追上大队去通知负责的县委王同志，让他派人过来支援。前面五六百米处有个拐弯，拐弯处好像有片树林子，你们两个人把这几辆车带过去隐蔽好。大家要瞅好路两边的地形，等他们车子进了树林子，大家一定要马上占据路两边的壕沟作为掩护，咱们好好地干他一家伙。”

队伍后面的确有尾巴，这些尾巴就是在刚才父亲他们重新装车时跟上的。从小五的描述分析这应该是一伙土匪，十几个人。估计是看到父亲他们落单了，人少还有几辆车子，车上还装着麻袋，麻袋里装的肯定是粮食无疑了。

估计这伙人是想抢粮，所以才偷偷摸摸地在后面跟着，准备伺机下手。

几辆车子在拐弯处一下子冲到了旁边的树林里，队友们也都跳到了壕沟里，选好位置，埋伏好，举起枪，做好了战斗准备。

“妈的，人他妈的跑哪去了？”

能听至土匪的叫骂声了。

“啪！”

不知道谁先打了一枪，土匪们急忙向一旁闪去。“哒哒哒，哒哒哒！”

父亲他们隐蔽的壕沟处被一阵密集的子弹盖住，枪声大作。

土匪们居然有连发的武器，这种武器可比父亲他们的要强多了。被子弹压的抬不起头了。

“扔手榴弹，快扔手榴弹！”

情急之下，父亲大声喊着。

“嗖，嗖，嗖……”

队友们费力地扔出了三颗手榴弹。

手榴弹的爆炸声过后，是短暂的寂静，这也是父亲他们用火力压制山匪的机会。

“打！”

父亲举起枪，对着土匪的方向射击着。

虽然父亲他们有几支枪同时射击，可他们的枪是只能单发的汉阳造，不能连发，终究是压不住对方的连发武器的。土匪们瞅准空档，又是一片密集枪声。

土匪们正在朝父亲他们的两侧运动着，包抄的局面一旦形成可就不好办了。

“扔手榴弹，扔手榴弹，别留着当饭吃了，都扔出去！”

父亲的声音变成了低声的怒吼。

“嗖，嗖，嗖……”

一颗颗手榴弹向土匪们飞去，终于听到了土匪们的惨叫声了。

可是手榴弹的爆炸声刚过，土匪们的枪声更密了。

形势变得十分危急。

突然，从土匪身后传来的枪声，枪声又急又密。

是咱们的护送队杀回来了！

父亲他们终于抬起头来，举枪朝土匪们齐射。

夹击之下，十几号土匪肯定是顶不住的，逃跑了七八个，活捉了5个，被炸死、击毙3个。

现场审问，才知道这伙土匪确确实实是见到父亲他们只有几个人还有几辆车，一看就知道车上装的是粮食，他们也确实是为抢粮而来，但他们不知道前面还有更大的一支队伍。

土匪的大本营在附近的山里，据说那个土匪窝子里有一百五、六十号人呢，这会儿恐怕已经听到风声了。被抓的土匪说，他们大当家的早前给日本鬼子当过汉奸，当过伪保安大队的中队长，后来八路军来了，在县城混不下去了，才拉了一帮人进山当了土匪。他们这十几号人出来已经好几天了，转了不少地方，但都因为有八路军驻守，才没敢轻举妄动。

对这个土匪的说法，父亲和老付都表示了怀疑。

老付从他的队员手里拿过缴获的土匪使用的可以连发的两支枪，

问那土匪：

“这枪是哪里来了，刚才是谁用的？”

土匪指了指远处被炸死了的同伴，眼神有些躲闪地说：“这枪是我们三爷的，他已经被你们炸死了。”

“两支枪啊，他一个人用两支枪？快说，再不说小心枪毙了你！”

“长官，我说，我说，还有一支枪是我用的。”

“这枪是哪来的？”

“这个，我不知道，八路爷爷，我真的不知道啊！”

这名土匪的声音里带着哭腔，跪在大家面前不停地磕着头。

县委的王同志走过来，拿过老付手中的枪，对着远处的田地，一扣扳机。

“突突突……”

子弹密集地射出，几乎所有的人都看呆了。

“这是美国的汤姆逊机关枪，我在咱们军分区见过。不过，这种枪目前好像只有国民党军队配备了。这一伙当过汉奸的土匪能用上这么好的枪，这里面肯定有文章。”

没想到表面上文质彬彬的王同志，还有这两下子，知道的真多，分析得也到位，护送队的同志们对王同志的看法一下子有了很大的改变，也就是变好了。

王同志继续分析着：

“现在咱们还不能管这些枪是什么来历了，目前最重要的问题是这么多人的土匪队伍很有可能会回来报复，咱们怎么准备应付的问题。”

几个护送队的负责人都赞同这个观点，怎么同这些土匪作战成了大家必须要面对的问题。

父亲的一名队友凑上前去，从王同志手里要过枪仔细地看着，爱不释手的模样让其他人觉得有点过分。

王同志要回了枪，对大家说：

“这次缴获的枪统一由我上交县委，由县委研究后分配，请大家理解啊。”

其实，老付也想拿一把，毕竟是战利品嘛。

但现场有好几支护送队几十号人，缴获的枪没办法现场分配。

所以王同志的一番话，也是大家没法反驳的，虽然个个心里痒痒，但也只能按他说的办喽。

就在这时，从苍山县城方向跑来了一群人，远远地在向大家打着招呼。

所有人都非常警惕，全部端起了枪。他们走近了，对上了暗号，原来是苍山县独立大队的同志们。

一听是苍山县的接应人员，大家憋了一下午的怒火眼看就快要爆发了。

还没等大家爆发，苍山独立大队的负责人马队长先给大家敬了个礼，嘴里连声说着对不起，又连忙解释着。

原来，他们在接应运粮大队时，遭遇到了一股国民党的小股部队，像是国民党的斥候小队。为了引开他们，保护运粮大队的安全，他们主动迎敌，费了好大的周折，才将这小股敌人引到了山里。交火中，他们已经有两名队员牺牲了。

话说到了这种程度，运粮护送队同志们的火气也慢慢地消了。

但是还有股土匪的问题需要马上解决。

“这伙土匪好办，咱们县大队和县独立营早就想收拾他们了，大家放心吧。我这就派人把这几个俘虏押回队部，即刻通知县独立营行动，立即收拾这帮混蛋。”

马队长说话的速度很快，连珠炮一样，思维也属于跳跃型的，说完一件事马上会转到第二件事上。

这不，他接着说：

“下面这段路，由我们县大队负责护送，请同志们放心，我们一定不会让大家失望，一定圆满完成任务。咱们这就办理交接吧。”

县委的王同志连忙拿出一个账本，和马队长一起清点核对了粮食的数量，双方签了字，算是完成了交接。

“这次任务算我欠大家一个人情，以后大家有机会再到苍山来，我请客，也等于还大家一个人情。”

“我们可不能让你轻易地就把人情给还了，我们要慢慢地让你还，大家伙说是不是？”

老付的玩笑惹得大家都笑了。

马队长带着他的队员们冲着护送队全体人员敬完礼，又和护送队的同志们握手告别。

就这样，父亲他们一行踏上了回程，他的队友们轮流推着那名摔伤了的老乡，几名刚才参战的兄弟的心里一直惦记着那两把美国枪。

第十二章

二下苍山

回程时，多数护送队人员的心情都是轻松的，路过付庄时，老付盛邀大家在付庄歇一歇、吃点东西，好多人都欣然同意了。可是父亲他们心里并不轻松，婉拒了老付，连夜赶路。

把受伤的老乡送回家里，再回到驻地时已经是第二天的清晨五点多了，还没有到出操的时间，留守的队友们还在屋里睡觉。

不打扰大家了，大家干脆背靠背地在院子里就地坐着，静静地等着一会天亮时一起出操，谁也没有出声。

也就是说话的功夫，大家竟都坐着睡着了。

天终于亮了，留守队员们出操了，看到大家席地而坐的样子，惊讶之余，有的队员忍不住掉下泪来。

“这都怎么了，这都怎么了？”

留守的队友们亲切地上前问候着。

“先出操吧！”

父亲没有解释什么，而是非常坚决地下达了命令。

归来的队员们心里窝着气，留守的队员们丈二和尚摸不着边。

出操也是沉闷的。

回到屋里，大家把父亲围住了。

“队长，出啥事了？讲讲呗。”

“对啊，队长，讲讲。”

父亲倒了大半碗凉水，一口喝了下去，用手抿了抿嘴，然后深吸了一口气，微笑了一下。

“大家别多想，没什么大事，咱们完成了第一次的护送任务。只是半路上，和一伙土匪遭遇过。”

“啊，土匪啊！打他狗日的不就完了嘛！”

“但是这伙土匪不像是一般的土匪，他们的火力很猛，县委的王同志还专门说这伙土匪用的枪是美国的，叫什么逊来着？”

父亲冲着几个一起执行任务的队友问。

“汤姆逊机关枪。”

“对，汤姆逊机关枪。那家伙真厉害，连发，打得咱几个真抬不起头。”

父亲的言语中充满了对那种枪的羡慕。

“是啊，队长，那枪是好，咱就应该要一把，毕竟那个土匪是咱们的手榴弹给炸死的嘛。”

“是啊，队长，那么好的枪，咱们不拿回来一把，真是亏了。”

“就是，咱们应该分一支的，因为对付那伙土匪是咱们先打的。”

父亲知道大家的这个心思，所以一路上他也没有说破。“既然说到这里了，咱们可得认真说道说道。没错，是咱们先开的火，也是咱们的手榴弹炸死了一个土匪，但是大家想过没有，要不是护送队的其他同志们赶回接应咱们，咱们几个会是啥样？别的先不说，单说这伙土匪的火力，咱就压不住，被人打的抬不起头来。就算咱们弹无虚发，能打死几个土匪，能把他们赶跑，可咱们也得付出代价。所以这个胜仗不能说是咱们打的，应该是全体护送队的，所以这个枪咱还真的不能要。”

父亲的分析让大家心服口服。

“队长，你说的对，要真的拿了这枪，还真的会让那些护送的同志们看不起。”

“那真是好枪啊，真的是馋人哪，咱们什么时候要是能用上这样的枪，要是回回不打个胜仗回来，都不好意思说摸过枪了。”

话说开了，气氛也活跃了。

父亲又把大家召集在一起，反复研究着与土匪战斗时的得与失，他想让队伍里的所有人都能从中掌握作战的基本要领，为下一次的战斗积累更多的经验。

爆破队的训练如常进行。

第二天一早，父亲就让小五去军分局申请补充弹药，并反复告诫小五一定要去支前指挥部去问一问，还有没有护送支前运输队的任务，如果有护送任务的话，他让小五要想尽办法一定要争取拿到任务。

其实，父亲这是在请战。

上次与土匪的交手，让他自己觉得在县里所有的同行面前，显得有点窝囊，多少有点抬不起头来，所以他要请战，他已经下定决心在下一次的战斗中一雪前耻。

第二天下午，小五回来了。

“队长，领导说他们也没有多余的子弹，说是让我们自己想办法补充，他们没有闲工夫搭理咱们这点小事。还有啊，说近期没有护送支前队的任务了，说前面的仗都快打完了。”

“啊，这才两天就不用支前了，这仗打得这么快？”

父亲有些不甘心，像是自言自语。

“队长，我回来的路上还碰到了运输队的老乡了呢，他们说都回来了。”

“什么，送粮队都回来了？”

父亲跳了起来。

“是啊，他们说他们都回来了。”

“你没问问他们这仗打成什么样了？”

“你也没让我问呢！”

小子一伸舌头，跑到一边去了。

“走，咱们去问问他们去。哎，小五，你给我过来，咱们一块去。”

父亲从人群里拽出小五，俩人急匆匆地出门去了。

在这个区里待时间久了，父亲非常熟悉这个区里的情况，所以找个送粮队的人是非常简单的一件事。

到了人家门口，小五想要推门进院，被父亲拦住了。

他站在院门口，喊了两声，把人叫了出来。

“哎呀，队长啊，屋里坐着喝水吧！”

这里的人也都认识父亲。

“老哥，不进去了，咱过来就想问问，你们送粮这么快就回来了，没看到他们那儿的仗打成什么样了？”

“噢，你说这个事啊。俺几个送完粮后，苍山大队的人找了个村子安排我们休息了一晚上，这不今天就回来了。”

“我是想问那里打仗了没有，仗打成什么样了？”

“俺都听到枪炮声了，你说还没有打仗？哎呀，那个炮啊，声音震人哪，比咱过年放的大花雷可是响多了，耳朵嗡嗡的。有个管收粮的当兵的说，俺几个卸粮的地方离那个伏山口也就三里多路。”

“伏山口？”

“是啊，这次就在伏山口打的。”

父亲听到这，心里有了些懊悔。心想：“早知道那里有大仗，自己和弟兄们晚一点回来多好啊！”

这位老兄一提到打仗也兴奋，手舞足蹈地比画着。

“仗打得怎么样咱不清楚哟，人家又不让咱上前线去看看。不过，我看跟咱们一起去的担架队，一趟一趟地抬下来不少伤员呐。俺卸了粮走的时候，担架队又上前线了。”

“不过啊，当时俺几个还帮着把担架抬到包扎所呢。你猜怎么着，受伤的这个同志就是咱北面葛沟镇的人，那一段路上，俺一直跟他说话，就怕他睡过去，俺问了他好多问题呢。他说他们是从江苏那里撤回来的，本来在江苏的苏中也打了胜仗的，他们连还是‘七战七捷’的尖刀连，受过粟裕司令员的嘉奖呢。他还说，他们这次就是当先锋到咱山东地界和八路军联系的。可打一次胜仗就往北撤一次，这不都撤回到咱山东了。俺寻思着，按他这个说法，那过了不多长时间，大部队不就撤回咱临沂了吗？哈哈哈，你说他这个说法喜人不？”

这位老兄也是第一次参加支前，所以什么事对他来说都是新鲜刺激的。

三天后，县委通报里说，我军获得伏山口战役的胜利，击溃了国民党军队三个师，重新收复了苍山县城。

通报还要求各地的地方武装要抓紧练兵，号召解放区的广大民兵积极配合主力部队粉碎蒋介石的进攻。

看来，真的要打大仗了。

父亲他们的训练也从原来单一的布设地雷，转为如何快速占领有利地形、如何交替掩护射击、如何形成包抄敌人的态势等具体的战术战法上来了，只不过队员们把这种训练戏称为“大人的过家家”。

镇上能看到整支的八路军部队了，这些部队有的会在镇子上休整一天，大部分都是急匆匆地向南进军了。

这就是要打大仗嘛!

镇上老百姓们关于打仗的议论也多了起来，父亲他们更是坐不住了，父亲往区委、军分区去的次数明显地多了起来。

一次去，没有任务。

再去，还是没有任务。

去的次数多了，搞得军分区支前指挥部的同志们每次看到父亲的到来，便会打趣地说：“看看，看看，这个要债的又来了！”

区委上上下下也很忙，在根据上级的要求，做着各种战前动员和战前准备。

爆破队的训练每天都进行着，队员们心里都憋着劲。

就这么一来二去，到了 1947 年的新年了。

说是新年，其实是阳历年，解放区的人们不习惯过这样的新年，日子就像往常一样，没有什么节日的气氛。

新年的第二天，任务来了。

毕竟是初冬了，早上凉意渐深，可父亲他们坚持每天都出早操。正在出早操的时候，接到了军分区支前指挥部急令，要求爆破队全体火速赶往临沂城南的付庄集结，由县独立大队统一指挥，参加支前队伍的集中护送工作，命令还要求携带全部武器。

命令下得这么急，还要携带全部武器！每个人都知道这意味着什么，没人犹豫，个个眼神里充满着渴望，还有坚定。

下午6点，已经升任付庄武工队队长的老付陪同县独立大队的王队长焦急地等在集结地的路口。冬天天黑的早，老付让随行的队员点上了马灯。

这几天，国民党军队行进速度太快，苍山好几个乡镇已相继被占领，付庄也不再有往日的安静了。从苍山方向每天都有逃难过来的乡亲们，武工队抓住过混在老百姓中的国民党特务，平时也时有阵阵的枪声传来，国民党的飞机还不时地飞过来转一圈，形势一天比一天紧迫。

晚上7时，所有接到命令的地方武装队伍全部到齐。整队完毕，县独立大队的王队长马上召集了负责人碰头会议。

“同志们，现在苍山很多乡镇已被国民党军队占领，咱们临沂解放区有被分割包围的危险。现在过了付庄就算是进入了敌占区，因此我们的护送任务将会非常艰巨。前指要求我们，不论遇到什么样的困难，都要想办法克服，一定要确保我前线将士的后勤供应和战场保障，让他们在枣庄地区更加有力气去打击国民党军队，赢得这场胜利。”

王队长讲话的语气很坚决，会场的气氛也比较凝重。

“考虑到战场的复杂情况，所以我们决定夜间隐蔽行动。整个大队过了付庄5里地左右，便分成了左右两路，右路向西北方向经沂堂向虎头山方向，到达滨海警备旅所辖战区。左路向南，经褚墩转向磨山、兰陵方向，到达左路兵团新四军第1师的接应位置。

另外付队长已给每队精心挑选并安排了两名队员。这些天，付队长带着这些队员多次潜入到苍山的一些乡镇，和苍山县的地方武装力量接上了头，他们一起挑选了比较安全的行进路线，给大家配备熟悉路况的人员是为了便于夜间行动时的联络和配合，这一点请大家切记。现在支前运输队已经在前面的路口集结了，从即刻起，我们就转入战时状态，大家一定要提高警惕，咱们争取今晚把所有的东西安全送到华野部队手中。”

父亲他们在老付手下两名队员的带领下，迅速贴近了支前运输队，是在整个队伍中间偏后的位置上。父亲从一位老乡手中借过车子感觉了一下，发现所有支前运输队的车子好像轻便了一些，这样车子行进的速度就可以比以前快点。一问，原来护粮队每车都装两大麻袋300多斤的粮食，现在变成了两麻袋200斤左右，重量减轻了，推起来自然就轻便了一些，但是车子总数也多了许多。

人衔枚马裹蹄，行动在夜色中展开。

父亲他们走的是左线，左线在临沂县境内的路程比较长，这一段也属于安全区域。感觉到走了好长时间，才到达苍山县境内的接头地点，而苍山方面派出的接应队伍早就等在那儿了。

简单地问候之后，父亲便向苍山的接应同志详细地询问了前方的战况。

“咱们现在是在县城的南部，咱们这儿这几天没啥大的战斗，当然还是能听到枪声的。咱们新四军第1师已经开过来了，听他们说，他们前几天刚刚在江苏的宿迁附近狠狠地揍了一顿蒋介石，可是这国民党就像膏药一样一直粘着。听第1师的人说，马上又会揍他们的。咱们这个小地方啊，现在不光有新四军第1师，还有我们区中队、区小队，所以接下来这一段，应该不会有啥问题的。”

虽然说是安全，可还是在战场上，父亲他们不敢放松警惕。

一路上，不时有枪声传来，枪声有远有近。每一次有枪声时，父亲都会要求大家做着战斗准备，待侦察确认安全后，再带领队伍出发。

就这样，他们有惊无险地到达了苍山县一个叫鲁坊的小村子，交接手续也很快办好，父亲他们和运粮队的老乡们靠着车子眯着眼睛。

天亮了，父亲发现前方不远处就是战壕，新四军的战士们都在战壕里的战位上趴着。长这么大，打了这么长时间的枪，这还是第一次看到战壕，父亲有点兴奋。他推醒了旁边睡着了的小五，用手指了指前方，向小五示意着。小五也看见了战壕，一下子喊了出来，很快爆破队所有队员都兴奋了起来。

突然前方传来了密集的枪声，炮弹也呼啸而至，一场不期而遇的激烈战斗打响了……

第十三章

战场救护（上）

这时，刚才负责交接的一名班长带着几名战士猫腰跑了过来，班长跑到父亲身边，枪炮声太大了，他只好贴着父亲的耳朵大喊着。

“这里危险，你们和运粮队赶紧顺原路返回！”

说完，班长和战士们往前线急冲而去。

阵地上已是硝烟弥漫，队友们眼馋地望着。可是没有命令留下，也没有理由留下，留在这里反倒会添乱，只能按原路撤回了。

父亲他们和运粮队的行进速度很快，都是一路小跑着的。

渐渐的，枪炮声远了，大家的脚步不由得慢了下来。

几个队员停了下来，转身回望着。这个举动像是有巨大的传染力，几乎是所有的人都停了下来，一起回望着。

“哎，要是能参加一次这样的仗，那得多过瘾！”

不知谁说了这么一句，立即引起了大家的共鸣，所有爆破队员的目光不约而同地都投向了父亲。

“队长，咱们就不能帮着抬点弹药啥的？”

“对啊，打下手也好啊。”

父亲有些心动，可是军令不能违啊，想到这，不由自主地叹了口气，苦笑着摇了摇头。

“兄弟们，戏文里讲‘军令不能违’，咱们不能干这违抗军令的事。”

“可是队长，刚才人家让咱们撤，也没说不让咱们帮忙啊！咱们去帮着抬抬弹药，他们总不会使劲地撵咱们吧？”

看得出来，队员们的心情都是急切的。

可是不行啊，战场就是战场，军令如山，不容儿戏。

大家恋恋不舍地转身，一步三回头，每个人都是垂头丧气的样子。

突然，几个身挎药箱的部队救护人员匆匆地跑来，他们每人的手里还拎着简易的担架，跑的气喘吁吁的。

走近父亲他们了，这些救护人员的脚步也放缓了。

“你们谁是负责人？”

一位背药箱的同志问，一听就不是本地口音。

“我，我是队长！”

父亲闻讯跑了过来。

“跟你商量个事。”

背药箱的同志两手弯着腰扶着自己的膝盖，用手扶了扶已经挂在鼻子尖上的眼镜。父亲这才看清，老钱的脸是清瘦的，下巴的胡子看样子已经有好几天没刮了，可是精神头很足。

老钱一边大口大口地喘着气，一边说。

“你说吧。”

父亲回答的也非常爽快。

“我是咱们新四军新 1 师战地医护所的钱大夫，你们叫我老钱、钱同志都行。看样子，你们是支前护送队，对吧？”

“啊，钱同志好，我们是刚从战场附近撤下来的，仗打开了时，是有个班长让我们撤回来的。不过，要是有什么任务的话，我们是可以完成的。”

父亲解释着，他隐约感觉到了什么，所以他再也不想错过任何上战场的机会了。

“这样，你派几个人护送运粮队撤回，其余的跟我到前线去。”

老钱抬起头看着，两眼直直地看着父亲，好像不是在商量，而是在下命令。

“真的有任务？”

父亲问到。

“有，去前线抢救伤员！我们人手不够，你看你们能不能帮个忙？”

大冬天的，父亲看清了老钱的额头上汗水。

“行，没问题，俺们都听你的。”

队友们都围拢着，听到父亲的回答，大家开心极了。

“护粮队必须要有人员护送，护送运粮队也是非常重要的任务，大家别一听到这事就躲！”

父亲知道这个时候绝对不是让大家你推我让的，必须干脆。于是他当即决定了十名身体相对单薄的队友，护送运粮队返回。同时，为了减轻重量，父亲还要求留下来的队员将随身携带的地雷和手榴弹都交给这十名队员，由他们带回驻地去。

十名队员全部都噘着嘴，满脸都写着不乐意、不高兴，那个眼神就像看谁都不顺眼、谁招惹就跟谁急似的，可是又十分无奈地跟着运粮队走了。

卸掉了多余装备的父亲他们从老钱他们手里接过担架，跟着老钱他们奔向战场。

经过刚才他们靠在车子旁休息的地方，那里已经炸出了几个很大的弹坑，队员们互相看了一眼，好像是在庆幸。

继续向前，1000 多米的位置就是战壕。

所有人都低身猫腰前行着，因为事先老钱非常严肃地强调过“在战壕里谁都不得探头出去，否则……”

不用他讲，大家都知道会是什么样的后果。

子弹不停地刺穿着空气，从人们的头顶呼啸而过，硝烟的味道布满了整个的天空，谁也躲不开。新四军战士们好像一点不害怕、一点也不在乎，每个人都在聚精会神地扣动着扳机，他们手里的一挺挺机关机在喷着一条条长长的火舌。

已经有新四军战士倒卧在战壕边上，头部中弹的、胸口中弹的，鲜血浸染着他们身下的土地，有的土块都成了黑褐色了。

老钱挨个搬动着中弹的战士，用手摸一摸他们的胸口，嘴里不停地说着：

“不行了！哎，这个也不行了！”

父亲他们还是第一次闻到这么浓烈的血腥味，加上炝人的火药味，有的人受不了了，就干脆单腿跪在战壕里使劲地吐着。

老钱回头看了看，摇了摇头，面无表情地说：

“见惯了就好了，吐两次就不会吐了。”

“哎，同志，醒醒！快，担架！”

老钱指挥爆破队的队员把一名伤员从战壕上拉了下来，俩人又把受伤的战士放在了担架上。

老钱跪在担架边给战士简单包扎了一下，便让爆破队队员抬了下去。

顺战壕继续往前，一名战士跌落在战壕里，他的左大臂耷拉在肩膀上，露着骨头，地上有一大滩血。战士用自己右手托着左臂，半躲半靠着壕沟。他紧咬着牙关，眼睛闭着。

老钱轻轻拍了拍战士，战士的眼睛睁了两下，还活着！

父亲刚好就在老钱身边，老钱抓起父亲的手按在战士的右手上，用不容置疑的口吻命令着：

“按紧了！”

老钱用绷带把战士的左臂固定了身体上，战士疼得昏死了过去。

“快，快，这个赶快抬到后面，必须马上截肢！”

父亲和队友抬着担架飞快地向后转移着，眼看快走出战壕了，突然一发炮弹在他们身旁的壕沟顶上炸响，他们被气浪掀倒，被炸起的一层厚厚的土就像棉被一样铺天盖地地压在他们身上。

那一刻，时间就像凝固了一样。

待他们从土堆里爬起来时，发现他们身子下方受伤的战士身上竟然没有多少土，疼得咬着牙。原来就在爆炸的一刹那，两人都扑在了战士的身上。

趁着枪炮声没有刚才那样密集了，俩人抬着担架飞奔而去。

村口的临时包扎所里，爆破队的队员不停地穿梭着，从战场上抬下来的伤员也不断增加。

老钱是什么时候跟上来父亲他们两人，到包扎所门口时，老钱随即父亲把伤员抬到了院内的一间小房里。

老钱吩咐着包扎所的人即刻去取手术的工具，说是要马上截肢。

“炮弹爆炸那会，我还以为你们两个会受伤呢，没想到你们这么勇敢。”

老钱这话应该是对父亲他们两人讲的，可老冯的眼神全在受伤的战士身上。

做手术，父亲他们是不能看的。

可是，父亲他们在门口却听了房间里传来了那名战士撕心裂肺的喊声。

喊声震动着父亲他们的心。

战场上,那么多战士倒下去了,可他们倒下去的方向是冲向敌人的，是冲锋的方向。都是一个身子扛着一个脑袋，谁不珍惜生命？大家都是年轻的，谁愿意在年轻的时候这样的拼命？

战斗还在进行，父亲他们来回奔波于战壕和包扎所之间，谁也不知道跑了多少趟，谁也不肯撤下来休息。

中午时分，战枪炮声渐渐稀疏了，战场上的伤员差不多都转移了下来，队员们终于可以松一口气，稍微休息一下了。

不知道国民党军队为什么这么疯狂，上午的攻击异常凶猛，好像是接到了什么死命令一样。但是一至中午，他们却又龟缩起来，不再攻击。

阵地上，除了偶尔几声冷枪，到处都是一片寂静，泥土、硝烟和着鲜血的味道有点让人窒息。阵地上的那面红旗已经被打出了几个窟窿，伴着缕缕的硝烟，依旧猎猎地飘扬着阵地上空。

突然，阵地上传来号音，号音过后，杀声冲天。

是冲锋号，新四军的冲锋号！

正在村后休息的父亲被号声惊吓的打了一个哆嗦，情急之下，他居然爬到了一座房子的房顶上向阵地方向张望着。

远远望去，阵地上，战士们发起了冲锋，人山人海的向前压去，像极了大海起潮时卷起的大浪，铺天盖地。对面的国民党军队逃跑的速度也快，真的是用丢盔卸甲、狼狈逃窜来形容一点也不为过。

战士们追击的速度更快，阵地上弃枪投降的国民党兵已经是一大片一大片的了。再远处，国民党军队汽车所扬起的滚滚尘土已是遮天蔽日，两条腿怎么也追不过他们的四个轮子了。

持续了一个上午的激战结束了。

父亲他们还在村后的包扎所墙外靠着墙休息着，老钱走了过来，看到来父亲，马上跟父亲商量着“要将阵地上牺牲的战士全部抬下来”，这次老钱的口吻近乎请求。

“行，当然行啊！”

父亲毫不犹豫地答应了，一回身，招呼着队友们到阵地上去了。

向下转运牺牲战士们的遗体时，还在阵地上的战士们几乎都过来帮忙，他们轻轻地把遗体从战位上、壕坑里抬到担架上，替那些战友们整理着遗容，用标准的军礼送战友们最后一程。他们每个人眼里都含着泪水，他们悲痛、不舍，更多的是激愤。

“为死去的战友报仇，报仇！”

这是发自心底的呐喊，当大家异口同声地喊出时，它是那么的振奋人心，那么的响亮，长久地响彻在了阵地的上空。

战场上还是硝烟弥漫，新四军战士们正在打扫着战场。

小五悄悄地来到父亲身边，用手指了指战场说，

“队长，你看战场上有那么多枪，咱去捡几条呗。”

父亲从战壕里伸出脑袋看了看，眼睛睁得好大。

战场上横七竖八地倒着国民党兵，那些兵的手里、身边都散落着各式各样的枪，太多了。

不知道想到了什么，父亲自己摇了摇头，对小五说：

“咱们还是赶紧往下抬吧！”

父亲他们就这么一直忙碌着。

不知道父亲他们来回跑了多少趟，可是没有一个人喊过累，每次他们都尽量将担架抬的平稳一些。他们一次次地从阵地上抬回牺牲战士的遗体，然后按照老冯的要求将这些遗体整齐地安放在村后的一块空地上。

村后的空地上，老钱带着包扎所的同志们为牺牲的战士们整理着衣服、擦拭着脸颊，逐个登记着，然后用一块块白布盖住。

“我知道你们很辛苦，还得辛苦你们那里挖些墓穴，咱们得把这些同志们掩埋了，让他们入土为安吧。”

老钱和父亲他们商量着，用手指着村后不远处的一个小土丘，土丘上长着几棵松树，枝叶上满是尘土，依稀还能分辨得出枝叶的墨绿。

没法拒绝，也不能拒绝。

差不多干了一下午，没有一个人偷懒，父亲他们每个人的手掌上差不多都磨出了水泡，没有一个人喊疼。

一个个墓穴紧紧挨着，一排一排的，新翻出的土壤发出一股腐霉的味道，一群群乌鸦在远处的田地里，不停地飞起、盘旋，然后落到田地里跳跃着、注视着。

村后的空地上，老钱已经带着人用草席将牺牲的战士包住，准备抬放在担架上运到不远处的那块墓地。

办理丧事，在农村时有发生，父亲他们都见过或者经历过。可是一下子牺牲了这么多人，要安葬这么多人，而且没有棺材，只用简单的草席，这却是父亲他们没有见到过的。

众人们一起将牺牲的战士安葬了，原本的空地，多了一个一个的坟头，气氛悲壮。

所有的人在老钱的带领下，并排肃立在这些坟前，鞠躬致敬。

大家都以为可以回家了，可是老钱又拉住父亲。

“你们大家还得帮个忙。”

“还有什么事？”

父亲愣了一下。

“咱们得一起把战场上那些国民党兵的尸体都埋了。”

“啊，还要埋他们？”

“是要埋的，不然过几天尸体会发臭、会烂的，会有瘟疫，这对当地的老百姓也不好的。”

“安葬咱们牺牲的战士是天经地义的，可是要埋那些国民党兵？”

父亲想不通，围在一旁的队员们也是个个摇头。

“大家听我说，这打仗啊，也得讲究道义。咱们是共产党领导的军队，打仗为的就是咱老百姓。这次在这儿的仗打完了，咱们不能一走了之了，咱们要为这里的老百姓考虑啊。大家伙想一想，如果那些国民党兵的尸体都烂在地里，不但没有敢来种地，恐怕还会有瘟疫，要是有了瘟疫，那就更不得了了。还有啊，咱们把这些国民党兵死了给埋了，也算是对得起天地良心了，这就是咱们共产党、八路军、新四军的仁义所在。”

仔细琢磨，老钱说的这些话都在理，可是父亲他们心里还是别扭。

队员们谁也不吱声，都看着父亲。

“都别看我啊，干活去吧！”

父亲知道，自己的举动会直接影响队员们的判断，所以他必须有所表示。

按照老钱指点的位置，父亲他们在战场边上的一块空地上，挖了一个大坑，坑底里洒了厚厚的一层石灰，那些死在战场上的国民党兵一个一个地被抬进坑里。

埋葬完，平整好那块地，天已经黑了。

已经一天没吃东西了，他们每个人的肚子都在咕咕噜噜地叫着。

没有人身上带着吃的。

村后的包扎所，老钱还在忙碌着，看到父亲他们回来，赶紧吩咐炊事员抱来了两大筐馒头，还有一大盆的咸菜。父亲说，那顿饭是他一辈子吃过的最香的一顿了。

老钱趁大家吃饭的当空，让人抬来一箱子弹放在父亲面前，拍了拍父亲的肩膀，微笑着说：

“我发现你们每个人都没有几发子弹，这些呢算是我付给你们的酬劳。”

父亲看到一整箱的子弹，嘴咧得好大，开心地笑着。

“都是给我们的？”

“当然是给你们的，不然你看看这里这些人，我还能给谁？”

老钱指了指包扎所里来来回回走着的人，对父亲点了点头。

“不对，老钱，你是有事要说吧？”

父亲顺着老钱的手指看了一圈，再看看眼前的子弹箱，转过头眼神直勾勾地盯着老钱，若有所思地说着。

“你小子真的是精明，真是什么事都瞒不过你啊！”

老钱笑得有点狡黠，拉起父亲。

“走，咱们到门口走走，咱们边走边聊。”

第十四章

战场救护（下）

父亲起身跟着老钱向门口走去，他马上猜测着老钱的想法。老钱他们肯定是要跟着部队转战其他地方的，自己带着爆破队一行人多待一两天问题不大，可在这里待的时间长了，回去也是不好解释的。

他们俩在门外停下，老钱背着手在父亲面前来回踱了几步，开口了：

“你知道今天战场上我们的战士打得非常顽强，这是一场阻击战，也是一场运动战，上级要求咱们师必须要把这些国民党部队给死死地拖住、咬住，为下一步全歼敌人创造机会。先头部队已经向东北方向追击敌人去了，穿插分割、迂回包抄这都是咱们师的拿手好戏，估计用不了多久战斗就会打响，我们也要去前线救护。你也看到了，我现在手头就这么多人，今天要不是有你们这帮兄弟在，我们肯定做不到现在这个样子。所以，能不能再多留一天，等配置给我们的担架队到了之后，你们再归队？我知道，再向你们提出要求有点不近人情，我这也是没有办法的办法了。”

“老钱，为啥你们的担架队还没有到？”

父亲早就想问这个问题了。

“本来，我们应该是在磨山一带的，可是敌人行动太快，导致战场上的变化太快，战线一下就拉长了，我们整个师也分成了好几部分围追堵截敌人。上级同时命令我们这个战地医院分成了几组人马，我们这一部分就跟着部队进入鲁坊、庙山一带。可能是因为战线太长，发生战斗的地方太多吧，一下子没法组织那么多担架队跟着部队到处阻击敌人，这个问题我已经向上级报告了，反馈回来的消息是让我们再多坚持一天。就一天，你们再帮一天，行不行？”

果然没出父亲所料，正是这件事。

看到父亲犹豫，老钱仿佛看出了父亲的心事。

“真的，就一天时间，明天这个时候我肯定让你们归队，你放心，到时候我一定会写个情况说明给你们军分区的。”

老钱这句话才是定心丸。

“行，俺们都听你的！”

听说要继续去追大部队，队里没人反对，每人抓起两三个馒头拿在手里，起身就要出门。

“你们这急的哪一出啊，你们知道咱们要到哪儿去吗？”

父亲没有责怪大家的意思，他看到老钱几个的行动迟缓了些，所以想等他们准备好了一起出发。

“大家把子弹分了，这可不能落下。”

大家这才想起地上还有一箱子弹，于是几个人一起动手，把子弹平均分给了大家。

老钱他们也都收拾好了，这支临时的担架队趁着夜色又出发了。

向北疾行了10多里路，旷野上空还飘散着硝烟的味道，可是却没有厮杀的喊声和震耳欲聋的枪炮声传来，夜色笼罩下的大地慢慢升起了雾气，空气显得有些湿冷。

老钱犹豫了一小会，四周张望着，像是在分辨着方向。“咱们向哪个方向走啊？”

队伍里不知道谁在大声问着。

老钱还在原地着急地转着圈，真的是迷方向了。

“老钱，这是北，咱们是不是该继续向北走？”

当父亲出现在老钱的身边，用手指着北边的方向对老钱说话时，老钱竟然激动地抓着父亲的手，使劲地点着头。

继续向北走了大约七八里路，能看到前方一阵阵忽闪的光映在天际，听到了枪炮声，枪炮声是沉闷的。

前方有战斗，而且战斗很激烈。

这时天空中飘起了小雪花，进而下起了小雨。父亲他们长年生活在这里，知道这种雨夹雪的天气会让地上起泥、衣袖沾水、走路打滑、浑身发抖，于是大家都加紧了步伐。

前面是河堤了，父亲他们抢到前面深一脚浅一脚地探着路，不时地向队伍后面提醒着。

突然，队伍后面传来了“哎哟”的声音，伴着叫声，就看一个人影一下子骨碌到了河堤下面了。

时值冬天，又飘着雨夹雪，晚上也看不清楚河道里的情况，不知道掉下去的人摔的咋样，后面的队伍有些乱了。

父亲赶紧带着几个人跑了过去，向下喊了两声，掉下去的同志即刻回应了，听声音应该没有多大问题。

不敢用火照亮，父亲他们几个人只能手拉手地顺到河堤下方。

静静的河面上已经结了薄薄的一层冰，水下应该是淤泥，那位掉下去的同志正在费力地拔着自己的两条腿，一点一点地向河边挪动着。

父亲让队友把一副担架递了下来，让站在河边的队友把担架横在河面上，在河岸边用力地拽着担架的一端。借助担架的力量，掉下去的同志顺利地爬了上来。

他的裤子已经湿透了，冻的浑身直打哆嗦。

老钱脱下自己的棉大衣披在战友的身上，蹲在战友的身边，把战友的裤子向上卷了一些，然后不停地搓着手，一次一次地捂在战友的腿上。

“这样没用，他必须得把裤子脱下来。要不然，寒气会进到身子里去的。”

同行的医务人员提醒着。

“对啊，快脱下来，都是大男人，没有什么好怕的。”

老钱使劲拍了一下战友的腿，半玩笑半命令着。

又有一件棉大衣递了过来，那名战友捂在腿上，渐渐地不哆嗦了，有点暖和过来了。

继续向前走，枪炮声越来越密，在火光映衬下，半边天都是红的、亮的。

前面的小村子里已经看到了很多战士，接应他们的卫生员也在等着他们。

有过一次经验了，父亲没有犹豫，在他们在卫生员的带领上直接冲向了战场。

没有战壕，到处都是炮弹炸出的弹坑，雪花覆盖在炸翻出的泥土上，土地已经开始变得泥泞了。

卫生员带着父亲他们在不同的弹坑间奔跑着、隐蔽着，不一会工夫，每个人就沾了满满的一身泥。

枪炮声时远时近，喊杀声不断传来。战场上好像有无数的人在逃命般的四散奔跑，他们的身后又有无数人在拼命追击。

远处的轰鸣声时断时续的，父亲知道这是坦克的声音，一年多之前在攻打临沂城时就见过。可是这种在战场上能跑的坦克，还是每一次遇见呢。

双方厮杀在一起了，这是打的什么仗？父亲心里打了一个大大的问号。忽然他想到老钱曾经说过的“穿插分割、迂回包抄”的战术，难道这就是？

顾不得想太多了，还是完成当前的任务要紧。

再往前，战场上不断有倒在地上的士兵，伤亡情况不明。

父亲他们学着老钱的方法，爬近，拍一拍、喊一喊，用这种简单有效的方法不断地发现着伤员，也不断地把伤员抬向后方。

当父亲抬着伤员来到建在河边的临时包扎所时，正好遇到了老钱。

老钱手里多了一盏马灯，他举着马灯在父亲脸前晃了晃，又看了看伤员。

“嗯，这个是咱们新四军的战士。”

“当然是新四军的战士了，那还有假？”

父亲把伤员放下，回头对老钱笑着说。

“哎，刚才就抬下来一个国民党兵，子弹打穿了肚子的。”

老钱的解释让父亲有些像丈二的和尚摸不着头脑了。

“真的？”

“那还有假，那不正在包扎呢！”

“他娘的，告诉我谁把国民党兵抬下来的，老子非揍他不可！”

父亲的脸上有些挂不住了，有点气急败坏地嚷嚷着。

“算了，这都是命，他能得救也是他的缘分，说明你们就是他的命里贵人。再说，一个两个的也算不得什么。怎么样，战场上的情况怎么样？”

老钱的话让父亲觉得宽慰了许多。

“还真是你说的穿插分割、包抄迂回啊，那战场上远远地望去，黑压压的都是人，反正都是国民党在逃，咱新四军在追。对了，我还听到坦克的声了，难道国民党真的连坦克都开过来了？”

一提到战场，父亲便兴奋极了。

“哈哈，看把你小子高兴的，就像你上了战场，亲自打了这一仗一样。”

老钱拿拳头捶了一下父亲的肩膀，笑着说。

“那你看，咱运伤员不也是上战场吗？哎，说真的，老钱，你能不能跟首长说一说，让咱们这一帮人也真的上战场打一回呗？”

没有什么比打仗更能吸引住父亲的了。

“你们要去打仗，行啊！不过你得告诉我，哪个首长管这个事，我好去找啊。”

老钱的反问像一盆冷水兜头浇向父亲，父亲一下子有些反不过劲来。

“你可别小瞧咱们这些人，平常我们也训练一些战术战法，真到了战场上我们不一定比正规部队差！”

两天的相处，老钱已经深知父亲他们渴望打仗的那股劲头有多大，但是能否上战场确实不是他老钱能够决定的。

“好了，好了，我知道你们个个都是好汉，我是说啊，我一没有权力批准你们去打仗，二呢这黑灯瞎火的，我也不知道前面是哪支部队在打仗，也不知道找哪个首长批准你们上去打仗。所以呢，你们还是安心地把伤员给我抬回来就行了。再说了，你们可是我私人借的兵，我也得对你们负责不是？”

老钱的话当然是有道理的，父亲知道自己没法要求人家老钱干什么，于是转身又向战场跑去。

再回到战场，缠斗在一起的敌我双方虽然在具体的位置上不断变化，但是整个战场却是在新四军的主导下坚定地向前推进着，父亲对于战场上的形势认识变得更加清晰起来：

“敌人这是在玩命地逃，我军是在拼命地追！”

部队向前推进的速度太快了，慢慢地，担架队跟不上了。

父亲把所有的队员都集中在了一起，分成了两个组，开始在战场上大面积地搜寻遗漏的我军伤员，每组队员中都要轮流担任警戒和抬担架的任务。

不断地有伤员被发现，于是被紧急抬往村子里的包扎所。

伤员搜寻的差不多了，可父亲他们还在战场上没下来。

原来，战场上扔得到处都是枪支弹药，新四军追击的速度太快，根本来不及打扫战场。

父亲他们好像是捡到了宝贝一样，在战场上不停地捡着，用担架盛着，一担架一担架地往回运着，每个人的身上还都多背着好几支枪。

父亲突然发现了几个黑咕隆咚的大家伙杵在前面的田地，几个人小心地跑上前去。

“坦克！”

坦克的前方都是淤泥，应该是陷在里面了。

队员们没见过啊，纷纷爬上去，转着圈地摸着，敲打着。

突然，有一辆坦克上面的盖子打开了，居然钻出个人来。

只听“砰”的一声。

“别动，再动打死你！”

原来，有个队员反应快，迅速地举起枪用枪托砸了下去。

抓了个活的，还是个开坦克的！这可是个意外的收获！于是几个人把俘虏拎出坦克，五花大绑起来。

“队长，这咋处理啊？”

“押回去再说！”

“队长，那这坦克咋处理啊？”“啊，你看能推回去不？”

父亲开玩笑地说着，没想到队友们真的都跳下来推坦克去了。

“你们都缺心眼啊，要是能动，这个开坦克的不早就开着坦克逃跑了，还等咱们来抓啊？”父亲一说，队友们便都停了下来，你看看我、我看看你的，有些不好意思起来。

“行了，我也不知道咋处理这东西，咱们赶紧回去告诉老钱他们，让老钱报告上级来处理吧，咱实在搞不动这玩意儿。”

父亲吩咐着大家互相查看一下彼此，他担心有人掉队。

“哎，队长，你说这些枪能不能分给咱点，有汤姆逊机关枪呢。”

是小五，自从上次苍山遭遇土匪后，小五一直对汤姆逊机关枪念念不忘。

“咱们当然能分了，这都是咱们捡回来的嘛。”

“对啊，咱们又抓了开坦克的俘虏，就算奖励也是应该的！”

“队长，可不能像上次一样，咱啥也不要。”

“是啊，队长，咱几个就捡几把好枪藏到河边去，等咱们走的时候拿走就行了。”

“哎哎哎，你们别烦队长了，队长这是默认了。咱们就捡几支藏到河边，走的时候再拿，保证没有问题的。这么多枪，谁也没点过啊，大家说是不是？”

父亲其实和大家想的一样，想着挑几把好枪回去，可是又不好明目张胆地拿走，他也正苦于无计可施。正好，有了这么一个主意，父亲心里暗自盘算着、高兴着。

一行人，就这么静悄悄地来到了河边。

正准备下到河堤下，小五突然听到河边的芦苇丛有动静，于是示意大家安静下来，他走到父亲身边，指着芦苇丛对着父亲耳语着。

离河堤500多米就是包扎所，那里现在挤满了伤员，如果这伙敌人是冲着包扎所来的，那后果将不堪设想。

“有敌人，准备战斗！”

父亲低声果断地下达着战斗命令。队员们个个都挑着顺手好使的枪端在手里，分两队向下包抄过去。

路面湿滑，堤下又是泥泞的。不知道谁脚下一空，直接滑了下去，手中的枪也顺势朝天响了起来。

“哒哒哒，哒哒哒！”

突如其来的枪声让原来的包抄计划顿时失去了隐蔽性，先发制敌成了赢得战斗主动权的最有效方法了。

“打！”

随着父亲果断的命令，所有队员的枪都喷出了火舌，大片的芦苇被拦腰打断，随后河面上传来了几声嚎叫。

“我们投降，我们投降，“共军”兄弟们别开枪了！”

声音很大，特别在父亲他们的枪声停顿的时候，这个声音听得就更加清楚了。

“缴枪不杀！快出来！”

“把枪在头上，一个一个出来，快点，不然就全部消灭你们！”

队员们的回答声中有一股自豪英武之气。

“别开枪，别开枪，我们投降，我们投降！”

芦苇丛里传来的声音已经颤抖的厉害。

不一会，一个个举着枪投降的国民党兵从芦苇丛中爬了出来，仔细一数，居然有40多个，其中还有一个自称是团长的国民党军官。他们上了岸，个个浑身发抖，一是真怕，二是冻的。

原来，这些国民党兵是在晚上趁着双方混战的时候，偷偷地摸到这里躲着的，他们认为新四军不会在晚上来搜索芦苇丛，这是他们认为唯一逃生的机会，没想到却被父亲他们误打误撞地全部俘虏了。

那个国民党团长双手把手枪递给了父亲，

“这是把好枪，勃朗宁的，请您好好珍藏！”

父亲接过枪，掂了掂，不客气地对这个投降的团长说：

“你这是投降交枪，不是双方送礼！怎么用这把枪，你就不用操心了！”

团长低下了脑袋，摇头叹着气。

一行人押着一群国民党兵回到了包扎所。一伙土八路还抓了这么多俘虏，还有个团长！这两下子，可把老钱他们震惊了。

“你行啊，看来你们这支队伍确实是挺厉害的。”

父亲知道，这次老钱的夸奖确实是发自内心的。可是队友却在后面不停地拽着他的衣服，示意有事找他。

父亲回过身，悄悄地问：

“咋了，有啥事？”

“队长，咱们光抓俘虏去了，忘了咱们的枪了！”

队友说着，拍了拍肩上背着的几支枪。

“坏了，还真忘了这事了！”

父亲拍着脑门，有些懊悔。

“我们几个再去藏去！”

“现在还怎么藏啊，大家都看着呢！”

这时，老钱转到了两人的中间，故意眨着眼，笑着说：

“别去藏了，我已经请示了，领导同意给你们配发几支像样的枪，说这事让我做主！”

老钱这么一说，父亲和战友倒是不好意思起来。

……

后来，父亲才知道这个小村子叫“作字沟”，是传说中仓颉造字的地方，旁边的那条曲曲折折的小河叫作洳河，而这一晚发生在这里的战斗竟然影响到整个鲁南战役的全局走向，也就是从这里奠定了整个鲁南战役胜利的基础。

第十五章
支前模范

当晚，新四军作战部队不断地穿插迂回，不断变换着作战地点，老钱他们无法准确地判断出具体的位置，也就无法紧跟作战部队实施大面积的战场救护。没有办法，只得如实向上级报告相关情况并请示解决的办法，经上级批准，老钱安顿好包扎所里的事务后，带领着父亲他们东渡迦河，往苍山县城方向急进。

一路上，到处都是枪声，好像到处都有战斗发生。

晚上行军，深一脚浅一脚的，能看见苍山县城时天已经亮了，远处还是炮火连天，喊声不断。

这时老钱叫来父亲，指着远处说：

“你看前面是不是有人？”

父亲警觉地顺着老钱手指的方向望去。

眼前的土路上的坑洼处已经结了薄薄的一层冰，路边枯草上都挂着残留的雪粒，冰和雪粒都是完整的，没有人为走过的痕迹。地上升起了轻雾，远处的能见度不是很好。

远处影影绰绰地确实有人在动，好像还是一群人在动。

父亲立即吩咐全体队员做好战斗准备。他自己手搭凉棚远眺着。

“我怎么看着有点像支前运输的队伍啊？老钱你瞅瞅是不是？”

还没等老钱回话，父亲又即刻喊来小五，

“小五，你腿脚麻利，赶快贴上去，看看是不是咱们的队伍？记住，注意安全！”

小五拎着枪跳到旁边的田里，猫身快速跑去。

父亲和老钱他们停在原地，等待着。四处都是枪声，前方情况不明，换谁也都是不敢冒险行动的。

过了大约半个小时，小五跑回来了，还跟了一个人。

“队长，这是苍山独立大队的同志，他们接到命令要护送运粮队和担架队到县城东面的三峰庄附近。”

小五气喘吁吁地汇报着。

“苍山大队？你们队长是不是姓马？”

父亲他们上次护送运粮队、与土匪遭遇，之后这个马队长才出现。

“对，俺队长姓马！这不，就是俺马队长叫俺过来跟你们说，让你们紧走几步，大家会合了一起走，好有个照应。”

“这个马队长啊，这次不会再有啥事耽误了吧？”

父亲的话，在场的没几个人能听得明白，老钱就更糊涂了，问道：

“你和这个马队长认识？”

“算是认识吧。”

于是，父亲简要地把上次护送的事说了一遍，还详细地介绍了遭遇土匪的那一段。

听完父亲说的，老钱这才明白过来。

“那这回，这个马队长得请咱们大家的客！”

老钱偶尔开起玩笑来，也是一本正经的样子。

“不对啊，老钱，这马队长请客也只会请我们爆破队啊，好像应该没有你什么事吧，谁让那时候你不在场呢！”

父亲知道老钱是在开玩笑，也以玩笑的口吻回应着他。两天近乎形影不离的交往，父亲了解到老钱是个讲究原则但又不死板、说话风趣让人舒服的人。

赶上了前面的队伍，果然是马队长，马队长却一时没有认出父亲。

父亲又简要地述说了上次在苍山护送运粮队的经历，马队长这才恍然大悟，拍着额头大笑着说：

“我就说眼熟嘛！怎么你们这是新任务？”

父亲刚要解释，老钱抢先开了口，

“是我把他们留下的，这两天多亏了有他们在呢！这不我们还要赶到县城东面，要在那里设立包扎所。”

“他们担架队接到的命令也是到县城东面啊，你们是不是一个地方啊？没事，我让人去问一问就行。”

老马还是快人快语，讲话像连珠炮一样。

不一会儿，马队长派出的队员回来说，担架队接到的命令正是县城东面，时间地点与老钱说的都一样。

马队长大笑了起来，“还有这么巧的事哈，我这次护送任务看来已经完成一半了。”

老钱和父亲相视一笑，大家的心里都知道既然是上级指派下来担架队了，父亲他们便可以撤退了。

老钱欲言又止，父亲知道老钱想说什么，但是他的心里更想知道另一个问题的答案。

“马队长，上次你不是说你们独立大队和你们县独立营准备收拾那伙土匪吗？怎么样，收拾他们了没有？”

“收拾了，必须得收收拾啊。不过，还是让他们跑了一些，后来尚岩、向城一带来了国民党军队，就没有功夫搭理他们了。”

马队长的轻描淡写没有解开父亲的疑问，反而增加了更多的困惑。

“那伙土匪到底是怎么得到美国机关枪的，他们和国民党是什么关系？”

“根据后来抓获的俘虏交代，国民党早就和他们大当家的有联系了，后期给他们送过枪支弹药，还许诺等国民党军队打回来时给他们每个人都官升一级，条件是给八路军捣乱，并在条件成熟时配合国民党军队的行动。要不是上次你们打了他这一家伙，还真说不定会让他们钻了空子。”

原来如此，这样就可以解释得通那两把美国枪是怎么一回事了。

老钱也在一旁认真地听着，看着父亲沉思的样子，便打着哈哈说：

“马队长，我们到了你的地界了，这次你可得请客啊！”

“请，请，必须请啊！再说了，你们都是贵客呢！我这可是有先见之明的，等会儿到了地方，我一准让你们吃顿好的。”

这年头，兵荒马乱的，能吃饱就不错了，还真不知道啥是好的，父亲和老钱也都是一听一乐，没有太在意。

没想到，到了三峰庄，包扎所安顿下来后，马队长带着几个人来了，几个人还挑着担子。

找块空地，把担子放下，打开担子，挨个取出来。

天哪，几大筐的大包子，还有大葱、大酱、大蒜，包子是白菜猪肉馅的，这可真把父亲和老钱吓了一跳，当然接着也是乐开了花。

这么好的伙食，倒让大家有点磨不开面子了，谁也不好意思第一个拿包子。

“开吃吧，还客气啥呀！”

马队长从筐里拿起两个还冒着热气的大包子，一手递给老钱、一手递给父亲，又热情地招呼着大家。之后，便带着苍山独立大队的队员们护送着运粮队出发了。

大家不再矜持也不再推让了，个个开始腮帮子填得鼓鼓的，大快朵颐起来。就连小五那样瘦小个子的人，吃了五个大包子了，摸着肚子嚷嚷着还能再装一个、两个的。

老钱怕出问题，不得不出面制止了，

“同志们呢，这俗话说‘饿病好治，撑病难医’啊，大家不能一下子吃得太多了，否则会撑出毛病的，再说一会儿大家还要去运送伤员，大家可千万不能大意了啊。”

“吃了人家的嘴短”，吃完包子了，父亲觉得就这么走太不够意思了，所以大家商量了一下，决定干脆再干一天，约定当晚一定往回走。

西北方向的卞庄枪炮声密集起来了，父亲他们和苍山担架队赶了过去。

至中午时分战斗结束，父亲他们来来回回不知道跑了多少趟，可他们没人偷懒，没人喊过累，个个浑身仿佛有用不完的力气。

老钱看得出来，他们这也是在拼命！

渐渐的，从前线抬下来的伤员数量在减少，喜欢观察战场形势的父亲清楚，这说明前方战斗部队攻击顺利，他知道剩下的活由苍山担架队独立完成就行了。

回到包扎所，集合齐队伍，该告别了！

父亲找来老钱，从腰里拿出了昨晚缴获的那支勃朗宁手枪，递过去。

“这两天交了你这个朋友，值！这把枪太小，放在我这没啥用，送给你了，这当个战场礼物吧。”

老钱接过手枪，反反复复看着，喜欢得都快合不拢嘴了。

“你送我礼物了，我送你啥啊！我身上值钱的东西啥也没有啊，最值钱的就是这副眼镜了，但送你也没用啊。不行，你等我想一想！”

“咱们的约定可是给我们配点好枪的，老钱你可别忘了！”

父亲故意把上次谈话时约定好的“几把枪”含糊地一带而过，心想反正这些枪和子弹都还在自己队员们的手里，配几把应该没问题的。

“这个事，我当然记得。我知道你怎么想的，这样吧，你也别为难我，你们带上两支汤姆逊机关机，十支卡宾枪，再给你配一支九成新的驳壳枪。至于你们自己原来的枪，我就管不了了。子弹嘛，你看着办吧！”

老钱突然地一反常态变得这么爽快，倒是让原本想狮子大开口的父亲不好意思再说了

老钱看着父亲的样子，不禁笑了起来。

“噢，对了，我还有张照片。”

来而不往非礼也，老钱当然受过这样的教育。老钱回到包扎所，从自己的背包里取出一本书，从书本里取出夹着的一张照片，又从上衣口袋里拿出钢笔，板板正正地签上了自己的名字——“钱创业”。

“把‘我’送你，等以后有缘咱们肯定还会见面的。”

握手，告别。

一下午加上一整夜的奔波，回到爆破队驻地时又是清晨时分。队员们一挨着床铺，便个个打起了呼噜。

迷迷糊糊中，父亲感觉到有人在叫他。

努力睁开眼，定一定神，原来是留守的那十个兄弟都围在床前。

“现在什么时辰了？”

父亲披好衣服，下了床，还打着呵欠。

“队长，你们都睡了一天了，现在快开晚饭了。”

“怎么这么晚了，你们咋不叫我呢？”

“你睡得那么香，多睡会儿没啥的。”

“队长，给我们讲讲呗？”

“讲啥啊，有啥可讲的？”

“还讲啥？你看看你们带回来的这么多好枪、十几箱子弹，还有这么多手雷，不打个大胜仗能缴获这么多？”

大家这么一嚷嚷，其他的队员们也陆续地醒了。

“没啥可讲的，这仗又不是咱自己打的！”

在缴获枪支这件事上确实不能说是靠爆破队自己的本事打出来的，所以父亲不能贪功。

父亲不讲，大家便去围着其他的队员。

小五年轻，被大家的甜言蜜语哄到开心了，便绘声绘色地讲起了这两天发生的一切，单看他的眼神、手势，活脱脱一个说书的。

说到激动处，大家便一起开心地大笑、鼓掌。

打仗的确有吸引力，可是新枪的吸引力更大。

汤姆逊、卡宾枪，就连主力部队都不一定能够配备这么多，爆破队居然一下子拥有了这么多，这好比是穷人家突然有了好多钱一下子成了大富之家了，大家高兴得都合不拢嘴了，爱不释手地摸着枪。

可是高兴归高兴，怎么分配呢？

父亲腰里的驳壳枪是没有人敢动的，其他的呢？

在战场奔波是奉命，留守也是奉命。奉谁的命令？当然是代理队长的命令啊！

于是，所有人的目光都集中到了父亲身上，是那种无言的、人人想拥有而又期盼着公平的等待。

父亲也不知道该怎么分配，他知道不论怎么分配大家都会有意见，但这又是必须解决的问题。

“咱们先拿出 4 支卡宾枪，让大家轮流练习，到时候要像主力部队一样，以比武方式决定谁来用。另外每支汤姆逊要配两个人，这就需要 4 个人，那这 4 个人呢，咱们也通过比武挑选。”

大家都认真地听着，好像没人有意见。

父亲接着说：

“至于怎么比，我还没想好。反正大家这两天好好地练吧，要想用好枪应当得下功夫！另外，有句丑话我得说在前头，大家可不能到处嚷嚷我们有新枪的事，除了训练用的 4 支枪和少量子弹以外，其余的枪和子弹呢，由小五负责保管好，决不能出一点差子。”

“是，队长，保证完成任务！”

小五一听保管枪支的任务交给自己了，高兴得就差没蹦高了。

“让你保管你乐个啥呀！让你保管是让你找地方把它们都藏起来，这个地方只有你我知道，不能让第三个人知道，明白吗？”

对于这批枪和子弹，父亲隐约地觉得有很多双眼睛在盯着，又有很多伸出来的手。他得做好各种准备，也要给自己的队伍留点私货。

第二天，队员们开始争先恐后地用新枪训练着，谁也不服谁，个个劲头十足的样子。

第三天，训练照旧，不过训练场边上经常会有一些不速之客，比如区委的干事啦、区小队的队员啦，撵不走也不能轰走。

第四天一早，区委派人来通知父亲到新的区委办公室去一起听县委有关人员传达的上级“关于 1947 年上半年工作的指示”。

区委搬新办公地点的时间就是在父亲他们这次执行任务的两天里，那儿处在镇子的中间位置，离原来的办公地点有 3 里多路。

父亲到来时，区委的几个主要负责人都在，屋里还有军分区支前指挥部两名同志和县委的两名同志，大家互相介绍着、握手寒暄了几句。

这时，军分区支前指挥部的一名同志拿出一卷红布，打开，是一面锦旗，递给同行的负责人，负责人双手提着锦旗的顶部挂杆，面向父亲立正站好。

父亲慌忙地站到了他的对面，举手敬礼的同时他瞥了一眼锦旗，好像写着“支前模范”的字样，父亲不敢肯定，也不好多看。

“队长同志，这是新四军第1师战地医院转来的锦旗，以表彰你们这两天在前线英勇顽强、连续作战的优良作风，他们的院长钱创业同志在给军分区的感谢信中还多次提到你这个队长，他表扬你机智勇敢、领导得力，还特意向军分区推荐你出任更重要的领导职务。队长同志，经军分区领导会同你们县委研究，决定由你担任爆破武工队的队长，希望你能在以后的革命斗争中再接再厉，取得更大的胜利！队长同志，请接旗！”

支前指挥部的负责同志将锦旗双手递给父亲，然后敬了一个标准的军礼。

接过锦旗的父亲却是一脸茫然，不由自主地自言自语着，

“钱院长，老钱？”

“是啊，钱创业同志是新1师战地医院的院长。据说在新四军中，好多大首长都非常佩服他的！”

支前指挥部负责同志的解释多多少少有一股酸酸的味道，父亲当然听得出来，只是微微笑了笑，问了句：

“那钱院长他们这会儿在哪呢？”

战场上过了命的朋友，当然要关心的。

“这个还真不太清楚，这次敌我双方推进的速度都太快。我们在后方，所有的消息都是滞后的。不过，钱院长肯定是安全的。”

父亲知道，这是战场纪律，所以大家也都是点到为止。

支前指挥部的两名同志因工作任务繁重，先离开了。

受到了院长的表扬，还赠送了锦旗，这绝对是好消息嘛，在场的各位当然都在道贺，仔细观摩着锦旗。

锦旗上竖字写着:“兹授予临沂县爆破大队:支前模范”。落款是“新四军第1师后勤部”。

这是一面分量很重的锦旗!

接下来,县委同志传达指示也是非常简明,大意就是要发挥根据地的优势,充分依靠广大老百姓,和国民党反动派进行坚决的武装斗争,打碎国民党全面进攻我山东解放区的企图,同时要求各地方武装力量做好长期斗争、艰苦斗争的各种准备。

听完了,父亲夹着卷好了的锦旗就要往外走。

县委的两名同志却笑嘻嘻地拦住了父亲。

“队长同志,县委领导说以后就称你们为武工队了。县委领导听说你们武工队这次缴获了不少的枪支弹药,领导特意指示,让你们留下两三支,其余的我们全都带回县委。县委领导还说了,以后凡是在战斗中有了缴获,必须要向县委报告。”

“你们这是听谁说的啊?前两天我们跟着老钱,啊不对,跟着钱院长到处跑,路上经常会发生战斗,我们的子弹消耗量很大。另外,这两天我们狠抓训练,准备将训练结果一同向县委汇报呢。”

父亲知道,在这个关口,必须抱着打死都不主动承认的态度,否则能留几支枪、留多少子弹,到头来都不是自己能说了算的。

“我说,队长同志啊,我们区委和区小队的同志这两天都看到你们用新枪了,你怎么还这么嘴硬啊?”

区委书记是新来的,姓邵,跟父亲并不熟。邵书记突然抛出来这么一句,看来他们之间早就通气了。

父亲恨不得能够分身立即赶紧回到驻地,把所有的新枪都藏起来。

父亲在心里急速地盘算着。

“邵书记,你说的对,我们这几天训练是用了缴获的新枪。你们区委应该知道我们队上本来枪就不够,还缺十多条枪呢。这次是缴获了几支,我想着让没有枪的同志都用用这种枪,万一以后在战场上缴获到了这种枪,咱再不会用,那不就白瞎了吗?你说是不是这个理,邵书记？”

屋里除父亲之外的所有人，最起码邵书记是不认同父亲的说法，可是他又拿不出更多的证据，也就只能由着父亲来说了。

父亲知道自己的第一步已经达到了效果，他转过身对着县委的两名同志，用非常真诚的语气说：

“县委领导批评的对，武工队以后只要有了战斗缴获绝对会及时报告。二位是不是跟我一起到我们队部去取枪，我们保证一支不留。但是县委能不能考虑我们队的困难，我们还缺十多条枪呢，能不能给我们配齐了？我们也不挑，啥枪都行，只要能打国民党反动派、能保卫老百姓，就行！”

县委的两名同志好像是被父亲的决心和诚意感动了，主动上前和父亲握手致意，并表示一定会帮助父亲解决武工队枪支缺少的问题。

父亲陪同着一行人来到训练场时，队员们正在用卡宾枪训练瞄准。

“小五，把这几支枪都集中过来，子弹也全都拿过来！”

父亲的命令得到了快速的执行。

好枪，谁都喜欢，县委、区委的同志们轮流欣赏着。

小五站在一旁耐心地讲解着，充满着自豪的神情。

“同志，我听说你们不是缴获了很多的枪支弹药吗，怎么这里只有四支啊？”

县委的一名同志好像是若无其事地问着，眼睛还紧盯着父亲。

父亲手叉在腰上，根本就没有看小五，也没有理睬县委的同志，而是拿起一支枪，翻来覆去地看着，用袖口认认真真地擦拭着枪上的灰尘。

“我们当时缴获的最少能装备一个连，连坦克都有好几辆呢。可是咱不会开，也推不动，所以就不拿回来了。”

小五多精明啊，自打父亲带着这帮伙进到训练场，他的心里就犯嘀咕，看到父亲不吱声，他也就明白了七七八八。于是回答起来，让人听着有些不着边际、夸大其词。

“你们缴获了那么多，干吗不多拿回一些啊？”

听这话的意思，父亲清楚这个县委同志的心里已经相信了一半。

“能不想多拿吗？你想啊，那么多好枪，偷都想多偷几支的。可仗不是咱打的，咱又不是正式的担架队，是被临时抓差去帮忙的，俺们队这次真是亏大了。这四支枪还是队长好说歹说地求来的呢，要不咱可能真是白帮忙了。”

县委的同志不停地点着头，父亲知道有门了，于是他打断了小五，

“行了，别王婆卖瓜了！赶紧把枪擦干净，让县委的领导都带走！”

“都带走，为啥？”

“是啊，凭啥？”

队员们吵吵嚷嚷起来。

县委的两名同志不自觉地退到了父亲的身后。

父亲两只胳膊一伸，拦着队员们，大声说着：

“同志们，县委领导考虑到咱们队的实际情况，已经同意给咱们配齐缺少的枪支。这四支枪呢，县委会分配到一线作战的队伍当中。请大家相信县委，咱们也要有决心在今后的战斗中缴获更多的好枪，大家有没有信心？”

“有！有！有！”

队员们齐声吼叫着。

解释突然变成了战前动员，县委区委的同志们都看呆了。反正不管怎样，队员们的不满情绪被这种怒吼所替代了，问题就这么轻易地被父亲化解了。

四支卡宾枪被县委的同志带走了。

剩下的几支枪又会怎么样呢？请看第十六集《风云骤变》。

第十六章

风云骤变

历史背景：1947 年 1 月中旬，国民党军制订了“鲁南会战”计划，企图消灭华东野战军主力，全部占领华东解放区。蒋介石亲到徐州部署，派其参谋总长陈诚到前线督战，集中 23 个整编师 53 个旅的兵力，采取以临沂、蒙阴为目标，南北对进的部署。南线以整编第 19 军军长欧震指挥 8 个整编师 20 个旅为主要突击集团，由台儿庄、新安镇、城头一线分 3 路沿沂河、沭河向临沂进攻；北线以第 2“绥靖区”副司令官李仙洲指挥的第 46、第 73、第 12 等 3 个军为辅助突击集团，由淄川、博山、明水（今章丘）等地南下莱芜、新泰策应。

兵力对比：山东野战兵团加华中野战兵团共 19 万，国民党军约 24 万。

风声还是从自己的队伍里露出去的。

县委的同志拿走了 4 支卡宾枪后，虽说队员们意见很大，可是大家都知道“粗胳膊拧不过细大腿”的道理，发几句牢骚也就过去了。

谁知道区委的几个人可一直盯着呢，他们的想法说来也简单，那就是你武工队有好枪了，以前的那些枪就可以匀一些支援区委下辖的各武装组织嘛。

其实有话可以好好话的，可是他们却偏偏不这样做。

同住在一个大院里日子久了，区小队、武工队的人也都相互熟悉了。

区小队里的所有人都知道父亲的嘴平时就严，要想从他的嘴里得到想要的信息，那肯定比登天还难，所以见面客客气气，谁也不去主动招惹父亲。

小五就不一样了，这十多天经常会被区小队的同志们拉扯着进到区小队的屋子里，说是必须给大家讲讲战斗经历、传授作战经验。

这一来二去的，小五成了区小队的队员们嘴上的大英雄。小五当然春风得意了，于是他的嘴上便没有了把门的，什么卡宾枪啊、汤姆逊啊，还有手雷啊，统统都成了战斗故事，晚上的时候小五还偷偷地把一支汤姆逊冲锋枪拿到区小队的屋子里，得意地给区小队的队员们展示着。

结果是可想而知的，几支枪还没有捂热，就又该交公了。

腊月二十六，县委的那两名同志又来到了武工队驻地。

他们的突然到来，让父亲吃了一惊，父亲还不知道小五捅出了篓子。

县委的同志把区小队的两人叫到了父亲的房间，同时还让父亲叫来了小五。

这等于是现场对质嘛！

小五是有口难辩了，当然敌不住对方两个人的确凿说法，只好点头承认。之后，他偷偷地抬眼瞅了一下父亲，父亲正怒目圆睁，眼里都快喷出火来。

小五知道闯祸了。

大家一起在院子里的草垛里取出了 2 支汤姆逊和 2 支卡宾枪，两个型号的子弹各 1 箱、手雷 10 个。

关于带回来枪支弹药的数量，父亲的心里当然是清楚的。可是他一直没有出声，脸色也一直铁青着。

“队长啊，你可真有两下子！”

县委来的同志调侃着父亲。

“不关俺队长的事，是你们来的那天俺藏起来的。”

小五像个做错事的孩子，天真又充满期望。可一旦事情涉及父亲时，他绝对是会挺身而出的。

父亲瞪了小五一眼，拽着小五的胳膊把他扯到一边。

“去，去，一边去，小孩子家的！是我让他们藏起来的，开始咱就想放在手里稀罕稀罕，这东西真是好东西啊。可是咱声明啊，绝对没想独占哈！你看这不是都被你们县委给拿走了嘛，再说了这早一天和晚上天不都一样吗，对吧？”

父亲知道这会儿啥解释都是多余的，可那也比啥也不说要强，说点什么总会起点作用的。

父亲看见县委的同志没作声，继续说到：

“我们队里现在是缺枪少弹，万一有啥战斗任务，我们也要有所准备的。”

县委的两名同志不约而同地点着头。

可是这几支枪还是要取的，因为这是县委领导在收到区委的专门报告后做出的指示，要求必须将全部缴获的枪支上交县委。

枪支的事暂告结束了，县委的一名同志走到父亲跟前，两人密谈了几句，只见父亲眉头紧皱着，脸色越来越严肃。

“全体都听好了，马上跑步到训练场集合，县委有重要指示传达！”

父亲转身面对着大家，高声命令着。很快，武工队在训练场上列队完毕。从队形和队员的精神面貌上可以看得出，经常的训练已经让这支队伍有了一种质的蜕变，只是没有经历过实战，他们还没建立起应有的自信而已。

“同志们，下面请县委的同志给我们传达重要指示。记住，对于这个指示，大家一定要保密，对谁也不能讲，特别是自己的父母、老婆孩子，如果在这方面出了问题，一定会严肃处理。”

父亲的开场白有点吓人，但是也吊足了队员们的胃口。

“同志们，咱们八路军在枣庄打了个大胜仗。但是因为斗争形势的需要，县委要求全县的地方武装积极准备，在适当的时候咱们要跟大部队协同行动……”

县委同志的话很深奥，队员们个个睁大着眼睛，很认真地听着，像是听着天书一样。

父亲当然知道队员们都是大老粗出身，肯定听不懂这些弯弯绕的，于是他接过话来，直截了当地说：

“县委要求咱们做好撤离的准备，咱们准备打游击了，但是要撤到哪里，还要等县委下命令！马上要过年了，大家回家的时候要做好家里人的工作，让家里人收拾好，随时准备转移。大家都听明白了没有？”

这么一说，大家明白下一步要干啥了，可是也让大家更糊涂了。

“不是打了大胜仗吗？”

“对呀，打了胜仗还要撤？”

“怎么这些国民党都像狗皮膏药一样，甩不掉啊？”

“就不能一下子把这些国民党兵给打倒下去吗？”

“怎么撤啊，家属是不是必须要跟着一起撤啊？”

问题太多了。

这些问题其实父亲也回答不上来，因为他的心里也有这些问题。

父亲转身看了一眼县委来的同志，眼神里的疑问就是等于救援了。

“大家静一静，咱们请县委的同志来给大家解答这些问题，大家要认真听，不明白就问，到时候可别不懂装懂，耽误了大事。”

县委来的另一名同志这时站起身来，清了清嗓子，说：

“队长同志，我来回答大家的这些问题吧。我理解大家的疑问，打了胜仗还要撤退，这是会让人想不通的。咱们平时都在根据地里，对根据地以外的情况了解的不多。如果咱们把这几场战斗和全国的形势联系在一起的话，大家就会明白很多。就拿咱临沂来说，咱们和苏北、鲁南、鲁中等根据地看似连在了一起，实际上并没有形成一个整体，中间还有不少的县城、乡镇被国民党军队占领着，在这些地带上，每天都会有战斗发生，要是不小心应对，咱们在这些地区上的武装力量就会被这些国民党军队一口一口地吃掉。

“第二，从兵力和火力上看，国民党兵的实力还是要比咱们华东野战军的实力强一点，你们缴获的武器不正好说明了这个问题吗？硬拼，咱们肯定要吃亏的，但那也不能眼瞅着他们横冲直撞的，所以咱们得跟他们打圈圈，让他们跟着咱到处走，然后‘敌疲我打、敌驻我扰’，等他们的一部分被咱们拖累了、想偷懒了，咱们的机会就来了，就得狠狠地揍他一次，拔他几颗牙下来。慢慢地，等咱们把他的牙拔得差不多了，就是正儿八经收拾他的时候了。

“这第三呢，国民党这次又集结了近 30 万的重兵从南北两个方向朝咱们临沂压过来，妄图把咱们华东野战军包围起来，想一口吃掉咱们。在这种情况下，咱们肯定不能硬拼，只能智取，要尽快地跳出国民党的包围圈，在他的包围圈之外伺机打击他、吃掉他的一部分，在运动战中不断消耗他们。

“为了保护咱们的家属，县委也准备组织多个撤离家属队，至于撤到哪里去，是向南还是向北，确实还要等战事进一步发展才能确定。”

分析的在情在理，讲道理浅显易懂。

话刚讲完，队员们便鼓起了掌，这可能是大家听到的最有道理又最容易听懂的时政分析了。

不论有多大的困难，日子还得继续。

马上过年了，父亲决定全队在年三十、大年初一的时候，轮班放假回家过年，同时要求全体队员初二必须回驻地集中。

年三十，在队上吃过中午饭，父亲回家了。

好长时间没有回家了，奶奶已经托人捎过好多次话来，让父亲一定回家一趟，说是有事必须由父亲来办，可是父亲一直忙得不可开交，虽然每次都答应了，却一直没有回成。

家还是如往常一样，虽说当地区委对家里平时多有照顾，可是也没有办法解决那些家家户户都存在的问题，比如一年到头的粮食，比如家里房屋的补漏和翻修。

父亲回到家来，腰里的盒子枪引得大姑、三叔一直嚷着要摸一摸、看一看。父亲被他们磨得没有办法，只好解下枪套，退出子弹，拿出弹夹，小心翼翼地递给他们，反复告诫着不能磕着、碰着的。

大姑、三叔哪管这么多，拿到枪便跑到院子里玩去了。

天冷了，锅碗瓢盆都搬到了屋里，屋里的土灶还冒着烟，奶奶正坐在灶边烤火取暖。父亲在屋里站不住，不时地掀开棉门帘向院子里看一看。

奶奶仔细地打量着她的儿子，眼神里充满着慈爱和关怀。

“你别管他们了，你坐下，我有事跟你说。”

父亲拿了个板凳，坐在了奶奶对面。

“我托人捎信给你好几趟了，你怎么都没有回音呢？”

奶奶问着，但没有责备的意思。

“入秋以来，忙前忙后的，事情挺多的，支前、训练、开会，基本上没有闲着的时候。”

父亲回答的是实情。

“我知道你忙，可是再忙，你也得顾家。你看咱家，啥活都靠着你大妹妹在干，她还不到16呢，你这个当哥的也不想着帮帮家里。”

奶奶说的也是实情。

“娘，这……我……”

奶奶好像早就估计到父亲会语塞，没等父亲继续解释，便打断了父亲的话，说：

“你放心，我跟你说这些不是跟你抱怨，也不是拖你后腿，而是想跟你商量一下怎么解决。”

父亲心想，除非自己不扛枪了，回到家里来，才能解决这事，要不然是没有办法解决的。

看着父亲一筹莫展的样子，奶奶笑了，

“我就知道你没有主意。行了，我有主意，但咱事先得说明白了，这事必须得听我的！”

父亲有些迟疑地看着奶奶，似是而非地点了点头。

“你点头就行！”

奶奶笑着。

父亲更加云里雾里的摸不着边际了，着急地说：

“哎呀，我的娘啊，你就快说吧，别绕圈子了。这不是点不点头的事，你得先说出来啊。”

奶奶拿起火炉边上的火炉钩子，弯下腰，从炉膛里往外掏着炉灰，然后又放进几根劈好的木柴，炉子里的火一下子旺了起来，屋子里也好像一下子暖和了好多。

奶奶又认认真真地看了父亲两眼，有点自豪地说：

“嗯，咱家的孩子个个长得好看！”

“娘，你快说吧，你这葫芦里到底卖的是啥药啊？”

父亲却越发地着急起来。

“你娘我可不是卖药的啊，你这臭小子！我是说你也老大不小的了，吃了今天晚上这顿饺子，也 22 了，对吧？”

奶奶仍然按照她的节奏不紧不慢地说着。

“你看看咱村里跟你一般大的，人家都有孩子了，你还光杆子一个，你不着急，我都着急了。”

父亲恍然大悟，原来是说自己的婚姻大事啊，急忙跳了起来，掀开门帘就要往外跑，

“娘，这事不急，这事不急，而且这大过年的，咱过完年再说哈，过完年再说。”

奶奶从后面拽住父亲的棉袄，把父亲拽了回来。

“你给我坐好，一提这事你就跑！你能打一辈子光棍吗，晚找还不如早找！”

父亲不敢当面顶撞奶奶，脸上笑嘻嘻的，心里却在想着如何赶快逃避出去。

“你别跟我打哈哈，我跟你说正经事呢。我早就托人给你找个合适的，还托了好几个人呢。这不南乡来信了，人家说听说过你能打仗，想在过年的时候见个面，跟我约了年初三，我估摸着你年初三也没啥事，就答应了。你可别给我耽误了！”

奶奶的这番话可是彻头彻尾地把父亲给吓了一大跳，父亲张大着

嘴，神色怪异地看着奶奶。

“你这么看着我干啥，说个媳妇能吃了你啊？”

知子莫如母。

奶奶还是老传统，自从爷爷去世之后，她的大家长的作风是越发的厉害，谁也没法改变得了，所以这儿娶女嫁的大事她认为必须得由她说了算。当然奶奶也知道，父亲从小就有主见、能担大事、心气也高，所以这才东乡说、西乡看的，几番下来才给父亲挑了一个她认为合适的姑娘。

父亲知道这个时候不可能再次当面拒绝奶奶，不然的话，这个年都别想过安稳了。

父亲在飞快地思索着。

“娘，这当然是好事。哎呀，你看你事先不跟我商量一下，咋不定年三十呢？”

“你听说哪个还没见过面的姑娘家年三十到还没见过面的婆婆家去的，不像话嘛！再说了，你以为人家非你不嫁啊，人家看没看上你咱也不知道啊。”

奶奶有点上当了，以为父亲是心急才那样说的。

“那咋办呢？县里让我们武工队初二就集合，没法等到初三呢。还有啊，娘，你们这两天要赶紧在家里拾掇拾掇，组织上要安排你们家属队转移。”

父亲又烧了一把火，转移这个事本是父亲不愿轻易开口的，原本是想找个合适的机会再说的。

“转移，转什么移？前两天区委来人送年货，还说八路军打了好几个大胜仗，怎么打了胜仗还要跑，这成了什么世道了？”

果不其然，奶奶的思路被带到了转移这个事情上了。

于是，父亲把那天县委同志的那番讲话大意给奶奶讲了一遍，没想到的是，奶奶居然非常不认同这个说法。

“那是给自己找借口。自古就是‘养兵千日，用兵一时’，你们当兵的不打仗，到处兜圈子，要是逮着坏蛋了还好说。可要是他们不跟你们兜圈子呢，逮不住坏蛋呢，你们怎么办？这转移来转移去的，不是把老百姓养家糊口的地啊、粮啊的都糟蹋了吗？再说，咱转移了、安全了，那家里没有参加八路的人家转移不，他们到哪去避战乱呢？”

奶奶的这些问题看似浅显，却有着一定的代表性，特别是土地问题、粮食问题。土地是背不走的，没有了土地粮食也是会消耗光的。不解决这些问题，即便跑得再快，老百姓们的心头仍然会有疑虑，而这种疑虑积累的多了，肯定会对八路军在老百姓心目中的形象产生影响，而且是坏的影响。

“娘，咱八路军就是要跟国民党反动派斗智斗勇，逮是肯定能逮住敌人的，但是一次能逮住多少敌人还真不好说，那要等到时候才能说的清楚。现在国民党派出了重兵南北夹击咱这里，所以县里要求所有的家属都要转移，你们转移了、安全了，俺这些人才能放开手脚去跟他们打，要不然，不但要跟国民党反动派打仗，还要想着照顾家里，这样两头都解决不好，你说这仗还怎么打、还怎么打得赢？”

奶奶点了点头，有点被说动了意思。

“县里要求什么时候走，要转移到哪里去、要转移到什么时候？”因为县委同志传达的时候也没有明确说明，所以奶奶的这几个问题，父亲也回答不上来，只能含糊地说：“就这几天吧，反正先拾掇好呗，到时候一接到通知能马上走就行。”

奶奶点了点头，没有再说什么。

奶奶掀开门帘，把大姑、三叔喊进屋里，吩咐着大姑：

“赶紧和面剁馅，咱包饺子准备过年。你二哥吃完饺子还得回去，别耽误了正事。”

大姑把盒子枪递给父亲，神情里透着不情愿，嘴也噘得老高：

“哥，你好不容易回来一趟，就不能在家里多等两天啊，现在还是过年呢！”

“等把国民党反动派都打跑了，咱一家人过年就安稳了。”

父亲笑着对大姑说。年三十的下午，欢声笑语不时地从屋里传出，温馨和美！

父亲他们的应对方案如何，奶奶她们转移了吗？请看下集《鲁南空城计》

第十七章
鲁南空城计

摘要：1947年2月15日，在陈毅、粟裕的指挥下，我华东野战军及各机关主动撤出临沂城，在鲁南上演了一出空城计。于是，在中国一东一西的临沂、延安，相继上演了两出空城计，这两出空城计都是为了夺取战争的主动权而主动为之，也为日后取得解放战争的全面胜利奠定了坚实的基础。

往除夕的晚上，鞭炮声很稀疏，驻地很安静。队员们熄灯休息后，父亲如常一样在驻地周边转了两圈，检查着岗哨，因为最近局势突变，他特意在村口处增加了一个暗哨。

初一早上，当鞭炮声响起时，父亲正在催促着第二批回家的队员们起身收拾着。上午，第一批回家的队员们陆续回来了，大家带来了不同花样的年货，个个脸上油光透亮的。

初二上午，全体队员归队。下午，父亲召集全体队员开会，他知道必须要在撤退的命令下达前，自己必须要先制订出一个比较成熟的撤退方案，这样才能心中有数，也才能稳定住军心。

“过年的话咱们就免了，大家都讨论讨论撤退的问题，往哪撤、怎么撤，还有各位家里的工作都做通了没有？”

父亲开门见山，把问题摆了出来。接着，他第一个发言：

“我先说说吧，上次县委的同志讲过，这次国民党是准备南北夹击，重点就是临沂和蒙阴。这么看来，向南和向北都会遇到敌人，那只有向东和向西。向西要西过沂河，那里是老临西县委的地方，咱们很少在那边活动，不太了解那边的村庄乡镇，所以向西也不太合适。那剩下的只有向东，但是向东的话，选择哪一条路、中途在哪里落脚、最后在哪里安顿下来，咱们大家这几天要去跑一跑，实地看一看才行的。你们大家呢？”

“队长，你怎么说咱们就怎么干，这些事我们都听你的。”

“对，我们都听你的。”

几次的实战，父亲的能力得到了锻炼和提升，同时，他在队员们心中的威信也有了巨大的提高。

父亲笑了笑，他一边剥着炒花生一边说：

“你们别给我戴高帽子，我要是都能解决这些问题，那我不就成了诸葛亮了吗？咱知道自己几斤几两，所以啊，你们心里有啥想法都说出来，咱们大家一块合计合计，这三个臭皮匠抵得过一个诸葛亮，对吧，大家都说说。”

“队长，你分析的在理，咱们也确实该去走一走，看一看才行。但问题是咱们这些人的家都不在一个地方，到时候是不是必须集中起来大家一块走，还是说参加当地的区委组织转移小队？”

“是啊，队长，要是参加各地区委组织的转移小队，那咱们队上是不是要派出力量支援一下？”

“队长，要是不跟大队伍转移，自己找地方躺一阵子，行不行啊？”

只要谈话的气氛打开了，问题就会浮现出来。

“大家提出的这些都是实实在在的问题，在具体的撤退命令下达之前，咱们还不知道上级是怎么要求的，所以也就没有办法说是集中还是参加各区委的小队。但是有一条，那就是咱们的家里人必须都要参加各种转移队伍，这样一来是跟着大队走，安全上有保障；二来呢，家里人跟着大队，咱们这些人心里也安稳，要不然，大家肯定会分心的。

我想说的是，不管上级的命令怎么样，咱们都要事先有个计划。如果大家能做通家里的工作，大家可以把家里人接过来，到时候咱们和区委同志们的家属一起护送，这样既省心大家也安心。如果家里人想跟着各地区委组织的转移小队一块走，那咱们队上会跟有关的区委先打好招呼，这一点也请大家放心。”

“队长，什么时候撤退呢？”

“这个时间现在也说不准，不过再等几天，就会有动静的，到那个时候大家再把家里人接来就行，不过到到时候动作一定要快，不能有任何的耽搁。”

父亲心里觉得撤退这么大的事，肯定会有动静的，单是临沂城里那些机关搬家都需要一阵子的。

一直到正月十六，父亲他们都没有闲着，他们已经几次东出了。他们每次都会选择不同的路线，选择不同的村子。几经比较后，确定了沿途可以落脚的村子，并和村子里的党组织、乡亲们建立起了稳定的联系，掩护撤退的方案逐渐成熟了。

而就在这几天，父亲发现临沂城通往大店的路上，小推车、马车逐渐多了起来，就连汽车也出现了。

父亲知道撤退在即了，于是吩咐着队员们赶快接家属到驻地来，并嘱咐大家一定要在夜色中赶回驻地。

奶奶是小脚，走路不方便，她是在这天晚上被父亲用小车推回到驻地的，这还是她第一次看到父亲和他的战友们。

小五的父母早逝，小五小的时候，奶奶对小五多有照顾，所以看到奶奶到来，他高兴地围着奶奶转着，一口一个“大娘”地叫着，本来固执的不愿意来的奶奶也渐渐融入到家属队伍中了。

家属们越聚越多，有些原本就认识的在一起手拉着手说着话，小孩子们在院子里扎堆跑着跳着。

只有两名队员的家属因为路途太远，不方便前来，需要跟他们当地区委组织的转移小队一起行动，父亲也和当地区委取得了联系，得到了满意的答复。

是 2 月 10 号，撤退的命令下达，命令要求家属们集体东撤，并命令武工队做好沿途护送工作。

父亲的判断又一次得到了证实，队友们对他更加钦佩了。

按预定的撤退路线，沿途没有出现任何意外，只是队伍行进的速度比原来估计的要迟很多，毕竟有老有小的，走路都不太方便。

东渡沭河，继续行进了两天，便是山区，山坳里分布着很多石头房子，进出只有一条窄窄的山路，易守难攻，是个避难的好地方，这里也是家属们的最终落脚地了。

父亲他们之前来考察这个村子时，当地的党组织就介绍过，在日本鬼子占领时期，村里的老百姓曾经因为保护八路军伤员，遭到了日本鬼子的屠杀，全村100多口子人只剩下了一半，后来又有十多个年轻人参加了八路军，这个村子里的好多房子也就荒了。

受条件所困，当地的党组织尽最大的能力给每家的屋里铺了些干草，在门口放了些柴火，吃喝还得靠家属们自己解决，好在大家出来的时候都带着煎饼、咸菜还有粮食。

可是，不知道要在这里躲多久啊，带来的粮食肯定是不够的！

奶奶看出了父亲的担忧，大声地对父亲说：

“这山里，有树有河的，怎么都能找到口吃的，吃喝的事不用你们担心，我们自己能解决。你们就放心地去打仗，赶快把国民党打跑了，把大家都接回去，比啥都强！”

家属们都随声附和着，反过来劝着队员们。

父亲知道这个事情是没有什么办法能够解决的，大家只能共渡难关了。

现在还不清楚国民党是什么样的动静，武工队是不能停的，需要尽快地了解情况。

父亲他们昼伏夜出，每天都要换不同的地方宿营。西渡沭河之后，便感觉到了散布在空气中的那种紧张。

大路上，国民党军队用汽车拉着大炮，扬起了滚滚尘烟，遮天蔽日。

听逃难的老乡们说，原来武工队驻地的镇子上也驻扎着国民党的军队，人数还不少呢。

最让父亲他们吃惊的消息是：“王洪久又回到了临沂城，这两天正在到处抓人，临沂县城的城门楼上还挂着听说是共产党的头。”

可是当下敌人太强大了，队友们只能咬牙切齿地表示着愤怒，在行动上是束手无策的。

但是，这不等于什么都不做。父亲他们刚刚经过了几次战场的锤炼，斗志正旺，武器弹药也充足。而且父亲清楚地记得撤退时，上级命令中提到了以隐蔽力量为主、伺机打击敌人，这个“伺机”就是上级给自己开的口子。

下定了决心，父亲便着手布置开来。

先派小五潜回镇上，摸一摸情况再说。

确实如老乡们所说，镇上驻扎了好多国民党军队，而且从白塔街一直到葛沟镇，都有国民党的军队。

“看来这是要打大仗了！”

父亲听完小五的报告，自言自语着。

这种密集的驻扎，是大兵团作战的需要。在这种情况下，武工队的几十支枪是难成大事的，而且搞不好还容易暴露，容易被国民党军队当成砧板上的肉。

划不来的事，自然是不能干的。

那就马上跳到外围去，看看这些国民党军队的边在哪里？

就这么兜兜转转了几天，父亲他们终于摸清了国民党军队的边界部的情况，也听到了一些还乡团小队的恶行。

在国民党驻军的边界区域，主要是由王洪久派出的还乡团霸占着，他们采用的是杀光、烧光、抢光的三光政策，区内凡是与共产党有关系的人一律在严刑拷打之后决定是否杀头，对共产党和军属的房子全部烧光，他们家里的东西全部抢光或者砸光。王洪久的策略，和当年日本鬼子在根据地实施的“三光”政策一模一样，他就是想在边界区域制造无人区，从而制造恐慌情绪，在一定程度上牵制住共产党、华东野战军的行动。

父亲知道，凡是行动都要及时向上级报告，不能自行蛮干，否则战局如此之大，还不知道会捅出什么篓子来。

但是，距离县委太远了，来回一趟需要差不多三四天的时间，与区委的同志商量，他们也都是畏首畏尾，不敢决断。

没办法，只好一边派出队员前往县委报告，一边观察等待。他是在等待着战机的出现，也是在等待自己当机立断的时刻。

功夫不负有心人。

一天中午过后，还乡团的一支小队约 20 多人竟然东渡沭河，全副武装地继续向东大摇大摆地行进着。

消息传来时，父亲正在和队员们摆弄地雷。

“我正想着怎么把这些东西送给他们，他们倒是自己送上门来了，那这次怎么着咱们都要招呼好他们的！”

父亲用力地挥着手，在空中做了一个斩首的动作。

研究战斗方案，分组实施计划，作为诱饵的小五和另外一名队员也埋伏在了还乡团小队的必经之路上，武工队上上下下都紧张了起来。

地形于我有利，关键是看这个还乡团小队上不上钩了。

还乡团小队出了村子，全都站在村子东口的小路上张望着，再向前过一个小村就是武工队的伏击圈。

眼看着这伙还乡团要往回走，小五顾不得危险，从路边的壕沟里跳起来，对着还乡团小队的方向就开了一枪，然后又快速地跳到壕沟里趴好。

在空旷的田野传来的枪响当然引起了还乡团小队的注意，他们快速地分散开来，警惕地向四周看着。

看来，这伙还乡团是经历过战斗的，有着一股只有上过战场的人才有的那种警觉。

快咬钩了，哪能放弃？

小五和队友两人这时从壕沟里站了起来，故意暴露着自己，他们朝着还乡团小队的方向边放了两枪，一溜烟地跑进了前面的小村子里。

小五他们的衣着、打枪的准头，还有仓皇跑走的劲头都像极了被人发现了并追赶的情景，这些彻底打消了还乡团小队的最后一点疑虑，他们急奔小五两人追去。

前面的小村不大，十几栋年久失修的房子，横七竖八地横亘在那里，没有任何规则，在村子的东西两头各有一条小路，窄窄的像羊肠小道，村子的南北两侧都是田地。还乡团们刚刚离开的村子正是这个小村的新村，村里人都搬到了新村里住了，这个小村里的房子就自然地破败了。

伏击圈就在小村里。

靠近村子时，还乡团小队没有急于进村，而是兵分两路，从南北两侧包抄过去。

从进攻的架势上看，他们是想抓活的，因为如果抓个活的共产党员或者武工队员，他们就能领到少则几百元、多则上万元的奖赏，那可是白花花的银元。

两个土八路，就是双份的奖赏，他们仿佛看到了这些银元在向自己招手，个个眼神里都流露着贪婪。

小五两人的身影在几栋破房子间穿梭着，追击而至的还乡团小队的包围圈也逐渐地缩小了。

“出来吧，你们跑不了了！”

“出来跟着爷爷吃香的喝辣的，保你有大把的银元！”

“就你们这两条枪，怎么斗得过爷爷们，现在投降还可以给你们留个全尸！”

还乡团小队的叫嚣声，声音刺耳，不是本地的口音，听着也不舒服。

趴在房顶上的父亲放下了手中的盒子枪，拿过身旁队友的长枪，瞄准着还乡团小队里手里正在扬着驳壳枪、嘴里嚷嚷个不停地家伙，他应该是他们的头目。

“叭！”

清脆的枪声响起时，小头目应声倒地。

还乡团小队的其他人纷纷躲进了身边的院子里。

“叭、叭、叭……”

很快，房顶上、房间里，到处都响起了枪声，几个躲在破旧院子里的还乡团瞬间被报销。

剩下的几个还乡团很快找到了掩蔽物，并且很快地开枪还击着，从他们的战术动作可以看得出来，这几个都是不好对付的了。

“不能让他们跑了！要抓个活口，查清周边状况。”

父亲决心已下，他的头刚探出房顶，“嗖”的一发子弹便贴着他的头皮飞了过去。

父亲心里清楚，对方的射击精度要远远高于自己的队员，如果让这些还乡团有任何可乘之机，自己的队员就会有伤亡。既然到了战场上的僵持阶段，那就别想着抓活的了，干脆放开个口子，引他们到村北头的地雷阵去。

“嗖、嗖”，又有两发子弹朝着自己的方向飞来，看来这些还乡团也看出了趴在房顶上的就是指挥员。

不能冒险跳下，队员们也看不到自己，情急之下，父亲扯开了喉咙，喊了几嗓子：

“小五，你们几个向东。老王，你们几个向西。张三，把你的绳牵好了，准备开饭！”

听着像一套暗语，可真的不是。

每次行动之前，特别需要布雷的时候，父亲他们都要临时商量由哪名队员负责哪一部分的雷区，这样一来，大家都能知道是谁负责哪一个方向的雷区。

父亲的前两句没啥实际意义，只是吓唬对方或者迷惑对方而已，最后一句才是关键，大家都明白让“张三牵好绳子”的意思，就是要把这伙还乡团赶到村北方向的雷区去，所以大家自然地就把东西南三个方向用火力封住了。

几个还乡团当然分辨得出枪声的稀疏，北方枪声很少，可能是武工队的人员不够，所以这个方向上没有埋伏。

向北急窜！

枪声紧跟着他们，又有两个还乡团被击毙。

5 米、1 米……

“轰、轰、轰……”

地雷响了，响声很大，而且连续响了好几声。

父亲他们也密集地向前方地雷响处开着枪。

田地上空，炸药炸响后腾起了一团团黑色的烟尘，烟尘散去时，田地里被炸出的土坑里还在冒着黑烟。

武工队全部的队员都跑了过来，举枪大喊着：

“缴枪不杀，缴枪不杀！”

大家慢慢地围拢过去，田里躺着一名被炸死的还乡团，这边还有一名被炸伤的还乡团在痛苦地呻吟着。

“奶奶的，又跑了？”

父亲用驳壳枪的枪口顶了顶头上的八路帽，眼睛四下打量着。

不远处的一个地雷坑很小，父亲把枪别在腰里，蹲了下去，从队员手中要过铁镐，小心地刨着土。

不一会，两个半面球形的地雷壳被挖了出来，原来地雷炸裂开了两半。

周围再挖，又有三个类似的地雷壳被挖了出来。

总共 6 颗地雷，居然有 4 颗只炸成两半。

父亲摇了摇头，望向田地远方，若有所思，因为他心里隐隐约约地感觉更激烈的战斗就要来了。

第十八章

旁敲侧击

虽然又有漏网之鱼，但父亲还是没让队员们继续追赶。

父亲可能说不出“穷寇莫追”这个成语，可是他肯定明白这其中的道理。

好在还是抓到了一个活的，还缴获了 4 支驳壳枪和 11 支汉阳造。

父亲蹲着查看了一下这个还乡团的伤势，是右腿的小腿骨断了，其他地方没有受伤，应该没有性命之忧。

父亲大声喝止住这个还乡团没完没了的呻吟，示意队员们把他架了起来，拖到了刚才战斗过的小村的一处小院里，并派人四下警戒着。

“你叫什么名字，你属于哪部分的，你们从哪里来，你们这次出来的目的是什么？”

父亲横眉冷目地连续问了几个问题。

这个还乡团还在呻吟着，意图用呻吟声躲避开这些问题。

两边架着的队员有些着急了，两人同时手一松，这个还乡团一个踉跄又摔倒在田里。

“队长，看来这是个属扁嘴（鸭子）的，肉烂嘴不烂，干脆你也别问了，看他有命爬到哪算哪呗，反正就算他回去这还乡团也不会专门为他接腿，不会再留着他了。这样，俺俩也省点劲，不用像扶着个老爷一样。”

“仔细想想，可不真是这样吗？”

“腿断了，就不能跑跑颠颠，不能跑跑颠颠就是不能出力了，最起码在这伤筋动骨的 100 天之内就等于是个废人，王洪九的还乡团连闲人都不养，何况是个废人？”

可能是“说者无意，听者有心”吧，两个队员像是逗乐一样的话，可把这个还乡团给吓坏了。

“长官饶命，我说，我全说。我叫麻子，俺在王司令的保安第三大队当兵。俺老家新沂县，郯城也有俺亲戚。俺是前年十月份被抓的壮丁，在国军整编第 11 师 3 团 2 营 2 连当传令兵，去年年底在沭阳跟共匪，啊不，跟新四军打过一仗。那一仗打完，俺的连副就带着俺还有几个弟兄跟了王司令。今年过完年不久，俺们就从徐州到了临沂。到临沂后，俺们大队负责临沂北部、三县交界的几个乡镇剿共的任务。这不，今天俺们刚搜索到这，就遇到各位爷了，还请各位爷高抬贵手，请各位爷高抬贵手！”

麻子咬着牙，呱啦呱啦地讲了一大堆，还用好像特别忏悔虔诚的眼神看着围在身边的武工队队员们。

可是，父亲觉得麻子的话里有些其他的味道，但到底是什么他一时想不起来，反正这种味道让他特别的不舒服。

有个别队员认为麻子说了实话，于是问着父亲：

“队长，我看这个人说的可能是实话，咱们怎么处理他呢？”

父亲没有说话，脸上也没有任何表情，他示意队友重新把麻子架起来。

这时，麻子居然自己一使劲跪倒在父亲的脚下，痛哭流涕起来。

“长官，长官饶命！我说的全是实话啊，不敢有半句假话的！”

这两句话突然提醒了父亲。

“演戏！”

麻子刚才的交代听着像是“竹筒倒豆子”，但是不合逻辑。没有问他之前干过什么，他回答的却非常详细；他现在的隶属、任务都是简单带过，他的回答也都是‘和尚头上的蚤子’，没有什么有价值的东西。但是，他既然从国民党军队跳到王洪九的保安总队，就必定有他的过人之处，否则王洪九不会轻易从国民党军队里把他撬过去的。

一下子，父亲的心逐渐静了下来。他紧盯着麻子的双眼，左手不停在掰动着驳壳枪的击锤，驳壳枪的枪口却一直没有离开过麻子的胸口。

“你说的是不是实话，你心里清楚，当然我也清楚！看在你已经受伤被我们抓住的份上，我劝你一句，别再演戏了，不信一会就你会演不下去了！”

父亲的目光好像两道寒光，麻子不自觉地哆嗦了一下。

“要不这样，我们呢也不抓你了，我们的人有会接骨的，一会给你接好骨、再简单包扎一下，你自己能爬回去就算你命不该绝。回去呢，你该找保安大队就找保安大队，你不找他们呢也不关我们的事。你看怎么样？”

父亲的这些话，倒是让队员们心里打起了鼓，他们不知道父亲到底要干什么，所以谁也不吱声地看着。

麻子心里清楚，如果自己就这样被共产党游击队接过骨包扎过，还啥事都好像没有发生过地被放回去，回去肯定没有人会相信自己，自己也肯定不会有好下场的。

麻子低下头，欲言又止，眼神不停地向上斜瞅一下父亲。

“行了，你现在如果愿说，我听！如果你不想说，我们也不为难你，就按刚才说的办吧！”

父亲知道，打铁要趁热，审问俘虏也是一个道理。

“长官，我要是说了，能不能不说是我说的！”

麻子用颤颤巍巍的声音说着。

“你他奶奶的，是你说的就是你说的，咋还成俺们说的了不成？”

旁边架着麻子的队员有点哭笑不得地骂到。

“不是，长官，我不是那个意思。我是说，我要是说了，你，你们不能给保安大队的人员知道是我说的。”

麻子原来还是惧怕王洪九。

“行了，你啰嗦了，现在还轮不到你来提条件，要说你就干脆点！”

父亲把枪插回到腰里，右手的食指敲打着麻子的额头。

“我说，我说，长官你问吧，我知道的我全说。”

麻子筛糠一样地点着头。

“我问，你答！”

父亲的眼神直逼着麻子的眼睛。

“是，长官！”

“你参加王洪九保安队之前的事，都是真的吗？”

“绝对是真的！”

“你的连副为什么要带你们投奔王洪九？”

“我们连副是王司令，啊不，是王洪九的表亲，俺们几个处的挺好，平时总在一块喝酒，所以连副说要王洪九扩编，兄弟们都有机会升官发财，就一块都来了。”

“这个连副叫什么，现在干什么？”

“他叫王财，现在在王洪九的保安司令部，都是营长了。”

“你们现在的三大队是什么样的建制，你担任什么职务？”

“报告长官，三大队总共 140 多个人，分成了 4 个中队，分别负责这附近的 4 个乡镇。王财前两天刚给我弄了个中队副，这不就被你们抓了。”

“你们这次怎么会到沭河东来，前段时间怎么没来？”

“我们是慢慢地推到这边来的，因为沭河西已经基本上被保安队控制住了。”

“控制，怎么个控制法？”

“在沭河西的几个乡镇，现在没有人敢公开跟王司令作对，那些作对的人基本上都被压下去了。”

“压下去，怎么压的？”

“就是，就是抓起来。”

“你是说，把老百姓抓起来，有没有害死老百姓的？”

“有吧，听说是，是有。”

麻子的声音更小了。

父亲提醒麻子声音大一点，接着问道：

“这些老百姓都是怎么被抓的，抓了之后你们怎么办的？”

“是乡镇上的地主老爷带着我们去抓，抓到后我们也不敢怠慢，一般都会送到临沂，王司令，啊不，王洪九专门有监狱的人负责审呢。那个监狱，我去送过人，里面很吓人。有被上老虎凳、灌辣椒水、插指甲的，有被关在水牢里的，也有被杀头的，前两天还有两个女人的头挂在城楼上。”

“你们这帮畜生！”

旁边架着麻子的队员早已火冒三丈了，故意使劲地向上架着麻子。

麻子痛苦地叫着。

父亲示意队友们平复一下心情，他接着问：

“这些乡镇的地主是怎么联系你们的，都有哪些？”

“贵军撤走后，俺们一来到这些乡镇，那些地主就主动来找俺们的。这段时间俺也留心看了一下，这些地主带着俺们去抓的那些人，基本上都是和他们有仇的，还有的就是土改了他们地的，真正的共产党家属不多，好像这些地主也不太敢直接招惹共产党。俺不识字，他们的名字我记不太清楚，但是我知道他们姓什么、他们的家在哪。”

父亲详细地记录下了麻子所说的这些地主的情况，他知道这些资料应该是会派上用场的。应该还用其他情况，他接着问：

“对于游击队的情况，你们知道多少？”

麻子稍稍抬头认真瞅了瞅父亲，有点嬉皮笑脸地说：

“长官，你们就是游击队吧？麻某三生有幸啊！”

“麻子，少来你那一套，回答正事！”

父亲又用手指敲了敲麻子的额头。

“是，长官！来临沂之前，王司令让人给俺们讲过，说临沂的土八路，啊不，游击队是很厉害的，基本上每个乡镇都有游击队，还有区中队、区小队，说你们人特别多。所以，王司令，不，不，不，是王洪九下了死命令，让各个大队都要摸清乡镇的游击队情况，包括游击队家属的情况，要摸清了就一个就抓一个。王洪九还有悬赏命令，说抓到游击队就赏钱。”

“你们这个中队拿到过赏钱吗？”

“还没有，不过白塔街的邵老爷说这两天就会有准信，说是能领到大赏钱。”

听到麻子的这句话，父亲的心里咯噔一下，老区委里就有白塔街的人。

“姓邵的地主有没有说是哪户人？”

“报告长官，他还没有说，应该是跟游击队有关系的人，估计邵老爷是想等到时机成熟的时候再报信的。要不然，抓不到人，他也不好交代的。”

“那你们有没有控制沭河东岸的计划？”

父亲的担忧不是没有道理的，沭河等于是隔在武工队和还乡团之间的第一道屏障，如今这道屏障已经被撕开了口子，如果还乡团们真的有东渡沭河的打算，那所带来的危险就更大了，因为这些危险不仅是对武工队的，还可能会涉及武工队和各级地方武装组织所保护的县委、区委和广大的家属们。

“长官，具体的计划我真的不清楚，我这个小队副还不够级。但是有次我去县城找王财的时候，他曾经说‘王司令的地盘很快就会到达海边了’，还说让我到时请他多吃海鲜呢。”

麻子说的久了，腿又疼的哎哟起来。

其实队上没人会接骨，再个说了，麻子的腿是被炸断的，这可不是一般的郎中能够接好的。

抓到这么一个活宝，挺有用，但确实也挺麻烦。

估计还能问出很多有用的东西，交给县委处理是最好的了，但是县委也撤进了山里，距离太远了。

必须想个办法。

刚上过战场，看过老钱给伤员包扎，所以父亲他们大概也懂得一些简单的包扎。

把麻子的腿固定好，从小院里拆下块旧门板当担架，父亲亲自带着六名队员抬着麻子向新村跑去。

都说“艺高人胆大”，父亲这一着可谓兵行险棋。

常年在这一带活动，父亲几乎清楚这附近所有的地主家。沭河西岸就有一家地主，姓阮，人称四爷。这个阮四爷极其痛恨日本人，但他又跟八路军、武工队不冷不热的，土改时曾经放言要让分走他家田地的老百姓“怎么拿走的，怎么吐出来”。

把麻子送到他家里去，看他怎么办?

不久前的枪声和地雷的爆炸声，已经让新村和河岸边显得格外冷清，村里的大街上一个人也没有，就连河边有户人家养的大狗都停止了吠叫。

过河、进村，一切都很顺利。

把麻子放在阮四爷家的门口，父亲扬手拍了拍他家的大门。

没人开门，其实是没人敢出来开门。

父亲清了清嗓子，趴在大门上，对着门缝大声喊道：

“阮四爷，咱保安队有个兄弟受伤了，我们还要去追土八路，俺们把人先放在你家门口，你照顾一下，等我们回来的时候再来接人。”

父亲又连喊了两遍，这时院里的房门有了动静。

父亲蹲下身，用枪口指着躺在门板上的麻子的脑门，悄声地说：

“这是目前最好的办法，跟他怎么说你自己掂量着办。但是下一步我们还要查清楚你是不是说了实话，否则饶不了你。你记住，山不转水转，咱们肯定还会见面。再见面的时候，你可别忘了将你知道的全部告诉给我听！听明白我说的意思了吗？”

麻子使劲地点着头。

父亲他们几个快速地转身而去，埋伏在沭河东岸河堤上的武工队队员们正在焦急地等待着他们的归来。

事后，据麻子讲，他的巧舌如簧，让他面对阮四爷和保安队的盘问时，硬是没留下什么破绽。所以，当天阮四爷请了村里的郎中给他敷了药，留他住了一宿。

但是阮四爷也是个精明的主，他哪里敢接应这样一个来路不明的人。第二天，看没有人来接走麻子，阮四爷便花钱在村里请了人用小推车把麻子送到了保安大队部，随车还赠送了几副膏药。

在镇上的保安队部，麻子躺了近半个月，后来调到葛沟镇的保安中队任队副。一直到那年秋天，父亲率领武工队协同华野一支小部队包围并全部俘虏了这个还乡团中队，麻子又一次成了武工队的“俘虏”。

第十九章

敌情侦察

麻子的交代，让父亲不得不严肃认真地考虑下一步可能与还乡团交手战斗的事情了。

既然交手是避免不了的，那凡事就必须要先敌一步。

武工队获得了“支前模范”之后，在全县范围内有了一定的知名度，队员们不管是回乡还是在驻地，老百姓们的眼神都是羡慕的、敬仰的。

近段时间以来的时局变化，特别是对所有武工队的家属采取了保护性的撤离行动，看似可以高枕无忧了，可仔细想一想，问题还是很多，潜在的危险也似乎正在步步逼近。比如，大家在村子里没出五服的亲戚多着呢，这些人会不会遇到危险？所有这些行动会不会让老百姓们对武工队的看法改变？还乡团对武工队的行动范围和行动特点掌握的程度如何，下步可能采取的措施是什么？特别是那些乡镇上的地主们如此猖獗，怎么给他们教训，才能让他们清楚跟王洪九、还乡团混在一起没有好下场？

必须尽快地与县委取得联系，将战斗情况和下步的打算向县委汇报，以获得县委对于下一步战斗的明确指示，父亲又派处事稳当的老张出发了。

老张出发后不久，前几天派出与县委联系的队员回来了，还带来了县委的明确指示：“以保存武工队实力为主，全力摸清还乡团的情况，视情予以打击！”

这道命令，等于是让武工队放开手脚、自主战斗，说正中下怀有点夸张，但确实让整个所有队员大干一番的决心更加坚定了。

“每个乡镇派出一个侦察小组，每组两个人，每组配一长一短两支枪，大家必须了解清楚各个乡镇还乡团的兵力情况和大概的活动规律，必须了解清楚那些认贼作父、给还乡团通风报信的地主们的情况，反正有用的情况都要收集。大家一定要注意安全，不得擅自战斗。给大家三天的时限，第三天晚上必须归队！”

父亲与队里的几名骨干简单商量后，做出了这样的决定。

队员们精明干练，全着短打衣衫。夜幕降临时，他们都消失在了茫茫夜色之中。

按计划，父亲和小五回原武工队驻扎的镇子。

出发时，小五偷偷地戴了一支短枪，还故意用衣服遮住。快到镇子时，小五悄悄地碰了一下父亲，示意了一下自己的短枪，有点得意。

父亲知道小五人精明、鬼点子多，心想两支短枪也方便，就没说什么。俩人一路上虽是小心翼翼，行进速度却是飞快。

不想惹麻烦，也担心有意外发生，他们到达镇子边上的鸿沟时，便钻进了河边的芦苇荡，推倒了一片干芦苇，俩人躺在上面静静地看着天上的星星。

“队长，上次在小村的战斗，你咋看出来麻子一开始就没说实话呢？”

“我不说了吗，他在演戏！”

“可你咋看出来他在演戏呢？”

“就是觉得他没说真话。”

“可你咋觉得他没说真话呢？”

“我说你这个小五子，你要是跟鬼子汉奸还有国民党的人打交道打的多了，你就会有经验了，他们嘴里基本上都没有实话的。”

“噢。”

小五仰面躺在干芦苇丛上，手里不知什么时候多了一支芦花，若有所思地摆着。

“哎，队长，你说，咱们的主力部队都去哪儿了，不知道他们清楚咱们这里的情况不，咱们要是遇到硬茬子的时候，要是能有他们的帮忙就好了。”

小五侧了一下身，趴在干芦苇丛上，翘起两只脚，两只手托着下巴，像个天真的孩童，眼神里充满了憧憬。

父亲拍了拍小五的脑袋，长吁了一口气，说：

“我也不知道主力部队现在哪，不过首长们肯定知道咱们这里的情况，估计用不了多久，咱们的主力部队就会杀回来，全部消灭这些害人的玩意！”

“队长，你怎么敢这么肯定呢？”

“你看啊，从去年咱们护送支前运输队算起，咱们的主力部队已经打过好几个大胜仗了。按常理来说，连续打胜仗就是常胜军嘛，肯定敌人也害怕跟咱们的主力再打仗的，根本就没有撤退的必要，但是我们打了胜仗，还主动撤退了，这说明了什么？”

“说明了什么？”

小五听的有些糊涂，轻轻地问了一句。

“这说明啊，咱们的主力部队不糊涂。咱们可是见过咱们主力部队的装备，咱也见过国民党军队的装备，虽说主力部队的装备比咱们武工队好，但是比国民党兵的要差，再加上国民党兵还有那么多坦克大炮，还有飞机，硬拼的话，咱们主力部队占不到什么便宜。”

小五听到这里居然着急了，忽地一下坐了起来，摇动着父亲，急切地问：

“那怎么办呢？”

“怎么办，想办法呗。不能硬拼，就智斗。还记得老钱曾经说过，咱们主力部队最擅长的就是穿插分割、迂回包抄，就是要在运动战中消灭敌人。”

“那队长，咱们对付还乡团是不是也应该采取这种包抄迂回？”

父亲没有转身，都感觉到小五子的那双充满疑问的大眼睛正在扑闪扑闪地盯着自己。

“这是战场上的战术动作，这和咱们与还乡团的交手还不太一样。”

"怎么就不一样了呢？"

"一个是咱们武工队的人数少，打仗也是不成规模的小型战斗。另外，现在还乡团在明，咱们在暗，敲打他们的主动权攥在咱们手里，咱们想什么时候揍他就什么时候揍他。但是，在揍他之前，咱必须要清楚他们的情况，否则，咱们就会吃亏。现在不同于在战场上，咱们必须要有绝对的把握，找到还乡团的命根子，然后再想办法狠狠地收拾他们。"

"那咱们等到主力部队来了再揍他，不更有把握吗？"

"那不行，那还不让这些还乡团们都上天了，他们横行霸道，残害了那么多人，不能让他们一直这么嚣张下去，必须要给他们一点教训，让他们不敢胡来才行。现在咱们收拾他们的方法也有很多，但都要慢慢来，不能心急。到时候，等到大部队腾出手来，咱们就可以配合大部队一举消灭他们。"

"队长，你这么一说，我全明白了。"

俩人聊着，星星像是他们的听众。

快四更天的时候，俩人潜进镇子里。对镇上的街道、胡同，他俩都是烂熟于胸的，找个隐身的地方更是易如反掌的，父亲早就想好了一个地方——十字街口的老油坊。

老油坊位于镇子中心十字街口的东北角，油坊老板的儿子艾老大跟父亲是莫逆之交，他年长父亲几岁，父亲一直私下称他"大表哥"。

打日本鬼子的时候，俩人一起打过仗，艾老大比父亲早几个月加入中国共产党。后来，组织上让艾老大回到祖传的油坊给他爹当帮手，干起了地下情报工作。打倒了日本鬼子，镇上成立了人民政府的时候，艾老大也没有主动公开自己的身份，在别人眼里，他只是油坊的少东家。

但是，父亲知道。

父亲做过地下情报工作，知道这行的纪律，所以艾老大不说，他也不问，二人是心照不宣的。

"嘭，嘭，嘭嘭……"

父亲轻轻地敲着油坊后门旁的一扇小汽窗，他知道艾老大住在里面。

“谁？”

是艾老大的声音，很警觉。

“是我，大表哥！”

“你怎么回来了？我这就开门。”

屋里的油灯亮了起来，不一会，油坊的后门打开了，一点声音也没有。

“快进来！”

两人进到门内，门又悄悄地关上了。

油坊里面很热，父亲和小五二人都脱去了外衣。

艾老大仔细地打量着二人，故作生气的样子对父亲说：

“你呀，你真是吃了豹子胆了，都什么时候了，你还敢带着家伙到镇里来？”

“艾老板，俺队长，俺……”

不知道小五着急想解释什么，竟然有点口吃起来。

父亲拍了一下小五的肩膀，示意他安静。三人在屋里坐好，艾老大给父亲他们二人倒了两碗热水。

“大表哥，你知道我坐不住，得出来活动活动的。”

两人相视一笑，艾老大接过话说，

“我估摸着这两天得有点动静，这成想是你搞出来的。”

“啥事，说来听听，你咋就认定是我呢？”

父亲也不急着解释，反过来问着艾老大。

艾老大笑了笑，继续说：

“前天，保安队据点的伙夫来买油，他说他们有一个小队在沭河边遭到了八路军大部队的伏击，十几个人被打死了，还逃回来一个负伤的队副。听到这个，我就估计应该八九不离十就是你干的，因为这周边你最熟悉了，也只有你胆子最大了。”

父亲有些得意，回答道：

“没错，就是咱干的。啥负伤逃回来的，那是被俺给放回来的。”

父亲便把当天的战斗情况简要地说了一遍，艾老大的眉头渐渐地紧到了一块。

“你先听我说，我昨天还约这个伙夫出来，看在一瓶花生油的面子上，伙夫说保安队已经增加了人手，还说这次有国军撑腰，很快就会对沭河两岸进行‘清剿’，要一举打垮沭河附近的八路军武装。根据他说的这些来分析，一是保安队增加了人手，白天我也确实看到了有几十个挎枪的人进到了保安队的据点里。二是保安队和附近的国民党军队已经取得了联系，而且他们是准备联手行动。三是看来他们这次打击的范围应该就是沭河两岸。所以，你们一定要早做准备，不能吃亏上当。当然，打仗方面你比我强。”

艾老大的分析很有道理，父亲轻轻地点着头。

“这次战斗之后，我们总结过，确实还有一些问题的。逃走的几个还乡团，就可能把我们的实力基本上摸清了。所以这两天，我们两个要弄清楚几个问题，一是这个保安中队的人数和装备情况，二是给还乡团通风报信的几个地主的情况，三是他们和国民党的哪支部队取得了联系，什么时候行动？这些问题都是非常紧迫的，我们必须得抓紧时间。”

“需要我干啥，你说吧？”

艾老大了解父亲的脾气，但凡父亲决定了的事情谁都难以改变，所以他问的也直截了当。

“我想这样，不用你出面。让小五暂时在油坊里当个伙计，他们据点上人手多了，油用的也得多，让小五主动去找伙夫。大表哥，你还得破费点，得让伙夫尝到甜头才行。”

艾老大笑了笑，说：

“那没事，油坊里别的没有，就产油，不行我就给他弄点香油。那用我带着小五去不？”

“头一次你得亲自带着小五去问，剩下送油的事，小五自己就能办了，你放心吧，这小子鬼精鬼精的。”

“成，听你的。哎，对了，那你去哪？”

艾老大和小五的眼光同时汇聚到了父亲身上。

“我嘛，你还不放心，在这街上我闭着眼睛都能摸回你油坊来。”

父亲开玩笑地回答道。

“就是因为你在镇上熟悉，我才担心的。这镇上，说武工队长可能还真有人不知道是谁，但有几个不认识你区小队长的，你一上街还不就暴露了？这可不行！”

艾老大说的是实情，也是他的担心。

父亲径直去了榨油的那口锅那儿，用手在锅边擦了擦，往脸上一抹，转身又找了一顶小毡帽戴在头上，马上灰头土脸的，不再是刚才的模样了。

小五在旁边连竖着大拇指，艾老大也笑了。

“这就是古时候侠客用的易容术，但是队长你得告诉我们你准备去哪？”

轮到小五不放心了。

“放心吧，小五子！”

看着父亲坚持着不说，艾老大心里已经估计出了个大概，他主动回答着小五。

天亮还早，还能睡上一会。

天微亮的时候，艾老大已经在街口买来了一大盆羊肉汤，切好了咸菜。

父亲没有客套，匆忙地吃了两个煎饼、喝了一碗羊汤，便出门去了，他要趁着街上人少的时候，赶紧出去。

有艾老大照顾小五，父亲是放心的。安排小五去探听情况，父亲也是放心的。枪被艾老大藏进了花生缸里，父亲也是放心的。

艾老大和小五这边的进展也确实很顺利，因为小五的精明，保安队伙夫根本就没有觉察出任何可疑之处，据点内的情况也就都被小五尽收眼底了。

话分两头，各表一端。

父亲出屋后贴着墙根，向南疾行而去，很快出了镇子。

赶了十多里路，父亲到了白塔街的街口。

因为脸上抹了锅底灰，父亲没有故意躲着人走，他顺着街边走着，不张扬也不紧张。

街上的气氛很凝重，大街上行走的人个个都是目不斜视的样子，好像不敢与路边的人打招呼。往日里打个照面时肯定要问候一下、再聊上几句的，可是现在一切都变了。

靠近河边的几幢房子里住着国民党兵，门口都有了岗哨。父亲还没走近，便被哨兵呵斥住，没法靠近。

没办法，绕着村子转了两圈。

晚上，父亲在村的另一头，找了间破旧的空屋住下。

第二天，父亲还是围着村子转了一圈后，才在街边找了个墙角坐在地上，晒着太阳，远远地可以望见一所大院子。

不远处的大院子一上午进进出出的人有几个，但是看得出来，都是做长工的村民。

过午，大院子里开始忙碌起来，看着像是要请客的样子。掌灯时分，几个挎着盒子枪的国民党军官陆续被请进了院子。

有戏！

夜色渐渐地沉了，父亲转了几条胡同，没有发现身后有尾巴，于是他来到了那所大院子的西墙底下，他看了看墙边的那棵老榆树，又四下看了看，暗自一较力，飞身上树，顺着树干跳上了墙头，在靠近屋子的地方，轻巧地飘落在地。再顺着屋檐，挑开磨坊的门，闪了进去。相比堂屋，磨坊要低矮一些，里面堆着乱七八糟的农具，房梁下竖着一辆手推的独轮车，父亲轻踩车身，搭手上了房梁，他翻身坐了上去。

这是地主邵望天的家。

去年年初，父亲带队曾在这里救出过一个眼睛被地主扎瞎了的穷苦人，他清楚这里的布局。磨坊和堂屋之间隔着一堵矮墙，算是西院。

当年审判地主王荣、王奇时，涉及很多地主邵望天的罪行，但因没有及时抓捕，邵望天便趁机逃了出去，当时有的说他逃去了南京，有的说他逃到了济南。如今，王洪九带着还乡团到处残害百姓，父亲觉得地主邵望天肯定会回来插上一脚，肯定要浑水摸鱼、趁火打劫的。

磨坊里有股发霉的味道，父亲一直忍着。父亲知道按照家乡酒席的风俗，这个时候可能刚上热菜不久，大家都是你推我让的，满席都是客套话。要想听到有用的，必须等到菜上齐了，也就是“酒过三巡、菜过五味”的时候，再去不迟。

过了大概一个钟头的样子，父亲跳下房梁，拔开房门，悄身来到了堂屋的窗下，说来也巧，那个窗户旁边刚好挂着一副蓑衣，父亲顺势披在了身上。

蹲在窗下，侧耳细听，果不其然，屋里正在高谈阔论着。

“邵老爷，你就放宽心吧，有弟兄们在，你还怕什么，那些穷鬼共产党再也翻不了天了。”

“对啊，邵老爷，你别看咱们在白塔街就这么两个连，咱在整个这一片可是一个纵队呢，你知道一个纵队多少人不，3、4 万人呢！干掉那些土八路，简单是杀鸡用牛刀！”

“对啊，我就不明白上峰是什么意思，为什么要听他妈的当过汉奸的王洪九的狗屁想法，咱这么牛的一个纵队，不说飞机大炮了，就是机关枪排起来，也能排上十里地吧。他妈的一个当过汉奸的人，还天天想着借咱们正规军的手去跟土八路打仗，这不明摆着是借刀杀人嘛！咱们就这么被他娘的一个狗汉奸给当枪使了？”

说这话的人操着一口北方口音，底气很足，火气也很盛。

“郑连长，消消火，消消气，你那牛刀杀鸡好过俺们用钝刀吧？这些土八路啊，你可别小瞧他们，他们跟你们肯定不敢硬来，但是他们不停地骚扰俺们这些人啊，今天设个埋伏，明天偷袭一下，那是防不胜防啊。我也是明人不说暗话，这 400 大洋就是王司令托在下慰劳各位的，当然这是定金。各位长官还是给在下个面子，尽快地将清剿沭河两岸的时间确定下来。王司令说了，只要时间能确定下来，这一段时间的军需供应全部由临沂保安司令部来保证，而且事成之后，每个连按人员 10 块大洋，长官级的 100 块大洋。”

听口音，这应该是地主邵望天在说话。

酒席上静了一会。

那个北方口音的大嗓门又嚷嚷了起来：

“邵老爷，你就算是个拉媒保纤的，也得双方同意不是？”

“那是，那是，郑连长你说，你说。”

“这王洪九是打发要饭的呢，弟兄们可是要出动两百多条枪的，折腾一次还不得十天半个月的，他这点大洋算个屁啊！算了，这钱哪，我们本来就没想着多拿，弟兄们都是滚刀把子的，也不在乎这仨瓜俩枣的是吧。估计邵老爷也为难，我们就不揽这趟活了，弟兄们，咱们走吧？”

父亲这才听出点门道，合计这是私下里的买卖呢！

“郑连长，郑兄弟，别着急嘛！这样，你开个价，我明天就去给王司令禀报，保证兄弟们满意还不行吗？”

又是片刻的安静，父亲猜测着肯定像是牲口市上的交易，两下里正在用手语讨价还价呢。

一会，一阵叫好声传出，北方口音的大嗓门又开口了：

“邵老哥也是爽快人，行，咱就这么定了，日子就定在四天后，正好赶上逢大集人多，弟兄们换成老百姓的行头也不会扎眼，不能穿着军装去打猎的。咱们一起干上一杯？”

“干！”

屋里干杯声不断，一直喝到很晚，这些人才互相搀扶着踉踉跄跄地走出来。

父亲一直蹲着，脚都麻了。

半夜了，地主家熄灯了，父亲这才缓了缓身，悄声翻墙而去。

自己给队员们的时间是三天，现在已经过去了两天。而还乡团勾结国民党兵清剿的时间是在四天后，这就有了三天的时间差，利用好这个时间差，应该可以做很多的事。

父亲暗自盘算着，脚下生风一样往回赶去。

第二十章

将计就计

过了惊蛰，田地里到处都透着春天的气息，麦田的杂草争相拱出个尖角来，它们在争分夺秒地和麦苗争抢着阳光、养分和水。这个时候，也正是麦苗返青的时候，一般情况下是需要松动一下田垄间的土壤，除掉杂草的同时也能让麦苗透透气，然后再适当施些农家肥，浇点水，麦苗就会在未来的两个月时突飞猛进、长势喜人，丰收不敢指望太多，到麦收的季节，白面馍馍和饺子肯定是能够吃上几顿的。

这几日里，下田劳作的人稀稀疏疏的，没有几个。

一来是因为到处都驻着国民党军队，这些国民党军队在到处抓壮丁，只要他们看到年轻力壮的，就不由分说，真的是拿枪逼着人家当兵，其实也就是为了充数。在这些国民党看来，炮灰嘛，多几个是无所谓的。

这第二方面的原因呢，是因为还乡团来了，共产党、武工队的家属们都撤退了，怕受到牵连的一些人也都逃难去了，所以照看田地的，就只是一些老弱病残了，青壮年不多。

早上 8 点多，太阳正从东方天际快速地向上爬升着，阳光照在人身上暖暖的。白塔街村外的一片麦田里，陆陆续续多出了三、四十个青年人，他们有的手里挥动着锄头，有的蹲在田间地头，像是在给麦田松土除草，站在地头聊天的几个人还不时地把目光投向河边那几所国民党兵住的院子。

9 点钟，从那几所房子里传出了哨音。很快，房外的空地上就整整齐齐地站满了四排兵，按一排 30 人算，也足有 120 人了。这些兵虽然个个荷枪实弹、腰里也都别着手榴弹袋，但是明眼人从装备上就看得出来，这支部队肯定不是国民党中央军主力或者王牌，倒是有点杂牌军的味道。

操北方口音的郑连长站上一个大碾盘，高声训着话，声音随风飘的时有时无。

不一会，队伍出发了，郑连长带着个小勤务兵走在队伍的最后面。

这时，麦田里也走出两个人，远远地跟在队伍后面。今天，镇子上逢大集，虽说生活苦一些，可是赶集的人还真不少。郑连长带着一百多号人在大路上走着，赶集的人纷纷往路两边让去，谁都知道这些人不好惹，哪怕是不小心也是万万不可的，所以谁也不敢去碰这个霉头。

郑连长看着老百姓们的举动，更是趾高气扬起来，嘴里还一个劲地骂骂咧咧的，也不知道他在骂谁。

镇上保安队的据点门口，邵望天几个人正在焦急地等待着。

快十一点了，郑连长一行到过镇上的保安队据点门口。

“哎呀，我的郑连长啊，你可算来了，你可把我们等着急了。”

邵望天拱手相迎，他笑起来时满脸的横肉都竖起来了。

“邵老爷啊，我们这是一路小跑来的，你邵老爷搬兵，不看僧面看佛面，咱也得给邵老爷这个面子不是？”

郑连长脸上微露笑容，同样拱手作答。他这一番话可让邵望天心里美滋滋的，因为话里话外的意思就是，人家只给他邵老爷面子，而且人家只是冲着他邵老爷的面子才肯出兵的。

可是看到那些兵还是穿着军装，邵望天俯在郑连长的耳边悄悄地问了一句：

“不是说好了都换老百姓的衣服吗？”

郑连长白了一眼邵望天，故意大声说道：

“咱们是奉上峰命令执行军务来的，咱们大家一起携手完成好这次清剿共产党和游击队的行动。”

说完，他又用右手立在嘴边，靠近邵望天的耳朵，小声地说：

“邵老爷是饱汉不知饿汉饥啊，你让俺们这些当兵的去哪里找那么多便装去，要不干脆你邵老爷出钱给弟兄们每人做一套便装，不是更好吗？”

邵望天心里的高兴劲被这几句话一下子吓没了，他感觉心里有点堵，但还是强压了下来，满脸堆笑着说：

“郑连长真是风趣的人。可是那天晚上你们两位连长不是说一块来的嘛，我怎么看着好像少了史连长呢？”

那晚和郑连长一起去邵望天家赴宴的确实还有个史连长，他和郑连长的两个连队都驻扎在白塔街，平时俩人都有贼心贼胆的，都在比着法子吃空晌、挣外快的。可是偏偏就在要出发的当日凌晨时分，这个史连长不知道因为吃了啥，闹起了肚子，窜稀窜的上茅房都来不及，连续折腾到天快亮了，才稍稍消停一会。他连站起来的力气都没有了，更别说带着一百多号人长途跋涉地去跟共产党游击队玩命了。

就这样，史连长和他的一百多号人就待在了白塔街驻地。

“这个老史啊，是懒驴上磨，一会屎一会尿的，估计这会他都没裤子穿了，他成了真正的‘屎’连长了，哈哈哈哈！”

两人没有理会其他人略显惊愕的神情，携手大步走进了保安队部。

保安队中队部不像军营，倒像大户人家堂屋的会客厅，高门槛，四扇可以折叠的雕花大门，迎面的北山墙悬挂着横幅的四个大字“保国安民”，下方是条案，条案上供着关帝爷举着大刀的泥塑像，关帝爷两侧各摆着一件大红的琉璃花瓶和一件青石雕刻的麒麟。条案下方是两张太师椅，分左右放置，太师椅中间是八仙方桌，进门则是两排靠背椅，一边四张，椅间有茶凳相隔。

这摆设，绝对讲究。

郑连长一进屋，大大咧咧地就坐在了左手位的太师椅上，指着右边的太师椅让邵望天坐。

邵望天并没有听从郑连长的安排，而是把身旁的一个小个子推了上去。

“郑连长，这是胡队长，今天的行动就是你们两家一块！”

邵望天转身坐在了郑连长下首的一张椅子上。

胡队长也没有客套，坐定后手一挥，吩咐手下赶快上茶。

“哎哟，原来这是胡队长的地盘啊，兄弟我不好意思了，还请胡队长上座吧！”

郑连长这才瞧出来，心里合计着邵望天肯定是做不得这里的主，姓胡才是这里真正的主，这是人家姓胡的地盘，自己怎么说也是远来的客，客随主便是德行，主随客意那叫不懂事，在江湖上混了这么久，郑连长还是清楚这些江湖规矩的。

小个子胡队长拱了拱手，滴溜溜的眼神透着狡诈。

“郑连长远来是客，咱们都是为了消灭共产党游击队，就不讲客套了，坐在哪不重要，重要的是咱们兄弟要合起力来。对了，我们王司令说了，贵部能来就是我们保安队的荣幸，王司令吩咐我们一定要全力配合。郑连长，你看咱们是现在行动，还是等吃了午饭再走？”

郑连长是个地道的兵油子，他当然听得出胡队长的话外之音。

“胡队长客气了，兄弟我这次奉上峰命令，是来配合你们保安队的，既然是协同作战，咱们先把话挑明了说吧，这次当然你们为主、我们协同，不知道我说的对还是不对呢？”

郑连长的眼光扫来时，胡队长马上端起了茶碗，低头吹着飘在茶碗上的茶叶，没有接话。

场面立刻冷清起来。

邵望天有点坐不住了，起身走到两人的桌前，分别拱手作揖。

“我说二位，咱这次就是要消灭共产党游击队，咱还分什么主不主的，大家一块干不就完了吗？”

胡队长慢悠悠地放下茶碗，眯起的眼睛和咧开的嘴巴快成一个圆圈了。

“邵老爷对军务是有所不知的，这打仗必须要分清主次啊，王司令说了这次全都要仰仗郑连长的，所以你看，王司令这么命令，咱也不敢抗令不是？”

胡队长说完，冲邵望天扬了一下下巴。

听得出来，两个人都不想打头阵，都想往后缩。邵望天哪里知道这里面的猫腻，尴尬地看着二人。

“得，咱们谁也别争抢这个头功，胡队长你先说说你们掌握的游击队的情况，咱们分析分析再定谁当先锋也不迟。”

郑连长硬是把主次之争说成了头功的抢夺，确实是棋高一步。他这么说着，看似很爽快的退让了一步。

胡队长便把上次一个保安小队在沭河边遇到伏击的事讲了一遍，还特意在游击队的人数说成了 100 多人。

“你这些事有人作证吗？”

郑连长突然问了一句。

“有啊，当时有几个兄弟好不容易逃了回来，还有当时的队副叫麻子，受伤后被那里的阮四爷救了，还给送了回来。”

胡队长有些关键地分辩着。

“这两天的情况呢？”

郑连长还是不放心地问。

“放心吧，这段时间我一直派人在那里盯着呢。但是一直没有发现游击队的行踪，估计十有八九是怕报复，早就逃得远远的了。”

胡队长的分析里揣测的成分特别多，他确实派出了人员，但是这些人从来不敢渡过沭河，只是在河边转一转，再干些偷鸡摸狗的勾当罢了。

“那咱们下午随着散集的人一块走，到时候你让你的手下在河边等着，给我的人带路。”

郑连长的话很简单，胡队长也没法再反驳了。

郑连长的兵在保安队的队部里吃了午饭，胡队长根本就没安排伙夫加菜，那天甚至还不如平时的饭菜好。

下午还不到二点，就散集了。

郑连长带的100多号兵整齐地列队走着，相比之下，保安队的40多口子根本就没有队形，他们松松垮垮地走在后面，满脸都是不服气的样子，嘴里还不停地嘟哝着什么。

下午4点多钟，快到沭河边了，郑连长的100多人呈搜索队形展开，一看就是有些战斗素养的。

而保安队的一群人则是乱哄哄的，一会聚成一堆，一会又是南边一个、北边两个的。

在河堤上，胡队长派出的两个眼线出现了，他们大大咧咧地指着并不宽的沭河，大声地向胡队长汇报着：

“俺们都来了好些天了，根本就没有发现游击队。就是有，他们见到咱们今天这个架势，也早就吓跑了。”

两人根本就不敢说他们从来没有过河去看过，基本上是在胡编乱造。

估计两队中都有人听到这些话了，他们没有在两个头目下达命令就竞相着奔河面上的一座窄窄的小木桥而去。看来，他们都想渡河去，都想抢占这个剿共的头功。

新村里，家家户户都紧闭着大门，两队人马过河后，挨家踹门搜查着，一时间弄得满村鸡飞狗跳、摔盆砸碗，哭叫声不断。

一个可疑的人都没有查到，村里的人却被打伤了好几个。

新村东面便是小村，保安队曾经在那里被武工队伏击过。远远望去，小村里连个人影也没有。

郑连长还是不放心，命令他的兵向小村齐射。

“嘭，嘭，嘭……”

子弹在空旷的田野时划过，连声音都是沉闷的。子弹打在小村破旧房屋的墙上，炸起了一团团尘土。

“停止射击！”

郑连长厉声命令着，枪声戛然而止。

“他妈的，肯定是空的！你们几个上去看看，没有动静咱们就撤了！”

他随手一指，十几个兵马上向小村跑步前进。

保安中队的那帮人虽然被枪声震的还没有缓过神来，可是一看当兵的往前冲了，他们也一窝蜂似的冲了过去。

房顶上苫的草也在春寒料峭的微风中一根根地飘转着、掉落着，小村里的房舍好像更破旧了。

连续几个宅院都空无一人。

突然，“轰、轰、轰”几声巨响，跟着便传来了鬼哭狼嚎似的嚎叫声、呻吟声，小村的上空绽开了几团黑云。

是地雷！

郑连长毕竟是军人，他马上判断出这是地雷的爆炸声。

他随后集合起队伍，分三路包抄了过来。

炸死了两个，十几个被炸伤倒地，郑连长认真地查看过之后，在心里长长地舒了一口气，因为他的兵只有 4 个被炸伤的，其余的全部都是保安中队的人。

“游击队应该就在附近，没有跑远，妈的，给我追！”

郑连长抽出手枪，把枪一挥，命令着他的兵们出村追击。有人死了，胡队长也醒过神来了，他知道自己不整出点动静，也难以向上司交代的，于是他也掏出枪，命令着剩下的队员们一起出村追击。

再说白塔街。

没错，麦田里是父亲和他的武工队队员。

晌午时分，他们便三三两两地来到了白塔街的各个道口、胡同口，为了不引起村里人的注意，他们刻意回避着路上走着的每一个人。

村子后面的小树林里，父亲正在和队上的几个骨干商量着。

“小五，你去看看邵望天在家不？如果他在家，你就发个信号，咱们按原计划绑了他！记住大家行动一定要迅速，决不能引起那些国民党兵的觉察，否则会有不测。”

早上的观察，已经让父亲的心里觉得计划有欠妥之处，因为他没想到这些国民党兵动了一半留下了一半，国民党兵的这种调动无形之中增加了这次行动的难度。

小五行动敏捷，很快便来到了邵地主家门口。

敲门，点头哈腰，小五也是块天生演戏的料。

十几分钟过去了，小五的信号还是没有发出来。

父亲的眉头收紧了。重新回到小树林，小五汇报着：

“邵地主家里人说他昨天去了镇上，没说什么时候回来。”

“那他今天会不会回来？”

“他家里没说，只说有事可以去镇子上去找他。但又没有说明白去哪里找。”

“队长，那咱们怎么办？”

几个人都看着父亲。

父亲皱着眉头想了想，说：

“看来这次的行动必须得取消，咱们只能再找机会才能抓到这个地主了。”

小五可不这么想，他看着父亲，眼神有点像等着被先生叫起来回答问题的学生一样。

小五的举动惹得父亲笑了笑，他摸了摸小五的脑袋说：

“你小子有啥话别藏着掖着的，说吧，让大家听听你有什么高见？”

“对啊，五子，赶紧说吧！”

“说说，五子，让咱听听你有啥想法，难不成你想自己个把这个邵地主给绑了？”

“哎呀，不是，队长，我只是想着这些国民党兵走了一半，他们肯定会中咱们的地雷连环阵，那他们一时半会就回不来的，就算他们今天能回来，也得是半夜了。咱们既然逮不到邵地主，怎么就不可以在这些国民党兵回来的路上再给他们埋点地雷呢？好让他们长长记性，让他们知道跟咱们作对是没有好下场的。”

小五子的点子引起了大家的兴趣，父亲高兴地拍了拍小五子的肩膀说：

“咱们的小五子长大了，再过几年这小子打仗一定是个厉害的角。”

“嗯，指定是，这小子有这个聪明劲！”

几个人也随口附和着。

“可是，队长，咱们这次出来也没有带地雷啊，没有地雷咋布地雷阵？”

“是啊，队长，这伙国民党兵虽说住在村头，但进出都是村子里这一条路，咱们就算能埋雷也不能埋在村子里啊，这会误伤老百姓的。”

大家又提出了好些个问题，父亲一时也没有更好的办法。

“这样，咱们还是按小五的点子办，但是怎么办要好好设计一下，大家都回去跟各自的小组商量一下，咱们一个小时后再回来集中。”

父亲的意思是发动大家想办法，他要把全体队员的积极性都激发出来。

时间过得很快，父亲和几名骨干又集中在树林里。

“队长，俺们小组提出一条好计，咱们不是没有地雷吗，但咱们有手雷啊，咱们把几个手雷连在一起当成地雷也行啊，这样威力还大呢！”

“队长，俺们小组觉得这些必须给邵地主一点厉害，咱们可以趁着天黑到他家里去，让他老婆拿钱出来，再留下话好好地警告警告他！”

“队长，俺们觉得，咱们可以在晚上的时候集中向国民党兵住的房子开上几枪，能打死一个两个的最好，打不死他们也会把他们引出来，只要他们出来，就能中咱们的地雷阵。当然，咱们打完枪一定要向相反的方向跑，要赶紧脱身。”

所有这些都是父亲事先没有想过的，这应该算是第一次与国民党的正规军正式交手，所以父亲不得不慎重，他同意了大部分的意见，但不同意必须等到之前出去的国民党兵都回来再动手，因为刚刚经历过地雷阵的那些国民党兵肯定是惊弓之鸟，稍微有一点动静都会惊扰他们，进而会使所有的计划泡汤，所以必须要赶在出去的国民党兵回来之前就行动，这样才能避免受到两面夹击的危险。

射击的方向选择由河岸向驻扎国民党兵的院子射击，然后沿河岸急速向南北两个方向移动，超出步枪射程500米后，也就是2000米以外，再分别向东疾进，汇合地点设在白塔等东北20多里处的王疃村，那里是老根据地，适合队伍短期休整。

作战时间定在入夜之后，同时往国民党兵回来的必经之路上派出警戒哨，以备不测。

全队分成三个小组：一组负责在国民党驻扎的院落与河堤之间埋设手雷，二组负责警告邵地主家，三组负责诱敌射击。

父亲不容分说地选择了诱敌射击的任务，小五被安排进了负责警告邵地主家那组，他要求小五在战斗打响后的十分钟内解决问题。

队员们携带的手雷全部集中到了一起，武工队上多数队员都已经是玩地雷的行家了，所以侍弄这些手雷也是轻松的。

一切准备就绪。

天很快黑了下来，田野里原本刮起的小北风也停了。

又过了一个时辰，国民党驻扎的几所院子也安静了下来，屋里的灯也熄灭了，但是还有偶尔几个兵冲到房子外面对着田地撒尿。

布雷组潜入了指定区域，地雷很快埋设好了，父亲命令他们即刻向王疃撤去。

这天夜里黑得出奇，真的是“伸手不见五指”的。

又等了半个时辰，一切都安静了下来。

父亲低声命令着身旁的队员们：

“打！”

子弹拖着曳光打向那几所房子，在静静地黑夜里发出吓人的声响。

很快，院子里有枪声传出，但是没有人员出现在院子里。

“再打，一定要把他们逼出来！”

枪声又密集地响起。

院子里开始有人出现了。

“继续打，同志们跟我一起喊‘冲啊，缴枪不杀’！”

于是，除了枪声，还有阵阵的喊声。

院子里的国民党兵开始向院外逃去了，这时在街里也有枪火射向院子。

“难道是之前的国民党兵回来了？”

父亲心头一惊，赶紧命令着：

“同志们，咱们边打边撤！”

对面街上射向这几处院落的枪火更密集了。

终于，有地雷炸响了，一颗、两颗、三颗，随着地雷的巨响，枪声也停了下来。

十多分钟过后，地雷又重新响起，地雷的火光映着黑夜一亮一亮的。

父亲他们停下了脚步，回头看了看身后不断腾起的火光，转身继续行进着。

第二十一章

精打细算

驻白塔街的国民党连队还是训练有素的，他们的反击很有章法。要不是街口打来的那一阵密集的子弹，他们很可能会先退到村口，用火力封锁住所有的路口，试探出对方的火力的强弱之后，再采取措施将对方包围起来。如果真是这样的话，后果将不堪设想。

街口的枪声一度非常密集，所以就让国民党连队的指挥员产生了一种错觉：“河岸是佯攻，街口才是真打”，于是，这才临时改变突击方向，改向河岸冲击。因为驻扎日子长了一些，这些国民党军人都熟悉周边的地形，据守河岸，虽是背水一战，但尚不至于腹背受敌。另外郑连长带走的 100 多人本来说晚上回来的，如果他们回来了，就可以实施两面夹攻，一举扭转所有的不利局势。

只要国民党兵们往河岸突击，就肯定会闯进武工队精心布设的地雷阵之中，必有死伤无疑了。

是“魔高一尺、道高一丈”，还是“得道多助，失道寡助”？答案总是在不经意间，随着时间的流逝而清晰。

当晚，这支国民党小部队受损规模之大，超出了所有人的想象，被击毙、炸死了 5 人，其中还有一名副连长和两名排长，受伤 12 人，战斗力顿时打了折扣。

话说回来，为什么郑连长带走的 100 多人没有回来呢?

原来，自从他们在小村被炸之后，郑连长执拗地认为：游击队的人数一定不多，游击队在得手之后，只有向东走才能逃出。于是，盛怒之下，他带着队伍继续向东追击。

天已经完全黑了，远处的树林里不时传来让人毛骨悚然的怪声。

再向东，路面变得更加坑洼不平，有人摔倒了，被人扶起来后竟然浑身发抖起来，指着不远处田野上空飘浮着的一小团蓝火，用尽了力气般地颤抖着，嘴里还不停地念叨着：

“鬼火，鬼火，鬼啊，鬼！”

郑连长走到近前，扬手便是一记耳光，恶狠狠地骂着：

“你他娘的再敢扰乱我军心，小心我枪毙了你！”

但是，这种害怕情绪会蔓延，郑连长这么一喊，更是让队伍里的害怕情绪加重了许多。

向东追出了十几里地了，连个人影都没有见到，自己的队伍还在黑夜里像失了魂一样。

如果在这种情况下遭遇到游击队的伏击，那必定是兵败如山倒的，不能再向前追了。

他命令传令兵即刻去找胡队长前来商量。

过了一会，传令兵气喘吁吁地跑了过来：

“报告连长，保安队的人早就没影了，咱们的人说刚出了那个村子不长时间，就看见胡队长带着保安队的人往回跑了。”

郑连长心里更是气不打一处来了，他思前想后，喝止住了队伍，命令后队变前队，掉头返回。

没想到命令一下，所有当兵的都像脚底板抹了油一样，一溜烟地往回跑着，速度比刚才快了好几倍。

西渡沭河后，所有的国民党兵都躺在河堤上喘着气，因为这里是他们认为的安全区域。

过了半个多小时，郑连长才赶过来。

“传令兵，带几个人去村子里找点吃的去，他娘的，咱们回去跟这姓胡的算账！”

白天里响声不断，晚上又是黑灯瞎火的，村里的老百姓自然是害怕的，所以任这些当兵的怎么敲门也是没人敢应、没人敢开门的。

无巧真的就不成书了。传令兵一行几个来到了一家有着两扇大门的宅院，还没有敲门，门竟然从里面打开了，里面走出来了几个人，挑着灯笼，照着门口的地面。

几乎与传令兵他们碰了个当面，双方不约而同地都骂了起来。

把灯笼挑高一些，双方又都惊愕起来。

对方是胡队长和保安队的几个人。

看见只有几个当兵的，胡队长脸色一横，

“你们想干什么，不知道这是阮四爷的家吗，怎么什么地方都敢胡来？真是有人生没人教的玩意！”

这些又累又饿的国民党兵哪受得了这种辱骂，个个面露凶钯地举起了枪，“哗啦”“哗啦”，全都把子弹推上了膛。

“呵呵，给爷爷玩真的，你们以为我胡某人真怕你们不成，白天是给姓郑的面子，现在可不由不得你们！”

胡队长不知道郑连长他们此刻就在河堤呢，他还以为这几个是逃兵呢。

胡队长的话音刚落，旁边几个保安队的人也齐刷刷地举起了枪，黑洞洞的枪口直指双方。

双方对峙起来，随时都有擦枪走火的可能。

传令兵是个机灵鬼，就在这当空，他一溜烟地跑去找郑连长报告去了。

“谁口气这么大，敢骂我的兵啊？”

郑连长阴阳怪气地走上前来。

“哟，是郑连长啊，你不是去追游击队了吗？”

郑连长的出现让胡队长吓了一跳，而且跟在郑连长身后的是一大片国民党兵，但他还是很快地反应了过来，脸上堆满了笑容。

“啊，是胡队长啊。哎，咱们不是一块去追的游击队吗，你老兄怎么出现了这里了？难不成你根本就没去，还是你中途就回来了？”

郑连长没直接说出“逃兵”二字，还是给姓胡的留了点面子的。

不知道姓胡的是没听懂还是根本不领情，反唇相讥道：

“郑连长这几名手下可是正经八百的逃兵，这不正准备闹事呢！”

胡队长指了指眼前用枪口指着自己的几个当兵的。

“噢，是吗？”

郑连长用手扒拉着几支枪的枪口。

“连长，他血口喷人！”

“连长，他冤枉咱们！”

几个当兵的纷纷向郑连长抱怨着。

“几个臭当兵的，想当逃兵，还想动粗，还委屈你们了不成？”

突然，胡队长旁边的一个保安队员蹦出了这么一句话。

郑连长走近，“啪、啪”，扬手连着两记耳光，声音响的很。

“你知不知道，大人说话小孩子不可能插嘴啊？还有，老子也是当兵的，来，你闻一闻，老子身上哪里臭了？”

那个保安队员用手捂着脸低下了头，大气也不敢喘一声。

要想双方真动起手来，保安队的几十号人肯定不是郑连长他们的对手，好汉不吃眼前亏，胡队长急忙赔着笑脸：

“郑连长，郑老兄，误会了误会了，咱们是一家人哪，小的们有对不住的地方，我代他们给老兄和众位兄弟赔罪了，赔罪了！”

“哎，还是胡队长会说人话！可是兄弟我怎么觉得有点受不起呢，是不是咱们这100多号兄弟忙活到现在，有点白忙活了？回头上峰问起来，看来我也有的解释了。”

郑连长就是典型的兵痞子、滚刀肉，你横他更横。

“哪里的话，郑老兄一出手，游击队就逃的没影了，郑老兄这是功高盖世啊！”

胡队长继续奉承着，他不敢明面上撕破脸皮，心里已经恨得咬牙切齿的了。

“是吗？敢问胡队长，什么叫我一出手这游击队就没影了，你的意思是说我和游击队有联系吧？对了，我是和游击队有联系的，不然就不会死伤这么多兄弟了，对不对，胡队长？”

冤家宜解不宜结，双方本来都窝了一肚子的火，也都各怀鬼胎，用刺激的言语一呛，这个怨算是真真地结下了。

“郑连长，你别欺人太甚了！你私下调动军队，不但没有抓到共党，还让损失了弟兄，我看你的上峰这一关，你也不好过吧。别忘了，你可拿了王司令的银子，我们王司令也不是吃素的！”

胡队长终于心口合一了。

“好啊，好啊，这话啊就得挑明了讲才够劲。姓胡的，老子让你看看这是什么？”

说着，郑连长从口袋里掏出一张叠着的纸，打开，举到了胡队长面前。

“作训命令？”

“告诉你，姓胡的，老子今天是按照上峰命令，执行正常作训，作训有伤亡是正常的事情。既然你敢怀疑到老子的头上，那也别怪我手下无情了。来人，都给我绑了！”

这些国民党兵都是在战场上滚过来的，属于刀口舔血之徒，打群架下手更狠。

胡队长和他的保安队一行十几个人，就这么眼睁睁地被绑了起来，哀求、嚎叫、后悔、求饶，都无济于事。

郑连长踹开大门，迈步走了进去。

“这是谁家啊，这么排场？”

堂屋里的酒席还没有撤掉，酒桌上的盘碗里还有残羹剩汁，两坛开了封的酒还飘着酒香。

“长官，这是寒舍，小的姓阮。”

发生争吵时，阮四爷就站在院内的大门后，一直没敢露面。

郑连长进屋后，他立即小心翼翼地跟在后面。

郑连长回头看了看阮四爷，没好气地说：

“你就是之前救保安队的人的那个什么四爷？”

阮四爷一直弯着腰，听到发问，即刻拱手回答：

“是，小的是阮四，长官你多关照！”

“我可关照不了你，你让姓胡的关照你吧。对了，你摆这一桌子的好酒好菜时，还不知道有我这号人吧？”

“长官，小的多有得罪，小的这就给长官炒几个小菜，你看这么多弟兄们也都没吃饭吧，要不都叫过来一起吧？”

阮四的话是绵里藏针，要是你郑连长一个人吃，那你的手下就会眼馋，要是所有人一起吃饭，那做大锅饭就容易多了，这等于把球不痛不痒地踢回给了郑连长。

“我这么多兄弟也确实都饿了，有劳阮四爷破费，给兄弟们做点好吃的，俺们也不讨扰阮四爷，兄弟们一起就在这门口吃了！”

没想到，郑连长这会儿是软硬不吃了。

阮四爷这才感觉到这个郑连长的厉害，不敢再跟他斗心眼了，赶紧吩咐家人生火炒菜。

过了一会，阮四爷家将炖好的一大盆鸡、一大盆猪肉白菜粉条，还有一大盆的辣椒炒鸡蛋，一捆大葱、两坛子大酱都抬了出来，还搬出了两大摞煎饼。

这些当兵的平时可是吃不到这么多好东西的，所以风卷残云，不消一盏茶的工夫，已经全部清空了。

站在一旁伺候着的阮四爷一家都看傻了眼，这些东西够他们半年吃了的。

吃饱喝足了，郑连长发话了：

“多谢阮老爷了，不过今天的事，还要辛苦阮老爷跟咱走一趟。你可是个证人，少了你咋行呢？”

“长官，要让俺去哪啊？”

“去哪，去了你就知道了！”

郑连长知道邵望天还在镇上的保安队的队部等着呢，他要找邵望天好好算算账。还有这么多保安队的家伙，自己带回去也不是那么回事，不如顺便把他们押回去，关在他们保安队自己的地方里，然后再想办法处理此事，那才过瘾。

郑连长知道这些被绑的保安队的人就是自己手里的砝码，是向王洪九加价要钱的砝码。

郑连长不知道的是，他这等同于和杀人魔鬼王洪九结下了不解之仇。

父亲当天派出去跟踪郑连长的两个人，一直跟着郑连长他们回到镇上的保安队队部，俩人这才悄悄地离开，目的地当然也是王疃村。

打日本鬼子的时候，父亲就和王疃村的老陈并肩工作过，他俩当时都在包书记的领导下从事着地下情报工作。日本鬼子投降后，老陈回到了王疃村担任了村支书，期间两人在区委还见过一次面。

父亲选择在王疃村汇合的原因，一是因为老陈在村子里，有什么事他都会想办法帮着解决，另一方面也是因为王疃村的农救会、民兵队、妇救会在全区都是叫得响的，一个人口并不多的小村子，多年来参加的人数已高达三、四十人，这还不算参加县区地方武装组织的人员，以及他们本身的民兵队，所以这个村绝对是共产党、武工队的根据地和堡垒村。

几路人马都聚集齐时，已经过了半夜。老陈领着村里新任的鹿支书、民兵队已经为大家熬好了粥。

小五子一队回来得最迟，有两名队员挂了彩，都伤在了胳膊上。

父亲把小五子叫到了旁边，详细地问着情况。

原来在晚上的战斗中，小五子他们在地主邵望天家的行动很顺利。他们一进屋，便没有费劲地在堂屋的条案下发现了一口箱子，里面装着邵望天准备送给郑连长他们的600块大洋，邵望天的老婆和几个家丁吓得没敢反抗，小五子他们还顺势缴了邵望天家丁们的七八条枪。

按计划，小五子他们要马上撤离的。但是，河岸边的几阵枪声，让他们感觉到可能父亲那边遇到了一些麻烦，于是他们简单商量后，马上投入了战斗。

他们当时的想法很简单，就是要把敌人的火力吸引过来，以减少河岸方向的压力。没想到，他们的这种误打误撞，无形之中帮了大忙，同时也把敌人逼进了雷区。

在交火时，敌人的火力也是比较猛的，他们用机关机不停地扫射，就这样两名队员挂了彩。

父亲这才明白，正是有队员们以命相搏，他们小队才得以全身而退，于是那些本来想好了的批评的话也悄悄地咽了回去。

但是，小五说的另外一件事，引起了父亲的注意。

小五子说：

“俺几个在白塔街邵地主家时，那里面有个家丁好像面熟，但俺一时记不起来他到底是谁了？”

这段时间以来武工队的行动都非常顺利，其根本原因还是在于对手根本不知道这都是武工队干的，也就是说武工队一直在暗，行动也多是出其不意，都是在对手措手不及的情况下发起的突然行动，这是目前武工队最大的优势。而不管是国民党兵还是还乡团，他们到现在都还蒙在鼓里，不知道对手是谁。

父亲突然想起两天前从白塔街侦察回到镇里的油坊时，艾老大对自己说的话了。

那天晚上艾老大说过：

“越是在得意的时候，就容易出现失误。”

小五子说的这点不应该算作是失误，而是大意，而且这应该是自己这个指挥员事先所应该考虑到的。

安置好了两名伤员之后，老陈和鹿书记走过来坐在父亲的身边，父亲也把队里的几名骨干喊了过来。因为父亲了解老陈，他也想就下步的打算，让老陈给参谋参谋，听听老陈的意见。

“队长，你事先也不打个招呼，你看你们来得这么急，我们也没个准备，都没什么好东西招待你们。”

鹿书记跟父亲不熟，所以说话特别客气。

“你这是不了解他，他啊，要是跟你打招呼了，那他就不是武工队的队长了。”

老陈用烟袋锅子指了指父亲，笑着回答着鹿书记。

“陈老哥，你别取笑我了，这大晚上的来折腾你，实在是有点不好意思呢。”

父亲的话，在鹿书记听来，好像全是客套话，于是他赶紧摆了摆手，着急地说：

“队长，可别这么说，你这么说就见外了。”

老陈哈哈笑着，接过话来：

“你这家伙，你看你把人家小鹿弄得多不好意思。行了，你也别跟我打哈哈了，你这是无事不登三宝殿。说说吧，这大晚上的，你又弄出来啥动静了？”

父亲冲老陈扮了个鬼脸，也乐了。

“真是啥事也瞒不过你小诸葛啊！”

“小诸葛，谁是小诸葛？”

鹿书记听得一头雾水。

“他喽，你不知道他老陈是小诸葛啊，你看他足智多谋的长相，再听他慢条斯理的讲话，还有他头头是道的分析，他不是小诸葛是啥？”

“行了，别说我了，他这个李大胆也不简单哩。”陈书记笑着对鹿书记说。

“你们俩人谈的都像天书一样，俺听不懂。老书记，能不能讲得详细一点，让我长长见识。”

陈书记笑了笑，拿着烟袋，长长的嘬了一口，慢悠悠地对着父亲问道：

“你撂电灯吓唬鬼子那次是前年，还是大前年来的？”

“哎呀，那有啥好说的。”

父亲用巴掌有空中扇着陈书记吐出来的烟。

“快说，要不我让你多吸两口。”

说着，陈书记朝着父亲的脸上吐出了一口长长的烟。

“好好好，我说我说，那是1944年秋天的事。你说这烟这么呛人，你咋还抽得这么上瘾呢？”

父亲说完，赶紧起身走到门口，紧着吸了几口新鲜的空气。

“哈哈哈，谁让你不干脆点呢。他啊，那个时候还在给包书记当警卫员，有一次也不知道包书记给他安排了什么任务，反正他就带着四五个人就出去了，一出去就好几天。他们干完活要回驻地去，那个时候镇上的鬼子和汉奸封锁得非常严，白天没办法通过镇子。于是到了晚上，他们几个就住在了镇子西边的一个场屋（农民夏秋收获粮食时，用来晒粮、脱粒的平地叫场，在场边一般建有场屋，用来放置一些大型家具，也兼有守卫防盗之功能）里。没想到，到了半夜，他们被一伙子伪军给围住了。你想，他们这些人都是特别灵性人的，睡觉的时候警惕性也特别高，听到动静，马上就做好了战斗准备。”

陈书记说话的时候，父亲还站在门口，既没有插话，也没有了任何声响。

陈书记这时拿着长烟袋杆指了指父亲，对着鹿书记继续说：

“那个时候，他最机灵了。他一看人家人多，硬打肯定要吃亏，就动起了计谋，他就把手里有的手电灯突然打着了，猛地扔向了包围过来的汉奸们。那些汉奸都是些贪生怕死的，你想啊，这个手电灯打着了扔过来，谁都以为是手榴弹吧，于是汉奸们都趴下了。趁着这个档空，他们几个人冲出了包围圈。”

“是吧，李大胆，当时是不是这个样的？哎，对了，你以前那支三八大盖是不是也是在那次缴获的？来来来，你来说说，快！”

陈书记对着父亲喊了一声。

“这有啥好讲的？”

父亲转过身来，嘟哝了一句。

“快讲吧，你还拿起架了来，小心我拿烟袋杆子打你。”

说着，陈书记把烟袋杆举在手里，做出了一个要打的架势。

“好好，我说，你这个小诸葛啊。”

父亲从门口走回到陈书记身边，重新坐回到了刚才的小板凳上。

“那次伪军有十几个人，还有三个鬼子。咱不能眼瞅着被他们包饺子吧，他们包围过来的时候，俺几个已经上了房顶了。俺几个在房顶上四下看了看，虽说是天乌黑乌黑的，但是这伙子鬼子伪军并不是从四下里围拢的，而是从东边一个方向压过来的，因为听声音就知道。这样，俺几个就知道该往哪里跑了。我把手电灯打着了一扔，俺几个跳下来撒腿就往南跑。都跑出二里地了，发现后面没有人追，也没有枪声，我就估计这伙子人肯定也是害怕。所以，俺几个就悄悄地摸回到那间场屋，四周一个人也没有，听声音他们全往西边追去了。

俺几个悄悄地围着场屋转了一圈，没想到正碰上一个鬼子屋后拉屎，手里还拿着个手电灯，一亮一灭的。其实，那会回去也是想找回我的手电灯的。

看着四周没人，这个小鬼子还跑的了吗？所以咱就顺便缴获了一支三八大盖。你们猜怎么着，这小鬼子拉屎时玩的手电灯就是我的那个手电灯。所以我这个恶心啊，怎么都觉得这个手电灯上有小鬼子的屎味，一回到驻地，我就把手电灯交回去了。”

父亲说着，象征性地闻了闻手指头，蹙着鼻子，然后又点了点身旁陈书记的烟袋杆，一本正经地说：

“跟这个味差不多。”

一句话，惹得陈书记连吐了好几口唾沫。

父亲大笑着。

“行了，行了，别一天到晚就知道拿我开心，赶紧讲正事吧！”

老陈对父亲的话看来还是很受用的，他并没有反驳什么。

“对，讲正事，正好你这个小诸葛也给我当一回军师，给咱分析分析下步这棋该怎么下！”

父亲收敛起笑容，一五一十地把这几天的情况向老陈和鹿书记讲了一遍。

鹿书记年轻,应该是没经历过战斗的,所以他听得有些目瞪口呆了。老陈很平静，低头沉思了一会，抬起头问着父亲：

“你们在小村布雷的时候，有没有被别人发现？”

“没有，我在四周到布置了暗哨，没有发现啥不对劲的地方。”

“那你把那个麻子放在阮地主家门口时，有没有被别人发现？”

“没有，天那么黑，肯定看不见的。”

“还有，你们这么多人挤在白塔街，你敢保证没人发现你们？”

“我们确实很警惕,估计就算有人看到也不会猜到我们是干啥的。但是刚才小五子说他们在邵地主家时，遇到了一个面熟的人，只是不记得对方叫啥，也不记得在哪见过。”

老陈听后，猛嘬了几口旱烟，然后把烟袋锅在鞋底上磕了磕，像是在自言自语：

“就怕对方已经认出了你们，只是当场不敢讲罢了。如果他认出了你们，很有可能会被这伙子国民党兵知道。你想啊，这伙国民党兵虽然是分了两路，但是每一路都中了你的圈套，还损兵折将的，他首先要拿邵地主开刀。邵地主知道家里被劫了大洋，就会逼问家丁。如果这么串起来的话，那国民党兵、还乡团、邵地主都会知道是你们武工队所为。邵地主没什么大不了的，成不了什么气候。这其中最难对付的就是这伙子国民党兵了，他们的武器好，当兵的又都经过训练，一对一的打,咱们暂时还不是他们的对手,所以下步应该主要防着他们,不能让他们发现咱们，同时还要做好准备，如果被他们发现了，那就要在咱们熟悉的地方招呼他们！”

“我还想，最近再收拾收拾这个地主邵望天呢！”

父亲知道老陈分析的在理，但他还是忍不住说了一句。

“近期还是以隐蔽为好，先别主动去招惹他。既然赚了这么多便宜了，也该歇一歇的，就像做生意，哪有只赚不赔的？所以必须要小心行事。”

老陈又点上了一锅旱烟。

“不过，不能让这帮还乡团就这么明目张胆地天天东渡沭河，时间长了，咱们的县委、区委、家属都会受到影响的。”

在这一点上，父亲说得非常坚定。

“没错，我也在考虑这个问题。不能让他们这么轻易地来来回回过河，必须想个办法，让他们不敢过河。”

老陈点了点头，他赞同父亲的说法。

“这两天我一直琢磨着怎么把这些还乡团的腿给掐断了。还乡团在各乡各镇这么嚣张靠的是什么，一是国民党的军队撑腰，二是它在各个乡镇的爪牙，这些爪牙就是各地的地主和他们的家丁们。所以得想办法先把它的这些爪牙一个一个地敲掉，还乡团就会成为光杆司令，那这样还乡团就既收集不到咱们的情报，也就没有了可以利用的狗腿子了。到时候，再想办法收拾他们就顺理成章了。”

看出来，父亲是深思熟虑过了的，他说得不急不躁。

“我们这次在白塔街行动，最开始的目的是想趁这伙子国民党兵去沭河边的时候，端了他们的老窝，再顺便把姓邵的抓来。我一直觉得这个姓邵的不是一个简简单单的地主，按理说，他没有那么大的能量去调动国民党的两个连队和还乡团保安中队的，除非王洪九给了他什么特别的指令，要不就是王洪九封了他一个不小的官，是个可以调动乡镇还乡团保安中队的官。对，肯定是这样的，肯定是他当的这个官能够调动得了镇里的还乡团保安中队！这样这一串事情就解释得合理了，不然，是怎么也说不通的。”

老陈听得很认真，这时他插话说：

“你们抓姓邵的没问题，但是去招惹这些国民党兵就有点莽撞了。还有啊，要把地主和他们的家丁区分开，不能一棍子全打死了，是不是可以在这些家丁中挑选一下，要是能发展几个敢给咱干活的人，那不是更好嘛！”

两人是在并肩战斗中培养出来的友谊，所以彼此间说话不用藏着掖着，都是有啥说啥。

“现在冷静下来想想，我也觉得打国民党连队有些莽撞了，打了就打了吧，咱也没吃啥亏。你说的对，咱们不光是在这些家丁中，还要在还乡团的保安队里发展能给咱们干活的人，就像咱俩当年把日本鬼子据点里的伙夫给争取过来一个道理。”

听了父亲的这句话，老陈点了点头，他知道他俩之间的默契还在，他也用坚定的语气说：

“那就得想办法今天打他这里，明天戳他那里，让还乡团保安队管头顾不了腚，让他们疲于奔命，没有空去沭河边上转悠。”

“嗯，这点我也想到了。我想今后所有的战斗都要放在沭河以东进行，而且所有的行动都必须在夜间进行，充分利用咱们熟悉地形的长处，打得他们团团转，咱们也学学人家野战部队，大胆穿插，迂回包抄。”

父亲边说，边将右手像蛇一样的游动着，故意用手指尖碰了碰老陈的鼻子。

“你这个没正形的，就知道拿我开心！”

老陈举起烟袋杆，佯装要打父亲的胳膊，没承想被父亲一把拽了过去，他也学着老陈的样子将烟袋锅里装满烟，然后问老陈要过洋火（火柴）点着，使劲抽了两口。

因为从来没有抽过烟，所以这两口烟让他剧烈地咳嗽起来，于他他把烟袋杆赶紧还给了老陈，有点上气不接下气地说：

“这么难抽，你咋抽下的呢？”

老陈用烟袋锅指着父亲哈哈大笑，说：

“也有你不适应的东西吧，这叫‘盐卤点豆腐，一物降一物’！好了，说正事，我觉得你的想法靠谱，也可行。有一点你想过没有，就是你们每次行动的时候，是不是要保留一部分人在沭河以东的根据地里？你要是放心我，把一部分人放在我这时也行。”

父亲用力地揉着被烟熏过的眼睛，努力地睁着。他一直静静地听着老陈的话，打了个呵欠之后，他坐在那儿睡着了。

第二十二章

悬赏通告

在王疃休养了两天，父亲率领着武工队再次东渡沭河，一路向东。他还是听从了老陈的意见，跳出国民党军队和还乡团的势力范围，目的是避其锋芒，休整一下队伍。另外还想顺便到山里去看看，因为他知道队员们都惦记着家人呢。

一路很顺，没有遇到意外情况，只是到了家属们安身的那个小山村的山口时，因为没有路条，也对不上口令，他们被当地的民兵给团团围住了。

咋解释也没用。

民兵们个个表情严肃，端着枪严阵以待，既不让前行，也不让后退。

僵持了快一个小时了。

家人们近在咫尺，却不让见面，个别队员开始烦躁起来了。这种情绪传染得非常快，慢慢地全体队员们都在挽袖子撸胳膊的，有点想打架的意思。

父亲当然知道这是绝对不能动手的，可他也是无计可施的，只能反复劝告着大家。

正当父亲他们在一筹莫展之际，一个戴眼镜的清瘦年轻人带着几个人走了过来，径直来到父亲跟前。

“你们是县武工队的？”

“对啊，我们是临沂县爆破武工队。哎，你不是县委的王同志吗，咱们在苍山的时候见过。”

父亲仔细一看，发现对方竟是去年在苍山护送支前运输队时的县委王同志。

王同志扶了扶眼镜，凑近一些，认真地看了看父亲，惊喜地说：

“啊，对对对，咱们见过，你们还缴获过美国的汤姆逊机关枪，对吧？”

“对，上次在护送支前队的路上，是跟一帮土匪交过手的。不过，那两支枪可不能算是我们武工队缴获的，应该是你王同志带领咱们大家一起缴获的。”

这不，两下里所有的细节都对上了，王同志示意那些民兵都放下了枪。

这时，跟王同志一起来的一位背着枪的同志对父亲介绍着：

“这是咱们县刚成立的保卫大队的王政委！”

“啊，王政委好！”

父亲举手敬了个礼，搞得王政委连忙举手回礼说：

“别，别，使不得，我们保卫大队和你们爆破大队都受县委的直接领导，但是你的资历比我老，应该是我向你敬礼才对！”

“哎，什么资历不资历的，你代表县委嘛。正好，我跟你汇报一下我们队的情况。”

父亲爽快地主动伸出手与王政委握着。

“不是汇报，不能是汇报。”

王政委还是一股书生气般地说着。

“对了，队长，你们不是一直都在沂沭河一带吗，上次你们有个队员来向县委汇报，我正好也在现场，所以我多少了解一些你们武工队的情况。但是，你们现在怎么到这里来了？”

王政委对父亲他们的到来还是充满着疑问。

两人就近找了块平坦的地方，父亲简要地把这段时间以来的情况向王政委讲了一下，王政委边听边点着头。

“王政委，我还想到县委去汇报一下呢，不知道县委的几位领导都还老地方不？”

“你们来得真不巧，县委里的几位领导都不在家，有去军分区开会的、有去组织筹粮参军的，估计这几天回不来的。要不这样，我负责向县委领导转述你们的情况，如果县委领导有新的指示，我会派保卫大队的同志去找你们。我看呢，你们还是先去看看家人吧，这么长时间了，都走到这里了，见个面打个招呼也是好的。”

“土政委，你说筹粮参军，是不是又要打大仗了？”

“这个我不敢打保票。但是最近咱们华野部队调动得非常频繁，我估计很快就应该有大仗了。”

“王政委，你就给咱透露点呗，也让咱心中有数。”

一听到有大仗，父亲的劲头好像一下子被点燃了。

“你们在一线战斗，可能不太清楚外部的情况，我们保卫大队基本上都在外围活动，属于保卫县委和各级组织的性质，所以我可能稍微知道这么一点。但是这些也只是我的个人判断，可不能代表县委啊。

对了，我正好也要去看家属们，滨海行署接受了华野后勤部门的一部分纺织任务，大家可以用纺线赚取加工费，这样就可以补贴大家的生活了。”

王政委回答的也干脆起来，看来带过兵和没带过兵对一个人的磨炼还真的不一样。

在战乱时期，省内各个根据地都存在着相同的问题，那么多家属都在忍饥挨饿，县委能给武工队的家属们争取来纺织加工的活，这是一件相当不容易的事情，的确是尽了全力的了。

父亲明白这一点，可是感激的话他却没法说出口，因为他不想让这种感激变得平淡无味，变得冠冕堂皇。他知道只有在战斗中不断地取得胜利，才是对组织关怀的最好报答。

父亲让小五把从白塔街邵地主家里取来的600元大洋交给了王政委，说战利品必须要上交给县委。王政委认认真真地查收了，然后板板正正地给武工队打了一个收条。

见到奶奶时，奶奶和大姑两个人都在小院里纺着线，三叔已经砍柴回来了，坐在旁边歇息，小姑坐在奶奶的身边静静地看着。

见到父亲和小五到来，奶奶她们自然是开心的。

聊了一会天，父亲起身想到锅屋（厨房）里看看，可是大姑却抢先一步堵在了门口。

“哥，锅屋里乱七八糟的，有什么好看的，咱娘还等你拉呱呢！”

大姑的举动，更让父亲疑心了，他轻轻地推开大姑拦在门口的手，进到屋里，打开了锅盖。

一锅稀粥，上面还飘着几片荠菜叶。

父亲拿起锅台上的勺子，沉到锅底后轻轻地舀了一勺上来，满勺只有几粒米。父亲端起勺子尝了尝，好像一点盐也没有。

“这几纺的线还没有卖出去，不过马上就能卖出钱来买盐的。”

大姑有点过意不去得回答着。

父亲转回头心疼地看了一眼大姑，什么也没说。他拿过锅台上的一个陶盆用衣裳擦了擦盆里，解下了自己的干粮袋，把里面的炒面倒了出来，又使劲地抖一抖。这时，小五也解下了自己的干粮袋，将里面的炒面都倒了出来。

这些炒面是王疃村的鹿书记安排村里人专门给武工队炒的，行军打仗带着极为方便，有碗的时候可以用水和成块来吃，没碗的时候也可以直接抓一把放到嘴里，再喝口水呷一下就行了。

两个干粮袋炒面足足倒了大半盆，小五两手捧着盆，将盆递给大姑。

父亲对大姑说：

“这是炒面，已经炒熟了的，这两天可以顶一顶的。”

大姑接过陶盆，小心地端着，眼角里闪着泪花。

“小五，咱们走吧！”

“队长，不和大娘她们再拉一会呱吗？咱们这才待了这么一小会儿，再待会呗？你刚才在村口宣布的可是给大家一个小时时间哪！

“看一眼就行了，咱们一块去看看其他人家都什么情况，走吧！”

父亲知道他们俩再待下去，一会奶奶肯定要留他们吃饭的，所以还是应该早点走为好。

奶奶知道父亲做事总有他的道理的，所以父亲出门时，奶奶也没有拦着，只是大姑她们倚在大门边有些不舍地挥着手。

每家基本上都在艰苦度日，听说了还乡团在老家的各种暴行之后，他们也都庆幸着能够有这么一块安身之地，于是情况反转了过来，大家都纷纷劝着队员们，要放宽心、不要担心、要好好收拾那些还乡团什么的。

一个小时之后，队员们在村口集合，好多家属都赶来相送。

一直到武工队走远了、看不见，他们还站在村口张望着。

天气渐渐地变暖了，田野里的垄沟地头上，小草正在努力地向天空伸展着腰身，地面上的绿开始连成了一片一片，间中偶尔的几朵小黄花，特别像这幅春天画卷中的点睛之笔。

人闲了会发闷，闷久了会憋出毛病。这话说得一点没错，父亲他们走走停停地在沭河以东转了七八天了，队员们都觉得不过瘾，纷纷吵嚷着要回到沭河沿线，伺机渡河打击还乡团。用他们的话说，“天天躲着，不如得空就揍他一顿”。

其实，父亲的心里也盼着呢，只不过因为自己是队长，还是稍稍要克制一下的。既然大家都这么说了，士气这么高昂，那就回呗。

宿营地选在了沭河东岸的小村，在村口安排好警戒哨和流动暗哨，父亲把队里的几名骨干召集了过来。

“这段时间咱们就以小村为营地，在采取各种行动之前，一定要加强敌情侦查。咱们还是要利用好咱们在暗、还乡团在明这个有利形势，一般情况下，咱们昼伏夜出，不能让还乡团这些兔崽子们发现咱们的行踪。如果要采取行动，也要尽量先隐蔽接敌，出其不意地揍他们。我想呢，头几天先派出几个小组到镇上先摸一摸情况，然后咱们再决定从哪块下手，先揍他们哪一部分。大家有什么想法，也都谈一谈。”

“队长，咱们要不要在队里先分下工，如果要行动的时候，就可以拉起队伍就走，简单省事节约时间。”

“我也同意这个主意，但是我觉得还应该加上一条，就是咱们那四支卡宾枪是不是发给大家用一用啊，要不然天天得派人背着，还有那好几箱子子弹，咱们走到哪带到哪，这扛也扛累了啊！”

上次县委来的两名同志奉命来武工队驻地取枪时，小五的精明让大家开了眼，从那之后小五在队上已不被再当成孩子看待了。

当时那两支汤姆逊机关枪和两支卡宾枪是没有办法的事了，必须得上交。但是另外四支卡宾枪是被小五分开藏的，所以没有被发现，也就理所当然地成了武工队的看家宝贝了。

后来小五说，他当时看到院里的猪圈没有养猪，里面堆的也是树枝干草什么的，所以在藏枪和子弹时，就有意地分开来藏的。他还说，本来应该有一支汤姆逊机关枪和这四支卡宾枪放在一起的，但是被区小队的人忽悠的一开心，便拿出来给他们显摆来着。晚上再想把汤姆逊机关枪放回去的时候，总觉得好像有人在背后偷偷地盯着自己，所以就图了个方便，把汤姆逊机关枪放到了墙边的草垛里。再后来，一直没有找到合适的机会把汤姆逊机关枪放回去，再接下来就是区委的人领着县委的人把汤姆逊机关枪当场取走了。

撤退的时候，父亲不知从哪里找来了几个细细长长的麻布口袋，口袋上还缝着背带，这四支卡宾枪就这么被放进口袋里，大家轮流背着到处走,那几箱子弹倒是好说,因为和其他的子弹箱没有太大的区别，所在扛着也不会引人注意的。

前几天在白塔行动的时候，父亲事先曾经闪过是不是用一用这四支枪的念头，但当时他马上劝慰自己，只是抓个地主，用不上这么好的武器的，所以就没有带。事后，他却为没有带卡宾枪有些后悔呢。

既然队员们提意见了，那就用呗。

“这四支枪呢，我和小五每人一支，其余两支作为机动，哪个组行动，由哪个组带上使用。”

对于这个分配方案，个别队员当即表示了反对。

“队长，我反对这样分配。你当队长，本来就有一把驳壳枪了，就不用再带一支卡宾枪了吧！”

“事先说明啊，我拿这把枪并不是我要单独使用，我是想放在我这里也当成机动。说白了吧，大家不是说要在队内分工吗？这个分工是好事，我同意。我想咱们就先分成两个大组和少部分预备人员，每个组都要轮流到一些乡镇、村里去行动。我呢有一把枪，大家在行动的时候就是三把好枪都在一个组里了，你们说对不对？”

父亲绞尽脑汁地给自己用一把卡宾枪找着借口，他心里知道这种做法不是太能服众的。

“你是队长，你说了算。好吧，就算你用一把了，那小五为什么也要给一把？”

“这些枪还是小五子藏下来的，小五子应该有一把！”

其他人几乎是异口同声地说着，提意见的队员也没想到这个说法会让其他人一致反对。他知道再说下去，自己心里渴望分配到一支枪的想法没准就会脱口而出，那会让大家的意见更大，没办法再说下去了，只好就此打住了。

四支卡宾枪就这么分配下去了，父亲没有想到的是，正是这个分配方案让他在几个月后的战斗中充分利用了四支卡宾枪集中在一起的火力优势，才在强攻中撕开了敌人包围圈上的一道口子，率部分队员成功突围。

第二天天擦黑时，派出去的几个小组都回来了，每个小组几乎都带回了一两份临沂保安司令王洪九签署的《悬赏通告》。通告上，父亲、小五等几个人的名字赫然在列，每个人个的名字后面还写着不同价码的赏金。几份通告对同一个人的赏金又不尽相同，说明这些通告并不是在同一个时间发布的，很可能是这几天连续张贴出来的。

在几份通告里，父亲的赏金从最初的200大洋一路长到5000大洋，小五的赏金也从200大洋一直提高到了2000大洋，看来王洪九的还乡团对父亲他们武工队是必欲抓之而后快的。

这应该是一件非常大的事情了，父亲认真地翻看着几份通告，心里不禁细细地琢磨起来。

赏金多少并没有什么具体意义，因为还乡团们要抓住武工队员应该是非常困难的事情。但是，关键问题是通告上父亲、小五等几个人的名字写得清清楚楚，这等于是王洪九、还乡团确切地知道了武工队的存在，这些都会让武工队的今后行动变得更加困难，对武工队而言不能不说是一个巨大的挑战。

通告上小五的赏金比其他人稍高一些，小五在队里既不是队长，也不是组长，为何赏金却高呢？其他的几个组长为什么榜上无名呢？这说明还乡团对武工队的人员构成并不十分清楚。

父亲突然想起前些日子在白塔街的那次行动，小五他们在邵望天家遇到了一个面熟的人，问题极有可能就出在他的身上。

不管怎样，《悬赏通告》等于给武工队提了个醒，也逼着父亲他们不得不重新研究斗争的策略，因为敌明我暗这个护身符已经不起作用了。

重新研究时，有的人直接指明此事的关键人物就是地主邵望天的家丁，发誓要将他绑来问个清楚。

“绑一个家丁容易，但是咱们把他绑来，问清楚了，知道就是他说的了，又能怎么样呢？于事无补，还可能让还乡团和那些地主们的防备增强，咱们反而无从下手。”

父亲说出了他的担忧。

“队长，你这么说倒是提醒我了，估计这通告张贴出来后，还乡团和那些国民党兵四处找过咱们，但是这几天咱们正好在山里面转悠，他们到哪去都会扑空。他们的热度也就那么几天，现在肯定还在挖空心思地想办法打听咱们的动静，那咱们莫不如就放出风去，就说咱们武工队已经东渡沭河转到山里去打游击去了，给还乡团一种印象就是咱们不敢与还乡团正面碰硬，是出去避难的。咱们把这个风专门放给邵地主的家人，让邵地主再去给还乡团送信，这样咱们就可以在半路上瞅准了机会狠狠地再揍他们一顿。”

老张一直非常稳重，向来都是深思熟虑之后才发表意见的。

“嗯，老张的主意好，咱们是不是连邵地主一家一起收拾了？”

大家都发表了自己的意见，有同意的，有不同意的，各有各的理由。

父亲知道这个时候，必须要统一大家的思想才能行动，但是他还没有拿定主意。

“这个风是一定要放的，目的就麻痹敌人。所以这一阶段，咱们除了派出精干力量到这镇上、村里去探听情况之外，其他人一律在小村里，不能擅自外出，如果哪个组想训练一下，可以隐蔽地把队伍带的再远一点，这样训练、休息就不会影响其他人了。

“但是这个风放给谁，必须等情况上来之后，咱们再认真研究研究，我总觉得邵地主会加强防备，咱们这段时间可能轻易接近不了他。而且，驻白塔街的国民党兵已经被咱们要过一次了，他们肯定也会加强防备的。所以，我觉得这段时间去白塔街可能会有危险。我看呢，咱们还是等情况来了之后再说吧，大家觉得怎么样？”

大家都觉得父亲分析的有道理，也就没有提其他意见了。

几支精干的侦察小组出发了。

第二十三章

各怀鬼胎

这一集接着白塔街邵地主的家人被小五等人取走了600大洋的事情讲起。

那天晚上街上枪声震天，大家都知道子弹不张眼，村里没有人敢出来看热闹，都把屋门、院门从院里顶着紧紧的，生怕有人会闯进来。

邵地主的老婆和家丁们全被绑在了磨坊里，听着外面一阵阵的“乒乓”乱响，他们都吓得快不成样子了。后来，枪声停了，他们才慢慢地回过神来。又等了大约半个时辰的样子，外面好像真的没有什么动静了，他们这才壮起胆子，互相试探着解着绑在对方身上的绳索。绳索终于解开了，家丁们要搀扶着地主婆回卧室休息，可她坚持着回到堂屋。

地主婆虽是受到惊吓，可她却是非常精明的，她吩咐着一个脚力快、曾经跟着邵望天多次去镇上的家丁，让他连夜赶到镇上去找邵望天，把家里发生的一切都如实禀报，她知道邵望天肯定会想出办法的。

地主婆命令所有的家丁们都在堂屋里坐等邵望天的归来。

当天晚上邵望天得知消息的时候已经是下半夜了。

本来保安队的胡队长安排他在保安队队部住的，可是郑连长、胡队长带着人走后，看着空空的保安队队部和远处几间黑森森的囚房，邵望天自己都觉得有点瘆得慌。正好，保安队离自己的老相好家并不远，自己也有很长时间没有见过老相好了，所以郑连长、胡队长带兵走后，他便堂而皇之地来到了他的老相好家，吃饱喝足之后当然是一夜的风流。

这个家丁自然知道邵望天夜不归宿的原因，所以他来到镇上之后便是直接到了邵望天的老相好家门口敲着门。

听出是自己心腹家丁的声音，邵望天知道事关紧急，所以也顾不得羞耻了，亲自打开了门。

听完家丁的报告，邵望天有些目瞪口呆，好一会儿没说上话来。但是他很快镇定了下来，在房间里来回踱着步，脑筋快速地转动着。

那些钱原是准备在事成之后送给郑连长的，钱没了并不是什么多大的事，还可以用自己的钱垫上。但是被共党游击队闯进自己家里本身就是件非常头疼的事，共党游击队闯进了自己家里，家里人还无一受伤，此事如果传扬出去，那么任凭自己有一百张口也没法解释清楚和共党游击队的关系了。

邵望天思量再三，决定连夜赶回家去，他要详细地了解清楚所有的细节之后再做定夺。

回到白塔街，天已微亮了，地主婆和家丁们都在堂屋里打着瞌睡。

听得邵望天进门，所有人都醒了，还没等邵望天进屋，地主婆便嚎啕大哭起来。

“嚎，嚎，嚎丧呢，别嚎了！”

邵望天听到老婆的时高时低的哭声，心里更是烦躁，口气比平时更加严厉了。就这么一句话，吓得所有的家丁们赶紧退到了院子里站着。

“去把昨晚在场的人都给我叫来，我要问问情况。”

地主婆是绝对不敢忤逆邵望天的，她知道这会儿邵望天的脾气还没有上来，所以赶紧吩咐着所有的家丁在门口聚齐站好。

邵望天示意一个家丁搬了两张太师椅到门口，他和地主婆都坐在了太师椅上。

从头问起，谁开的门、街上的动静、在哪儿发现的大洋、怎么绑的、怎么解开的，对方多少人、都长什么样、说了些什么等等等等，有的问题还反复问着几个家丁，有时还会让几个家丁扮成对方，演一下当时的情景。

“你们当中有没有人认识他们或者见过他们？”

“老爷，我好像见过其中一个。”

这个声音从院子里站着的家丁前排飘了过来，这人像是捏着嗓子说话一样。

大家都知道说话的是皮三，长的尖嘴猴腮、贼眉鼠眼的，可能是心眼太多了，个子被压得长不起来，所以就成了个五短身材。

“皮三，你过来好好说说，怎么个见过法？”

“老爷，昨晚过来的一个好像叫小五，家是镇里西南隅的，他跟俺姑奶奶家隔着一条胡同。两年前，俺去俺姑奶奶家时曾经见过他，他正好也在俺姑奶奶家里玩，俺姑奶奶跟俺介绍过他。”“

皮三，你确定吗？”

“老爷，虽说是晚上，可俺不会认错，应该就是他的。”

“那知不知道这个小五现在跟谁干，是区小队、县大队，还是共产党其他的什么队？”

听得出来，邵望天对共产党各级地方武装组织的了解还是很深入的。

“小五子干什么的，俺还真的不知道。不过，老爷，俺可以去镇上俺姑奶奶家附近去打听打听的。”

邵望天将头斜靠着支在椅子扶手的右手里，不时地翻起眼睛盯着皮三看。他沉思了一会，坐正身体，右手猛地一拍椅子扶手，说：

“皮三，你现在就赶到镇上去，一定要打听清楚小五的情况，顺便让管家给你拿两包点心去看看你姑奶奶，另外再赏你一块大洋零花。记住，给你半天的时间，一定要把小五的情况了解清楚，到时候老爷我还会赏你。下午回来的路上不能让别人发现你，回来也别露面，就在家里待着，不准出去，等风声过了之后再说。”

邵望天的突然大方，让皮三有点喜出望外，头像鸡啄米一样不停地点着，嘴里喏喏答应着。

安排好了皮三，邵望天站了起来，手指着眼前的家丁们，大声地说：

“你们都听好了，谁也不准把昨晚的事说出去，一点风声都不能露出去，要是让我知道谁敢说出去，我就割了谁的舌头。还有啊，今天不管有谁来找我，你们一律都回答说‘老爷去镇上三天了，还没回来呢！’你们都听清楚了没有？”

家丁们都怕邵望天的惩罚，一听邵望天这么说，自然是满口答应的，心里也都松了一口气。

“管家，皮三回来后，你问清楚些。你再收拾点东西，到城里大小姐家里找我。”

管家不知什么时候站到了邵望天的身后，他一时没有猜透邵望天进城的目的，赶紧轻声问道：

“老爷，咱们进城是？”

“哎哟，你什么时候过来的，吓了我一跳！”

邵望天侧身回头看了看管家，示意管家俯身过来，他对着管家耳语了几声，管家赶忙到屋里收拾去了。

“行了，大家都散了吧，记住管好你们的嘴！”

邵望天打了个呵欠，回头看了看地主婆，有些冷冰冰地说：

“一大早折腾的我又累又乏的，我还得赶紧进城去，剩下的事你不用操心了。”

地主婆满眼狐疑，想问又不敢问，看着邵望天带着一个家丁急匆匆地出了门去，她不禁暗自叹起气来。

早饭的时候，邵望天家的大门被敲的“嘭嘭”作响，外面人声鼎沸的。

管家打开门，十几个国民党兵站在了门口，个个凶神恶煞的样子。

“邵望天在不在家，在家的话叫他出来！”

领头的是一个军官，中等身材，满脸横肉，头上还缠着厚厚的纱布。

管家眼尖，只是那么一打眼，他就认出了眼前站着的是前些日子陪着郑连长来家里吃饭的那位副官，一改前些日子在酒席上彬彬有礼的模样，变成现在一副来者不善的样子。管家满脸陪着笑，说：

“军爷，咱家老爷前天就去镇上了，说是和你们郑连长这两天有公务，这不到现在还没有回来呢。军爷找咱们老爷有啥事，告诉我一声也行，老爷一回来我马上转告。要不，各位到屋里喝杯茶，军爷看行不行？”

“邵望天着实不在家？”

那位军官没有想到一下子被管家认了出来，口气顿时缓和了许多。

“军爷，咱家老爷确实还没回来呢！军爷要是有急事，派人到镇上去找肯定能找到的，他现在肯定应该和你们的郑连长在一起呢！”

管家不软不硬的几句话，让这位副官碰了个钉子，他再也端不起架子了。

“那不用了，邵老爷回来的时候，你转告他，事我们办了，他也该付清了。告辞，走，弟兄们！”

这位副官带着一群兵走了，门口却留下了两个拿枪的士兵，站在门口像是站岗的一样。

管家对着两个士兵笑了笑，没说什么，当作没事一样关上了大门。

皮三回来的时候，看到门口有站岗的士兵，没敢贸然进门，而是绕到西墙根，仔细地听着院里的动静，发现有人后他便喊了几句。

很快，管家带着几个家丁拿着几把大扫帚来到门外，卖力地围着院子四周扫着地，皮三当然很容易地混了进来。

扫完了地，管家张罗着让几个家丁抬出了小桌和两张小凳放在门口，小桌上沏好了茶水，他招呼着门口站岗一样的两个士兵喝点水休息休息。

两个士兵可能是真的站累了，一屁股坐了下来，根本没有客气，嘴里还嘟嘟哝哝的。

“两位军爷饿了吧，我这就端些点心出来。”

管家亲自回到院里，不一会端出来两盘点心，摆在两位士兵面前。

“两位军爷别客气，咱这地方，也没啥好东西招待二们，你们就将就着点吧。”

两个士兵从来都是跟着当官的狐假虎威的，哪受过这等待遇，所以他们有些受宠若惊起来。

原来，郑连长一早让人带话回来，让史连长派人亲自上门看一看邵望天在不在家，并且一定要派人要门口盯住，而且还要一直等到他今天上午回来。至于郑连长为什么这么做，两个士兵只是说有可能跟昨天晚上他们被人袭击有关。

管家也猜不透，但是他知道事关重大，他必须尽快向邵望天报告。

恰在此时，一名斜挎着盒子枪的保安队员骑着自行车冲到了门口，嘴巴里嚷嚷着要找邵老爷。

管家自然也是在门口笑脸相迎，当对方得知邵望天不在家时，也没着急，问清了管家的身份，把管家拉到一边，从怀里掏出一块叠好的纸条，悄悄地塞到了管家的手里，低声告诉他这是镇上保安队胡队长让送来的，之后便骑车走了。

管家回到院里，找了个僻静的地方，打开纸条一看，惊了一下，便赶紧收拾东西向县城赶去。

当天下午太阳还没有落山，临沂城内的保安司令部门口，邵望天的管家两手都拎着礼物跟在邵望天身后。

邵望天的贴子递过去好久了，还是没见里面有什么动静。邵望天又走到岗哨前，委托哨兵再进去传个话。

正说话的当空，一个军官从司令部里走了出来，此人正是王财，王洪久的表亲。他听到邵望天在说着“王司令、王司令”的，便走上前来，用手戳了一下邵望天说：

“哎，哎，你是干什么的，知道这是什么地方不？”

“嗯，知道，我就是到这里来找王司令的，我今天必须得见到他！”

邵望天可能是等得有点久了，说起话来有些不太耐烦。

“哎哟，口气不小啊，司令是你想见就能见到的吗？”

“我真的有要事见王司令，这事可是不能耽搁的。”

邵望天着急跺着脚。

“你是谁啊，再不说明白，我叫哨兵把你轰走！”

王财当然是不认识邵望天的。

“兄弟，我和王司令是兄弟关系，劳驾这位兄弟给禀报一声，就是白塔街的邵望天有事求见！”

这时，管家要将礼物递给王财，王财没有接，转身又回到了司令部里。

过了大概一盏茶的工夫，王财出来了。

“王司令请你到司令部喝茶等着，他还有点小事，办完了就会过来。”

原来，王洪九和邵望天的确是拜把的兄弟，而且他们是在日伪时期就拜的把子，那时候王洪九还是个名不见经传的小人物，而邵望天已是富甲一方的大地主了。两人拜了把子之后，邵望天一直不遗余力地帮助王洪九，真的是要钱给钱、要人出人。临沂城解放后，王洪九出逃，邵望天也浑水摸鱼做了个闭门财主。直到春节过后王洪九重新回到临沂，邵望天得知消息后便在第一时间送去了 5000 大洋，王洪九也投桃报李，委任邵望天做了临沂县的参事，专门负责白塔街所在乡镇的协调事宜。

邵望天见到王洪九还是很激动的，但是他还是尽量地克制着自己，只是述说着这段时间以来，他如何费心地协调驻扎在当地的两个连队协助镇上保安中队前去沭河沿岸“剿匪”，自己如何在镇上精心安插眼线才发现了共产党武工队的行踪、并核实出了武工队几名主要人员的情况，镇上保安队在此次剿匪过程中因为勇敢而伤亡了几个弟兄等等。

邵望天对发生在他家的事情闭口不谈，对白塔街当晚发生的战斗也是只字不提，只是推说自己是一大早便从镇上赶到城里来报告的。

第二天，关于父亲和小五等人的《悬赏通告》便在临沂境内广泛张贴开来。邵望天也从只负责白塔街乡镇的协调事宜，变成了负责白塔街一带几个乡镇的协调事宜，从而一跃成了那一带的无冕之王。只不过这个无冕之王，各地的还乡团肯定是知道的，但属于国民党正规军序列的郑连长他们是不知道的。

再说回国民党军的郑连长。

当晚在小村受伏后，郑连长率队追击游击队未果，又与还乡团保安队的胡队长发生了口角，于是一气之下绑了胡队长和保安队的十几个人，并带走了阮四爷。

在回镇子的路上，郑连长的头脑冷静了一些。他知道胡队长的保安队肯定有人早就跑了，是不是送信去了还不敢说。于是他让手下偷偷地给胡队长松了绑，带到了自己面前。

“胡老弟,别介意啊,我是一介武夫,做事颇为鲁莽,这火气一上来，也是不计后果的。我在这里先给胡老弟赔不是了，还请胡老弟别往心里去才是！”

这明显是翻脸比翻书都快。

“哪里哪里，这事啊也怨我想的不周到，我应该想到早点给郑连长和弟兄们弄点吃的。你看这忙了这么久，还损失了几个兄弟，哎，这趟活真的是窝囊。兄弟我回去要好好安排一顿，给郑连长压压惊。”

胡队长知道他现在是“人在屋檐下，不得不低头”的，所以有了台阶也就赶紧下了。

郑连长也是见好就收，他吩咐手下给所有被绑的保安队员们松了绑，把枪也还给了他们，刚才还互相吹胡子瞪眼、看着不顺眼，现在好像一下子变成了一团和气了。

两人心里都明白，这事他们是瞒不了的。

郑连长的话里话外总是提到邵望天，他是想和胡队长联手，让邵望天来背这个锅的。郑连长急着要赶回到镇上保安队队部的目的，也就是为了能及时网住邵望天，因为他知道邵望天还在坐等他们剿匪的消息呢。

可是没想到胡队长竟然装起傻来，从来不接话，也从来不肯说邵望天一句坏话，这就让郑连长不置可否了。

话不投机半句多，两人的谈话变得无趣起来。一路上两队人马也都是各走各的，彼此再也没有开口交谈过。

下半夜，保安队队部的院子里挂着的几盏马灯在随风摇动着，在地上拖出了长长的影子，衬着漆黑一片的院子，显得有点瘆人。郑连长和胡队长带着人马呼啦啦地到来时，门口站岗的两名保安队员正躲在岗亭里打着瞌睡。

应该是听到了门口的动静，从保安队队部里跑出来两名国民党士兵，其中一名是史连长手下的传令兵，郑连长认识的。

郑连长知道深夜史连长派人来，说明此事非同小可，他把传令兵拉到了一边。

传令兵一五一十地把晚上被袭的经过讲了一遍，郑连长听后也吓出了一身的冷汗。

两个连队驻扎在一起，遇到这种情况，本来是可以互相支持的，但是因为自己的意气用事，导致只剩下史连长一支孤军，而且还造成了人员伤亡。要是上峰追查下来，知道自己是伪造训令将连队拉出去赚外快，按军法从事的话，自己的罪责怕是不轻的。

郑连长赶紧在自己连队中叫来了几名听话得力的士兵，吩咐他们即刻去找邵望天，并要求他们一定要在保安队部里挨个屋去找。

可是，郑连长的士兵翻遍了保安队队部所有的房间都没有找到邵望天。

士兵在找邵望天的当空，郑连长也没有停止思考。

没有找到邵望天，他的脑袋里也有了一条计策。

郑连长让史连长的传令兵马上回到驻地，让史连长派人到邵宅去看一看，不管邵望天在不在家，都要把他家给盯紧了。

郑连长这样做，一是为了拿回剩下的大洋，他怕夜长梦多。二是为了探听邵地主的口风，防止他将自己被共产党游击队袭击的事公之于众，从而让自己处处被动，还可能会受到军法处罚。三是借此敲诈一下邵地主，让他多拿些钱出来。

郑连长这一晚上肯定没有睡好，早上起床时他的两眼红红肿肿的。

郑连长带着他的一队人马回到白塔街时，已近中午时分了。

驻地里，史连长还躺在床上，因为两条裤子都沾上了屎，小勤务兵洗了晾在了屋外。看到郑连长进屋，史连长有气无力地抬了抬胳膊，用嘶哑的声音费力地说：

“兄弟啊，你可回来了，你赶紧想想怎么向上峰报告吧，看在咱哥俩兄弟一场的份上，我可还没往上报呢，你看怎么办吧？”

“老哥你受惊了，待我出去看看情况再说，行不？”

这会儿在史连长面前，郑连长谦卑了起来。不一会，郑连长带着两个兵又回到屋里，郑连长的手上拿着一颗没有爆炸的手雷。

“老哥你看，这可是咱们中央军才能配备的，一般共产党的部队不可能配备这东西的，那些土八路更是想都不要想了。刚才我还察看了咱们这几个院子院墙上和房墙上的弹孔分布，我发现从街里射过来的子弹特别密集，这就说明街里是他们的主攻方向，他们的火力是很厉害的，你让弟兄们向河边撤退是没错的！你们能保住命也是有菩萨保佑啊！”

“可是往河边去的田里有地雷啊！”

史连长的声音里好像带着哭腔。

“这不是你的错，这是因为这支共军太狡猾了。”

郑连长安慰着史连长，其实他根本就是在瞎猜。

“兄弟，你也认为这是一支共军主力部队？”

“肯定是啊，如果不是共军的主力，这些手雷怎么解释？如果不是共军的主力，哪有那么强的火力？”

“那他们袭击咱们是啥目的呢？”

“应该没啥目的，你看他们也不恋战，打了就跑，所以我估计这是一支过路的共军，应该是为了过河去的，所以他们为了不让你追上，就在他们经过的田里埋上了手雷。”

“郑连长，你不愧是我兄弟，你说得有道理。那有劳兄弟起草个情况向上峰报告吧，毕竟咱还有人员伤亡的，要不上峰追究下来，你我都担不了这个责任吧。”

“既然老兄信得过我，我就写。你放心，咱哥俩绝对是在一条船上。不过，咱们是不是得让这个邵地主掏点损失费啊，还得让他给咱抓几个劳动力回来，补上那几个伤亡弟兄的窟窿。至于那些死伤的兄弟嘛，咱们每人先给上一笔钱，当然这钱得由邵地主来出。然后呢，问邵地主要几身老百姓的衣服，给把那几位死了的兄弟换上，找几个地方放一下摆个样子，算是咱们击毙的共党士兵。这样就算上峰怪罪下来，最多也就说咱哥俩没有抓到共军的俘虏。不知老兄觉得如何？”

“好好，我绝对信你，就按兄弟你说的办吧。”

就这样，国民党的这两位连长向他们的上峰汇报时，将这场短暂的战斗描写成了他们两个连一起英勇地抵挡住了一支配备精良的共产党主力部队的袭击，在战斗中他们共击毙共党士兵多人，并且击伤共党士兵多人。

第二十四章

故布疑云

《悬赏通告》的出现和不断更新，引起了县委的高度重视，县委特别派出保卫大队的王政委到沭河边的小村找到武工队，传达县委的关心和最新指示。

王政委到来时已是傍晚时分，正好派出去的各个小组都陆续回来了，大家一起简单吃了点煎饼卷咸菜条就算是晚餐了。

“一回生，两回熟”，父亲和王政委见面时，彼此的感觉都像是很久没有见过面的老朋友。没有多余的客套话，他们之间的对话越来越直接明了。

“你王政委来我这里可是稀客、贵客，你看给我紧张的。”

父亲故意在额头上抹了抹，做着擦下了汗的样子。

“队长，你别开我玩笑了。你知道还乡团头子王洪九对你们武工队的《悬赏通告》吗？”

“知道，我手头现在就有，几份上的赏金还都不重样。”

父亲让队友们取来前两天拿到的《悬赏通告》，递给了王政委，口气上有点满不在乎。

“这几份《悬赏通告》我也看过了，县委领导正是看了这几份《悬赏通告》之后才让我来的。县委领导根据咱们县各支武装力量的活动情况认真研究了《悬赏通告》，发现王洪九将所有的矛头都指向了你们武工队，只要在这一区域内发生了针对还乡团、保安队以及那些地主们的打击，他们都会将这笔账记到你们武工队的头上，而且每次都会比上一次的赏金数额有所上升，这已经成为他们发布《悬赏通告》的一个规律了。”

“我说怎么赏金一个劲地往上涨呢，那这样一来各个区中队、区小队这些人都成了咱们武工队的要债对象了吧，哈哈哈……”

父亲爽朗地笑着，受到笑声感染的王政委也跟着笑了起来。

“哈哈，队长，也可以这么说，反正是你们武工队替他们顶的账。不过，这顶账也有顶账的好处，县委领导决定将各区的几支小队全部并入你们武工队，这样一来，你武工队就可算是咱们县最大的一支武装力量了。我算了一下，你的人数一下子就将近 120 人了，好家伙，你队长是真正的大财主了！”

“啊，还有这等好事，干脆你再去跟县委领导说说，把你王大政委也留下来得了，你看这么大一支队伍，咱们哥俩一起干多好！”

县委的这个决定，让父亲有点喜出望外，他意识到以后自己的担子会更重，所以他说出的这番话也是发自真心的。

“我还真想跟队长你并肩战斗，我也真的跟县委领导申请过，但是没被批准。不过，我把话放在这儿，今后只要你队长需要我，我保证会全力支持你，不管是公事还是私事，这一点我绝不含糊。”

王政委也学着父亲的豪爽样子，拍着胸脯说着。

“有你这句话咱就知足了，谢谢！”

父亲伸手过去拍了拍王政委的肩膀，朝王政委点了点头。

“你们武工队现在就是王洪九、还乡团的眼中钉、肉中刺了，你们一定要小心！”

听得出来，王政委的这两句话也是发自肺腑。

“县委领导对于武工队的下步工作还有没有其他的指示啊？”

“县委领导说他们信得过你队长，而且他们没有在一线，不会对你们一线的战斗情况指手画脚的，相信你有办法度过目前的困境。不过，我倒是觉得你们最近要适当地收缩一下，因为下一步很可能就要有大仗的。”

“是不是你上次说的大仗？”

父亲是指上次在家属们安身的山村碰到王政委时，王政委也提醒父亲要做大战前的准备工作。

“是，最近咱各野战部队都在大迂回，看来上级首长是在考虑打一场大仗的，绝对比咱们之前经历过的都要大的一场仗。”

“那到时候，不会又让咱们武工队去护送运粮队、担架队了吧？王政委你也替咱跟县委领导申请申请，就说如果有仗打，咱武工队第一个报名参加，但得是打仗的任务，其他的活嘛，真的是不过瘾的。”

父亲求战的热情是极度高昂的，所以只要有可以申请战斗任务的机会，他是绝对不会放弃的。

本来父亲想留王政委一起听各小组的侦察情况报告，可是王政委还要到其他两个区委去传达县委领导的指示，便匆匆告别踏上了征程。

送走王政委，父亲把全队集中在一起，传达县委的最新指示。大家对于各区小队的并入报以了热烈的掌声，根据王政委提供的各小队的位置火速派出精干人员前去联系接应，以顺利完成队伍的扩编。稳妥起见，父亲还是将队伍汇合的地点设在了沭河以东十公里处，时间上要求所有队员应不迟于第二天早上到达，那里目前是安全区，行动上有保障，时间上可以稍微宽松一点。

其实，埋藏在大家心里的一个共同愿望就是能够单独地跟敌人真枪实刀地干一场，但一直因为人数受限，无法施展手脚，所以这个消息让队员们看到了希望。

各个小组的侦察情况大致相同，大体上都是还乡团加强了警戒，一些村镇上的地主家也派出了更多的岗哨巡逻。白塔街更是特别，在所有的村口、小道上都安置了国民党的岗亭，由国民党士兵执守，逢人必查，日夜不停。

在各个小组的报告里，都提到了还乡团加紧了对各村镇老百姓们的压迫，加强了对区委同志、武工队员的近亲和邻居家的破坏力度，有时候一天会去搜查好几趟，家里的东西基本上都被抢光、被砸烂了，人员也不同程度地受过伤。

这一点让父亲和武工队的队员们有些坐不住了，每个人的眼神里都冒着怒火。

小五去的是镇上，他的汇报是单独的，因为父亲还给了他一项特殊的任务，就是与艾老大见面。父亲是想利用油坊来往人多、人员情况复杂的特点，把武工队后撤的消息散布出去。

小五说，艾老大已经约了保安队部的伙夫，争取从他的身上打开突破口，如果有紧急情况，艾老大会亲自到沭河西岸的村子，也就是阮四爷所在的村子，他要求这几天父亲能派人在那个村子里接应他一下。

父亲知道艾老大一定会想办法办成此事的，所以他要早做准备，选择好这个打击的点，争取利用这些点打到让敌人感到疼，让他们不敢再轻举妄动，还可以用行动策应艾老大，以便更好地保护艾老大。

可能真的是两人惺惺相惜的缘故，艾老大第二天一大早便出现了。

第二天的一大早，艾老大便推着卖油的车子来到了沭河边。他的车子上，两坛子花生油一边一坛，用来装花生用的空麻袋塞在坛子和车架之间，既可以用花生换油也可以用钱买油，这是标准的一副下乡卖油的打扮。

小五眼尖，发现了艾老大后，上前使了个眼色，便匆匆地去通知父亲去了。

艾老大已经把车子推上了河堤，坐在车把上静静地看着河面。父亲走过来站在艾老大的身边，问道：

“大表哥，什么紧急事让你亲自跑来？”

小五几个人在周边望着风，河堤上只剩下了他们两个人。

“长话短说，还乡团准备在村里实行连坐，比方说这条胡同里、前后院有党员或者是武工队员的家，那这家的前后左右都要受牵连，听队部的伙夫说一般情况可以交钱过关，或者是出壮丁来抵，但是查实有联系的，肯定就会抓人。二是还乡团这两天就要对这一带进行清查，他们对你们后撤的消息还是半信半疑的，慢则两三天，快则今天或者明天，所以你们要赶紧做好准备。”

艾老大站起身来拍了拍一坛花生油，叹了口气继续说：

“可惜，我这些要是炸药就好了，还能给你解决点问题。”

“大表哥，你放心，我们尽快地想办法破了他这个连坐。他们来清查的事，我得马上落实，不能跟你多说了。对了，我给你带了把枪来，你留着防身用吧。”

说着，父亲抽出了别在后腰带上的一支驳壳枪，又从口袋掏出一把子弹。

“这把枪不错，你留着防身用。”

艾老大摸着枪，爱不释手，不过他还是把枪还给了父亲。

“我要枪干什么，我有了枪反而会误事，这把枪先给我留着，等我需要的时候你再给我吧。”

父亲知道艾老大的工作性质是不能留枪在身边的，所以笑了笑，又把枪别回到腰里。

父亲目送着艾老大的背影远去，他的脑海里突然闪过一丝众多弟兄们把酒言欢、彻夜长谈、欢庆和平的渴望，但他又不由自主地深深吸了一口气，咬紧了牙关。

直到艾老大消失在视野中，父亲才走下河堤。

是不是再次在小村布置几窝地雷以迎接还乡团的清查，队员们的意见分歧很大。

“既然确定还乡团要来，那就不能放过这次机会！”

“咱们这次应该避开还乡团的锋芒，不去挑逗他们。从长远看，利大于弊的，咱们不能争一时一地的得失！”

两方的意见都有道理，都在据理力争着。

父亲的心里开始是倾向于埋雷的，因为他知道这是一次难得的机会。

大家争执时，父亲一直没有说话，他一直在认真听着大家的发言，同时也在积极地思考着。

慢慢地，他的心里有了自己的设计。

“有这等便宜不占，咱肯定会觉得亏得慌，对吧？”

附和的声音随着父亲的提问而起。

“所以，打是肯定要打的！”

父亲这么一说，个别队员开始叫起好来。

“但是，大家想一想，既然还乡团敢来，就说明这次他们是做了充分的准备的。人要是在同一个地方上两次当，那就是蠢到家了！咱们可不能小瞧这些还乡团们，他们有的可真上过战场、打过仗的，就像咱们上次抓的麻子，他就是国民党的正规军转当的还乡团。”

父亲“但是”两个字话音还没有落，队员们已经鸦雀无声了，大家知道父亲会有更好的想法，于是都安静地听着。

父亲在队员们之间边走边说：

“所以这次咱们肯定要打，不然咱们这几天不是白转悠了。但是，咱们这次不能在这里打。”

有的队员一脸茫然，好像没有跟上父亲的思路。

父亲环视了一下大家，继续说：

“还乡团敢出来，说明他们有准备，小村、镇上还有白塔街这些地方，他们都是有准备的。咱们再进一步地分析一下，还乡团就那么百十号人，他面铺得很开、线拉得很长，但各个点上的人数不一定多，大家想一想是不是这个道理？”

“那队长，咱们去打白塔街？”

“白塔街不行，那里不是说国民党的驻军加强了守备了嘛。咱们跳开这些地方，把眼光再放宽一些呢，会不会找到还乡团保安队防守薄弱的地方呢？如果有这种地方，那就是咱们的行动目标。”

父亲的这几句话，启发性特别强，队员们的思维也被带动的活跃了起来。

“对啊，队长，我觉得咱们把几个侦察小组的情况再认真地分析一遍，肯定能分析出点道道出来！”

父亲闻言，知道队员们开窍了。于是他又让几个侦察小组详细地报告着各自的侦察情况，大家也着重地问了关于当地地主的一些情况。

“队长，我来说两句。”

说话的是平时极为稳重的老张，他在地上摆上了石块，又用树枝划了两条长长的线，然后他指着这个简要的图说：

“这里是小村，这是白塔街，这是咱当时驻扎的镇子，这是沂河，这是沭河，咱们的行动主要是在沂沭河之间。白塔街有国民党军队驻扎，不能强攻。镇上的还乡团加强了警戒，咱们一时也占不到便宜。那咱们是不是考虑在西北方向戳他一下？刚才我听到说塔桥村的陈地主很嚣张，咱们是不是可以好好教训教训他，然后沿着沂河东岸向北急行军，从和葛沟镇的交界处再往东撤退，也正好可以顺便熟悉一下那里的地形，以后说不定会派上用处的。”

“老张的主意挺好是挺好，可是咱们不知道葛沟方向敌人的情况，不如找个晚上时间，打完之后咱们再向北走一点，顺着公安岭、前林子村、东大沟村方向，再过沭河，这样既安全又省力气。”

“对，我也同意从公安岭方向回撤的意见，如果时间上来得及，咱们还可以顺便收拾一下后林子村的蒋地主呢。”

“其实，我觉得咱们不着急回撤到沭河以东，咱就在这周边跟他们打转转，教训教训这些地主老财，让他们跟还乡团干活时也要想想今后，还能顺道补充补充咱们的肚子，这段时间天天就是煎饼卷咸菜，嘴里都没味了。”

就这样，在大家的讨论中，逐渐形成了前往塔桥打击陈地主以及从北线迂回回撤、伺机打击沿线各村地主的方案，但是队员们又为谁作为先锋出击的事情争吵起来。

每次行动只派出一半的人马行动，剩下的一半作为机动力量仍然要留在沭河东岸。

这是父亲事先定下的规矩。

很明显，留下的一半不但没法参加战斗，还不得不后撤到更远的地方，所以谁也不想摊上这种事的。

只能去一半，最公平的办法就是抓阄。

抓到阄的兴高采烈，没抓到的个个都像霜打的茄子一样。

父亲一看大家这个样子，乐了。对没有抓到阄的队员们说：

“你们以为不参加行动就没有任务了，你们的任务更重。给你们半天的时间，你们要以最快的速度摸清各个区小队的战术水平，合理分配好战斗人员，不惜一切代价阻敌东进，在沭河以东五公里处梯次布置雷场，设好口袋，待还乡团保安队钻进你们的口袋时，一定要集中火力，哪怕是掰下他们一条腿、一只胳膊都行，就是不能让他们囫囵着来、囫囵着回去。另外，等我回来时，你们要拿出咱们队里的分组方案，一百多人了不能再像以前一样了，得挑些骨干当分队长。想想吧，你们的任务还很重呢！”

留下来的队员们这才清楚，原来两边的任务都很重，于是眼神里都流露出了心满意得的高兴劲。

“合计，你们这一去这奔着五、六天准备的，队长，你这太不公平了吧。”

当然，还有明白人。

“队长带着咱们是去打仗的，你以为是去吃酒席啊，吃完了就回来。转这么一大圈，怎么不需要个五、六天时间呢？干好队长交给你们的任务得了，别老管着咱队长了。”

“对啊，正面阻击，这样的任务更带劲，早知道我也留下来了呢！”

“对了，你们可别把那些战术好的都挑走了，到时候咱们大家要一起讨论的，不能光让你们说了算的。”

你看，不用父亲开口，这些准备东渡沭河的队员个个都会冲在前头，他们已经容不得任何人指责他们的队长，哪怕是自己的队友。

认真地想一想，他们争的到底是什么呢，战斗的机会、好吃好喝、自由地行走、论功行赏？可能都不是，他们只是历史大潮中的小人物，他们的行动可能不会在史册上留下记录，甚至不会被人们所知晓。他们争的是什么，他们知道前行的路上有危险、会付出生命，但是他们仍然义无反顾、无畏向前，他们根本就是在以命相搏。他们的行动虽然不足以影响全国的战局，可是正是因为有了无数的他们才奠定了全国解放的基础。

第二天，还乡团保安队接近200号人耀武扬威地来到沭河边。

原来，驻在几个村镇的保安队都收到了说武工队已经东撤的风声，可是他们上报给王洪九时，都纷纷说已经掌握了武工队在沭河边的老巢。王洪九当然是欲除之而后快了，所以命令附近几个镇子的保安队一起行动。

当然是扑空。

胡队长很精明，隐约地感觉到武工队是有所准备的，不像情报里报告的“狼狈逃窜”，而且他也知道曾经和郑连长一起行动时的教训，所以其他几个中队欲继续向东追击时，他主动表示要留守在新村作为后备队。

其实，胡队长留下来还有一件他认为很重要的事情，那就是拜访阮四爷。

上次，阮四爷被郑连长一起带回到镇里，如果不是因为白塔街出事，阮四爷就会被郑连长再带回白塔街的。胡队长明白，姓郑的想带走阮四爷无非是想找个垫背的，再顺便敲点竹杠。

胡队长知道，姓郑的是个当兵的，四海为家，什么事他都敢干的。可是对阮四爷，自己却是投鼠忌器的。

胡队长是莒县人，当年在日照做过日伪军的小队长，日本鬼子投降时，进山当了土匪头子。这个阮四爷的大公子阮虎是国民党山东省部派到日照县的接收大员，阮虎是个较真的人，没有多长时间就收集到大量胡队长当日伪军时的证据，还派人进山谈判。谈判没谈成，谈判的人却被胡队长一怒之下杀了，后来王洪九回到临沂，胡队长便带着人投奔了王洪九。

可是，胡队长被任命了镇上没多长时间，他便听说了阮虎也在临沂县城任职，当时听到这个消息时，他是吓出了一身的冷汗。所以，从那个时候开始，他便开始有意无意地接触阮四爷了，因为他也想多攀上一个高枝。

当天，郑连长想打阮四爷的主意时，胡队长心里是非常痛快的。但是郑连长没有办成，胡队长可不想让阮四爷成为自己手里的烫手山芋，没办法，只能礼送回家。

这次拜访阮四爷，自然得有礼物。

胡队长准备的礼物是“五长”，即五支汉阳造步枪，另加100发子弹。

阮四爷开始是拒绝的，但是胡队长执意要送，所以阮四爷也就半推半就地接收了。

酒宴自然也是免不了的，胡队长几次试探地问起阮虎，阮四爷次次都是闭口不谈，扯开了话题。

胡队长的心里多少有些轻松了，因为他相信阮虎并没有把他以前的事告诉阮四爷。

酒宴快要散时，胡队长的手下进屋报告说，向东追击的保安队在七八公里处遭遇到了地雷阵，而且还受到了一股共产党正规部队的阻击，损失惨重，几队人马正陆续回撤。

是父亲他们布置的地雷阵吗？欲知详情如何，请看下一集《声东击西》。

第二十五章

残暴还乡团（根据相关史料整理）

国民党军在进攻沂蒙解放区期间，实施“彻底平毁”政策，在军事上，搜罗抗战胜利后逃跑的伪军政人员、恶霸、反动地主、地痞流氓等组成“还乡团”、自卫队、保安队，配合其正规军对占领区实施连续、疯狂的“清剿扫荡”与合击，企图消灭坚持敌后斗争的解放区地方武装、游击队和军政人员。

在政治上，编保设甲，实施“连保连坐”，建立国民党政权和各种反动组织，镇压人民，捕杀解放区党政干部和积极分子，企图彻底摧毁解放区基层组织。在经济上，支持地主进行反攻倒算，“倒田退租”，广立税目，遍设关卡，横征暴敛，大量搜刮民财。其中最为突出的是“还乡团”对解放区人民进行的大逮捕、大屠杀。

国民党军队全面进攻开始后，除正规军外，还纠偏地方伪、顽、地主恶霸势力等，组织训练了“还乡团”、自卫队，配发武器，跟随其主力部队进攻解放区。

仅据山东52个县统计，就组织“还乡团”26.11万人。临沂、郯城、费县、沂水、蒙阴、莒县、日照等县都组织了“还乡团”武装。这些“还乡团”、自卫队与共产党、人民政府和人民解放军有着刻骨的阶级仇恨。他们进入解放区后，报复性地屠杀乡村干部、民兵、军工烈属及土改积极分子。杀人方法花样繁多，有枪杀、活埋、砍头、刀劈、铡刀铡、“点天灯”、下油锅、“放天花”等不下几十种。国民党军占领的城镇、乡村及田野、路旁，碎尸断骨到处可见，一片惨痛景象。

鲁南是国民党军队首先进攻和盘踞时间较长的地区，其破坏也最为严重。其中苍山县被杀害1594人，被抢去粮食1077万公斤、耕畜

8681头、猪羊46600头（只）、家禽27万只，被砍伐树木13.6万棵，被烧毁房屋1.68万间。鲁南区党政军领导机关突围到滨海区后，“还乡团”的暴行更加严重，仅平邑、费县两县就被杀害了2000余人，被毒打致残者达2.5万余人。临沂县横山村恶霸李天民一人即杀害村干部家属40多人。

沂蒙山区势力最大的伪军头目王洪九随国民党军队卷土重来后，给临沂县人民带来了严重劫难。

王洪九，临沂县沙沟崖村人，1940年投靠日本人后，任伪沂州道皇协军司令。1947年2月，他被国民党委任为山东省第三区（临沂）行署专员、保安司令，率其专署、县政府、“还乡团”回到临沂。

回到临沂后，他首先大力扩建地主武装，队伍迅速膨胀到了7000余人。随即，他率领“还乡团”向人民群众举起了屠刀。

因王洪九之父在土改中被人民政府镇压，他首先报复沙沟崖村，该村7名党支部成员全部被虐杀。与沙沟崖村相邻的仅有40户人家的小曹村，就有13人被杀害，36人被捕走。

一个月内，王洪九在临沂县逮捕了4000余人，并对他们进行灭绝人性的摧残与屠杀。大批群众被活埋于临沂北河沙滩西流口、凤凰头等地。仅1947年3月20日，一天就活埋130多人。

除杀害外，被关押人员因酷刑折磨、营养不良，加上瘟疫流行，每天都有大批人死亡。

临沂县湖西崖村共产党员、识字班长吕宝兰等19人被王洪九抓走后，敌人首先对他们进行精神折磨，最后将吕宝兰剥光衣服游街，并割去了她的两个乳房。其英勇就义时年仅23岁。

王洪九还在临沂西衙庙西官地、南坛杨家洼官地、三里庄西北、东北角官地等处设立“杀人场”，变着花样地杀人，于是临沂城乡路旁、沟边、树上，到处都有被杀害的尸体，多地出现了“万人坑”，致使当时的临沂及附近乡村无村不戴孝、处处闻哭声。

1948年3月19日，仅据临沂县8个区（当时有13个区）800个村庄调查，在临沂沦陷后的 13 个月里，王洪九部及国民党杀害人民群众达 16250 人，抓走 12 万余人，劳役民工 900 多万人次，居民被外逃 1.5 万余人，烧毁房屋 3300 余间，抢走粮食 1200 多万公斤、牛驴 2 万余头、棉花 4 万公斤，破坏工商业 1400 多户，致使土地荒芜 3 万余亩。

华东野战军举行周（村）张（店）、潍县、兖州战役后，王洪九预感到末日来临，再次屠杀被捕人员，仅在临沂北河沙滩西流口一个地方就活埋了 3000 多人。

济南解放后，王洪九南逃郯城，近千名被捕群众被他押着，边走边杀，及到郯城时已所剩无几。

整个鲁南区万余个村庄，被国民党军队和“还乡团”洗劫的达 90% 以上，被杀害的干部、群众高达 14 万人以上。

据 1948 年春统计，农村党支部 80% 被破坏，党员减少 76%，全区完成土改的 1 万多个村庄，被反攻倒算的达 80% 以上。

在鲁中，国民党军队和“还乡团”仅在沂中、沂东、沂源、蒙阴、临朐、新泰、莱芜等县，被杀害的党员、干部、群众达到 1 万余人，大批青壮年被抓走。沂中县一次被集体屠杀 400 人。沂源县仅据张庄、黄庄、鲁村、历山 4 个区不完全统计，被杀害群众就达 1100 余人，被抓走、逼走 1 万余人，烧毁房屋 1.1 万间。蒙阴县国民党军逃跑前，集体屠杀 412 人，连婴儿也未能幸免。

国民党军和“还乡团”的残暴罪行，并没有把沂蒙解放区人民吓倒，反而更激起了人民群众的仇恨，更加坚定了他们对敌斗争的决心，更加努力地支援华野主力部队作战。

注：

1.《中共临沂编年史》第一卷（下册）第 697 页 -699 页

2.《中共临沂地方史》第一卷（1919 年 5 月 -1949 年 10 月）第 542—546 页

第二十六章

声东击西

就在艾老大送来消息的当天，父亲就意识到了此次还乡团成群结队地前来，那些没有尝过武工队苦头的保安队很有可能继续东进，这是“包他们饺子”的大好机会。

父亲当然知道如果让他们长驱直入地东进肯定会对沭河以东的安全区带来极大的危险，他绝不可能做这种傻事的。父亲当即找来小五和另外一名队员，对他们面授机宜，命令他们火速向东寻找县委或者县委保卫大队。

父亲心里盘算着，这次“包饺子”，单凭武工队的多半人马和各区小队就有 100 多人了，人数上跟还乡团们打一场仗的胜算应该在五成左右。根据还乡团保安队欺软怕硬的特点，如果一开战，武工队就敢打硬拼,那这场战斗的胜算就可以达到六成。加上地雷阵布设的合理，能够顺利干掉还乡团一部分，那胜算就会在八成。再如果县委保卫大队能够主动参与、积极配合，那这次“包饺子”的胜算应该在九成左右。

算到八成，是因为父亲不了解县委保卫大队的战斗力，也不清楚他们的指挥特点。算到九成，因为剩下的一成还要靠天时。

但是一支华野部队的出现，恰恰是父亲没法算到的，这就便全应了天时、地利、人和了。

当晚在沭河以东十五公里处的一个小村子里，小五两人很顺利地遇到了县委保卫大队的王政委。说明来意之后，王政委便带着二人找到了县委领导，县委领导当即命令县委保卫大队全员投入，争取打一场漂亮的伏击战。

无独有偶，华野的一个连正在村子里休整，闻听有战斗任务，连长便主动请战，他们用更专业的战术动作，在地雷布设、阵地火力交叉配备、战斗人员梯次安排等诸多战斗构成要素上都显示着他们的优势。

就这样，口袋阵提前布置妥当，就等还乡团保安队送上门来了。

战士们个个都瞪大了眼睛，可是战斗前的等待是漫长的。战斗是在瞬间打响的，当一名还乡团踩响了地雷时，密集的火力瞬时压得还乡团保安队不敢抬头。

让参与伏击的华野战士、武工队员和县委保卫大队队员们想不到的是，这些还乡团保安队非但没有组织起有效的还击，就连象征性地放上几枪也没有，并且他们是一触即溃，逃跑起来个个是你追我赶、争先恐后的，武器扔得到处都是。这场战斗虽然我军无一伤亡，但是只击毙了几个还乡团，没有抓到一个俘虏。

没办法，原来设想中一次漂亮的伏击战只打成了一个不伦不类的击溃战，所有参战的人都直呼打得不过瘾。

吃了亏的还乡团保安队一路狂奔，一直退回到了沭河东岸才稍微稳住阵脚，所有人依然是一副惊魂未定的样子。

胡队长当然没有损失，他暗自庆幸着。所以他闻讯后，赶紧从阮四爷家走出来，紧急吩咐他的人马全部到河堤上集中，做出防守河堤的战斗姿态，他则带着一个手下站在小木桥的桥头等着迎接那些败北回来的同事。

胡队长的脸上压抑不住地透出了幸灾乐祸的狡诈之情，因为他知道这是他邀功请赏的最佳机会，他仿佛看到了加官进爵的光环正向他召唤，他站在那里在，也是有意想让他的同事、也是他认为的对手们看到自己的高明之处和过人之举。

没有人真心地想和胡队长打招呼的，可是他站的位置是大家的必经之路，个个又不得不向他点头致意，以便快速地从他面前通过。

和胡队长的趾高气昂相比，其他几个保安队的头目大都是垂头丧气的，他们虽然看不惯胡队长那副小人得意的样子，可是毕竟打了败仗回来，颜面上挂不住，特别是在胡队长面前丢人现眼，心里的怒火也没法发作出来，只好忍气吞声了。他们都清楚胡队长邀请大家回镇上他的队部里休整绝对是假心假意的，所以都客套了一下，匆忙带着队伍各回各家了，当然多少都是有些狼狈的。

当天下午，父亲带着一支不到 20 人的小分队隐秘地出发了，他们首先来到了镇子东北的前后林子村，沿着之前规划好的撤离路线慢慢地向西行进。因为父亲的心中隐约对这个撤离的路线还是觉得有些担忧，所以他想利用这两天的时间，带着队员们全面地了解清楚路线上的大路小道、沟壑土坡、树林坟丘等等，以便在未来行动后的撤离时心中有谱，不致慌乱。

就这么夜行晓宿地折腾了两天，在第三天的时候，他们经前林子村、薛店子村、湖崖岭一线一直向西到达了沂河东岸的河堤，离河堤不远便是他们此行的目的地：塔桥村。

选择塔桥村，是因为这里是白塔街、葛沟镇沿线上的中点，而这条线是近期国民党频繁调动兵力的必经之路。这里自日本鬼子占领时期便建有据点，主要是为了监视沂河东岸河堤及向北进入沂蒙山腹地的大道，与镇上的据点互为犄角之势，紧急时两者协力可以对进山道路实现双向封锁，地理位置上的战略意义比较大。

之所以这次没有挑选清一色的骨干人员，是因为在近期的几次战斗中，队员们都表现出了良好的战斗素养，个个能打、人人争先。父亲知道，这就是士气，越是在这个时候，越把大家一视同仁地对待就越能激发出大家的斗志。

塔桥村的地主陈大拿日伪时期当过伪村长，他对待穷苦人的态度极端恶劣，轻则打骂，重则伤筋动骨甚至是害人性命，周边百姓苦不堪言。土改时，陈大拿像变了一个人，主动主交田亩地契，想尽各种办法极力迎合着驻村土改工作人员。他曾经多次宴请驻村工作人员，还唆使自己的老婆、女儿上场敬酒、撒娇，用美人计连续将三任驻村土改工作人员拖下了水，他们全家也平安地度过了一年多的时间。

王洪九带着还乡团回到临沂后，陈大拿自然很快地就和王洪九搭上了线，建立起了联系。在多次上贡之后，王洪九任命陈大拿为镇上的乡公所副所长兼塔桥村村长，负责重新组建塔桥据点，并负监督之职。

自此开始，陈大拿觉得自己有枪有权，于是欺压村民、霸占田地，抓壮丁、趋劳役，又过上了鱼肉百姓、花天酒地的日子。多数的村民因无法忍受陈大拿的压迫，纷纷远走他乡，村子里已是十室九空了。

把陈大拿这个民愤极大的恶霸当成首波的打击对象是最合适不过的了。

傍晚时分，父亲他们隐秘进入了塔桥村据点一里外的坟地里。

塔桥村的上空还笼罩着房子着火之后的烟尘，空气里有些呛人的味道，据点里传来了喝酒猜拳的行令声，据点岗楼上的探照灯慢悠悠地一圈圈转着，据点门口两个站岗的保安队员正凑在一起抽着烟，还不时地望向据点里面。

父亲他们匍匐着靠近了据点，目不转睛地观察着据点里的动静。

两个站岗的保安队员一直扎堆凑着，好像在聊着什么。

父亲从身边摸到一块石头，一扬手将石头扔出了很远。听到动静的两个保安队员警觉地四周看着，还是没有挪窝。

父亲悄悄地传令让两头的队员分别扔着石头。

连续的响声，让两个保安队员坐不住了。

他们端着枪吆喝着慢慢地走出了据点大门，父亲知道他们这是在自己给自己壮胆呢。

“喵，喵……”

不知哪个队员学起了猫叫，叫声竟然跟真的一样。

两个保安队员气得骂了起来：

“该死的野猫，天天叫春！”

说罢，两个人转身向据点走去。

就在这时，说时迟，那时快，两个人影突然从地上飞起一下子奔到了两名保安队员身后，都没有看见怎么动的手，两名保安队员就向后倒去,两个人影从后面接住两名保安队员,轻轻地把他们放在了地上。

两人向后招手，父亲他们即刻赶了上来。

慢慢靠近据点。

父亲在门边快速地闪了一下头，向里面瞄了一眼。

里面已是酒气熏天，四个人围坐在八仙桌边，你敬我劝的，酒宴正酣。

父亲把手里的驳壳枪一挥，率先闯进了屋子。“都不许动！动，就打死你！”

队员们黑洞洞的枪口围成了一圈，酒席上的人吓傻了，有两个居然尿了裤子。

“你们谁是头？”

四个保安队员互相看了看，都摇了摇头。

“他娘的，咱队长问你们话呢，你们都聋了？”

一名队员举起枪，一枪托下去，站在他面前的那名保安的头上顿时流出血来。

“爷,爷,饶命,饶命,我说,我说,俺们队长和陈老爷在乡公所呢,这会估计正在审人呢？”

那名保安队员手捂着头，龇牙咧嘴地说着。

“审人，审什么人，你她娘的说明白了！”

武工队员又举起了枪。

那名保安队员扑通一下跪了下去，转过身磕着头，嘴里不停地喊着饶命。

武工队员踹了这名保安队员一脚，气得直骂：

“你她娘的不会说话了，问你话呢，他们在审什么人？”

“长官饶命，长官饶命，俺队长今天和陈老爷一块抓了好多人，说是里面有共产党的家属，这些人都绑在乡公所的空场上。”

“你们这个据点总共多少人，你们几个怎么没去？”

父亲走过来，拍了拍自己的队员。

“俺们这里一共就 20 个人。今天，轮到俺几个值班。”

“值班怎么还能吃酒席？”

父亲问到。

“陈老爷说今天是好日子，就赏了这一桌酒席。”

“噢，你们几个里谁是头？”

父亲一步一步问到。

“长官，是，是，是我，不过我只是个小队长，我可没干坏事啊，都是被俺队长和陈老爷逼着干的坏事，请长官饶命啊！”

那名保安队员鼻涕眼泪的已经流了满脸，表情也像是受了很大的委屈一样。

“她娘的，跑在这儿装好人了，欺负老百姓、杀害穷苦人，不都是你们干的？你们这些人的好事没有，专干坏事的。”

站在父亲身后的武工队员气得骂了起来，他从父亲身旁踢出一只脚，一脚把这名保安队员踢到了桌子底下。

父亲转身阻止了队友的进一步动作。他继续问道：

“你们这个据点怎么不参加镇上保安队的清剿行动？”

“爷，这个我还真听我们队长说过，好像是上头给我们定的任务就是守住河堤和村旁的那条南北大道，不能让人偷过。俺们据点总共就20多个人，他们嫌我们人少，又都不会打仗，所以啥任务也不叫我们的。”

这个保安小头目抬起头来，眼泪汪汪地看着父亲。

“你说的都是真的？”

父亲紧盯着他的眼睛问。

“爷，我保证说的都是真的，如果有一句假话，你割了我的舌头。”

父亲没有理会这个小头目，他示意队员们将四个人捆好，嘴里都塞上了破布，然后把据点内的枪支弹药搬到外面的空地上，父亲示意队员们把点着了的火把扔了进去。片刻之后，据点内便燃起了熊熊大火。

除押解俘虏的三名队员外，其余人即刻赶往村中央的乡公所。

乡公所离陈大拿家的院子不远，单门独院，临着村内唯一的十字街口，这里原本住着老实本份的一家人，因为受不了陈大拿三天两头的无理取闹和无故欺压，不得已全家闯关东投奔亲戚去了，所以只剩下了一所空院子。于是，陈大拿顺势推倒了所有的院墙，强令村里人用碾子碾平了屋外的空场，在空场的三面种上了三排杨树。

自从他当上了镇上的乡公所副所长之后，便有样学样地在这所空宅上建起了乡公所，还美其名曰是为了方便商量要事、方便接待上司，其实他的真实目的当然就是为了吞占这所宅院。

空场上已点起了一堆木柴，火光照四处通亮。火堆周围几十个群众被捆绑着，男女老幼都有，几个孩子正用劲力气靠着身边的大人，他们用怯怯的眼神发呆地看着周围的一切，脸上两道深深的泪痕早已经干了。

群众里面确实有区委人员和他们的家属。

现场的保安队员和陈大拿的家丁加在一起约有二十多人，他们端着枪把这些群众围在了里面。

扔手榴弹，会误伤群众。父亲示意队员们各自找好自己的瞄准对象，等待他的命令。

这时，陈大拿瓮声瓮气的声音传来过来，他还扬着手里的驳壳枪：

“你们可看清楚了，咱爷们手里的可不是烧火棍，这可是真家伙。你们呢，只要说出来谁是共产党，谁是共产党的家人，老爷我今天就放了谁。不然的话，我会用它来给你们点名。你们谁也不用着急，我会挨个给你们点名的。下面我数 10 个数，数完了，我就开始点名。”

情况紧急，父亲示意所有的队员们各自找好自己的瞄准对象，就在陈大拿正喊着“7、8”的时候，父亲扬手便是一枪，陈大拿应声倒地。

几乎是在同时，队员们的枪都喷出了怒火。

当场有七八名保安队员和陈大拿的家丁中弹身亡，其余的竟然快速退守到屋后，不时地向后开枪射击着。

此时，屋内又冲出了十几名保安队员，这是父亲不曾想到的，也是前两次的侦察中没有提及过的情况。

保安队和陈大拿的家丁们加在一起有二十多人了，在人数上已经超过了武工队。

情况危急，父亲快速地思考着。

“集中火力，把他们压下去！”

父亲的命令果断而清晰，顿时子弹密集地射向了保安队们隐身的屋后。

“同志们，冲啊！”

父亲把驳壳枪往腰里一插，往前跑了两步，从地上捡起一支长枪，快速地装好刺刀，向屋后猛扑过去。

队员们也都大跨步地向前冲去，明晃晃的刺刀闪着阴冷的光芒。

这简单就是在拼命！

保安队和家丁们哪里见过这种架势，个个转身向后急转，枪也不要了，抱头鼠窜起来。

黑夜里逃跑，一般是很难追上的，除非用人海战术拉网式排查，但这基本上是不可能的。

父亲带着队员们追了一小段，对着保安队逃跑的方向开了几枪，便回到了空场上。刚才的战斗中，有两名群众不幸中弹倒地，还有三人被保安队的流弹击伤。

父亲及时地表明了自己的身份之后，他带着队员们给所有人松了绑，紧急地包扎着伤员。

父亲指着火堆旁倒着的陈大拿的尸体，试着向人群问到：

“谁能告诉我，你们为什么被陈大拿抓了？”

“队长，我是葛沟区委的付干事，这些都是区委的家属。”

人群中有一个瘦高的年轻人站了起来，他激动地上前握住了父亲的手。

“让你们受苦了。你们怎么从葛沟过来的？”

父亲用力握着付干事的手，不解地问着。

“本来我们要撤到沭河以东的，可是葛沟镇这段日子以来来了大量的国民党兵，他们把向东的路已经封锁了。没有办法，我们想着先往南走一段，再向东走。还没有到莘沂庄，就碰到了这些还乡团。我们有老有小的，跑也跑不动，我也不能扔下他们，所以就全部被他们抓到这里来了。”

付干事解释着，自己有点羞愧地低下了头。

“你的枪呢，没被他们发现吧？”

父亲关心地问着。

“队长，我，我还没有配枪呢！”

付干事有些委屈地回答。

“你们区委也是的，没有给你配枪就让你护送这么多人，这不是开玩笑的吗！当时我们护送家属，是全队一起护送的，这样才不会发生危险的。”

父亲觉得此事葛沟区委办得确实不周到，家属转移时间太晚，而且在武装护送上又太大意。

付干事没有吱声，父亲也清楚此时他的心里正是不好受的时候，于是把他拉到一边悄声地问：

“付干事，你能不能给我详细地说一说葛沟国民党驻军的情况，还有当地的保安队还乡团你了解不了解呢？”

当初，研究此次行动的方案时，从葛沟向东也是一条备选路线，所以父亲也是关心的。

“国民党这次派来的是重兵，大炮、汽车，葛沟镇周边的村子都住满了，咱区委的罗书记说这些国民党部队最少也得有两三万人的。看来他们是想把咱沂蒙山根据地一口给吞下去，他们也不想想，他们哪里能吃得下去。

这段时间，葛沟的保安队也建了一个据点，据点里平时住着七八十口子坏蛋，他们到处抢东西，老百姓们早对他们恨之入骨了，可是现在苦于没有办法收拾他们。”

付干事的愤怒之情从他的言语里就能听得出来。

“这么多国民党兵都派过来，看来确实是要打大仗了。”

父亲像是在自言自语。

“队长，你知道要打仗了吗？”

付干事听到父亲说的，不禁问了一句。

“噢，我可不知道，我是猜的。对了，你们区小队这次也划到咱武工队来了，这事你知道吗？”

“知道的，当时传达的时候，区委领导是极不愿意的，因为区小队刚在葛沟保安队里发展了一个想给咱们干活的人，区小队这一被调走，区委也不知道具体是哪一个伪军想弃暗投明，一些情报也就没有办法及时得到了。如果区小队晚走两天，我们这群人也不会被这里的还乡团抓住的。”

付干事的口气里也有不情愿的成份，父亲听后微微笑了一笑，没有说什么。

有逃跑的保安队员，如果他们跑到镇上的保安队据点去通风报信、寻求支援，那么最多一个多钟头大批的还乡团保安队就会赶到，塔桥村不是久留之地。

必须马上出发。

如果按照既定的路线，先向北再向东，路途远不说，人群中的老老少少肯定会影响行军的速度，这条路线已经不是最佳方案了。

取捷径，经镇子北侧，直插向东，连夜渡过沭河。

这是“明知山有虎，偏向虎山行”！

在空场旁边的田地里掩埋好两名老乡，除了把缴获的枪支弹药分发给现场所有成年人携带之外，队员们又从乡公所里找出几根扁担，挑起了几个弹药箱。

两拨共四名队员悄悄地闪到了一旁，没有引起任何人的注意。他们一拨提前出发，一拨在队伍最后压阵，这是武工队的习惯，父亲说这也是他小时候在街上听说书的人讲的。

这样的一队人马，趁着漆黑的夜色出发了。

在漆黑的夜里带着这么多老老幼幼行军，还押着几名俘虏，难度可想而知。

一路上，大家互相拉扯着、扶持着，几个孩子被大家轮流抱着，老人则把绳子拴到了自己的腰间。可是路还是难走，不小心摔倒的、掉落到小道旁的水沟里的、撞到前边人身上的事时有发生，好在孩子们懂事，都没有一丝的哭喊声，经过镇子北侧时，所有人都在武工队员们一对一的保护下，有惊无险地通过了。

到达沭河边时，天上有月亮星星都躲在了乌云后面，黑的真是伸手不见五指了。

天黑的像锅底，就是快天明了。

父亲向四周派出了警戒哨，命令所有人在河堤上休息，他们是在等待天露微明。

父亲知道只有这个时候渡河才是最安全的，因为他已经下定决心，一定要把这些解救出来的乡亲们安全地护送到沭河东岸的安全区，这已经成为他义不容辞的使命了。

可是父亲还不知道，正是因为这次的护送，危险也正在一步一步地向武工队逼近。

欲知后事如何，请看第二十六集《被动局面》。

第二十七章

被动局面

天微微放亮了，河面上升起一团雾气，河边一片小小的芦苇丛正冒出了尖尖的新绿，不知谁家的几只鸭子还安静地浮在水面上，一动也不动地聚成了一个小圆圈。远处树林里栖息的鸟儿开始展翅，不时飞掠过河面，两岸村庄里的公鸡鸣唱起来，在清晨里展示着它们的歌喉，呼唤着旭日东升。

对岸，前方探路的队员正站在河堤上招手，示意着前方无敌情，可以渡河。

父亲率领着大家快速地通过了河上的小木桥，又快速地通过了河连的新村，到达小村时，看到家属队伍里个个人困马乏的样子，父亲命令所有人员在小村隐蔽休息两个钟点，同时在小村四周都布置了暗哨。

在小村西头的一间破房顶上，父亲正仰面躺着，他的两只手垫在头下，双目紧闭着，像是睡着了。

父亲没有睡，这种情况下他也是睡不着的，他闭着眼睛是在认真回想着这几天经历的事情，他一点都不敢松劲，因为稍有麻痹便会引来杀身之祸、灭顶之灾，那是谁也不愿意看到的。

突然，院子里传来了口哨声，这表明父亲安排在队伍最后方的两个压阵队员回来了。

父亲也吹了两声口哨，从房顶上露出了脑袋，向下招手示意两个队员爬到房顶上。

“队长，有情况。”

两名队员刚爬上房顶，还没坐稳，其中一个队员便着急地对父亲说。

父亲腾地一下坐了起来，紧急地问：

“什么情况，快说。”

“从西岸的河堤上开始，一直到小村，我们发现了隔一段就会有一条纸条，纸条还用石块或者坷垃块压着，本来没有留意的，是我不小心摔了一下，正好倒在一张小纸条上，我俩重新走了一遍，这才发现情况不对。你看，这就是那些纸条。”

父亲接过队员递过来的纸条，他把几张纸条捋直铺平，反复拼了几次，终于他发现这是《悬赏通告》的一部分。

这说明什么呢？

自己的队伍里不会有内奸的，父亲绝对相信他们。

难道刚刚解救的那些家属队伍里会藏着内奸，那这个内奸到底是谁呢？

这个内奸的目的是什么，难道是为了寻找沭河以东的安全区，想来个一网打尽？

想到这里，父亲禁不住出了一身冷汗。

冷静了一下，他命令着两位队员：

“你们俩继续执行你们的任务，跟在队伍后面，不要被人发现。如果再发现这种纸条，全都收起来，咱不能屁股后面被狗追啊。”

两名队员跳下房顶，跳出院子，消失在不远处的一片树林里。

继续东行，势必会给安全区里的各级组织和所有的家属们带去危险，虽然这支队伍里有老有少，可是没有办法，只能带着他们兜圈子，视情况随机应变了。

沿河边向南不是最好的选择，因为南边的临沭、郯城都有国民党驻军，只有向北，向北还是在华野和各级地方武装组织的有效控制范围之内。

出发前，父亲公开地通知在场的所有队员开会，说是为了尽快地把家属们送到安全区里去。

“被解救的家属中有内奸，大家不要声张。立即改变行军路线，大队向北进发。要时刻注意敌情，随时准备战斗。”

父亲的命令在队员们之间用耳语传递着，看着父亲一脸严肃的表情，大家立即明白了父亲的用意。

把这个内奸逼出来！

负责前方侦察的两名队员领命后，迅速地出发了。然而他们这次的任务不是探路侦察，而是赶到安全区去通知县委做好应对准备。

大队人马起程了，当然是向北行进。

经过了两个钟头的休息，人们脸上的憔悴之情舒展了许多，队员们还是尽量帮扶着老老少少的，队伍里呈现出一团和气的样子。

白天里的行军速度明显要懈怠许多，走了一上午，人群中开始有了牢骚的声音，几个老人也不解地互相聊着：

“顺着河边一直向北，是往莒县去的。”

“对啊，不是说咱们要到日照方向去的吗？”

“难道要把咱们安置到其他地方去吗？”

“早知道这样，咱们从葛沟出发的时候就不该听付干事的，应该一直向东走就行了。”

“对啊，如果咱们一直向东走，也不会受这份罪了。”

“咱们得找付干事问问，到底要带咱们去哪？”

“对啊，要找付干事问一问的。”

几个老人家喊住付干事，围着他不停地问着。

付干事一脸无辜，当然是一问三不知的。老人们唆使他去问父亲，他不知道是胆怯还是害羞，极力推辞着，没有去问。

中午时分，队伍到达了一个叫小官庄的村子，这是一个小村子，村子里稀稀拉拉的十几幢宅院，街上看不到一个人。

父亲知道这个小村子，这里离大店不远，他在大店训练时曾经到过这里。

走了一上午了，该休息一会了。

父亲安排着大家到村里休息，让队员们把从塔桥村乡公所搜出来的煎饼、窝窝头分发给大家。

父亲没有吃饭，带着两个队员出村来到了河边。

两个压阵的队员早已等候在河堤下了，父亲只身一人跳到了河堤下面。

“赶紧说说情况！”

父亲有些着急。

“队长，一路上还是有纸条。你看，这些都是。”

父亲接过纸条，又把兜里的几个小纸条掏出来，比对了一下，确实应该是同一张纸上撕下来的。

“你们有没有发现是谁丢的？”

父亲轻声问着二人。

“没有，我们一直跟着你们，每次你们过后，隔一段路上便会留下这样的小纸要。我俩还专门留意了这个事，可真是没有发现是谁扔的。”

父亲两只手向后梳了一下头，抱着头，眼睛紧紧地盯着缓缓流动的河水。

是啊，纸条到底是谁扔的呢？

如果不把这个内奸给逼出来，这支队伍就无法带到安全区里去，队伍里的老老少少不但会跟着吃苦，而且还可能在随时遇到的战斗中遭遇伤亡。

“队长，干脆搜身，只要身上有纸条的那就是内奸了！”

“对啊，队长，要不咱们还不知道走到什么时候呢，多遭罪啊。”

“不行，不能搜身，咱们不能因为这个内奸就对所有的人动手，那样会寒了大家的心。咱们再等等看，我总觉得这个内奸会露出马脚的。对了，你俩还是不要露面，跟在队伍后面，除了清除这些纸条，还要注意观察后方有没有国民党还乡团那些恶狗追上来。”

“明白，队长。”

“那我们走了，队长。”

父亲顺便站在河边撒了一泡尿，一边走上河堤，一边提着裤子，突然他有了一个想法。

“走，咱们回村里去。”

回到村里，父亲把所有人召集到了一起，他掏出了几张纸条，拿在手里扬了扬。

“这是咱们一路上发现的纸条，你们大家知道这是什么问题吗?这说明咱们这群人中有人想给国民党还乡团通风报信，说得再明白点，就是咱们这群人中有内奸！”

父亲的话声未落，所有被解救的家属们都瞅向了付干事。

众目睽睽之下，付干事的脸红了，又黄了，他浑身发抖起来。

“你们，你们这是陷害好人！”

说完，他冲出人群，跑到父亲身边，激动地拉着父亲的手，语无伦次地说着：

“队长，队长，你要相信我，你要相信我，我绝对不是内奸，打死我也不会当内奸！”

父亲轻轻地推开了付干事的手，面无表情地说：

“付干事，大家什么也没说，你激动什么？”

“队长，队长，我冤枉啊，我冤枉，我绝对不是内奸，我绝对不是内奸，不信你就打死我，你开枪打死我吧！”

说着付干事要掏父亲的枪，这还了得！

父亲反应更快，右手迅速地抽出枪来，指着付干事，厉声说道：

“付干事，你想干什么？”

两名队员迅速地上前扯住了付干事的两只胳膊，付干事挣扎了两下，却被两名队名死死地扭住了，动弹不得。他居然一直跺着脚，带着哭腔地大喊着：

“我不是内奸，我不是内奸，不信就打死我吧，你们打死我吧！”

父亲瞅了他一眼，命令两个队员：

“把他押下去！”

人群中一片哗然，父亲示意大家安静，他大声说道：

“付干事是不是内奸还要交给组织上审查，大家不要着急。下午，咱们葛沟区小队的同志们就会赶过来和咱们会合，到时候这事肯定会查清的。”

付干事的身上没有纸条，他的情绪一直很激动，嘴里也一直愤愤不平地喊着“冤枉”。

年前，省政府、山东局、华野机关等都相继搬回到了大店镇，小官庄离大店太近，如果转向到大店镇，则有可能被藏在队伍里的内奸窥探到大店的情况，这个责任可是谁也无法承担的。

只有原路折返，边走边等葛沟区小队的到来。

发现又要往回走，家属队伍里有了互相的埋怨和猜忌，人与人之间的关系顿时变得微妙起来，彼此的眼神里都是疑问，谁也无法相信身边的任何人，队伍一下子拉长了好多，彼此的间距拉得越来越大。

大家在河岸边的小道上走着，家属们都显得有气无力的样子，父亲站在道旁焦急地催促着。

忽然一位年轻的妈妈扬着手中的一个纸团，大声喊着：

“队长，队长，俺发现了这个。”

父亲走上前，接过来一看，果真是半张《悬赏通告》，已经被折的皱皱巴巴的一个纸团了。

“在哪发现的？”

“在俺的包袱里。”

这个抱着孩子的年轻妈妈抖了抖背着包袱的右肩膀。

“看到谁放了的吗？”

父亲很疑惑，队伍拉得这么长，或许应该是在村里休息的时候被人放进去的。

“没看见，刚才俺就想换个手抱孩子，这个纸团就掉出来了。”

这个年轻的妈妈很无辜地回答着。

队伍里很沉默，没有人吱声，好像没有人关心这个事一样，这太不正常了。

父亲招手让几个队员聚了过来，他们围成一圈，低声说了些什么，队员们朝队伍的前后分散而去。

过了一会，队伍的行进速度明显变慢了，人们的间距逐渐缩短了。

走在队前的队员突然高声喊道：

“队长，前面好像是葛沟区小队的同志们！”

队伍一下子停了下来，父亲三步并做两步地跑到了前面。果真有差不多二十个人正跑步赶来，再近一些看得更清楚了，是小五带着大家在跑呢。

之前，父亲派出队员回去报告，其中一项就是让葛沟区小队火速赶来汇合，因为只有葛沟区小队的同志们到来时，才能区分出家属里面孰真孰假，才能揪出那个假李逵，抓住这个真内奸。

就在这时，队伍的后面有人喊道：

“哎呀，有人掉河里了，快来人啊，有人掉河里了！”

于是，所有人的目光都被吸引了过去。

河里确实有个人，但不像是失足落水，更像是故意跳到河里去的，并且还在齐腰深的水里拼命地向对面河岸游去。

等父亲他们几个人从前面跑过来，再冲到河堤下时，那人已经游到了对岸，迅速地爬上了河堤，拼命地向远处跑着。

站在河堤上的一名队员举起了枪，一边瞄准一边请示着父亲：

“队长，我瞄准他了，要不要放倒他？”

父亲犹豫了。

人跑远了，枪还没响。

一名队员在河堤的斜坡上捡起了逃走的人脱掉的厚衣，还在衣服的旁边捡到了一撮假胡子，走上河堤交给父亲。

父亲拿在手里反复看了看，伸手拿给家属们看着。

“这个人是谁，你们认识吗？”

父亲在家属们中间，转着圈地问着。

大家都摇着头。

“不认识，都不认识？那他是怎么混进来的，谁能给我说一说！”

父亲发火了，声音大得吓人。

家属们面面相觑，孩子们哭了起来。

“把付干事带过来！”

父亲急于知道答案，所以说话的口气是生硬的。

付干事到了，父亲把衣服和假胡子往他手里一塞，生气地说：

“没有冤枉你付干事，看看你干的好事！”

付干事眼睛睁得大大的，嘴巴也咧得好大，怔怔地看着手中的东西，什么话也没有说。

这时刚才拿纸团给父亲的那个年轻妈妈轻轻地喊了声：

“队长，队长，俺有话说。”

“噢，有什么话就当着大家面说吧。”

父亲压了压火气，尽量用平淡的口吻说着。

“队长，中午在村子里休息的时候，这个人还在俺们中间到处说‘付干事就是内奸，俺都看到他兜里的《悬赏通告》了’，他还帮俺把包袱从俺的肩膀上给取下来呢。我估计就是他把那个纸团放进俺包袱里的。”

“你咋不早说呢？”

父亲叹了口气，有点埋怨地说。

“俺也不知道这事这么严重啊，你别怪俺！”

“好了，好了，我没有怪罪你的意思。”

父亲安慰着说。

这时，小五带着那些人来到了父亲面前。

葛沟区小队的队长就姓葛，1 米 8 的大块头，看着非常憨厚老实，他向父亲举手敬礼，大声报告着：

“报告队长，葛沟区小队一共十八人前来报到，请队长安排任务！嘿嘿，俺姓葛，是区小队的小队长。”

“噢，来了就好，正好给你们一项任务，这些家属你们都认识吗？”

父亲还礼的同时，打量了一下葛队长，命令的口气缓和了许多。

葛队长带着区小队的十几个人在家属群里走着，他们几乎是挨个问候着，看起来都认识的样子。

“嘿嘿，报告队长，这些俺们都认识，都是葛沟区委和咱区小队的家属。对了，这个付干事也认识。没想到胆子这么小的付干事，还能带领家属们转移？”

葛队长还不清楚刚才发生的事情，所以他的玩笑开的不是时候。

父亲铁青着脸，没有回答。

精明的小五感觉到现场的气氛有些怪异，忙拉了一个队员到旁边悄声地问着。

于是，清楚了个大概的小五赶忙闪到葛队长身边，拽了下葛队长的衣角。

葛队长回头看了小五一眼，小五下巴冲父亲扬了一下，又轻轻地摇了摇头，示意葛队长不要再出声。

“付干事，你给葛队长形容一下逃跑的那个人吧，既然你不认识，没准葛队长会知道呢？”

父亲皱着眉头，板着脸。

付干事也记不清楚那个人长啥样了，还是抱孩子的那个妈妈记得清楚，好像她也认识葛队长，于是她便详细地向葛队长描述着那个人的样子，当然是带了胡子的样子。

“队长，他们说的模样上有点模糊，但是从这个人的说话口音和语气上，我大概猜的话，这个人应该是葛沟镇下面一个村的伪村长，这人叫冯三，打日本鬼子的时候曾在咱们区委干过伙夫，因为经常偷东西被处罚过几次，就把他给辞退了。他对这几次处罚一直怀恨在心，所以王洪九还乡团回来后，他就投靠了还乡团。就是因为他，咱们葛沟区委的三名同志，还有七八户家属都被还乡团抓了，区委的那三名同志早已被还乡团杀害了，区委和区小队一直想找机会处决他，可每次都被他逃脱了。他怎么能混到家属中间来呢？”

葛队长也是疑惑地看着付干事。

“这，这，这真不是我弄的，我也不认识这个人啊！”

付干事更着急了。

“你确定这个就是冯三吗？”

父亲问葛队长。

“十有八九！”

葛队长胸有成竹地回答着。

“如果咱们抓紧时间突袭他一次，有没有把握顺利找到他的行踪？”

看来，父亲是想动手了。

“之前他一直都猫在葛沟的据点里，活动范围也就是葛沟镇的周边几个村子。但是这次咱不清楚他是不是有其他的任务，所以他回不回葛沟也是一个问题。”

葛队长的分析有点道理。

无论如何，这次冯三混进来，已经带来了一定程度上的危险，比如沭河的那个渡口就已经不再安全了。

还是要趁热打铁，必须要趁冯三着急逃跑之际，判明他的目的地，争取半路上拦截。

还是开诸葛亮会研究，队员们和葛队长的区小队全部参加。付干事被邀请参加时，竟然激动地又说不出话了。

对于冯三的目的地，回葛沟的猜测最多，因为那里是他的老巢。

但是葛沟镇有国民党重兵把守，如果在这个方向上堵截冯三，会有极大的风险。

“塔桥，对塔桥村！大家想一想，家属们为什么能被塔桥村的陈大拿他们抓到，就是因为这个冯三搞的鬼。他混在家属中的目的，其实就是为了探听消息，陈大拿肯定知道他的真实身份，这就说明他们二人之间有联系、也有计划。咱们的出现是他没有想到的，所以咱们的出现打乱了他们之前的计划，现场的战斗很激烈，咱们带着家属们走得又急，他是不得不继续装下去的。

他肯定会觉得咱们带着这么多家属不会走回头路，所以他还要再回塔桥村的。”

这是父亲的分析，但马上有队员反对。

“那他为什么一定要回塔桥村呢，为什么他就不能一直跑回葛沟据点呢？”

父亲轻轻地点了点头，一时无语起来。他知道自己总不能说是因为自己的直觉是塔桥村，就一定要选择塔桥村的。

“这样，咱们兵分两路，每组四五个人。葛队长，你和小五，再挑上两三个人，抄近路奔葛沟方向。估计这个冯三走的是大路，所以你们一定要急行军，在葛沟之前的大路上拦住他。记住，一旦遇到危险，即刻撤离。

我带着几个人奔塔桥村，去那里看一看情况。其余的队员，负责护送家属到咱们的安全区去，并把几名俘虏交给县委保卫大队，让他们继续处理。

明天天亮前，咱们两队都要回来，还是以小村为汇合点。大家都清楚了没有？”

时间紧急，容不得大家过多的讨论，父亲便做出了决定。

渡河，急行军！

葛队长和小五他们一组在离葛沟镇五公里的地方便停住了脚步，因为远处的大路上已是尘土飞扬，国民党军队的汽车在飞奔着，好多汽车后面还拉着大炮。

没办法往前走，只能隐蔽地往回走了。

回到渡口时，小五坚持着一组人驻守在西岸河堤上，他说他的右眼一直跳，所以必须要等父亲他们一起过河。

父亲他们一路小心，望见塔桥村时已是傍晚时分了。

远远望去，据点里好像没有人，但是村子里却是人声鼎沸，有国民党士兵不时在村前村后巡逻着。

只是一天的时间，变化来得太突然了，父亲不清楚到底发生了什么。

看来，已经没有时会了，如果再不及时撤退，反而会招致更大的危险。父亲感到好像无形中有一把钳子，正在紧紧地把他们夹在中央，所以他们只有冒险选择横穿镇子，因为这是到达沭河渡口最近的路。

远远望去，镇子的各个路口都有国民党士兵把守着，所有来往的人员都被严格盘查着，看来取道镇上变得非常困难了。没办法，只有等待时机。

天渐渐地黑了下来，父亲带着几名队员悄悄躲进了河边的大芦苇荡里。

晚上，父亲他们几次试图闯过国民党士兵的封锁线，可是国民党的岗哨警戒性特别高，稍微有点风吹草动，他们便是一阵猛烈地扫射。不时地，还有巡逻队走过。想在这种情况下通过这个路口，可是难上加难了。

没办法，只能回到芦苇荡里静静地等着。

一天的紧张奔波，几名队员很快躺在芦苇荡里面的一块干地上靠在一起睡着了。

天刚拂晓，路口上的国民党 士兵正在打瞌睡。

父亲叫来一名队员，轻声地说：

“在塔桥据点外，是你学的猫叫吧，赶紧再学几声。”

队员看着父亲，有点哭笑不得地说：

“队长，那不是我学的，是真的有野猫，真是的野猫叫的。”

父亲不相信地看了他一眼。

“真的，我说的是真的，在塔桥据点外面真的是野猫叫的，不是我。”

这名队员辩解着，因为他知道不能因为自己做不来的事情而破坏了父亲的计划。

“好吧，不是你就不是你了，这样，咱俩一人捡一块石头，咱俩都往那边扔。”

父亲指着国民党岗哨左侧的空地，示意着队友。

这名队员点了点头，两块石头飞了出去。

一名国民党士兵睡眼惺松地出来转了一圈，打了个呵欠又回到岗哨里睡觉去了。

父亲几个蹑手蹑脚地快速越过了路口。

一路狂奔，刚来到沭河渡口，还没来得及喘上两口气，远处的大路上突然传来了汽车的马达声。

“队长，有敌人，咱们快点过河！”

是小五的声音，听得出他的焦急。

父亲他们急匆匆地衣服也没脱便跳到了河中，尽量使劲地向对岸游去。

父亲他们刚刚费力地爬上东岸河堤，刚才站立的西岸河堤上便出现了国民党士兵，手电筒的光芒不停地照向河两岸。

“哒哒哒，哒哒哒……”

机关枪喷着火舌，子弹密集地射向父亲他们。

父亲他们能否顶得住这些密集的火力，国民党士兵渡河东进了吗？请看下集《河堤较量》。

第二十八章

河堤较量

时局：

自从 1946 年，国民党全面进攻策略、全面进攻中共解放区失败后，1947 年 3 月起，便正式采取“重点进攻”策略，国民党军重点进攻的方向，一是陕北解放区，二是山东解放区。其重点进攻山东解放区的兵力达到 45 万余人，战法为集中兵力、密集靠拢、稳打稳扎、齐头并进，目标为迫使华野在鲁中山区与其决战，或压迫华野北渡黄河，以占领整个山东解放区。4 月上旬，国民党军在陆军总司令顾祝同的统一指挥下向鲁中山区推进。

此后，泰（安）蒙（阴）战役、孟良崮战役相继展开，华野虽歼灭了国民党整编第 74 师，但山东战局尚未完全改善，国民党军还在积极准备大举进攻。

这支国民党正规部队的出现确实出乎了父亲的意料，他们行进的速度如此之快、目标如此之明确都说明了他们是有备而来，也说明了他们获得了绝对准确的情报。

如果不出意外的话，这应该是冯三引起的。

没错，确实是由冯三引起的。

冯三跳河游向对岸后，便一路狂奔，因为他知道葛沟区小队里肯定有认识他的人，如果被人指认出来，那只有死路一条了。

冯三是聪明的，他没有去塔桥村。陈大拿死了，没人知道他为了查出谁是真正的共产党员而付出的辛苦，他可不想让自己之前的努力白白地浪费。

两天前的下午，冯三经过葛沟镇子的时候发现这群人躲藏在镇外的树林里。他在葛沟区委里当过伙夫，直觉告诉他这群人是有目的的转移，他判断这应该就是家属队，而不是逃难的普通老百姓。

天晚的时候，冯三便换上了破旧的衣服，又沾上了一个假胡子，把自己打扮成了一个逃难的农村老头，就这样顺利地混进了家属队伍之中。

出发之前，冯三就判断家属们逃亡的路线肯定同向南，所以他吩咐了一名得力的手下前往塔桥村通知陈大拿。

冯三和陈大拿又是什么关系呢？

陈大拿的奶奶是冯三的亲姑奶奶，俩人是表兄弟，早年间陈大拿就曾邀冯三跟着他一起跟日本人办事，可是冯三心里却不想被陈大拿使唤，于是一咬牙便到葛沟区委当了一名伙夫，也算是走了段正道。

王洪九回来后，陈大拿又开始风光起来。冯三这个村长的头衔，还是陈大拿使了钱之后才有的。从这个时候起，冯三才从心底真正地感激陈大拿。

所以，遇到了能够亲手抓住共产党的机会，冯三第一时候想到的便是陈大拿了。他知道，抓住这些共产党员，不但会有大把的银元，还能升官，最起码到镇上当个乡公所副队长之类的应该是绝对没有问题的。

人算不如天算，冯三和陈大拿设计的一出好戏，被父亲他们无意给搅和了个稀烂，陈大拿还命归西天了。

冯三也没有往葛沟镇跑，一是路程太远，二来他也怕半路被武工队或者区小队截杀。

冯三边逃边飞快地转动着脑筋，他还是想要立功，想升官发财，因为武工队在沭河上的渡口这个情报比亲手抓住个共产党还值钱，他要把这个情报卖上个好价钱。

时间是价钱的基础，过了这个村就没有这个店了，冯三深知这其中的门道。

他知道镇子上有驻军，他和镇上保安队的胡队长有点交情，让胡队长去国军那里调兵，既能证明自己的身份，又争取了堵截武工队的时间，还不枉费自己的辛苦。这种如意算盘，冯三比任何人都精明。

胡队长当然也有胡队长的算计，他得知消息时还是犹豫了片刻的，之后便带着冯三来到了国军的团部。禀明来意后，国民党驻军的团长虽然有兴趣，但还没有到了十万火急的程度。所以，他命令一个连长派出两个排大约30个人，要求冯三带路，第二天一大早乘坐运兵汽车到沭河渡口去看一看。

既然是第二天早上行动，冯三也无计可施，只好在镇子里逍遥快乐了一个晚上。

第二天一大早，冯三没有想到能这么快地来到沭河渡口，到达之前他的心里一直在打鼓、忐忑得很，如果没有发现武工队，那就没有交差了。好在士兵们刚跳下车，就发现了正在爬上对岸河堤的父亲他们几个人。

枪声响起时，冯三抱着头躲进了汽车底下。

绝对不能在河堤上当了敌人和靶子，父亲和小五几个快速跳下河堤，就地卧倒、瞄准、射击，所有的动作都是一气呵成。拿现在的话来说，个人单兵素质绝对是扛扛的。

葛队长和葛沟区小队的同志则明显有点跟不上，在密集枪声的压迫下，他们有的抱着头缩在河堤下，有的只顾着向对岸开枪，可是子弹都打到天上去了。

总共就这么几支枪，如果不能组织起有效的阻击，让这些国民党兵过了河，再向前推进，危险可就大了。

“老葛，你派个腿脚利索的，火速回去报信，把能叫的人都叫来，快，马上行动！”

父亲在河堤上往下爬了几下，翻过身，仰面躺着，招手喊过葛队长，快速地下达着命令。

一名葛沟区小队的同志飞速的向后跑去，比小五的速度还快。

涌到对面河堤下的国民党兵有二三十个之多了，敢下河去的国民党兵却没几个，他们都在河水边来回地跑着，端着枪射击着，看来他们都不想当第一个下河的人。

“大家一定瞄准了打，不能让他们过河。大家听我的命令，一会一起扔手雷！”

父亲的命令干脆直接。

站在河边的一个国民党士兵倒在了河水里，尸体浮在水面上慢慢在向下流去，尸体四周的水逐渐变成了红色，旁边的国民党士兵全部都趴了下来。

这时，对面河堤上架起了两挺机枪，子弹呼啸着飞来，父亲他们被压制住了，没法抬起头来。

“小五，跑到旁边去看着，发现他们过河就打信号！”

父亲推了一下自己身边的小五。

小五把自己携带的四枚手雷放在了父亲的身旁，爬起来沿着河堤急速地向侧面跑去。

父亲的目光一直盯着小五，看着小五跑出去有 20 米了，他大声命令着：

“大家把手雷准备好，听我口令！”

这时，不远处的小五已经趴在河堤上探头观察着，小五把手中的枪向上举了举示意着。

“大家注意，往我的正前方扔，一、二、三，扔！”

“轰、轰、轰……”

几声巨响，炸起了很高的水柱，落下的水滴溅在了父亲他们几个人的身上。

对面的机枪也停止了射击。

父亲趁机探出头，仔细地观察着。

河道里的国民党士兵纷纷从河水里、河堤下回撤着，已经有好多爬上了对面河堤了。

“两人一组，往两边分散！老葛，你跟着我！”

趁着这个难得的间隙，父亲将队员分成了四组，对每个小组分别地布置了任务，队员们快速地分散开来。

然后，父亲向小五的方向喊了一声，把枪口向前举了举，这个动作可能也只有小五能明白了，就连在父亲身边的葛队长都没有看明白是怎么一回事。

对岸的机枪又响了，父亲他们四个战斗小组已经分散在几十米长的河堤坡下。

小五的枪又往上举了起来，这次枪口偏向了父亲的右侧。

“右边小组！”

父亲将两只手拢成喇叭形，朝他的右侧大声喊着。右边小组的队员们此时也在紧张地盯着父亲，看到父亲的动作后，他们都把手雷拿在了手里。

父亲连举了两次手之后，将手雷向右前方扔了出去，一颗、两颗。

手雷的连续爆炸声又溅起了高高的水柱，对面河堤上的机枪再度停火。

父亲扔出了手雷之后，又一次举枪示意了在他左侧的小子。

手雷的爆炸声刚过，两人同时探出头，将枪架在河堤上，瞄准了对岸的机枪手。

“叭叭叭叭……”

连续几声清脆的枪声，从两个不同的方位射向对对面河堤。

小五又探头看了看，他向父亲挥了两下拳头，意思是对面的两个机枪手都被报销了。

对岸的枪声突然间全没了，父亲警惕地探出头，河道里只有三具国民党士兵的尸体，几名国民党士兵正在拼命地向对岸河堤上爬去，河堤上的士兵都躲在了河堤的坡下了。

父亲猜测，对面的国民党兵因为不了解我方的战斗能力，所以轻敌是他们犯下的最大错误，现在他们尝到了苦头，估计很快会改变打法。

对面的兵力明显多于父亲他们，如果他们改变打法，分组用火力压制住父亲他们，再利用这种火力间隙渡河，那么父亲他们几个人守住这段河堤的可能性几乎为零。

每个人所剩的子弹和手雷都不多了，如何顶住国民党兵接下来的强攻，父亲非常忧虑，他不断向身后看着，心里急切地盼望着那名回去报信的队员能马上向他报告。

葛队长的右大臂被流弹蹭了一道，虽然没有伤着骨头，但还是流了好多的血，父亲把自己的衬衣使劲撕下一条，给葛队长包扎好后，他咬着牙向葛队长点了点头。

葛队长没有明白父亲的意思，急着表态说：

“队长，不碍的，我能坚持住！”

父亲向葛队长微笑了一下，只回答了两个字：

“好！”

对面又开枪了，但这次枪声不密。

父亲即刻示意几个小组都停止了射击，他要节约弹药，因为他估计接下来的战斗会更激烈。

没有想到的是，对岸除了一阵阵稀疏的枪声之外，好长时间没有进一步的动作了。

父亲探了探头，观察了一下。

对岸的枪声虽然稀疏，但好像有一定的规律。他顿时明白了对岸的意图，他们在用规律的射击封锁住河道，这种射击应该属于警戒性质的，意思是“我没法过河，你们也别想打过来！”

无法渡过击退他们，更不能撤退让出河堤，只能这么僵持着。

父亲的心里，更急切地盼望着其他队员们的到来了。

又是一阵密集的枪声，这次的子弹是专门对着父亲他们四个组所在的点位射击的，父亲他们又一次被压制着抬不起头来。

河道里随即传来了一阵嘈杂声，父亲知道这是国民党士兵又要准备过河了。

仰面躺在堤岸的斜坡上，父亲拿出手雷向两侧的队员们示意着，拨出插销，向后抛出了一颗。

手雷都扔向了队员们正后方的河道里，激烈的爆炸声过后，河道里传来了国民党士兵痛苦的呻吟声。

父亲立即拿起第二枚手雷，示意大家一起向后抛去。

水柱被炸起了很高，就是水柱溅起的同时，父亲他们几乎是在同时都拿起了枪，转身探出头来，向对岸河堤和河道里射击着。

对岸的机枪再度哑了下来，河道里的国民党士兵拼命地向堤岸上爬去，枪口向后胡乱地射击，掩护着他们自己。

就在这时，和小五同组的队员着急地冲着父亲的方向嘶吼着，可是现场的声音太乱了，父亲根本就没有听到，直到这名队员跑过来报告说小五中弹了，父亲才停止了射击，跟着队员跑了过去。

小五仰面躺在河堤的斜坡上，左手紧按着右肩窝，额头已经沁出了豆粒大的汗珠，他紧咬着牙。

父亲轻轻地拿开小五的左手，用力地撕开了小五的上衣，又抬起小五的身子，仔细地看了看。

还好，不是致命伤，子弹穿过了肩窝，从右肩胛骨和脊椎间的缝隙里打了出去，但是血流的很多。

父亲三下两下地就脱下了自己的外衣，扯下了自己的衬衣，使劲撕成了好多条，揉成一团按在小五肩窝的枪口处，又在伤口处斜缠了几层布条。

简单包扎后，他让小五自己用左手使劲按压着肩窝上的伤口。

“你还得挺一挺，这个时候咱们如果撤退的话，会被他都吃掉的！”

父亲冷静地说着，他的额头几乎就贴着小五的额头。

“队长，放心吧，我没问题！”

小五咬着牙回答着。

父亲挨个战位看了看，逐个队员问着剩余的子弹数量。

子弹每人平均不足五发，所有人的手雷加在一起只有九颗了，这点弹药想打退敌人的再一次冲锋可是难上加难了。

父亲的心里不得不在做着最坏的打算。

无独有偶，对岸的火力也停了下来，父亲他们的顽强阻击让他们头疼，而不断飞来的手雷更让他们恐惧。

“绝对不是武工队那种土八路，他们不可能有手雷的，他们的手榴弹杀伤力绝对没有那么大！”

这几乎是对岸国民党士兵们的一致看法，所以当他们的连长再度让他们冲锋时，这些士兵们都嚷嚷了起来。

“这就是共产党军队的圈套，咱们稀里糊涂地被带到这里，肯定是上当了！”

“对，共产党肯定是早就挖好了坑等咱们跳呢！”

“那个告密的呢，不会跑了吧？”

当一名国民党士兵把冯三从车底下拖出来时，冯三吓得抱着头趴在地上，浑身发抖着。

“你这个王八蛋，好好说说到底是怎么回事？”

有个士兵对着冯三踢了一脚，恶狠狠地骂了一句。

冯三只是抱着头趴在地上，战战兢兢地不敢抬头。

“你，抬起头来！妈的我们连长要问你话呢！”

冯三侧了一下脸，这才看清身边已经站着一位挎短枪的军官。

冯三立起身子，还是跪在地上，抬着头看着这位连长，委屈地说：

“长官，我说的是真的，昨天中午我就是从这个地方跳河跑回来的。”

“当时，你看到他们有多少人，都背什么枪？”

“长官，当时我混在家属队伍里，看到他们也就十多个人，都背着长枪，汉阳造还有老套筒。他们自己也说是县里武工队的，他们是土八路啊。”

冯三两手比划着，费力地解释着。

“妈的，昨天中午的事你早上才来通知老子们，土八路还能在这里等着你来不成？”

站在旁边的一个国民党士兵边说边用枪掩砸了一下冯三。

“我，我跑回到镇子上都已经下午快吃饭的时候了，镇上保安队的胡队长说要等早上再给你们说的。”冯三的解释像是在开脱自己。

“他娘的，这个姓胡的是想借刀杀人！”

站在冯三身旁的国民党连长有些懊恼地骂了一句。

“你清楚不清楚这一带有没有共产党的主力部队？”

连长接着问。

“长官，这个，这个我真不知道！”

冯三有点害怕地低下了头。

“妈的，共产党这手够阴的，先拿几个土八路当诱饵，再布好阵等咱们上钩。”

“可是上峰给咱们的命令是消灭这伙共军呢，现在好像还不能撤退吧？”

“上头？上头根本不了解情况，咱们都被这小子给骗了。就咱们这点人想跟共党的主力打，那不是找死吗？”

“就是，前几次打败仗也是这样。”

周围几个士兵的议论声音虽然小，但冯三却听得非常清楚，他的心里也打起鼓、害怕了起来。

“行了，都别说了！咱们等会再冲一次，再冲不过去，咱们就撤退，咱们兄弟们回去也好交差！兄弟们都检查好弹药，休息一下听我的命令！”

这位连长的命令一下，站在冯三周围的士兵都不作声了，纷纷转到河堤上找着自己的战位，做着试图再一次冲锋的准备。

冯三被晾在了一边，他也没有想到事情会是这样的，右眼皮开始急速地跳动着，手也开始抖了起来，呼吸好像也困难了。

冯三的心里这时有了一股不祥的预感，这种感觉搅得他自己心神不宁的。

这些士兵大多是老油条了，他们的心里都以为这是在让自己去当炮灰，去送死，所以他们当然也在做着如何保命、逃命的准备。

战场上的寂静有时候会让人觉得窒息，因为接卜来的都是未知。

天空开始飘起了小雨，雨滴洒在身上很柔和，可是雨势渐渐地大了点，雨滴砸在身上时会感觉到有点疼了。虽然是春天了，还是感觉到了一丝的寒意。

河堤的斜坡上湿了，手按下去会带出泥巴来了。

还不知道要熬多久，父亲抬头看了看天，对身旁的葛队长说：

“老葛，我看这天一时半会晴不了，给你个任务！”

毕竟是第一次与父亲并肩作战就能单独分派任务，葛队长兴奋地点了点头。

队长，啥任务？”

“你再带上葛沟区小队的一名同志，赶紧把小五护送到后方去，他的伤不能支持太久。”

“队长，俺不想。”

葛队长也是个直筒子，不假思索地把他心里的想法说了出来。

“怎么了？”

父亲探头看了看，扭过脸看了一眼葛队长。

“俺知道一会还要打仗，队长你派其他人送小五子吧，俺想留下来跟你一块战斗！”

葛队长说得非常真诚，也很直接。

“你们护送小五回去也是任务，别婆婆妈妈的了，我和他们几个留下就行了。”

父亲用手指了指旁边的几名队员，都是跟着父亲冲杀过多次的了，他是想依靠他们几个默契的配合给护送小五子的葛队长他们争取更多的时间，其实就是把生的希望留给他们。

“都说队长你护犊子，可俺看你是偏心眼。他们几个还没有俺的枪法准呢，俺申请留下来。”

父亲一听，这个葛队长也是个犟脾气，于是他笑了笑，说：

“好吧，那你去把小五子的卡宾枪换过来，咱哥俩在这打他们个痛快！”

小五子被两名队员搀扶着往后方跑去了，队员们都集中在了父亲的身边。

“大家都做好准备，咱们这次说什么都要把上岸的国民党兵拖上一段时间。一会先扔手雷，子弹要瞄准了再打，所有人都上好刺刀！他们就算冲过来也只能是踏着咱们的尸体才能冲过来！大家做好准备了吗？”

“做好了！”

人少声音齐，喊声也是挺响的。

葛队长这才明白父亲的真实意图，明白了父亲其实是在给他们一线生机，而把牺牲的危险留给了自己。于是在他的心里，对父亲徒然敬重起来，所有的不服、埋怨等都一扫而光了。

果不其然，对面的枪声再度响起。

在火力的压制下，国民党士兵开始悄悄滑下河堤。天雨地滑，几个士兵没站稳当，直接滑进了河里，溅起的水声顿时暴露了他们的行动。

可是父亲他们还没有动静。

国民党士兵开始过河了，突然几颗手雷在他们头顶、身边响起，国民党士兵们被炸的七歪八倒，其余的纷纷向后撤去，挤做一团。

“大家分散开，选择合适的位置瞄准射击，记住要先打对岸的机枪手！”

父亲快速下达完命令，自己拿起枪对准了对岸的火力点连续射击着。

可是，就剩下那么点子弹，打了几枪之后都没有了。

局势一下子紧张了起来，父亲他们都端起了上装好了刺刀的长枪，弓身站在河堤的斜坡上，准备与上岸的敌人展开肉搏。

就在这时，父亲他们的背后传来了悦耳的冲锋号声。

父亲回头看去，只见得武工队的队员们正在一路狂奔，离河岸越来越近了。“同志们，咱们的人来了！”父亲的这句话鼓舞了其他的人。

葛队长兴奋地站了起来，跳跃着向正在靠近的队友们挥着手。

突然，一梭子弹飞来，葛队长向后趔趄了一下，猛地摔倒在了河堤的斜坡上。

欲知葛队长是否受伤，请看下集《大战前夕》。

第二十九章

大战前夕

葛队长重重地摔倒在了河堤的斜坡上，他骨碌了一下坐了起来，浑身摸了摸，哪儿都没受伤。

葛队长立即想起了在他摔倒之前，是父亲猛地拽了他一把，正是这一把让他与死神擦肩而过。

“队长，要不是你……我……”

葛队长的眼里含着泪花，感激地看着父亲。

父亲伸出一只手来，葛队长搭上手时，父亲一用力，便把他拉了起来。

“赶紧起来，准备战斗！”

也许是听到了冲锋号声的缘故，河道里的国民党士兵争相往后撤退着，他们爬上了河堤，退到了河堤的下方。

武工队员们都到了，父亲看着大家，激动地直点头，一时竟然没有说出话了。

能听到对岸汽车的发动声了，洗车开动时卷起的尘土扬起来了，对面的国民党兵居然要退。

“咱们打他个措手不及，快，过河！”

父亲短促的命令鼓舞着每一名队员，向对岸集中射击了几枪之后，队员们都滑下了河堤，跳进了还有些冰冷的河水里，奋力地向对岸冲击着。

两条腿始终没有四个轮子快，队员们上岸时，那几辆汽车已经开得很远了。

“队长，那边树林里好像有个人在跑，怎么办？”

一个眼尖的队员向父亲报告着。

“追上去，抓住他！”

这时，葛队长刚好从父亲的身边经过，他顺着队友的手指看着，马上快步往前跑去，他边跑边说：

“队长，那是冯三，我去抓他！”

还没等父亲答应，葛队长已经跑远了。看着葛队长的身影，父亲满意地点了点头，马上安排着队员们搜查着周围一切可以藏身的地点。

远处，葛队长连续开了两枪，冯三已经吓得趴在了地上，葛队长快步上前踩住了冯三。

父亲带着两名队员赶了过去。

葛队长挪开了踩在冯三后背上的脚，弯下腰，正要把冯三翻过来，没想到冯三的右手里正握着一把刀。

冯三用尽力气挥出一刀，刀是对着葛队长的胸膛去的。

这时，站在旁边的父亲一脚踢开了葛队长，抽出驳壳枪对着冯三连开了几枪。冯三被击毙了。

葛队长的脸上、身上都沾满了泥，他坐在地上有些吃惊地看了看冯三，又看了看父亲。

“队长，我……我……”

“行了，别我我的了，下次记住教训，抓住俘虏一定要搜身的，不然就会有危险。”

父亲知道这是葛队长的大意造成的了，可是也不能全怪他，毕竟他孤身一人已经抓住了冯三的，如果刚才大家都警惕一点，就不会发生意外了。

一天之内，接连被父亲救了两次。此时，葛队长的心里对父亲只有敬重和感恩，他甚至都想到了随时愿意为父亲去死，可是他却表达不出来，只是眼泪汪汪地看着父亲。

战斗总结的时候，父亲主动承担了责任。

“在解救了家属们之后，特别是知道了有坏人混进来后没有及时认真地审查，总想等着葛沟小队的同志们到达后再进行审查，这样就贻误了时机，给冯三逃跑有了可乘之机，我应该为此负责。”

不过父亲的自我批评却没有通过，因为葛队长带头反对，他的理由很简单，话也说得很粗暴。

“队长啥错也没有，谁要敢说队长一个不字，俺老葛跟谁拼命！”

老葛的意见得到了大多数队员的拥护，但是战斗总结还得进行，父亲只好退而求其次。

“好，好，咱不说这些了。咱们还是要认真分析一下这次的战斗，为什么国民党士兵在人数的装备都好于咱们的情况下，没有冲过来？大家想过这个问题没有？”

队员们都摇了摇头。这时，父亲起身在队员们间走动着。

“第一，不是咱们有多厉害，大家千万不能有这样的想法，而是咱们的对手太小瞧咱们了，他们这是轻敌。第二，是手雷发挥了作用，手雷好带，也比手榴弹能多带几颗，它的威力也大，所以才能给敌人更大的杀伤。第三，还是咱在明敌人在暗，咱们在这次战斗中都没有露脸，没有让对方发现咱们到底是哪个部分的，他们把咱们当成了主力都是可能的。大家想一想，是不是这个道理？”

“队长，那以后再打仗，咱们要多缴获手雷！”

“不光是手雷，队长用的卡宾枪也会让敌人发懵，装弹多又能连发，要是咱们再有几挺机枪就好了。”

“你胃口不小啊，还几挺机枪，咱们要是有一挺就不错了。要不下次打仗时，你想办法缴获？”

“有啥不行的，下次你们谁也别跟俺抢！队长，俺要是缴获了机枪，是不是就归俺用了？”

“你缴获的，当然你可以用了。”

父亲最开心的就是看着队员们斗嘴，一般情况下，他是不插话的，但是如果被问到了，自然是要回答的。

“那不行，队长，要是他连着缴获两挺机枪，他也用不过来呀，难不成他一手端一挺机枪，还不累死他。”

这名队员一边说，一边做着动作。

队员们知道父亲的回答不是最终的决定，所以大家肆无忌惮地继续开着玩笑。

仅仅这么一次战斗，几个区小队一下子被父亲凝聚起来了，队员们团结，士气也高，原本预计的一些磕磕碰碰都没有发生。

父亲开始琢磨下一步的行动了。

渡口的对面，已经有还乡团保安队在巡逻。两天后，他们竟然在渡口建起了一座岗哨，派出了全副武装的保安队员站岗。

看来，国民党这是在步步紧逼，不断挤压共产党、武工队的生存空间。他们这种做法到处都显示着当年日本鬼子蚕食政策的影子，看来王洪九受鬼子的影响太深，以至于他自己都分不清楚这些计策是借用鬼子的，还是国民党政府发明的了。

武工队当然不会被困住，沭河那么长，当然不是只有这么一个渡口的。

连续几个夜晚，父亲都带着队员们沿河上下运动观察着，选择了几个点试着过了几次河，都成功了。随后，父亲针锋相对地在渡口安排了两名警戒暗哨，并在附近村子里派出了约 20 人的小组待命出击，并授权葛队长全权负责处理渡口的一切应急情况，其实就是给了葛队长可以自行战斗的权利，当然这种战斗局限定在了小型和快速两个方面。

父亲他们还趁着夜色在渡口我方一侧的河道、河堤斜坡上隐蔽布设了多枚手雷，目的就是防止还乡团保安队偷袭或者偷偷地渡河。

就这样，武工队可以观察到对方还乡团岗哨的情况，多重隐蔽之下又不会被对方发现。渡口的应对措施布置妥当之后，父亲便思索着如何收集对岸村镇里的国民党驻军、还乡团保安队还有那些地主们的事情了。

在国民党的严密监视之下，像以前一样成建制、大规模地渡河已经是不可能的事情了，只能在人数极少的情况下隐蔽渡河方可。如今的武工队人数已过百，身为队长的父亲也不可能像以前一样，无拘无束、来去自由了，他必须肩负起整个队伍的领导工作。所以没有特殊情况，他想一个人渡河侦察肯定不会被大家所同意的。

父亲虽然这几天没有过河去，但是他知道在河西岸各个村镇的朋友那里都已经积攒了许多的情报，选择哪个朋友、怎么拿回这些情报才是关键。

吃过晚饭，父亲带着一名队员在队伍驻扎的村子前后检查着各个岗哨，突然他的脑海里闪过一个念头，于是他对身旁的队员说着：

"小五子，你去一趟镇上，去找一下艾老大，他那里的情况肯定更多。"

旁边的队员愣了一下，有些木讷地说：

"队长，小五哥正在后方养伤呢。"

"你看我，忘了小五子受伤的事了。"

习惯了小五在身边，小五养伤去了，父亲倒是有些不太适应了。于是，他一拍脑袋，转身快步走着。

艾老大的特殊身份是不能再让其他人知晓的，知道的人多了会危及他的安全。父亲知道这方面的纪律要求，所以他绝对不会以艾老大的安全为代价来换取相关的情报。

这种情况下，只有自己亲身前往才行。

趁着大家还没有休息，父亲把队上的骨干都喊了过来，说出了自己的想法。

开始队员们是不同意的，可是父亲的理由充足，队员们也没有什么反对的借口，只能同意父亲过河去，但是必须二人以上同行。

为了这个同行的名额，队员们又开始你争我抢起来。最后，父亲还是挑了一名腿脚特别快的队员同行，就是上次在渡口战斗时葛队长派回去搬救兵的那位。

事不宜迟，两人当即裹紧绑腿、腰插短枪，消失在了夜色之中。

父亲这次渡河的地点是在沭河上游、离驻扎的村子只有三、四里路远的地方，这里河道较窄，用一根长长的竹杆就可以撑跳过去，而竹杆当然是父亲前两天在选择这个地点时就预备下来的。

渡河挺顺利，没遇到还乡团保安队的保安们。可是因为这里距镇上路程较远，所以两人便是一路飞奔，没敢做任何的停留。

到达镇上已经是下半夜了，两人走的是屋顶，不容易被人发现。

在十字街口的油坊后门跳下，父亲举手有节奏地拍着后窗。

油坊的后门打开了，艾老大这次没有点灯，急促地说着：

“快进屋！”

刚一进屋，艾老大点亮了门后的一盏油灯，担心地看着父亲：

“你啊，你啊，你这是不要命了！你知道你的人头现在值多少钱了吗？两万，整整两万大洋！”

父亲笑了笑，若无其事地说：

“这么值钱，看来我比当年王荣还值钱呢！对吧，大表哥？”

“别逗嘴了。说真的，我觉得这两天你该派人来了，没想到是你自己来了。来来来，这是这一段时间的《悬赏通告》，你自己拿回去慢慢看吧，你的人头价现在是成倍成倍地往上长。”

艾老大说着递过几张《悬赏通告》。父亲接过话，玩笑地说：

“那就说咱现在的行市看涨呗？”

“你还得意上了，这也不是啥好事啊！”

艾老大遇事总是特别沉稳，他拿了两个小马扎递给父亲二人，继续说：

“镇上不安全，你别在我这待久了。最近，国民党部队走马灯一样地驻扎在镇上，他们在沿途都加紧了岗哨。听说，前两天的晚上还在镇上的各个路口设岗堵截，但好像是没有抓到。不会是你吧？”

父亲笑了笑，没有回答艾老大。其实听了艾老大这么一讲，父亲才明白那天晚上横穿镇上时，为啥有那么多巡逻的士兵，有那么多岗哨了，同时他也为自己那晚没有下令硬闯而暗自庆幸。

看着父亲没有言语，艾老大也没再追问，像是竹筒倒豆子一样，着急地向父亲详述着这段时间的见闻。

镇上的国民党士兵都是从南面赶来的，他们的建制似乎越来越大，从团到师还有司令级别的。他们的装备很整齐也很强，有汽车、大炮，还有坦克，当官的还有专门的小汽车（吉普车）。从他们的行军路线上看，他们应该是要沿沂沭河北上，但是具体的目标不清。

看来，北面确实要有大事发生了。

镇子及周边村子里的地主们好像都怕被武工队当成攻击的目标，纷纷买枪建起了护院队，他们和还乡团保安队的关系也变得复杂起来，不像之前一门心思地巴结了，反而有点若即若离的感觉。

艾老大还提到了当初被武工队俘虏过的麻子已经调到了葛沟保安据点，这无意中的一个线索倒让父亲有了新的想法。

不敢多做停留，连夜赶回驻地。一路上没有惊险，只有劳累。

赶回驻地时，天已经亮了，父亲让同行的队友休息，他找其他的队员叫来了葛队长。

“队长，这么一大早把俺叫来，肯定有重要的战斗任务吧，你说吧，让俺上刀山、下火海都行！”

葛队长一路跑来的，还呼哧呼哧地喘着粗气。

“别想的那么邪乎。把你叫来，是想听听你的意见。”

父亲起身倒了一碗热水递给葛队长。

葛队长恭敬地接过碗，嘴角一咧，开心地说：

“队长，有啥任务你下命令就行，只要是你的命令，让俺干啥都行。”

“真的？”

“当然是真的，军令嘛！”

“好，我就不客气了。”

“队长，你下命令吧。”

“命令你老葛即刻挑选几名同志一起，潜回葛沟镇，摸清葛沟保安据点的情况。特别是保安据点里有个叫麻子的，应该是队副以上的职务，你要想办法贴上他，同时把我的口信带给他。”

“队长，葛沟据点的情况我熟啊，在哪儿、它门口的路都是到哪去的，我都清楚。”

葛队长胸有成竹地说。

“噢，那你知道最近国民党部队频繁调动是为什么，这些部队走哪一条路，向哪个方向去的？”

父亲反问了一句。

葛队长摸了摸自己的头，没有回答上来。

父亲笑了笑，继续说：

“没事，我之前也不知道。这一段时间以来，国民党军队调动频繁，大都是从南向北走的，葛沟就是他们的必经之路。我考虑，北面肯定会有大事，咱们武工队说不定就要去北面执行任务，所以咱们要抓紧了解清楚沿途的一些情况。怎么样，这个任务能不能完成？如果你觉得有压力，我再找其他同志商量。”

请将不如激将，本来葛队长就急于想在父亲面前表现一下，被父亲最后两句话一激，自然是没有退路了。

“队长，怎么说俺也是葛沟人，其他同志去根本就没有俺这个优势的，俺保证在五天内完成任务。”

交代细节，挑选队员，调换枪支。送走了葛队长小组，父亲回屋倒头便睡，一直睡到了下午。

父亲睡醒起来，卷了个煎饼狼吞虎咽着。

这时，县委保卫大队的王政委走了进来。

“哎哟，什么风把你给吹来了。”

父亲放下了手中咬了一多半的煎饼，两只手在衣服上蹭了蹭，伸了出来。

这次，王政委倒是先敬了一个礼，才握手的。于是，两人握手时哈哈大笑起来。

“队长，你们最近的这场战斗可是惊动了滨海军分区首长了，首长们都表扬你了呢，说你们武工队敢于碰硬，打出了咱滨海军分区的威风。估计你的立功很快就会批下来了，到时候你可得抽空到我们保卫大队去传授一下经验啊！”

王政委讲话越来越干脆了，以前羞涩的书生如今已经成了一名威武的军人了。

“有啥好表扬的，要是我们当初就抓住这个冯三，说不定就不会有这场战斗了。”

父亲压根就没有想到这场仗会得到军分区首长的表扬，他反而更加后悔当初没有抓到冯三了。

“队长，可不能这么说。你们在人少、武器不如对方的情况下，打退了敌人的进攻，保住了这个渡口，就是保住了咱们大后方的第一道防线。这话不是我说的，可是县委领导说的啊。好了，还是跟你汇报正事吧。”

王政委一本正经地说着，从口袋里掏出了一个小本翻看着。

“队长，你们上次押回来的几个俘虏还真交代了不少的情况。眼下，国民党正在大举调动兵力，从南北两个方向夹击咱们沂蒙山区，华野首长准备在近期在蒙阴、泰安一带展开一场大的战役行动，上级命令我们所有的地方武装组织要全力配合这些战役。”

“怎么配合，王政委你快讲。”

“就是利用咱们人熟、地熟的优势，想办法拖住敌人，让他们不能快速地行动。那几个俘虏也交代了，塔桥村边的公路最近确实是国民党部队的必经之路，他们塔桥据点的人没有参加还乡团保安队最近的几次行动，也是因为他们接到了命令，要求他们必须确保塔桥据点周边公路的通畅。但是具体用什么办法拖住敌人，没有明确的指示，需要咱们各支队伍认真地琢磨琢磨。我这次来，也是县委领导说是想听听你们武工队的打算。”

“就是说，上面让放手让咱们打，但是不限制咱们的打法，对吧？”

父亲反应非常迅速，一句话就抓住了问题的关键。

王政委听后像如梦初醒一般，连连说着：

“对啊，我怎么就没有想到这一点呢？”

父亲把王政委拉到院子里，他又在地上划起了图，边划还边说着：

“你看，这是沂河，这是沭河，这是咱们这里，这是白塔街、塔桥、葛沟，你看这三个点正好是在一条线上。现在，国民党部队正在火急火燎地向北开进，这些据点就会时紧时松，也就是说，国民党部队要经过这些地方了，那这些地方的据点就会紧一些。我们上次打塔桥据点，可能正是赶上了他们的空隙。

咱们不可能跟国民党部队正面发生战斗，那样咱们可占不到丁点的便宜。这几天我也观察了，他们这次动用了不少的汽车，这玩意在公路、大路上跑是行，但是遇到坑坑洼洼或者到处都是泥水的地方，它就不灵了。所以啊，我想咱们应该在路上做点文章，把他们必经的一些路给炸了，今天炸这一段，明天炸那一段，那些汽车可就挪不了窝了。到时候，咱们再搂草打兔子，顺带着收拾几个据点，不是更好？”

两个人蹲在地上，一个在认真地分析，一个认真地听。很快，在他俩的周围聚起了好多队员，大家都听得入神了。

天很快黑了下来，父亲要王政委留下来一起吃饭，王政委却说：

“你这里吃煎饼，我回去也吃煎饼。你已经教了我一下午了，我说啥都要先消化消化才行。我得赶紧回去，我们保卫大队也得好好琢磨琢磨，争取也能跟队长你一起打回仗。”

王政委态度很谦虚，但是也看得出他对父亲已是越来越尊重了。

送走了王政委，父亲又召集起所有的队员，诸葛亮会又再度热闹起来。

大家的首要目标都对准了沭河渡口上的这个还乡团岗哨，一致地认为只有先把它干掉，才能在以后的行动中保证通向大后方的道路畅通，也才能没有后顾之忧地放手去打。

第三十章

突破封锁

大家正在讨论着，这时院子里的大黄狗冲着门外使劲地叫着，父亲侧过身向门口看了看，没发现什么。这时一名队员起身到门口看了看，回来向父亲汇报说：

“外面有两条土狗，不知谁家的。”

父亲突然一拍腿，指着院子里的大黄狗高兴地对大家说：

“你们看到了没，这就是看家狗的好处！”

一下子，大家被父亲给弄懵了，大都没反应过来。倒是沉默寡言的老张点着头，冲父亲竖了竖大拇指，笑着向大家解释着：

“队长真是高招！队长的意思啊，是不打渡口的保安队岗哨，就让他们给咱们当一回看家狗。咱们进出是没事的，不让它叫它就不敢叫。如果有外人来了，那它怎么也要叫上两声的。这样，对咱们是安全的，遇到紧急的情况时，它叫那么两声，咱们也就有了反应的时间。大家想一想，是不是这个道理？”

大部分队员经老张这么一解释，都通了。

当然，疑问还是存在的，比如：

“怎么才能让他们成为咱们的看家狗呢？”

“怎么样才能让他们遇到外人的时候，像看家狗一样叫上几声呢？”

就像一场战役，为将帅者运筹帷幄，总是从宏观方面来谋划整个战役。上下同心之时，一旦谋划得当，各级的指挥员、战斗人员便要在行动中采取各种手段千方百计地来完成这种谋划，这样，就可以牢牢把握住战役的主动权。

负责渡口监视的队员报告，对岸岗亭里的两个保安队哨兵一直没有更换过，他们俩每日的活动规律已经被我方掌握的一清二楚。巡逻队的巡逻规律也基本上摸清了，他们唯一没有出现的时间就是傍晚到天亮时分，也就是晚上他们都不出来的，初步的判断是他们晚上不敢出来。

几个精干的侦察小组又出发了，走的是上游的那个渡河点，因为目前在渡口过河的时机还不成熟。

也就是四五天的工夫，各个小组汇总的情况跟艾老大讲得差不多，国民党部队都是沿沂沭河北上，但是因为这些部队调动太过频繁，所以部队的番号、人数、装备等情况没法了解的太详细。近期各地的还乡团保安队也明显地加强了警戒，大部分村镇的主要路口都增设了岗哨，对往来人员的检查有所加强。从表面上看，这一切都是为了保证国民党部队不受到意外事情的干扰，当然主要针对的对象就是区域内共产党各级地方武装组织了。

渡口两个保安队哨兵的情况也大体摸清了，两人都是莒县夏庄人，从小就喜欢干些偷鸡摸狗的行当，早年当过日伪军，鬼子投降后一度回乡务农。但他们终不是踏实干活的人，所以王洪九一回来，他们便迫不及待地投靠了。他们这些人的典型特点就是欺软怕硬，只要你一次性地把他打疼了、打怕了，那以后的事就全由你做主了。

情况大体上弄清楚了，父亲反而不着急收拾两个哨兵了。

派人到后方汇报这段时间收集到的情报，然后悄悄地派出了两个小组携带着各式地雷十几枚，趁着夜色从上游和下游的渡河点分别过河。两个小组的目标在南北两个方向，父亲选择这两个不同地点的目的主要是为了迷惑敌人，给敌人一种到处都有共产党武装组织的感觉。

“从现在开始，每天晚上都要想办法折腾一直渡口的两个哨兵，让他们没法正常休息。原则是不能开枪，也不能过河去，还不能让还乡团的巡逻队察觉。”

这是父亲下给渡口监视组的命令。

这个命令，可把渡口岗亭里的两名保安队哨兵给折腾苦了。

头两天晚上是敲锣，一到晚上便锣声大响。开始的时候，两个哨兵还气势汹汹地开上几枪，可是连续两天下来，特别快天亮的时候，他们连懒得走出岗亭了。后两天晚上是用纸糊的大喇叭对着岗亭喊话，叫的还都是他们的小名，说的也都是他们在夏庄时的糗事，特别是他们干过日伪军的经历，件件旧事都会让他们心惊肉跳，他们的心里最害怕的就是秋后算账了。

袭扰敌人的小分队进行的不太顺利。

两个小组都反映，国民党的部队好像是在平行着向前推进，各部队之间的空隙不大，这些空隙多是一些田地，并且在大路上来回走动的巡逻队很多，巡逻的时间也不固定。所以这些反常的情况，都让袭扰小组无从下手。

巧的是，葛队长及时回到了队里，他带回来的情报让袭扰国民党军队的事情有了转机。

葛队长小组潜回葛沟镇后，充分利用了熟悉地形的长处，他们很快就摸清了据点内一些头目的活动规律。在到达的第三天晚上，在葛沟据点外居然用守株待兔的方式活捉了参加酒筵回来的麻子，没费吹灰之力。

麻子还是队副，因为上次负伤，他没能参加还乡团几次大的清剿行动，没参加行动，就没有“立功”可言，更没有捞到可以上贡的“油水”，所以他也就错过了两次提拔。心灰意冷加上他不想让别人在背后里对他指指点点的，于是他便托王财给调了个地方，当时只有葛沟据点这么一个闲职，于是他便走马上任了。

麻子虽然还是个队副，可是他把和王财的关系吹得天花乱坠的。有一次，王洪九在临沂城召集各个据点的保安队长集中训话，晚宴时站在王洪九身边的王财特意向葛沟据点的队长提了几嘴麻子，王洪九也没说什么。于是据点里的人都知道了麻子是个手眼通天的人了，都觉得他一定会接任队长之职的，所以都想办法巴结着他，就连当地的几位地主也是隔三岔五地宴请麻子。

时间一长，据点的队长觉察出麻子没什么真本事的，慢慢地就把他晾在了一边，据点里的人也有意地和他疏远了，但在面子上都还是彼此客气着。

麻子心里别扭，于是每天就知道吃喝嫖赌，正经事从来不干。就这样，他被葛队长几个人给活捉了。

一听说沭河边小村的地雷阵，麻子的心里清楚自己头顶上的那把刀就要落下来了。于是他向葛队长不停地哭诉着，说自己这段时间以来没有干过一件伤天害理的事情，还说自己一定会听队长的吩咐，他表示要戴罪立功，以报答队长当时不杀、帮着疗伤的大恩大德。

于是，麻子从葛沟据点的人员、装备说起，一直讲到了最近上面给葛沟据点下达的任务。讲到葛沟据点负责葛沟－塔桥段公路两侧的巡逻时，麻子说其实只是国民党部队需要开进时，那些部队上的士兵会沿着公路巡逻一下。而据点里的保安基本上只是做做样子的，因为公路两侧都是丘陵，丘陵上好多坟地，小道崎岖不好走，没有人愿意到那些地方去，特别是塔桥据点被共产党端掉之后，就连做做样子也没有了。

葛队长判断可以将地雷布在公路两侧的丘陵上，这样只要触发了地雷，除了地雷本身的杀伤力，炸起的石块也会覆盖下方经过的队伍，能更有效地杀伤敌人。

父亲听后，陷入了一阵沉思。

“葛队长，你刚才说的方案很好，我都同意，可是万一遇到国民党军队的巡逻队可就麻烦了，他们坐的是汽车摩托，比咱们的两条腿快多了。再说麻子这个人是不见棺材不掉泪的，咱们必须得想办法把麻子牢牢地掌握在手中，让他断了当墙头草的念想。我琢磨着你们是不是再跑一趟，就说我向他借几套还乡团保安队的衣服用一用，还要有帽子和皮鞋，新的旧的都行，你见了他这么说：‘咱队长说了，他挺想你的，但是这段时间出门不太方便，所以问你借身衣服好出门。

队长说这个账都算到他头上。’这样麻子就不敢不借，他只要把衣服拿给咱们，那就等于咱们已经把他紧紧地攥在手里了，不怕他当墙头草。”

“队长，那俺几个这次带着家伙去呗，要不还得再费二遍事，行不？”

“我同意，你们拿到还乡团保安队的衣服后，尽快地换上。另外，你们不要在晚上的时候去布雷，那个时候万一遇到国民党军队的巡逻队，也会有麻烦。建议你们在白天大摇大摆地去，至于选早上还是傍晚，那就由你老葛当机立断了。记住，布完雷之后，不要管这些地雷能不能炸、炸死炸伤多少敌人，要立即赶回来，回来还有其他的战斗任务，你老葛必须参加下步的战斗任务。”

葛队长对这次的任务看得很重，这个任务也非他莫属。父亲一边同意葛队长的请战要求，一边故意用战斗任务吊起葛队长的胃口，是因为他害怕葛队长这个小组为了达到有效杀伤敌人的目的而不惜任何代价，这其中当然包括打红了眼之后与敌人的同归于尽，这可是父亲不愿意发生的结果。

于是葛队长带着原班小组人马出发了，他们根本就没有来得及休息，每个人身上都携带了两三颗地雷，每个人的脸上都写满了必胜的神情。

而对面的哨兵，也该进一步地收拾一下了。

在下半夜的一阵锣声之后，父亲带着一个小组在渡口悄悄过河。摸进岗亭，两个哨兵都睡得像死猪一般，推了好一会才把他们弄醒。

看到如同天降的武工队员，两人吓得浑身发抖。

“别害怕，咱们打交道也不是一天两天了。这次呢，既不伤你们，也不绑你们，就是想你们给句话。”

父亲举着驳壳枪在二人的脑袋上来回地点着，二人每一次都害怕地极力地躲着驳壳枪的枪口，身子都像筛糠一样了。

“爷，爷，饶命饶命。只要爷饶命，你让俺兄弟俩干啥都行，求爷饶命！”

“好说，好说！这个渡口呢，我们今后可能要经常从这里来回地走，不知道二位能不能行个方便呢？”

父亲用枪口挑起了二人的下巴，盯着二人的眼睛问着。

二人不敢与父亲的目光对视，连连点着头，带着哭腔说：

“爷，俺俩的命都在爷的手里，俺全听爷的。只要爷想从这里过，俺保证让爷每次来回都顺顺利利的，以后俺就是给爷看家护院的。”

“咱可雇不起二位，一来没有吃喝，二是没有饷银，你们二位给咱武工队看家护院，这事要是被你们上司知道了，你们这就是私通八路，你们俩的脑袋还不得搬家啊，难道你们不怕？”

父亲进一步地敲打着两个哨兵。

“爷，求爷给小的一条出路吧！”

两个哨兵明显地害怕起来。

“都说了，既不伤你们也不绑你们，今后你们继续在这岗亭里站你们的岗，枪也不拿你们的，但是子弹不能留给你们。你们可以向巡逻队说是晚上听着外面有动静开了几枪，这样巡逻队会给你们补充的，但是补充的子弹还得交给咱们武工队。我会定期派人来取，你们觉得如何啊？”

父亲这一着是釜底抽薪，两个哨兵没有拒绝的借口，他们的不得不同意的。

“哎，你们和巡逻队之间的口令是什么？”

父亲突然问到。

“口令是‘消灭’，回令是‘土八路’”

两名哨兵战战兢兢地回答着。

父亲的枪口指着两个哨兵的额头，怒目圆睁地说：

“‘消灭’、‘消灭’，最后肯定是我们共产党消灭国民党、消灭还乡团。我劝你们好好想一想，跟着王洪九混不了太久的，就像当年日本鬼子一样。想想你们在夏庄的爹娘和兄弟姊妹吧，到时候他们可能一辈子都会背着伪军家属的罪名，不容易抬头哟。”

全队上下除了葛队长小组外出执行任务，其他的队员都因为闷在驻地不能出战而心里痒痒着。队员们没少向父亲请战，可是父亲不但不允许出战，还额外增加了一些训练的科目，比如对桥梁、公路的爆破方法，还有每天都是几公里、十几公里全副武装地越野。三天下来，队员们个个累得只要一挨着床边就能睡着，有的站着竟然也会睡着。

而父亲除了监督队员们的训练，还有一个让他头疼的问题，那就是如何把队伍拉出去打一仗，一来目前士气高涨，队员们都憋足了劲。二来呢这也是完成破袭任务的一种方式。

还有就是地雷的问题。

一段时间以来，武工队一直在吃着老本，这个老本还是老钱送给武工队的枪支和弹药。几次战斗下来，虽然每次都会缴获一些枪支弹药，但是地雷消耗非常大，县委已经很长时间没有下拔了，前几天葛队长他们几乎带走了队里剩下的所有地雷。如果再不想办法补充，那下步遇有紧急任务时，两手空空的，面子上不好看不说，关键是觉得心里没底。

向县委伸手要，说了也是白说，县委也没有。听说原来的兵工厂搬到山里去了，具体啥地方，没法问，也不知道问谁。跟友邻的保卫大队、其他县武工大队借，人家也不多，自己也开不了口。

为这件事，父亲一直在打着各种主意。有时候主意虽然有了，但很快又会被他自己否决掉了。

想来想去，办法只有一个：尽快地找到一个可以下手的据点，干掉它！然后再拿“借”来枪支跟兄弟部队去换！

所以，前些天父亲派出的两个袭扰小组同时还担负了对相应还乡团据点的侦察任务，但是结果都不太理想，所以他也一直没有跟大家讲。这几天，父亲又悄悄地安排了几个小组潜入各个村镇进行侦察，为的就是找到可以下手的对象。

吃柿子要捡软的捏。

父亲一直在等着，等着这个软柿子的出现。

第四天一大早，葛队长他们回来了。因为有两名队员负伤，葛队长不想让父亲知道这事，所以先找人把两名队友扶到其他院子里去了。

葛队长来到了父亲所在的院子，父亲正在打拳。一见到父亲，他便兴奋地说了起来：

“哎呀，这个麻子一听队长你要借衣服，开始时不肯答应的，后来俺几个把他的姘头给逮了，他才答应。俺几们就按队长你说的，白天穿着这身衣服大摇大摆地走，还真的没人敢吱声呢。俺几个在塔桥村至葛沟沿线的石头坡上都布设了地雷，把带去的地雷全用上了，还把俺几个的手雷也给他们安上了，估计够他们喝一壶的了。”

“衣服呢？”

父亲着急地问。

“都是旧的，扔了！那破玩意难看死了，还一股味，好像几年没洗过一样，穿在身上浑身不自在，所以快到沭河边的时候，俺几个都给扔了。对了，没有皮鞋的，麻子说皮鞋一人一双，没办法拿出来的。”

父亲听了后，摇了摇头，没有说什么。

葛队长这才回过味来，两手拍着自己的大腿，后悔地说：

“哎呀，队长，我办错事了，是不是那些衣服以后还有用啊？”

父亲顿时觉得即好笑又好气，顺口回了一句：

“你觉得呢？”

葛队长的脸上有点挂不住了，本来的黑脸膛变成了猪肝一样的暗红色了。

父亲忙拍了拍葛队长的肩膀，宽慰着说：

“扔了扔了吧，以后需要的时候再借呗，反正是还乡团的东西，借了也不用还的。没事了，别挂在心上了。”

葛队长抬头看了看父亲，发现父亲的脸上带着微笑，赶忙说：

“队长，你放心，下次我保证让这个麻子给咱们拿几套新的就是了。对了，队长，你不是说着急让俺几个回来有新的战斗任务吗，是啥任务啊，你就下命令呗！”

“这次你们去，有没有意外啊？

”父亲还是担心队员们的安全，所以没有急着回答葛队长的问题。葛队长怔怔地看着父亲，不情愿地嘟哝着：

“怎么啥事也瞒不了你啊，队长。我还是如实跟你汇报吧，有两名队员受伤。一人的脚被树茬子给扎伤了，脚面子肿了。另一个是昨天下午，大家在靠近塔桥的路边埋地雷时，与塔桥据点的一名保安队员突然遭遇并交了手，他自己被对方一刺刀插在了大腿上，他忍着伤痛捅死了那个还乡团。这不，一回来俺就已经安排他们去包扎了。”

“胡闹，你们去了五个，伤了俩！走，带我去看看他们去！”

父亲这次的口气严厉了许多，还没说完便拽着葛队长出了门。

两名队员都已经包扎过了，可是两人的伤口都红肿的利害。

老钱曾经说过这种情况下，必须赶紧用药消炎。

于是，父亲紧急派了几名队员用小推车推着二人到后方疗伤去了。

入夜，派出侦察的几个小组陆续回来了，他们悄悄地给父亲汇报着各自的情况。

只有洪瑞据点的情况最为理想，只是路程稍稍远了一些，况且它还是伪警察据点，驻着两个警察中队。

父亲思谋了一会，叫人把队上的几名骨干、还有各区小队长们都集中在了他住的院子里。

“把大家叫来，有这么一个事情想听听大家的想法。最近一段时间国民党军队调动频繁，还都是大规模的，这说明北边很可能会有大事发生。你们也都清楚，咱们的枪虽然还有多的，子弹也还凑合，但是地雷和手榴弹快没了，如果有任务下来，咱们没有这两样也不好办呢。”

父亲没有提及上级交给的突袭任务，而是先从目前缺少的地雷和手榴弹上做开了文章，他知道这方面最能挑动起大家的积极性和主动性了。

“队长，咱们是不是有活要干了？”

“对啊，队长，这么长时间没活动了，憋得难受啊，快点下命令吧！”

“队长，快下命令吧，我们小队绝对冲在最前面！”

队员们听出来了父亲的弦外之音，都沉不住气地嚷嚷起来。

父亲笑了笑，继续说到：

“所以，这几天我让他们几个到处去看了看，摸了摸情况。这些国民党军队主要是在白塔街、塔桥、葛沟一线驻防，这些地方，他们的防守十分严密，咱们占不到便宜的。但是这条线以东的村镇，虽然还乡团们叫得很凶，可是离国民党正规军还是有点距离的，我让他们几个这几天也跑了几个地方，最适合打的就是洪瑞乡的国民党警察据点。咱们可以沿沭河南下，过河到沭河村，洪瑞民兵中队的何队长会接应咱们，然后直插到郑旺乡的警察据点，打它个措手不及。”

“队长，这次是全队都去吗？”

“交给俺们小组吧，俺保证第一个冲进去，活捉了那些狗日的。”

队员们的求战心理非常旺盛，都在争抢着这难得的战斗任务。

“大家不用着急，咱们这次基本上是全队出动。只是渡口这里必须留人守着，也防止对面那两条狗乱咬。老葛，你来回跑了好几天了，你带着你区小队就在家看家吧。其他人马上抓紧准备，一袋烟的工夫咱们就出发。”

葛队长嘴噘得老高了，可是他又不好意思当面顶撞，只好等着大家散去后，才走到父亲身边，有些情绪地说：

“队长，你这个偏心眼！”

“咋了？”

父亲知道葛队长心里想啥，故意地问着。

“你咋不让俺区小去执行任务呢？”

“刚才布置任务的时候，你也没提反对意见啊。”

“那，那当着那么多人，俺咋好跟你唱反调啊！”

“你看你，刚才不说，我还以为你同意了呢。这会说有啥用啊，要不你去跟他们说说，看看谁愿意跟你换？”

“都想去打仗，谁也不能换呢！你、你这就是偏心眼！”

葛队长越说越着急。

父亲笑了笑，解释着：

“行了，老葛，这两天你们也没闲着，你不累，大家还累呢，对吧？再说了，洪瑞乡这个地方，你们也不熟悉。你以为守渡口就是轻松的？可不一定的！这两个哨兵都鬼着呢，你可得勤看着点，别让这两块货闹出什么鬼把戏出来。”

葛队长知道这个时候不能再给父亲添麻烦了，不情愿地走了出去。

队伍很快集合完毕，全是紧衣轻装，绑腿裹得紧紧的，个个的脸上都流露着对于这场战斗的渴望。

关于这场袭击还乡团据点的具体战斗情况，请注意收看下一集《夜袭据点》。

第三十一章

夜袭据点

洪瑞乡东临沭河，位于临沂、临沭和莒南的三县交界之地，是敌占领区和我方根据地的交界地，也是敌我斗争的最前沿。即便是在战时，这里也是鲁中根据地通往滨海根据地的主要通道之一。

平时，洪瑞乡上驻扎着王洪九的第一、第四共两个伪警察中队一百多人，虽然人数看起来挺多，可是这些人可能是被过路的八路军、各种武装组织给打怕了，整天缩在据点里不敢出来，偶尔出来也是成群结队地一起，单个人是绝对不敢出到据点以外的，晚上更是如此。

这几天，不知什么原因第一警察中队被调走，只剩下了第四中队50多号人了。

这便是天赐的良机，这个第四中队也就成了父亲眼里的那只软柿子。

当然，没有金刚钻揽不了磁器活。

这次行动并不只有武工队一家，还有洪瑞区的民兵中队，这是父亲和何队长早就谋划好了的。

洪瑞区民兵中队的队长姓何，叫何友申，那是一个胆大心细的人。

1945年9月份临沂战役的过程之中，父亲认识了何队长。战事正紧时，何队长受命带领洪瑞区民兵中队在古城西北角顺着护城河内沿开挖坑道，经过8个昼夜的苦干，他们挖出了一条100米长的坑道，又连夜将2500多公斤炸药从坑道内递进城墙下。期间，何队长和他的民兵中队被敌人发现，幸好先敌一步开枪，否则全体就被埋在坑道里了。

正是这次坑道作业，才炸开了一道城墙缺口，为顺利攻克临沂城打下了坚实的基础。

父亲那时是机要通信员，经常穿梭于阵地上的各个区中队、区小队之间，传递着上级的各项指示和命令。他当时也是不怕危险的，几次在阵地上化险为夷。

临沂大捷时的表彰大会上，他俩又同时上台领奖。

二人越说越投机，越聊越合脾气，何队长年长父亲九岁，就这样父亲开始喊起了“何大哥”。

父亲派往洪瑞的侦察小组是在何队长的带领下，多次共同察看了这个伪警察中队据点的情况，确认了只剩下一个警察中队，又经过几次商议，他们才有了“捏这个软柿子”的想法。

但是，这个警察中队是由一些国民党退伍的老兵组成，这些老兵虽然个个都是兵痞子、兵油子，可是他们大部分都多次上过战场，经历过真实的战斗，他们的战斗经验还是不容轻视的。而且，这个警察中队的装备要远远好于任何一支还乡团或者保安队，据说他们的弹药已经堆满了据点里的两间屋子。这种情况下，只有两家合兵才能保证战斗按照父亲的设想进行。

夜晚的沭河，一阵阵微风吹过，河面里映出的皎洁的月亮顿时变成了无数颗发亮发光的钻石。天上柔和的月光映着正在过河的武工队员们的脸，可以隐约看出他们的脸上已经布满了汗水。

何队长带着民兵们早就等在沭河村边的河堤上了，在他们的引导下，武工队员们顺利过了河，来到了沭河村里。

“咱哥俩得有一年没见了吧？”

何队长的大手紧紧握着父亲的手，别后重逢的喜悦在他的眉梢流淌着。

“是啊，何大哥，咱们有一年没见面了。你们坚持在这里打游击，也受了不少罪啊！”

因为县委经常要传达各区对敌工作的情况，所以父亲知道何队长带着民兵中队一直坚持在作地下斗争。上次各区小队合并的时候，他还专门派人到洪瑞找过何队长，征求过何队长的意见，何队长还是执意要在家乡打游击，父亲当然要尊重何大哥的选择。

“我在这里人熟、地熟的，受不了啥罪，咱就是响应毛主席说的‘敌驻我扰、敌疲我打’，反正过了河就是咱们的根据地，所以我的腰杆也硬得狠呢。”

何队长这么豪爽地一说，两人哈哈大笑起来。

两人战地重逢，虽然彼此挂念着，可是他们都知道必须要尽快研究出了具体的打法，所以省去了客套的时间，直奔主题去了。

“老弟你看，洪瑞乡就这么一条大街，这个警察中队就驻扎在街东南角这里。北靠着大街，西边是条小胡同，东、南都是大田，咱们可以从东、南两侧包抄。”

何队长把马灯放在了地上，在地上画着。

“它西边的这条小胡同有多宽？”

父亲问得很仔细。

“小胡同不宽，能过一个人？旁边就是老百姓家了。”

何队长边说边用手比量着，看样子确实也不宽。

“如果战斗打响了，这些人往大街上跑怎么办？”

父亲继续问着。

“这不怕啊，跑就让他们跑呗，跑了咱们还省事了！”

旁边的队员在插着嘴。

“存放弹药的房子在哪边？”

这是父亲关心的重点。

“在这，院子的西北角。”

何队长又在地上划出了个院子，在西北角处画了两个小方框。

“他们心思够密的啊，这个位置可不好强攻，搞不好会伤到这旁边的老乡。”

父亲用一截树枝指着那两个小方框，有些担心地说。

父亲的这个问题，让何队长和围拢着的队员们陷入了沉思。

还是父亲打破了沉默：

“何大哥，你看这样行不行？咱们集中火力打它的北街大门，同时在这个胡同两侧布置火力点，防止他们从这里跳出来对咱们开枪。在东面也派出一个组，防止他们从东面冲击。”

“队长，你的意思是逼他们往南面跑？”

还没等父亲说完，一名队员便问着。

“他们只要不往西、往北，往东、往南逃都行。只有这样，咱们才能吃掉他们的弹药。”

父亲很坚定地挥了挥手。

“为什么咱们不一起把他们消灭了呢？”

一名队员不解地问着。

“我明白你的意思了。咱们要对付的这个警察中队，那些人都打过仗，他们都是兵油子，只要不把他们逼急了，他们还是会以逃命为主的。俗话说‘兔子急了还咬人’呢，要真把他们逼急眼了，用个鱼死网破的打法，再加上他们的弹药充足，咱们占不到什么便宜的。所以，咱们网开一面，啊，不，现在是网开两面了，放他们一条生路，这个仗就好打多了。我说得对不对，老弟？”

何队长解释完，真诚地看着父亲。

父亲微笑地点了点头，也许这就是“英雄所见略同”吧。很快，各个小组的战斗任务已经明确，何队长的民兵中队放在了网口的东侧，属于驱赶性质。但是何队长坚持和父亲在一起，从正面发起对伪警察据点的进攻。

连夜奔袭，虽然行军速度很快，但是队员们的士气正旺，没有一个人掉队，也没有一个人喊累。

一个多小时，队伍便到达了洪瑞乡伪警察中队据点东侧的田地里。

因为月亮很大，月光很亮，据点里的探照灯也停了，四个角岗楼上的哨兵靠着柱子动也不动，门口的岗哨躲在岗亭里，院子里的几盏马灯发着幽亮，一切都沉寂了。

各个小组按照事先的计划隐秘地移动着。

各小组已经就位，正对着大门的是父亲和何队长带着的40多名武工队员。

“打！”

父亲举枪对着天空打出了清脆的一枪，队员们的手雷准确地扔向了据点大门。

“嘭彭彭……”

几声巨响，伪警察据点的门口已是火光一片，大门已被炸开。

队员们正在跃起向前冲，父亲却喝止住了大家。

果然，大门口里面有一堵用装满沙子的麻袋垒起的掩体，从掩体的枪眼里射出了一串串的子弹，一条条长长的火舌像是要吞噬前方的一切。西北、东北两个角楼上的探照灯的光芒也很快聚集到了大门的正前方。

父亲他们顿时暴露在了探照灯的光柱里。

两名队员倒下了。

“快隐蔽，都找地方隐蔽！”

父亲大声吼着，举起枪对着西北角楼上的探照灯急速地射击着。

一阵火花闪过，探照灯被打灭了。

几乎就在同时，东北角的探照灯也被队员们打灭了。

父亲和一名队员匍匐着往前，把两名倒下的队员拉到了一幢房子的后面，一摸鼻孔，都还在喘气。一个头部擦伤，一个腹部贯通伤，但都还活着。

父亲咬了咬牙，抬头怒视着眼前的据点。

灯灭了，月亮这时也躲进了云层里。父亲轻声喊来几名队员，吩咐了几句，这几名队员立即向两侧跑去，快速地冲过大路，贴到了据点大门两侧的墙上。

他们顺着墙摸索着前行，快到据点大门时，两组人同时向那堵掩体墙后扔着手雷。

“轰轰轰……”

声响有些沉闷，掩体后的枪声停了，两侧的队员瞬时朝着掩体开着枪。

“乒乒……”

父亲一边对着大门开着枪，一边喊着：

“大家冲啊！”

这时据点的西南面忽然枪声大作，父亲立即意识到那里可能是这个伪警察中队真正逃跑的方向，于是带着几个人冲了过去。

一下子，四处好像都有了枪声，子弹拖着曳光在到处乱飞着。

父亲顺着小胡同赶到西南角时，看到一簇簇黑影正在向远处狂奔，旁边武工队的四名队员全部受伤倒在地上。

“救人！”

父亲大喊着。

枪声渐渐地停息了，月亮竟然又钻出了云层。不过，笼罩在月光下的田野中，多了些硝烟的味道。

陆续又有十多名队员赶了过来。

四名队员的伤都不是太重，一名队员大腿上中了枪，两人胳膊中枪，还有一人的腰间被子弹擦伤。大家为受伤的四名队友简单地包扎过之后，搀扶着他们回到了大路上。

何队长这时已经带人冲进了据点的院子，除了门口被击毙的四个伪警察，剩余的早已经逃得没影了。

父亲带着队员们也冲进了院子里，他拿起了院子里的一盏马灯到处仔细察看着，原来院子的西南角有一处暗门，那些伪警察就是从这个暗门逃出去的。

院子西北角的两间屋子紧锁着，砸开门锁，一股屎尿味扑面而来。

“救我，救我们！”

循着几声微弱的求救声，出现在马灯微弱灯光里的，是蜷缩在屋角木栅栏里的几个人，走近了，才发现里面总共关押了六个人，两位老人、两个孩子，还有一位妇女和一位中年人，看样子像是一家人。

“我们是县武工队的，你们是什么人？”

父亲说着，吩咐着队员们打开栅栏上的铁链。

“同志，同志，我们是从温河县过来的，昨天傍晚我们准备过沭河的时候被他们给抓了。

那位中年男人连忙爬了几步，扶着栅栏费力地站了起来。“

你受伤了？”

何队长在旁边问。

“被他们打的，这两天几乎每天都要挨打。”

中年男人说着竟抽泣起来。

“你们过沭河准备干什么？”

因为不久前刚发生过冯三的事，所以父亲还是警觉地问着。

“国民党在温河县到处抓人，他们几个都是咱们温和县委同志的家属，我是温河保卫大队的干事，我叫方蒙，地方的方，沂蒙山的蒙。对了，我认识你们县保卫大队的王政委，这次就是要过沭河去找王政委，让他帮忙安顿一下他们几位的。”

这个解释还是让父亲半信半疑的，于是招手叫来了几名队员，耳语着吩咐了几句，几名队员进去把他们几个都扶了出来。

只缴获了被击毙的几名伪警察的几条枪，门口的那挺机枪已经被炸烂了、没法用了，整个据点里根本就没有多余的弹药。

“兄弟，这一趟让你白跑了，都怨我之前没有把这里的情况侦察仔细喽，老哥我……”

何队长用抱歉的眼神看着父亲，父亲赶紧拉过何队长的手紧紧地握着。

“大哥说哪里话呢？咱们这次解救了他们几个啊，这可比缴获弹药强多了。对了，那几条枪，就留给你们吧，等下次再有缴获，我再给何大哥送些弹药来。”

渡过了沭河，父亲安排老张带着4名队员护送着解救出来的六个人一直向东走。因为冯三的事，他还心有余悸，所以他特地让老张带队，目的就是用老张的沉稳和精明把事情办的顺利一些，哪怕路上再出现像冯三的事情，父亲相信老张也会处理妥当的。

父亲率领的武工队的队员们沿沭河东岸河堤向北进发，因为还要搀扶着伤员，特别是两个重伤员，是用何队长找了的两块门板抬着的，所以队伍的行进速度并不快。

不久，队伍里就有了牢骚声。

“这仗打的真窝囊，啥也没捞到，反倒是自己受伤了好几个！”

“这伙子伪警察真他娘的滑头，还没有程咬金的三板斧呢！就他娘的顶了一梭子就全溜了，真不过瘾！”

“早知道，咱就该把据点全围起来，肯定能活捉了这帮狗日的。”

“对啊，仗打得不过瘾！好不容易缴获了几把枪，队长还送人了！”

“轻点声，小心被队长听见。”

“听见怕什么，听见我也要说！”

父亲理解大家的心情，他也没有想到会打成这个样子，怎么想都觉得这次是吃了大亏了的。

从战损比的角度来衡量，这一场战斗确实得不偿失。“队长，他烧得厉害，你快过来看看吧。”

父亲跑了过去，用手背贴在腹部受伤队员的额头上，滚烫滚烫的。

“这样，每个担架配 8 个队员，大家轮流抬，咱们要以最快的速度把他们送到旁边镇上，你们几个跑得快的先去岭泉镇上把药铺郎中叫醒，准备好，我们争取半个小时赶到。”

长期在沭河东岸活动，父亲自然知道东岸一些主要村镇的情况，也多少熟悉这些村镇上的药铺和郎中。

父亲的命令一下，所有的队员们都自觉地走上前来，争先恐后地抬着两副门板。

“大家注意，咱们要跑得既稳又快！”

父亲亲自抬着一副门板的一角，一边跑一边下着命令。

行军的速度一下子快多了。

虽然中间多次停下来观察伤员的情况，给伤员喂水，但队伍还是在半个小时以内到达了附近的岭泉镇，先到的队员早已陪着药铺的郎中站在路口等着了。

清疮、敷药、包扎、喂食汤药，药铺郎中熟练地操作着，旁边站着的队员们都想帮忙，可根本插不上手。

几名伤员都处理好了，药铺郎中的头上已是满头大汗。

给钱，郎中坚决地推辞。

“你为咱武工队出力受累，你就是咱武工队的大恩人！大家都记住了，这位郎中就是咱武工队的恩人，以后咱们一定要想办法报答咱们的恩人。”

父亲感动地说完话，带领着全部队员向药铺郎中鞠着躬。

东岸是老根据地，也是家属们转移的大后方。伤员们在这里疗伤，父亲是绝对放心的。安排好 2 名队员留下来陪着受伤的几名同志后，父亲带着队伍连夜赶回了驻地。

到达驻地时，天已经大亮了，葛队长站在村口向队伍挥着手。

葛队长已经准备好了早餐，熬了一大锅粥，切了好几盘咸菜，煎饼摆了好几摞。

人数少了，队员们也都没有了往日打闹的劲头。

“队长，咋少了这么多少？”

葛队长急忙问着父亲。

“这次战斗咱们没占到什么便宜，有 6 个兄弟受了伤，他们现在还在岭泉药铺那儿疗伤呢，估计还得等个两三天才能回咱们驻地。老张他们带着几个兄弟护送几个家属到后方了。”

父亲简要地回答着葛队长。

葛队长点着头，他又看了看院子里的队友们。于是凑近父亲，用胳膊肘碰了碰父亲，扬了扬下巴，轻声地对着父亲耳语着：

“队长，看看大家这个样子，你要不要大家讲一讲？”

父亲咬着煎饼，点了点头，笑着说：

“等我吃完。”

吃完了煎饼，父亲站起来拍了拍手上的煎饼屑，把它们都送到了嘴里。

“我知道大家心里都堵得慌，我也是！咱这仗打得不好，应该是吃了个大亏。”

父亲浑厚的声音响彻在院子里，队员们都抬头盯着父亲。

父亲继续说着：“咱们这不是败仗，毕竟咱们把这个据点给打下来了嘛，毕竟咱们还解救了6个转移的家属嘛。但是，在咱们武工队的历史上，只要是吃了亏就不能算是胜仗，这次吃的亏还这么大，伤了咱6个兄弟，所以这次的教训咱们大家都应该记住。这次战斗的原因主要是因为实际情况跟前期的侦察情况不符，当然这个责任主要在我，大家不能怪罪何队长和洪瑞民兵中队。何队长他们比咱们要困难得多，他们坚持在敌后斗争，那几条枪放在他们那里发挥的作用更大，咱们目前还不缺枪弹，所以支援他们一下也是应该的。

这次战斗应该是咱武工队扩编以来第一次大规模的行动，也是第一次大规模地攻打据点。咱们大家都想一想，有哪些教训可以总结，咱们在训练中应该着重训练哪些，我想咱们还是像以前一样开个诸葛亮会，大家有啥说啥。

还有啊，大家都别像霜打的茄子一样，男子汉大丈夫的，咱就是要下定决心在下场战斗中打好，大家有没有信心？”

“有，有，有！”

队员们整齐地喊着，听得出来声音里带着他们的决心和顽强的意志。

院子里渐渐恢复了往日的热闹劲，大家都争先恐后地发表着各自对这场战斗的看法，提出着自己认为的改进建议。

父亲认真地记录着，总共有二十几条之多，从夜晚行军的队形、前哨、后卫，到行动时对于行动目标的现场观察、确认以及小组火力分工、交叉掩护、预备队的安排等方面的建议都非常详细。

父亲心里知道，队员们在发表意见的同时，说明武工队正在不断地成长着，队员们的斗志和不服输的劲头预示着这支队伍肯定会在以后的战斗中大放光彩的。

队员们好像都没有了倦意，接近中午时分了，大家还在热烈地讨论着，父亲看了看天上高挂的日头，往外轰着队员们，命令他们必须去补上一觉。

这时，村口的哨兵带着县委保卫大队的王政委一行二人急匆匆地来到了院子里。

“队长，有紧急任务。”

王政委还没进门，便冲着屋里喊了一句。

父亲正躺在地铺上，看着刚才的记录，昏昏欲睡了。听出是王政委的声音，他双手一拍，高兴地一下子跳了起来，冲到门口，朝着王政委伸出了手：

“终于等到你王政委来下达任务了，你快说是什么任务？”

“你总得让我坐稳，再给口水喝吧，我这都跑了一上午了。”

王政委故意逗着父亲，自己在屋里打了个板凳坐了下来。

哨兵过来倒好了水，递给王政委一行二人，礼貌地退了出去。

欲知王政委带来的是什么命令，请继续收看下集《支援孟良崮》。

第三十二章

支援孟良崮

还没等王政委坐稳，父亲就着急地问：

“是不是北面开打了？”

王政委咕咚咕咚喝了整整一碗水，起身把碗放回到方桌上，又抹了抹嘴，干咳了两声，还没说话自己倒是捂着嘴先笑了出来。

“你这葫芦里卖的啥药啊，笑啥？”

父亲有些像丈二和尚一样摸不着边际了。

王政委又干咳了两声，止住了笑，这才开始回答起来：

“好，我不笑了，赶紧向队长汇报正事。这次我来，有好几件事呢。第一件也是最重要的是传达咱们华东野战军取得了泰蒙战役胜利的喜讯。这段时间里，咱们的主力部队“耍龙灯”一样把国民党军队调动的团团转，前两天，咱们的主力发起了泰蒙战役，全歼了国民党整编第 72 师的 2 万多人呢。下一步，滨海军分区要求区内所有的武装组织都要发动起来，根据整体的作战部署要求，采取多种形式牵制区内的国民党驻军，支援华野对国民党军队的作战行动。”

“这可是个大喜讯，这回国民党该不那么猖狂了吧？”

父亲笑了，是那种发自内心的笑。

“他们都是记吃不记打的，听军分区的人说，国民党军队对咱沂蒙山区的围攻反而更严重了。上级要求咱们各个武装组织都做好战斗准备，和这一点关系极大。”

王政委的解释让父亲的脸上闪过一丝担忧，不过他自己很快地调整了过来。父亲觉得命令好像是重复了，于是插话问着：

“牵制敌军的事，上次你大政委来传达的时候，不也是这样说的嘛。”

“这次不一样了，这次是明确要听从军分区的统一调动，估计是为了下一步打更大的仗做准备呢。军区领导指示，各县、区委要尽快了解区内各武装组织的枪支弹药情况，遇到困难要及时报告，以便军区统一协调解决。怎么样，队长，你们武工队有啥困难吗？不过，我觉得你们武工队一直财大气粗的，枪支弹药肯定没啥困难的。”

王政委似乎对武工队的情况胸有成竹。

“我明白了，就是咱们自己先别再瞎搞，不能因为咱们这小打小闹的事，破坏了上级首长的整个战役计划，对吧？对了，我还正为费药的事发愁呢！跟你说实话，我现在就缺地雷和手雷，手榴弹也行。你知道，最近这一段时间，这两样的消耗特别大，剩下的地雷咱前几天全给布设在了塔桥村到葛沟镇公路两边了，估计够国民党军队喝一壶的了，现在咱全队上下一颗地雷也没有了。正好，赶紧让上级给咱们多补充一些，不然真成穷光蛋了。”

父亲的回答让王政委多少有些意外。

“塔桥村到葛沟镇公路边的地雷是你们武工队布设的？”

“这还有什么假，我把老葛给你叫来，让他给你讲讲怎么布的雷。”父亲说着，转身走到门口喊来了一名队员：

“去把老葛叫来，快去！”

不一会，老葛跑步赶到，敬礼之后，便应父亲的要求，向王政委讲了他们如何接触上了麻子，如何取得还乡团的衣服、如何在这条线上布设地雷的全部经过。

“埋完雷，你们就走了，也不知道有没有炸到国民党军队？”

王政委还是有点不解地问。

“我都有一名队员负伤了，哪还敢继续在那里游荡啊，那不是白送死吗？”

葛队长讲话很直白，听起来也有点呛人。父亲知道再谈下去，葛队长的直筒子脾气肯定会让王政委感到不舒服。于是笑着让葛队长先回去了，打着圆场跟王政委说：

“我没让这家伙参加昨晚的行动，正跟我怄气呢。我怎么听你的意思，是这些地雷起作用了？”

“我的队长哟，可起大作用了。军分区的参谋到县委传达指示的时候，说昨天下午一支国民党军队通过这段公路时，发生了几起地雷爆炸，当场炸翻了一辆汽车，炸死炸伤国民党兵十几人，关键是爆炸引起了旁边的丘陵塌了下来，全盖到了公路上。光是清理这一截公路，估计得有个三四天的时间。军区参谋还问县委的领导知不知道是哪个队伍组织的行动，这不全区正在查这事呢？你说你说，这真相还真是让我给赶上了。”

王政委开心地拿出小本认真地记录着。

“这有啥好查的，区内敢在这一带活动的也就是咱武工队了吧，咱天天不就是干的这个吗？”

父亲不以为然地说着。

“队长，这次可不同，这次你队长肯定能立个大功的。”

王政委推了推眼镜，欣喜地对父亲说。

“啥大功不大功的，这功啊也是老葛他们几个人的，我可不要。你帮咱跟上级说说，要真是给咱武工队记功啊，那就多给咱拨点地雷、手榴弹，这比啥都来得都实在。”

王政委知道父亲历来不争功，他也知道没有实在的困难父亲是不会开口向组织上提条件的。

“队长，你放心，我肯保证你要的地雷、手榴弹都会拨给你们的，但是数量多少我可不敢保证。还有啊，这功啊，你也别不要，该是你的它就是你的，跑不了的。”

“你是秀才，我说不过你，其他几件事是啥？”

父亲笑着拍了拍王政委的肩膀。

“第二件事，是从明天早上开始，我们保卫大队接手沭河的防务，好让你们武工队腾出手来打大仗。其实，我对这一点意见挺大，我也向县委领导提出过，为啥每次有战斗任务的时候，都给你们武工队了，我们保卫大队啥也没有。”

王政委说着说着情绪有点激动了起来。

“咱们两家的任务不同，你们保卫大队负责县委各个部门，还有家属们的保卫工作，责任更重。县委领导就是看重了你这个大政委做事细心，才把这么艰巨的任务交给了你的，你可别认为是县委故意偏向咱武工队的。再说，打仗这些活，就得像我这样的大老粗干才行的。”

父亲心里想说一些安抚的话，可这些话一说出来连他自己都有点不相信了。

“哈哈，我的队长，我看你也成政委了，做起思想工作来一套一套的。你放心吧，我没事的，我想总有机会能和你队长并肩战斗的。第三个事比较麻烦，可能是因为在山里待的时间长了，家属们都提出来要回乡去，有的人已经偷偷溜走了。县委领导对这个事特别重视，想让各支队伍在平时注意发现路上有没有往回走家属，如果遇到了，尽量地把他们都劝回去。”

王政委抬头看了看父亲，一副欲言又止的样子。

“俺娘呢，是不是她也想着要回来？”

父亲仿佛看穿了王政委犹豫的问题，急切地问到。

“昨天下午我还去看了大娘，她是也想回来，我做了做工作，好像是想通了。大娘的事你就放心吧，回头我再去做做她的工作。”

王政委的表态很真诚，可是父亲还是有点不放心，于是他说：

“俺娘认准了的事，很难说通的。这样，这两天要是有时间，我去一趟，跟她们说说还乡团的事，她们就不会有想着回来了。对了，说到这里，我正好有事跟你汇报一下。我们昨天晚上……”

父亲把昨晚的战斗经过大概地向王政委讲述了一遍，对于方蒙的身份，父亲还是有些不太放心。

“我认识这个方干事。上个月他们县委来信说要转移几个家属过来，但是没有说他们的具体安排，所以我们也不知道该如何接应他们，这次幸亏被你们及时给解救了，不然王洪九肯定不会放过他们几个人的。队长，是不是因为冯三的事，让你这么谨慎的？”

“对啊，这可不想队伍再有这么一个冯三。你也小心一点吧，我总觉得这个方蒙身上有啥不对劲的地方。”

“我记住了，队长，我回去的时候就安排人调查一下，确实不能让坏人混进咱们根据地里去。”

就父亲关心的护送支前队伍的事情，王政委解释说，因为时局的变化，华东野战军和中共山东局早已经决定在各个根据地成立了民夫工作站，在华野和军分区支前委员会的领导下开展工作，从而有效地解决了支前群众的调度、管理、使用和护送问题。这种做法大大地减轻了各地方武装组织的压力，能够让他们更加专心地执行各种战斗任务了。

两人从中午一直谈到了傍晚时分，简单吃了两张煎饼，王政委匆匆地赶回去了。

第二天一早换防时，王政委没有来，只是派了保卫大队的一名干事带着 20 多人的一个小队赶来。

换防很简单，父亲亲自给保卫大队的干事介绍着渡口的情况，他还派人把对岸两个还乡团哨兵拎了过来，两个哨兵当然信誓旦旦地向保卫大队的队员们保证着。

两天之后，父亲接到通知，滨海军分区已经划拨了一部分地雷和手榴弹，让武工队派员到后方去取。

这些划拨的地雷和手榴弹取回时，父亲乐坏了，因为那些地雷和手榴弹整整装满一辆手推车的两个筐。

负责护送方蒙一行的老张几个人也归队了。

因为手榴弹不同于手雷，而队员们都想多携带几颗手雷、不想携带手榴弹，所以必须平均分配，每人配备三颗手榴弹、两颗手雷。

在地雷的布设上，各区小队的水平参差不齐，有的区小队队员甚至根本就没有学过如何布设地雷。趁着战斗任务还没有下达，父亲安排全队开展了地雷布设方面的互帮互学，他要让所有队员都尽快地掌握这些本领，因为他预感到了即将到来的战斗可能会更加惨烈。

一段时间里，武工队所有在家的队员都在认真地训练着，大家都在等待着战斗任务的下达，渴望着能参加一次真正的大战，武工队上下弥漫着一股大战前既紧张又兴奋的情绪。

5 月 2 号，任务下达：密切注意并及时报告白塔至葛沟一线敌人的动向，可采取多种手段迟滞沿线敌人的行动。

当时，已查明驻扎在白塔街至沂南县大庄镇沿线的国民党军队全部为汤恩伯第一集团的整编第 7 军及整编第 48 师、整编第 83 师，在装备上属于当时一流的机械化军团，从其前出的位置上分析应该属于国民党进攻沂蒙山区的先头部队。

这几支部队按一字长蛇阵排开，中间几乎没有缝隙，防守严密，是比较难以对付的对手。

史料记载，陈毅、粟裕曾一度将这些部队作为战役目标并开始调兵遣将准备予以剿灭，但是恰在此时整编第 74 师孤军突入，拉开了与国民党其他部队的距离，成了一支名副其实的“孤军”。加上粟裕认为汤恩伯第 7 军和整编第 48 师并不是理想的打击对象，这两支部队属于李宗仁、白崇禧的桂系，有“猴子军”之称，打仗不仅狡猾，又很顽强，同这样的部队作战，往往会打成消耗仗，且俘获寥寥。战场的瞬息万变，让两位战役总指挥转而把矛头对准了整编第 74 师这支狂妄的“王牌军”，也是整编第 7 军和整编第 48 师暂时躲过了被全歼的命运。

命令接到了，如何执行任务才是关键。

因为各个村镇都有地下党员，还有不少朋友，他们都可以提供沿线敌人的动静，但是要把这些情报及时地拿到手才是最重要的。

必须派出精干人员执行这个任务，父亲在脑海里把所有队员都快速地过了一遍。全队最适合的人当然是小五子无疑了，可是小五子还在后方疗伤，是没有办法执行这个任务的。

于是，父亲让人喊来了老张。

“老张，我想让你带两人去镇上待一段时间，你们的主要任务是将收集沿线国民党驻军的动静，有情况就赶紧回来报告。你到镇上直接去找油坊的艾老大，让他给准备几副挑子，再准备好油罐，你们就可以挑着走街串巷的，也方便回来送情报。记住，没有特殊情况，你们一般不要过这个渡口，每天下午保卫大队的同志会过河到对岸的村子里去跟你们接头。”

老张知道任务的重要，虽然心里不情愿，但还是爽快地答应了下来。

简单化妆后，老张一行三人便过了渡口，直奔镇上赶去。这期间，老张他们真的是在各个村子里走街串巷，当起了小本生意的卖油翁。在他们的认真观察下，国民党驻军的风吹草动都被准确地传递到了沭河对岸，传递到了滨海军分区以及华野的各级指挥机构。当然，他们自己都不知道这些情报对于整个战局所产生的影响有多大，所以他们一直认为自己只是在执行一项非常简单的任务而已。

孟良崮战役结束后，南麻战役开始前，老张小组一直活跃在镇子周边的村子里，还在不间断地收集着各种情报，直到华野准备佯攻镇上的前两天，父亲才率部将他们和艾老大等人安全地营救到了沭河东岸的根据地。这是后话，在以后会有专门的介绍。

至于如何迟滞沿线敌人的行动，队员个个是畅所欲言的，诸葛亮会议的气氛也变得活跃起来。

“咱们不能和国民党的正规部队正面交手，那样咱们占不到任何便宜。”

“还像老葛他们一样，咱们再穿着还乡团的衣裳，继续在公路两边埋地雷呗。”

“咱们在他们驻扎的村子周边都埋上地雷，他们不管从哪个方向出来，保证都能踩响，这样就可以把他们闷在里面了。”

“那得要多少地雷啊，你这招不灵！”

“要不在他们做饭时，咱们偷偷地往他们的饭里倒上蒙汗药，就是‘智取生辰纲’上说的那样，把他们都迷晕了，把他们都绑了！”

“那你干脆学学土行孙，直接用土遁法，去把他们的司令抓回来不更好？”

“我要是会土遁，我就不抓什么司令了，我直接去把蒋介石抓回来不更省事？”

大家大笑了起来，讨论还在继续，父亲一直听着，没有说话，他的头脑中已渐渐地有了新的想法。

“大家听我说两句。”

父亲站了起来，队员们的讨论也立刻停了下来，大家的目光都聚焦在了父亲的身上。

“虽说上级给咱们拨了地雷和手榴弹，但咱们还是得省着点用，因为接下来还不一定有什么样的情况呢。大家知道，国民党正规军的装备比咱们强得太多了，但是这不等于咱不敢和他交手。这个迟滞敌人的行动啊，也不一定非得要消灭多少敌人才行。所以，我的想法是，咱们既要想办法在公路两边继续布置地雷阵，同时咱们还要主动和咱们的主力部队取得联系，争取跟着他们一块行动。这样，咱们就能在今后的战斗中学到更多。”

父亲的想法得到了大部分队员的认同，当然还有疑问。

“队长，咱们怎么才能和主力部队联系上呢？”

“这个问题我也考虑过了，这一段时间国民党军队所有的动静都指向北边，那北边就肯定有咱们的主力部队。我想先派人跟县委请示一下，让县委给咱们联络联络。这个期间，咱们要想办法在公路两边把地雷阵给他们布置好，省得让他们觉得咱们是穷光蛋，连点见面礼也不送！大家说对吧？”

父亲的话音还未落，葛队长便着急地站了起来，嗓门特别大地说：

“队长，俺申请带着俺区小队当先锋！”

“你老葛当啥先锋，这又不是请客吃饭。”

“对啊，你都单独执行过一次任务了，这次咋也得往下轮了吧？”

老葛虽然心急，可还是遭到了队友的反对，他当然是心有不甘的，面红耳赤地大声辩解着：

“咱执行过一次就说明咱们有经验了，这一点你们别不服气啊！”

大家七嘴八舌地争论着，谁都想去执行这个任务。

“好了，大家别争了，这次任务大家都有份。我决定把白塔街南面的太平乡一直到葛沟一带的公路分成两部分，第一部分从太平乡到塔桥村，由我带队，

“第二部分从塔桥村到葛沟镇，由老葛带队。这一段丘陵比较多，可以选择在公路两边的乱石堆上布设地雷。但是，因为国民党军队在这一段吃过亏，估计他们会加强巡逻，加强排雷，所以咱们在布设地雷时就按咱们训练时的连环雷、子母雷的形式来办，这样可以能避开他们的排雷器，让他们防不胜防。”

父亲条理清晰地讲解着他的方案。

“队长，敌人封锁得这么严密，咱们怎么才能摸进去呢？”

“是啊，队长，这布设地雷好办，咱们这么多人携枪带雷的咋混进去呢？”

“这的确是当前最头痛的问题，这两天我反复琢磨了，在北段，老葛你们向北经道口村过沭河，然后绕石莲子到达许家常沟村，到了后想办法联系上许家常沟的老支书许长亮，他会给你们提供一些方便，然后你们要依托常沟西岭，在附近的南北段公路边埋设地雷，注意一般要在下半夜展开行动。当然，遇到问题，你们可以多商量，在具体的时间安排上老葛你要当机立断，不一定非得按我说的来办。”

父亲说完抬头看了一眼老葛，老葛急忙表态说：

“队长，俺保证完成任务，只是咱这次有没有时间上的要求，还有完成任务后咱们在哪里碰头呢？”

“你们这段的任务也不轻松，不能轻敌，要知道长沟的几个地主一直跟还乡团联系密切，一定要防着他们一点。”

父亲提醒的事正是他最担心的，他相信老葛他们肯定能完成埋设地雷的任务，但是担心老葛他们的行踪会被那些地主们发现，从而给

老葛他们带来危险。

“这次任务以五天为限，今晚开始行动，明天为第一天，五天后咱们还是回到渡口这里来。你们一定要注意安全，轻易不要和敌人交火。”

随后，父亲将大部分武工队老队员都调到了老葛的小组里，因为这些老队员们的经验对于他们小组顺利完成任务肯定会起到很大的帮助作用。

“老葛，你们可以找个地方商量一下具体的方案了，我们南段的事情还要认真研究一下才行。”

父亲看着老葛小组走出了院子，他转身对剩下的队员们说：

“剩下的跟着我，咱们一起研究一下南段的问题。”

父亲起身走了两步，走到大门口关上了院门，对大家讲解着关于南段的任务设想：

“大家都知道，咱们南段这一段公路上没啥遮掩的，都是平地，不好埋雷，所以重点是把那些有国民党驻军的村子通往公路的大道上埋好雷，那些大道的土质相对松软一些，便于咱们操作。但是这里有一个重要的问题是，就是要防止误炸了老百姓，所以这一段的重点是埋雷的时机问题。既不能着急，把地雷全埋上了，炸不炸的不管了，或者炸没炸到老百姓也都不管了。也不能非得等到国民党军队要出动了，才去埋雷，咱们都不是神仙，如果再遇到什么意外情况，就很难脱身了。

“还有就是咱们穿插的路线，我想咱们还是沿沭河向南，到沭河村，然后斜插到八湖，再奔太平，这段路程也比较远，咱们还是要通知一下何队长他们，让他们给咱们带带路，这样咱们也会省点麻烦。到了之后，咱们再侦察侦察各村的国民党驻军情况，然后再决定如何埋设地雷。大家还有没有其他的意见，如果没有了，咱们就赶紧准备，咱们也是今晚出发。”

就这样，两路人马出发了。

南段在何队长的帮助下，父亲他们顺利地经过八湖镇到达太平乡，并在第三天得知驻太平乡西北侧的沙岭子村一支国民党部队活动频繁，遂在凌晨时分在沙岭子村通往公路的村道上埋设了十窝地雷，父亲率队全身而退。

葛队长他们一行开始是非常顺利的，在老支书许长亮的配合下，他们连续两个晚上在常沟西岭南北的公路两侧也埋设了十窝地雷。

葛队长他们即将撤退时，老支书许长亮在送他们的路上，讲述了周围几个村的地主勾结还乡团欺压百姓、抓捕共产党员家属和八路军军属的情况让葛队长火冒三丈，在征得了大部分队员的同意后，葛队长带着全组几十号人夜袭地主武装，抓捕了反动伪保长三人，缴获步枪三支。

可能是因为胜利来得太容易了，所有的事情都太顺了，葛队长他们一行在返程行军时，没有像以前武工队行军一样安排前哨和后卫，于是他们出村不久便被还乡团尾随上了。随后，国民党整编第 83 师的一个营也加入了追击的行列。

凌晨时分，他们到达了莒南县的小河疃村，这时他们依然没有发现尾随的敌人。

早上正在吃饭时，村南、村西的岗哨同时响起了枪声，葛队长他们这才发现敌人已经从东、南、西三个方向包围了过来，密集的枪声中不时夹杂着国民党还乡团的嚎叫：

“你们被包围了，快投降吧。”

好在葛队长临阵没有自乱阵脚，他一边组织队员们反击，一边询问着队员们有关地形的问题。

终于，在一名武工队老队员的带领下，他们找到了村西北一条干枯的水沟，他们边撤边在村子里隐蔽布设了十几处连着手榴弹的绊发装置。这些手榴弹陆续炸响，敌人的追击停顿了许久。就是利用这个当空，葛队长带领大部分队员成功地从沟底撤到村外。

因为袭击来得太突然了，几名队员没有听到葛队长他们的吆喝声，而是选择了向村北方向突围。但是村北是一片开阔地，没有任何掩体可以利用，形势极度危险。

葛队长他们突围后，一直跑到莒南县的石莲子镇才摆脱了敌人的追击。等到所有的队员聚齐后，已是第二大的傍晚，这个时候葛队长才发现向村北突围的几名队员中王彩祥等 2 名老武工队员牺牲、4 名队员负伤，队员们为了解恨，当即枪毙了抓捕的 3 名伪保长。

葛队长意识到这次自己闯了大祸了，他不知道回去应该如何面对父亲，更不知道父亲会怎么样处理自己。

葛队长会受到什么样的处理呢，请收看下一集《青驼阻击战》。

第三十三章

青驼阻击战

5 月 7 号，是约定的第五天，也是两个小组必须回来的日子。

傍晚时分，派出去接应的几组人马都回来了，还是没有葛队长一行人的消息，父亲的心里有一种不祥的预感，这种感觉让他整个下午都坐立不安、心绪不宁的。

吃晚饭了，队友给父亲拿来了一小沓迭好的煎饼，还有一团刚刚腌好的鲜香椿和几根刚从地里拨出来的大葱。

父亲卷好了一张煎饼，慢慢地嚼着。

这时，院子里传来了一阵嘈杂声，好像是老葛的声音。

父亲扔下煎饼，三步并做两步地跑了出去，可是院子里静悄悄的，所有的队员都在安静地吃着煎饼，根本没人讲话。

因为葛队长一行迟迟未归，大家的心也都悬在了半空里，大家当然都看出了父亲的焦急，所以没有人打搅他，也没有人讨论，大家都竖着耳朵听着远方，都怕无意间会漏掉了任何一点点有关葛队长一行的消息。

“你们听没听到刚才外面有人在说话，我怎么听着像是老葛的声音呢？小五子，小五子，你到门外看看去！”

父亲大声地询问着院子里的队员们，眼睛也在队员们身上快速地瞄了一圈，看着队员们都默不作声的样子，父亲突然说起了小五还在后方疗伤呢，于是他随便地拽起了一名队员，拉着他一起走向大门外。

两人从村里走到了村外，从村外又走到了河堤上。正在渡口值勤的县委保卫大队的两名队员礼貌地给父亲敬着礼，可是父亲冷冰冰的表情让他们立即紧张了起来。

跟父亲随行的队员简单地问着两人，两人回答说，已经有好些日子没有见到武工队的队员从渡口过河了。

于是，父亲伸直了脖子，踮着脚，一直向北面望着。

除了天空中偶尔飞过的几只鸟儿，四周寂静一片。

父亲摸了摸腰间，腰里只有驳壳枪。于是他长吁了一口气，非常生硬地对两名执勤的队员说：

“去把他们喊到对岸的河堤上来，我有话要问他们！”

两名队员一下子被父亲突如其来的命令给怔住了，犹豫着，他们不知道该不该执行父亲的命令。

“看你们怕的，躲一边去。我来！”

父亲有些生气了，说着便抽出了驳壳枪，掰下机锤，举起枪，瞄都没瞄，朝着可对岸的还乡团岗亭连开了三枪，开完枪，父亲冲着对面大喊着：

“两个兔崽子，赶紧给我滚到河堤上来，我要问你们话，快点！”

跟父亲随行的队员见状，也朝着对面大喊着。

很快，对面河堤上传来了回声。

“爷，咱不是说好了不开枪的嘛，俺哥俩可是都按爷的吩咐做事的，有事你老人家只管吩咐就行。”

天色越来越黑了，已经看不清对岸哨兵的脸了，可他们话音里的委屈仍然可以听得清清楚楚。

父亲把驳壳枪插回腰间，又下意识地摸了摸腰间，自言自语地说着：

“我的电筒呢？”

父亲的话音刚落，渡口值勤的保卫大队的一名队员便递过来一支手电筒。

随行的队员帮着父亲接了过来，又递给父亲。父亲拿着手电筒，推着了，一道有些发黄的光柱射向了对岸河堤，两个还乡团哨兵空着手站在那儿，有点手足无措的样子。

光柱照到他们的脸上时，他们都下意识地用手挡住了脸。

“他娘的，把手拿开，让老子好看清你们这两个兔崽子。你说，你们干什么不好，非得当还乡团，你们这辈子算是造了大孽了，等着下几辈子慢慢当牛做马地还吧！”

父亲拿着手电筒，把光柱快速地沿着河堤移动着。

“爷，今晚有啥吩咐没有，俺哥俩正在吃饭呢。”

对面哨兵嬉皮笑脸的劲头的确让人讨厌。

“我还没吃饭呢，你们着啥急？我问你们，这两天有没有听到什么动静，特别是北面的动静？”

父亲当然不能向还乡团的哨兵透漏任何关于葛队长他们的消息的，所以他含糊地问着。

“爷，听说这两天镇上的国军都在等上峰命令，北面山里肯定有大事的。爷你们要小心安全哪，最好别到北面山里去。”

哨兵的回答出乎了父亲的意料，父亲立即意识到了北面的战事已经是迫在眉睫了，武工队必须要提前做好准备。

又教训了几句对面的哨兵，父亲和队友快步回到了队部。

队部里，队员们正在交头接耳地议论着，听到父亲他们回来，所有人都不吱声了。

“大家继续吃饭，咱们慢慢地等老葛他们吧。”

父亲已没有心思吃饭了，脑子里除了是老葛他们，就是那两名哨兵说的“北面山里肯定有大事”这句话了。

8号一大早，父亲自己已经顺着河堤向北走了很长一段路了，可是仍然没有发现葛队长他们的行踪。

早饭过后，父亲把剩下的队员们集中在院子里，他要跟大家商量如何在即将到来的大战中让武工队的作用发挥得更大，于是他鼓励着大家：

“从咱们这段时间的情况看，估计北面很快就有大仗了，咱们武工队除了按照上级的命令袭扰敌人以外，咱们还能发挥什么样的作用，大家都说说！”

“队长，咱们不等老葛他们了吗？”

“等，不能咋行呢？咱们研究研究，也不耽误等他们的。”

父亲何尝不知道队员们的心里都惦记着老葛一行，可是父亲更加清楚不论如何遇到任何困难，武工队的精气神不能丢，这是他们跟敌人斗争的底气，也是让他们挺直腰杆的硬气。父亲知道自己的举动会影响全队上下，自己怎么样，武工队便是怎么样的，所以他要以更加积极的、旺盛的斗志去感染自己的队友们。

“咱们武工队也不能总是在这一圈打转转，再说现在国民党军队防守这么严，不可能让咱们一而再、再而三地有空子可钻的。”

“我也觉得咱们这样去敌人窝里埋地雷是不保险的，万一哪天碰巧跟国民党军队遭遇了，咱们可是进退都难的。”

“是啊，我觉得咱们还不如像上次端掉洪瑞的伪警察据点一样，多在周边这些地方寻找一些好打的还乡团据点，然后干了它，这样咱们还能捞到些枪支弹药，毕竟这不是亏本的买卖。”

“咱们还可以重点对付那些地主恶霸们，他们这段时间过得太安稳了，必须得搅和搅和他们，要不然他们都忘了咱们武工队了。”

队员们的话，父亲听得非常认真。他知道，队员们不是害怕，而是不想去做无谓的牺牲。

“如果上级让咱们参加对国民党正规军的战斗，咱们应该怎么做？这一点大家想过没有？”

有的队员可能没有听清父亲的话，于是父亲又重复了一遍。

父亲说完，有那么一会儿，院子里是鸦雀无声的，队员们都在思考着这个看似不可能有的任务，因为他们知道就战斗的问题，父亲的预感从来都是非常准的。

“啊呀，队长，咱们又不是没有和他们交过手，他们也不过就是那样，我看比还乡团强不到哪里去。”

“你们可能没有跟咱队长一起上过前线，上次队长带着我们去护送支前时，正好碰上了伏山口战斗，那才叫激烈呢！这国民党军队的装备确实强，运动速度也快，可是再快也被咱们八路军给吃了。”

“老王，那次不是伏山口战斗，是伏山口大捷前的一次战斗。”

“对啊，就是那次啊，队长带着咱几个还差点缴获了国民党的坦克呢！”

“啊？还能缴获坦克，拿回来了吗？”

“拿？那么大个的铁砣子，队长带着俺十几个人推都没推动，你拿拿试试？”

说着，院子里一阵大笑。

队员们讨论了一上午，那种团结乐观的气氛慢慢地回来了。

下午，父亲安排了三名队员赶到后方去申领地雷，因为这次的消耗，上次拨下来的地雷也快没了。

9号上午，葛队长小组的三名队员回到了队部，他们三个是葛队长派回来送信的，老葛他们因为要照顾伤员，所以行军速度慢了一些。

父亲得知了他们小组的具体情况之后，亲手带队，全副武装地渡过渡口，顺着西岸的河堤向北急行而去。

一个多小时后，父亲已经远远地望见了葛队长一行。

见面时，葛队长“扑通”一下跪在了父亲的脚下，泪流满面，什么话也没说出来。

“起来！大家加把劲，咱们赶回驻地再说！”

父亲毫不客气地对着葛队长踹了一脚，厉声地对大家下着命令。

赶回驻地后，父亲紧急派出了几名队员护送着受伤的队员们向大后方治疗去了。

葛队长一个人跪在队部的院子里，队部里人来人往的，没有敢劝他，也没人围在门里门外的看热闹。

几名武工队的老队员试着劝过父亲，可是父亲一直没有表态，几名老队员只好默默地陪在父亲的身边。

到中午了，父亲终于开口了，他努力控制着眼角的泪水。

“这是咱们武工队历史上第一次有队员牺牲，我心疼啊！他们一行任务本来完成得很好，抓那几个伪保长也是搂草打兔子的事，没有什么任何可以指责的。

但是，在行军途中，特别是明知道占便宜的时候，作为指挥员的头脑应该更加清醒，而不是忘乎所以。没有按照惯例安排侦察哨和后卫哨，这明显就是被暂时的胜利冲昏了头脑。而且，发现敌情了，没有及时将队伍合拢到一处，致使队员伤亡。你们说，该怎么处理？”

“队长，在这方面俺几个老队员没有及时提醒老葛，俺几个也有错，要罚你就连俺几个一起罚吧。”

“你们跟着起哄？我看你们是瞎起哄！”

父亲的嗓门越来越大。

“队长，老葛也认识到自己的错误了。俺建议关他两天禁闭，让他好好反省反省，你看行不，队长？”

老队员王勺笑着一边劝着父亲，一边冲着其他几个队友挤着眼。

其他几名队员当然都心领神会，马上高声附和着王勺的提议。

就这样，葛队长被关了禁闭，当然不是两天，而是父亲要求的三天。

十号下午，县委专门派出了两名同志前来武工队的驻地主持召开了王彩祥两人的简单的纪念追悼会。

纪念会上，所有人都流泪了，队员们的心情既沉痛又激愤。大家都在心里憋足了一股劲，那就是一定要在将来的战斗中为两名牺牲的队友报仇。

其实，葛队长的禁闭室离开纪念会的场地不远。

纪念会开始前，葛队长已经央求哨兵去问过父亲，可是父亲根本就没有回答。所以，没有父亲的命令，谁也不敢放葛队长出来参加。

纪念会开始时，葛队长在禁闭室里痛哭流涕，就连门外的哨兵都不停地跟着抹眼泪。

十一号，整整一天，武工队都在训练，队员们训练时喊声震天，声音中透出了一股股凌厉的杀气和敢于拼命的勇气。

十一号下午，还没到武工队吃晚饭的时间，县委保卫大队王政委亲自陪同滨海军分区作战参谋张胜来到了武工队队部，一同到达的还有一个小队10名队员，他们都是全副武装，同时还带来了不少的弹药。

父亲知道他要等的大仗来了。

“队长同志，我代表滨海军分区向你们武工队传达华野司令部的命令。命令：‘鲁南、滨海军区各地方武装，要积极配合我华野部队对青驼寺方向的国民党军整编83师进行侧击与阻援，截断青驼寺到临沂的公路，并以一部袭扰临沂，牵制敌人，此命令即时生效。此令，华东野战军司令部。’队长同志，命令宣布完毕，你是否清楚？”

“清楚，保证完成任务！”

“根据命令，你们武工队要分出一部人马对临蒙公路进行破袭作业，另一部分相机袭扰临沂县城及其周边地带，请你们并整理一下装备，半小时后出发。这是联络口令，请你记住。”

“是，半小时出发！”

张参谋说完递给父亲一张纸，上面写着“蒙泰、必胜”四个字，父亲看过后将纸又递回给张参谋，张参谋把纸拿到油灯前点着烧了。

此刻，院子里已站满了队员，父亲响亮地回答，让大家为之振奋，都暗暗地攥紧了拳头。

“队长，这10名队员都是我们县委保卫大队的骨干，因为你们在最近的几次战斗中有伤亡减员，所以县委考虑再三，决定从我们保卫大队抽出10名骨干队员充实到你们武工队来，他们个个都是好样的，你就放心地用吧。”

王政委向父亲介绍着他带来的队员，看得出他有点舍不得。

“王政委，干脆你也留下得了，咱们一块去！”

父亲鼓动着王政委，他的心里也一直想有一位像王政委一样的搭档。

“我当然想留下了，可是县委领导就是不同意。对了，这是给你们调拨的弹药。县委领导还让我转告你们，一定要打出武工队的威风，取得更大的胜利。”

王政委上前一步，两只手紧紧地握住父亲的手。

“队长，你要保重，我等你回来！”

这句话，王政委说的很慢，有一种壮士别离的悲壮味道。

送走了陈胜和王政委，父亲的脑海里已经有了分兵出击的方案。他即刻了召集了队里的骨干们开会，宣布了分兵出击的方案。

执行临蒙公路破袭任务，父亲是当仁不让，由他本人带领。袭扰临沂县城及周边地带的任务则由武工队的几名老队员担纲，王政委送来的10名队员也划到了几名老队员的组里。

这样划分任务，父亲是盘算了许久的，因为到沂河西岸执行任务本向就是危险的，他是队长，必须要冲锋在前，必须要担负最危险的任务。而把王政委送来的10名队名放在袭扰县城的小组里，是因为这个任务都在武工队熟悉的区域进行，危险性相对较小，这算是对王政委一种无名的回报吧。

当然，父亲的心里算盘着怎么样先与华野部队会合，到阵地上让队员们真正体会一下阻击战的味道。所以，要实现这个想法，首先要先制定出一条可行的行军路线。

父亲清楚目前要到达指定地点，取道敌占区是最便捷的，但是笼罩着大战烟云的敌占区并不是那么容易通过的，行军路线就成了必须要马上解决的问题。

“队长，能不能把老葛放出来，他对河西的这段路应该比咱们这些人都熟悉的。”

一名队员的提议得到了大部分人的支持，事后，队员们曾多次提起过，也幸亏有这个建议，否则说不定老葛真的会留在驻地，一直等到战斗结束了。

老葛是跑步进来的，路上就听队友说了个大概。因为他在青驼有亲戚，从小就在葛沟到青驼之间的路走过了无数次，所以知道哪条路既能行军又方便隐蔽。

“报告，请队长下令让我参加战斗！”

老葛的报告声很大，大到让现场正在聚精会神研究路线的所有人都转过了头看着他。

“磨蹭啥，赶紧说说，到青驼怎么走才又快又安全？”

父亲催促着葛队长，葛队长咧着嘴笑了一下，对着大家说：

“从咱们驻地到青驼有两条路，一条是向北经葛沟，过沂河，然后一直向西，可以到张庄。第二条是从最近的地方过沂河，然后顺着蒙河走，也可以到达张庄。第一条路，咱们要经过国民党军队的防区和多个还乡团的据点。第二条路，过了沂河后是最快的。沂河河西都是庄稼地，没有大路，估计国民党军队不会选择走这些地方的。只是，只是……”

葛队长有些支支吾吾起来，他看了父亲。

“结巴了，有啥话，说！”

这时，父亲差不多已经猜到了葛队长的想法。

“报告队长，从咱们这儿到沂河边，然后怎么过沂河，我没有想好！”

父亲的话音刚落，葛队长的话便脱口而出了。

“走，时间差不多了，咱们边走边研究，大家要做好随时的战斗准备，咱们这一趟谁也不能落下，是骡子是马咱们都要去遛一遛的。”

父亲没有正面回答葛队长的问题，而是紧急召集着队伍集合出发了。

直接从渡口过河。

两名还乡团哨兵恭敬地站在岗亭处，一动也不敢动。

“问你俩个事，你们现在的口令变没变？”

父亲的手上不知道什么时候多出了一支手电筒，他打开手电，光芒照向两个哨兵的眼睛，两个哨兵的眼光还是不停地躲闪着。

“报告长官，口令没、没有变过。”

“是不是这一带据点的口令都是这个？”

“报告长官，好像是这样的。”

“上次你们的口令是什么？”

“报告长官，上一个口令好像是‘夺回，临沂’，但是过了很长时间了。”

“行了，没别的事，爷们要出去办点事，出门几天，你们两个把这个渡口给老子看好喽，如果有一点失误，老子会咋办，你俩清楚，不用我明说了吧？”

两个哨兵当然听得出父亲话里的威胁，于是，他们点头哈腰地保证着。

“大家注意了，咱们现在就是巡逻的还乡团便衣队，大家都要记住这两个口令，咱们直接从镇上奔塔桥村然后想办法过沂河。”

父亲的命令在队伍里悄悄地传递着，队员们开始大摇大摆起来。队员们都笑着说，这要是在白天里看过来，还真有点还乡团便衣队的味道。

还别说，一路顺畅，虽然路上曾遇到过几个零星的国民党士兵，可是他们全都没有在意过，这一点一直让父亲有些生气，他经常说：

“你说他们都瞎了还是咋地，老子带着队伍大摇大摆地从他们身边走过，他们竟然理不都理，可是要是老子派个小组横穿镇子，居然是难上加难的。”

过塔桥据点的时候，口令没有问题，只是据点的哨兵口气横了些，差点让队员们给揍了。

过了塔桥据点，又往北走了一小段，父亲率领着武工队顺利到达车庄的沂河东岸河堤，这里是沂河上下十公里最窄的河道。

沂河可比沭河宽多了，两岸边的土地盛产花生、地瓜，沙地花生个大好吃，地瓜都是黄瓤的，用火烤来吃，香甜软糯，十分可口。

晚上的河道里到处都是黑咕隆咚的，几名队员顺着河堤跑了好几趟都没有找到船只，这时队员们看向父亲的目光里也都充满了疑问。

“大家都别愣着了，直接趟水过河！我在前边走，大家都跟着我，这时候河水不深！”

父亲掰断了河堤上刚发出来的一棵小杨树，削去枝叶，成了一根长长的细棍，拿在手里直接下河趟水而去。

河水真的不深，河床是细沙层，那些细沙在水流冲击下，在河底形成了无数个大小不一、深浅不一的坑洞，父亲手里的细棍探查的正是这些坑洞。

队员们在河面快速地走着，像一条弯曲的长龙浮在水面上，从东岸游向西岸。

所有队员都上岸了，没有一个掉队。

这时，负责前方侦察的前哨跑回来，低声向父亲报告着。

原来，侦察前哨抓了一名还乡团的舌头，根据这个舌头的交代，因为这几天战事紧张，国民党军队调动频繁，还乡团只是象征性地加强了据点的警戒，已经几天没有派出巡逻队了。

父亲从腰间抽出驳壳枪，低声命令着：

“全体做好准备！”

“队长，你不是要在这里跟国民党军队打吧？”

葛队长就在父亲的身旁，他一时没有领会父亲的意思，有些不解地问着。

“我傻啊，用鸡蛋碰石头！做好准备的意思是咱们大家要比一比脚力了，咱们看看谁先到青驼！再往前走，就要看老葛你的了。”

“放心吧，队长，俺保证第一个到！”

顺利渡过沂河，队员们悬着的心这才稍稍平稳了下来，听说要比脚力看谁先到达阻击阵地，于是大家又都撒开了脚丫子跟着葛队长快速地向前跑着。

天已经微微发亮了，前面是小坊庄村，空气里的硝烟味越来越浓了。父亲心头一沉，紧跑几步，拽住了葛队长。

“老葛，我觉得前面不太对劲。这样，队伍原地隐蔽。”

正在这时，一名前哨队员一起急匆匆地跑了回来，气喘吁吁地报告着：

“队长，前面的路和村子都是国民党兵，看来前面是过不去了。”

“老葛，这地方你熟悉，这里过不去，还有没有其他的路可以走？”父亲急切地问着葛队长。就在葛队长犹豫的时候，另一名前哨士兵带着几名华野战士跑了过来。

“队长同志，我是华野2纵二团一营一连的班长刘得胜，我们奉命接你们进入阵地。”

身材魁梧的刘班长声音也十分响亮，他向父亲敬了一个干脆利落的军礼。

父亲还着礼，有些急迫地说：

“阵地还远吗？你给我们指一下，我们自己去就行。”

“队长，你可能还不知道，现在咱们的前方和左侧都是国民党军队，咱们必须快速地通过这段路到达咱们的阻击阵地，否则国民党军队一合拢，就把咱们给包饺子了。”

父亲没有想到情势已经是这么危急了，他命令着队员们跟着刘班长快速地向前跑去。

队员们刚刚来到阵地，大家正在战壕里喘着气，阵地前方突然响起了一阵阵急促的机枪声，父亲知道战斗从此打响了。

第三十四章

激战正酣

刚进入阵地，前方就响起了激烈的枪声。

班长刘得胜还没有给武工队说清楚，便带着几名战士匆匆地顺着战壕跑远了。

父亲和队员们立即趴到了战壕上，举枪向前方瞄准。

这时，父亲才看到，自己的前方还有好多战壕，战斗是在最前方的战壕处打响的，有一小股国民党兵正在试探着向前进攻，可能是慑于我阻击部队强大的火力封锁，这股国民党兵仓皇地退了回去。

枪声一下子全没了，阵地上安静得吓人，队员们连自己的呼吸声都能听得到了。

这时，班长刘得胜又跑了过来，和他一起来的是一位带着驳壳枪的人，父亲看得出那人肯定是刘得胜的上级。

“队长同志，这是我们武营长，由武营长向你们布置战斗任务。”

武营长和父亲互敬了军礼，武营长用苏北一带的口音向父亲介绍着：

“队长同志，我们营负责小坊庄一线的正面防御，你们武工队的阻击阵地在我们身后蒙河沿岸一线，趁敌人还没有扑上来，让刘得胜带你们赶紧过河进入阵地。”

“你们身后？武营长，那我们武工队阻击的是哪个方向来的敌人？”

武营长的话让父亲产生了疑问。

“你们的主要任务是协助我们侧后方的安全，防止从河阳、葛沟方向来的敌第 7 军、整 48 师对我们阻援部队实施夹攻，这是非常重要的任务，我们的侧后方安全就交给你们了。”

武营长这么一说，父亲立即明白了，武工队其实是阻击的最后一道防线，而武营长他们准备以牺牲生命的代价去全力阻击敌人的。

上了战场就得服从命令，战场上不能讨价还价。在班长刘得胜的指引下，父亲他们进入了蒙河沿岸的防线。

蒙河防线里，已经有了沂南县青驼三官庙武工队、临沂县属的白沙埠武工队和李官区中队三支队伍。

时间已是 5 月 12 日上午 8 时，阵地正面传来了激烈的枪炮声，从方位上辨认应该是西面。

父亲带领着队员们在战位上紧张地注视着前方，可是一直没有发现敌人。

8 点 10 分，阵地前方出现了敌人，敌人也越来越多，足有三四百人。

“开火，打！”

命令不知是谁喊出来的，队员们几乎同时对着前方的敌人射击着。

有几个国民党兵倒下了，剩下的全都就地卧倒，向父亲他们所在的阵地密集地射击着。不一会，对面的国民党士兵又抬出了几门迫击炮，也对准了父亲他们的阵地。

迫击炮弹一发一发呼啸着落在了阵地上，爆炸声震耳欲聋，战壕边上的泥土被炸起、又落下，父亲他们的身上都压了厚厚的一层，国民党兵趁势向父亲他们的阵地冲去。

父亲他们从泥土里抬起头来，摇了摇头上的泥土，对着冲过来的国民党兵急速地射击着。

“手榴弹，用手榴弹招呼他们！”

这个声音又再一次响起，战壕里瞬时飞出了无数颗手榴弹。

手榴弹在冲锋的国民党士兵群里轮番响起，不断有哀嚎声传来。

父亲他们端起枪又开始了一轮急射。

这些国民党士兵的第一次冲锋就这样被父亲他们这些地方武工队给打退了。

国民党士兵退去后，几支武工队的队长聚在了一起。父亲一听大家的介绍，乐了，这些都是在区内大名鼎鼎的人。

“我是咱们青驼三官庙武工队的老赵，咱们跟他们硬拼肯定会吃亏的，咱们得想个法子。”

“我是李官中队的老程，我看了咱们的地形了，咱们东靠蒙河，西北是青驼镇，我估计咱们这里不可能是敌人进攻的重点，刚才的那伙敌人可能是脱离了大部队的小股队伍，估计很快就会溜掉的。”

“他们会向哪个方向溜走？”

问话的是白沙埠武工队的队长周正，父亲认识。

“临蒙公路就离咱们六七里路，在咱们的西边，估计他们肯定要沿着公路运动的。”

程队长回答着，他是费县人，半年前才辗转赴任，所以父亲并不认识。

“既然这样的话，咱们可以想办法在河滩和河堤上埋些地雷，这样就能防住蒙河西岸。另外咱们再快速地绕到公路两侧，同样地布设地雷，让他们退无可退，这样咱们就可以好好地收拾他们了。”

父亲的提议得到了几个队长的赞同，但是这个任务却落到了青驼的赵队长头上。赵队长是鲁南军分区多次通令嘉奖的爆破大王，由他们爆破大队担负这样的任务确实是最合适的。

父亲知道和这些人一起打仗的机会不多，这也正是队员们学习提高的大好机会，他自然不会放过这种机会的。所以，父亲当即提出了愿意全队和赵队长他们一起执行埋雷任务，就是打下手也愿意的想法。

身段放得这么低，没有人会反对的。

父亲带着队员们跟着赵队长他们出发了。

货比货才知道好坏。

在河滩上、河堤处，赵队长看了看父亲他们带来的地雷，又拿出了自己队里的地雷，认真地比较了一番，详细地向父亲他们讲解着这些地雷的异同。

原来，他们的地雷都是经过改进了的，他们的地雷样式多，有拉雷、绊雷、群雷、石子雷、钉子雷、卡子雷、连环雷，还有专门对付排雷工兵的自发雷，这些地雷的灵敏度高、杀伤力强。而父亲他们带来的地雷都没有被改动过，也就是在兵工厂出来是啥样还是啥样。

赵队长详细地向父亲他们传授着这些地雷的使用方法，他们的队员们也都在手把手地教着父亲他们。

河滩上和河岸边都布好了地雷，两支队伍回到了阵地。父亲得意地和周正队长开着玩笑：

“你们不去亏了，咱就这一会儿的工夫，可学到了太多东西。”

不远处的华野部队的阻击阵地上已是炮声隆隆、杀声震天，股股黑烟冲向天空，可是父亲他们的阵地前却是一片安静，就连蒙河上也一点动静都没有，风好像也停了，就连阵地前方麦田里的麦苗也是一动也不动。

这时，一名华野战士跑了过来，气喘吁吁地对着父亲他们几个说：

“武营长让我来通知你们，敌人的坦克就快冲过来了，请你们做好准备。武营长还说，请你们派些同志到我们的阵地上帮忙运送一下弹药。武营长说这是请求帮忙，不是命令！”

父亲他们都清楚，这个时候要求支援，应该是到了十分危急的时刻了，否则华野部队不会开口的。

几个队长都没有犹豫，白沙埠的武工队长周正二话没说，带着他的一组人马跃出战壕冲了出去。

赵队长手里拿着一枚地雷，朝远处看了几眼，转身向父亲说：

“咋样，咱们继续摸到公路边去？”

父亲坚定地点了点头。

“程队长，我们去公路那边看看去，这边就辛苦你了，河滩和河堤上有地雷，估计敌人一时半会过不了河的。”

都跃出战壕了，赵队长又回身对着程队长说了几句。

父亲和赵队长的两支队伍并没有全部出动，他们各自挑选了十名精干的队员，其中就有葛队长。

最多跑出了五里地，视野里黑压压成片的国民党士兵正在向华野部队阻击阵地的方向移动着，十几辆坦克在国民党队伍中间冒着黑烟轰隆隆肆无忌惮地向前冲着。

突然，耳边响起了炮弹的呼啸声，紧接着，炮弹的爆炸声接连响起，华野部队的阻击阵地上已是火光冲天。

父亲和赵队长对视了一眼，咬着牙说：

“咱们回去也来不及了，还是想办法先把地雷埋好吧！”

赵队长点了点头，两人带着队伍继续向前隐蔽跑去。可能是因为跑得太急，赵队长手下的一名队员脚突然抽筋，一下子摔倒在旁边麦田的一条垄沟里，垄沟里有水，队员摔倒时不小心扣动了长枪的扳机，枪响了。

枪响的声音，引来了一群国民党士兵的注意，他们在一辆坦克的掩护下，快速地朝着父亲他们扑了过来。

进退两难了，父亲他们只能就地卧倒，借着田地里麦苗的掩护，慢慢地就近隐蔽在了几条垄沟里。

150 米、100 米，国民党士兵开枪了，密集的子弹压得父亲他们没法抬头。

能闻到坦克的油烟味了。突然，只见一名队员飞身而起，快步冲到坦克前，朝坦克底下扔出了两个东西，他自己骨碌一下滚到了旁边的垄沟里。

随着“轰、轰”的两声巨响，坦克居然慢慢地停了下来，靠近队员一侧的履带像一条死了的长蛇一样掉在了地上。

父亲和赵队长都瞅准了这个机会，大声命令着队员们扔手榴弹。

手榴弹的爆炸成功地阻止了那些国民党士兵继续向前冲锋，正在他们愣神之际，父亲和赵队长带领着队员们急速地开着枪。

那些国民党士兵开始往后退了，随后父亲和赵队长几乎同时喊出了：

“同志们，冲啊！”

队员们纷纷跃出了堑沟，开着枪向前追击了几十步，国民党士兵开始拼命地往回跑去。

国民党士兵跑远了，那辆坦克还待在原地继续轰鸣着，从它的屁股里冒出了大股大股的黑烟。

父亲和赵队长赶紧跑了几步，从旁边的堑沟里扶起那名炸坦克的队员。

原来是葛队长！

葛队长已是满身的泥巴，他用手往脸上一抹，结果本来就被硝烟熏黑了的脸上多了几条泥道道，只有两只眼睛扑闪扑闪的。

离炸点太近，葛队长的耳朵在强气流的冲击下已经听不清声音了，他忙打着手势向父亲比划着，父亲最终明白了葛队长的意思是“坦克里有人，要赶紧抓俘虏”。

可是没有人知道怎么才能打开坦克顶上的盖子，几个人围着坦克转了好几圈也没找到下手的地方。

这时坦克的炮管却转动了起来，对准了前方的几名队员。

葛队长见状，一个箭步冲了上去，推倒了炮管前方的几名队员，又朝着坦克的炮管里扔进了一颗手榴弹。

“轰”的一声，坦克的炮管被炸得裂了、弯了。

恰在这时，坦克顶上的盖子打开了，冒出了一股浓烟，一名国民党兵也露出了头，大喊着：

“我投降，别开枪，我投降！”

葛队长跳上坦克，揪住了这名坦克兵的脖领，一较劲，这名坦克兵几乎是被葛队长给整个地提溜了上来。

坦克里还有一名国民党兵，受伤了，自己爬出来时哎哟哟地直叫着。

居然一下子俘获了两名国民党坦克兵，父亲禁不住冲着葛队长竖起了大拇指。

再往前走已是不可能了，父亲和赵队长一行押着两名俘虏沿原路退回到了阵地上。

阵地上，程队长带着队员们正在严阵以待，他们说除了有零星的几发炮弹在阵地前方的麦地里爆炸，还没有发现河对岸敌人的动静。

赵队长派出两名队员押解着两名俘虏，向后方的华野纵队指挥机关而去。

中午时分，河对岸的国民党军队开始密集地轰炸河堤后的几处阵地，父亲他们不停地闪躲着，田地里的弹坑越来越多，正在抽穗的麦子被炸的到处都是。

河对岸的河堤上,几十个国民党士兵已经下到了对面的河滩上了。

有几名队员着急地喊着，可是赵队长仍然沉着地盯着对面国民党士兵的动静，拍了拍身边的父亲，挥了挥手，所有的队员们都朝着河堤方向运动着，他们很快到了河堤上的防线处，每个人都聚精会神地端着枪瞄向了正在渡河的敌人。

赵队长冲着大家摆了摆手，扬了扬手中的驳壳枪，意思是听他的号令再拉弦、射击。

几十个国民党士兵已经到了河中央了,当他们大部分冲上河滩时,赵队长把手一挥,河滩上顿时爆炸声不断,队员们的枪声也同时响起。

还没有渡过河的士兵纷纷向后逃去，河滩上、河道里留下了十几具尸首。

整整一个下午，父亲他们的阵地再没有响起枪声。

天黑了，赵队长和父亲带领队员们又出发了，这次的目的地当然是不远处的公路。

有了白天的教训,队员们走路的时候都特别警惕,走得也特别轻巧。

能看见公路了，公路上停着好多辆汽车，国民党士兵们正在汽车两侧吃饭，香味传得很远，好像还有肉罐头。

他们正对面的敌人太密集，只能沿公路寻找他们防守薄弱的地带动手才行。

赵队长和父亲耳语了几句，两人分别带着一组队员朝公路的两个方向悄悄地运动着。

沿途的国民党军队都很多，一时间并没有可以下手的地点。

父亲他们在一段只有两辆汽车的地方停了下来，他们埋伏在公路边的麦田里动也不动，静静地注视着公路上的敌人。

不知熬了多长时间，公路上的敌人开始陆续扎营了，父亲知道他们动手的机会快到了。

又过了许久，公路上的国民党兵已经没有了喧嚣声，只有几个哨兵在来回走动着。

这就是动手的机会。

父亲带着队员们悄悄地接近了，趁着公路上国民党哨兵转身的功夫，老葛扑了上去。

一刀毙命，哨兵的尸体也被拖到了麦田里。

旁边的四名队员快速地冲上公路，来到汽车边，钻车底、挂雷，一气呵成。

公路太硬，又没有工具，在公路上埋设地雷似乎是不可能的。细心的父亲没有放弃，他用手在公路上摸索着，他发现公路上有很多坑坑洼洼的地方，于是低声地命令队员们把地雷分别放置在了这些坑洼的地方，然后又从旁边的田里用衣服捧了土盖在了地雷上面，有触发，有连环，个别队员还将包着麦苗的手榴弹挂在了公路边的大树上。

一切布置完毕，父亲和队员们快速地退回到了麦田里，沿原路返回了阵地。

第二天清晨，队员们正在吃着煎饼，赵队长一行几人从阵地前的田地里跑了回来，跳进了战壕里，他看到了父亲，兴奋地向父亲喊道：

“咱们的地雷响了，他们的车被炸翻了！”

原来赵队长他们一直在公路附近观察，父亲的心里更加佩服这个勇敢机智的赵队长了。

不远处的华野部队的阻击阵地上，突然间炮火连天，枪声响做一片，看来那里正在激战。

“赵队长，咱们还是过去看看，帮着抬弹药、运伤员都行，怎么样，去不去？”

赵队长看了看河堤，坚定地一挥手，说了声：

“走！”

这次两队的队员都出发了。

他们一边前进，一边躲避着呼啸而至的炮弹，每个人身上都披了一层厚厚的被炮弹炸翻的泥土。

一营的阻击阵地上，到处都是一股焦糊味和血腥味，好多地方还在冒着烟，有很多名战士横七竖八地倒在了战壕上下，周正队长带着两名队员搬着弹药箱正穿梭在战壕里。

“周队长，武营长呢？”

父亲大声地问着。

“啥？”

周正把手放在耳朵旁边，大声地反问着父亲，他好像也听不见声音了。

父亲赶紧摆了摆手，周正朝父亲点了点头，急匆匆地顺着战壕跑远了。

子弹就在头上飞着，炮弹也时远时近地炸响。

没有命令，没有动员，队员们已经自觉地补充到战位上了，朝着阵地前正在蠢蠢欲动的国民党士兵不停地射击着。

父亲则带着几名队员把一些伤员抬到了战壕里，又找了几付担架，把几名重伤员放在了担架上，然后开始给他们进行简单的包扎。

父亲知道那些重伤员需要医生的紧急处理，他突然间想起了钱医生，曾经并肩战斗过的老钱。

这时，班长刘得胜背着一个受伤的人急匆匆地跑了过来，大喊着：

“快，快救武营长！”

父亲见状，马上和一名队员把武营长从刘得胜的背上小心地抬了下来，放在了担架上。武营长满脸是血，头上缠着的绑带已经被血浸红了，左小腿和左胳膊更是鲜血淋淋，都能看见左小腿上的骨头了，左脚耷拉在腿上，随时都可能掉下来。

“武营长是被炮弹炸的，你们想办法赶紧把他送到后方的战地包扎所去，一定要救活他，求求你们了！”

刘得胜抹了一把眼泪，向着父亲敬了一个标准的军礼。

“队长同志，我代表一营全体官兵求你了，请求你帮忙。”

“刘班长，你放心，我一定把武营长尽快地送到包扎所去。只是你能不能告诉我，你们的战地包扎所设在哪里？”

父亲毫不犹豫地答应了刘班长的请求，他也急于知道包扎所的位置。

“老葛，你知道留田在哪不？”

父亲冲着葛队长问了一句，葛队长没有反应，父亲有些生气了，抬起脚准备踹的时候，突然想起了葛队长的耳朵被炮弹炸聋了。

这时父亲想收回踹出去的脚，可是已经收不回来了，只有临时改变了方向，自己也一个趔趄倒在了战壕里。

葛队长弯腰去扶父亲，没想到父亲没有起来，反而用手抹平了脚边的泥土，用手指在地上写出了“留田”两个字，然后用手依次指了指武营长、“留田”两个字，又指了指葛队长。

葛队长好像立即明白了父亲的意思，快速地点着头。

这时，担架上的武营长伸出了右手，碰了碰父亲的手，嘴角动了动。父亲忙俯下身去，把耳朵贴在了武营长的嘴巴上，刘得胜也蹲在了担架旁边。

“阵地，阵地…”

武营长用微弱的声音说着。

“阵地还在我们手里，阵地还在！”

父亲回答着武营长。

刘得胜把声音提高了一些，向武营长保证着：

“营长放心，我们保证人在阵地在！”

从战场阻击突然变成了战场救护，父亲来不及多想了。

葛队长抬着担架跑在前面，所有人的脚下都像生了风一样飞奔着。

到处都是炮火连天，跑了两个多小时，他们在靠近东北方向约 8 公里的新庄村外就遇到了华野部队的一个战地包扎所。

包扎所的医护人员给伤员们重新消炎、止血，然后又敷药、包扎。可是对武营长的脚，那些医护人员却摇了摇头，他们告诉父亲：

“这个伤员必须截肢了，否则不但他的脚保不住，命也不一定保住。”

父亲的心里一阵发紧，总觉得有些对不住武营长。

坐在包扎所外面的地上休息了一会，准备起身返回阵地的时候，父亲他们被包扎所的医护人员叫住了：

“你们能不能帮着把这几名伤员送到我们的后方医院去？”

医护人员们知道父亲他们的任务不是战场救护，所以才用商量的口气说着。

父亲看了看医护人员指的几名伤员，都是像武营长一样的重伤员。

“你们能不能派人跟我们一起去，我主要怕路上会出现什么意外。”

父亲他怕在极度颠簸之下，会加重这些重伤员的伤势，而且他们又不知道如何处理这些紧急情况，所以他提出了这样的要求。

“没问题，我们派个卫生员和你们一起去！”

这个卫生员被喊了过来，父亲一看，指着他说：

“王政委？”

卫生员站在父亲面前，一下子被父亲给叫住了。

“我是姓王啊，你怎么知道？”

是沂沭河一带的口音，跟县委保卫大队的王政委长得像极了。

“咱县保卫大队有个王政委，你俩长得可真像！”

“我是有个二哥在临沂县委工作呢，他干革命比我早，我得有一年多没有见过他了。你们认识？”

“何止是认识啊，我俩非常熟哪！”

父亲笑了笑，继续说着：

“行了，咱边走边聊吧。你哥要知道我能遇到他兄弟，他可真得后悔没有参加这些的战斗了。”

“那你叫我工义就行了。”

能在战场上遇到胞兄的战友，王义也是高兴的。

于是，一路上，王义问，父亲答，他们聊得非常开心，全然不顾周边的枪声阵阵。

在两军交战的战场上横穿，不但需要勇气和胆量，更需要机智和谋划。走走停停，中间还要在隐蔽处给伤员们重新处理伤口，两个多钟点的路程走了四个多钟头，他们终于在傍晚时分到达了留田的战地医院。

父亲抬着担架刚一进门，便和一位穿着白大褂的人撞了个满怀。

两个抬眼看时，不禁都乐了。

“老钱！”

“队长！”

没错，是曾经的钱医生。

安置好了伤员，钱医生把父亲拉到一边。

“你这个队长，怎么又到这里来了？”

还是那股熟悉的苏南口音，还是那样慢条斯理。

“我这不是想你老钱了吗，就来看你啦。”

父亲学着钱医生的口音回答着。

钱医生推了推自己的眼镜，父亲这才发现他的眼镜成了单腿，用细绳系着，于是逗笑地问着：

“老钱，你的眼镜怎么成了单腿了？另外一支呢，跑丢了？”

“都是这国民党的炮弹不长眼睛，我也差点见了马克思呢！”

钱医生还是那样的乐观豁达。

“说说你吧，我的队长，这大半年你去哪了？”

“有任务就打国民党，没任务就打还乡团，你说我还能干啥？这不，这次我是接到命令带着武工队打阻击的，这三弄四弄的就又见到你了。”

“噢，那你不简单来。怎么样，咱们再配合一次？”

钱医生的眼睛里透着一丝狡诈。

“你可别再拽上我了，我还得赶回到阵地上去呢！”

“你们在哪打阻击？”

“青驼边上。”

“那你回不去了。”

“为啥回不去了？”

“现在方圆 50 里内到处都在打，都打成一锅粥了，到处都是国民党兵。你们回去太危险了，我不能放你们回去的。”

还没等父亲开口，钱医生接着说：

“我会给 2 纵首长说明情况，我这也正好缺人，你们就安心待在我的战地医院里。”

“钱院长，手术准备好了，等你哪。”

一名女护士在喊着钱医生。

“等着我，不要擅自回去啊，我还有任务给你们。”

钱医生对父亲说着，快步走到了挂着白布帘子的房间里。

父亲站在原地，有点骑虎难下的感觉了。

队员们围拢了过来。

“队长，咱们走吧。”

“是啊，队长，咱们走吧？”

队员们不停地问着父亲。

“走，回阵地去！”

父亲和队员们出了门，葛队长在前面带着路，一队人马向青驼方向快速地走去。

官方记录：

《中共临沂地方志》第一卷（1919 年 5 月 –1949 年 10 月）

P517—P519

孟良崮战役的胜利是中共中央正确领导和华东野战军全体指战员浴血奋战的结果，是山东各级党政组织、地方武装和人民群众全力支援前线、军民同心协力谱写的一曲凯歌。战前，中共华东局对支前工作进行了周密的部署，山东省支前委员会提出了“全力以赴，支援前线”的口号。鲁中区党委 4 月 28 日发出指示，要求全体军民紧急备战，坚持原地开展游击战争 ，以配合主力部队大量歼灭敌人，争取战争全面转入主动，使敌人所到之处村村响枪、处处响雷，不给敌人以落脚之地。要求群众坚壁清野，疏散资财，埋藏粮食，决不让军需物资落入国民党手中。鲁中军区及人民武装部为巩固战时秩序，粉碎敌人进攻，协助主力作战，宣布在全区戒严，要求各地、县民兵自卫，要树立戒严除奸保密观点；各县划分戒严区，建立联防会哨制度，严格盘查行人，务必有重点地控制路口，配合公安机关实行路条制；保护好工厂、医院和其他公共设施。鲁南区党委、滨海地委也迅速行动起来，进行战备动员，实施坚壁清野，开展游击战争，支援前线作战。战役开始后，鲁中、鲁南、滨海地方武装和民兵，积极 配合主力部队作战。鲁中区人民武装部训练了 1000 多民爆破手，组成 60 多个爆破破袭队，带着大量地雷，分别在蒙阴、沂水、大汶口、新泰、青州等地配合主力行动。蒙阴臧西山爆破队、新泰褚乐之、包丕才爆破队，在新泰到蒙阴的公路上，积极埋设地雷，阻止敌人增援。沂源县爆破大王左太传率领爆破队 10 天内埋设地雷 45 次，炸死炸伤敌人 20 多名，活捉敌特 7 人，缴获汽车 1 辆、机枪 1 挺，为此受到鲁中军区通令嘉奖，记一等功。鲁南地方武装由向临（沂）滋（阳）公路出击，先以费县城至泗水段为中心，扫清两侧敌军，控制临滋公路地方至卞段 50 公里，将费（县）蒙（阴）公路上冶至蒙阴段、临（沂）蒙（阴）公路青驼至半程段全部破坏，同时向费县南崮口山区进击，将该山区全部控制，破坏临（沂）费（县）公路义堂以西、费县城以东数十里。使鲁中前线敌军 3 条供应补给线中断，敌整编 25、64 师四个旅不能增援孟良崮。滨海地方武装也迅速行动起来，作战 60 余次，击毙国民党及还乡团 582 人，俘敌 9923 名，缴获汽车 3 辆，摧毁敌占区公所 6 个，并控制临沂城西南朱陈一带 200 多个村庄，以及临（沂）潍（坊）公路以东 320 个村庄。沿海民兵、武工队积极开展爆炸活动，高广珍爆炸队多次埋雷，炸毁敌人汽车 8 辆、炸死敌人 50 余人，有力地支援了前线。

第三十五章

战地重逢

父亲他们急于回到小坊庄阵地，是因为他们要报仇！

自从到了小坊庄阵地，知道了对面的敌人就是整编第 83 师之后，每个人心里都有了报仇的念头。特别是葛队长，他已经插空找了父亲好多次了，表明了要跟 83 师刺刀见红的想法，每次都被父亲给摁下了。

战场上，所有参战人员必须要听从号令，必须统一行动，这是铁的纪律，也是打胜仗的基础。

父亲自然是非常清楚这些的，所以他不能让队员们因为想报私仇而擅自行动，他知道这么做的后果会严重影响甚至打乱上级的整个部署。

现在阴错阳差地护送了两批伤员，离整编 83 师这个仇家越来越远了，父亲知道这不是队员们愿意看到的结果，所以他必须带着队伍去寻找他们的仇家。

父亲在战地医院门口站了一会儿，他要分清楚方向，跑了一天了，走走停停的，只是知道小坊庄阵地是在南边，但具体在什么方位上还真有些搞不清楚了。

葛队长也说不清楚，于是他马上跑回了战地医院，想找医院里的人问一问。

葛队长的这个举动可把父亲气坏了，好不容易跑出来的，要是再被老钱给截住，那想走肯定是走不成了。父亲赶紧派了名队员也跑进了院子里，一定要把葛队长先拉出来。

没想到，这派出的队员还没到院子门口，葛队长自己却跑了出来，他来到父亲身边，笑嘻嘻地说：

“队长，这一着急就分不清东西南北了，这个地方我知道的，小坊庄在咱们西南，他们说从咱们这到小坊庄得有 30 多里路。”

“你还知道你分不清东西南北啊，看你毛毛草草的，这要是被老钱给堵住了，咱还走得了吗？”

平时，父亲轻易不会批评队员的，这次看来是真的有点生气了。

西南方向不断剧烈的爆炸声，阵阵火光映红着天际。

父亲他们朝着西南方向小跑而去，他们穿村庄过田野，没过多久每个人都已是汗流浃背了。

周围的枪声一直没有停过，队员们打趣地说：

“习惯了这样的行军，以后要是没有了枪声陪伴，还可能会不适应呢。”

前面没有平地了，只有一些高低不等的丘陵，路上到处都是石头，父亲马上意识到可能走错路了，因为白天根本就没有走过这些地方。

葛队长也彻底迷糊了，他只是在不停地说着：

“咱们要是顺着河边走就好了。”

没办法再回头，只能慢慢向前。

一名前哨急匆匆地跑了回来，向父亲报告着。原来，前面的丘陵下方有一群国民党兵正在向父亲他们这个方向运动，从他们所持的灯光判断，这伙士兵有两三百人之多，但是他们似乎并不是统一的建制。

队员们都围着父亲，等着父亲拿主意。

父亲像是在自言自语地分析着：

“咱们沿途虽然走的有些弯弯绕绕的，但并没有遇到过敌人，说明咱们走的这些地方不是战场，更说明了这些地方是在咱们的控制下。在这个地方遇到了敌人，他们是想去哪里呢？

“队长，战地医院可是离这里不远的，要是这伙子偷袭战地医院的话，那可就坏了。”

对啊，战地医院可没有多少能打仗的，要不咱们赶紧回去吧，防止他们偷袭战地医院。

“回去，来不及了！咱们在这里干他们一家伙，这里的地势对咱有利，咱们一定要打他们个措手不及！快，大家到前边埋伏好，等我的信号。记住，还是先扔手榴弹，炸他几个来回，咱们再往下冲。这大晚上的，咱们可不干亏本的买卖。”

父亲决心一下，队员们都摩拳擦掌起来。

队员们都埋伏在了两边丘陵的高坡上，手榴弹的弦都已经拉在了手里。

丘陵下方有灯光了，是手电筒的光，几十道光柱快速地照射着丘陵的上下，一阵阵的冷枪不停地打到两边的陵坡上。有两名队员的胳膊中弹了，他们咬着牙躺着，还是一动不动。

这伙人运动的速度很快，后面隐约可以听到追杀的声音。

这是一伙溃逃的残敌！

看到这种情况，父亲马上有了明确的判断。

越来越近了，这伙人没有翻越丘陵，而是选择了在两条邱的沟底间行进，父亲不由得为自己刚才的兵力部署而暗自高兴了一下。

当这伙国民党兵大部分已经进入了沟底时，父亲大喊了一声：

“打！”

埋伏在两侧山坡上的队员纷纷扔出了手榴弹，因为是居高临下地扔，所以并不费劲。

火光四起，爆炸声接连不断，有一块被炸的飞起来的石头，居然落到了父亲的身旁。

“冲啊，缴枪不杀！”

“缴枪不杀！”

“缴枪不杀！”

队员们的声音在回响着，沟底的国民党士兵争相四散逃着，当然还是有几个老老实实举着枪待在原地的。

冲到沟底，夺过枪和手电筒，简单问过之后，知晓了他们都隶属于整编 83 师，从青驼方向溃逃而来，准备从这里突围出去的。

“娘的，83 师，老子干的就是你们！”

葛队长和十几个队员拎着枪追了上去，他们一边追，一边开着枪，一边喝令敌人投降。

父亲忙喊过一位手持电筒的队员，吩咐他追上葛队长。

不一会儿，成群的俘虏被押了过来。

可是葛队长还没有回来，他追击的方向上却是枪声不断。

过了半个多钟点，葛队长一个人回来了，腰里插着一支手枪，背上背了七八支枪，肩上还扛着一挺机关枪。

到了父亲面前，他把机枪往父亲的怀里一送，咧着嘴笑着向父亲报告着：

“报告队长，我缴获了一挺机枪！”

“说说，咋缴获的？”

父亲用手电筒照了照葛队长，边打手势边问到。这时父亲发现葛队长的身上有很多血迹，但关切地问到：

“受伤了？”

“没事，被子弹咬破了点皮。我都快追上那个兔崽子了，没想到他回手就是一枪，幸亏我躲得快，不然还真可能被他给撂倒了。我接着就是一枪，直接把他干掉了，气得我上去还补了两枪。这把手枪就是那家伙的，队长，给你吧！”

葛队长很兴奋地从腰里抽出了手枪，又手递给了父亲。

“那机枪是咋回事啊？”

父亲接过手枪，在手里掂量了一下。他知道事情没有那么简单，所以他继续问着葛队长。

“噢，那家伙旁边还有一个扛着机枪的，已经吓得不行了，我就把机枪夺了下来。”

父亲一听，赶紧止住了葛队长，没有让他继续讲下去。

打扫战场，缴获了不少的枪支，俘虏了 100 多个国民党兵。

可是，怎么处理这些国民党兵成了最头痛的问题。

“直接突突了得了，留着他们干啥？”

葛队长大嗓门地喊着，那些国民党兵不禁害怕地互相挤着。

“胡闹！咱们共产党武工队讲究缴枪不杀，谁再敢说这样的话，我要军法从事了！”

父亲厉声说道，他觉得葛队长已经有点杀红眼了，必须得制止他，否则这些俘虏们临时变卦，可就前功尽弃了。所以这几句话，也是说给俘虏们听的。

没有地方可以去，只能原路退回战地医院附近。

父亲想着让钱医生帮着想办法联系联系，然后再把这些俘虏押到他们该去的地方。

四周仍然还有枪声，经过了这么一场守株待兔式的伏击战，队员们个个脸上都有了笑模样。

父亲拽住葛队长，走在了队伍的最后面。

等到和队伍拉开了一点距离了，他非常严肃地问着葛队长：

“你好好跟我说说，是不是你把俘虏杀了？”

“这，这，队长，他们不缴枪嘛，那还不让开枪啊？再说，他们都该死，他们都该为王彩祥兄弟两人偿命的！”

葛队长死活咬住说是因为那几个国民党逃兵不缴枪、不投降，他才开枪把他们全击毙了。

父亲也没有办法了，只好退而求其次，耐心地对葛队长说：

“老葛，我知道你一心想为王彩祥哥俩报仇，但是咱们还得讲纪律，可不能乱来！”

“队长，俺没有乱来，他们不投降，俺就要打死他们。俺要不打死他们，俺就被他们打死了。反正，下次再遇到这样不投降的，俺还会开枪的。”

葛队长执拗地说着，语气里含着委屈。

父亲心软了，他知道再揪着这个问题不放，葛队长会更加偏激。所以他换了个问题，问道：

“你怎么知道要炸坦克的履带呢？”

“队长，俺真不知道炸坦克要炸履带的，那会儿我是想扔到坦克身上去的，脚底下被什么东西绊了一下，才扔到了履带上的，算是瞎猫碰到了一只死耗子，嘿嘿。”

“那你回去也得给大伙讲讲怎么才能碰到这样的死耗子，要是咱们武工队人人都能碰到这个的死耗子，那华野首长肯定得给咱们每人发个大奖的！”

“队长，那我这次能发个大奖不？”

“你说呢？”

“我哪知道啊？”

“你不知道，我也不知道啊。”

……

押俘虏的地方和战地医院虽然是在同一个村子，却在村子的两头。

安排好队员看押着俘虏，父亲带着葛队长来到了战地医院。

战地医院里已是一片安静，门口的哨兵通报后，钱医生很快地来到了大门口。

一到门口，钱医生指着父亲便说：

“你说你走也得跟我打个招呼啊，害得我派人到处找你。你还真以为我要把你扣下来啊，你就不想我给你找了好差事呢，你说你啊！怎么样，这么晚了，要让我干啥？”

父亲早就摸清楚了钱医生的脾气，听钱医生这么说，就知道应该没啥大事了。于是等钱医生说完，他才开口。

“你要把我们给扣下了，我们今晚就不会抓这么多俘虏了。”

于是，父亲把抓俘虏的经过简要地向钱医生说了一遍，这下钱医生乐了。

“你看，你每次碰到我都会遇到好事。”

“嗯，也是啊，上次你老钱给了咱们那么多枪弹，这次又抓了这么多俘虏，你老钱就是咱武工队的福星。遇到你啊，咱武工队就是福星高照。”

父亲逗笑着。

“行了，别给我戴高帽了，你是不是发愁怎么处理这些俘虏啊？”

钱医生听出了父亲的话外之音，所以直截了当地问着。

“咋啥事都瞒不过你老钱啊？咱武工队这次是开了荤，可是咱还真不知道怎么弄这些俘虏，你能不能给出个主意？”

父亲知道钱医生在部队里认识的人多，肯定会有办法的。

“这个好办，可是必须要等到明天白天。”

“要等到明天啊？”

父亲有些不太情愿地说了一句。

“不等到明天，难道今天晚上你还要让我们这些医生啊、护士啊给你看俘虏不成？”

钱医生的反问一下子让父亲明白了过来，他立即告辞了钱医生，和葛队长回到了看押俘虏的院子，安排好了晚上轮岗值班的队员，自己和葛队长几个人一起在村外警戒巡逻。

也就是刚刚鸡叫第二遍的时候，钱医生带着一队人匆匆地赶来了。

“这是2纵政治部的史干事，他负责接收这些俘虏。”

钱医生非常正式地向父亲介绍着。

“队长同志，我奉命来接收俘虏，接下来就由我们负责了！”

听上去，史干事也是个挺干脆的人。

队伍集合好了，父亲却迟迟没有下令出发。

“走啊，队长，这里没你们的事了，跟我到医院吃点东西去吧。”

钱医生拉着父亲，可是父亲的眼光一直瞅向刚才的史干事。

史干事已经站在院子的石碾子上，大声地对俘虏们讲起了关于优先俘虏的政策。

他从国共一起打鬼子，讲到了新四军苏南的“七战七捷”、鲁南战役、莱芜战役，又讲到了解放区的土改政策，讲到了分到田地的乡亲们欢天喜地的样子。然后他话锋一转，讲起了还乡团的罪行，讲起了那些被还乡团杀害的百姓。

碾子上，史干事讲得津津有味。院子里，那些国民党俘虏也听得十分认真，居然有的还抹起了眼泪。

当史干事鼓励这些俘虏当解放战士的时候，居然有一大半都举手报名了，那些没有举手报名的被单独看押了起来。

“这些人都能参加咱们部队？”

队员们不解地问着。

“对啊，解放战士、解放战士嘛，只要他思想上转变过来了，愿意跟着咱们部队一起打倒国民党反动派，那他就是咱们的同志了！”

可是，钱医生的解释并没有让队员们服气。

“那他们在战场上开枪打咱们的那笔账怎么算，说不定他们还打死打伤过咱们的人呢！”

葛队长愤愤不平地说着，眼睛里也有一股怒火在烧着。

“两军交战，都会有伤亡。你们到医院里去看一看，咱们各个部队的消耗有多大！如果不能及时补充兵员，那么怎么才能保证各个部队都能按时完成战斗任务。再说了，即便是地方政府能保证兵员，现在也没有办法将他们及时送到战场上来的。还有，这些国民党兵都是受过军事训练的，他们有最起码的战斗能力，有的还具备比较高的水平呢。比方说，开坦克，你们会吗？让大炮打准了，你们行吗？所以，只要他们愿意到咱们部队上来，他们就是咱们的同志，他们就是咱们的弟兄了。”

钱医生说得也有点激动，也可能是因上早上比较干燥，他不禁剧烈地干咳了几声。

父亲在旁边静静地站着。钱医生的话，他是听进去了，道理也都明白了，可是一下子要接受这样的现实，他的心里还是有点别扭。

“走吧兄弟们，咱们别在这里看了，再看也不能改变部队首长的决定，咱们还是跟老钱到医院蹭点饭吃去！”

父亲知道再不把队伍带走，肯定又会闹出些不愉快的事情出来。

父亲他们正在医院的墙外吃着煎饼和咸菜，还有钱医生特意吩咐炊事员煮的一大锅稀粥。

这时，王义走出医院，看到了父亲，兴奋地跑了过来。

“我昨晚就找你们了，你们去哪儿了？”

“我们去干了点小活，怎么，你们武营长还好啊？”

这个时候又见到王义，父亲觉得他俩的缘份是注定了的。

“武营长截肢了，还没醒过来呢。你们今天要回去了吗？”

王义很沉稳地说着。

父亲一直觉得王义的沉稳是天生的，而且这种沉稳的劲头与他医务人员的身份特别契合。

父亲从腰间抽出了葛队长缴获的那把手枪，递给王义。

“你看看这把枪，喜欢不？”

王义接过枪，认真地看着，欢喜的神情表露无遗，他高兴地说着：

“当然喜欢了，我们包扎所的马主任还没带上这样的枪呢，好像医院的钱院长带着就是这样的枪。”

“喜欢就送给你了！”

父亲爽快地说。

“送给我，真的？”

王义不相信自己的耳朵，反复问了好几遍。

父亲点头确认之后，王义竟然一下子把父亲抱起来转了两圈。

“哎呀，快放下，头晕了。”

“哎哟，什么高兴的事，让你们两个这么开心？”

钱医生不知道什么时候出现在他们面前。

“这是王义，是我们县保卫大队王政委的兄弟。老钱，你可得给好好关照一下。”

父亲被转得刚停下，急忙扶着钱医生才站稳。

“我们俩是同行，有啥关照不关照的。行了，说说你吧，你们是一定要回去吗？我看这形势，你们要穿过战场不太容易了，昨天的战斗非常激烈，不光是青驼方向，河阳、葛沟方向也打得厉害，我看你们还要是做好准备，准备跟我们一起行动。”

钱医生说话的速度还是不急不慢的。

就在这时，炮弹声呼啸而至，几发炮弹落在了医院外面的麦地里，“轰轰轰”的爆炸声随之响起。

隔了那么远，几个人都还能感觉到那股炸起的气浪。

“钱院长，纵队首长的电话！”

钱医生赶紧跑回院子里接电话去了。

也就三四分钟的工夫，钱医生又跑了出来。

“你们回不去了，青驼方向的 83 师、河阳葛沟方向的 48 师和第 7 军都发疯了，他们是拼了命地想打通与 74 师的通道，所以这两个方向上的战斗都是异常激烈的。野司首长给咱们的各个纵队都下了死命令了，就是要集中力量消灭 74 师这个国民党王牌，陈毅老总说这是从百万军中取上将首级，所以主攻和打援部队的任务都很重。纵队首长命令我们医院马上转移，你们武工队也要帮我们一起转移，我和纵队首长都报告过了，这可是正式的命令。”

这次，老钱说得非常干脆，没有任何商量余地。

转移的目的地是界湖，那里是老根据地，还在两个纵队的留守处。

个别队员还是想不通，可他们执行命令还是不含糊的，抬担架、背设备，队员们在帮着医院转移的一路上，都争抢干那些重活、累活，没有一句抱怨。

经过汶河的时候，国民党的飞机飞来了，一圈一圈地低空扫射着，所有的人都用身体掩护着伤员，医院警卫排的三名战士和武工队的两名队员不幸中弹牺牲。

到了界湖驻地，虽然国民党飞机偶尔也飞过来几次，可他们的目标明显不是这里，事后大家才知道那几架飞机是奔着国民党整编第 74 师去的，是给他们投送弹药和食物的，可是最终大多数的弹药和食物都投到了华野攻击部队的阵地上了。

天黑了，前方战报还是不断地传来，父亲从钱医生的嘴里才知道了所有的激战都是围绕着孟良崮展开的，“打上孟良崮，活抓张灵甫”的口号从此是尽人皆知了。

15号一大早，父亲就着急地找到了钱医生，问着他前方的战事，特别是青驼方向的情况。

队员们着急啊。

没办法，钱医生带着一个参谋来到了武工队驻地的院子里，他们把一张简易的军用地图铺在地上，图上已经用红蓝笔标注好了敌我的位置，参谋指着这些标识给武工队员们讲解着目前的双方作战态势。

“你们要回青驼阻击阵地已经是不可能的了，那里估计已经被83师占领，我阻击部队现在已经向北转移到了鼻子山、双堠一线，83师想从那里打开通道接应74师，所以现在那里的战斗十分激烈，我阻击部队的伤亡也非常大。”

参谋说完，看了看钱医生，又看了看父亲，站到了一边。

“我先听一听你们的想法，再告诉你们关于纵队和你们滨海军区的决定。”

钱医生一直低着头看着地图，没有再说其他的了。

其实，这个时候他已经通过战地机要分别向2纵首长和滨海军区通报了武工队的情况，并提出了暂留武工队在医院附近担任警戒任务的建议，因为这个时候的界湖已是无兵可用了，能够协助担负起医院警戒任务的只有父亲他们一支武工队了。

“上级给我们下达的任务就是阻击敌人，如果没完成任务，那人家以后会咋看我们武工队？”

父亲的话，一下子引爆了队员们两天来积压在心中的郁闷，大家都争相表达着自己着急参战的心情。

钱医生一直没有说话，一直蹲在地图边。

父亲仿佛看出来了什么，他也蹲在了钱医生的身旁。“老钱，这上级到底给你啥指示了，你倒是说说啊。”

钱医生转过脸来看了一眼父亲，笑了笑，还是没有出声。

“哎呀，你倒是说话呀。这样，你别为难，如果上级让我们武工队留下，我们二话不说，保证服从命令。这该行了吧？”

父亲刚一说完，马上意识到自己中计了，立即站了起来。

“等的就是你这句话，行了，你给他们念念吧。”

钱医生站了起来，对着参谋使了一个眼色。

参谋从口袋里掏出一张纸，展开，拿在手里念了开来：

“命令，武工队从接到命令时起，与战地医院一起行动，暂时负责医院周边的警戒任务，此任务执行至战役结束。此令，华东野战军第2纵队后勤部。”

说完，他又掏出一张纸，又展开，拿在了手里：

“命令武工队从接到命令时起，负责2纵医院驻地周边的警戒工作。滨海军区。”

父亲苦笑了一下，指着钱医生说：

“老钱啊老钱，你，你……”

老钱走近一些，握住了父亲的手，笑眯眯地说：

“你啥你的，跟我老钱多待两天咋了。好了，命令也传达了，我也该回医院了。让参谋陪你转转，熟悉熟悉周边地形，警戒工作可马虎不得。”

…………

解放后，父亲问起过钱医生这段往事，钱医生是这样回答的：

“我知道你们都想上战场打仗，可那个时候双方都打乱了，根本就没有整个建制的队伍执行某项单独的任务。青驼阻击，主要是2纵在打，但是14号、15号两天，6纵、8纵都参与过阻击。我一是怕你们人单力薄的，到不了青驼附近；二呢主要是舍不得你这个老伙计，怕你有什么闪失，这也算是我的私心吧。不管怎么说，你我还都活着，这就是最好的结局。”

第三十六章
策应转移

时局：孟良崮战役后，共产党在山东战场仍未完全取得主动，国民党军又积极准备再次大举进攻，汤恩伯纠集进犯沂蒙山的国民党军35个团以及地方武装约10万余人，发到了“鲁南大会战”，对鲁南解放区反复进行“扫荡”“清剿”，建立反动政权，实行保甲制度。这大大加剧了山东解放区的负担，很多地方的党组织被破坏，一些党员、群众积极分子被杀害。山东战局的变化，却给共产党领导的各野战军在其他战场实施战略反攻创造了有利的条件。1947年6月9日，鲁南军区后勤人员及鲁南各县干部、军工家属五万余人，在鲁南军区四个团及地方武装的掩护下，分南北两路，强渡沂河、沭河，进入滨海解放区，史称“六九突围”。这次突围不但打破了国民党反动派要把鲁南军民赶下黄河、驱进东海、彻底消灭的美梦，更重要的是保存了鲁南地区几万名骨干力量。尽管绝大多数冲出了重围，敌快速纵队还是抓住了一千多筋疲力尽的人，其中有县委书记、区长、组织部长、民兵队长等210人，之后他们都被王洪九的保安团杀害。

钱医生说的警戒任务，其实就是让父亲他们休整休整。

界湖镇子并不大，这里除了钱医生他们的医院，还有华野2纵的司令部等许多机关，所以整个镇子的警戒工作当然不会让父亲他们这样外来的地方武工队来担任的。

于是，父亲把队员们分散安排在医院周边，自己则带着葛队长在镇子里转悠着。

镇子上的好多乡亲都认识纵队司令员，父亲也禁不住好奇地打听了一些。乡亲们说司令员不抽烟，不喝酒，生活俭朴，平时还喜欢跟镇子上的人聊聊天，一点官架子都没有。

父亲突然觉得这里和大店在很多方面都特别像，但是这些相似的地方到底是什么，父亲却一时说不清楚。

绕着镇子转了一圈之后，父亲才体会到了钱医生的良苦用心。

连续两天时间，送到医院里来的重伤员太多了，钱医生一直忙碌着。父亲他们自然是插不上手的，只能帮着抬一抬伤员。

16 号傍晚，钱医生在医院门口找到了父亲。

“告诉你个好消息，74 师被吃掉了，张灵甫被击毙了！”

“咱们胜利了？”

几个队员围拢了过来，异口同声地问着。

“是，胜利了！”

钱医生的口气非常坚定。

队员们开心地跳了起来，这时镇子上也放起了鞭炮，大家都在庆祝这得来不易的胜利。

父亲向钱医生敬了一个礼，脸上带着微笑地说：

“老钱，这仗打胜了，我们也该回去了。”

老钱点了点头，回敬了一个礼，没有说什么。

17 号天刚微亮，武工队便集合好了。

仗打完了，就得回到驻地去，这也是队员们所盼望的。

临出发前，钱医生派了一名参谋送来了纵队司令部开具的路条，并提醒武工队，让他们一定要绕开河阳、葛沟一线，因为钱医生在战报里得知第 7 军和整编第 48 师已经开始从战线上龟缩，并有向白塔、临沂县城方向运动的可能。

界湖镇东面的浮来山一带，驻扎着华野 7 纵，路条就是写给 7 纵的。

有了路条，武工队一行基本上是畅通无阻的。莒县当地的武工队听说父亲他们参与了青驼阻击战时，特意给武工队炖了一大锅白菜，还有咸鱼和玉米饼子。

辗转回到驻地时，已是夜里很晚了。

武工队那些老队员们早已回到驻地，几天里，他们以零伤亡的代价圆满完成了上级下达的各项战斗任务。为此，县委领导在白天的总结时还将武工队当成典型，号召全县各个武装组织都要向武工队学习。

几天没见，经历过战火考验的队员们彼此兴奋地谈论着，同时又为牺牲的战友惋惜着。

5 月 21 日，滨海军分区一名作战参谋和县委的一名干事来到武工队，宣读了军分区的立功决定，葛队长因为炸毁坦克获大功一次，武工队也被授予战斗模范集体。

5 月 23 日，中共滨海地委发出了《关于充实与扩大地方武装的补充指示》，指示除重申了各县于 6 月底以前完成地委、军分区 4 月 25 日发出扩大地方武装指示中规定的任务外，决定普遍建立区中队。

成立区中队就需要干部，而干部的主要来源当然是近期表现突出、战果累累的武工队了。

父亲舍不得队员们离开，那些要调任各区中队长的老队员们也舍不得离开武工队。

葛队长也在调任之列，可是他表示坚决不离开武工队，他把自己关在禁闭室的屋子里，从里面反顶住了，任谁敲门也不开。在随后的几天里，葛队长照常参加武工队的训练，一到晚上便把自己关在小屋里。

还是第一次碰到这种情况，父亲也没有办法了。

武工队自从回来之后，给人的感觉是：除了白天训练之外，好像没有什么别的行动了。

其实不然，行动都是在晚上，而且都是父亲亲自带领的。当然葛队长因为要小性子，自然无缘这些行动的。

首先的行动是摸清敌人龟缩的程度，武工队驻地的当面之敌便是国民党第 7 军和整编 48 师了。这两支部队本来是驻守葛沟至河阳一线的，孟良崮战役期间被我 2 纵和 7 纵死死地卡在了原地，战役结束后，他们曾一度向东出击莒县的 7 纵各部，未果。老钱也曾经通报过，说这两支部队有向南移动的可能。

这几天每到深夜，父亲便会带上几名精干的队员，从渡口直接过河，然后秘密潜到镇上，跟艾老大、老张等几人都接上了头。

几日的连续侦察，确认敌军各部确实是在向南移动，但是移动的速度不快。各地的还乡团也趁机扩编，加强了对各村镇的“清剿”。加上国民党特务的挑拨，一些村镇损失相当严重，有的村子开始对过路的县区干部、区中队采取闭门不见、敲门不开、视而不见的“三不”策略。原常沟区的副区长杨建民因为作风和经济问题，被调任刘店子区任区中队长。杨建民因不满组织调动，叛变投敌，杀害刘店子区委副书记梁波，并导致两名基干民兵被还乡团捕杀的悲剧。

父亲决心惩处这名叛徒。

可是杨建民太狡猾了，连续几个晚上在镇上他的藏身处守候都没有发现他的踪影。

走漏了风声？

应该不会的。

杨建民和武工队没有任何来往，即便他自己知道可能会成为组织上要惩处的目标，那他也不会怀疑到武工队这里来的。

很可能杨建民还有其他藏身的窝点，于是父亲知会艾老大和老张他们要多留意杨建民的动向。

一天凌晨时分，刚刚入睡的父亲突然梦到了方蒙拿着枪指着王政委的后脑勺，王政委危在旦夕，这个时候他醒了。

醒了之后的父亲马上披好衣服，跑步来到了渡口处，详细地向保卫大队的哨兵们问着王政委的情况，哨兵一听，笑着回答说：

“队长，你这是想我们王政委了。王政委好着呢，前两天还带队到渡口来检查。他还跟我们说等你回来了，他一定会抽时间来看你们武工队的。我们王政委对武工队可真是上心哪，让我们都有些眼馋了。”“眼馋啥，他是你们的政委，又不是咱武工队的政委。等他调来咱武工队当政委的时候，你们可真的就眼馋了。”

父亲听到王政委安然无恙，于是也玩笑地回答着哨兵。

国民党第7军和整编第48师已经转移到了白塔街到临沂县城一线，白塔街到河阳一线出现了暂时的空档。

父亲觉得这是一次难得的机会，他想利用这个空档期好好收拾一下那些为非作歹的还乡团，还有就是利用这个机会惩处叛徒杨建民。

给县委打报告好几天了，县委还是没有答复。

父亲有些着急了。

1947年6月6日，芒种。

下午，滨海军分区参谋张胜和县委一名干事来到了武工队队部。

"队长同志，我们奉命向武工队传达滨海军分区和滨海地委的指示，要求你们武工队以最快的速度全力出击，想办法把九曲镇至白塔街的还乡团拖住，以配合鲁南各县撤出的干部、军工家属东渡沭河，执行这个任务的还有各个区中队和民兵队伍。"

张胜说完，打开了随身携带的简易地图，指着地图上的标识向父亲和武工队的几名骨干队员讲解着。

父亲趴在地上认真地看着地图，转头问着张参谋：

"他们总共多少人，准备什么时候过河？"

"怎么也得有个五六万人吧，具体的渡河时间不好说。不过，他们已经从抱犊崮山区向咱们这里撤退了，而且正在临沂城西战斗的几支地方武装已经奉命撤出战斗，以急行军的速度前去抱犊崮山区护送撤退人员了。如果一路顺利、没有遇到国民党军队的话，那么他们可以在7至8号就可以渡河。但实际情况可能会很残酷，所以他们渡河的时间估计会晚上两到三天的。

根据目前敌我的态势分析，目前从地图上看他们现在的位置，如果平行向东行军的话，应该在郯城的沙墩镇向南约二十公里的宽大正面上都有可能渡过沂河，然后继续向东渡过沭河。但是还有一部分撤出的队伍可能从临沂县城的九曲段东渡沂河，然后再继续向东渡过沭河。给你们武工队的任务实际上就是要保证他们北面队伍的侧翼安全，掩护他们顺利通过沂沭河之间的敌占区。"

这么多人撤退，路上极大可能会遇到很多意想不到的情况，张参谋回答的还是很乐观的。

“队长，咱们县委保卫大队的王政委已经率部先期出发了。”

县委的干事似乎是无意说了这么一句。

“啊，王政委也出发了？他们渡口的小队还在这里啊，他们去执行什么任务啊？”

父亲有些不解地问道。

“鲁南军分区来电说他们有一批机要人员和重要设备需要先期到达，所以县委就派王政委带着一部分人去迎接了。”

县委干事回答道。

“谁和他一起去的？”

父亲着急地问。

“有方蒙同志，就是你们武工队上一次解救回来的那个同志。县委领导说他是那里的人，更熟悉回撤的同志，所以让他一起去了。”

县委干事解释道。

“现在还有没有办法通知王政委？”

听到方蒙的名字，父亲的头皮不自觉地麻了一下，他立即追问了一句。

“估计他们现在已经渡过沭河了，没有办法通知他们了。队长，你有啥要转告王政委的，你可以告诉我，等王政委回来了，我告诉他就行。”

张参谋看着眉头紧锁的父亲，等县委干事说完，轻声地问着父亲：

“队长，有情况？”

“嗯……”

父亲欲言又止。

“队长，我们军分区有电台和鲁南军分区联系，不知道我能不能帮上忙？”

张参谋似乎看出了父亲的疑虑。于是，父亲把张参谋拉到了旁边，悄悄地耳语着：

“我有点担心王政委的安全，对这个方蒙不太放心。如果你能提醒鲁南军分区一下，这是最好的了。”

“如果你对他有怀疑，可以早点告诉我们，我们可以和鲁南军分区联系核实一下他的身份的。不过你放心，我回去就会报告，尽快和鲁南军分区联系，让他们酌情处理的。”

张参谋的回答让父亲稍稍安心了一些。送走张参谋二人，武工队集合了。

“如果没有国民党正规军，拖住还乡团是没有问题的，可是从白塔街向南至九曲一线驻着国民党第7军和整编48师，咱们只要一动还乡团，这些国民党正规军肯定会出动的，这个问题是咱们出击的关键。”

“不是咱们独立战斗，还有各区中队和各村镇的民兵呢，怕啥啊？”

“对啊，他们撤退时也会有独立团、独立营的一路护送的，这等于咱们也有正规部队一起战斗嘛。”

“这是两回事的，咱们现在连他们撤退的路线和撤退的时间都搞不清楚，就不能那么准确地到他们的必经之路上保护他们。咱们还是打咱们自己的，咱们这块打响了，能把大量的敌人吸引过来了，那他们撤退路上的敌人不就少了吗，大家想一想是不是这个道理？”

每次战前的这种分析会，队员们都能各抒己见，父亲在这种神仙会的前半段是从来不说话的。

坐在父亲旁边的一名队员不停地咳着，父亲推了他好几次，可以他还是在咳。

于是父亲把嘴凑到他的耳朵边，轻声地提醒着：

“别再咳嗽了，好好听着。”

队员面露难色，低哑着嗓子回答着：

“麦芒卡在嗓子眼里了。”

父亲眼睛一下子瞪大了，大声地问：

“怎么了？”

“刚才在麦地里揪了一把麦子搓着吃，麦芒卡嗓子了。”

队员有点害怕地小声回答着。父亲猛地站了起来，大声地说：

“大家听到了吧，麦子！”

所有队员的眼神都聚焦到了父亲身上，看着大家充满疑问的目光，父亲笑了笑，继续大声地解释着：

“麦子能搓着吃了，就是马上要割麦了。大家想一想，咱们辛辛苦苦种的麦子，国民党军队和还乡团能眼睁睁地瞅着咱们割麦吗？不能！他们肯定会抢的，他们那么多人要吃饭，饭从哪里来，就是从咱老百姓这里抢来的。那如果咱不让他们抢成，他们会不会急呢？”

“对啊，队长这招是一箭双雕，咱们既能抢割了麦子，又能调动国民党军队和还乡团跟着咱们屁股后面转，高！”

“可是，你怎么知道这些国民党军队和还乡团就能跟着咱们屁股后面转呢？”

“今天咱们去九曲割麦，明天咱们到白塔街割麦，自然而然地就会调动他们了，这是明摆着的嘛，还用想？”

“那要是还乡团专门在麦地里看着，怎么办？”

“那就更好办了，咱们晚上摸进他们老窝里去，把他们的枪支弹药都给搬走！”

“要是各个镇的还乡团在路上设卡子，咋办？”

“刚几天的事，你就忘了？咱们前几天怎么过的沂河、怎么去的青驼，咋就不动动脑子呢？”

由北向南、由西向东出击，从而实现调动敌人从南向北、从东向西跟着转圈的意图，出击方案就这么定了下来，行动还是要在夜里进行。

为了便于行动，武工队分成了四个小组，每组二十人，每组又分成了抢收麦子的、警戒放哨的、负责运输的。

各组的侦察人员已经提前出发了。

镰刀、车子、绳子等一切准备就绪之后，各组当晚趁着夜色离开了驻地。

花开数朵，单表一枝。

父亲带队去了白塔街，因为他的心里一直“惦记”着那位大地主邵望天。

与侦察员接上了头，侦察员说白塔街驻扎的国民党军队还是在靠近河边的那几所院子里，就是曾经被武工队夜里攻打过的那几所院子，那里有一个营部和一个连，好多当兵的都说着一口听不懂的南方话，他们跟村子里的人交流不多，也没有发现有当兵的到大地主邵望天家里去的。

父亲觉得这些国民党驻军和邵望天并不熟络，所以这个时候就必须先到邵望天家里去“探望”一眼的。

队员们对白塔街已是轻车熟路，对大地主邵望天家的位置自然也是清楚的。

夜深人静，队员们搭肩上墙，然后飞身落地，悄悄地打开了邵望天家的大门，倚着枪睡觉的家丁被队员们捆得严严实实，嘴里塞了一大把破布，继续昏睡着。

邵望天两口子正在房间里睡觉，父亲脸上捂着一块黑布、手里拎着驳壳枪出现在他们床前的时候，邵望天的老婆竟然吓昏过去了，邵望天也吓得趴在床上不停地磕着头。

“爷爷们过河来，找先生借点东西。”

父亲哑着嗓音说着。

“爷你说，只要我家里有的，你都可以拿去！”

邵望天一口应承着，没敢抬头。

“爷爷我手下两三百人，这吃的喝的都快用完了，找你借点白面吃。”

“爷你听我说，你能不能晚个十来天，等我家地里的麦子收了之后，我保证给你留最好的麦子，要不我磨好面也行。行不？”

“还十来天，老子那两三百人都饿死了，你是想借他奶奶的那些蛮子兵给你撑腰是不？告诉你老子能从山里跑出来，是因为老子不怕死，老子有枪有人，你敢耍滑头，小心老子毙了你。”

父亲说话的语气像极了溃逃的国民党军官。

“请问爷是哪个部分的，我和临沂的王洪九司令还是有些交情的，能不能给在下点面子，我保证十天后给贵军提供粮食，我保证。”

邵望天真以为父亲是国民党从北面山里逃出来的国民党残兵。

“哪个部分的，老子能告诉你吗？老子告诉你，你再跟河边那些蛮子兵说？想得倒美！老子等不及了，说，你家的地里种了多少麦子？”

“这大晚上的，爷不是想割麦吧？”

邵望天居然笑了出来。

“割麦？对啊，他娘的，老子就想割麦，怎么了？”

父亲故意低声咆哮着。

“好好好，只要爷你高兴，你能割多少就割多少，我就带着你去！”

邵望天此时好像跟父亲扛上了。

父亲用枪抵着邵望天的后腰，押着他出了他的家门，左转右转地来到了一大片麦田。

邵望天想转身，可是被父亲的枪抵着没敢动，于是他指着麦田说：

“爷，这就是俺家的麦地，这一片都是，只是爷你自己也割不了多少吧？”

因为从房间里出来，邵望天就没有看到其他人，所以他的胆子也越来越大起来了。

“爷，你还是听我的劝，咱们回去，我给你拿些袁大头。这样你走你的，我也没有见过你。怎么样？”

邵望天还想回头的时候，被父亲一枪托砸晕倒在了田里。

武工队的队员们都是干农活的好手，割麦子当然不在话下的。

很快的工夫，队员们已经割出很大一片了。

捆好，装车。

父亲安排两辆车经邵望天家门口后，再沿河边小路程向北走一段，之后转入正常路线。

这两辆小推车一路走，一路撒下了三三两两的麦穗，从麦地一直到邵望天家的路上，然后再从邵望天家到河边的小路上全都有。

邵望天手脚被捆住，被队员们用几捆麦子围在了光秃秃的麦田中央。

临撤退的时候，父亲带着一名队员回到邵望天家，站在房顶上，用邵望天家丁的枪朝向村边国民党军驻扎的院子连开了几枪，还故意把枪留在明眼人一眼就能看到的房顶上，刺刀向天。

队员们问父亲其中的缘故，父亲笑着回答说，等一两天就知道了。

第二天下午，侦察人员回来报告说，白塔街的国民党驻军把邵望天的几个家丁给抓走了。

父亲只是点了点头，没有吱声。他知道仅凭这一次，火候还是不到的，还应该在下步的行动中让这把火烧得更猛些，这样才能把那些国民党驻军和还乡团给调动起来。

第二天晚上，父亲带着三名队员又一次来到了白塔街，他们当然不是来收麦子的。

他们潜到了国民党驻军那几所院子附近，使劲向几所院子里扔了几块大石头，然后飞也似地消失了。

连续两天晚上，太平、九曲、相公、洪瑞几个镇子上的地主家的麦子都被割了。特别是有国民党军驻扎的村子，接连发生了国民党兵被手榴弹袭击的事情，有两三个还乡团据点的岗亭被炸塌、哨兵被炸死。

能够连续两个晚上突袭这么多个据点，还有战术动作上分析，国民党驻军和王洪九的保安司令部得出了一个共同的结论：这绝非地方武装所为，所有的线索都指向了北面的那支劲旅——华野 7 纵，因为这个时候华野 7 纵正在北面的莒县浮来山至莒南大店一带休整。

有了这样的结论，国民党驻军终于在 8 号白天开始悄悄地向北移动着，他们意图重新占领白塔、葛沟至河阳的防线，从北面割断华野 7 纵与鲁中山区华野另外几个纵队的联系，妄图一口吃掉一个华野纵队。

没有想到，武工队这一招起到了“四两拨千斤”的效果，成功地吸引了临沂县城以北的国民党驻军及还乡团的注意，并将他们调虎离山。

8号晚上，得到了滨海军分区通报后，华野7纵专门派出了一个营，和武工队一起连夜行动，他们从南向北一路急袭，采取了不恋战、打了就跑的战术，成功地突袭了十多个国民党军驻地、还乡团据点，打死打伤数十名敌人。

9号一早，华野7纵开始调动部队，做出了抢攻白塔、葛沟到河阳防线的进攻姿态，国民党驻军开始大张旗鼓地向北移动，公路上尘土飞扬起来。

第三十七章

方蒙之死

国民党部队当然要和华野抢夺白塔、河阳防线，因为这条防线临近沂河，可以把整个山东南部一分为二。利用这条防线，可以不断挤压尚在沂蒙山腹地的华野各部，为进一步的“围剿”创造条件。

纸上谈兵总会被现实打脸。

这不9号一大早，驻白塔街的国民党部队声势浩大地开着汽车准备沿公路向北移动时，白塔街的那条通往公路的大道上便爆炸声四起了。

士兵们以为遇到了埋伏，纷纷跳下车警觉地向四周开着枪。放了半天的枪之后，他们才发现四周一个人都没有。于是，又上车，继续进发。

好不容易开上了公路，汽车再一次碰响了地雷。

这个时候，那些国民党士兵才想起了排雷，于是队伍的行进速度一下子慢了下来。

这边正在排雷，他们的驻地那边却接连爆炸，留守士兵的嚎叫声离好远都能听到。

原来，头一天晚上华野7纵的这支部队和武工队一起并只是打了就跑的，他们还在一些国民党军的必经之路上、个别驻军院落的周边埋设了大量的地雷。

经过了青驼三官庙赵队长指点之后的武工队，也都是埋设地雷的好手了，他们在家的这段时间可没少鼓弄地雷，经过他们改造的地雷确实好用了很多，用他们自己的话说，就是“想让它什么时候炸就什么时候炸，想让它怎么炸就怎么炸！”

国民党驻军被调开的同时，那些还乡团保安队开始害怕了，胆子大一点的还像往常一样，不过是多加了些岗哨，一起出门的人员更多了，可是大部分却是整日缩在据点里不敢出来了。

其实缩头乌龟更好打，常沟村据点就是这样被端掉的。

7纵那个营执行完任务后，便离开了武工队。对于这一点，父亲是理解的，因为正规部队不能像武工队一样搞些小打小闹的。再说，国民党整编48师的牛鼻子真的被牵住了，这可是一个难得的机会，华野7纵当然不会放过这样的机会，那个营也是赶回去执行围剿任务去了。

再说武工队，队员们讨论的时候都认为，既然给敌人造成了要抢占白塔、河阳防线的假象，那就要假戏真做，在这条防线的中间打它一次，让这场戏演得更真一些。

常沟村据点就这样走进了武工队的视野里。

常沟村处在一片平原上，常沟据点建在了河汊边，说是河汊，其实就是条小沟。这个据点靠着沟的一面建了一排七间房子，其余三面都对着田地，门口一条小道通到村里，前不着村后不着店的，是一所孤立的大院子。

八路军要抢占白塔河阳防线的消息传的很快，常沟据点的十几名还乡团真的就不敢出门了，就连村里的两个地主也躲进据点里了。

这些情况自然很快就被父亲掌握了。

9号晚上8点左右，天空中下起了大雨，不久居然下起了冰雹，很快，隐蔽在据点河汊对岸几块麦田里的40多名武工队员已经全身都淋湿了。

又冷又湿，可他们还是静静地等待着。

不远处的据点院子里还有两盏马灯亮着，大门依然紧闭着。

不一会，据点旁边的小河汊处传来了两声清脆的口哨声，父亲随即下达了战斗的指令，队员们如同脱缰的猛虎一般从地里跃起、跳过小河汊，直奔据点大门冲去。

口哨声是武工队员孙来运吹出的，他是在白天奉父亲的命令潜入常沟村负责监视还乡团据点动静的。

“队长，那个杨建民也在。”

孙来运悄悄地向父亲汇报着。

“谁？”

父亲以为自己听错了，问着孙来运。

“杨建民，就是常沟村的那个叛徒。”

孙来运肯定地回答着。

“奶奶的，到底碰上了！传下去，一定要活捉了他！”

战斗瞬间打响了，手榴弹炸开了大门，父亲带着队员从正面冲了进去，两翼的队员们也已经爬过了围墙。

这时，靠近沟的房子里打出了一阵阵密集的子弹，有两名队员负伤。

“我们是武工队，你们被包围了，赶紧投降！”

队员们齐声向房里喊着。

没有效果，房子里还在持续地向外射击，他们只是漫无目标地射击。

“奶奶的，敬酒不吃吃罚酒！弟兄们，手榴弹！”

父亲贴着墙根站着，他率先拉响了一颗手榴弹，扔向了房门口。

房门被炸的掉了下来，立即有两颗手榴弹同时扔了进去。

“别打了，武工队爷爷们，别打了，俺几个投降，俺投降了！”

这个声音在夜里听着有的瘆人，属于鬼哭狼嚎的那种。

“先把枪扔出来，一个个抱头出来！”

队员们高声命令着。

不一会，从房子里依次走出了八个人，两个地主也夹在里面。

队员们冲进房子里，房子里还有十一具尸体，没有发现杨建民。

正在孙来运纳闷的时候，突然听到院子里的队员大声喊着：

“站住，站住！”

父亲和孙来运跑到房外时，几名队员已经翻墙追了出去。

“砰砰砰……”

一阵枪声过后，有一名队员大声向院子里的父亲报告着：

“队长，这个要爬墙跑的家伙被打死了。”

不一会，几名队员拖着一具湿漉漉的尸体回到院子里，正是杨建民。

没有抓到活的，大家都觉得有些不太过瘾。

据点打下来了，可是如何处理抓到的这些还乡团、还有两个地主立即成了大家争论的焦点。

很多人提议直接枪毙了他们，简单省事。可是话音还没有落下，两个地主已经瘫倒在地上了。

雨还在下，院子里积了很厚的水。父亲走到两个地主跟前，神情严肃地说：

“把这俩人绑在他们村头的树上，让他们明白跟着还乡团欺压老百姓的下场。”

几名队员押着两个地主走后，孙来运走到父亲跟前，小声地问着：

“队长，这太便宜他们了吧？”

“留着他们还有用。”

父亲胸有成竹地回答着。

押地主的几名队员回来后，父亲他们押着抓获的6名还乡团回师了。

冒雨回师，还押解着俘虏，有几名队员一边走，嘴里也一直嘟哝着。

因为武工队曾经给保卫大队送过俘虏，保卫大队确实也审查出了有用的情报。而且，保卫大队的王政委也多次向父亲提起过，请他把抓获的还乡团俘虏交给保卫大队审查。

所以，一定要把这几个还乡团俘虏押回去，交给保卫大队的，这是父亲的想法。

当王政委在脑海里闪过时，他的心里不自觉地又紧了一下。他抬头看了看天，让雨水打在脸上，他想让自己清醒清醒，心里暗自告诫着自己不能胡思乱想。

回到驻地，把几名俘虏交给保卫大队的渡口小组，由他们负责押解回保卫大队的驻地。

那一晚，父亲他们睡的特别香。

第二天早上，武工队的早饭时间，保卫大队渡口小组的两名队员来到院子里，嚷嚷着要找父亲。

父亲以为他们是来报告押解俘虏一事的，一开始并没有在意，在屋里卷好一个煎饼拿着走了出来。

两名队员看到父亲，神情紧张地对父亲说：

"队长，队长，俺大队的王政委被国民党兵抓了！"

"什么？你再说一遍！"

父亲正咬着煎饼，一着急，一口煎饼就那么囫囵地吞了下去，一下子噎得他剧烈咳嗽起来。

"王政委被抓了，现在是死是活也不知道。队长，你给想想办法吧！"

近乎哀求的声音，让父亲的手颤抖了，煎饼也掉在了地上，他眼神直直地看着两名队员，好一会没有说出话来。

"走，走，跟我进屋，跟我好好说一说是怎么一回事？"

父亲走上前，揽着两名队员的肩膀往屋里走去。

进到屋里，父亲给两名队员倒了两碗水，示意他们坐下慢慢说。

"队长，俺昨天晚上押着你们抓的那几个俘虏回去的，一回去就听俺队友们说了。他们说，王政委带着几个人去接应山里面来的人，前两天的晚上在郯城李庄附近向西刚刚渡过沂河的时候，被一支正在河边巡逻的国民党军队发现了。交火不久，王政委为了掩护俺们的一个队员把敌人的火力全都吸引到他自己那里了。后来，他没有子弹了，也负伤了，就被敌人给抓了。"

"他不是带着好几个人吗？"

"是，他总共带了 6 个人一起去的，当时就牺牲了 3 名队员，在他掩护下跑回了一名队员。"

“对了，方蒙不是也去了吗？”

“方蒙是谁？俺不认识，应该不是俺队里的。噢，对了，政委是带着一个从山里来的人一块去的，他就是这个人吧？”

“那这个方蒙是不是也被抓了？”

“不知道，跑回来的队友说，他只是看到了政委被抓走了。”

“他娘的，我就知道这个方蒙不是好东西！哎，我早该提醒王政委一声的，要是我早点提醒他，他就不会带着这个方蒙一起去了，不带他去，就不会出事了！哎，都怪我！”

父亲懊恼地拍了拍自己脑袋。

“县委和你们大队有什么意见？”

“听他们说，县委已经派人去打探王政委被关押在哪里的情况了，县委领导还说不让俺们大队轻举妄动，要听上级的统一安排。”

“你们还知道些啥，都告诉我。”

“俺知道的就是这些了，队长给俺们想想办法呗，你带着俺们这些人去把王政委救出来吧，行不队长，俺代表在这边的这些队员求求你了！”

此时，两名保卫大队的队员已是泪流满面了。

父亲走上前，拍了拍他们的肩膀，轻声地说：

“你们先回去吧，你们让我好好想一想。”

“队长，你要是想出来怎么救王政委，一定要带个俺几个，俺几个都想跟你参加行动，都想救出王政委的！”

“我知道，我知道。”

两名队员出去了，父亲一个人待在房间里，他突然想到了昨晚那一股突然而来的揪心的感觉，而今保卫大队两名队员的话明白无误地证实了他的预感，他的心里更加难受了。

他不想要这样的预感，也不想证实自己的预感，与王政委交往的一幕一幕都浮现在了脑海里。

救人，基本上是不可能的。目前，国民党军队在临沂县城周边已布满重兵，他们一直想着法子要报孟良崮兵败之仇，想着把华野部队和共产党的各级组织赶尽杀绝的。如今，他们抓到了王政委这么一条大鱼，看守严密不说，肯定还梦想着能撬开王政委的嘴，拿到王政委所知道的全部重要秘密。

不救人，保卫大队的队员们群情激愤，而且从个人的交情上也是说不过去的。

但是，关押王政委的地点在哪儿、敌人看守的力量如何，目前都不清楚，怎么救啊？

王政委肯定要遭到严刑拷打的，能不能挺过去，就要看他的意志力了。

父亲在屋里反复思量着，一抬头才发现门口已站满了队员。

“你们怎么都站在这？”

父亲问着大家。

“队长，我们都听说了，王政委可是个好人哪。你说打我们就去打，队长，你就下命令吧！”

队员们的回答却让父亲一下子冷静了下来。他走出房间，队员们把他围在了中间。

“大家听我说，咱们现在不知道王政委被关在哪里，是没法贸然动兵的。就算知道了是关在了王洪九的监狱里，咱们也是没有办法的。你们谁听说过哪个被抓的人从王洪九的监狱里被解救出来的，到现在还没有呢。为啥，因为这个监狱防守太严密了。现在国民党在临沂城一下子放了那么多部队，想混进县城里去都是不容易的，更别说要在那么多敌人的眼皮子底下去救个人出来了。所以，我的决定是不动！”

“那队长，咱们就眼睁睁地看着王政委被国民党反动派杀害吗？”

“是啊，队长，咱们咋也该有点行动啊！”

“大家的心情我理解，可是实际的情况确实很复杂，咱们又没有得到县委的明确命令，所以咱们武工队不能动。大家要真想给王政委报仇，就在今后的战斗中多杀敌人！还有一条啊，这是我定下的规矩，今后不管谁见到那个姓方的，直接干了他，这也是给王政委报仇！”

队员们情绪渐渐稳定了，散去的时候父亲喊住了几名骨干，他们一起进屋认真地分析起了周边还乡团据点的情况。父亲打算复制对常沟还乡团据点的打法，一点一点地“蚕食”那些偏远的还乡团据点，对国民党军队和还乡团近来的不断挤压来个以牙还牙。

6月11号，县委的一名干事来到了武工队驻地，他向父亲通报了鲁南军区及各县人员已于9号、10号两天突出重围，到达我滨海解放区的情况。

父亲向这名干事打听王政委的情况时，干事非常痛心地摇着头，遗憾地表示着此事没有任何进一步的情报传来，无法判断王政委的生死，县委领导也没有进一步的指示。

县委干事的说法与父亲的估计是一致的，王政委真的是凶多吉少了。

一个多月后的南麻战役前夕，王政委英勇就义，他的头颅被悬挂在临沂县城的东城门楼镇海门之上，一直挂了十多天。

而方蒙是不是死了，是怎么死的，没有人知道，成了一个谜。

1948年10月，临沂县城解放后，被华野部队抓获的临沂监狱看守人员交代了王政委被俘、被杀害的整个过程。

事情是这样的：

1947年6月7日晚，王政委带着方蒙和其他5名队员在郯城的李庄镇附近向西渡过了沂河，刚一上岸便被国民党快带纵队的一支摩托化巡逻队发现，双方在河堤处交火，王政委负伤被俘，同时被俘的还有方蒙。

国民党军队随即把二人移送给了临沂县保安团，保安团把他们二人秘密关押在了王洪九所设立的临沂“模范监狱”最里面的两间监仓里，关押在这两个监仓里的“犯人”只有监狱长许大胡子和他的几个亲信才有权审讯。

审讯，其实就是严刑拷打。

他们对王政委几乎用上了各种严刑（此处省略数百字，以免太过血腥），可是王政委却只字不讲，总是怒目而视。这些人靠近王政委时，总会被王政委吐一脸的浓痰和唾沫。

就这样日复一日，王政委的身上已经没有一寸完整的皮肤了，他的十个手指、十个脚趾却被插上了竹签，肩胛骨上的被子弹击穿的洞里已经长满了蛆虫。

对方蒙，他们采取了另外一种方式。

当方蒙战战兢兢地拽着王政委他们的手爬上河堤时，他一头倒在了河堤上大喊了几句，像是在发泄，可正是他喊的这几句，招来了国民党快速纵队的巡逻队。

双方交火时，方蒙一直抱着头就趴在河堤上。王政委将敌人的火力全都吸引到他自己那儿去的那一瞬间，其实方蒙已经下到了河堤下的芦苇丛里了，他有机会和那名队员一起渡河逃生的，可他不会游泳，怕被淹死，一犹豫，国民党士兵便围了过来，他便被国民党兵从河边的芦苇丛里给拎了出来。

行动前，王政委曾经问他要不要枪的，方蒙坚持不带枪。所以方蒙被俘时，身上并没有枪。

头两天，方蒙没有被关押进监仓里，而是在监仓外面的一间招待房里住着，门口还有警卫 24 小时看守着。

就在那两天里，许大胡子吩咐手下用好酒好菜地招待着方蒙，他们还专门安排了一名妖艳的妓女进来陪着。方蒙呢，酒喝了、菜吃了，还把妓女好好教育了一顿，搞得这个妓女不但无计可施，在方蒙面前再也不敢放肆了。

但是，许大胡子可一计连着一计，他们有意让王政委看见了方蒙花天酒地、又有女人陪着的一幕。反过来，又故意把方蒙带进审讯王政委的刑讯室，让他“观摩”刑讯王政委的过程。

方蒙确实被吓坏了，“观摩”刑讯时，他的裤子都尿湿了。

可是，让许大胡子和他的爪牙们吃惊的是，方蒙自始至终对于他们所感兴趣的问题都是答非所问、顾左右而言他的，反而是滔滔不绝地向他们宣讲着毛主席的文章，那些文章他都能倒背如流的。

方蒙的态度终于惹恼了许大胡子他们，酒菜不再有了，舒适的房间也取消了，取而代之的是又黑又臭的监仓和发霉变馊的伙食。

奇怪的是，许大胡子他们一直没有对方蒙用刑。

因为和王政委的监仓紧挨着，方蒙刚开始关进来的时候，王政委对他一直是横眉冷目的，方蒙也没往心里去，每天除了背诵毛主席的文章，就是反复地背诵岳飞的《满江红》：

“怒发冲冠，凭栏处、潇潇雨歇。抬望眼、仰天长啸，壮怀激烈。三十功名尘与土，八千里路云和月。莫等闲、白了少年头，空悲切。靖康耻，犹未雪。臣子恨，何时灭。驾长车，踏破贺兰山阙。壮志饥餐胡虏肉，笑谈渴饮匈奴血。待从头、收拾旧山河，朝天阙。”

1947 年 7 月 2 号，王政委就义。

王政委就义的时候，许大胡子把方蒙也带到了刑场，还公开给了方蒙一个“监斩”的名头，让他坐在一排桌子的后面，给他打扮得十分利整。但实际上方蒙的手是被捆着的，嗓子眼里也塞进了一块破布，方蒙动也动不了，喊也喊不出，只能眼睁睁地看着王政委英勇就义。

方蒙知道，许大胡子他们用的这一招是诛心，是想让王政委和那些曾经的战友、同志永远地记恨着他，而他也就永远没有向王政委他们解释的机会了。那一刻他泪流满面，心痛欲碎。

王政委英勇就义后的第三天，方蒙被许大胡子他们给活埋了。活埋方蒙是在晚上秘密进行的，监狱里关押的其他人根本就没有觉察到。

因此，方蒙的名字只是作为失踪人口在滨海地委和后来的鲁中南地委的个别文件里曾经出现了两次，之后再也没有人记起过他。

父亲知道此事后，他的心里异常愧疚，于是他主动担起了为方蒙正名的使命。经过多方奔走，终于在 1949 年的 7 月份，方蒙同志牺牲两年后，上级党委做出了《关于追认方蒙同志为革命烈士的决定》。

1949年8月，在一个月高风静的晚上，父亲和几位战友一起来到了沂河的河滩上，他们念完那份《决定》后将它点燃，将酒一杯一杯地洒在地上，祭奠着、追忆着。

忽然一阵风吹来，燃成了灰烬的那份《决定》飘向空中，消失在了远方的夜空。

王政委，牺牲时年仅24岁。

方蒙，牺牲时年仅22岁。

第三十八章

黑虎掏心

父亲他们无意之中的行动，调动了国民党军队自临沂城以北向沂南县河阳镇一线移动布防，但是原驻防在这条防线上的国民党第7军和整编第48师却顺势向鲁中山区急进，取而代之的是国民党的一支“全美械”快速纵队——第3纵队，总部便设在了位于这条防线中心位置的葛沟和镇上。

几次试探性地交火，华野7纵的几支部队都吃了些亏，认真总结之后，才发现这支部队可不同于原来的第7军和整编第48师，他们凭借着摩托化的高度机动特点，采取的是能咬你就咬你一口、打了就跑的战术。

跟他们交过手的战士们都说，国民党第3纵队实际就是坐在汽车上的游击队。

就像打蛇专打七寸一样，认真研究，总能找出他们的弱点和短处。特别像父亲他们一样整天都在打游击，嘴上虽然说不出来，但心里都是跟明镜一样的清楚。

所以说，再硬的骨头，也会被敲碎的。父亲以游击队长的身份被7纵一部请去参加了一次战术研讨，对象当然便是国民党这个第3快速纵队了。

汽车没有路便跑不动，汽车陷进泥里就出不来。

这就是父亲回到武工队后队员们总结出来的应对措施，听上去好像没什么，但细致推敲起来却含着深意呢。

于是，连续多日的破路炸桥，除了那条临淄公路，周边支支叉叉的大道小路都已是坑坑洼洼了，人靠步行可以通过，但是汽车要想通过是非得重新修路不可的。

就这样，这个国民党的第 3 快速纵队被限制在了临淄公路上，他们的高度机动性也大打了折扣，没有了高度机动性掩护的国民党士兵也不敢轻易地四处耀武扬威了。

第 3 纵队的威胁减少了，又有华野 7 纵的背后撑腰，武工队当然要放开手脚了，他们开始琢磨着铲除那些相对偏远的还乡团据点了。

6 月底，父亲再一次被邀请参加 7 纵某营的作战会议。这次作战会议是为了落实野司首长提出的佯攻计划，因为之前的几次配合，该部首长非常认可父亲和武工队，他们在会议上提出了请武工队全力配合的意见，父亲当然是乐意的，他也提出了一些切实的建议。

对于武工队员们来说，他们的队长能参与正规部队的作战会议，而且还能领回一份战斗任务，这就是一种荣光，就是一种至高的荣誉了。

接下来，队员们自然是全面地准备，斗志十分高昂。可是，就在会议的第三天晚上，7 纵某营通信员便飞马来到了武工队，向父亲通报了野司改变作战计划的命令，7 纵也要奉命转移，联合战斗的任务当然也就不复存在了。

队员们很失落，父亲的脑海里却在快速思考着因为华野部队转移而衍生出来的相关问题。

正规部队都转移了，武工队背后会暂时失去了这个强有力的靠山，国民党部队会反扑，各地的还乡团保安队也会重新猖狂起来，武工队可能会从目前的顺境一下子变成逆境，也不可能再像前些日子一样毫无顾忌地四处打游击了。

可是武工队经过这一段时间的磨炼，不但在沂沭河中间地带站稳了脚跟，而且也打出来了威风，各个村镇的还乡团保安队都发怵跟武工队交手。如果武工队就这么撤了，会让大家辛苦积攒起来的家底一下子垮掉，不但队员们的心里会难受，老百姓们对于武工队的印象也会大打折扣，高兴的只能是那些还乡团保安队和各个村镇的恶霸地主了。

如果真到了这样的地步，那么武工队的东山再起将会非常困难。

父亲考虑再三，还是决定留在原地，不向滨海解放区的腹地撤退。同时，为了加强对各村镇的侦察工作，父亲特意召回了老张小组，命令由老张全权负责侦察人员的选拔派遣以及情报的汇总分析，当然这些工作老张都会事无巨细地向父亲汇报的。

得益于老张的稳重，各个村镇的情报开始源源不断地送到武工队驻地。

父亲一度特别惊讶，后来听了老张的详细说明之后，他才恍然大悟，心里对老张也多了一份敬佩。

原来，老张对不同的村镇采取的是不同的侦察方式。还乡团保安队势力相对薄弱的村镇，他会派出队上的精干人员潜入进去与村镇上的亲朋好友联系，从而取得想要的情况和线索。

而对于还乡团保安团势力较强、防守较为严密的村镇，他从来不会冒险把队员们派过去的，而是让赶集的、走亲戚的老百姓们充当武工队的眼线。按他的话说，有时候在某个镇子逢集的时候，赶集的10个人里面可能会有3到4个人会给武工队带来他们所看到、听到的情况，这些人里男女老幼都有，卖菜的、打鱼的、砍柴的、种地的，啥样的人都有。

就这样，情况越来越多，特别是各个村镇的国民党驻军和还乡团的情况每天都有新的内容，这让武工队可以快速地避开国民党驻军的锋芒，在广大的沂沭河中间地带与国民党驻军和还乡团玩着“捉迷藏”，还不时地展示一下自己的实力，打击那些稍稍偏远一些的还乡团据点。

但是，时间一长，老百姓们有意见，队员们更有意见了。

因为有了国民党军队撑腰，还乡团的势力越来越大，他们对各个村镇老百姓的压迫也越来越严重了，一些来不及撤退的党员、积极分子和家属被抓捕，被杀害，有些村镇的党组织已经不复存在，当地的老百姓谁也不敢公开地谈论有关共产党、八路军的事情。加上那些恶霸地主、还乡团天天都在叫嚷着“共产党的队伍已经跑了”“共产党根本不管老百姓的死活”“共产党快被打败了”等等，更让老百姓们的心中多了一份忧虑。

必须要打一仗的，再不打一仗的话，难保哪支队伍里又会出现像杨建民一样的叛徒，那时候的损失可是巨大的。

下定了打的决心，剩下的就是地点的选择了。

召开过两次队里的骨干会议，可是大家的分歧特别大，没有形成统一的认识，这让父亲犹豫了。

就在这个时候，小五和其他几名负伤的队员伤愈归队了，父亲可高兴了，他拉着他们挨个仔细地看着。

“你小五子这段时间可养胖了，还能跑得动不？”

“能，队长，不信你看一看！”

小五子的话音还没落，人已经像箭一般飞了出去，跑了足有1000米，又折返回来，竟然大气都没有喘。

“嗯，比以前跑得还快了，说明你小五子没忘了自己是干啥的，好！”

父亲一叫好，旁边围观的队员们也都跟着叫起好来。

这下，倒是让小五子脸红了。

“你们几个在养伤的时候，有没有听说过咱武工队也打了好几场大仗啊？”

不知哪个队员问了一句。

“听到过，解放区医院的人都知道咱们武工队呢，他们还说一定要见一见咱们的队长呢！”

“对啊，他们还说咱们武工队是最敢打硬仗的！”

这几名伤愈归队的队员自豪地回答着，他们的神情也自然流露着那种骄傲。

“队长，俺在后方养伤时，一起的有个班长他天天早上带着俺们几个跑步，他还教俺几个拼刺刀、射击，他打枪那真是准，真是百步穿杨。如果咱们都像他那样，那咱们以后打仗准保能多打死几个敌人的。”

小五子的话引起了父亲的注意，父亲立即让队员给他们几个拿来了枪，让他们当着大伙的面演示一番。

几个人反复讲解着拼刺刀的要领，队员们都认真地听着。

实弹射击时，他们几个都打得非常准。

于是，接下来的几天，这几名队员都当起了小教员，就连父亲也是认认真真地操练，从不偷懒。

有一天，正在训练时，不知哪个队员突然冒出了一句：

“要是咱们早一点像现在这样训练，那次在突袭塔桥村时，也不会让那个陈大拿的家丁们给跑了。”

一句话突然点醒了父亲。

对啊，陈大拿，塔桥据点！

地点决定了，父亲便紧急叫来了老张，给老张两天时间摸清塔桥据点还乡团的活动情况。

接到任务的老张没有丝毫的惊慌，而是胸有成竹地满口答应了下来。

于是，在接下来的两天里，有塔桥村的村头巷尾都有一些老大娘和小孩子在捡柴拾粪，塔桥据点的周边也多了一些讨饭的人。为此，据点里的还乡团还拿着棍棒出来撵过，但这些要饭的既撵不走，也轰不跑，那些还乡团干脆大门紧闭，再也不出来了。

为啥还有要饭的呢？

据史料记载，1947 年至 1949 年间，山东解放区出现了严重的灾荒，沂蒙解放区的受灾程度居全省之首，不少地方田园荒芜，十室九空，人民群众的生产、生活处于极端困难的境地，老百姓遭受了严重的战争创伤，经济基础遭到了严重的破坏。所以，受了灾荒的老百姓到处讨饭也是常有的事情了。

情况都摸清了。

塔桥据点搬到了原来的塔桥乡公所里了，也就是父亲他们解救葛沟付干事和那些家属们的地方。那里本来是没有院墙的，还乡团用铁丝把门前空场上的三排杨树都连了起来，空场就成了一个大院子，两棵间隔有两米的杨树间的大空当做大门，值守的还乡团时有时无的。

塔桥据点里驻扎着不到二十个还乡团，村周边没有发现国民党驻军。

父亲决定在第三天晚上开始行动，他专门还给这次行动起了个名字，叫做“黑虎掏心”。

整整一天的准备时间，队员们都有些不耐烦了。

父亲在考虑着参战的人员，对方只有二十人左右，去的人多了不值得，当然也不能去的太少了。

三十个人左右是最合适的了，老张留守，老葛也得留守，父亲心里盘算好了，他走出了房间。

院子里，队员们都在等待着父亲的命令。

听说只能去三十个人，院子里一下子从安静变得嘈杂起来。

谁都想去，谁也不愿留在家里。

小五子他们几个坚决要求参战，理由是他们错过了很多次大仗，再不打仗就没有立功的机会了。

“都别吵吵了，你们以为咱们武工队就剩下这一场仗了？我告诉你们，仗有得你们打的，咱们这次要轻装上阵，快打快撤，所以这次我要带几个跑得快的去。下面，我念到名字的出列，10分钟后出发。”

父亲随后便念起了名字，被叫到名字的都高兴地站到了一边，没有被念到名字的嘴都噘得老高。

小五子他们几个都被念到了名字，几个人高兴的嘴都快合不拢了。

长话短说，父亲他们隐蔽夜行，一路小心，到达塔桥据点时，已是晚上10点多了，有两位队员早已等候在那里了。

“队长，他们今天一直没出去，都在里面待着呢。”

“中午的时候，他们的伙夫买了一车子西瓜进去。”

“现在，门口的两个还乡团正坐在地上打瞌睡呢。”

两名队员向父亲低声汇报着。

父亲围着据点转了一圈，随后他便下达了战斗命令。

"咱们分成两组，一组跟着我从大门冲进去。另外一组由小五子带队，在院子四个角警戒，防止他们狗急跳墙。快去！"

小五子带着十名队员即刻散在院落和四周。

"等他们俩把门口两个干掉之后，大家要快速地冲进院子。大家都记好了，手脚一定要轻。咱们这次争取抓活的，如果遇到反抗，用手榴弹招呼，谁也不能靠前！大家听明白了没有？"

"明白！"

"明白！"

"明白！"

队员们低声应答着。

静悄悄地靠近了，两名队员手持刺刀突然闪了进去，两道寒光之后，他们向父亲招了招手。

父亲和队友们鱼贯进入了院子，轻手轻脚的。

正当他们要靠近房门时，突然从旁边的柴草堆里窜出了两条大狗，狂吠着扑向了两名队员。

父亲眼疾手快，抬起手中的驳壳枪，"嘭嘭嘭"连开了几枪，两条大狗瞬间倒在了地上。

枪声当然也惊动了屋里的还乡团们。

"哒哒哒……哒哒哒……"

两条火舌从木头的小窗口里喷了出来，房门突然打开了，从里面冲出了几个人，他们手里的枪在急射着。

"堵住他们，别让他们跑了！"

靠近窗口的队员向屋里扔了两颗手榴弹，但是院子里的还乡团已经和队员们形成了胶着的态势，不可能用手榴弹，也没法开枪了。

父亲一个箭步冲了上去，靠近一名还乡团时，把肩膀往下一沉，右手顺势揪住了对方的脖领，左手往对方的裆里一掏一捏，猛地一较劲，把这个还乡团斜着摔在了地上。

躺在地上的父亲抽出驳壳枪，对准正在扑向自己的另一名还乡团开了几枪，还乡团直直地摔在了地上，他的脸几乎贴上了父亲的脸。

其他几名还乡团见状拼命地向外跑去。

“干掉他们！”

还没等父亲的命令下达完毕，队员们的枪都响了起来。

“啪、啪、啪……”

一阵枪声之后，向外逃的几名还乡团都报销了。

屋里又连续传来两声爆炸声，呛人的硝烟从屋里涌到了院子。

父亲和队员们小心翼翼地进到屋里，用手电筒的黄光四处照射着。

只有两个还乡团还活着，一个头上脸上流血不止，一个右手的两个手指已经炸没了，父亲还是让队员给两名俘虏进行了简单的包扎，两名俘虏感激地直磕头。

战斗结束了，有两名队员的胳膊上分别被划出了两道口子，没有人员损失。

清点缴获，除了十八支汉阳造和十箱子弹，还有两大袋白面，还有很多面条、煎饼、咸菜、花生油和各种果蔬。

有的队员坚持要把所有的东西都带回去，枪支弹药是必须要带回去的，那些米面粮油虽然多，但是又太零碎了，是不好随身携带的。

父亲当然不同意携带，于是他叫来了小五，吩咐他带着一些队员将这些东西搬到外面的大街上，然后贴出告示，告知村民们这是武工队缴获的，他们可以自行取走，先到先得。

小五子带着几名队员很快就把东西搬到了外面的大街上，告示也贴好了，他又带着这几名队员挨家挨户地敲着门，从门外告诉着村民们武工队消灭了据点里的还乡团，他们可以到村里的大街去取米面粮油什么的。

正在武工队准备离开的时候，还真有三三两两的村民试探着来到了大街上。

父亲走了过去，站在那些缴获前，对着村民们说：

“我是武工队队长，老少爷们不用害怕，都过来拿吧。”

有个眼尖的村民认出了父亲，他走上前去，激动地说：

“还真的是队长你啊，可把你给盼来了！”

其他的人也围了上来，围着父亲诉说着被还乡团欺压的苦楚。

“大家都放心，这种日子很快会过去的！大家赶紧把其他的村民都叫来，把这些东西分了吧！”

几个村民听了父亲的话，跑着回去叫人去了。

这时，小五靠近说：

“队长，要不要咱们帮着分一分啊，这些东西对于缺粮少油的老乡们来说是太珍贵了，不然到时候你多我少的，我担心他们会吵起来。”

“不能再等了，还是让他们自己分吧，谁多谁少的咱也不能管得太细了，咱们赶紧撤退吧！”

父亲带着队伍往回走了，走了好远了，他仿佛还能听到身后村民们开心的笑声。

关于“七月分兵”

1947 年 6 月 25 日，国民党军队开始全力东犯，28 日进至鲁村、南麻 (今沂源县)、大张庄、朴里庄一线，妄图迫使华东野战军在鲁中山区狭窄地带迎战。由于当面之敌十分密集，无论是寻歼侧翼之敌或直取中央之敌都缺乏条件。为避免无把握作战，华东野战军打算以第六纵队向临 (沂) 蒙 (阴) 公路出击，以第四纵队奔袭费县，破坏国民党军队后方补给线，以第七纵队佯攻汤头，迫敌分兵回援，主力集结在沂水、东里店一线待机。这一计划即将实施之时，接到军委二十九日提出的三路分兵的指示：“蒋军毫无出路，被迫采取胡宗南在陕北之战术，集中六个师于不及百里之正面向我推进。此种战术除避免歼灭及骚扰居民外，毫无作用。而其缺点则是两翼及后路异常空虚，给我以放手歼击之机会。你们应以两个至三个纵队出鲁南，先攻费县，再攻邹 (县) 滕 (县) 临 (城) 枣 (庄)，纵横进击，完全机动，每次以歼敌一个旅为目的。以歼敌为主，不以断其接济为主。临蒙段无须控制，空费兵力。此外，你们还要以适当时机，以两个纵队经吐丝口攻占泰安，扫荡泰安以西、以南各地，亦以往来机动歼敌有生力量为目的。正面留四个纵队监视该敌，使外出两路易于得手。以上方针，是因为敌正面既然绝对集中兵力，我军便不应再继续采取集中兵力方针，而应改取分路出击其远后方之方针。其外出两路兵力，或以两个纵队出鲁南，以三个纵队出鲁西亦可。”这个指示，改变了军委过去要求华野不分兵、坚持内线歼敌的方针，史称“七月分兵”。粟裕将军回忆这段往事时，曾经说过：我们立即对军委这一指示进行了研究，鉴于刘邓大军即将出击，战局必有重大发展，我们决定立即执行军委提出的三路分兵的方针，并做出了具体的部署，这一部署在六月三十日上报军委的同时，命令各部队立即于七月一日执行。这就是华野的“七月分兵”的开始。“七月分兵”在未经充分准备的情况下开始的。在接到军委六月二十九日分兵指示以前，我们是按照军委五月二十二日指示，准备以七八个月时间，即在一九四七年底以前，集中全部主力在内线各个歼敌的。接到军委六月二十九日分兵指示，到全军开始行动仅有一天多时间。由于七月分兵后有几仗打成消耗战，有的同志后来就怀疑“七月分兵”是否正确。我的回答是，我们当年执行军委分兵的方针是必要的。如果我们将眼光局限于山东，在内线坚持几个月当然是可以的。因为当时山东还有五十多个县城在我手中，而且连成一片，胶东、渤海、滨海三个地区还可以回旋，在内线歼敌的条件还是存在的。但是，刘邓大军在六月底将南渡黄河，军委已经告知我们，我们必须以战斗行动来策应刘邓大军的战略行动。当然，策应刘邓大军南渡可以有另一种方式，如果我们在七月初能集中兵力打一个像孟良崮那样的大仗，将敌人牵制在鲁中，对刘邓大军的配合将是有力的。无奈当时难以肯定数日内必有战机出现，而刘邓大军按军委规定日期出动，我们不能以作战行动作有力的配合，这对全局是不利的。这就是我们立即执行军委分兵的指示的主要原因。

第三十九章

智取据点

已经离开塔桥村 5 里地了，父亲突然一拍脑袋，他吩咐一名老队员带队继续前行，自己则带着小五子几个人往回急赶。

这个变化，事出有因。

两人俘虏虽然都不是致命伤，可路上他们一直磨磨蹭蹭的，总是极力地拖着脚步。

父亲看出了名堂。

父亲故意把队伍带进了一处田地里，田地里四下无人，远处还有几撮蓝盈盈的鬼火在跳跃着。

两名俘虏被押到了父亲的面前，父亲抽出驳壳枪，把枪管直接顶在了那名断了手指的俘虏头上。

“说，你是不是这个据点的队长？”

“长官饶命，长官饶命……”

嘴好像很严，只会求饶，却只字不吐，而且声音也越来越大。

父亲把驳壳枪顶上了火，左手捏着这个俘虏的下巴，把枪管从他的嘴里塞了进去。

“想报信？我成全你！”

俘虏拼命地摇着头，嗓子里不停地啊啊着。

“愿意说了？”

父亲问到。

俘虏快速地点了点头。

“要说，就痛痛快快地说。不说，就在这里埋了你，咱们武工队说到做到！”

父亲抽出枪管，在那名俘虏的衣服上反复地擦了擦。

“长官我交代，我姓孙，是塔桥据点的队长。我昨天刚调过来的，可什么坏事也没有干过的。”

这个俘虏说着，还偷偷地看了那个头个负伤的俘虏两眼。

昨天才调来？一句话露馅了，父亲知道他在演戏。

“别说了，把他带下去，毙了！”

本来带着俘虏行军，队员们都是不乐意的，突然听到队长下命令要把俘虏枪毙了，大家自然都是高兴的。

可是小五却懂得了父亲的意思。

小五和另一名队员架着这个俘虏，往鬼火的地方又走了一百多步，“嘭”的一声枪声响起。在寂静的荒野上，这枪声显得特别的响。

不一会，小五跑了过来，大声地向父亲报告：

“报告队长，已经把刚才那个还乡团给毙了！”

这时，蹲在地上的另外一名俘虏一下子瘫坐在了田里。

“我，我，我说，队长，别杀我，我说！”

“想说就说吧，你看你的队长已经被枪毙了，你是下一个，急不急呢，你自己看着办！”

父亲的语气里好像一点都不着急。

“长官，长官，我才是据点的队长，我姓孙，我是一个月前从太平据点调过来的。长官你想知道啥，我都说。”

这个俘虏低声说着。

“你们两个是真假李逵啊，还是真假孙悟空啊？你说你是队长，他说他是队长，到底谁是队长呢？还有啊，你说我想知道啥，你就说啥，可是我哪知道你都知道啥啊？反正那个队长已经被我给枪毙了，你呢，就知道啥就说啥吧，要不然你还得浪费我一颗子弹！”

谁都能听出父亲话里的意思，这个孙队长当然也不是傻子。

“我真的是孙队长，他是我的下属，姓胡。我们这个据点总共就二十个人，我们主要是负责从白塔到葛沟这段防线上的巡逻，还有负责沂河塔桥段的监视，防止共党，啊不，防止贵党还有贵部出现在这些地方。其实我们这个据点现在是受镇上据点的管辖，弹药给养等都由镇上保障的，我们自己不管这些事的。长官，我们据点可没有做什么伤天害理的事啊，求你高抬贵手，饶了我一命吧！”

“你的意思是，你们没有欺负老百姓，也没有杀害过共产党？”

父亲的话像刀子一样锋利。

“长官，那都是执行上峰的命令，我可从来没有私自做主欺负过老百姓啊，长官明察！”

这个孙队长也是个会演戏的人。

“王洪九的保安团什么时候到你们据点？”

父亲突然问了一句。

“明早！”

这个孙队长脱口而出。

这时，那个假的孙队长被两名队员从远处架了过来，并没有死，只是嘴里多塞了一团破布。

真假孙队长相视一望，两人都低下了头。

这才有了开头父亲带着小五子几人急着回去的一幕。

为啥要急着赶回去？因为要急着回去转移群众。

如果王洪九的保安团明早到了塔桥据点，发现据点被端，他们一定会在村里搜索的。而村民们正好都分到了据点里的生活物资，这正好给了保安团杀害老百姓的借口。

事实证明，父亲他们连夜行动是正确的。因为，根据眼线反映，王洪九的保安团在第二天便火烧塔桥村，大火一直烧了整整两天，整个村里被烧的没有一间完整的屋子了。

从此，王洪九给各地的保安团和保安中队配备了部分美式武器，各村镇还乡团也都扩招人马，他们的实力明显增强，他们对于各个村镇、各条道路的监视更加严密了，对老百姓的压榨更厉害了。

位于沂沭河中间的各个村镇又陷入了一片黑暗之中。

时间来到了 1947 年 10 月。

人民解放军各野战部队实施外线反攻，三路大军挺进中原，开辟了中原解放区，战场推进到长江淮河之间。

活动在山东解放区的华野各纵，陆续开展了南麻临朐战役、沙土集战役等，解放了费县城及其周围地区。滨海、鲁南区各级地方武装也广泛地开展游击战争，有效地打击敌人。

父亲率领着他的武工队配合军区独立团在这段时间里多次主动出击，迫使敌小股部队不敢出来活动，这其中就有他们智取葛沟据点的杰作。

虽然配合军区独立团作战，可是队员们依然想自己打一场漂亮仗。

怎么打、打哪里，是大家争论的焦点。

都想找个大点的据点来打，可是盘算来算去，大一点的据点就那么几个，攻击的条件都不好。

葛队长提出了攻打葛沟据点，可是在全队的讨论会上，队员们几乎是一面倒地反对。

理由很简单，因为葛沟据点是敌人防线的中间位置，而且周边还驻扎着王洪九保安团的两个中队。

只有老张、葛队长和小五子几个人是坚持的。

小五子的支持，没有任何理由，他觉得打仗就不能怕这怕那的。

而葛队长随后的解释，让其他队员们的天平开始倾斜了。他说：

“我熟悉葛沟据点，这个据点在葛沟大街上，它前面是大街，后面就是一大片地了。咱们可以晚上先摸上去几个人，在它后面的田里埋好地雷，再故意在它的后墙上炸开一个口，然后用手榴弹炸开它的前门，估计用不了 10 分钟，咱们就能冲进据点里。只要咱们冲进去了，里面的还乡团保安队准保会往后面的田地里逃跑。到那个时候，咱们守在后面田里的同志就把他们全包了饺子！”

“那保安团要调动怎么办？”

有队员问到。

“我算了时间，咱们最快可以在 20 分钟内解决战斗，这样保安团就是来了，咱们也走远了。”

葛队长的回答很肯定。

看来父亲故意晾了他这一段时间，对于葛队长还真是一个磨炼，他不像以前那样莽撞了，心思细了很多。

“我觉得，咱们应该打葛沟据点。大家想想看，最近老百姓们中为什么会传着说咱们武工队害怕了、不要他们了等等，就是因为咱们好长时间没有打过一场漂亮仗了，这怨不得老百姓的。虽然葛沟据点在敌人防线的中间，但咱们还是有条件拿下它的，而且干掉它就可以解除老百姓对咱们武工队的怀疑，让他们觉得咱武工队还是以前的武工队，不但不怕，还专捡还乡团的心窝肉来吃。这样的话，在沂河沭河中间会有更多的老百姓拥护咱们，帮着咱们，那咱们以后的战斗就会更好打！”

老张的分析，则让大家的看法完全转变了。最终，大家都同意了将葛沟据点作为首要的战斗目标。

这些日子以来，本来就有关于葛沟据点的一些情况。为了稳妥起见，老张还是向父亲提出要求，由他带队去葛沟据点附近亲自侦察。

这个提议自然受到了葛队长的强烈反对，因为葛队长本能地认为到葛沟侦察是非他莫属的。

两人争执的面红耳赤，可是父亲偏偏一句话也不说，而是拿着个大蒲扇闭着眼睛慢慢地扇着。

没有了裁判，争执也就没法进行下去了。

“依我看，你们俩都去，再带上小五，这样有文有武，我也放心。不知道你俩有没有意见，要不然，我带着小五子去，你俩在家看家？”

听着他们不争执了，父亲这才慢悠悠地说了一句。

当天晚上，老张、葛队长和小五子便出发了。

1947年的10月份，沂沭河地带极少下雨，可就是老张他们出发的第二天一大早，却下起了大暴雨，沭河里的水一下子暴涨了许多。

没办法正常训练，队员们都在屋里聊着天，父亲戴着顶席夹子（雨帽）、披着蓑衣在村前屋后察看着。

转了一圈，他信步走进了队员们住的院子，走进了屋里。

“队长，下这么大雨，你怎么还查岗啊？”

“越是这个时候越不能放松，越是这个时候咱就更应该警惕的。”

父亲脱下蓑衣挂在堂屋的屋檐下，拿掉头顶的席夹，往外使劲甩了甩雨水，放在了门口。

“队长，你说这么大的雨，王洪九那些汽车也动不了了吧？要是那些汽车动不了，那咱们这个时候去打葛沟据点，管他什么保安团不保安团的，他们都快不起来的。你说，是这样不，队长？”

也许是听者有心，队员玩笑似的话一下子提醒了父亲，他试探地问着大家：

“下这么大雨，大家敢不敢去打葛沟据点？”

“队长，啥敢不敢的，只要你发话，咱武工队保证没有一个孬种。”

这叫请将不如激将。

“雨停了咋办呢？”

“雨停了，地上也都是泥，王洪九保安队的汽车不也开不动了嘛。”

这是武工队出发前，队里两个队员的闲聊对话。

就这样，一支披着各式各样的蓑衣、戴着不同席夹的队伍在大雨里出发了。

按照父亲的要求，这次武工队还是留下了一小半队员在驻地留守，前去准备参加战斗的只有约60人。

从驻地到葛沟的路程不近，但是一路上武工队并没有碰到任何一支国民党保安团巡逻队。

中午时分，抵达了常沟村，雨势小了一些。

“弟兄们，咱们去会一会那两位地主，也顺便喝点热汤热面的。”

其实这个时候常沟村北面3里远的刘家小岭村里，就驻扎着一支近50人的保安团巡逻队，他们有汽车，也有摩托车，因为雨天路上泥泞，这支小股部队没有像往常一样到处巡逻，而是待在了村里喝起酒来。

就这样，一次潜在的危险与武工队擦肩而过了。

两个地主都在家，吃饭自然是在那家院落较大的地主李猫春家里，吃的也是煎饼，只不过两个地主家都按照队员们的要求简单炒了辣椒咸菜、葱花鸡蛋这些比较快速的几个菜。

有任务在身，队员们都吃的很快。

李猫春家堂屋里放着的几坛子酒引起了一个队员的注意，他打开尝了尝，高兴地喊着：

“队长，这酒烈，咱带上吧？”

“带它干嘛，胡闹！”父

亲以为他想带回到驻地去。

“不是，咱带到那里，可以点着啊！”

父亲立即听明白了他的意思，他转身问着李猫春：

“你弄这么多酒干什么？”

“这，这可不是我的，是葛沟据点的伙夫让我在村里给买的，他是我的一个亲戚，前些日子来俺家说，葛沟据点的队长让买些酒存着。”

“那他有没有让你什么时候送过去？”

“本来是今天要送的，这不，这不……”

“啊，咱武工队来了，把你这趟送酒的事给耽误了。是这个意思吧？”

李猫春点了点头，没敢说话。

“行了，我知道了，咱武工队正好要去葛沟办点事，这酒啊，咱们这些人替你送了。哎，你亲戚姓啥，叫啥？”

“叫王二，40多岁，是个老实人。”

“嗯，是不是老实人，咱们送完酒就知道了。”

坛子里的酒闻起来确实很香，10斤的坛子，总共8坛。

这个时候，老张和秘密派出去与他们接头的队员一起回来了，他悄悄地向父亲报告说，葛队长已经约出了麻子，正在为如何攻打据点想主意呢。

父亲指了指地上的几坛子酒，笑着说：

“不打了，就用它！”

老张愣了愣神，盯着那几坛子酒看了看，又拿起来在手里掂了掂，像是在自言自语地说：

“是酒啊，我还以为是地雷呢！”

于是，父亲便把李猫春刚才讲的话复述了一遍，老张这才明白过来。

“有酒没菜不行啊，队长？”

“这个我想到了，咱们不能这么大老远带着酒，再带着菜去吧？那也太看不起人家了！就让麻子出点血，找葛沟镇他们常去的馆子，定上几桌子菜。我看，就今晚！”

“关键不知道麻子的酒量咋样啊，要是他酒量不行还不得耽误咱们的大事啊？”

“嗯，这说明你是个实在人。我知道你的酒量好，要不你进去陪他们喝点咋样？”

老张当然知道父亲这是玩笑的话。

“我知道你有主意了，快说吧。”

父亲笑而不答，老张马上也猜出了个大概了。

下午，雨还继续下着，老张陪着父亲冒雨赶到了葛沟镇上的一处小院落，葛队长、小五和麻子正在屋里等着。

“队长，不知道你老人家亲自来，有失远迎了。”

麻子满脸堆笑。

“你麻子的这张嘴啊，是抹了蜂蜜了吧，我都觉得有点齁得慌了。”

父亲拍了拍麻子的脑袋。

“哪里，要不是队长的不杀之恩，还有救命之恩，我麻子哪能活到现在啊，我这辈子都听你队长的，你让我上刀山下油锅，麻子我绝对没二话的。”

“行了，你之前配合葛队长他们那次说明你还是想为咱武工队干点事的，这点我信你。”

“哎呀，队长啊，上次葛队长可是说只是借几天衣裳穿的，我知道咱们八路军的纪律，所以我一声也没问借了干啥去的。可是，你这借了没回，差点让我卷铺盖滚蛋了，我是每个兄弟给买了一身新衣裳才算完事的。”

麻子委屈地说着。

一旁的葛队长却不高兴了，大着嗓门说：

“你别胡说八道啊，那都是些破衣裳，穿在身上难闻死了，还让俺还给你，没让你赔俺几个人的难受费，就算没难为你了！”

父亲微笑着止住了葛队长的发作，转头问着麻子：

“听说，你们队长要买酒用？”

“队长，你咋啥都知道啊？他这些日子说要买些酒的，因为去常沟地主李猫春家吃饭时，喝了他们村里产的小烧，他说好喝，就让李猫春给帮着买点，其实就是让李猫春送给他的！”

“酒在我手里，下午就送过来。你今天破费点，找个饭馆订上几桌下酒菜，让他们送到你们据点里去，到时候我有几个人会扮成饭馆跑堂的送菜过去，你领进去就行。”

“保证完成任务，队长！咱打赢了后，能不能给咱补贴补贴啊？”

麻子的这番话，差点让父亲刚喝进嘴里的一口水全都喷了出来。

“你小子怎么这么能算计啊，怎么让你花点钱，像要你的命一样呢？”

父亲吐完嘴里的水，骂了一句。

“得，算我没说，就当我逗队长一乐哈。”

麻子的脸变得很快，嘴里还是不断地奉承着父亲。

菜订好了，但饭馆按照惯例只能来一个跑堂的，想来想去只能是小五子了，因为他年轻，腿脚利索。

小五子临出门时，父亲叫住他，对他耳语了几句，小五子点了点头，朝父亲笑了笑。

天快擦黑了，葛队长已经把在常沟村里等待的队员都带了过来，当然酒也带来了。

老张按照父亲的吩咐出去了一趟，也赶了回来。回来后，他朝父亲点了点头，径直走向那几坛子酒，他故意拿起那坛开封的酒闻了闻，又用手指沾了点酒出来尝了尝。

“嗯，确实是好酒，给那帮龟孙子喝倒是有点可惜了。”

老张故意叹着气，把酒坛重新封好，又使劲摇了摇，然后冲着父亲问道：

“队长，这送酒的活得我去吧？”

父亲笑着回答：

“你不想去也行！”

老张让队员把几坛酒放在了小推车上，他推着车子就往据点走去。

葛沟据点里已经是酒气熏天了，麻子正在殷勤地劝着还乡团的队长喝酒。

“队长，我麻子这辈子就觉着你这哥们好，不然凭着老哥我和王财的关系，谁我也不放在眼里的。但是你不一样，你没拿老哥我当外人，你啥事都跟老哥我商量，这让老哥我觉得我遇到了知己。下雨天，就是喝酒天，所以老哥我高兴，订点下酒菜，没想到队长你一下子买了这么多好酒，出手比老哥我大方多了，这让老哥我惭愧了。来，咱哥俩再干一碗！”

麻子说的好像都是醉话，他的举动也像喝多了酒的人，站都站不稳了。

“弟兄们，咱们麻队副今天订了这么多下酒菜，咱们一定要敬他一碗，来来来，咱们一起敬他一碗！”

还乡团的队长的舌头也硬了，嘴里的话已经叽哩哇啦地听不清楚了。

“你这个小跑堂的，快给咱队长倒上酒！那坛空了，再开一坛啊，给大家都匀上，我麻子要回敬兄弟们！”

麻子这话是对着小五说的。小五从地上拿起了老张做了记号的那坛酒，挨桌给还乡团们倒着酒。

“来，麻哥我敬大家，我先干了！”

喝完了这碗酒一小会，那些还乡团员们便七倒八歪地趴在桌子上、躺在地上了，小五子和麻子挨个摇晃着、试探着。

为啥？

因为父亲让老张去弄了些蒙汗药来，老张咋还知道至哪里能弄到蒙汗药呢？

上一篇不是说了嘛，父亲让老张负责对各个村镇的侦察，他当然要接触三教九流各路神仙了，所以父亲一提，老张便知道怎么弄得到了。

他尝酒的时候其实就是在下蒙汗药，谁也没看出来，如果父亲事先不知道，父亲说他也看不出来的。

为啥不每坛都下药，那就假了，毕竟会喝酒的人能品出酒中的细微差别，但是如果喝多了，等到舌头麻木了再喝带了蒙汗药的酒，那就是酒仙也分辨不出来的。

老张没有走远，父亲带着队员们就在据点周围埋伏着。

终于据点里亮出了手电筒的亮光，这是父亲和麻子事先商量好的。

父亲率领着队员们急速向据点冲去。

就在这时，一声枪响过后，站在据点院子里的麻子倒了下去。

父亲向枪响处看去，一名哨兵正在麻子身后举着枪。

“打！”

一阵密集的子弹射了出去，那名哨兵随之歪倒了下去。

小五子冲了出来，看到倒在了地上的麻子，又看了看旁边的哨兵，有些后悔地对父亲说：

“哎，怪我，没数好人数！”

“不能怪你！”

父亲说完抱起了麻子，麻子在大口喘着气。

“队长，我听你的了……”

说完，麻子的头一歪，没气了。

第四十章

攻克汤头

雨完全停了，据点周边已是泥泞一片。

麻子的死让在场的武工队员们都感到了一股莫名的悲壮，在据点外的树林里一块相对宽敞的空地，父亲带着几名队员小心翼翼地安葬了麻子，为麻子鸣枪送行。

在葛沟据点总共俘虏了 72 名还乡团，缴获了 100 余条枪，其中有 50 条新枪，还有几十箱弹药。

队员们押着俘虏，用小车推着、用扁担挑着缴获的枪支弹药、生活给养，葛队长还偷偷地把两坛没有开封的酒也搬到了小推车上。

第一次打这么轻松的仗，队员们的脸上都露着骄傲的神情，返程也变得轻松欢快起来。

回到驻地时天还没有完全亮起来，队员们都已是满脸疲惫，父亲让老张安排好大家的休息之后，他带着小五子几个人继续押解着一众俘虏向解放区的腹地走去。

老张知道父亲的心思，便主动担起了安排队里琐碎事务的责任。

葛队长不明就里地以为是老张自作主张，便吵嚷着让伙房弄点好吃的，让大家庆祝一下。

父亲这次亲自押解俘虏到东面的山里去，除了要向县委汇报这次的战斗情况，还有一个他认为更重要的事情，那就是要为麻子的死争取一个肯定的答案。

在几次的战斗中，麻子都是立过功的，父亲也曾经向保卫大队的王政委详细地介绍过此人，王政委还曾经催促武工队要给麻子上报一份材料以完备相关手续。可是因为几名骨干队员对此事的认识不统一，所以迟迟没有上报。现在，王政委已经牺牲了，不知道再报这些材料还能不能起到作用。

可是难度再大，也要去努力，否则父亲觉得对不起麻子。

事实真如父亲所料，县委领导听了汇报后，首先都肯定了麻子做出的贡献，对麻子的死表示了同情和哀悼，同时表示说烈士的批准权力不在县委，需要将武工队准备的书面材料经由县委向上报告，但是能不能批准下来、何时能够批准下来都是不得而知的。

其实大家心里都明白，最起码麻子死时，在明面上还是一名还乡团，他的身份决定了他很难被上级组织认定为革命烈士。不是革命烈士，如果他还有家人的话，那他的家人就享受不到相关的优抚政策，也有可能还会继续背负一辈子的骂名。正如抗日战争胜利时，对待汉奸家属的政策应该是一样的。

麻子在父亲的怀里咽气的那一刻，父亲已经暗下决心，一定要为麻子争取革命烈士的荣誉，要让他死得其所。父亲为此事奔波多年，可是一直没有得到上级组织的答复，麻子也就一直没有被认定为革命烈士，这成了父亲的一块心病，一直压在他的心头。直到二十世纪八十年代中期，父亲的奔波终于有了结果，麻子被追认为革命烈士，当然这些都是后话了。

在山里的两天，县委领导向父亲下达了最新的战斗命令，要求武工队配合驻滨海军区相关部队对沂沭河中间各村镇实施战略反攻，争取早日打跑那些还乡团、保安队，早日解放这些村镇。

攻打塔桥葛沟据点虽然取得了胜利，可是两仗之后，队员们中间好像普遍地存在着一种情绪，这种情绪让大家感到非常得不痛快。可是这种情绪到底是什么，大家谁也说不清楚。

父亲当然也注意到了，他一直不出声地观察着。

慢慢地，父亲从队员们的只言片语中总结出来了：塔桥葛沟这两仗打得不痛快。

父亲明白这种感觉，这就好像一位武林高手，还没有施展出五成的功力，对手就倒下了。有劲使不出来，所以深感不爽。

其实父亲也有这种感觉，可是他还是考虑得更全面一些。因为他明白饭要一口一口地吃，敌人的据点要一个一个地收拾。塔桥这一仗等于是练兵，试过身手了才能“知己”。现在“知己”了，下步面对更大的战斗，父亲的心里也就有底了。

晚饭后，队员们都在院子里乘凉，父亲故意拿着一个大蒲扇走到小五子身边，抬头望了望满天的星星，嘴里念叨着：

“这个天，先把面条煮好，用凉水过上几遍，切点黄瓜丝，拌点艾老大油坊里的芝麻酱，再加点醋，连吃上两大碗，那才叫过瘾呢。”

父亲一边说，一边比划着。

“队长，咱们啥时候能吃上这样的面条啊？”

“是啊，队长，你啥时候带我们吃一顿呗！”

有的队员听得口水都流出来了，可小五却冲着父亲偷偷一笑，还暗地里给父亲竖了竖大拇指。

父亲装作没有看见，继续跟队员们交流着那些能够降温消暑的吃法。

时间过得很快，到了规定的就寝时间了，队员们都回屋睡觉了。父亲如常般穿戴整齐地到处查着岗，有几个想在院子里睡觉的队员也被父亲赶回了屋里。

来到村头时，小五子一身夜行打扮已经站在那儿等着了。

“你这个小五子，你这是要去哪啊？”

父亲故意问到。

“队长，你不是下命令让我去找艾老大吗？”

“我啥时候给你下命令了？”

“你刚才在院子里说艾老大的芝麻酱最好吃了，意思不就是让我去找艾老大一趟吗？”

“嗯，看来你小五子不但枪法准了，脑袋也更加灵光了。好了，不跟你绕圈子了，你见到艾老大时，让他一定要想办法弄到镇上国民党保安队的布防情况，这个事一定要快。这两天，你就在艾老大那时帮工吧，一拿到情况火速赶回来。”

父亲把小五子腰间的驳壳枪拿出来看了看，从自己的腰里抽出了两个弹匣，交给小五子。

“来回的路上一定要小心！”

“放心吧，队长，俺保证完成任务。”

“对了，告诉艾老大，让他给你做一顿麻酱面吃，就说是我说的。”

“队长，这，这……，我咋好意思张口说啊？”

“你别不好意思，你要是不想吃，那你就别说，也当我没说过。”

父亲笑着说到。

“那我就说是咱队长想吃，我先替队长尝尝！”

“你想咋说就咋说，行了，快走吧，路上小心！”

艾老大对小五子一个人的到来略感意外，这是因为按照他的逻辑推断，父亲这次也是一定要来的。

“你们打下了塔桥据点后，镇上的还乡团保安队开始提心吊胆了，所以他们加强了防备，人手增加了不少。以前汤山顶上的鬼子炮楼，他们也重新用了起来。”

还没等小五子开口，艾老大便有些迫不及待地说了起来。

“老大哥，队长让我来就是为了这事。”

小五子接过艾老大递过的湿毛巾，一路疾跑，全身上下都是汗。

“你一来，我就知道你们队长想的就是这事了。我太了解你们队长了，他把塔桥据点当成你们武工队的磨刀石了。”

艾老大把小五子擦汗的毛巾在脸盆里又洗了一遍，再次将毛巾递到了小五子的手上。

“磨刀石，磨啥刀？”

小五子有些不解地问。

“你们那，天天只想着有仗打就行，你们队长还是看得远哪！你想想，你们武工队有一两个月没打仗了吧，大家都憋得慌，可是再憋得慌也得先知道自己有几斤几两才行，这样你们队长才带着你们打的塔桥据点。”

小五子听艾老大讲完，有些恍然大悟地说：

“你不说，大家伙还真的以为队长是听了大家的主意呢。原来先打哪儿、后打哪儿，队长早就盘算好了的？”

艾老大笑了笑，接过小五的话，继续说道：

“你们队长啊，那可不是走一步只看一步的人，干啥不干啥，他心里明白。好了，咱们言归正传，明天你在家给我把家看好了，我去给汤山上的据点送几桶花生油。”

“我跟你一块去呗？”

“这次不行！汤山顶上的据点查得很严，你不能去的！”

艾老大非常干脆地拒绝了小五子的要求，小五子知道再说什么也没用了。

第二天一早，艾老大特意去买了两大碗羊肉糁和一大包油条，吃完后，艾老大便挑着扁担出门了。

小五子也没闲着，他故意把自己的脸抹的黑黑的，又收拾出小推车，装上了几块豆饼和花生饼，也出了门去。

小五子满镇子到处转着，没啥具体化目标，可是眼尖的小五子还是发现了问题。

镇子的南面是一条大沟，就跟镇子的护城河一样，挡在镇子那条南北大道上，由几根粗大的树干搭成的简易桥连着南北两侧。当地人都称它为“鸿沟底”，据传与当年刘邦项羽划定的楚河汉界有点关系，是真是假就不得而知了。

“鸿沟底”在平时的季节里，几乎没有积水，只有在七八月份雨多的时节里，水会比较多，但因为它的西端连着汤河，所以就算水大也不会积存多少的。

小五子推着车子转到了“鸿沟底”的边上时，却发现“鸿沟底”

里积满了水，这种情景小五子长这么大都是没有见到过的。

这其中必定有蹊跷的。

小五子顺着沟沿来到了它与汤河交汇的地方，这才发现了问题出在了哪里。

“鸿沟底”通向汤河的最西端被堵住了，看样子堵的时间也不长。

中午时分，小五子满是疑虑地回到了油坊，此时艾老大已经回来了。

“五子你去哪了，不是不让你出去吗？”

艾老大的责备里充满着关心。

“没事的，大哥，我想着用豆饼、花生饼的换点豆子、花生啥的，可转了一圈啥也没换到啊。对了，大哥，‘鸿沟底’咋那么多水了呢，我从小也没见过‘鸿沟底’灌满水啊！”

小五子的话引起了艾老大的注意，艾老大拽着小五子来到“鸿沟底”边上详细地看了看。

回到油坊，艾老大好像若无其事地问小五子：

“想吃麻酱面不，想吃咱就弄点。”

“真的，队长还说让我替他尝尝呢！”

小五子说着扮了个鬼脸。

“你们队长想吃得让他自己来，你替他尝算哪门子的事。行了，你给我打下手，一会就好。”

艾老大下面条、切黄瓜丝，小五子则在艾老大的指导下调麻酱、剥蒜捣蒜。

不一会，两大碗麻酱面已经摆在小桌上了。

“五子，吃完你得赶紧回去。”

“艾大哥，队长说让我待两天，他说等把据点的情况搞清楚之后我再回去。”

小五子用手擦了一下嘴角上的芝麻酱。

“不，现在的情况差不多都清楚了，街口那个据点的头还是以前那个胡队长，不过人数增加了，应该有 100 多人。汤山顶上的据点里人数不清楚，但根据他们从油坊拿油的数量来看，他们的人数只会比街口据点的人多，而且我从外面还看到了炮楼里伸出来的机枪了，看来他们的装备比街口保安队的要好很多。这两天，他们对进出镇子的人检查的也严了，看来他们是防备着武工队呢。”

艾老大吃完面放下了碗，但是筷子还一直握在手里。

“对了，你还要告诉你们队长，堵住‘鸿沟底’，把里面灌满水，这肯定是还乡团保安队干的，但是他们想干什么呢？算了，我也不去想了，你全告诉你们队长就行了，他会想出道道来的，他的鬼主意太多了。”

“艾大哥，我还是等天黑了再走吧？”

大白天出镇子回到驻地，小五子有些拿不准。

“你怕啥,你都推着车子围着镇上转了一大圈了。你还是推上小车，对了，你的枪呢？”

艾老大这才想起来，这次没有见到小五子带枪。

“嘿嘿，我怕给大哥你惹麻烦，就把枪藏在镇子东边的汤山下边的那个山洞里了。放心吧，没有人会找到的。”

小五子挠了挠头，有些腼腆地说着。

“行啊，小五子，这说明你考虑问题越来越像你们队长了。好了，事不宜迟，快走吧！”

小五子推着小车,一路通行无阻地出了镇子。在山脚下的小山洞里，他费力地掏出自己藏好的驳壳枪，把枪压在了小车筐里装着的豆饼下面，吹着口哨往驻地走去。

武工队的驻地里，父亲听完小五子的报告，坐在院子大树下的小板凳上靠着大树、闭着眼睛，像是要睡着的样子。

大约过了半个小时，父亲突然睁开眼睛，紧盯着小五子。

“小五，如果让你指挥来打镇子，你选哪个方向主攻？”

小五子挠了挠头，想了一下，说：

“咱在镇子的东边，肯定是从东边开始打啊！”

“那晚上打还是白天打？”

父亲追问了一句。

“当然是晚上了，咱们打这些据点不都是在晚上吗？”

小五子不知道父亲为什么这么问。这时，父亲站起身来，手里拿着大蒲扇慢悠悠地扇着，围着小五子踱起步来，搞得小五子一直随着他转着。

突然，父亲停了下来，把手里的蒲扇停住，对小五子说：

“你看，咱们这么想，那么还乡团保安队肯定也会这么想。所以他们就把镇子南头的‘鸿沟底’给堵上了，如果我没有猜错的话，‘鸿沟底’下面肯定插着竹签子、树头子之类的东西，如果有人掉下去，轻则被扎伤，重则会丢命。”

“那咱们不走‘鸿沟底’不就行了吗？”

小五子好像没有听明白父亲话里的意思。

于是父亲蹲在地上，拿着大蒲扇的把在地上开始边画边解释着：

“晚上咱们从东往西攻，首先就要拔掉汤山顶上的据点，但是艾老大判断这个据点的人数不亚于街里据点里的保安队，武器装备又比街里的好，那么咱们攻打它就很费劲了。咱们是仰攻，还乡团是俯射，他们的火力肯定会压制咱们。如果咱们被迫后撤，那街里据点的还乡团很可能会断了咱们的退路，那么咱们只能向南退，向南退就中了他们的圈套，就必须要经过‘鸿沟底’。那样的话，咱们的伤亡会很大。”

父亲说完，自己也深思着。

小五子反复看着父亲在地上画的那张“图”，他好像开窍一般地对父亲说：

“那咱们偷偷地先绕过‘鸿沟底’，等队伍全部进入镇子后，先打街口的据点。”

父亲摇了摇头，说：“不行！先攻打街口的据点更没有把握，街口据点里就有100多还乡团，战斗一打响，汤山顶上据点里的还乡团往下一冲，咱们还是吃亏。”

“那怎么办呢，先不打？”

小五子看着父亲，想从父亲那儿得到更多的信息。可是父亲只说了句：

“得好好琢磨琢磨”，便啥也不说了。

小五子知道父亲这是在开始更加详细地谋划了，便悄悄地走出了院子。

小五子出了队部的院子，一转身到了葛队长、老张他们住的屋子里。

小五子偷偷地把父亲刚才问他的话原样不动地问着葛队长和老张。

葛队长的意见是猛攻猛打，老张则含蓄地表示一切得听队长的。

果然没过一会，父亲溜达过来，叫上老张出去转悠去了。大家都明白，父亲准是要给老张布置任务了。

“老张，还得你去一趟镇上。你到艾老大那儿，跟艾老大说，让他先给准备上十罐豆油，一定要用那种薄瓦罐，不要用厚实的坛子，还要准备十条旧被子。然后，你就在油坊里等着，注意观察镇子上还乡团的情况，每天还是像以前一样，你派人到渡口来和队上接头报告情况。要用这些罐子的到时候，我会让小五子到镇子上去通知你的。”

父亲和老张在村头的小路上走着，父亲说，老张听。

“那我现在就走呗？”

老张心里清楚，父亲应该已经有了攻打镇子的方案了，安排自己到油坊去就是这次攻打中最重要的一环，但是至于怎么个打法，老张没有来得及仔细地去想。

“你要是准备好了，就出发吧！”

父亲围着老张转了一圈，发现老张出门时没有带枪，于是又问了一句：

“你的枪呢？”

“小五子一说你问他攻打镇子的方案，我就估计到你肯定有方案了。小五子刚回来，你让我再去镇上，那就说明你肯定是想好了的。

幸好我没带枪出来，要带着枪还得放回去，就不能马上出发了。”

这次，老张完全跟上了父亲思考问题的节拍。

连续两天，老张传回的情报都显示驻汤头镇上的国民党保安队据点一直在储备弹药、增设掩体，两个据点总的兵力已经超过300人了。看来，他们是想死守镇子了。

老张传回来的情报还说山顶据点里的还乡团保安队正在砍树，整个山顶已经是光秃秃的了。懂门道的人一听，马上就能清楚这些还乡团的真正目的是在开辟射界。没有了树木遮挡，山顶光秃一片，山顶周围的风吹草动就会变得一目了然，山体上的一切目标都会暴露无遗，都会变成炮楼里机枪无障碍射击的靶子。

一下子吃掉300多人，父亲并没有多少把握。如果只打一个街口的据点，拿下它应该是没有问题的。但必须要及时封锁住山顶的敌人，让他们无法行动、无法救援才行。如果武工队同时对两个据点开火，兵力受限，又没有重火力，能进行攻击的就只有手榴弹。但是整个山体都已经在山顶炮楼的射界之内了，队员们第一轮隐蔽投弹后很可能会引来炮楼火力的疯狂压制。那么这种攻击就极有可能受挫。而攻击受挫，就会产生人员的伤亡，也会导致队员情绪的不稳定。

父亲开始想到油罐是想用火攻，但现在山上的树木被砍，没有了燃烧物，火攻好像不成立了。

父亲又开始琢磨起来。

葛队长也知道了父亲准备要攻打镇子，吃过早饭他便跑到队部，看到父亲正坐在院子里的板凳上乘凉，他便凑到父亲跟前，试探地问：

“队长，咱真要打汤头？”

“打汤头，谁说要打汤头了，我可没说！”

父亲正在琢磨着战斗方案，思路突然被葛队长打断了。

“哎呀，大家伙都知道你要打镇上了，你不说大家也知道！”

葛队长好像跟父亲较上了劲。

“那你说说，怎么样个打法？”

父亲也觉得刚才有些着急了，于是笑了笑反问葛队长。

“硬打呗，咱们又不是第一次拔据点了，我就不信镇上的据点是铁做的！”

“它现在还就成了铁做的了，你怎么办？”

父亲不慌不忙地又追了一句。

“啊，它真成了铁做的了？那咱们用火攻啊，把那些还乡团保安队给闷死在据点里！”

葛队长激动地站了起来。

“树都被他们砍光了，咋用火攻呢？”

父亲继续启发着葛队长。

“找柴火啊，咱们用柴火把山给围住，要用那种半干半湿的柴火，那种柴火点着了烟大。只要烟一起来，咱们再慢慢把柴火往山顶上推，山顶上就啥也看不到了。那时候，咱再收拾他们就手拿把掐的了！”

父亲听葛队长说完，满意地点了点头，说：

“没想到你这个猛张飞干起针线活来也是一套一套的，办法很好！不过，这不能叫火攻，得叫烟熏攻击法。”

“队长，那到时候你让我带着人去放烟呗，我保证把烟放得大大的，呛死他们！”

葛队长知道趁热打铁的道理，所以他极力争取着战斗任务。

“这事到时候再说。不过现在我就交给你一项任务，从今天开始，你带三四十名队员，去周边的华店子、薛店子、东西山东村、公安岭、董官庄、泉上屯等村子，把那些小据点都给我先收拾了。咱们得给他们布一张大网，不然到时候他们跑了，咱们再追就麻烦了。”

看来，父亲确实早就盘算好攻打方案了。

“队长，这些小据点好打，可是打下来再去守，我没那么多人啊？”

葛队长两手一摊，向父亲提出了问题。

“这些村里都有积极分子，只要你把据点打下来了，把这些村子里跟还乡团保安队勾连的地主恶霸也抓了，那些积极分子就能守住村子。记住，要相信他们，必要时可以把缴获的枪留给他们。队里的人你随便挑，挑完人就马上行动。同时，你每天还必须派人回来报告战斗情况，不得有误，否则我会立即把你撤回来。”

父亲的命令很明确也很严厉。葛队长没有任何犹豫，反而喜出望外地出门去了。

葛队长挑了 35 名队员，临出发时，小五子也混进了队伍里，可他哪里逃得出父亲的那双眼睛。

“你，那个脸上抹了锅底灰的，你出来，这次行动不能带你玩。”

父亲指着小五子，故意板着脸大声地喊着。

一下子，队员们都大笑了起来，小五子也捂着满脸的锅底灰跑回队部去了。

7 月 21 日，葛队长他们行动的第五天，汤头镇子周边的六七个小据点都被拔掉了。几次行动共击毙驻守在据点里的国民党保安团人员 1 人，俘虏 15 人，抓获地主恶霸 4 名。

这些小村子真的像父亲判断的一样，村里的积极分子纷纷响应武工队的号召，组成了专门的队伍在村头路口放哨站岗，严查过往人员。在抓获的 4 名地主恶霸中，有 2 名就是这样被村里人积极分子们发现并报告葛队长他们的。

7 月 21 日晚，父亲接到命令，命令他于 22 日上午 8 时到县独立团参加作战会议。

对于这个突如其来的命令，父亲不但没有感到意外，反而感到浑身轻松了，因为他知道攻击汤头镇的时刻到了。

父亲的这种预感当然是有依据的。自从县委保卫大队的王政委牺牲后，父亲多次提醒自己要记牢当初王政委对自己工作上的建议，其中就有部署任何战斗任务的前后两个时间点上，都必须向县委报告情况。虽然汇报的内容长短不一，但是县委领导对父亲的这种做法极为赞赏。就在攻打塔桥据点之后，县委领导指示父亲要做好攻打中心乡镇的准备，从那个时候开始，父亲便积极地谋划起攻打汤头的方案了。而最近葛队长连续拔除了镇子周边的这些小据点，等于给汤头镇戴上了一圈紧箍咒，县委领导在21号的指示中就明确提出了要“趁热打铁，拿下汤头”。

县独立团的团长由县长张云榭兼任，团政委由县委书记狄生兼任，参谋长是县公安局长孙善英兼任的，独立团的团部实际上就是县委办公的地方。

父亲已经多次向县委汇报过工作了，三位领导也都非常喜欢父亲。

父亲提前半个小时到了县委驻地，正在院子外转悠着，被县长张云榭发现了，便把他喊进了院里。

院子里，独立团站了八九个人，有父亲认识的，也有他不认识的，他尽量地和每一个都打着招呼。

8时正，狄生书记从屋子里走了出来，示意大家进屋。

“咱们今天的作战会议是研究如何收复汤头镇子。前段时间，武工队拔掉了塔桥据点，然后又连续拔除了汤头周边小村子里的七八个保安队小据点，这些小村子现在已经牢牢地掌握在我们的手里了，这就等于周围的老百姓们已经帮咱们把汤头镇子给围了起来。但是，要收复汤头也不是容易的事，关于汤头两个据点的具体情况咱们让武工队他们来讲一讲。”

狄生书记的讲话开门见山。可是，父亲没有想到狄书记会让他介绍情况，于是赶紧站了起来，给大家敬了个军礼。

“我不知道要让我介绍情况，也没做准备。”

刚开了个头，父亲的脸便红了。

狄生书记亲自倒了一碗水，走过来递给父亲，笑着说：

“这里都是你的老战友，有啥紧张的。”

父亲接过碗，喝了一口水，清了清嗓子，把这段时间汤头两个据点的情况详细地给大家介绍了一遍。

公安局长孙善英第一个提出了问题：

“你们武工队是怎么摸清两个据点的情况的？”

“报告参谋长，街口的据点以前是乡公所，那里容易观察。山顶据点以前是日本鬼子时期建的据点，我小时候被地主逼着给山上据点里的鬼子挑水送水，去了不少趟。抗战胜利后，这两个地方都荒废着，没想到今天被还乡团给用上了。另外，这段时间武工队还专门派出队员潜伏在镇子里，他们的任务就是要摸清两个据点的情况。”

孙善英还兼任县独立团参谋长，父亲也一直喊他为参谋长的。

父亲对答如流，好像事先准备好了一样。

孙局长点了点头，接着问道：

“如果让你们武工队担任主攻，你们想怎么打？”

“镇子四周的村子已经在我们手里了，我们从哪个方向出击都不会有阻碍。在汤头镇的几个路口上，保安队都设置了检查点，每个检查点只有三四个人，最多的也就五六个，端掉这些检查点是没有任何问题的。考虑到战斗的隐蔽性，咱们的队伍必须要在夜晚进入镇子四周的阵地。镇子西边是汤河，南边的‘鸿沟底’里也被还乡团给堵住灌满了水，山下东南北三个方向都有村庄。咱们的部队从东面来，可以在汤山脚下向东500到1000米的地方构筑几道围剿阵地，以便于对从山上逃下来的敌人进行堵截。这样咱们从汤山的南北西三侧同时展开，发动进攻，争取把山顶据点的还乡团往东面赶，把他们赶进我们在汤山东面的预设口袋阵里。

“街口的据点好打，围住它，先用手榴弹炸开它的大门，然后用强火力压制住据点里的敌人，一个小时左右基本上就能解决。当然解决街口据点的前提是必须要把山顶据点里的敌人给堵在山上，不让他下来。现在难就难在山顶的据点，我们的想法是用烟熏，等烟大的时候，我们再隐蔽摸上去，只要能靠近据点的外墙，就有办法消灭他们！”

父亲的方案引起了大家的热烈讨论，但讨论来讨论去，大家讨论的重点似乎变成了两个据点都由谁担任主攻的问题了。

独立团的几位营长互不相让，看来都想担任两个据点的主攻，争论都快变成争吵了。

县长张云榭站起身来，举起两手往下压了压，示意大家安静、坐下。

“有什么好争的，一听到打仗你们就兴奋！我说两句，这次战斗必须要考虑到汤山顶据点的复杂性，咱们是仰攻，在地理位置上已经不占便宜了，所以在进攻时必须要动脑筋。我看武工队这个主意不错，找柴的任务就由你们武工队和周边村庄的民兵们来负责了。”

张县长看了看父亲，继续说：

“我知道你们武工队是不甘心的，所以街口据点就由你们武工队和二营一连联合负责，怎么打由你队长说了算。山顶的据点由一营负责，一营各连队从西北两个方向展开攻击，二营三连配合从汤山南侧发动攻击，二营二连负责镇子周围的警戒和内部的清剿工作，三营各连队在汤山东侧纵深500米到2000米的扇面上梯次埋伏，全力消灭下山逃窜的还乡团。对于这个战斗分工，大家都清楚了没有？”

“清楚！”

“清楚！”

随后，公安局长孙善英宣读了作战命令，命令要求所有参战人员于23日晚8时进入预设阵地，24日凌晨5时对两个据点同时发起进攻。

回到驻地，父亲并没有急于召回葛队长一行和老张，反而他派出了队员通知葛队长立即发动群众、收集柴火，为即将发起的进攻做好准备。

23日晚7时，父亲率队来到了汤头镇子东南侧的一片树林里，二营一连也随后赶到。

父亲详细地向一连长介绍了街口据点的详细情况，战斗分工时，一连长执意要求由他们负责攻击据点大门，理由是他们有三挺机枪，火力比武工队更强一些。

拗不过一连长，父亲只能退而求其次，由武工队负责围堵据点的其他方向。街口据点是一处东西向的院落，西面大门冲路，东面背靠着一口大池塘，南面是一片荒地，北面是稀疏的几户院落，院落里住的群众已经暗中通知他们转移了。

正常来讲，南面是围堵的重点。

可是，父亲在据点院南面只布置了 10 名队员，而且他告诉队员们遇到据点里的敌人出逃时，不得强行追击，只要在他们身后不停地放枪就可以了。剩下的队员，父亲将他们分布在了池塘对岸和北面几处院落里。

半夜时分，葛队长率队到达，老张和艾老大也推着小车赶到，车上装着父亲要的十条旧棉被和 10 个瓦罐豆油。

“队长，我到现在还是没搞清楚你要这些豆油干啥？”

一向沉稳的老张忍不住开口问到。

“等着，小五子，过来！”

父亲喊来小五子，附在小五子的耳朵上悄悄地说了几句。说完，推了一把小五子，说：

“挑上三个身手比较灵巧的，快去！”

小五子叫来了三名队友，他们四人推着小车消失在了夜色里。

大家还是没有搞懂父亲的意思，可是不管他们怎么问，父却一直没有解释，而是继续布置着作战任务。

这时，父亲又叫来了葛队长和老张，命令到：

“老葛，你率你的原班人马，立即到‘鸿沟底’与汤河的交汇处，等我们这边一打响，你要立即把堵住‘鸿沟底’的那个地方给我炸开个口子，让水可以流到汤河里去。炸开口子后，你带人埋伏在‘鸿沟底’的南侧，能不能消灭逃跑的敌人，就看你老葛的本事了！”

“老张，战斗打响后，你带上十几个队员和一连的战士去与二营二连汇合，配合二营二连对隐藏在镇内的敌人和那几支地主武装进行清剿。记住，这次你的任务是负责指路带路，是配合二营进行清剿，千万不要让二营的同志们以为咱武工队是去抢功的。”

战斗在 24 日凌晨 5 时准时打响，一连的火力确实很猛，街口据点的正门很快就被炸开，据点里的火力也被成功地压制住了。

据点里的还乡团开始的抵抗非常激烈，可是当他们感觉出已经被包围时，枪声渐渐的稀疏了。

据点里的还乡团开始试探着向东面的池塘方向和北面的几处院落处逃跑，很快他们就被武工队密集的子弹压的退了回去。

只有向南逃了，据点里的还乡团开始爬墙南逃，虽然也有阻击，但是阻击的火力有限，于是大量的还乡团开始越墙南逃了。

按照战前父亲的命令，武工队员们在后面开枪追赶着。

“鸿沟底”就在街口据点向南 600 米左右，此时的“鸿沟底”里水位已经消退了很多，底部插着的竹签子、树杈子都露了出来。

三米多宽、两米多深的“鸿沟底”可是一下子跳不过去的，急逃至此的还乡团们纷纷掉了下去，一下子就有 30 多个还乡团被竹签子、树杈子扎伤了，疼的大喊大叫着。

有幸运没有被扎到的，着急地向南岸爬着。

岸上，葛队长和队员们的枪口早都对准了往上爬的还乡团，正好上来一个活捉一个，抓了 30 多个俘虏只遇到了一个想负隅顽抗的，当然也就被战斗打响后一直没开过枪的队员们打成了筛子。

街口据点的战斗也就用了不到一个小时就结束了，一连没有参加打扫战场，便匆忙赶到汤山脚下，协助他们营三连攻击山顶据点了。

就在战斗打响之前，老张已经带着二营二连的战士们分别包围住了几个地主的宅院。因为是隐藏行动，所以没有引起地主家那些武装家丁们的注意。

战斗打响了，枪声和手榴弹的声音很远都可以听得清清楚楚的，几位地主也都惊皇失措了，仓皇打开门想逃跑，没承想一开门看到的便是二营二连战士们黑洞洞的枪口。

就这样，没费一枪一弹，把镇上的地主抓了个精光。

汤山据点开始时的进攻不是很顺利。

虽然柴火烟烧的遮天蔽日，可是山顶炮楼里同时向不同方向伸出了七、八挺机枪，机枪盲目地四下射击着，火力极其猛烈，攻击部队一时无法靠近炮楼。

这时小五子跑进了位于汤山西侧的临时指挥部里，向攻击总指挥、独立团参谋长孙善英敬礼报告着：

“报告首长，俺队长让俺带来了十条湿被子和十罐豆油，俺几个披着湿被子可以摸到据点边上，然后再扔手榴弹炸死他们。”

“你们队长说的？”

孙善英参谋长挥了手问道。

“是，俺队长让俺几个过来的！”

小五子立正回答着。

“那十罐豆油是干啥用的？”

“报告首长，俺队长让俺几个偷偷地把罐子放在汤山东面的山腰上，这样他们向山下逃时肯定会碰碎罐子，豆油倒在了地上，他们往山下跑就变成往山下打出溜滑了。俺几个已经把油罐子都放过去了。”

“这个小子鬼点子真多。行了，你把被子都交给一营长吧，让他派战士带多点手榴弹上去。你们可以回去了！”

孙善英的话非常干脆，小五子也不敢在他面前再说什么，于是敬了个礼转身走了。

小五子几个并没有走远，只是后移到了攻击部队的侧后方，因为父亲给他们的命令是要他们一直等到山顶据点被攻克，要看到山上的还乡团往山下逃跑。

二营一连赶到汤山脚下时，山顶据点里的还乡团还在拼命地向山下射击着。

早晨本来是没有风的，烟也直直地往天上冒着。可突然吹起了一阵东南风，风势虽然不大，可烟却向西北方向飘去。

山腰上，独立团的几组战士正披着湿被子向山顶移动着，烟没了，人也就突然暴露在山顶炮楼的火力之下了。

密集的子弹打得几组战士无法继续向前，已经有两组战士中弹滚落到了山脚下。

小五子几个人静静地坐在山脚旁的一棵大树下，旁边就是准备发起攻击的一营一连突击队。

这时，突击队里一名战士喊了一声：

“小五！”

小五抬头顺着声音望去，原来是一同在后方养伤的一营一连的王班长。

“王班长！”

小五立即凑了过去，一见面，小五子便向王班长提出了要求：

“一会带着我一起攻击呗？”

“这哪能行？”

“行的，你就把我当成你班里的战士就行了。”

“这可不是我说了算的！”

王班长摇着头，一直不肯答应小五子的要求。

“你们在聊什么呢？”

一个严厉的声音传来，王班长扭头一看，原来连长已经站在了俩人的背后，他立即起立报告：

“报告连长，这是武工队的小五子，他想和我们班一起攻击。”

“噢，你敢和我的突击队一起发起进攻，说明你非常勇敢，但是我不敢让你跟我们一起上，如果你有什么闪失，你们队长还不得找我算账啊？”

看来连长也认识父亲，小五子的脑袋瓜非常灵活，马上接过话来：

“就是俺队长跟俺几个下的命令，让俺几个跟部队一起进攻，不信你问他们几个。”

小五子指了指自己的几个队友，队友们纷纷点着头。

“我信你们队长肯定给你们下了这样的命令，但是我还是不能让你们几个跟我的突击队一起上，这事就这样了！王班长，突击队跟我上！”

说罢，连长一纵身，带着王班长和突击队向山上运动着。

小五子几个当然不肯就此罢休的，他们一猫身，跟在突击队后面也冲了上去。

山顶炮楼里射出来的子弹打得山脚下碎石直飞，突然飞起的碎石击伤了连长的脖子，连长捂着脖子趴在了地上。

小五子指挥着另外两名队友搀扶着连长退了下去。

前方不远处就是从山腰处滚落下来的两组突击战士，小五子趴在地上，一点一点地向他们靠近着，山上的子弹一直打在他的四周。可是，小五子一点也没有畏惧，一直向前爬着。

当他靠近两组战士时，他快速地钻进了一组战士披着的被子里。

“我要把你们两组人放在一起，我好披着被子往上冲！”

小五子的话，不是商量，而是决定。

两组战士聚拢在一起了，小五要来了几名战士身上的手榴弹和绑腿带，他披着两条湿棉被快速地向山顶爬去。

到达山腰时，山顶炮楼里的敌人发现了运动中的小五子，子弹密集地向他射击着。小五子用棉被把全身都捂严实了，趴在地上一动也不动，他能清楚地感觉到子弹打在棉被上发出的“噗噗”的声音和子弹的撞击力。

小五子好一会儿是一动也不动的，这就给炮楼里的还乡团一种错觉，炮楼里的机枪也转向了其他的目标射击了。

小五子利用这难得的机会，披着被子突然跃起，猛跑了起来。

他居然一口气跑到了据点的外墙根下，这里已经是炮楼机枪的射击盲区了。

而此时，正在山脚下举着望远镜观察的独立团参谋长孙善英也发现了移动中的小五子，他不禁为小五子捏了一把汗，立即命令一营长调动山下所有的机枪向炮楼方向进行掩护射击。

瞬间，山上山下，机枪对机枪，枪声大作，弹如雨下。

小五子在据点的外墙根处，非常镇定地把每三颗手榴弹用一根绑腿带绑好，然后连续将这些手榴弹扔了出去。

炮楼里的机枪声瞬间停息了，王班长带着突击队利用这转瞬即逝的机会也冲了上来。

手榴弹的爆炸声响成一片，战士们的喊杀声连绵不断。

山下的孙善英参谋长立即让司号员吹起了冲锋号，一营从西北两个方向同时向山上发起了猛攻。

大势已去的山顶据点里的还乡团保安队开始跑出炮楼，当他们发现山的西北两侧已经无法突破时，试探地向南冲锋着。

可是正在严阵以待的二营两个连，哪里会让这些还乡团向南溃逃，一次反冲锋便把准备向南溃逃的一小部分还乡团打了个七零八落。

只有向东一条路了，剩下的还乡团们拼命地向汤山东麓夺路逃着。

小五子他们布置在半山腰的瓦罐就这样一个一个地被踢碎了，豆油流到了山坡上，还乡团们踩在上面，一个一个地摔倒、惨叫、滑下。

汤山虽然不大，可一时之间，漫山遍野到处都是逃跑的还乡团。

三营的指战员们早就等得不耐烦了，当溃逃的还乡团们接近三营第一道防线时，便立即主动发起了包围冲锋。于是整个汤山东侧纵深500米的宽大扇面上，人追人、人抓人，上演了一场抓俘虏大战。

等到彻底将这些还乡团抓到，战斗已经过去了接近两个小时。

两个小时后，当红旗在汤山顶上升起时，父亲带着武工队员们朝着红旗庄严地敬着军礼。

躲在家里的老百姓开始出门了，当他们看到了父亲和武工队的队员们时，知道了镇上的还乡团保安队被消灭了之后，好多人高兴地跳着、蹦着。镇子上几乎所有的人都认识父亲，他们把父亲围在了当中，众人合力将父亲抬了起来。

镇子里的几位老人也出来了，他们颤颤巍巍地对父亲说：

“你们应该早点把他们打跑的，早点把他们打跑，咱镇子上的老百姓就不会受那么多罪了！不过，现在也多亏了有你们这些后生娃，你们就是咱镇子老百姓的主心骨、顶梁柱，以后咱们镇子就靠你们这些后生娃了。今天，我们能看到你们打败还乡团，也是老来得福啊，得谢谢你们哪！”

老人说罢，激动的老泪纵横。

战斗总结时，小五子获立大功一次，独立团参谋长孙善英特地向父亲提出要将小五子调到独立团警卫连。可是小五子却不死活愿意离开武工队，他说如果父亲能去独立团的话，那他肯定二话不说必须要去的。关于这场战斗，临沂地方志上是这么记载的：1947 年 7 月 24 日，临沂县独立团和临沂武工队攻克汤头，摧毁敌军周围据点 10 多处，收复 50 多个村庄。

第四十一章

解放洪瑞

1947 年 10 月中旬，在华野司令部和山东军区的统一部署下，滨海军区指挥所辖各部队及地方武装展开了大规模的战略推进，沂沭河中间地带的各个村镇正从北向南陆续解放。

至 10 月底，葛沟、汤头等中心镇相继解放，驻扎在这些中心乡镇的还乡团、保安队除小部被歼灭外，余部大多溃逃到了周边的村子里。这些还乡团保安队逃散的面太广，迫使武工队不得不拆分成了 6 个小队逐村进行清剿。

此时的武工队驻地已转移到了沭河西岸的石拉渊村，他们行动之迅速、战术之灵活、对于残顽之敌歼灭之果断，让那些溃逃至各个村镇的还乡团保安队都感到了后背发凉、人人自危。

正因为如此，王洪九将父亲的悬赏金额一下子提升到了 5 万大洋，小五子等其他几人的悬赏金额也都有相应提升。

保安团、各地还乡团的人当然都知道如果能抓住武工队任何一个人都可以发一笔大财的，但是他们也都知道这些悬赏不好挣也不好花的，因为这时的武工队是不好惹的，谁也不知道自己啥时候会成为武工队瞄准、歼灭的对象，谁也不敢主动去招惹武工队了。

在老乡们配合下，武工队的逐村清剿工作进展顺利。慢慢地，有的小队开始将这些清剿任务交给了村里的基干民兵和积极分子们来完成了，他们则在村子里等着，有点坐享其成的意思。

可是，问题也随之而来。有的村子因为清查不严致使躲藏在村子里的多名还乡团集体逃跑，有的村子发生了故意打死已投降俘虏的事情，两极分化明显，老百姓们的反应比较强烈。

父亲得知后，即刻召开了会议，严厉地批评了两极分化的做法，要求各小队必须严格执行清剿任务，不能放跑一个敌人，也不得对已经投降的俘虏滥用私刑。

清剿工作重新走上了正轨，各个小队又都争先恐后地干了起来。在武工队的驻地石拉渊村，不同小队的队员之间见面成了比较困难的一件事情。

11 月初，武工队对葛沟、汤头两个中心乡镇周边村庄的清剿工作全面完成，共抓获还乡团 230 人，缴获各种枪支 200 余支，弹药若干。

为方便下一步的清剿，武工队把驻地从石拉渊村南移到了小十六湖村。这个小十六湖村，本来是叫小十六户村的，因为村里地势低洼，叫着叫着就成了小十六湖村了，当地人更是干脆，把“六”字也省略了，就称之为小石湖村。

11 月 20 日早上，父亲接到命令，要求武工队于次日六时配合滨海军区独立团一营发起解放洪瑞乡的战斗，并于次日五时到达指定的攻击位置。

“一个小小的洪瑞，还要动用一个营，我看这是杀鸡用牛刀了！”

得知命令的武工队员们大都不以为然地说着同样的话。

葛队长说得更直接：

“队长，你跟上面请示一下，把这活单独给咱们武工队就行了，我保证第一个冲进去，保证咱们不伤一兵一卒就把这个洪瑞伪警察队据点给端了！”

“大家千万不能大意，情报显示洪瑞现在的伪警察和保安队人数比以前多了两倍，有 200 多人。咱们这次战斗就要配合一营，把这 200 多人一口吃掉，让他们一个也跑不了！今天大家都好好准备准备，咱们凌晨 3 点出发，争取明天中午咱们就能回来休息。”

队员们的勇敢和豪气，父亲听着是开心的，所以他鼓励着大家。

“队长，那明天中午得让伙房多炒几个菜。”

“好！那就看兄弟们的了，明天打赢回来，咱们就好好地庆祝庆祝！”

父亲应和着大家，气氛十分轻松。

第二天早上 3 点，队伍集合完毕。立冬已经过了十多天，天气变冷了，河面上已经结了薄薄的一层冰，可队员们热情似火，加上年轻人特有的旺盛体力，根本就没有人在乎天气的冷与不冷。

“兄弟们，咱们武工队是二打洪瑞了，大家有没有把握？”

“有！有！”

队员们整齐地回答响彻在驻地上空。

4 时 30 分，武工队到达指定的攻击位置时，独立团一营已经在前沿展开。

一营长贺方和父亲算是老朋友了，一见面，贺营长便问父亲：

“队长，听说你们打过一次洪瑞的伪警察据点，讲讲，是咋回事？”

父亲于是把上一次攻打洪瑞伪警察据点的情况大概讲了一遍，贺营长听完，直竖大拇指：

“你的战术有效，这次我也让他们试试你的战术。”

“你别笑话我了，我当时还是没有考虑周全，要不然就不会有伤亡了。”

父亲摇着头回答着贺营长。

于是，两个人把各自掌握的情况认真地对碰了一下，研究决定由一营一连负责攻击新建的还乡团据点，一营二连一部协助武工队攻击伪警察据点，一营三连及二连其他战士负责侧攻上述两个据点，防止那些还乡团、伪警察像上次一样逃跑。

“这次战斗，咱们不分主次，你们武工队也是主角，咱们一起使劲，争取两个小时以内解决战斗！”

贺营长的话非常干脆，从他的语气里也能听出他十足的必胜信心。

战斗马上就要打响了，洪瑞乡民兵队长何友申却带来了个非常急迫的消息：王洪九的一个保安团正沿九曲——相公一线急进，像是一支增援部队，目前到达相公镇，离洪瑞乡仅 20 余华里了。

王洪九的各个保安队、还乡团以及部分国民党正规军迫于大势渐次向南败逃，他们当然不甘于束手就擒的，他们总想集合起各支残部以达到兵力上的优势，对追击而至的滨海军区所辖各部时刻准备着狠狠地反咬一口，这也算是临终前的折腾吧。

如今，还乡团纠集了一个团的兵力前来，是不是增援性质还有待进一步的侦察，但是在战术上还是应该重视这股敌人的。

攻击战成了围点打援。

贺营长和父亲根据何队长的情报，即刻制定了新的作战方案，打援的重担由一营两个连承担，武工队和一营三连分别强攻两个据点，何队长的民兵中队负责弹药的运送以及伤员的抢救。

重新领到任务的各支小队迅速出发了，父亲带领武工队依旧攻打伪警察据点。

伪警察据点还像以前一样，外观上没有什么大的变化，只是院子的东南角和西南角多了两个炮楼，看来他们是想加强东、南两侧的火力配置。

有了上次攻击的教训，父亲特意在据点西侧的几幢房顶上安排小五子带着一个小队约20个人，负责在房顶上对院内进行俯式精确射击。

重点攻击目标还是临街的据点大门，对据点的东、南两侧还是围而不攻，并且故意敞开东南角从而给他们留出逃跑的空档，以便让他们进入预先设定好的伏击口袋里。

战斗在六时准时打响。

小五子带着队员们从西侧几处房顶率先开枪，一阵枪声过后，一声悠长的口哨声提示着他们对院落哨兵的行动已经成功。

几名队员贴着据点的围墙，从东西两侧快速移动到了据点大门处，整束整束的手榴弹扔向了大门处。

“轰，轰，轰…”

瞬间，剧烈的爆炸声连续响起，大门炸飞了，地也好像晃动着。

几名队员顺势闪进院子。

埋伏在街对面的父亲带着队员们猛地向前冲了几步，冲过了院门，队员们按照父亲的手势分成了东西两个小组，都顺着墙根警惕地向前移动着。

就在两队人马就要转入房子中间的南北通道时，院子东南、西南两个角落的炮楼里突然吐出了几道火舌，通道被封锁了，队员们不得不退回到了房子的北墙根处。

“他娘的，这炮楼的射击孔不是搞成对着自己了吗？”

“看来，这帮人早就知道咱们要来端他们的窝，所以就把射击孔弄成向里的。”

“队长，我去看看到底是怎么回事吧？”

葛队长就在父亲身后，他请战急切。

“好，注意安全！”

父亲拍了拍葛队长的后背，葛队长猫着腰贴着墙根走了几步，在大门口猛跑了几步，顺利出了大门，向东跑去。

“老张，你通知小五，让他们监视院子里的敌人，不能让他们跑了！”

父亲看了看就在对面隐蔽的老张，连手势带比划的命令着。

就在这时，西侧房顶上响起了激烈的枪声，父亲知道这是小五子他们在收拾着从屋子里跑出来的敌人，因为从父亲隐蔽的位置已经可以看到有几名敌人已经倒在了院子里。有几个伪警察居然想从通道里向外跑，当然就被隐蔽在北墙根的队员们顺带着给消灭了。

从两个炮楼里射出来的火力交叉着，通道还是被封锁得死死的，没法往里冲。

西侧房顶上的有一名队员从房顶上摔了下来，好像中弹了。

“老张，你带人去找何队长，先炸开南边的围墙，再多抱些柴禾放在炮楼下，把这帮狗日的烧了！快去！！”

父亲急中生智，大声命令着老张。老张带着两名队员出去了。

不一会，只听据点南侧响起了阵阵爆炸声。

这时，葛队长带着两个民兵跑了回来，他们推着一个大盒子，盒子上盖了好几层棉被，棉被还滴着水。

“队长，这狗日的炮楼四面都有射击孔。我通知两个小队要想办法靠近炮楼，然后炸掉它！还有啊，队长，这个大盒子的怪家伙是何队长他们弄的，子弹打不透的，俺把它推到院里去，堵在炮楼的门口，再用手榴弹炸了那帮狗日的！”

葛队长大声请示着父亲。

“不行，两个炮楼是交叉火力，你这样只能到一个炮楼底下，到时候……不行，等等再说！”

父亲没有说下去，但他还是否定了葛队长的提议。

“那俺再去弄一辆来，两辆一块就行了。走，你俩跟着我，咱们再去弄一辆！”

这次，还没等父亲答复，葛队长便箭一样地跑远了。

不一会，据点东南、西南两个角都升起了浓烟，看来父亲的火攻开始起作用了。

“大家都准备好，咱们不能让一个敌人从通道里逃出去！”

父亲高声命令着。

炮楼里的枪声断断续续的，射击的偏差也大了许多。

就在此时，葛队长和刚才那两名民兵推着一个大盒子又跑了回来。

“队长，两个了，让我上吧！！”

“好，注意安全！”

葛队长和三名武工队员分别推着两个大盒子一样的怪物快速冲进了通道，子弹射向湿漉漉的被子，发出了“扑扑”的声音，父亲他们的心也提到了嗓子眼了。

很快，两声巨响传来，炮楼里的枪声戛然而止。

父亲知道，这是葛队长他们得手了。

“弟兄们，冲啊！”

父亲扬了扬手中的驳壳枪，带头冲进了院子。

激烈的枪声再度响起，这次是武工队员的枪在怒吼。

“缴枪不杀！”

“缴枪不杀！”

枪声渐渐停息了。

东西两排房子里，走出了50多名投降的伪警察，两个炮楼的门口已被炸烂，30多个脸上好像抹了一层黑灰的伪警察互相搀扶着走出了炮楼。

葛队长捂着左手跑到了父亲身旁，嘴角一咧，开心地说：

“队长，这还没过瘾呢，就打完了。”

父亲看了一眼葛队长的左手，蹲了下去，葛队长左手的中指和无名指已经被打断了。于是他关心地问：

“怎么受的伤？”

“用手推着这个车子时，手就露在外面了，就这样被他们给‘咬’了一口。”

葛队长毫不在乎地说着。

父亲站起身，对着葛队长点了点头，轻轻地说了句：

“好兄弟，好样的！”

没想到，这句话刚说完，葛队长却在一旁啊哟了起来，他面带痛苦地对父亲说：

“怎么这么疼啊，队长？”

十指连心，疼是必然的。

父亲安排队员陪着葛队长去包扎了。

“你们谁是头儿？”

父亲望着蹲在院子里的一群俘虏，大声问道。

没有人吱声，俘虏们都低着头。有两名队员沉不住气了，抡起枪托，一顿乱碎，几个俘虏顿时头破血流。

“停手，再动我关你们禁闭！”

父亲喝止住了两名队员。

这时，一名头上流血的俘虏站了起来，哆嗦着说：

“报告长官，我是，我是第四队的队长，我叫吴德。”

“第四队，吴德。我问你，上一次咱们武工队攻打你们据点时，是不是你们第四队？”

父亲想起了上次的战斗。

“是，那时候只有我们一个队在。”

“上次打你们的时候，你们怎么跑了？这次怎么就不跑了，还拼命抵抗呢？”

“长官饶命！上次晚上黑灯瞎火的，真不知道贵部有多少人，所以我们都只想逃命的。这次我们四队也没有跟贵部交手啊，我们都是在屋里待着的。两个炮楼是一队守着的，所以跟贵部交手的都是一队，不是我们，请长官明察！”

“那边还乡团据点驻了多少人？”

“也是有 100 多人，他们装备比我们的好，但是他们的据点不如我们的坚固，也没有炮楼。听枪声，他们那里应该也被贵部给打下来了。”

“噢，你还能从枪声听出门道？”

“不瞒长官，我早年跟随庞炳勋将军在这一带跟日本鬼子打过仗，我亲手杀死过五个鬼子。”

“你名叫吴德，看来你并不是无德。好，只要你好好交代，你会有好下场的。”

“长官，我想加入你们，不知行不行？”

“这个问题我答复不了，我要请示上级，如果上级能够批准，我会立刻告诉你的。”

父亲回答得义正词严。

清点战场伤亡，武工队只有一名队员牺牲，有二十人负伤，负伤的队员大都是轻伤。

那名从西侧房顶滚落下来的队员，被流弹击中头部才摔了下来。

老张也负伤了，他的左大腿被两颗子弹打穿。

老张找到了何队长，讲明了父亲的意图。何队长便带着民兵们把据点西边几间屋子房顶上的草都抽了下来，他们把这些草抱到了炮楼四周，又在草上泼了些水，这才点着房草。泼了水的房草便产生了大量的浓烟。

当他们撤退时，炮楼里打出了一阵密集的子弹，马上到拐角处了，为了掩护一名民兵，老张一使劲把这名民兵推到了拐角里，他自己则摔倒在地上，就这样两颗子弹击穿了他的左大腿。

一营三连的攻击也很顺利，还乡团据点也很快被拔掉，共毙伤 80 余人，抓获俘虏 50 人。

一营三连的伤亡也不大，有两名战士阵亡，10 人负伤。

这次战斗，两支队伍的战损都创下了各自队伍新的纪录。

可是，阻击阵地一直没有消息。

何队长已经派出几拨民兵前出侦察了，侦察传回的消息一直都是这支还乡团队伍目前停在相公镇，是走是停不得而知。

据点都拔掉了，围点打援也就快变成口袋阵、伏击战了。

打扫完战场，除何队长派出一部分民兵看押着俘虏外，武工队、一营三连还有洪瑞乡民兵中队都来到了贺方营长所在的阻击阵地。

"贺营长，街里的两个据点都拔掉了，咱们一起对付这伙还乡团吧！"

父亲看到了熟悉的阻击阵地，耳边仿佛又听到了青驼小坊庄阻击阵地上武营长那爽朗的笑声，于是他开门见山地跟贺方营长交流着。

"不到两个小时解决战斗，武工队确定名不虚传。能和你队长并肩作战，这是我贺方的荣幸！"

"说哪里话，你们独立团可是响当当的，在独立团面前，咱们武工队说啥也只是个小弟的。"

父亲还是谦虚地回应着。

"你俩都是好样的，跟你们一起解放我的老家，这才是我何友申的荣幸呢。等打完这一仗，我要好好地请你们俩喝杯的！"

战场形势的变化，让父亲和贺方营长他们决定将打援阻击变成真正的伏击战，阵地范围扩大了，伏击口袋也形成了，就等着那一个团的还乡团来钻了。

第四十二章

被困小石湖

《中共临沂编年史》第一卷（下册）1919—1949.10.1P751 记载：

1947 年 11 月，滨海解放军攻势转向沂、沭河间平原地区，连克重沟、相公庄、汤头、白塔等大小村庄 30 余个，歼敌 4000 多人，解放村庄 1000 多个。国民党军第 83 师一个营纠合王洪九部共约一个团的兵力，出犯程子河一线，滨海军区一团予以反击 ，歼敌 600 余人。

中午时分了，前面的那支还乡团队伍还是没有动静。

何队长带着民兵们将刚烙好的煎饼、咸菜、大葱等抬到了阵地上，他们热情地招呼着独立团一营和武工队的同志们。

“贺营长，我看前面这伙人可能是不敢来了，他们肯定知道两个据点都已经被咱们给拔掉了。”

父亲咬了一大口煎饼，边嚼边说着。

“估计是这样的，不过咱们不能轻敌，还是再等等看。”

长年的对敌作战，让贺方营长养成了认真周密的思考习惯，讲话特别慎重。

“我说几位大首长，要不然让我带几个人去把他们引过来，到时候咱们痛痛快快地消灭他们！”

说话的是葛队长，他左手上还缠着纱布。

“不是让你去养伤吗，你怎么跑来了？”

父亲瞅了瞅葛队长，关心地说。

“就这点小伤，用不着养，咱一只手也能突突了他们！”

葛队长故意把受伤的左手放在身后，伸出右手在空中晃了晃。

“行了，你快好好休息休息吧，等一会还乡团真的来了，你要打出咱武工队的精气神出来！”

父亲笑着把葛队长推到了旁边。

吃完中午饭，父亲和贺营长几个人坐在阵地前闲聊着。

“等到天黑那些人还不来的话，就说明他们肯定是不会来的了。”父亲首先引起了话题。

“我们营一连和二连的战士都在嗷嗷叫呢，本来以为有仗可以打的，结果到现在什么动静也没有，什么仗也没轮上，他们都急得不得了了。”

贺营长说着，喊来了不远处的一连长。

“说说，你们有啥委屈的？”

“营长，原来的作战计划是让我们一连拨据点的，结果呢，我们连啥任务也没有捞到，在战场上听到枪声还开不了枪，那滋味可不好受的！”

“我还没放一枪呢，你就叫上屈了，我找谁说去啊？去去去，老实去你的阵地上待着去！”

贺营长连推带踹地把一连长赶回到了阵地上，转回头对父亲和何队长说：

“看看这些兵，一有战斗任务就知道你争我抢的，一天到晚就想着怎么比赛杀敌立功，没有一个省油的灯！”

贺营长的话好像是责备，可他的脸上却是挂满了笑容。

“两位，我提个建议，要是他们真的不来，还是让我们民兵中队在这里守着吧，你们都回去休整休整，如何？”

父亲和贺营长都知道这是何队长的好意。

“对方整整一个团的兵力，如果他们真的前来，我们营阻击他们应该没有问题的。当然，不是不相信你们，毕竟这是上级交给我们的任务，任务没有完成，我们营是不能撤退的。这样吧队长，如果到了天黑他们还不来，你们武工队就先回去休整，这里有老何他们协助就行了。怎么样，咱们三个举手表决一下吧。”

贺营长的提议得到了何队长的支持，表决结果当然也是2：1。

快天黑了，派出侦察的几个小组都回来了，他们反馈的情况是一致的，位于相公镇附近的一个团的还乡团兵力已经向北移动，看来他们的目标似乎已经变更为八湖或者是太平两个地方。

贺营长还是坚持驻扎在洪瑞的南侧外围，同时他派出通信员将敌人的动向火速渡河向团首长报告。

按照三人事先的约定，武工队只能开拔回驻地了，受伤的二十名队员暂时留在了洪瑞养伤。

回到小石湖村时，伙房已经炖好了一大锅的白菜猪肉，队员们都吃得很香，大家还不时地讲述着战斗时发生的一些事情，时而哄堂大笑，时而鸦雀无声。

葛队长偷偷地跟着队伍回到了小石湖，晚饭时他特地开了一坛酒，拿了个大碗咕咚咕咚地连喝了几碗，便和衣躺在父亲房间里的地铺上睡着了。

夜深了，父亲照例带着小五子在村前村后走了一圈，没有发现什么异常，回到房间，他还特意推了一把葛队长，对葛队长说：

“老葛，别忘了你下半夜巡逻！”

葛队长随口应了一声，翻了个身又睡了过去。

一天的战斗下来，确实觉得有些累，刚躺下时还是困意十足，可是躺了一会，便被葛队长浑身的酒气熏得睡意全无了。父亲躺在地铺上枕着双手琢磨着下步的战斗，他打算打完这几场仗便回家去好好住上几天，毕竟有好长时间没有见到奶奶和大姑她们了。

突然，父亲隐约听到了一丝动静，像是好多人一齐走路的声音，他眉头一皱，喊醒了小五子，拎着枪便冲到了院墙下。

父亲的院子在村子的最西头，院子的西、南两面都是田地，因为小石湖人口少，房子也不多，所以父亲的队部里也住着十多名队员。

父亲踩着院墙下的石磨，悄悄地露头一看，远处，好多手电筒的光芒在交叉照射着，两面的田地里都是黑压压的。

“被包围了，快叫醒大家！”

小五子闻言，飞奔回到屋里，推醒了大家，可是葛队长还在打着呼噜。

小五子使劲踹了两脚葛队长，葛队长一下子坐了起来：

“那个王八蛋踢我？”

“敌人来了，快准备战斗！”

小五拎着葛队长的脖领子，把他一把从地上给拎了起来。

“敌人来了？”

葛队长晃了两晃，定住神，揉了揉眼睛，看到大家都已经全副武装地住院子跑，马上意识到了问题的严重性，于是拿起放在墙边的一支卡宾枪，随手又抓了几颗手榴弹插在了腰间，跟着几名队员一起跑到了院子里。

“大家快上房顶，敌人快到了！”

父亲急促地下达着命令。

“队长，我去通知队友们吧！”

小五子拎着枪就要往外跑，父亲一把拉住了他。

“来不及了！大家赶紧上房顶，从后面跳下去，然后用火力吸引住敌人，给队友们赢得时间！”

父亲说完，对着田野里的灯光处连打了几枪。

清脆的枪声回荡地空旷的田野上空，声音一直传得很远。旁边几个院子里的队员听到了枪声，都跑出了房间，隔着墙大声询问着父亲。

“有敌人，快上房顶！”

小五子和队员们在招呼着旁边院子的队友。

都是二十多岁的年轻人，个个身手了得，一个小小的房顶肯定不在话下的。

父亲手呈喇叭状，对着村子里大喊了几声：

“还乡团来了，准备战斗！”

父亲喊完，对着几处相连房顶上的几十名队员快速地部署着：

“同志们，咱们的房子在最西头，跳下去后，咱们一起向西北方向突围，这样就可以把敌人的火力给吸引过来，咱们的枪声一响，就会给住在村里的队友们赢得时间。大家要往一个点使劲打，不要舍不得子弹，一定要打开一个缺口。走，跟着我，一二三，跳！”

几十个人一跳到地面上，一起开着枪向西北方向跑去。

敌人果然被吸引了过了，西面和北面的敌人像两扇巨大的门一样卷了过来，子弹呼啸着从父亲他们的头顶上飞过，一名队员中弹倒地了。

“走，快走，别管我了！”

这名队员两腿都被打穿了，他躺在田野里费力地抽出了腰间手榴弹捆成一束，紧紧地捂在了胸前。

父亲知道不能停留，他拉扯着其他几名欲上前抢救的队员，拼命地向前跑着。

父亲、小五子、葛队长还有一名队员的四支卡宾枪一齐射击，前方的敌人一片一片地倒了下去，缺口眼看就要打开了。

背后传来了一声巨响，还乡团的哀嚎声也随之传来，父亲知道这是队友拉响了手榴弹。他咬着牙，不停地扣动着拔机向前冲着。

这时，背后村子里也已是枪声一片，爆炸声不时传来，火光冲天。

父亲回头看了一眼，发现四周都是敌人，而且他们正在四下奔跑着，好像是在追击着武工队员们。

应该是队友们正在四下突围，武工队平时的训练就有突围一项，按常理来说，即便有一个营的还乡团包围了武工队，武工队也是能够突围出去的。

可是，父亲他们不知道的是，这次包围他们的除了白天他们准备交锋的一个团的还乡团之外，还有国民党整编 83 师的一个营和王洪九的一支巡逻队，也正是这支巡逻队一直跟踪着武工队。从父亲他们智取葛沟据点的时候算起，这支巡逻队已经跟踪武工队一个多月了。

小石湖往西北 3 华里便是坊上村的大水塘，当地人称之为梁子沟，梁子沟里零零星星地种着莲藕，湖边都是些野生的芦苇和野蒲草。天气冷了，湖面上的荷叶成了残败的黑褐色，有气无力地飘浮在湖面上；芦苇已被被村民们砍得只剩下一寸高的根部，叶子也变成了枯黄的颜色，散落在根的周围。白大的时候，细心一点就可以看到芦苇丛里有很多鸟窝，鸟儿却早已飞远了。

快到梁子沟时，缺口终于打开了，父亲带着队员们终于冲出了敌人的第一道封锁线。

后面的枪声更加密集了，追击而来的敌人越来越多。

突然，梁子沟北面通往刘店子村的大道上传来了敌人汽车的声音，车灯照得道路亮如白昼。

前边应该是敌人的机动防线，按照队伍的疲惫程度，冲过去应该问题不大，只是伤亡会增加。

前在堵截，后有追兵，只有旁边的湖水里是最好的隐蔽场所了，顾不得满身的大汗了。

“大家快跳到水里去！”

父亲急促地命令着大家。

突然，小五子跑到了他的身边，用力一挤，把父亲挤进了湖里，葛队长等人也分别被身旁的队员挤到了湖水里了。

父亲掉进湖水之前听到小五子说的最后一句话是：“队长，武工队不能没有你！”

湖底都是淤泥，这个时候想重新爬上岸是非常困难的事情，他们几个人快速地游到芦苇丛的旁边，用手扒着芦苇的根，努力地不让身体沉下去。

敌人已蜂拥而至，几个人静静地把身边的残败的荷叶顶在了头上，水面上只留着两只眼睛。敌人的子弹疯狂地射向湖里，子弹擦着父亲他们头顶上的荷叶飞了过去，真的是惊险，好在他们都在芦苇地的反斜面，子弹打不到他们，否则他们马上便会成了那些敌人的靶子。

小五子他们在前面一直跑着，还不时地往回射击着，父亲知道小五这是在用火力吸引敌人，他是用自己的生命在保全湖水里一众人等的安全。

隐约可以看见北面大道上的敌人正在和追击而至的敌人正在合拢，枪声骤然停了下来。

父亲的心也沉了下来。

泡在满是薄冰的湖水里，父亲的身体开始发抖了，这时他才意识到他只披了一件单衣出的门。

“穿什么都一样，这会都会泡透了。”

父亲在心里安慰着自己，可是牙关一个劲地上下紧碰着。

又有无数条手电筒的光柱由远及近地射向湖面，一阵阵子弹也密集地射了过来，不过这会的子弹是四面射击，一听就知道他们是在盲射。

父亲他们在湖水里一动不动，静静地等待着。

不知不觉间，睡意竟冲上头来，眼皮不自然地就往一块合，父亲知道这不是睡意，而是死神的威胁，他努力睁大着眼睛，不时地掐一下自己的胳膊好让自己保持清醒，同时还不断地提醒着身边的队友。

不知道在水里泡了多长的时间，他们的头发上都已经结了一层薄薄的冰。

父亲努力睁大眼睛抬起头四处瞅了瞅，田野里静悄悄的，硝烟的味道还在。

父亲揪住两截芦苇的根，拼尽全力，将自己的身体拉上了芦苇丛。

那一刻，他说，自己的灵魂仿佛已经置身高高的半空，正在亲眼目睹自己的身体在挣扎着、拉扯着往上爬，那一刻他第一次感到了生命的可贵，活下去，一定要活下去！

终于，他爬到了芦苇丛上，躺在芦苇丛上时，根本感觉不到芦苇根扎到皮肤时的那种疼痛，反倒是觉得浑身都是轻飘飘的。

父亲努力活动着自己的手脚，感觉到清醒一点了，他用手拍打着水面，想喊却喊不出来，于是他费力地把枪里的子弹全都打了出去，把空枪的枪身伸到了水里，努力地拉扯着还在水中的队友们。

枪声震醒了水里的战友，他们一个一个费力地向芦苇地的边上游着，靠近时，努力抓住父亲扔来的枪身。

一个、两个、三个，十几个队友都爬上了岸。

天还没亮，父亲数了数，身边还有 18 名队员。

已经说不出话了，父亲举了举手里的枪，又指了指正南的方向。

大家明白过来了，父亲是让大家往洪瑞乡的方向前进。

大家互相搀扶着站了起来，大家咬紧着牙关，一步一步坚定地走着。

大约走了一个多小时，天色已经微微发亮了，可以看得清楚地上白茫茫的结了一层厚厚的霜，前方出现了一队民兵，双方对上了口令，走近一看，是何队长带着一队洪瑞乡民兵在巡逻。

看到父亲他们这个样子，何队长非常吃惊，于是他们一个一个地背起父亲他们飞奔回了洪瑞的民兵队部里。

民兵队部其实就是何友申队长的家，为了方便工作，他让自己的家属去跟旁边父母一起住了。

贺方营长闻讯也赶了过来。

“快说说，怎么一回事？”

父亲身上披着两层棉被，还连连打着喷嚏。看到武营长进门，他把手里的姜糖水放在了一边，握住了武营长伸过来的手，一字一顿地说：

“武工队半夜被暗算了，这伙敌人应该六七百人，从他们的乘坐的汽车和火力情况来看，这里面应该有国民党正规部队，也有地方还乡团。”

“你们怎么不向洪瑞方向突围呢？”何队长插嘴问了一句。父亲猛地咳嗽了赶来，没有回答何队长的问题，而是费力地抬手指了指贺营长。

“我明白队长突围的意思，小石湖的东面是沭河，没法向东突围。西面是刘店子，那里还驻有还乡团的残部，没有完全清剿干净。南面是咱们这里，队长的意思是不想把这股敌人引到咱们这里来，因为咱们的防线都在村子的南部，如果敌人从村子北部攻打进来，那么就会给我们带来更大的伤亡。”

贺营长的分析和父亲当时的想法完全一致，所以父亲不停地点着头。

“贺营长，我求你一件事！”

父亲突然站了起来，朝着贺方敬了一个标准的军礼。

贺营长连忙还礼，上前扶着父亲坐下，说：

“是不是去营救你的兄弟？”

“是！”

父亲坚定地点了点头。

“我们武工队120号人，跟我一起来的有20个，当场战死的应该有二、三十个，昨天打据点受伤还在洪瑞养伤的有二十多个，四下突围出来的也应该有二、三十个，那剩下的四十多号人可能都被他们抓了。”

“会有那么多吗？”

贺营长关心地问着。

“肯定有的，小五子他们就有这么多人。”

于是，父亲便把昨晚战斗的情况详细地向贺营长和老何他们讲述了一遍。

这时，正在养伤的武工队员们都来了，当他们看到父亲一行时，每个人的眼泪都不由自主地流了下来。

“弟兄们，现在还不是哭的时候，咱们要让敌人哭，要让敌人血债血还！”

父亲站起来望着自己的队员们，压住了满腔的怒火，劝慰着大家、鼓舞着大家。

“队长，你说吧，咋干？”

父亲转身看了看贺营长和何队长，干脆简练地说：

“何大哥，你带着我的几个人去搜寻突围出来的弟兄们，他们肯定会在石拉渊村集中的，这是武工队的惯例。找到他们后，即刻让他们编成战斗小组，向西侧的刘店子攻击前进，一定要在还乡团们开早饭之前打响战斗，要想尽办法拖住他们，不能让他们离开刘店子！”

看着何队长跑出门去，父亲转身对负伤的那些武工队员们说：

“弟兄们，这是咱武工队第一次遭这么大的罪，我要求你们立即跑步前往刘店子，到达之后立即封住从刘店子向西的那条大路，消灭任何西行的敌人。”

之后，他又对贺营长说：

“贺营长，小石湖向西是刘店子，再向西就是汤头解放区了，他们是不敢去的。向东是沭河，没有路可以走。向南，咱们昨天刚刚拔掉了他们的两个据点，他们也是不敢来的。

如果他们和昨天在相公的是同一伙人，那他们的路程就是从相公到八湖，从八湖到刘店子，这一段上只有这一条路可以供他们走的。

那他们回去也是一样的，从刘店子到八湖，但是他们摸不清楚洪瑞周边的情况，所以会从八湖奔太平或白塔街。刘店子可能是那些还乡团们待的地方，但这伙国民党军队一定是去太平或白塔街的。我想请你出动一个连，挡在刘店子和白塔街之间，你的人到达之后，我只要求给我两个小时的时间，我一定要救出我的那些兄弟们！”

父亲边说边剧烈地咳嗽着。

“等等，队长，你的意思的还乡团把人押在八湖，而那支国民党军队则去了白塔街，你怎么这么肯定呢？”

贺方走到父亲身后，帮他拍打着他的后背。

“这是我跟还乡团打交道这么长时间以来的经验，我确定我的人就被关押在刘店子，大半夜的不可能拉着他们到处走的。”

父亲又剧烈地咳嗽了起来，贺方伸过手去摸了摸父亲的额头，他惊讶地说：

“队长，你烧得这么厉害，剩下的事就交给我吧。”

父亲拉开贺方的手，勉强笑了笑，说：

“我没事，再跑跑出出汗就好了。贺营长，现在情况紧急，要是等到还乡团们吃完早饭，我的弟兄们就有可能被转移了，咱们即刻行动吧？”

“放心吧队长，命令已经传达下去了，门外一连二连两个连队已经准备完毕，我把他们全都交给你了，你们行动吧！”

都是真汉子，没有客套话。

父亲带着十几名兄弟和两个连以急行军的速度紧急出发了，经过小石湖村时，发现了田地里倒卧着 27 名武工队员的遗体，他们的身上结满了霜。

来不及掩埋战友了，所有人都憋着劲拼命地跑着。

不远处已响起了枪声，那正是刘店子的方向，应该是从石拉渊集中起来的队员们发起的攻击。

一营的一连从刘店子的西侧插了过去，挡住了还乡团的退路，另外一个连和父亲他们从南向北，在一个宽大正面上攻击前进。

还乡团确实还没有吃早饭，听到枪声后，他们几十人一伙的四下逃散着。

对于还乡团来说，只有向西逃，才是生路。

所有的还乡团一窝蜂地沿着刘店子街上的那条东西大道拼命地向西挤着。等他们到了一连的阻击阵地前，他们才尝到了苦头，一连的火力太猛了，几挺机枪片刻就把冲在前面的还乡团打倒了一片，还乡团们只能向后退去。

向东，便是程子河的西岸，一群群的还乡团像没头的苍蝇一样向东面撞去。

突然，东面响起了冲锋号的声音，一队队勇猛的解放军战士冲了过来，大受鼓舞的父亲他们也奋勇向前攻击着。

原来，昨天这支还乡团的异常移动已经引起了滨海军区首长们的警觉，军区派出的侦察人员也一直不间断地报告着这支还乡团队伍的动向。昨晚枪声响起时，军区首长为此大发雷霆，但毕竟为时已晚，再调动部队已经来不及了。

探明还乡团没有走远，于是军区首长决心一定要消灭这支还乡团队伍，所以连夜调动了军区一团从三十公里外的大店赶来。

军区首长给一团下达的战斗命令有些不近人情，命令要求一团要在凌晨发起攻击，务必要全歼敌人。

一团也是一支老部队，打仗都是不要命的，当战士们听说了武工队的遭遇时，所有人都憋足了劲，都要为武工队出了这口恶气。

父亲和所有的武工队员大仇在身，个个勇猛，他们几乎全部迎着敌人的子弹冲锋，毫不畏惧，以一当十，那股子拼命的劲头吓傻了还乡团们，就连滨海军区两个主力团的战士事后都一直赞不绝口。

就这样，滨海军区两支主力部队和父亲率领的武工队一部对这个刚刚欠下武工队血债的还乡团展开了围剿，很快就把他们分割包围赶来。

还乡团都是些鸡鸣狗盗之徒，他们哪里是两支主力部队的对手。

主力团的战士们喊话命令还乡团们投降，可还乡团拒不投降，还公开以子弹作为回答，其实他们此时已成了困兽，仍然在作着垂死挣扎而已。

父亲和武工队员们率先发起了冲锋，将村子里占据几处院落的还乡团冲了个七零八落，被冲散了的还乡团们立即四下疯狂逃命赶来。

还乡团的最后挣扎没有能改变被全部歼灭的命运，不到一个小时，战斗结束。

此次战斗共歼灭敌人 600 余人，俘虏不到 50 人。

俘虏和击毙的人数没有像以往的战斗一样，是因为武工队员们个个都打疯了、杀红了眼，因为他们的心里只有一个目标，那就是救人，所以他们勇猛，他们不怕牺牲。

关押小五子他们的院子很大，院子里长着三棵粗大的杨树，彼此间的距离都超过了 20 米。

一共有 42 名队员被抓，他们每个人的两只手掌心都被铁丝穿过，拧成了结。所有人都被铁丝穿过了颈部的锁子骨连在了一起，铁丝的两头就固定在了院子里的三棵老杨树上。

有几名队员已经颠倒了，其他的人被迫斜着身子一起挂在铁丝上。

每个人的身上都被抽得皮开肉绽的，小五子半跪在地上，他的头被打开了一道很深的口子，头皮往外翻着，血已经糊满了他的脸，旁边站着的几名还乡团手里都拿着大棒子，大棒子还在往下滴着血。

父亲和葛队长正在全村逐个院落搜索，当他们冲到这个院子门口时，那些抱头鼠窜、又拒不投降的还乡团都瞬间成了他们的枪下之鬼。

冲进门，父亲一眼就看到了半跪着的小五子。

“老葛，是小五子！”

葛队长猛冲两步，跑到小五子跟前时，几名正在殴打武工队员的还乡团吓得定在原地、动也没敢动。

葛队长看着这一切，端起枪对着几个还乡团扫射过去。

屋里好像还有人，葛队长对着屋门开了几枪，大吼着：

“出来，再不出来，老子炸死你们狗日的！”

很快，四名还乡团哆哆嗦嗦地抱头走了出来。

葛队长抬手便是一枪，打中了一名还乡团的小腿，这名还乡团立即摔倒在地，其他三个都乖乖地跪在了地上，两手抱着头。

父亲带着队员们正想树上的铁丝解开，这时王义带着两名卫生员跑了进来，他们背着药箱，帮着父亲把小五子他们逐个放平。

有 13 名队员已经没有呼吸了，剩下的队员中本身已经负伤的有 17 个人，小五子他们虽然没有受伤，可是被打得也已经奄奄一息了。

父亲帮着王义他们把小五子等人身上的铁丝剪除了下来，那种钻心的疼痛让在场的每一个人都感到了悲愤，所有人的目光都聚焦在了小五子他们身上。

突然，一名跪着还乡团撒腿便往门口跑，葛队长更是眼疾手快，飞起一脚把他踹趴在地，又上去补了两枪。

父亲也意识到这几个还乡团可能有问题了，于是他到那两名还在跪着的还乡团面前。

葛队长和几名队员也围了过来，葛队长抽出腰里的驳壳枪，打开扳机，枪口对准了一名还乡团的大腿，厉声问道：

“你们谁是头？”

没有吱声。

“叭！”

葛队长手中的枪响了，子弹穿过还乡团的大腿，这名还乡团顿时倒了下去。

葛队长又把枪口放在了另一名还乡团的大腿上，凌厉的眼神直逼着对方。

“说不说？”

“长官，我说！长官，我说！他是我们审讯队的队长！”

这名还乡团用手指了指刚才被葛队长打断了小腿骨的那名还乡团。

“你们几个呢，也都是审讯的？”

刚才回答的那名还乡团点了点头，低着头。

“你们这帮狗日的，老子扒了你的皮！”

葛队长对着这名还乡团的胸口猛地一脚踹了过去，可能这脚用力太大了，一下子就把这名还乡团给踢死了。

父亲让两名队员把那名小腿断了的还乡团架到了屋子里，他们一进屋子才发现，这屋子里竟然摆满了各种刑具。

“说说你的职务，再说说你们是怎么发现武工队的？”

父亲随手拿起墙上挂着的一根皮鞭，皮鞭上扑鼻的血腥味闻着有点作呕，他便又挂了回去。

没有动静，那名还乡团一直不肯开口。

“不说？好吧，去把外面拆下来的那些铁丝拿几截过来，咱们也让他试试穿过锁子骨是什么味道。”

一名武工队员会意，马上跑出去拿了几截铁丝回来，铁丝上还有血迹。

这时，这名还乡团彻底害怕了，他坐在地上连连摆着手、摇着头，身子向旁边躲闪着，嘴里不停地说：

“不要，不要，我不要这个！”

“不要？不要你就老实回答问题！”

父亲踩住了他的那条断腿，稍一使劲，那名还乡团便疼的啊啊地叫了赶来。

“还不说？好，我成全你！”

说着，父亲抽出了驳壳枪，把枪口放在了这名还乡团的额头上，慢慢地打开了扳机。

这名还乡团的头在躲闪着，嘴里一直在求着饶。

“长官，我说，我全说。”

父亲把枪口从他的额头挪开，又把枪口对准了他腿上的伤口。

“如果我没有猜错，阁下就是武工队长吧？我是临沂模范监狱的，我叫范民，他们几个都是跟我一起的，我们是专门负责审讯共产党的。大概一个月前，保安总队的一支巡逻队就在常沟附近，当时你们去打葛沟据点。你们得手后，这支巡逻队便跟上了你们。因为你们的踪迹一直飘忽不定，所以一直没有机会对你们进行合围。前两天我们得知你们将驻地挪到了沭河西岸，先是石拉渊，后是小石湖，所以昨天才出动了一个团合围你们。”

“你是说昨天在相公附近的一个团是专门对着武工队来的？”

父亲问到。

“也是也不是，开始是想救援洪瑞的，可是后来洪瑞的战斗结束得太快了，所以上峰就命令我们静候指令，等到晚上再说。你们武工队晚上果真回来了，所以这才连夜对你们开始动手了。”

“你们怎么知道武工队当时就在常沟？”

这时，葛队长已经进到屋里，他追问了一句。

“你们不是在李老爷家吃饭了吗？”

“李猫春？”

葛队长眉头紧蹙地问。

“是，他儿子就是这支巡逻队的队长，昨天晚上审讯这些人时，他还过来待了一会呢。”

“娘的，这狗日的是活到头了！”

葛队长气得骂了一句，然后跑出门去。只听得葛队长在院子里吆喝着：

“你们几个跟我走，咱们去剁了那个狗日的去！”

等父亲走出屋子想拦住葛队长时，正在给伤员们包扎的王义说：

“他们几个刚刚跑出去了。”

葛队长他们去哪了？请看下集《浴血白塔街》

第四十三章

浴血白塔街

葛队长带着孙来运和其他几名队员冲出门去，他们跑到村外，才稍稍停住脚。

“弟兄们，我要去剁了那个李猫春，你们敢不敢去？”

“走，活咱们去活剐了他，让他给咱们的队友偿命！”

“对，不能让他那么轻快地死了，必须活剐了他！”

葛沟、汤头两个中心乡镇已相继解放，过了刘店子便是解放区了，葛队长他们虽然浑身个个灰头土脸，身上血迹斑斑的，几个人又都是全副武装，葛队长身后不知什么时候还多了一把大刀。可是路口检查的民兵听说他们是武工队的，核对完口令后便痛快地放行了。

从刘店子到常沟距离不近，有 30 多里路，可是葛队长几个人决心已定，他们一路奔跑着，到达常沟村时已近中午了。

直奔李猫春的家，他的家门大开，屋里乱七八糟的，东西扔得到处都是。

“逃了？”

正在葛队长几个人疑惑的时候，一位自称是常沟村支书的人走进院里，笑哈哈地开了口：

“听说你们是武工队的，你们队长可好啊？”

“他不好，他的兄弟一下子死了不少，他正生气呢！”

葛队长没有好气地回了一句。

“噢，别误会，我姓石，大家都叫我石头，我和你们队长在抗日战争的时候就在一起，能不能跟我说一说你们遇到啥事了？”

石村长有些震惊，耐心地问。

“这个老地主报的信，他儿子带队引着还乡团的一个团把俺武工队给围了，要不是队长把俺叫醒，俺也早就脑袋搬家了。今天俺几个来，就是来抓这个狗日的。你是村长，你肯定知道他在哪吧？”

葛队长眼睛的怒火让人不寒而栗，石村长叹了口气说：

“跟你们队长一样一样的，都是硬汉子！是这样，咱们村里正在进行土改，李猫春拒不合作，咱们村里的贫雇农商量了一下，就把李猫春关了赶来。关了好几天了，他还牛上了，不吃不喝还拒不同意进行土改，口口声声地称等他儿子来了，就会给他报仇，弄得村里的贫雇农都有些害怕了。”

石村长的话让稍稍平复一些的葛队长又跳了起来。

“怕，怕个鸟！你告诉我他关在哪里，俺几个去会一会他！”

石村长领着葛队长一行来到了村部，也就是曾经还乡团的据点。

“你们怎么选了这么一个破地方，这里被咱武工队打过的，在这里不吉利！”

一名参加过当初攻打常沟据点的武工队员插口说着。

“没办法，咱这里穷，也找不到像这样的地方了。”

石村长解释到。

刚进了院子就听到李猫春在屋里的叫骂声，葛队长示意两名队员进到屋子里，把李猫春架了出来。

葛队长先是一个大耳光扇了过去，李猫春疼得捂着脸倒在了地上怯怯地问了一声：

“你是谁？”

“你不用知道我是谁，我就问你，认不认识俺武工队的队长？”

葛队长蹲下，右手捏着李猫春的下巴。

“认识，认识，他上个月还在我家吃的饭。”

李猫春的声音都变了。

“在你家吃完饭，你干啥去了？”

葛队长手上一用力，李猫春疼得直叫。

“我啥也没干哪，我好好招待的你们队长哪，不信你问问你们的队长去。”

李猫春在狡辩着。

“问啥，当时我也在场。”

这时，老队员孙来运站了过来。

“我是不是好菜好饭地招待你们来着？”

“俺都走了以后，你去哪了？”

孙来运厉声问道。

“我哪也没去啊！”

李猫春哭喊着。

“我告诉你，你儿子是不是在还乡团巡逻队当了个小队长，他当初是不是带着人就住在刘家小岭？我告诉你李猫春，你儿子已经在刘店子被武工队枪毙了，你少在这瞎喊了！”

葛队长的话像是戳中了李猫春的软肋，他怔怔地望着葛队长，嘴里嘟囔着：

“不可能，不可能！俺告诉俺儿了，只要能抓住那个武工队长和那几个悬赏通告上的人，就能升官发财，那可是这几辈子都花不完的钱哪！俺让他小心点的，他不会死的，他可是俺家的独苗啊，他不会死的…”

葛队长一脚踹开李猫春，从后背抽出了那把大刀。

“你狗日的作恶多端，明年的今天就是你的忌日，不过也没有人会给你烧纸了，你就做一个人人痛恨的孤魂野鬼吧！”

葛队长举起了大刀就往下砍去。

一旁的石村长却一下子抱住了葛队长，嘴里不停地劝着：

“同志，同志，这事不能这么急躁，得报区里，得报区里的！”

“报区里？孙来运，把他给我轰走！”

葛队长的手里有刀，怕伤到石村长。孙来运上前拉开了石村长，把石村长抱到一边：

“你要是看到咱武工队牺牲的队友，保准你也想活剐了他！”

李猫春真的是怕了，在院子里到处爬着。

葛队长绝对不会容他再多活哪怕一分钟的。

一刀砍在了李猫春的后背上，李猫春身子往后一挺，葛队长的第二队已经到了。

手起刀落，李猫春的脑袋骨碌到了一边。

旁边的石村长捂着脸，不停地说：

“你们，你们惹祸了！”

“惹祸？啥事都由俺老葛顶着，跟咱队长没关系。要是你敢坏咱队长一句，老子回来连你也剁了！”

父亲没有拦住葛队长他们，只能帮着王义给小五子他们包扎着。

“你怎么到滨海军区了？”

“二哥牺牲后，组织上照顾我，便把我调回了滨海军区。昨天独立团给军区首长报告时，我正好就在指挥部里，听到你们武工队也参加了洪瑞的战斗，所以我就主动要求来了。”

王义的回答让父亲非常感动。

王义把父亲拉到了一旁，指着几个伤势较重的队员说：

“他们几个本来的就受了伤，又加上用刑，他们的伤口都感染了，我怕他们很难撑过去了。”

“我明白，你尽力抢救他们吧！”

父亲又剧烈地咳嗽着，忽然他一个趔趄自己摔倒在了地上。

父亲醒来时，他这才发现自己正躺在暖和的被窝里，屋里还点着一大堆木柴，十几个队员都坐在屋里的地上，房间里静静的。

看着父亲醒来，队员们都围了过来。

“队长醒了，队长醒了！”

“我睡了多久了？”

父亲努力地想坐起来，可是浑身软绵绵的一点力气也没有。

“快一天了！”

一名队员刚说完，坐在他身边的其他几名队员几乎同时捂住了他的嘴，大家都笑嘻嘻地说着：

“没有！队长，你才睡了一小会！”

父亲将信将疑地看了看大家，突然又剧烈地咳嗽了几声，然后费力地问：

“战场打扫完了吗？”

“都打扫完了，咱们这次一共消灭了600多还乡团呢。”

“哎，老葛呢，老葛刚才出去了，咋还没回去？”

父亲在人群中没有瞅见葛队长，有点着急地问着。

“我在这儿，队长！”

葛队长扒拉开人群，挤到了父亲的床前。

“你干啥去了，不是杀李猫春去了吧？”

葛队长被父亲盯的有点发毛了，两手一拍自己的大腿，非常干脆地回答道：

“哎，啥事也瞒不了你。我是去杀了李猫春，他该杀，我这是给咱武工队报仇！”

“胡闹！”

父亲又剧烈地咳嗽了几声，张大口使劲地喘了几口之后，接着说：

“有本事在战场上杀敌，拿一个老地主出气算什么英雄。也罢，事情既然已经发生了，就只当是执行我的命令吧。”

杀李猫春的事，葛队长办的确实鲁莽了。他当然听得懂父亲话里的含义，于是辩解到：

“队长，你放心，有啥事我一个人顶着！”

父亲瞅了葛队长一眼，把目光看向大家，指着大家说：

“你们都记住了，老葛是奉了我的命令去杀李猫春的，如果上级调查的时候，你们谁敢说的不一样，我拿你们是问！”

说完，他又剧烈地咳嗽起来。

围在床边的队员们似乎都懂了父亲的用意，大家不约而同地点着头。

父亲醒来的第二天一大早，何友申队长带着 30 多个民兵来了。他是来看望父亲，也是给父亲送人来了。

两天三场激战，武工队已是元气大伤。120 多人的队伍，两天就牺牲了 44 人，负伤 63 人，小五子等三十多位队友正在接受治疗，武工队尚能打仗的已经不足 30 人了。父亲几个虽然没有受伤，却从此落下了终生的病痛。

“我的好兄弟啊，我把咱村里这些民兵都带来了，全都充实到你们武工队去，让他们跟着你去消灭那些还乡团！”

父亲紧握着何队长的手，想说些感激的话，可是话到了嘴边又咽了回去，对何队长点了点头，轻轻地说了句：

“何大哥！”

而此时，后方的滨海军区和临沂县委也都注意到了武工队的战斗损失情况。第二天傍晚，临沂县委紧急从已经解放的各个中心乡镇民兵中队中抽调了 100 名民兵补充到了武工队里，武工队的兵力一下子达到了 200 多人了。除去养伤的队员，能参加战斗的队员就达到了 150 人之多。

更让父亲高兴的是，军区一团把战斗中缴获的枪支给武工队留下了好多，按一团战士们的话说，几乎是整整一个营的装备，而且弹药的数量更多。

父亲心里清楚，战斗又要来了。

父亲的判断没错，滨海军区确定下一个解放的村庄便是白塔街。

其实，在攻打刘店子得手之后，父亲在战场上没有听到任何关于还乡团巡逻队的只言片语之后，便马上派出了一组队员秘密前往太平、白塔街一带搜集情况。

第二天，也就是在父亲醒来后不久，便收到了情报小组传回的情报。

李猫春儿子所在的那支还乡团巡逻队正驻扎在白塔街，同时驻扎在那里的还有还乡团的一个中队大约 100 来号人，两支队伍加在一起也就是150人左右。凑巧的是，他们的营地还是村西靠近沂河河堤的那几间院落，也就是之前国民党军队的两个连队曾经驻扎过的地方。

回传的情报显示，这些还乡团正在加固他们所驻扎的几个院落，似乎有长期坚守的意思。同时也有让父亲担心的事情，还乡团驻地附近停靠着三辆汽车。

正当父亲为人手不足而发愁的时候，上级又调拨了这么多人过来，这可是天赐的良机。

既然已经找到了巡逻队的尾巴，当然就要把它抓住、砍断、剁碎的。

决心已定，当100名补充的民兵到达之后，父亲即刻命令葛队长率队连夜将队伍带到白塔街村东头的树林里隐蔽起来，他自己则带着一名老队员直奔洪瑞。

这次去洪瑞，还是要找贺方借兵。

从地理位置上看，如果说临沂、汤头两地是头脑和心脏的话，那么白塔街就是连接这两处要地的梗嗓咽喉。它西临沂河，东靠莒临公路，村里除了一座白塔，还有雹神庙和关帝祠。没有战乱的时候，方圆几十里的百姓都会来前来祈福。

就是因为它的交通特别便利，所以父亲想到的是如果战斗打响了，村子里的还乡团趁机乘坐汽车沿莒临公路向南逃窜，那么武工队就只能望车兴叹了。而如果失去了这样的机会，以后再想抓住这支巡逻队，恐怕难上加难了，武工队的仇也就无从报起了。

贺方营长对父亲的到来并没有感到意外。

“老伙计，你们武工队好样的，我贺方佩服！”

“别臊我了，这次如果没有一团和你们一营，我以后死了都没脸见那些弟兄们了。”

“队长，在你开口之前，我写一个地方看看是不是你心里想的地方。”

贺营长说完，从小本里撕下一张小纸条，写完后，把纸条推给父亲，父亲打开一看，他又抬头看了看贺方。

"白塔街！你怎么知道我要打白塔街？"

"你以为军区的命令只下给你们武工队啊，我也接到命令啦。"

"那你准备怎么打？"

"队长，这话应该是我问你，你想怎么打？"

"你不是接到军区的命令了吗，那咱武工队就听你们主力的。"

"这可不像你队长心里的话！行了，我也不跟你藏着掖着的了，这次先听你队长的，如果合理的话，我们一营一定会全力配合你！"

"真的？"

"当然是真的！"

"那我可说了？"

"从来没见你这个队长这么磨蹭过，快说吧。"

"我想让你派兵把白塔街、太平一带的莒临公路给拦腰截断，剩下的活就全交给我们武工队来干！"

"你想怎么打？"

"我的侦察员报告，村里现在驻扎着还乡团的一个中队和一支巡逻队，我想只要他们没法从公路逃跑，我们武工队就完全可以吃掉他们！"

"你现在的队伍里可都是些新人，不是你带的原来的那支武工队了，这一点队长你想过没有？"

父亲一下子有些沉默了，没有说话。

贺营长见状，继续说到：

"如果是几天前的武工队，我贺方绝对同意。但现在不一样了，这些新人的战斗素质高低不同，你又是第一次指挥他们，恐怕…"

"这一点倒是我给忽略了。"

父亲抬起头看了看贺方。

"我也不瞒你了，队长。我的三连已经到了白塔街和太平一带，二连也已经移到白塔街西侧的沂河边上了，我给他们的任务就是防止白塔街的敌人沿公路或者是渡过沂河逃跑，所以现在白塔街里的那些还乡团想跑肯定是跑不了的了。”

“你行动这么快？”

“刘店子战斗一打完，他们给我汇报了俘虏的交代情况，我就知道了你队长肯定会盯住这支还乡团巡逻队。前天，团里命令我们营原地不动，等待进一步的战斗任务，当时我就判断出了白塔街和太平一带的战斗肯定会马上打响，所以昨天晚上我就把部队派出去了。”

“主力就是主力，这一点就值得咱武工队学习的！”

“队长，你也别夸我，你队长对战局的判断和兵力的运用才是我贺方应该学习的。”

“咱们兄弟俩都别客套了，你贺营长说得在理，武工队现在虽然人多，确实互相之间都还不熟悉。但是，我一定要收拾这支巡逻队的！”

“当然了，这个活我可不敢替你干，你们武工队的血海深仇由你们自己来报，那就是最好的结局。那咱们就这么说定了，我来负责收拾那个还乡团中队，你们武工队专门对付那支巡逻队。”

“好，一言为定。”

“不过，队长，战场上咱们还得互相帮助，分工不分家啊！”

“那是当然的！”

贺方营长带着一连和父亲一起出发了。

在路上，父亲详细地向贺方介绍着上一次武工队攻打白塔村的情况，着重介绍了两支还乡团队伍驻扎地的周边环境和攻打时的一些心得。

“到时候打起来，怎么才能区分哪些人是巡逻队的呢？”

这个时候，一连长突然间插来的一句话，让俩人思考的重点又回到了即将到来的这次战斗上了。

对啊，怎么区分呢？

“不行，就等到明天早上吧，明早发起战斗，到时候就有办法区分了。”

贺方营长试探地问着父亲。

父亲摇了摇头说：

“不行，近战夜战是咱们的拿手好戏，咱们不能等到白天才打。区分不了就不分了，管他谁是巡逻队，一样狠狠地揍他！”

贺方知道父亲并不甘心，可是一时也想不出更好的办法，于是沉默了一会。

“营长，让武工队配合我们连多埋点地雷吧，要不敌人坐汽车跑的时候，咱们也没办法的。”

又是一连长，但他的这句话恰恰让父亲想到了一个好办法。

“对了，汽车！我估计那肯定是巡逻队的汽车，这些埋地雷的事就交给我们武工队吧，我们在白塔村战斗过几回，对那里的情况也熟。”

“你们武工队还有地雷吗？”

贺方估计武工队可能没有什么存货了。

“家当全没了，不过打刘店子时，缴获了不少手榴弹和手雷，我们用手榴弹也一样，反正是在晚上用，他们也不会像以前一样先去排雷再通过。”

父亲非常有信心地回答着贺方的提问。

“那炸汽车的事就由你们武工队来完成了，不过我得调一挺机枪给你，这个巡逻队既然有汽车，那就说明他们的武器装备也肯定比一般的还乡团要强，所以调挺机枪给你们武工队，以备急用吧。一连长，从你们连拿挺机枪给队长！”

不一会，一连长扛着机枪跑了过来，可以看得出他的表情里都是大写的舍不得。

贺方营长从一连长手里夺过了机枪递给父亲后，他说：

“队长，到了白塔街，咱们以一个小时为限，到时候我带一连、二连会率先打响战斗，但会故意留出空隙让巡逻队去钻。然后我们追，你们堵，咱们一起把他们消灭了！”

队伍很快到了白塔街的村东头。

在一名武工队员的指引下，贺方营长带着一连穿过村北的田地，顺利地与河堤上的二连会师。

此时村东头的武工队，虽然好多都是新人，可当他们在行军路上听说了武工队经历了两天三战之后，人人都有了一股子劲，都对及时抓住了巡逻队的尾巴而高兴着。

战斗如期在村西头打响，但是枪声并不密集，父亲知道这是贺方营长为了调动那支该死的还乡团巡逻队而暂时放缓的攻击节奏。

过了一会，村里果然传来了汽车的轰鸣声，三辆汽车亮着大灯从村西头一路疾驶过来。

汽车出了村，上了村东头的大道了。

“叭、叭、叭……”

父亲连续打出了三枪。

这是跟队员们事先约定好了的攻击信号，听到信号后应该马上拉响埋设在大道上的手榴弹。

“轰、轰、轰……”

最前头的一辆汽车在连续的爆炸声中腾空而起，几个车轮也被炸得四处乱飞，车上的人也被炸飞起来，然后又重重地摔在了地上。

第二辆车随即撞了上去，撞到了路边的大杨树上，喘着粗气，车上的还乡团纷纷跳下了车四处逃散着。

可是第三辆车却快速地向后倒着车，很快就倒回了村里。

还没等父亲下令，埋伏在路两旁的武工队员们开火了，四下逃散的那些还乡团没跑多远，都被消灭了。

武工队员们冲到两辆车前，伴着燃起的熊熊大火，队员们发现了第一辆车上摔下来的还乡团还有活的，他们立即喊来了父亲，父亲跑过来立即揪住还乡团的脖领，大声问道：

“你们是不是巡逻队？”

这名还乡团害怕地点了点头。

“你们队长呢？”

这名还乡团吃力地抬起手，指了指正在向村子倒车的那辆车说：

“开车的那个就是！”

“奶奶的，终于找到你了，兄弟们，追上去！”

父亲扬了扬手里的驳壳枪，带着队员们向村子里冲了过去。

晚上倒车，毕竟是有障碍的，开车的人技术虽然很好，但仍然将车撞到了村里的一幢房子上。

眼看武工队员们快围上来了，汽车车厢里站的还乡团都跳了下去，躲在墙根处开着枪，汽车也突然加速向前冲去。

几名队员躲闪不及，瞬间被汽车撞倒，并碾压了过去。

父亲也不知道被谁拉了一下，摔倒在了一处墙根下，他爬起来时，用手抹了一把脸，感觉到脸上热乎乎的，但是他没有在意，而是拼命跑着追着汽车。

前面又两名队员被汽车撞得飞了起来，其中一名从空中落下后竟然重重地砸在了汽车的前挡玻璃上。

开车的人这时从驾驶室里伸出一只手来，想把挡在前面玻璃上的武工队员拉开，就在这一瞬间，汽车的车头又撞上了旁边的屋子。在巨大的惯性作用下，摔在前挡玻璃上的那名武工队员被甩到了对面的墙上，然后又摔了下来。

这时，父亲离汽车只有五六米了，突然间他感到胸口沉闷、呼吸困难，步子也迈不开了，整个人像要摔倒似的，他赶紧靠在了旁边房子的墙上，大口大口地喘着。

“这是怎么了，难道就让杀害武工队员们的凶手逃走不成？”

父亲心里想使劲，可是腿却不听使唤。

身后此时已是枪声大作，葛队长正带着队员们一个一个地剿来准备四散逃跑的巡逻队员。

这时，一个矫健的身影从父亲的身旁一闪而过，只见他飞身一纵便扒住了车厢，又一较劲，整个人都已跳进了车厢里。

“小五子？”

不可能是小五子的，小五子这会还应该在养伤呢。父亲揉了揉眼睛，还是没有看清跳到车上的人是谁。

就在这时，跳到车上的武工队员对着驾驶室开了几枪，司机猛地打开车门向旁边跃了出来，恰好的是他就摔落在了父亲的脚下。

可能是摔得太重了，司机躺在地上时右手还握着手枪四处乱晃着。

父亲想抬起手中的枪，可是浑身还是软绵绵的，一点力气也没有。

就在这千钧一发之际，刚才飞身上车的队员来到了父亲 的眼前，他先夺下了司机手里的手枪，然后踩住了司机的脖子。

“队长，你没事吧？”

父亲这才看清楚，这是武工队的老队员孙来运，他的身手这么好却是父亲没有想到的。

父亲快速的喘了几口，说：

“我没事，问问他，是不是李驹子？”

李猫春是老来得子，特地请风水先生给他儿子起了这么一个据说可以光宗耀祖的名字。

“老子行不改名，坐不改姓，老子就是你们的李驹子李爷爷！”

被孙来运踩在脚下的李驹子十分嘴硬地叫骂着。

这时，葛队长带着几名队员围拢了过来。

“队长，你没事吧？”

葛队长扶着父亲，父亲看了他一眼，问道：

“都抓到了？”

“抓了 8 个，剩下的让他们投降都不投降，所以都消灭了。你放心吧，队长，我已经安排了人去配合一营了，那个还乡团中队不可能从咱们这边逃出去一个的！”

葛队长急速的汇报着，他还不停地抚拍着父亲的后背。

“好，好！”

父亲紧紧握了一下葛队长的手，葛队长也会意地点了点头。

“队长，这孙子就是李驹子？”

“是！”

葛队长叫来两名队员搀扶着父亲，他走上前去踢了一脚李驹子，说：

“你个王八羔子，敢阴咱武工队，今天爷爷我非剥了你的皮不可！”

葛队长接过了旁边队员递过来的一捆麻绳，他蹲在地上，把李驹子的双手拧到后背，捆结实后把他从地上拎了起来。

葛队长从背后抽出了那口大刀，把大刀片放在了李驹王的脸上蹭了蹭。

“这刀刃上还有血，你知道是谁的血吗？”

葛队长怒目而视地对着李驹子。

“有本事，咱们单挑！老子要是怕你，老子就不是爹娘养的！”

李驹子叫嚣着。

“哎哟，还是条硬汉！那爷爷我也跟你说实话，这刀刃上的血就是你爹李猫春的，你爹已成了这把刀的刀下之鬼，我把他的头砍了，他成了孤魂野鬼了，很快你也会和你爹一样的，永远做一只孤魂野鬼，永世不得超生！”

葛队长的话让李驹子的身体颤抖了一下，不过李驹子还是十分强硬地叫骂着：

“早知道在石拉渊我就该把你们连窝给端了，是爷爷我慈悲，放了你们几个一条生路的，不然你们早就成了我的枪下鬼了。有种的，咱们单挑！”

“奶奶的，死到临头嘴还这么硬！老子现在就给你松开，今天我非活劈了你不可！”

说着，葛队长上前给李驹子松开了麻绳，又从旁边队员手里要过一把刀扔到了李驹子的脚下。

李驹子弯腰捡刀的时候，他的右手突然伸向了怀里。

父亲眼疾手快，抬手便是一枪，正打在李驹子的右臂上。

李驹子痛得倒在了地上，葛队长上前扯开他的衣服，李驹子的腰间已插满了手榴弹。

“奶奶的，使暗招，你活腻歪了！”

葛队长手起刀落，李驹子的整条右臂便被砍了下来。

父亲想制止时，葛队长的刀尖已经插进了李驹子的喉咙。

枪声渐渐地停了，贺方营长带着一群战士赶了过来。

“队长，这仗打得有点不过瘾啊，一连才刚发起了一次冲锋，这些还乡团就举手投降了。早知道这样，我就不跟你争了，让你们武工队自己来打这一仗，那不是更过瘾吗？”

贺方的话让父亲感到了温暖，父亲从队员手里拿过机枪还给了贺方，郑重地给贺方敬了一个军礼。

“贺营长，感谢你让咱们武工队报了这个大仇！武工队的全体同志，向一营长和一营战友们敬礼！”

在场的所有武工队员随着父亲庄重地敬着礼。

第四十四章

兄弟别离

送走了贺方营长他们，父亲突然想起了白塔街上的那位老熟人，到了人家的家门口了，不去打个招呼怎么行呢？于是，他和葛队长带着十名队员进了村。

来过那么多次了，虽然是天黑，可到老熟人家的路还是忘不了的。

很快他们就来到了一所大宅院的门口，谁家啊？对了，您猜对了，就是大地主邵望天的家哪！

一名队员想上前敲门，被葛队长一把给拉了回来，只看他黑着脸说：

“听咱队长的！”

其实，葛队长是在吓唬队友，他说话的功夫便抬起一脚踹在了大门上。

可葛队长没想到的是，邵望天家的大门足有半尺厚，他这一脚不但没有踹开大门，反而把他自己给弹了出去，跌倒在地上。

队员们都捂着嘴笑着，好在是晚上，看不出葛队长脸上上红一阵紫一阵的变化，要不然葛队长还真得羞得不好意思了。

葛队长自己从地上爬起来，骂了一句，准备再上前踹第二脚的时候，父亲从后面拉住了他。

“你别费劲了，这大门厚着呢！”

父亲说着吩咐着身旁的一名队员：

“你上去拍门喊一喊，就说我专门来拜会老熟人来了。”

他又安排另外一名身体比较灵便的队员：

“你沿着旁边的大槐树爬上去，到里面去把门打开。”

说完，父亲抽出驳壳枪，对大家说：

“这个老地主家的家丁们都有枪，大家做好战斗准备，如果他们敢反抗，就立刻收拾了他们！”

葛队长听到父亲这句话，马上也把驳壳枪抽了出来，对准了大门。

“里面的人听着，我们武工队已经把白塔街的还乡团打跑了，我们队长今晚特地来拜访。识相的赶紧把门打开，不然我们开枪了！”

连喊了两篇，院子里面还是没有动静。

这时，大门吱吱扭扭地打开了，葛队长拿着枪便冲了上去。

“老葛，是我，你看清楚了，是我！”

原来是自己的队友，是父亲刚才安排上墙进去开门的队员。

“队长，屋里有灯，应该有人。”

那名队员从里面打开门，出来跑到父亲跟前说着。

父亲和葛队长一行小心翼翼地进了院子，院子里没人。堂屋里有灯，父亲示意了一下葛队长。

葛队长上前猛踹了一脚，堂屋的门一下子被踹开了。

几支枪突然从堂屋里伸了出来，说时迟那时快，葛队长一猫腰趴了下去，趴在地上的同时，手中的驳壳枪也连续地响起。

“啊，啊，啊……”

屋里传出的是一个女人惊恐的尖叫声，拖着长音，有些瘆人。

“缴枪不杀，出来投降！”

“不出来，扔手榴弹了！”

“出来投降！”

一名家丁把枪扔到了门外，自己一瘸一拐地走了出来。

“里面还有没有人？”

“有，有，还有老夫人在屋里！”

“还有谁？”

“没，没了。”

“其他的家丁呢？”

“晚上一听到外面枪响，他们就都跑了，只剩下咱四个了。”

这名家丁刚一出门，便被两名队员扭到了一旁。

葛队长已从地上爬了起来，他用驳壳枪的枪口推开两扇屋门，然后快速地闪进了屋里，随后父亲和几名队员也冲进了屋里。

门口躺着三具尸体，他们的手里都还握着枪，应该都是刚才葛队长击毙的家丁。

八仙桌子已经放倒了，桌面冲着门口，桌后面一个老女人正在捂着耳朵不停地尖叫着。

“停，别叫了！”

葛队长将八仙桌扶起，用枪口碰了碰女人的肩膀。

女人停止了尖叫，没敢抬头。

“邵望天呢，你男人去哪儿了？”

父亲知道这个女人是邵望天的老婆，厉声地问着。

女人只是拼命地摇头，啥也不说。

“把刚才那名家丁带进来！”

父亲冲门口喊了一句，门口的两名队员押着家丁走进了屋子。

父亲指着地上的三具尸体，问这名家丁：

“他们都是谁，为什么要举枪？”

“他们和我一样，都是邵老爷家的家丁。我们真的不知道长官们都是武工队的。”

这名家丁辩解着。

葛队长走上前，扬手一个大嘴巴打了过去，怒目而视地说：

“放屁，你们不知道？咱在大门口喊的声音那么大，两里地以外都能听到，你会听不到？我看你这不是欠揍了，是浑身的骨头痒了，信不信我把你的骨头给拆了？”

家丁吓得扑通一下跪了下来，眼泪好像早就准备好了一样，扑簌扑簌地往下落着。

“长官啊，我们哪敢跟武工队作对啊，我们不敢啊！”

家丁一边说着，一边用手偷偷地指着旁边的房间。

父亲马上明白了家丁的意思，悄悄地吩咐着两名队员靠近了旁边的房间。

这时，地上蹲着的地主婆又尖叫了起来。

“奶奶的，邵望天你别躲了，再不出来扔两颗手榴弹进去了！”

父亲打手势让两名队员停下了脚步并举起了手里的枪。

“我数三声，你再不出来，就永远出不来了！”

父亲开始倒数了。

刚数了 1，旁边房门的门帘挑开了，邵望天双手抱着头哆哆嗦嗦地走了出来。

“冤家路窄啊，邵老爷，没想到又见面了！”

“队长，不知道你来，有失远迎啊！”

两名队员上前要扭住邵望天，父亲挥了挥手，说：

“别对邵老爷动粗，看看他身上有没有枪就行了？”

两名队员在邵望天的身上摸了摸，对父亲摇了摇头。

“你这可不是有失远迎，你是早有准备啊，对不对？”

父亲指着地上的三具尸体，对着邵望天说。

邵望天低着头，没有吱声。

“我告诉你吧，从现在开始，白塔街解放了，你邵望天的日子也到头了，不过今晚我不会杀你，我得把你交给白塔街的老百姓，让老百姓们来审判你。到时候，你怎么个死法，得由老百姓们说了算的。”

邵望天听到父亲的这一番话，绝望地一下子瘫倒在了地上，像傻了一样怔怔地看着地面，嘴角里的口水都流了出来。

几名队员上前把邵望天和他的老婆还有刚才那名家丁捆绑了起来，父亲吩咐他们连夜将这三人押解到汤头镇交给区委关押起来，等着县委召开专门的公审大会。

葛队长和其他队员已经走出院子了，父亲说他想自己一个人在院子里站一站，静一静。

父亲站在院子里，抬头看着天，一幕幕的往事浮现在脑海里。

突然，旁边的磨坊传来了窸窸窣窣的声音，父亲又抽出了驳壳枪，轻踮脚尖，慢慢地走了过去。

用枪管碰了碰房门，房门竟然一下子就推开了。里面黑黑的，什么也看不清楚。

父亲又抽出了手电筒，朝着屋里突然打亮，一个人影出现了。

“不准动，再动我开枪了！”

“二表弟！你是二表弟吧？”

屋里的人问到。

“你是谁？”

父亲警惕地问。

屋里的人慢慢地转过身来，父亲定睛一看，一下子没有认出来。

“你到底是谁？”

“俺管你的奶奶叫姑奶奶，你忘了，咱俩小时候净在一块玩了。”

屋里的人脸上的表情看起来很真诚。

父亲走到屋里，走近了，才认出屋里的人是自己的一个远房表哥。这个表哥爹娘死得早，但人很机灵，经常会到镇上的父亲家里蹭些吃喝的，家里的老人们都很善良，也尽量接济着他。后来，到了父亲十四五岁的时候，这个远房表哥就没有再来过了。

于是，父亲把手电筒的光从他的脸上移开，却意外地发现了扔在旁边的国民党军装和一支步枪，父亲马上警觉地问着：

“这是怎么回事？”

父亲的这位远房表弟一下子跪了下来，双手在胸前合掌，嘴里不停地告饶：

“表哥，表哥，你听我说，你放了我吧，你就当没看到我，行不？”

父亲本来想将驳壳枪插在腰间，听到这话，又把枪抽了出来。

“放了你？你先说清楚是怎么回事？”

“我去年年初的时候被抓了壮丁，直接被扔进了 83 师。我一直想跑，可一直也没有机会跑，后来我就花钱转到了临沂的保安团，这不跟着这个还乡团中队刚进驻白塔街还没两天呢，就赶上了打仗。表弟，我听说你是武工队队长了，你的名气可大了，还乡团的人一提起你来个个害怕。真没想到能在这里碰到你，难不成是你带着人打的这一仗？”

听得出来，父亲表哥很善于讲话。

“你知不知道王洪九的保安团干了多少缺德事？”

父亲反问了一句。

“我知道，我知道，可我啥坏事也没有干过，真的，我敢对天发誓，我要是有半句假话，你马上枪毙我！”

“这样吧，你跟着我干武工队吧，以前你没干过坏事，今后也别干了！”

父亲也非常干脆，劝着表哥。

“表弟，我也不瞒你说，当了两年的国民党后，别的没学会，这抽烟喝酒倒是都学会了。实话实说，我干不了你们武工队的活，你们那太苦了，啥油水也没有，啥好处也没有，干得也不来劲哪。”

父亲的表哥说着，又用脚把地上的枪踢到了父亲脚下。

“你要是有这个想法，还是别干武工队了，到了武工队你也干不好。下步你想干啥？”

父亲这才把枪重新插回到腰间。

“表弟，我，我……”

“只要你能答应我以后不做伤天害理、残害老百姓的事，有啥想法你说吧。”

“我说了你能答应不？”

父亲的表哥抬起了头看了看父亲。

“我都说了，只要你能答应我以后不做伤天害理、残害老百姓的事。”

父亲回答的语气非常坚定。

“当然，我当然能保证这一点了，我还能保证不做对不起良心、对不起咱乡里乡亲的事！”

“那你说来听听吧！”

“我想让你放了我，我不在保安团干了，重新回到83师去，我保证不跟你们共产党对着干，保证不向你们开一枪！”

表哥的话说完了，父亲犹豫了。

这时，院子里响起了葛队长的声音。

“队长，队长，你干啥呢，咱们走吧？”

父亲弯腰捡起了地上的步枪，推灭了手电筒，转身要走出屋子的时候，轻轻地说了一句：

“下不为例，如果下次被我发现你跟共产党、解放军作对，我一定饶不了你！”

父亲说完走出了磨坊，手里拿着那支步枪。

葛队长看着父亲走过来，关心地问道：

“队长，你干啥去了，咋又缴获了一支枪呢？”

“我刚才听到那边有声音，就去看了看，发现了地上有国民党的军服和这支枪，估计是打仗的时候，有还乡团保安队的人逃到这院子里躲着，然后听到仗打完了，人就跑了。”

父亲连自己都不相信会说出这样的一番话。

“那我带人搜一搜去吧，说不定就能抓到呢？”

葛队长说着抬脚就要往门口跑。父亲一把拉住他，说：

“一个两个的，跑了就跑了吧，大半夜的去哪追啊，咱们还有事要办呢，咱们一定要连夜把一连移交的那些俘虏交给县保卫大队。走吧！”

父亲和葛队长率领着武工队，押解着贺方他们抓获的几十个俘虏朝着汤头镇赶去。

父亲不时地回头望着，心里一直忐忑着。月亮出来了，月色有些发冷，但却分外明亮。

后记：二十世纪80年代中期，父亲的这位表哥从对岸的台湾回家乡探望，当他拿出一大沓钞票推到父亲面前时，被父亲义正词严的拒绝了，父亲说：

“当初放你走，不是为了让你今天报答我的，而是为了有朝一日你还能有脸面回到家乡，有脸面面对家乡的父老乡亲。如果你真的想报答我，就为家乡的发展做点贡献吧。”

从那以后，父亲的这位表兄联络了在台临沂籍老兵，他们一起为家乡的发展贡献着他们的绵薄之力，家乡的父老也渐渐放下了曾经的恩怨，对于他们的归来表示出了最大程度地宽容。至于他们为家乡发展所作出的贡献大小，则应另当别论，由地方政府相关部门评论是最为权威的了，因此在此不再赘述。

转眼到了 12 月底了，武工队除了按照上级命令参加了几次对于盘踞在一些小村庄的还乡团的围歼战之外，基本上都在训练。

虽然武工队在人数上超过了以前，可是人员的战斗素质却是远不如以前。在没有战斗任务的时候，父亲便会放手让葛队长和孙来运这些骨干带着大家一起训练。

别说，经过了差不多一个月的训练，这些队员们在参加那几次小型的围剿行动时，战术动作已经是有板有眼的，像那么一回事了。所以那几次的围剿行动，没有发生任何人员伤亡，这让军区参加的几支部队都对武工队刮目相看了。

12 月 28 日中午，武工队收到滨海军区命令，要求武工队配合军区独立团对进犯相公庄的国民党保安队予以痛击。

可不凑巧的是，天气的突然转凉让父亲咳嗽得越来越厉害了，他知道自己没法参加这场战斗了，但由谁来带队的问题却让他反复思考了好长时间。

老张最稳重，如果老张能代替自己带领队伍的话，应该没有任何问题的，可是老张的伤还没有好利索。

小五子也行，虽然年轻，可是灵活，点子多，只是他也在养伤，而且最近变得有点沉默寡言的了。

孙来运身手敏捷，但是他喜欢自由自在，带领一支小队执行侦察任务是完全没有问题的，可是指挥全队却不行，单单一个葛队长就会直接跟他对着干的。

老葛，打仗勇敢，虽然近来性子收敛了些，但一到战场上，就像换了个人一样，他身边总得有个人提醒着，否则他是天王老子的谁也不怕了。

父亲想来想去，便叫来了葛队长和孙来运俩人。

“这个咳嗽咳得我没有办法了，这次我想让你们两个人同时带队。老葛你打仗勇敢，可是得有人提醒着你点战场纪律，否则违反了战场纪律可不得了。孙来运，这个任务就交给你了，你必须把老葛给我看好了，不能由着他的性子来，否则我拿你是问。”

父亲猛烈地咳嗽着一阵，再说几句，看得葛队长和孙来运俩人也心痛了起来，葛队长悻悻地说：

“队长你就放心吧，你看最近我不啥错误也没有犯吗？再说有老孙在旁边，我不会犯浑的，你就放心吧！”

孙来运也劝着父亲：

“队长，我保证把老葛看好了，要是他有啥苗头，我就抱住他，不让他动！”

听着两人信誓旦旦地说着，父亲点了点头说：

“这次全靠你们俩个了，你们要齐心协力才行！”

傍晚送葛队长和孙来运他们出发时，父亲一直站在驻地的村口，直到看不到他们的身影了，才在一名队员的搀扶下回到了房子里。

29 日，父亲咳嗽得依然很厉害，而且还发起了烧。躺在床上，他却睡意全无，不停地问着通信员关于相公战场的情况，可是没有任何的消息。

晚上，一名参战队员受孙来运的指派跑步回到了武工队驻地，见到父亲便上气不接下气地汇报了起来：

“队长，队长，老葛被关禁闭了！”

父亲闻言，掀开被子就从床上跳了下来，亲自给这名队员倒了一碗热水，递到了他的手里，说：

“你慢慢说，到底是怎么一个情况？”

“队长，是这样的，白天咱们的仗打得可好了，咱们队只有五六个队友负了轻伤。下午俺们开始挨家挨户搜索残余的国民党保安队，葛队长带着俺几个刚进一家院子，就碰响了他们挂在大门的手榴弹，王小三当场被炸死了。葛队长一气之下，就让俺几个向院子里扔了手榴弹。咱们的手榴弹响后，有十几个国民党保安队开始向门外冲，被俺几个堵在门口一顿突突，全把他们报销了。俺几个这才冲进院子里，这时候在屋里还有保安队的人，葛队长就喊着让他们投降。有 3 个人从屋里举着枪出来投降，葛队长问门上的手榴弹是谁放的，这 3 个人中有两个人都指着第三个人，葛队长就上去把他拎到了门外，让他跪在了王小三的尸体前，把这个人的头给砍了。结果这个事让参加战斗的独立团的一个姓什么的指导员看到了，非说葛队长是私杀俘虏，葛队长就和他吵了起来，俺几个也跟他吵了！这个指导员就派他的兵把葛队长给绑了，说是要关禁闭。这不，老孙让俺赶紧回来给你报告呢。队长，你快说咋办啊？老葛这次可是冤枉的！”

“他娘的，这老葛这回怎么当起秀才来了，他应该当他的兵啊！你们在场也那么多人，怎么能眼看着让这个指导员把老葛给绑了呢？”

父亲急火攻心，又猛烈地咳嗽起来。

“俺几个，俺几个都怕给队长惹事。出发的路上，老葛和老孙都讲了，这次打仗一定要给队长争口气，不能给队长惹事的。”

队友的话让父亲哭笑不得，他又没有办法反驳。

“你能不能确定参加战斗的是独立团的哪个营？”

“一营！他们说的就是一营，对了，那个指导员就是一营的，他还说他跟一营长是平级的。”

“他娘的，反了天了，贺方呢，贺方知道不？”

队友摇了摇头，父亲这才想起来，自己的队员还可能不知道贺方是谁？

独立团一营的习惯是打完仗后从不马上脱离战场，特别是现在对付国民党保安队的残部，想必他们的习惯还是如此。想到这里，父亲问这名队员：

“你回来时，一营有没有说要撤？”

“没有，他们说他们就驻扎在相公，以防止保安队偷袭。”

“那就好办了，走，我去找贺方去！”

几名队员陪着父亲一路急行，来到相公时，已经伸手不见五指了。

报信的队员很快找来了孙来运，孙来运陪着父亲直接向一营营部走去。

刚到一营营部门口，就听见贺方的声音传了出来：

“你知不知道你惹的是谁？”

“是谁，就是咱们团长、军区首长我也不怕！”

“你等着吧，如果我没有估计错，咱们这位队长应该快到了。”

父亲听到这里，直接推门走了进去。

“贺营长，你是说我？”

贺方看了一眼父亲，没有丝毫吃惊，反而指着父亲向他对面的人介绍着：

“说曹操曹操到，我给你们介绍一下吧，这是咱们武工队的队长，这位是我们一营的教导员马尚明。”

“噢，敢情我的队员们说的就是你马大人吧？”

父亲拒绝了马尚明伸出来的双手，转到了贺方身边。

“怎么，就是马尚明，就是我抓了姓葛的，你想怎么样？”

马尚明的突然变化，让贺方也吃了一惊。贺方看了一眼父亲，又看了看马尚明，走到了两人中间，说：

“得，今天我做这个和事佬！这样，人呢，你队长领走，我今天也不陪你聊天说话了，改天咱哥俩再叙。”

“谁敢放人先问问我手里的枪答应不答应？”

谁也没有想到，此时的马尚明会把枪拔出来。

可是面对父亲和贺方两名久经沙场的战士，马尚明这个动作还真没有唬住这两个人。

“敢玩枪？好，好，好！”

贺方和父亲同时解下了配枪，放在了桌子上，他俩默契地在屋里溜达了起来。

原来，马尚明是从省军区派下来的一名干部，是专门下来整党整军的，据他自己吹嘘说，上头要求他必须要抓几个反面典型的。

马尚明哪里经历过这种场面，他拿着枪放也不是，不放也不是，屋里的气氛僵在了那里。

就在父亲溜达到马尚明的背后时，父亲突然从后面抱住了马尚明，马尚明手里的枪一下子掉在了地上，枪掉在地上的瞬间走了火。此时，贺方就站在马尚明的对面，贺方非常敏捷地跳开了，就在他跳开的同时，他挥出一拳，正好击中了马尚明的鼻梁，马尚明鼻子里的血也一下子涌了出来，父亲顺势将马尚明摔倒在地。

“你敢拿枪，还也把枪顶上火？姓马的，你想什么呢？”贺方走到屋角捡起马沿明的配枪，骂了一句。

倒在地上的马尚明没敢再出声，而是一直蜷缩在地上。

“来人，去把葛队长给我放了！队长，今天的事到此为止，你带着人赶紧走，我怕夜长梦多。”

贺方揽着父亲的肩膀走到院子里，对着父亲轻声地说着。

“那你呢？”

父亲关心地问了一句。

“我，那得问我们团长，还得问我们军区首长答不答应。你放心吧，我没事的，你们赶紧走吧。”

不一会，一名战士陪着葛队长走了过来，父亲和贺方握手道别，父亲率领着武工队一行连夜赶回了驻地。

本来一桩小事，没人在意。

可是五天之后，武工队收到了一份滨海地委的通报，通报里对葛队长点名，要求武工队即刻停止葛队长的一切工作，勒令葛队长复员回乡。

接到通报后，武工队上下都气愤极了，都不能理解上级的这份通报。

大家都断定这是那个马尚明在背后捣鬼，却苦于投诉无门。再个说了，通报里还是承认葛队长对革命所做出的贡献，并且又没有给葛队长处分，只是勒令他复员回乡，任谁也没有办法说这份通报是有问题的。

这当然是马尚明的杰作，同时通报里的处理方式也是马尚明的高明之处。

还没有商量好怎么送葛队长回乡，父亲又收到了另一个让他更加震惊的消息：贺方转业到地方工作，出任县粮食局局长，独立团一营营长由马尚明担任。

武工队的队员们都不舍得葛队长，父亲更不舍得。

送别葛队长的那天，天空飘起了雪花，当父亲陪着葛队长走出院子，出现在小路上时，武工队所有的队员都已整整齐齐地列队站在驻地村子的小路两侧，每个人手里都捧着一碗酒，大家齐声喊着：

“老葛，常回来！老葛，咱们做一辈子兄弟！”

那会儿，葛队长抱着父亲痛哭起来。

雪花落在每一个队员的头上，他们一动不动，直到葛队长消失在了远方的一片茫茫雪原之中……

第四十五章

艰难选择

《中共临沂编年史》第一卷（下册）1919-1949.10.1

P765：

1948 年 1 月 24 日，滨海军区司令部、政治部发出《关于各县部队整编指示》，确定各县总团部依新编制，日照、临沂改编为独立团，各 3 个营共 1500 人；莒县、莒南、临沭、竹庭、东海、郯城一律改称独立营，除莒县、莒南各 3 个连共 444 人外，其余各县均为 5 个连 706 人。中心区区中队一律取消，只留边沿区 28 个区中队，每区中队 63 人。这次整编后，滨海县、区武装由原来 13604 人减至 8476 人。

时间进入了 1948 年 1 月下旬，老张、小五子等一众伤员全部伤愈归队，这本来应该是武工队的一件大喜事，可是大家却都高兴不起来。

小五子等 35 名队员已经报名加入临沂县独立团，他们都发誓要跟着正规部队去消灭国民党反动派，不日即将跟随部队出发，所以他们的归来也是为了告别。

小石湖战斗中，小五子等 35 名队员被还乡团抓住后受尽了屈辱，这一点在他们的心里留下了挥之不去的阴影，所以他们想报仇，想在更大的战场上杀敌，他们说只有这样才能让他们的心更加安稳一些。

或许只有时间才能抹平他们心灵的创伤，只有时间才能让每一颗炽烈的心归于平淡。

虽然舍不得，父亲却能够理解并尊重他们的决定。

老张的腿伤比较严重，说是治愈了，但仔细观察就会发现他走起路来的时候会显得有些跛。为此，父亲偷偷地给每一名队员都做了工作，任何人不得在老张面前议论有关瘸腿方面的事。大家都明白父亲的意图，所以都尽可能地在老张面前保持着正常的说笑，与瘸腿有关的事当然是闭口不谈的。

时间稍微长点，老张也意识到了这个问题，便主动地和队员们谈起了他的那条瘸腿。渐渐地，队里也就没有这方面的忌讳了。

其实早在《指示》下达的前两天，滨海军区政治部便通过临沂县委征求过父亲的意见，大体上的意思是新成立的临沂县独立团将把爆破大队和保卫大队两支队伍的骨干队员都纳入进来，当然上述改编都必须要征求队员们本身的同意。而武工队也将会缩编为区中队，但是按照规定只能保留 63 名队员，这就意味着还有一大部分队员必须复员回到地方。

军区领导考虑到父亲的军事指挥才能，有意让父亲进入新成立的独立团任一营长，并放话说如果父亲在以后的战斗中表现优异，则会考虑将父亲提拔到更高的战斗指挥岗位上。

从父亲自己的角度看，这是一个大喜事。可是，如果站在队员们的角度衡量，这便是一项事关去留的悲喜两重天了。

《整编指示》虽然下达了，队员们私下里的议论也多了起来，队员们的一致想法是父亲去哪他们去哪，如果父亲选择去独立营，那么他们就集体复员，所以武工队的整编工作一直没有取得多大的进展。

父亲知道，队员们都不愿意退出武工队，如果工作生硬了，会严重伤害队员们的情感，这是父亲和队员们都不愿意看到的事情。

随着一次重大变故的发生，让父亲和队员们改变了原来的想法，整编工作才得以顺利推进下去。

虽然经过艰苦的战斗，武工队配合滨海军区各部队已经收复了沂沭河间大部分的乡镇和村庄，但是临沂县城、东海、石臼所等地方仍然在国民党手中，盘踞在这些地方和国民党第 83 师、第 44 师、第 28 师以及各地的保安队、还乡团经常乘虚而入，他们时常进逼沂沭河中间地带，烧杀抢夺，无恶不作，一些地方的老百姓为此忧心忡忡，滨海军区各部队和武工队都为此背负着极大的挑战。

为了摸清这些保安队还乡团的活动情况，老队员孙来运奉命带着一支小分队经常昼伏夜行，他们总是先敌行动，每次都能及时摸清敌人动向，为军区各支武装力量有力打击敌人提供了准确的情报。

最近的一次行动中，孙来运他们在相公庄以南侦察敌情时，与一股乘坐汽车突入的国民党保安队交火。孙来运为了掩护战友们撤离，他双手持枪，孤身一人将这股保安队紧紧地吸引在他的身后。之后，弹尽被抓。

据可靠的情报，孙来运已被关押至临沂模范监狱，大家心里都清楚等待着孙来运的将会是什么（2 月份，孙来运同志被王洪九杀害）。

在接下来的全队大会上，老张第一个表态，他率先向父亲提出了留在武工队的想法，他说自己带着一条瘸腿没法像以前一样正常战斗，而且在紧急时刻还可能会连累战友。但是他也不想复员回家，只想留在武工队，留在父亲身边，和父亲一起战斗，直到沂沭河地区彻底太平了，他再考虑复员的问题。

一石激起千层浪，其他的队员或去或留，每个人也都有了明确的态度。

决定留下的队员们说，只要能跟着父亲打仗，哪怕回到当初的区小队，他们也是情愿的。

准备复员回乡的队员们表示，只要父亲一声令下，他们会马上回到武工队，重新拿起枪，和父亲一起战斗，他们说父亲永远是他们的队长，是他们一辈子的队长。

父亲说，那天他被自己的队友们感动得一塌糊涂，晚上聚餐时，那么多队友围着他说长话短，他们的嗓子都说哑了。他说，那晚要是有酒的话，恐怕会一直喝到天亮，而且所有人都会一醉方休的。

队员们都做出了选择，严格来讲，他们都是选择了相信父亲。

父亲清楚这一点，他当然也就不能辜负这些相信自己的队员，他们都是自己的兄弟、手足。所以，他也毅然做出了决定，留在武工队，尽快完成组织上交给的整编任务。

整编完成了，虽然大家都还称自己是武工队，但是习惯了那么多人，看着突然减少的队伍，所有人在开始的两天还是显得不太适应。

没有战斗任务时，队里的训练还是如常进行，父亲也有意把带队伍的担子压给了老张，他自己则是经常到一些村镇去跑一跑、转一转。

队上的很多队员以为父亲就此当起了甩手掌柜的，但是老张却看懂了父亲的心思。原来父亲的心里放心不下那些复员回乡的队员，他要去详细地了解这些兄弟们的家庭情况和日常的生活情况。父亲每到一处，复员回乡的队员几乎都会喊上村里的党支书或者一些德高望重的老人，由他们陪着父亲聊天说话。

在父亲的影响和不断地努力下，所有复员回乡的队员都加入了本村的民兵中队，而且有好多队员更是直接接任了村镇的民兵队长。

队员们都说，父亲能够亲自来看望、帮助他们，对于他们每一个人而言，就是一种莫大的荣誉和自豪。

进入四月份时，县委做出了一项决定，任命父亲为临沂县公安局侦察股长，同时兼任汤头区中队队长一职。

县委的这次任命事先并没有征求父亲的意见，父亲知道这是组织上对他的信任。他还听县委的其他同志说，这个任命也有上级领导对于他上次没有接受独立团营长一职的一种安慰。

可是父亲的性格是要么不做，要做就要做得有声有色。

一段时间以来，国民党匪特活动猖獗，这些匪特经常会配合国民党军和还乡团残部对一些村镇进行突然的袭扰，特别是沿台潍公路两侧的村镇、临沂县与郯城交界处的一些村庄受到的袭扰次数最多，当地百姓的受损最为严重，生活困难，甚至导致了春耕生产都无法正常进行。

这些国民党军和还乡团残部都是乘坐汽车袭扰，所以他们运动的速度特别快，县独立团和各区区中队往往来不及反应，而等我方人员到达相关村镇时，这些人已逃之夭夭了。

父亲也不知道上级领导为什么会把打击国民党袭扰的任务交给自己来统筹负责，一接到上级的命令，他便和队员们便马不停蹄地认真谋划了起来。

武工队虽然缩编了，可是沂沭河中间地带的各个村镇几乎都有父亲的熟人，包括党支书、复员回乡的队员以及曾经与父亲合作过的民兵等等，而且父亲又担任了县公安局侦察股长一职，在各个村镇部署侦察力量就显得轻而易举了。

侦察工作得到了各村镇民兵的全力支持，在头几天的时间，队员们和一些村镇的民兵联手打退了几次敌人小股队伍的袭扰。

可是，那些国民党军和还乡团的出行规律仍然难以把握，父亲走村串镇时又发现了一个更大的问题，如果敌人成规模地出动，单凭几个侦察员或者村镇民兵的几支枪是难以抵挡的，必须想出一个更好的办法。

父亲为此思谋了好几天，他联想到当年与华野 7 纵一起研究确定的设伏国民党第 3 纵队时的对策，但是不同的是，以前可以毁路，现在必须保路。当时为了完成任务，是可以对相关公路、大小道路进行爆炸破坏的，但现在各个村镇已经回到了人民的手中，公路和通向村庄的道路成了联系各村镇间的重要通道，是必须要保护的。

当年虽然华野 7 纵奉命执行其他战斗任务了，但是当时制定的联防联控对策却被武工队运用的娴熟，武工队和各区小队、民兵中队据此破路炸桥，在一定程度上拖住了国民党第 3 纵队的腿，迟滞了他们的快速行动。

父亲相信这个对策现在也能发挥作用，在和队员们讨论了两次后，他便向上级领导提出了“分段警戒、联防联控、层层设伏、打击敌人”的打击对策。上级领导很快采纳了父亲的建议，并要求父亲尽快完成战斗准备，争取打一场漂亮的伏击战，以遏止住敌人的猖狂势头，让老百姓们安宁生活。

按照之前几次的敌人出动情况，父亲他们把台潍公路临沂县域部分分成了太平警戒段和汤头警戒段。太平警戒段专门负责太平以南路段各村庄的安全警戒工作，区内武装力量由太平区中队和各村镇民兵中队组成，指挥所设在白塔街，由老张负责统筹联络。汤头警戒区负责太平以北直到葛沟段沿线各村庄的安全警戒工作，区内武装力量由武工队和各村镇民兵中队组成，指挥所设在塔桥村，由父亲亲自负责统筹指挥。

最开心的当数那些复员回乡的队员了，父亲不但又把他们重新召集了起来，还协调军区和县武装部把各个村镇民兵中队的枪支弹药重新换了一遍，各个村镇的民兵们也再也不用以前那些老套筒、土牙五了，就是这样一个举动便把各个村镇民兵的积极性全都调动了起来。

为了更有效地打击敌人，上级领导同时做出了一项重大决定，要求沂沭河两岸的若干基干民兵团全部参与此次行动。

临西县基干民兵团一部500余人接到命令后便直接将队伍拉到了塔桥村，带队的恰好是周正，原白沙埠的武工队长，现在是临西县基干民兵团一营营长，曾经和父亲一道打过青驼阻击战。

支援白塔街的是临西基干民兵二营，带队的则是原李官中队的程队长，也是父亲在青驼阻击战时的老战友，兵力也在500人左右。

周正的到来让父亲喜出望外，俩人见面时手握的都非常用力。

“我的队长啊，上次青驼阻击战，我们几个都以为你光荣了，直到孟良崮战役结束了，开表彰大会时，咱才知道你队长还没有死，你的手下还立了个大功呢！”

周正还是喜欢开玩笑。

“周队长，啊不，周营长，你们白沙埠武工队不也是把国民党回临沂的路都给炸了，你一个武工队消灭他们的一个营，你可是比咱厉害多了！”

“得，咱俩也别你夸我、我夸你的了。不过，有个事，我得事先问个清楚，你这老伙计，怎么放着营长不干，非要干这个侦察股长，你是咋想的呢？”

周正的问题，父亲不知道该如何回答，只能笑了笑说：

“在哪都一样干革命，有啥区别？”

“你可得了吧，以你的军事能力，当个团长都不屈！这话可不是我说的，这是在打青驼阻击战时，人家华野的首长后来给我们几个说的。再说咱们带兵打仗多过瘾，比起当个劳什子的侦察股长不强多了！”

周正又说他们县委也曾经动员他到县武装部工作，可他不干，他说如果不让他打仗，他就回家种地。

已经当上了葛沟民兵中队长的老葛此时也被父亲一通电话给调了过来，葛队长同时还带来了葛沟镇周边的民兵共200多人。

葛队长的兴奋劲甭提多高了，他一直跟在父亲和周正的身边，一直乐呵呵的，生怕父亲和周正在研究部署战斗任务时把他给落下了。

三个人几乎聊了一天，期间三个人还多次带着队员们察看了塔桥村周边的地形。父亲和葛队长对塔桥村周边的地形当然是非常熟悉的，他们俩向周正介绍着适合伏击的具体位置。三人都参加过青驼阻击战，对于设伏阻击当然都有独到的心得。而且三个人又都是地雷战的高手，选择布置地雷的阵地当然也是轻松一件的事情，肯定是不在话下的。

就这样，一张大网悄悄地张开了。

1948年4月20日，这一天是谷雨节气。

一大早，父亲便收到了驻临沂县城的国民党军已经出动的消息，但是这次出城的人数众多，而且目的不明。

当然，这个时候的情报传递和命令下达已经升级到电话了，和野战部队在战场上所使用的电话一样，只是数量较少，父亲所在塔桥指挥所里的电话也是经过特批才在几天前临时安装上的。

虽然不清楚敌人的目的地，但一定要严阵以待。

父亲立即通知老张在太平至白塔街一线做好战斗准备，并通知相公庄民兵中队准备从敌人的侧后方实施打击。在汤头警戒区的力量部署上，父亲派出队员通知周正营长按照预定的设伏方案进行战斗展开。

一道道战斗指令从父亲的指挥所里发出，各警戒区的战斗人员也已经磨刀霍霍，几乎所有人都盼望着在这一仗中自己能够杀敌立功。

这次，国民党军的行军速度似乎比预想中的慢多了，他们从临沂县城出来后，沿台潍公路北上，一路上对公路两侧的大小村庄一律实施抢劫，老百姓的粮食和鸡鸭猪羊都被抢劫一空。

从他们的人数来看，这支队伍似乎有两三千人之多，他们乘坐的汽车在公路上也排起了长龙。一下子面对这么多的敌人，驻守在白塔街的老张和程营长似乎没有把握从白塔街主动出击，于是他们多次电话询问父亲的意见。

父亲也没有想到这次敌人一下子出动了这么多，面对装备精良、又有汽车的国民党军，肯定是不能硬拼的，看来只能智取了。

俗话说“骄兵必败”，这话用在这些国民党军身上是最合适不过的了。

他们出城一路北上，洗劫了十多个村庄，还是没有遇到任何的抵抗，他们便想当然地以为共产党、武工队怕了，怕跟这么大规模的部队交手，怕被打败以至于家底都打没了。

但是，这么多人出来洗劫村庄，抢劫到的东西分到每个人的头上也是很少的，他们的队伍逐渐拉长了，没有得手的国民党士兵急于到前面的村庄抢劫，于是本来“密集靠拢、逐步推进”的战术变成了“一字长蛇阵”的抢劫比赛。

他们的队形变化被善于捕捉战场形势变化的父亲敏锐地发现了，父亲知道机会来了。

当国民党军的先头部队到达塔桥附近，从公路上转入各村庄的小道时，地雷连环响起，震天的响声把这些国民党兵一下子吓晕了，他们没有想到在洗劫快到尾声时会遇到共产党武装的剧烈反击，他们更没有想到一下子会触发这么多的地雷。

汽车撞到了路边的大树，歪歪扭扭地陷进了旁边的田地了，动也没法动了，汽车上的国民党士兵纷纷跳下车四散逃去，逃命成了他们的第一目的。

父亲和周正当然不会给这些国民党士兵逃跑的机会，两人指挥着队伍从东西南北四个方向同时围了上来，一顿猛冲，国民党军的这支突出部队便被分割包围在了台潍公路以西、塔桥村以东的狭窄地域里。

仍有敌人负隅顽抗，还不时组织起小股力量发起过几次集中冲锋，可是他们的冲锋失去了方向性，四处乱窜着。

这个时候武工队和民兵营的装备虽然比国民党正规军的稍差了些，但是机枪、冲锋枪都有了，弹药也十分充足，所以国民党军的这种小股冲锋根本无法撼动父亲和周正他们布置下来的包围圈。

包围圈越来越小，投降的敌人越来越多。

就在父亲他们的战斗打响之后，在白塔街待命的老张和程营长也觉察到了战机，他们在接到父亲电话的同时，便把兵力立即部署到了台潍公路两侧，对行进中的国民党军立即展开了猛烈地进攻。

这种掐头去尾的打法，其实就是父亲、老张他们在鲁南战役支前时学到的。

当敌人首尾不能相顾时，便是他们兵败之际了。

可是，这支国民党军人数太多了，他们的行军队伍太长了。当他们发现前方兵力向后急退时，便意识到先头部队已经与共产党部队交上了火。这个时候，他们的指挥官一度命令后续所有部队向前攻击前进，试图营救他们的先头部队。但是让这支国民党部队指挥官意外的是，他的后续部队在太平至白塔街一线遇到了老张和程营长他们的层层阻击，后续部队也快被黏滞住了，有点动弹不得了。

这时，刚成立不久的临沂县独立团一部已急行军强渡沭河，并从洪瑞、相公庄一线向国民党军右翼发起了攻击。至此，从塔桥到九曲以北接近40里的公路潍公路上都响起了枪声，临沂县的各支武装队伍以及临西、莒南的基干民兵团都发起了对这支国民党部队的战斗。

眼看大势已去，这支狂妄一时的国民党部队拼命地向临沂县城逃去，临沂县城里的保安团也紧急出城迎接。

台潍公路上，许多辆汽车横七竖八地停着，车上还装着国民党兵抢劫而来的粮食和鸡鸭猪羊，车旁是一群群举着枪投降的国民党士兵。

战后，在滨海军区的通报里，父亲他们才知道，这一次他们面对的竟然是国民党第44师一个旅约3000多人。此役，共毙伤敌人300余，缴获机枪10挺，小炮2门、子弹7000余发，粮食10万余斤。我方参战人员牺牲11人，伤100余人。

其实还有一点是父亲没有想到的，这一场战斗他调动的兵力竟达3000人之众，除了临西县基干民兵团一营、二营约1000多人之外，各村镇参与此次行动的民兵中队人数已多达1000多人，还有临时参加战斗的县独立团一部，而且那些回乡的武工队老队员又发动了很多同村的青壮劳力临时加入到了伏击的队伍之中。如果再算上提供情报的人员，那么参与此次行动的人员已远远超过3000人了。

这次战斗是父亲任公安局侦察股长的第一场战斗，也是他军旅生涯的最后一战。

从此，父亲虽然还兼任着武工队长，可是他的工作重心慢慢地转移到了侦察工作之中了。

第四十六章

新的战场

《中共临沂编年史》第一卷（下册）1919-1949.10.1

P808：

《鲁中南基干兵团及地方武装一年中战绩卓著》

1948 年度，鲁中南基干兵团及地方武装配合野战军参加了周村、张店、昌潍济南、淮海等战役，担负了配合主力作战，坚持边缘区斗争，清剿匪特，补充主力，巩固后方治安等任务，战绩卓著，并在战斗中壮大了力量，提高了战斗力。一年中共作战 2161 次，攻克郯城、枣庄、付家庄、大荒地（淄川东）等国民党军据点，收复泰安、新泰、连云港、石臼所、新浦、海州等城镇，毙伤敌 19182 人，俘敌 29889 人，缴获各种炮 243 门，各种枪支 25137 支，兵工厂 3 处、火车头 17 台、车皮 400 余节、汽车 30 辆及大批弹药和其他物资。

建国前夕，县公安局侦察股的工作重点之一就是抓国民党匪特。

父亲说公安侦察工作不同于武工队时的带兵打仗，面临的困难更多。一是由于国民党不断派遣特务分子潜入解放区，勾结地主恶霸、道会门，组织策划暴动，扰乱社会治安。此时已是共产党在明处、国民党匪特在暗处，这些匪特的行动具有极强的隐蔽性，一些受到匪特蛊惑的群众还刻意地为他们提供掩护，增加了侦察发现的难度，甚至还会被他们牵着鼻子走。二是国民党匪特手段残忍，他们会毫不顾忌地采用暗杀、绑架、强奸、放火等一切可以利用的极端卑鄙的手段，致使时常发生我方人员伤亡和财物损失。三是公安局人员少，打击国民党匪特多以公安局牵头，由各地民兵组织配合的形式展开，但是泄密问题屡屡发生，致使打击效果甚微。

上级党委很快注意到了这些问题，于是对各地所辖的武装力量进行了大规模的调整，专门将一部分部队改编成了公安部队，武工队的几名老队员由此也重新划归到了父亲的麾下，继续与父亲并肩作战。

至此，父亲又有了一支队伍，同时也在新的战场上开始了新的战斗。

借助于塔桥伏击战时的侦察方式，父亲与大家商议后决定向每个中心乡镇都派出专门的情报侦察人员，并请各村镇的民兵组织予以协同配合，逐户逐村地进行走访和摸排，进而全面地掌握匪特嫌疑和陌生人员的进出情况。

5月份，兖州战役打响前，父亲所在的临沂县公安局侦察股的工作开始走上正轨。

驻村侦察人员在民兵的配合下抓获了几名逃亡地主恶霸分子，但是问题也暴露了出来。

老百姓们一方面对于打击匪特的要求非常强烈，另一方面一些村民害怕被匪特报复，不太愿意与侦察人员配合，致使我侦察人员无法及时准确地掌握匪特人员的情况，错失抓捕、打击匪特的最佳时机。

而这种情况又反过来被匪特们当成谣言到处散播，说共产党只会保护他们自己和自己的家属，不可能保护和他们没有任何关系的老百姓，所以致使一些群众不再愿意与侦察人员配合。

如何打破这种被动局面，一下子就成了父亲和他的战友们所面对的最大难题。

解放区内，除了有国民党散匪特务、外逃潜回的地主恶霸分子，还有各种反动会道门组织，能不能派人混进去，然后主动出击呢？

但这是一项非常危险的任务，派谁去呢？

父亲想到过自己，他懂得一些黑话，也认识几个原来的土匪头子，可是危险性太大，估计领导们也不会同意的。

如果派人打入敌人内部的建议不被采纳，那么把已经抓获的一些匪特分子或者地主教育后再派回去呢？

凡事总得试试才知道行不行，于是父亲便向公安局的领导汇报了自己的想法。

果不其然，领导不同意第一个建议，对第二个建议显得非常慎重，也就是有条件的同意。这个有条件，便是不能引起老百姓们的误解，但又必须要做好保密工作。

其实，父亲早就想好了人选。去年智取葛沟据点时，曾经俘虏了几十名还乡团，这其中大部分经过教育已经释放回乡，剩下几个死硬分子尚在改造之中，而这几个人现在正被公安局看押着。

父亲专门单独地提审过他们每一个人，发现其中有两名似乎想戴罪立功，可又不敢开口。当父亲把话挑明了时，这两名还乡团竟然跪在地上一直给父亲磕着头，说是感谢父亲给了他们再生的机会，他们一定会找到一些国民党的散兵游勇，摸清他们的动向。

他们提出的条件是，事成之后可以让他们隐姓埋名，不再被人指指点点地活下去。当然，他们还提出了想要一笔安家费。

局长听完父亲的汇报，提出了两个问题：

“他们要是跑了怎么办，而且怎么确定他们提供的情报是真的？”

“本来就是无足轻重的小兵，跑了也没啥危害。时间紧急，没法及时确定真假，只能死马当活马医。”

父亲的回答把局长逗乐了，他说：

“你这是将我的军呢！我要是不拍板，你肯定还会想出其他鬼主意的。行了，这个事我答应你了，不过此事一定要秘密进行。”

就这样，两人被父亲偷偷地安排到了相公庄及岔河一带，因为那里离临沂县城较近，国民党匪特出入频繁。

大约半个月后，父亲就带队在相公庄、岔河一带消灭匪特 23 人，抓获国民党散匪特务和逃亡的地主恶霸分子 53 人、反动会道门头子 15 人，缴获长短枪 80 余支和一批弹药、物资。

就这样，父亲奇招收到了特别好的效果。

1948 年 10 月 26 日，临沂县、临西两县合并，原临西县境内的寨山、册山和艾山三区的剿匪工作又摆上了案头。

由于地理和历史原因，这三个区内一直匪患频生，特别是当地的土匪和国民党散兵游勇纠合在一起到周边村庄及百姓的安全都造成了极大的危害。

为了掌握区内的匪特的活动规律，在三区联防大队的配合下，父亲带着侦察股几名得力助手实地观察地形、秘密监视匪特活动情况，从而逐渐掌握到这两个区内的国民党匪特人数较多、武器装备较好、熟悉复杂地形、进出山区的规律等等情况。

上级党委在听取了父亲的具体汇报后，做出了武力剿匪的决定。

到 1949 年元旦，共派出临沂县独立团、滨海警备十三团对三区进行了两次较大规模的清剿，消灭抓获了一批散匪特务，缴获了大批的枪支弹药和其他物资。

一直到 1950 年 5 月，临沂境内匪特才基本肃清。

在 1948 年 9 月份，在华东野战军发起的济南战役期间，为了保证华野能顺利地“打到济南府,活捉王耀武”,父亲他们的工作更加繁忙了。他常说，那个时候，每个人每天都是紧绷着的，工作上不敢有任何的懈怠和疏忽，每个人都想着能够亲手摧毁国民党匪特躲藏的窝点、亲手抓获几名国民党匪特。

而接下来的收复临沂县城，则是父亲他们倍感光荣的事情。

1948 年 10 月 10 日，解放军收复临沂，匪首王洪九带残部向南出逃。

接收临沂县城之后，公安局不但有维持社会治安的任务，更重要的是要在偌大的县城里及时搜捕残敌，防止他们继续祸乱县城。

这个时候，父亲带着他的战友们当然又冲在了一线。为了分析研判王洪九残部的下落，他们走访群众、秘密守候，经历了无数个不眠之夜，也经历了无数次的贴身肉搏，一次次临危不惧，一次次将生死置之度外。

回忆起这一段的经历，父亲的自豪是发自内心的。他说他们这辈人就有这么一种拼劲，不怕死，更不怕来自敌人的威胁。如果有一天没有抓到敌人的话，那么那天晚上睡觉也是不香的。

算来，那个时候的父亲他们，也就是二十几岁的年轻人，可他们每一个人却都已是久经沙场的老兵了，他们忠诚，他们无畏，他们有理想，他们有干劲，他们的心中永远有一团熊熊燃烧的烈火，而支撑这团火的则是他们坚定的信念和他们炽热的鲜血。

后　记

《中共临沂编年史》第一卷（下册）1919-1949.10.1

1949年7月1日，中共山东局、山东省人民政府发出《关于加强合作社工作的指示》。为贯彻这一指示，鲁中南区党委召开扩大会议，专门研究布置了合作社工作。下旬，区党委、行署又召开机关干部大会……会后，各地党和政府普遍重视加强了合作社的领导。

父亲便是在《七月指示》之后，被点名负责全县合作社的组织、筹建工作。

父亲说，他开始一直不清楚为何要将他从公安局抽调出来。当初他正在组织侦办一起特务杀害一名区委书记的案件，就在要抓捕这名特务的档空，县委的调令到达了，调令上还标注着“十万火急，不得延误”的字样，局长为此还和县委领导大吵了一顿。

父亲说，工作了一段时间之后，他才明白了县委领导调他负责筹建合作社的真正意图。

1948年夏至1949年，临沂解放区连续出现了水、雹、旱、虫灾，多次发生灾荒，特别是1949年的严重春荒，导致数万人受灾，灾民外逃情况严重。据统计，整个沂蒙山区受灾人口多达200多万。为了落实中共中央关于生产、支前、救灾三者兼顾的政策，鲁中南区党委积极带领全区人民开展生产自救工作，提出了“以生产自救、社会互济为主，公家扶助为辅”的方针，成立了生产救灾委员会，各地委也相继成立了生产救灾组织。

当时的情况是，虽然各县各区都有合作社组织，但是普遍存在组织规模小、参与人数少的特点，而且这些组织缺乏有效的指导和管理，社员之间摩擦频发，而导致矛盾的原因也都是一把芝麻、几个地瓜的小事情。

早在 1949 年 1 月份，父亲就奉命处理过册山的闹社退社事件。在那次事件的处理中，父亲公平公正的处理方式赢得了册山区领导和当地老百姓的一致称赞。

考虑到父亲工作能力强、工作扎实负责、群众基础好，所以县委领导决定由父亲负责全县的合作社建设工作。

当初，很多人认为这是一项肥差，其实这是一项真正的苦差事。

解决办公场所。父亲便会去找各区的书记、区长解决，可是这些书记区长往往也难以决定。为了不给各级领导增加负担，父亲经常会带着几个武工队曾经的队友在那些中心乡镇的村外荒地上讨论着、谋划着，然后自己动手搬石头、垒围墙。就这样，一处一处的合作社便从无到有地建立了起来。

父亲在筹建汤头供销合作社时，他所处理的一件事情至今还经常被老人们提起。

供销合作社的最终选址是在村南头，旁边就是几个家族的祖坟地，坟地的边上是一口池底满是淤泥的大池塘。

祖坟地里坟包众多，一到晚上坟包上空便会冒出几团晃动着的蓝光，也就是俗称的“鬼火”。胆小的人白天在它旁边行走都会害怕，更别提晚上了。

因为要修建合作社的办公室，父亲他们好不容易从其他地方调拨来了砖和木头等建筑材料。晚上，为防止建材丢失，父亲他们几个便轮班值夜。

父亲值班的那个夜晚，天上只有一弯月牙，忽明忽暗地挂在天上。

值班便要到处走动。

突然，父亲发现一个人钻进了不远处的坟地里，他警觉了起来，抽出了腰间的驳壳枪静静地走了过去。

那个钻进了坟地的人当然没有发现父亲，可是他却在坟地里一圈一圈地走着，像是在寻找什么东西。

父亲躲在一棵大树后安静地观察着，没有发生任何的声音。

那人转了两圈，直奔旁边的池塘走去，好像还发出了害怕的抽泣声。

哭泣声有点瘆人，那人一步一步地向池塘深处走去，好像失去了意识。

父亲这时才明白了，这人迷路了，也就是老百姓们平时说的所谓“鬼迷路”。

父亲从树后走出来高喊一声，因为他听老人们说遇到这种迷路的人最好大声断喝，好让这人回过魂来。

正是这一声，往池塘深处行走的人止住了脚步，他犹豫了一下，转身向父亲的方向走去。

父亲上前把这人拉上了岸，搀扶着他回到了供销合作社的工地上，给他倒了碗热水。过了好一会儿，这人才慢慢地醒来。

他说他是参加政府挖河的劳工，晚上洗完温泉准备回工地睡觉，不知不觉地就误入了坟地，还差点走进池塘里。

父亲把他送回挖河工地后，此人大病一场，痊愈后还专门到供销社的工地向父亲表示感谢。

鼓励群众参与。父亲人缘好，这是在打仗的时候大家就知道的事情。不管是打鬼子，还是跟国民党作战，只要父亲认定的事情，那不管多难，都会得到老百姓们的支持，所以他能打胜仗。

合作社的问题也是一样，父亲带着同事挨家挨户地做思想工作，一部分是自动响应父亲的号召，一部分是感动于父亲的不辞辛苦，还有一部分则是父亲和他的同事磨破了几层嘴皮的结果。所以，父亲出马不久，合作社的参与人数已是直线上升了，人数上升的速度让县委领导都感到惊愕。

同样的道理，如果合作社搞得有声有色了，那么灾民就不会外逃了，社会秩序就可以稳定下来了，而社会秩序的稳定又会对合作社的发展起到良好的推动作用。

要让合作社成为社会良性循环中的关键环节，父亲和他的同事们一直都在努力着。

解决合作单一的问题。以前，合作社的合作形式较为单一，好多地方只是停留在义务工的分配上，至于生产资料和生活资料则完全没有合作。

广泛的调查研究之后，父亲他们认识到，合作社的参与者还是广大的人民群众，人民群众的生产、生活资料就成了合作社必须要解决的问题。因此如何着眼生产因地制宜，发展出适合本地的一些有特色的做法是父亲和他的同事们召集群众进行广泛讨论的主要议题。

本来发动群众就是武工队的老传统，父亲将这项光荣传统用到了新的工作之中，收效也是很大的。

很快，他们确定了置办砖厂、收购、运输、煤炭和粮油棉供应等多种合作方式，全县各区的供销合作社也开始蓬勃发展起来。

直到 1955 年，临沂县委县政府的各种文件上，仍然强调要加强对合作社工作的领导，关于合作社工作的各种现场会、经验报告会时常召开。可以看得出来，此时的供销合作社还是政府工作的重中之重。

关于南下：

1948 年 2 月，山东解放区抽调约 4000 名干部南下，于 7 月到达中原局，被分配到江汉、陕南、桐柏等地区工作。此为山东干部的第一次南下。

1948 年 9 月，人民解放军揭开解放战争战略决战的序幕。为了夺取全国的胜利，中共中央在西柏坡召开会议，决定准备 5.3 万名干部支援新区，其中要求华东局抽调 1.5 万人，并须于 1949 年 3 月集中待命出发。此为山东干部的第二次南下。

1949 年 6 月，随着解放战争形势的发展，中共中央又决定抽调 3.8 万名干部接管粤、桂、滇、黔、川、宁、青等省，华东局分配给鲁中南区的任务是 108 名。

据不完全的资料统计，由沂蒙解放区南下的干部，临沂县有92人，郯城县350人、苍山县360人、莒南县300人、沂南县130人、蒙阴县120人、费县360人、蒙山县100人、平邑县200人、临沭县200人。

这期间，父亲两次准备南下，但是因为一些特殊原因，两次南下都没有成行，这也成为父亲一生中唯一感到遗憾的事情。

父亲经常提起那些南下的战友，很多年过去了，他都能清楚地记得每一名南下战友的姓名、他们的性格、说话的方式以及他们老家的地址。

可是，他从来不打听这些南下战友的情况，也从来不指望着利用这些战友的权势为自己、为儿女谋利。

他曾经说过："我不打听他们的情况，是不想听到他们中有人牺牲的消息，因为南下就必须要面对牺牲的。我不打听他们的情况，那么他们在我的心里，就永远是年轻时的模样。他们永远是我的战友，我的兄弟，我会永远怀念他们。"

对于一辈子所走过的路，他从来没有后悔过。他常说，比起那些牺牲了的战友，他是幸福的。

小五子等35名武工队员转入县独立团之后不久，县独立团便升级为滨海军区主力部队，并编入了华东野战军序列，随大军南征北战，期间有20人左右牺牲。后来，剩下的队员们全部入朝参加了抗美援朝战役，小五子等人也就永远地长眠了在异国他乡。

临沂县城解放后，父亲推荐老张到了公安局工作，发挥了他的特长，在公安工作中屡立战功。

在滨海军区部队改编时，王义所在部队也被改编为公安部队，后他也入朝参加了抗美援朝战役，在抗美援朝战役中救死扶伤，尽到了一名医务工作者的职责，后转业地方当了医生，安享晚年。

艾老大，解放后在汤头镇某村连当了几任村支书，一辈子任劳任怨，

尽心尽力地为村里百姓谋福利。

葛队长，解放后任职于沂南县某武装部，他的脾气性格一直没有改过，一辈子只听父亲一人的劝导，其他人哪怕官职再大，他都不放在眼里。

钱院长，解放后，出任临沂县某医院首任院长。

粉碎“四人帮”以后，他们所有人都恢复了名誉、重新回到了各自的工作岗位之中。

此后，每年大约在八月十五前后，他们这些老战友都会在父亲的家里隆重地欢聚一次。说是欢聚，其实每一次他们都会聊的很多，每一次他们中有的人又都会掩面痛哭。

他们以这样一种方式怀念着他们的战友，怀念着那个他们曾经朝气蓬勃、不惧生死、浴血抗争、以命相搏，又充满理想、勇往向前、无私无畏的年代。

他们的聚会一直持续到父亲去世那年，那是1993年的秋天。

谨以此文

记录他们曾经的付出

记录他们敢于以命相搏的傲骨

为的是
继承他们不屈不挠的品德
传承他们为国为民的精神

致敬
我们的父辈英雄！
致敬
我们父辈的在天之灵！

钢铁战士　人民功臣

——不可忘却的记忆

李洪忠

读着《父亲的战斗》，小时候聆听父亲讲战斗故事的画面历历在目。那个时候，我们只是听惊心动魄的战斗故事，并不能真正理解父亲和他的战友们为革命抛头颅、洒热血所展现出来的革命气概和大无畏的牺牲精神。

1993 年 9 月，父亲离开了我们，但父亲的战斗经历时常在我们兄弟姐妹的脑海里浮现。

弟弟通过对父亲讲述的记忆、走访父亲的战友和同事、查阅史文资料，终于将父亲长期残酷的战争生涯凝结成了《父亲的战斗》一书。这是弟弟代表我们兄弟姐妹对父亲戎马一生的生动描述，也是向党的百岁生日和父亲 95 周年诞辰的丰厚献礼。

父亲是因病去世的，病痛的折磨伴随了他的后半生，给他带来极大痛苦。《父亲的战斗》第四十章中，描写了父亲被困小石湖村时种下的病根。过去，每当看到父亲被病痛折磨的时候，心里总是有种说不出来得着急与难受。那时的医疗条件是有限的，好在有赤脚医生可随叫随到，村里的赤脚医生不知有多少次是在睡梦中被叫醒给父亲打急救针的了。

三舅是正规部队的军医，转业后在地方工作期间，经常来我家和父亲回忆战斗经历。他们谈得投机，我们自然听得也认真。每每谈到胜利的时候，他们的自豪之情总是溢于言表。

父亲天生胆子大，打仗勇敢。记得他们说到战斗的激烈和危险时，父亲总是说，打起仗来会听到子弹在耳边嗖嗖地响，这个时候只有胆大心细、机智勇敢才能取得胜利，而且那个时候就得勇敢、就得不怕死。他说，地方武装比不了正规部队，他们经常面临的是以少对多、以弱对强。武器弹药的缺乏，让他们珍惜每一把抢、每一发子弹，为数不多的土地雷也成了杀敌的宝贝。为了阻击敌人，他们会把地雷预先埋设在敌人可能会经过的道路上。敌人的狡猾，加上情报的准确及时性差，就经常会出现不得不将刚刚埋好的地雷再挖出来，之后飞速赶到敌人的前头再将地雷埋好，埋雷、挖雷、再埋雷，几次下来，每个人都已经累得精疲力竭了，咕咕叫的肚子也只能用山间的溪水来果腹了。他说把埋下的地雷再挖出来的那一刻，紧张的心都会提到嗓子眼的。

他们谈到了九·二三战役、临沂战役、小石湖战斗、白塔战斗等战斗，谈到妙处，三舅总会对父亲竖起大拇指。

与地方反动势力斗争需要勇气和智慧。父亲和他的战友们对反动势力的打击是卓有成效的，也正因为如此，地方反动势力对父亲恨之入骨，高额悬赏捉拿父亲。汉奸为了方便对集市的管理，强行挪动集市。当然，八路军领导下的政府也是需要集市的。因此对集市的集结地点展开了争夺，机智的父亲，单枪匹马取得了成功(《父亲的战斗》第4章)。

新中国成立后，父亲怀着对党、对人民、对社会主义事业的忠诚，带病积极投身社会主义建设事业，并历次被评为先进工作者。记得在一个夏天的傍晚，乡亲们大多都在室外乘凉，因为一位思想落后的青年说了几句在当时不先进的话，父亲对他进行了严格的批评教育。一九七六年，伟大领袖毛主席与世长辞，父亲黑纱戴了很长时间。对歪风邪气，父亲总是坚决抵制……

父亲去世时，追悼会挽联上的“钢铁战士，人民功臣”八个字，既是党组织给予父亲的高度评价，也是对父亲一生的高度概括。

我们为失去父亲悲痛，也为父亲的不朽功勋而骄傲！

父亲千古！

为民族独立和祖国解放事业牺牲的先烈们千古！

注：作者李洪忠，临沂大学教授

父亲是我们心中永远的丰碑

李洪芝

清明时节，是人们思念追思亲人的日子，我想起了父亲。

父亲离开我们已是二十七年了。亲人的逝去是无可奈何的伤，每一次的祭奠，都是我们心里的深深的怀念。

从记事起，就知道父亲身体不好，整日咳嗽、气喘，天天要吃药，夜里也时常发病，母亲与姐姐们就跑着去赤脚医生家，请医生来打“救命针”。就这样父亲仍然坚持工作，每年都被评为先进工作者，家中印着红色的“先进工作者”大字的毛巾、脸盆，都是父亲的奖品。

父亲是个有故事的人，战争年代担任武工队大队长，参加过许多战斗，打了很多漂亮仗，英雄事迹很多，十里八乡的人都很崇拜和尊敬他。二十世纪六七十年代，信息不发达，人们茶余饭后拉呱、讲故事，而故事的主角经常都是父亲。从这些大大小小的战斗故事里，我也得知父亲生病的原因了（弟弟书中有叙述）。

父亲关爱着家里的每一个人，上要赡养奶奶，中间要爱护弟弟妹妹，下要安排我们姊妹六人上学，他把几乎所有的重担都压在了自己的身了。

几十年的病痛折磨着父亲的身体，父亲是非常痛苦的，没有一天可以痛快地喘气，持续地缺氧让父亲脸色及口唇发绀，但是父亲一直是坚强的。他常说比比牺牲的战友，自己已经很知足了。

1979年，我初中毕业以后考上了卫校读护士专业，经过系统学习之后才知晓父亲得的是喘息性支气管炎，因为错过了最初的治疗时期，转成了慢性支气管炎，逐渐加重到慢性阻塞性肺气肿以至多次发病发展到肺源性心脏病。记得我刚上卫校的第一个寒假，父亲又一次发病，大口喘息着，脸憋成了紫色。当医生赶到准备皮下注射付肾素时，父亲却让我来注射，他说也算是练习。面对父亲，我手哆嗦的不行，可是父亲的状况危机，在医生的帮助下，我还是及时注射好了针剂，父亲的喘息慢慢平复下来了。从此我懂得了抢救病人分秒必争的道理，在日后的工作中受益匪浅，也得到了患者家属的好评。

工作后，我常常利用休息时间回家看望父亲，给父亲输液静点抗生素，注射氨茶碱平喘。可是疾病却一直在父亲的身上蔓延，他的喘息越来越严重，他经常憋喘得厉害，痰多却无力咳出，身体也日渐消瘦了，双脚肿胀、小腿肿胀。面对这些我却束手无策，我深深感到面对父亲被疾病折磨时自己的无能为力和无助。我不能替代他痛苦，也没有能力和办法减轻他的痛苦。每当父亲对我叙说自己的症状，说吃饭都没有力气时，我都感到无比的心痛和难过，我常常无言以对，只好默默地给他用温水，擦擦手、洗洗脚，哪怕只是让他舒服一点儿也好。

作为一个医务工作者，我常常感到亏欠了父亲，因为我没有能力治好他的病。正因为如此，当面对与患有与父亲同种疾病的病人时，我都会格外认真的护理照顾。

一九九三年八月初四，父亲刚刚过完67岁生日的第四天，病魔夺走了父亲的生命。父亲出生在战乱的年代，经历了战争，熬过了物资贫乏的岁月，在最小的弟弟已经大学毕业，正是我们当儿女的有能力孝敬他的时候，他却没能熬过疾病的折磨，驾鹤西去了。

父亲走了，脸上再没了喘憋的痛苦和皱紧的眉头，他与他当年的袍泽战友兄弟们团聚去了。

国庆节的阅兵盛典上，当我们看到抗战老兵坐着礼车经过天安门时，我已经泪流满面，因为我的父亲本该也是这其中的一员。

父亲经常教育我们要正直上进、勤劳善良、踏实工作，我们姊妹都是这么做的。如今，我们秉承着父亲勇敢正直、坚韧不拔、勤劳刻苦、认真负责的红色基因工作在各个岗位上，为国也为家。

父亲是我们敬仰的英雄，是我们心中永远的丰碑！

父亲，我们永远怀念您！

注：李洪芝，现为淄博市某医院护士长

牺牲的父亲有灵魂

李洪珍

我出生的时候，父亲已经四十多岁了。在我的童年记忆里，他不会“举高高”，也不会让我当马骑，因为他一直都有喘的毛病，根本没有力气，甚至也没有精力去做这些。充其量把我叫过来揽在怀里，那就是父爱了。每每这时我听他的喘就像极了拉风箱，有时还伴随着阵阵剧烈地咳嗽，而且越咳越喘，一口口地吐着痰，松树皮一样的脸被憋得红了又紫。这时，我就转到他身后抡起小拳头为他捶背。呷一口浓浓茶水，一阵咳嗽过去以后，他眼里泪水滚滚地流，然后慢慢回头伸手拍拍我：“好了，不用捶了！”我不知道那眼泪是因为我捶疼了他还是我感动了他，但是他脸上的笑是幸福的。

他喜欢我这个小四妮，却给我起了一个很男性化、很政治化的小名。名字表达的意思十分明确，就是他这辈子人离开了军队，但心始终离不开军队，不在当兵从军的路上，一定在拥军爱军的路上。非得为孩子起这样的名字，里面不知渗透父亲的怎样的故事。

父亲的故事很多。我所听到的故事，大都是他亲自经历的，而讲故事的人，却不是他自己，往往是前来聊天的人，据说是他的老战友们。他们讲起来眉飞色舞、神乎其神，讲着讲着还会不时看看父亲。父亲是不讲的，有时还会笑笑说：“讲那些干什么，都过去了！”“不讲，小孩怎么知道你是一个大英雄？”

父亲老到五十岁的时候，几乎每天都必须到太阳底下晒太阳。因为夜里睡觉时，他总是把自己的老军大衣和大棉袄都压在身上，他怕冷，到了夏天也要盖棉被的，可是那些棉衣被因为没有弹性本来就沉，多了又压得他喘不过气来，所以白天晒太阳就舒服多了。

我们家东面的巷子，因为多了一个大水塘和一条水道而显得宽敞些。村子的巷道是农历一或六就逢集的场子，那个时候赶集的人非常多，熙来攘往的人，都会跟坐在东墙根的父亲打招呼，模样都是恭恭敬敬的。而父亲因为说话困难，大都轻轻摇摇手算是还礼。

他的手真的很大，也很壮，特别是关节很粗，这是很大个子的人才有的。现实中的父亲却并不是非常高大，他的身体始终向前弓着，我们几乎没有见过他直立时的模样。

他的战友们说，当年部队上的领导都喊他“李大个子”的。父亲的脸很大、肩很宽，现在想来，父亲真的是一个个子很大的山东的大汉，如果能直立起来一定很威武。看看老照片，他挎着盒子枪的样子，确实很有一股威人的英气。

照片和故事很散乱，哪个发生在前哪个发生在后，我是不知道的。

记得乡和县里的领导常常来看望他，他们说话都很随意，与父亲商量谈论着一些与工作无关的事情，有时也聊一些父亲当年的故事。我记得他们常说的故事是，一年冬天夜间开会会场被敌人包围，父亲急中生智，打开手电筒，一道火光扔向敌人，敌人慌忙趴下躲避手雷，父亲乘机带领大家突出重围。敌人发现上当，立刻跟踪追击，为躲避敌人，父亲大汗淋漓气喘吁吁，一头扎进了冰冷刺骨的藕塘，露出鼻孔来在惨败的荷叶遮挡下喘气。后来我才明白，父亲的喘病就起于那时，是热腾腾的身体被寒冷的冰水激了，肺里呛进了冷水。后来，父亲就死于这个肺病。

这个病痛折磨了他几十年，最后成了严重的肺心病，各种器官走向衰竭，这是一种怎样的折磨呀！当时父亲的确突围成功了，但是敌人却摧残了他的身体，给他放置了折磨身心 30 多年的延时炸弹。我坚定地相信，父亲是牺牲的，本来他完全可以活得更久，绝不应该只是60多岁。

父亲健在时，始终没有向组织提出任何的要求，甚至被工作人员填错了入党时间，耽误认定为离休干部的大事，他也没有去上级找找问问。非但如此还佝偻着身体，完成了乡镇中学和小学的建设。父亲到底是一个怎样的人啊，做事不要命，为人很低调。

父亲时常教育我们老老实实做人，他的功劳是过去的，也不是孩子们的功劳。用他的话说：“这个老本儿，你们吃不着！路，得自己走！”我们听他的话，也是这样做的。唯一我们吃到的老本儿是他做人做事的态度、精神。也因为这一老本儿，我们凭着各自的努力，生活在人群里，腰挺得硬气，头昂得骨气。

父亲的去世，让我无比悲痛。此后，在脑子里连续不断蒙太奇般地放着父亲的故事，觉得父亲来世上一遭，虽然受尽了病痛带来的苦楚，但人们都非常非常地尊敬他，这一生值得！以至于我们这些做儿女的也沾了许多光，就是到街上买青菜，一听说是汤头西南村李建强的孩子，连十里八乡的小贩都不要钱，到乡里办事人家会格外热情，更传奇的是街上的小痞子也让我们几分。为什么？这世上没有无缘无故的爱，也没有无缘无故的恨。父亲做事不图回报，为了家乡百姓，他敢于以命相搏，所以家乡的人们才格外敬重他。

听故事的时候，我们很轻松。但细细想来，父亲的故事每一个都了不起，因为每一个故事都生死攸关。这让我们感到了一种沉甸甸的责任，特别是随着父亲去世后的年头不断增加：我们应该告诉后人在沂蒙大地上、在沂沭河岸边，曾经有一位以死相搏为人们争得平安的山东汉子，告诉他们是为了更好地继承，懂得加倍努力珍惜当下，敢于付出赢得未来。种子的萌发，总是需要沃土。

兄弟姊妹六个中，老六洪松土壤积淀丰厚，拥有巨大的优势和能力：他从小到大，听得故事，是记在心灵深处的，更不乏记录在采访本上的，特别是近十多年一直采访父亲生前亲友，积累了大量的资料；感情充盈，有情有义，粗细兼具，乐于付出；中国刑警学院的学习训练和长期的文字历练，使得他笔杆硬朗，表达顺畅。功夫还怕有心人，日积月累，一个真切实在、质朴大气、勇敢机智、大义大爱充满正能量的父亲，在洪松的智慧和付出以后，从战斗的故事内、人民敬仰的眼神里、亲人渴盼的思念中走了出来。虽然我们无法延长父亲物质意义上的生命，但是我们却可以延展父亲生命的长度和宽度，用继承来延长他的精神，这是作为儿女们的我们对父亲最真挚的爱。

“洪松，幸亏有你！”29 万字，300 多个日出日落，你把思绪穿越到七八十年前，伴随着深深的思念，和着一次次激动的泪水，慨叹着窗外的风霜雪月写就长篇报告文学。如果不是你的文章及时问世，我们兄弟姊妹都将背负沉重的包袱，庆幸的是你，最小的你，第一个完成文章，没有让我们有抱憾终生的可能。而且你还说将用图书销售收益成立专门的奖学金，奖励家乡刻苦努力的孩子们，以完成父亲的遗愿。作为从教 30 多年的教师和姐姐，我心甚慰！

我是不信鬼神的，可十里八乡的人们至今还记得父亲，他的故事至今仍在流传；用图书销售收益资助孩子，所有这一切不都是父亲的安排和作为吗？这不是他的魂灵所推的吗？

我读了一遍《父亲的战斗》，父亲就在我的身边，我依稀感到了他揽我在怀的温馨，甚至听到了拉风箱式气喘和剧烈地咳嗽……

牺牲的父亲真的有灵魂！

注：作者李洪珍，现为临沂市某小学教师

传承，也是为了纪念

李洪松

我小时候很怕父亲，因为父亲非常严厉，而且他的严厉是不怒而威的。

父亲说他是过完 17 岁生日不久就扛起了枪，当了一名土八路，算来那应该是 1943 年的秋天。

那个时候，他在家中应该是个顶梁柱。爷爷早逝，伯父孤身闯了关东，家中还有奶奶带着小叔叔和两个年幼的姑姑。但凡生活能过得下去，父亲说他都不会去打仗。

打仗的日子总是难忘的，可父亲几乎不在我们面前讲他的经历。看着我们几个孩子眼巴巴渴求的样子，父亲总会说“打仗都是要死人的，有什么好讲的。”那个时候父亲的眼角里总是擎着泪珠。

我小时候，曾经两次旁听父亲的谈话，才零星地知道了父亲早年战斗的一些情况。

因为伯父在大连生活，1980 年父亲陪着奶奶、带着我们哥俩北上探亲。

在大连的日子，伯父、父亲、高玉宝叔叔，三个人经常彻夜长谈。因为我要和父亲睡一张床，人生地不熟的，所以每晚都会躺在床上装睡，耳朵却一直竖着。夜深人静，他们也都在压低着声音，我也就努力地听一点算一点。

那个时候，印象最深的是高玉宝叔叔对父亲说的：“二哥啊，你这些战斗故事应该早点整理出来就好了，这都是惊心动魄的战斗，都是好的素材，应该广为宣传的。”

第二次，是 1983 年或者是 1984 年夏天的一天，父亲说他有一个战友从贵州回乡省亲，让我陪他一起去赴宴。从我记事起，父亲的战友每年都会在我家聚一次，可他从来不让我们这些孩子上桌的。所以听父亲这么一说，我都快愣住了。

父亲的战友官职挺高，好像是哪个地方的副专员。当然他也是我们本地人，这次算回乡省亲，也是衣锦还乡。父亲的战友是在解放战争后期跟着部队一路南下，到了贵州，才因为工作需要留了下来。

宴席是父亲的战友请父亲的，席间对父亲非常尊敬。从他们的谈话里，才知道父亲的战友是父亲领导下的爆破武工队的一员，父亲是他的入党介绍人。

不记得那天吃了什么好吃的了，只记得回家的路上，我疑惑地问了父亲一句话：“您手下都当大官了，当年您为什么不南下呢？”

父亲摸着我的头，意味深长地说：“我要南下了，还有你吗？”

那次父亲对我笑了，原来父亲笑起来是那样的豪气和爽朗。

直到在父亲的追悼会上听完别人所致的悼词，才知道父亲曾经是一名公安人员，而且还是战争年代中的侦察股长，我清晰记得自己当时的惊讶神情。

我们都知道父亲打过仗，他的战斗事迹很多，在家乡老辈人的心目中，父亲就是一位敢作敢当、勇于保护乡亲的英雄。他的战斗故事，一直在家乡口口相传着。我们小的时候，父亲很少向我们讲他的战斗经历，问多了，他总会淡淡地说上一句：“打仗有什么好讲的？打仗要死人的。”

1988 年夏天，当我兴奋地将中国刑警学院录取通知书捧到父亲眼前的时候，他看了一眼后抬头望向天空，平静地说，像是对我，又像是自言自语：“嗯，要飞了。”

上学之后的每个假期，总是设想着见到或辞别父亲时，一定给他敬一个标准的军礼。可是，每次见面或者告别，在脑海里排练了多次的敬礼动作却变成了直接冲进家门的兴奋或挥手告别时那些总是踏着节奏而来的点点伤感。

父亲的战斗故事一直吸引着我，特别是父亲的从警经历让我难以忘怀。此后，在多方查证之下，父亲的那段经历才渐渐地浮现在了我的眼前。父亲于 1948 年 4 月出任临沂县公安局侦察股长，那个时候的家乡还乡团、匪特还是比较猖獗的，所以反特反渗透便是侦察股的工作重点。当年 4 月底的塔桥伏击战，面对国民党第 44 师一个旅约 3000 多人，父亲指挥若定，部队上下同心，一役便毙伤敌人 300 余，缴获机枪 10 挺，小炮 2 门，子弹 7000 余发，粮食 10 万余斤。

清楚了父亲的从警经历，我的心里豁然明亮了起来，因为我是名符其实的“警二代”，某种意义上我是接过了父亲手中的枪，继续着他的信念，继续着保家卫国的征程。

父亲已去世有年，他去世时，我们姐弟几个在给他的祭品里，放上了短枪、长枪，因为那都是他的心爱之物。

红色气质 血脉相传

蔡志坚

1993 年秋天的一个夜晚，妈妈匆匆收拾东西与舅舅赶回老家，天亮后我才知道，是姥爷去世了。

彼时我只有 5 岁，记忆里没怎么听姥爷讲过故事，因为姥爷基本上都躺在西屋的床上，周末妈妈时不时带药回去给姥爷打针。印象中姥爷过生日的时候，一家人在西边院子里吃饭，姥爷敞怀穿着衬衣，里面的背心也无法遮住被疾病折磨到枯瘦的身体。

家里有一张老照片，是姥爷带小舅送大舅上大学时在学校的合影，后来，我在这个学校一路之隔的部队军史馆里听了很多英雄的事迹，读了很多英雄的故事。这些故事离我们很远，但是姥爷的故事离我们很近。

一直听妈妈和舅舅们讲，姥爷曾经是游击队队长，是因为打反动派冬天藏在水里落下了病根去世的。断断续续听了很多，小舅的这本书无疑给我们补上了一段完整的光辉历史、先辈故事，也是国家和民族复兴路上重要的组成部分。

姥爷和他战友们的故事，无可争议地证明了历史是由人民书写的。在大的时代洪流中，这些可能只是其中的“毛细血管”，但正是这些有血有肉的故事，支撑起了中国人的脊梁，成为中国人民求独立求解放的坚实保证和向往和平幸福生活的革命初心。

今日北京小雨，窗外嫩叶郁郁葱葱。房间里我已然随着书中鲜活的故事，回到了那个战火纷飞的年代，仿佛自己就是武工队的一员，在支前路上保护滚滚车流送粮弹上前线，在莒临公路埋设地雷伏击反动派，在青陀支援孟良崮作战，不停奔走在沂蒙大地。恍惚间，听到了坦克的轰鸣，闻到了刺鼻的油烟味，感受到了手掌被铁丝穿过的刺痛和周身冰冷的寒颤。爆炸声里挫败了反动派的一次次阴谋，打击了还乡团的嚣张气焰。冲锋号中，是武工队队员的呐喊、是反动派的求饶、是胜利的希望。

姥爷生前不求名利，一心为家乡的发展尽自己的力量，至今还留有姥爷打下的基础，当年他辛苦筹建的小学、初中如今走出了一代代学子，当年的供销社还在继续为家乡的人民服务。如今革命老区脱贫致富，有了翻天覆地的变化。在新时代，我们更不能忘却先辈为这一切洒下的鲜血与生命。这不仅是一次简单的党史教育、家风传承，更是一次灵魂洗礼。这份红色气质，是姥爷留给后世宝贵的精神财富。

姥爷在 20 多岁的年纪已经做了很多令我辈汗颜的事情，如今的工作单位也是一路从战火中走来。带着这份红色血脉和红色气质，激励我辈自强。

28 年前，妈妈带我到灵堂向姥爷行礼，是我跟姥爷最后的告别。记得出殡那天，来了很多人。后来的某年忌日，祭奠的队伍依然很长很长。一个高尚的人，总是会被人民记在心里。

28 年后，真想跟姥爷一起坐在河边的芦苇滩前，看星星，聊聊天。

姥爷，我们永远怀念您！

外孙志坚敬书

2021 年 4 月 22 日 北京

注：蔡志坚，现为新华社记者

作者的话

李洪松

父亲已经离开我们很久了，除了每年清明、春节的祭拜，平时一家人聚在一起时也很少提及了。孩子们对于爷爷（或者外公）的印象更少，还有几个根本就没有见过。

其实，作为儿女，我们对于父亲和他战友们的经历只是略有耳闻，认知也是有限的。

在创作《父亲的战斗》期间，我查阅了大量的资料，才对那个年代有了系统的认识，当然这个认识还是不深入的。

比如，大家一提到沂蒙山区，首先会想到那里是老区，想到那里发生的孟良崮战役、想到车轮滚滚的淮海战场，于是大家会想当然地认为沂蒙老区经历过这两场战役后便偃旗息鼓、天下太平了。殊不知，那里一直是战火连天，那里的百姓一直苦难深重。

父亲是个小人物，沂蒙老区里像父亲一样的小人物太多太多。为了新中国的解放，正是这些小人物们敢于以命相搏、不畏生死，才有了一场一场的胜利，积小赢为大胜，才迎来了五星红旗的猎猎高扬。

在史书中根本就查不到他们的名字，一直以来，他们的故事在他们战斗过的地方只是口口相传着，可是他们的名字在当地人的心目中已经成为永远的传奇。

记录是为了让这种传奇流传的更长，记录也是一种传承。正如孩子们读后一样，从不以为然到感到骄傲，这种改变是让人欣慰的。

父亲和他的战友们离开得太久了，久的让后世的人们快忘掉他们的音容了。可是，他们又离我们很近，从未走远，因为我们就是他们生命的延续，我们和我们的孩子们就是他们的希望。当我们重新回顾那段历史，讲述他们的传奇的时候，就是在纪念父亲和他的战友们。

他们的在天之灵会一直关注、保佑着他们曾经为之奋斗的一切，我坚信这一点。